本书属于中国国家新闻出版广电总局和俄罗斯出版与大众传媒署批准的"中俄文学互译出版项目·俄罗斯文库"。由中国文字著作权协会和俄罗斯翻译学院负责组织实施。

Пушкинский дом

普希金之家

Андрей Битов
〔俄〕安德烈·比托夫 著

王加兴 胡学星 刘洪波 译

中俄文学互译出版项目·俄罗斯文库

北京大学出版社
PEKING UNIVERSITY PRESS

著作权合同登记号　图字：01-2015-5804

图书在版编目(CIP)数据

普希金之家/(俄罗斯)安德烈·比托夫著；王加兴，胡学星，刘洪波译. —北京：北京大学出版社，2016.11
　ISBN 978-7-301-27676-1

Ⅰ.①普…　Ⅱ.①安…②王…③胡…④刘…　Ⅲ.①长篇小说—俄罗斯—现代　Ⅳ.①I512.45

中国版本图书馆CIP数据核字（2016）第265732号

本书属于中国国家新闻出版广电总局和俄罗斯出版与大众传媒署批准的"中俄文学互译出版项目·俄罗斯文库"。由中国文字著作权协会和俄罗斯翻译学院负责组织实施。

书　　　名	普希金之家
	Puxinjin Zhi Jia
著作责任者	［俄］安德烈·比托夫　著　王加兴　胡学星　刘洪波　译
责 任 编 辑	刘文静
标 准 书 号	ISBN 978-7-301-27676-1
出 版 发 行	北京大学出版社
地　　　址	北京市海淀区成府路205号　100871
网　　　址	http://www.pup.cn　新浪微博:@北京大学出版社
电 子 信 箱	liuwenjing008@163.com
电　　　话	邮购部 62752015　发行部 62750672　编辑部 62759634
印 刷 者	北京中科印刷有限公司
经 销 者	新华书店
	650毫米×980毫米　16开本　25.5印张　400千字
	2016年11月第1版　2016年11月第1次印刷
定　　　价	68.00元（精装）

未经许可，不得以任何方式复制或抄袭本书之部分或全部内容。
版权所有，侵权必究
举报电话: 010-62752024　电子信箱: fd@pup.pku.edu.cn
图书如有印装质量问题，请与出版部联系，电话: 010-62756370

有朝一日我们总要告别人世。

　　　　　　　　　　　　普希金，1830

　　　　（《别尔金小说集》题记（草稿））

"普希金之家"的名字
响彻整个科学院！
这声音清朗而熟悉，
对心儿非同寻常！……

　　　　　　　　　　　　勃洛克，1921

《普希金之家》重要人物表

奥多耶夫采夫·列夫（廖瓦，廖乌什卡）·尼古拉耶维奇 ——青年学者，一个有前途的语文学研究者；处在人生十字路口的失意者。

奥多耶夫采夫·尼古拉·莫杰斯托维奇 ——廖瓦的父亲，从事语文学研究的学者；一个软弱而缺乏自信的人。

奥多耶夫采夫·莫杰斯特·普拉东诺维奇——廖瓦的爷爷，著名的语言学家；30年代遭受迫害；一个具有天赋、睿智而粗鲁的人。

德米特里（米佳）·伊万诺维奇·尤瓦肖夫（狄更斯大伯）——退役军官，曾两次服刑；性情直率，反对任何形式的条条框框；既凶狠又和善，既挥霍无度又吝啬小气。

卢杰克——青年诗人，莫杰斯特·普拉东诺维奇才华的崇拜者。

法伊娜——廖瓦心仪的女子；性格乖张，见识短浅，智商不高。

米季沙季耶夫——廖瓦的同学，也是和他一起在"普希金之家"工作的同事；自信不疑，果敢决断，春风得意。

阿尔宾娜 ——廖瓦偶遇的恋人；总能恰逢其时地出现在他的身边；对自己的意中人俯首帖耳、言听计从。

柳芭莎（柳芭）——廖瓦邂逅的另一个女子；总在家里待着；不会让他感到担忧和烦恼。

戈季赫——在米季沙季耶夫指导下撰写毕业论文的大学生，天性羞涩，但"爱打小报告"。

布兰科·伊赛亚·鲍里索维奇——廖瓦的同事；已退休，性情恬静，从不说人坏话。

作者——一个不仅对自己的主人公，而且对自己本人也感到诧异的人。

译者前言

安德烈·比托夫的《普希金之家》(1964—1971)与韦涅季克特·叶罗费耶夫的《从莫斯科到佩图什基》(1969—1970)和安德烈·西尼亚夫斯基(笔名：阿布拉姆·捷尔茨)的《与普希金散步》(1966—1968)是俄罗斯后现代主义最早的三部文学经典。而前者则更是被称为俄罗斯后现代小说的开山之作。俄罗斯著名作家列昂尼德·吉尔绍维奇这样评论道："这是一本划时代的书。它自身就创造了某个时代，这一时代的名称就叫做'比托夫的《普希金之家》'。此书驻留于其所有读者的意识中。"小说作为"回归文学"在1987年甫一问世，便在苏联获得广泛好评，并荣获国内外多种奖项，如德国阿·托普福尔基金会普希金奖(1989)，法国年度最佳外国书籍奖(1990)，圣彼得堡安德烈·别雷奖(1990)等。

一

小说"刻画了奥多耶夫采夫一家祖孙三代知识分子——19世纪末20世纪初的精神贵族，苏联知识分子，消亡中的知识分子——的形象，并描述了三代知识分子在不同的历史时期的不同命运和生存状态。"作者着重描写了廖瓦·奥多耶夫采夫从中学毕业到俄罗斯文学研究所"普希金之家"工作这段生活经历。

除了《序幕》和篇末的《注释》，小说由三部分正文构成，每一部又分为若干章节，并都以"附篇"结束。

标题为《怎么办？》的"序幕"被拉开时，读者见到的是侦探小说的典型开场——某幢大楼的室内一片狼藉，地上躺着一具尸体：风雨从破损的窗户呼啸而入，死者手握一把老式手枪。对这桩离奇的死亡案，作者承诺将在下文详加细述，并提醒读者，这是一部博物馆式的小说，理解叙述内容的"密钥"在于文本的"内在依赖性"和"再生性"。

廖瓦·奥多耶夫采夫与家人的关系构成了第一部《父与子》的主要内容。他出身于学者家庭，在"学术"环境中长大的他几乎没有任何波折与坎坷的经历。其祖父是著名语文学家，一个学术流派的开创者，在斯大林执政时期受到迫害，惨遭流放。其父亲也是语文学研究者，大学教师。就在父母结婚那年，祖父被抓走，他们一家也被流放，但随着卫国战争的爆发，流放变成了"疏散"。战后他们一家重返列宁格勒。父亲在祖父当年"辉煌"过的那个教研室担任负责人，廖瓦也考上了父亲所在的语文系。廖瓦从小就憧憬做一名人文学者，他独自读完的第一本书就是屠格涅夫的长篇小说《父与子》。廖瓦对父亲没有什么好感，甚至一度怀疑他可能并不是自己的亲生父亲。在廖瓦的心中占据父亲地位的，是他们家的邻里米佳大伯（或叫狄更斯大伯）——一个参加过第一次世界大战、国内战争和卫国战争的"老战士"。他曾在劳改营被关押了十年。廖瓦第一次见到他时，他是刚回来的刑满释放人员。米佳大伯颇具旧式贵族的遗风，廖瓦对这位穿戴考究的怪老头佩服得五体投地，尽管他言辞刻薄，甚至有些恶毒，但对事物的看法和分析十分清晰、相当透彻。廖瓦经常去他那里借书。但后来廖瓦发现，米佳大伯也像父亲一样软弱，整日价忙忙碌碌，有时言行也不一致。考上大学后，有一天廖瓦得知父亲到莫斯科去接从流放地回来的祖父，可第二天父亲是一个人回来的——一副沮丧的样子。原来，父亲当初为了在学术界获取一定地位，为了能坐上教研室主任的交椅，他不惜与自己的父亲断绝关系，对其学术观点大肆挞伐。刚从流放地回来的老奥多耶夫采夫，不想见自己的儿子，但想见见孙子。于是廖瓦怀着激动兴奋的心情去看望住在市郊的祖父。首次见面完全不像廖瓦所期待的那样。在爷爷的住处他还见到了一名年轻的诗人卢杰克和另一位老人。他们四人一边饮酒，一边畅谈。老奥多耶夫采夫频频发表"宏论"：从传统上来说，文化正是由社会地位的不平等而产生的，贵族阶层有着高尚的精神和崇高的使命。祖父本人深知自己的悲剧所在：退回到30年前，他在这座城市里是有用的，而此时他出现在这里就显得多余了。因此他要回流放地去。在交谈中他发现孙子所理解的世界只是与别人灌输过的概念相吻合的那一部分，而一旦面对未被解释过的世界，孙子便会陷入恐慌，甚至会感到精神上的苦痛。廖瓦从小就失去了对外部世界进行独立思考并有所发现的能力，而这也是让不少贵族及其后代在20世纪存活下来的唯一方法。廖瓦趁着酒兴，因某事为了讨爷爷的好而责怪起自己的父亲。殊不知，这已触犯了大忌，一如父亲当年背叛了他爷爷那样，他也"背叛"了自己的父亲。爷爷容不得家族中发生任何形式的背叛行为，于是爷爷将孙子轰了出去。此后不久爷爷就死于返回流放地的途中。第一部的附篇是廖瓦偶然发现的出自狄更斯大伯手笔的两篇小小说和爷爷年轻时写下的一则札记。

　　第二部《当代英雄》的情节内容与第一部同时展开。作者在开篇就交代了故事发生的时间："1953年3月5日，大家都知道这是谁的卒日。"这一部分着重写廖瓦与非家庭成员的人际关系——与法伊娜、阿尔宾娜及柳芭莎三名女性之间的关系，同学米季沙季耶夫对他所产生的奇怪影响，等等。他和法伊娜是在中学毕业那天，经米季沙季耶夫介绍相识的。已婚的法伊娜令廖瓦心生爱意。为了维持"情人"关系，他常常在她身上花钱，而自己则不得不省吃俭用，甚至还向狄更斯大伯借钱。法伊娜时而露面，时而消失，忽而热情，忽而冷漠。可以说，比他更富经验的这个女性给他带来的，更多的是困惑与苦恼。一次晚会上，廖瓦无意中看到法伊娜的坤包里有一枚戒指，他记得她好像说过这枚戒指十分贵重，为了讨得她的欢心，他突发奇想：何不将这枚戒指偷偷拿去变卖，然后再用换取的现款买一枚新的送给她。可实际上这枚戒指是个便宜货。既然变卖不成，他就干脆把戒指又送还给她，当然还是对她隐瞒了真情，谎称这是自己花钱买来的二手货。法伊娜尽管心里直犯嘀咕，却也不好说什么，只得收下。"戒指"事件之后虽然他俩的关系稳定了相当长的一段时期，但最终还是分手了。廖瓦的另一个女人阿尔宾娜是个聪明而文雅的姑娘，她与廖瓦有着相同的教育背景。她总能神奇地现身于廖瓦最需要的时刻。但这位可怜的姑娘却"无望地"爱着廖瓦，就像廖瓦无望地爱上了法伊娜。他为自己的这段新恋情感到羞愧难当。最后因"爱得太累"，阿尔宾娜提出了分手。"幸运儿"廖瓦的第三个女人是柳芭莎。这个头脑简单的姑娘总爱独自一人宅在家里。廖瓦尽管对她不怎么上心，但也时不时地去她家里。有一回，他按响门铃后，给他开门的柳芭莎神色有些慌张，原来屋里坐着米季沙季耶夫。与廖瓦的"较量"中，这位老同学总是占据上风：无论儿时打架，还是大学成绩……对廖瓦而言，米季沙季耶夫亦敌亦友。有一回，廖瓦在思考与他的纠结关系时，忽然想到他与法伊娜具有某个共同点：由于廖瓦在他们面前表现得较为软弱，有时还刻意逢迎他们，任凭他们恣意驱使，因此廖瓦就成了他俩所需要的人，甚至是不可或缺的人。总之，自称救世主而咄咄逼人的米季沙季耶夫让廖瓦深感疲惫。附篇介绍了廖瓦在读研究生期间所写《三位先知》一文的主要内容。此文分析了三篇诗作——普希金的《先知》、莱蒙托夫的《先知》和丘特切夫的《疯狂》。值得注意的是，这些篇什都是三位天才诗人在27岁创作的，而廖瓦撰写此文的年龄同样也是27岁。廖瓦认为，普希金用纯净而明亮的笔触来呈现缤纷世界，莱蒙托夫则以隐晦但真挚的笔调来表现自我，而丘特切夫似乎在诗篇中隐瞒着什么。因此廖瓦将普希金比喻成莫扎特，把莱蒙托夫比作贝多芬，而将丘特切夫喻为萨列里。此文与其说是对三位诗人的精神探索，倒不如说是廖瓦本人的自我剖析与表达：他从莱蒙托夫那里领悟到了自身的幼稚，而将普希金奉若神明，通过丘特切夫公然仇视某人（读者并不知道他仇视谁）。而这一切恰恰反映出廖瓦的内心矛盾与彷徨。

第三部《穷骑士》在情节上是前两部的直接延续，两条叙事主线在这里形成了汇聚点。十月革命节期间，廖瓦被安排在研究所值班，尽管十分不乐意，但也不便拒绝，因为其学位论文答辩在即。在他值班时，衣兜里揣着几小瓶伏特加的米季沙季耶夫，带着学生戈季赫来到了所里。这位老同学爱占廖瓦的便宜，并且总以伤害其自尊为乐事。米季沙季耶夫曾大放厥词：他首先要在精神上击垮廖瓦，然后彻底改变世界。不仅如此，他还妄议犹太人，认为他们糟蹋了"我们的女人"。当时廖瓦仅仅列举出普希金便是闪米特人，便有力地驳斥了米季沙季耶夫关于犹太人缺乏才能的不当言论。接着，布兰科也来了，这位好心的犹太人已经退休，他怕廖瓦感到寂寞无聊，就顺道过来陪一陪廖瓦。布兰科是廖瓦一生中所见到的最为高雅的人士之一——他不仅外表整洁，衣冠楚楚，而且从不背后说人坏话。晚间，他们几人开怀畅饮，无所不谈：天气、自由、诗歌、进步、酗酒、外汇、上帝、犹太人、女人、黑人、人的社会特性……而且还对普希金的妻子娜塔莉娅·尼古拉耶芙娜是否真爱夫君发生了争论。廖瓦不胜酒力，时不时地迷糊起来：忽而看到来了两个名叫娜塔莎的姑娘；忽而发现自己不知怎么就与米季沙季耶夫一道儿来到了街上，出现在欢度节日的人群中；后来居然骑到海军部大厦旁边的狮子上；再后来就是被民警一路追赶，终于成功逃脱，回到"普希金之家"，继续"小酌"。米季沙季耶夫借着酒劲儿说，只要廖瓦还在，他就无法活下去。不仅如此，他还说了些有损于法伊娜的秽语，对此廖瓦忍无可忍，于是他俩动起手来，在争斗中米季沙季耶夫弄坏了普希金的石膏面模，对圣物的这一亵渎行为已超出了廖瓦的底线，他提出用博物馆的旧式手枪进行决斗。普希金声誉的捍卫者和普希金本人的决斗情形几乎相同，随着一声枪响，廖瓦应声倒下。米季沙季耶夫下楼后从窗口爬了出去，消失在11月的茫茫黑夜。作者提供了两个不同的结局。其一——廖瓦死了；其二——廖瓦活了下来：廖瓦苏醒后，惊恐地发现博物馆内凌乱不堪，不过在狄更斯大伯以及阿尔宾娜的帮助下，很快就把一切都归拢得整齐有序。普希金的面模也从地下仓库里找到了一个备用的。第二天，廖瓦察觉到，所里根本就没人去注意打扫一新以及被修复过的痕迹。副所长之所以找他，也不是为了别的什么事儿，而只是让他陪同一名外国专家出去转一转。廖瓦领着这位外国专家参观列宁格勒市容，向他讲解包括纪念碑在内的各种文化古迹，讲述俄罗斯文学。走到铜骑士纪念像跟前时，他突然感到一阵眩晕，差点失去意识。恍惚间他觉得自己在用力拉一张又重又长的渔网，可好不容易拉上来的却是一张空网；似乎他又回到了生活的原点，这会儿他正站在原点上，一副身心憔悴的样子。最后主人公孤零零地伫立在涅瓦河畔，他的身影渐渐消融在彼得堡的金色秋景中。第三部分的附篇主要讲作者同其笔下主人公的关系，其关系发展史可用阿喀琉斯追龟的典故来设喻作比。作者急于想确定自己与廖瓦之间所存在的"距离"。于是他到文学所去采访主人公，结果这次采访相当令人沮丧，廖瓦尽用一些空话来搪塞他。不过临别时，廖瓦交给作者一篇手稿——老奥多耶夫采夫遗著中的一小部分，这是《上帝是存在的》一章中的完整片段——《斯芬克斯》，创作时间不早于1921年。其中写道："俄罗斯文化对子孙后代们而言犹如斯芬克斯之谜，一如普希金是俄罗斯文化的斯芬克斯之谜……"

小说末尾的《注释》着重讲解了正文中出现的各种人物、事件和物品（如：保尔·柯察金和帕夫利克·莫罗佐夫，"不幸的"年代，裤子的宽度，"松紧球"玩具），因为在作者看来，凡此种种尽管在1971年皆为众人所熟知，但在近30年之后的1999年恐怕就会变得较为陌生了。除此之外，作者还对该小说的创作史做了说明。

在作者看来，像廖瓦·奥多耶夫采夫这样的人之所以在20世纪能够存活下来，只是因为他们对现实中的各种问题不加理会与追究，从不"自寻烦恼"，充当了"盲从者"的角色，而这其实就是存在主义的生活态度与方式。廖瓦是"60年代人物"的典型代表，这代人大多出生于1925—1945年间，有着知识分子或党政干部的家庭背景，都曾经历了斯大林执政、卫国战争和"解冻"时期，其父母参加过国内战争，而且是坚定的布尔什维克，然而这代人在童年时期就遭遇不幸，他们的家人大多都饱受斯大林"清洗"之苦——不是被关押，就是遭流放，甚至被枪决。因此个人的独立意识、个性的形成发展与集权政治之间所发生的冲突构成了其世界观的基础。他们的命运后来又与苏联共产党第二十次代表大会紧密相连，正是在这次大会上赫鲁晓夫做了揭露斯大林"罪状"的秘密报告《关于个人崇拜及其后果》。因此他们中的大多数人又被称为"20岁大的'孩子'"。可以看出，比托夫在小说中对俄罗斯历史和现状做了自觉的艺术审视。

二

安德烈·格奥尔吉耶维奇·比托夫系列宁格勒（现为圣彼得堡）人，具有切尔克斯族血统。1937年出身于职员家庭，父亲格·列·比托夫（1902—1977）是建筑师，母亲奥·阿·克德罗娃（1905—1990）为法律工作者。他对俄罗斯北方之都的最初记忆与卫国战争时期的大围困密切相关，1941–1942年之交的冬季，德军的狂轰滥炸和饥饿的悲惨情景深深印刻在他那幼小的心田。所幸，不久后他就被疏散到乌拉尔和塔什干；1944年重返故里；正是物质极度匮乏的战争年代使他萌发出做一名作家的念头；1954年毕业于第213中学（列宁格勒第一所用英文讲授部分课程的中学）；小时候就喜欢各种体育运动，如田径、划船、登山，甚至健美运动，16岁曾获得一枚"苏联登山家"证章；出于对大山的热爱，1955年考入列宁格勒矿业学院（当时的热门专业是技术、物理和地质，社会认同度最高的职业则为工程师），尽管他学习刻苦，但成绩一般，始终与优等生无缘；1962年毕业于该校地质勘探系，其间（1957–1958年）曾在北方的基建工程营服役；1956年他加入了该校的文学社团，其指导教师起初为诗人格列布·谢苗诺夫，后来则是小说家米哈伊尔·斯洛尼姆斯基。此后，小说创作则成了他的终身事业。1965—1967年在莫斯科的编剧高级进修班学习；1973—1974年在苏联科学院世界文学研究所研究生班学习。1978年开始了莫斯科和圣彼得堡的两地生活，他曾戏言，往返于这条线路的纪录创造者非他莫属。自1940年初期起，他几乎一直处于旅行状态，用他本人的话说，这辈子总是身处旅途中，因此旅行对他而言已不仅仅是业余爱好了。

比托夫的创作生涯始于1956年（即大学一年级）；1960年开始发表作品；1963年出版第一本短篇小说集《大气球》；沉寂了一段时期后，继续发表作品，而且几乎每篇小说都引起了读者的关注；1965年加入苏联作家协会；1967年问世的《花园》一书进一步巩固了他在文学界的地位，他也当之无愧地被列入那一时代的文学名流。比托夫是位多产作家，除了代表作《普希金之家》和上面提到的小说，还有一系列重要作品，如：《这样漫长的童年》（1965）、《别墅区》（1967）、《亚美尼亚课》（1967—1969）、《药剂师的岛屿》（1968）、《出游探访童年之友》（1968）、《生活方式》（1972）、《七次旅行》（1976）、《一个人的时代》（1976）、《格鲁吉亚相册》（1985）、《点景人物》（1988）、《最后一部中篇小说》（1988）、《飞走的莫纳霍夫》（1990）、《等待猿猴》（1993）、《减去兔子》（1993）、《癫狂》（1995）、《作者的第一本书》（1996）、《有根有据的妒忌》（1998）、《医生的葬礼》（1999）、《平衡的老师》（2008）等。比托夫不仅是小说家，还是诗人、随笔作家、电影剧作家，写有电影剧本《自然保护区》（1979），出版过诗集《雨后的星期四》（1997）和《树》（1998），以及政论文集《我们在一个陌生的国家醒来》（1991）等。他的作品已被翻译成多种语言，基本涵盖了欧洲国家所使用的所有语言。

比托夫一生跌宕起伏，经历多次磨难。1956年发生了令世人震惊的匈牙利事件——苏联两次出兵镇压由布达佩斯大学生和平游行而引发的"骚乱"，列宁格勒矿业学院文学社团的成员们以焚烧文学作品集的方式对此事做出反应，比托夫因此遭到校方开除。在部队服役两年后，他总算恢复学籍，完成了学业。第一部小说集《大气球》招致官媒的严厉批评，1965年8月14日的《消息报》刊文指责他"所描写的主人公过于卑贱甚或迷茫"。在60–70年代的异见人士中，比托夫算是较为温和的一位，尽管如此，这名不同政见者的作品绝非悉数都能通过苏联书刊检查机关的严格审查，1960—1978年间约有10本小说得以面世。1978年《普希金之家》在苏联敌对阵营的资本主义国家——美国出版。1979年因"非法"出版《大都会》丛刊而被禁止发表作品，1986年才被"解禁"。

戈尔巴乔夫执政后，比托夫开始出国参加各种活动——讲课、发表演讲，出席国际研讨会等。1988年参与创办国际笔会俄罗斯笔会中心，自1991年起担任该中心主席。1991年与几位同道联合创建非正式组织"巴加日"。此外，他还积极参与包括维权在内的各种社会活动。现居住在圣彼得堡和莫斯科。

比托夫分别在1992年和1997年两次荣获国家奖；此外，他还获得过国内外多种奖项和荣誉称号，如：（苏联政府颁发的国家）"荣誉"勋章（1984），法国文学与艺术功勋奖（1993），北帕尔米拉奖（1997），俄罗斯美术研究院荣誉会员（1997），埃里温市名誉公民（1997），埃里温国立大学名誉教授（1997），皇村艺术奖（1999），亚美尼亚莫夫谢斯·霍列纳齐奖（1999）等。

《普希金之家》初稿完成于1971年，1973年就已出现在苏联的"地下出版物"中（又译"私自出版物"，即指人们"冒着失去自由的危险，在苏联境内非法印刷、复制、传播被禁作者的小说……许多苏联人正是通过'私自出版物'才读到亚·伊·索尔仁尼琴的作品、安·德·萨哈罗夫的文章和尼·谢·赫鲁晓夫的回忆录"，当时人们是用打字机复制的文稿。同年发表于境外杂志《棱面》。1978年由美国Ardis出版社正式出版，所以又成了"境外出版物"（即指"有些作家被审查机构剥夺了在苏联发表作品的权利，于是他们就把手稿寄往国外。从苏联国家的立场看来，这是刑事犯罪。"）1987年连载于苏联文学杂志《新世界》第10—12期，1989年出版加有《注释》部分的单行本。作品最终版行世于1999年，值得注意的是，终稿的审定年份距离初稿完成时间（1971年）已近30年，而且俄罗斯已完全是另一种社会体制。也就是说，小说的创作与修订分别属于迥然相异的两个时代。由于修订工作获得了著名文艺理论家巴赫金所提出的"外位性"，作家便会赋予小说的艺术世界以更加深刻的内涵。

比托夫创作《普希金之家》之初，他还笼罩在"布罗茨基案件"的负面情绪中：当时"解冻"期已接近尾声，约瑟夫·布罗茨基因创作诗歌不被承认是一种劳动而以"过着寄生生活"罪被判处流放5年。在谈到这部小说的创作起因时，比托夫回忆道："这是否与审判布罗茨基有某种关联？或许是潜意识的？我不得而知。但已感觉到一个时代的结束，感觉到了某个临界点。"还值得一提的是，最初作家只是想写一个短篇，后来才将小说的篇幅扩展为长篇。另外，根据作家本人的讲述，小说中的人物老奥多耶夫采夫的原型兼有作家尤里·东布罗夫斯基、语文学家米哈伊尔·巴赫金和非职业作家伊戈尔·斯京三人的特点；对这部小说的创作，影响最大的有三位作家：普鲁斯特、陀思妥耶夫斯基和纳博科夫。

在同时代人眼里，比托夫是唯智论的代表。他在小说创作中向读者着重展示的是人的脑力劳动，譬如，处于紧张状态的内省等。其实这不仅仅是俄罗斯传统文学中"多余人"的特征，而是人之所以成为人的重要标志。从比托夫的唯智论可以发现，他在作品中倡导的是文化崇拜，而这一点与苏联官方宣传工具向人们灌输的个人崇拜（或称"个人迷信"）恰好形成鲜明对比。那么比托夫为何崇尚唯智论呢？也许，我们从他的作品中就能找到答案，他在小说《等待猿猴》中曾写下这样一段话："人并不完善，因为他要自我完善。必须独自进行。当然是在靠上帝的帮助之下。做一个人——这并非判处，而是使命。"

王加兴
2016年7月

目　录

怎么办？（序幕，或写于最后的一章）·················· 1
第一部　父与子·· 1
　　父亲·· 2
　　狄更斯专篇··· 21
　　父亲（续篇）······································· 26
　　父亲的父亲··· 37
　　父亲的父亲（续篇）······························ 54
　　说法和版本··· 76
　　继承人（值班者）································· 90
附　篇　散文两种······································ 100
　　暴风雪·· 107
　　镜子··· 109

第二部　当代英雄······································ 115
　　法伊娜·· 119
　　宿命论者（法伊娜——续篇）················ 149
　　阿尔宾娜··· 154
　　柳芭莎·· 170
　　关于米季沙季耶夫的故事······················ 174
　　说法和版本··· 189

	波那瑟夫人（值班者）	200
附　篇	主人公的职业	206

第三部	穷骑士	231
	值班者（继承人——续）	234
	肉眼看不到的魔鬼	253
	假面舞会	270
	决斗	275
	射击（尾声）	304
	说法和版本（尾声）	311
	真相大白的早晨，或铜人（尾声）	320
附　篇	阿喀琉斯与龟（作者与主人公的关系）	332
	斯芬克斯	345

注　释		350
	一些零碎儿（注释补遗）	379
	《十二个》	383

译后记	386

怎么办？

（序幕，或写于最后的一章）

> 1856年7月11日清晨，在彼得堡的"莫斯科"火车站附近一家大旅馆里，侍役们都感到纳闷，甚至有些惊慌失措。
>
> 尼·加·车尔尼雪夫斯基，1863

在小说接近尾声处，我们就已经描写过那扇清洁的窗户，从天上投下的那瞥冷冰冰的目光——在11月7日[①]这天一眨不眨地紧盯着涌上街道的人群……那时似乎就已经感觉到，在这份晴朗中藏有某种玄机，譬如说，很可能是由特种飞机采取强制性措施的结果，之所以说藏有玄机，还有一层意思，就是用不了多久就会为此付出代价。

果不其然，196X年11月8日早上便完全证实了这种预感。晨色朦朦胧胧地笼罩着空无人迹的城市，在厚实的舌状物——彼得堡老房子的映衬下，一切都变得无形无态、若隐若现，似乎这些房屋是用稀释的墨水画出来的，并随着天色渐亮而愈发浅淡了。就在晨光快要写完这封信（此信以前曾被彼得寄往"傲慢的邻邦，让它感到难堪"[②]，可这会儿已无需寄给任何人，信中不再责怪任何人任何事，也不提任何要求了）的当儿，风朝这座城市飒然而降。它从上方就这么平直地降落了，仿佛是从天空中按照某种流畅的弧度滑落下来的，在大幅而又轻巧地加速之后，正好落在地面的接触点上。它正像一架飞得够……的飞机。似乎那

[①] 11月7日：俄国十月革命纪念日，也是苏联的国庆日。——译注
[②] 此语出自普希金的长诗《铜骑士》。全句如下："于是他（指彼得大帝——译注）想：/我们从这里威吓瑞典人，/在这里建一座城市，/让傲慢的邻邦感到难堪。"——译注

架飞机增大、膨胀开来，昨天飞行时，吞食了所有的鸟禽，吞没了所有其他的飞行大队，因吸足了金属、天空的颜色而变得臃肿肥大，轰然坠落在地，本来还试图滑翔着降落下来，可一下子就坍塌在接触点上了。扁平的风，呈飞机的颜色，朝城市滑落下去。孩子们说的"加斯捷洛"一词就是风的名字。

它轻轻触碰了一下城区的街道，犹如降落到了飞机跑道似的，在接触到地面——瓦西里岛浅岬的某个地方时，还反弹了一下，然后继续一路狂奔下去，无声无息地穿梭于涅湿的屋宇之间，完全按照昨天的演示线路。它把这片阒无人迹的地方如此这番地检查了一遍，尔后闯入主广场，并急速席卷了一片浅浅的宽水洼，一边狂奔着，一边将积水啪的摔在检阅台的侧板上，听到这一声响，显得很得意，一头钻入革命门洞①，再次脱离地面，恣意腾飞起来，冲向高空，越升越高……假如这是电影镜头的话，那么在空荡荡的广场（欧洲最大的广场之一）上，还会追逐着昨天所丢失的儿童玩具"松紧球"，由于全身通体湿透而会自行解体，甚至会爆裂开来，因为它似乎发现了生活的内幕：原来这是木屑结构的，惨兮兮的，根本见不得人……而风舒展一下身子，怡然自得地扶摇而上，在城市的高空又折身返回，轻松自在地飞驰起来，以便再次向城市方向的浅岬处滑翔过去，还会来一个涅斯捷罗夫筋斗……它就这样把城市给压平了，风过处，无论是多有名气的大街和堤岸，还是水位上涨、呈胶冻状的涅瓦河（散乱地分布着一座座铁桥，河上迎面漂来逆流的点点花斑），一片片水洼便会灌满如注的疾雨；后来我们注意到，它把固定在岸边的几艘驳船和某种打桩船吹得摇晃起来……打桩船蹭上了快要打好的桩子，似乎把新伐的木料往下打；对面有一幢我们十分关注的楼房——一座不大的宫殿，现在是一家科研机构；这幢房子的三楼开着一扇破损的窗户——啪啪作响，风雨什么的就从这里毫不费力地灌了进去。

风窜入大厅，吹起满地散乱的手稿和打字稿——有几页粘在了窗下的积水上……而且这间博物馆展厅（根据墙上镶有玻璃的照片和文稿，

---

① 革命门洞：总司令部凯旋门，位于冬宫广场南侧，其拱门之上建有驱驾战马的胜利女神像。参加十月革命的水兵们就是从拱门下向冬宫发起进攻的。此语带有戏谑意味。——译注

以及用玻璃罩着的、放有摊开书本的桌子可以作出如此判断）的整个景象是一副怪异的乱象。桌子挪了窝，都不在按照几何形状摆放的正常位置上了——东倒西歪，一片狼藉，有一张甚至四腿朝上倒放着；满地都是碎玻璃；立柜卧倒在地，柜门四开，就在它的旁边，散落的纸页上躺着一个人，左手压在僵硬的身子底下。一具尸体。

他约摸三十岁的样子，也许只能说"样子"，因为看上去他着实吓人。白森森的，有如压在石头下面的一个生命体——白草似的……一头乱蓬蓬的灰发，太阳穴上有凝固的血块，嘴角开始出现霉烂。右手握着一把老式手枪，这样的枪支如今只有在博物馆才能见到……稍远一点儿——大约两米处，地上还有一把手枪，双管的，上面的扳机一个是扳起的，另一个则是放下的，而且发射过子弹的那根枪管里塞着"北方"牌烟卷的蒂头。我说不清楚，为什么这起死亡事件会令我发笑……该怎么办？向何处报案？……

又刮过一阵风，随着砰的一声，窗户就猛地被关上了，一块尖形的玻璃脱落下来，扎入窗台，碎屑撒落在窗台的一摊积水中。尔后，风沿着长滩疾驰而去。对它而言，这不是什么大不了的事儿，甚至也不是什么明显的举动。它一路赶过去拍打条幅和旗子，刮得小轮船的码头、驳船、水上饭店和忙碌的拖船都晃动起来，在这个显得疲惫不堪、死气沉沉的早晨，只有那些拖船在停泊于原位、发出轻声叹息的传奇巡洋舰①旁边忙碌着。

这里，我们之所以在天气上多所着墨——多于令人感兴趣的事件本身，是因为我们下面要花相当的篇幅来描写后者；在叙述中天气对我们而言尤为重要，并还会发挥自身的独特作用，即便只是因为故事发生地是在列宁格勒……

……风贼似的一路狂奔，身上的斗篷潇洒地飘曳着。

---

① 传奇巡洋舰，指"阿芙乐尔"号巡洋舰，1917年11月7日晚，用空弹发出进攻冬宫的信号。——译注

（下文斜体系我所标。——安·比）

身处"普希金之家"的拱顶下，我们在这部小说中乐于坚守备受尊崇的所谓博物馆传统，并不担心重复和雷同，反而求之不得，对这种内在依赖性，我们高兴都还来不及呢。因为它，这么说吧，"很搭"，可以用来解释被我们在这里用作题材和素材的那些现象，具体而言，即现实中完全不存在的现象。所以就连利用现成的、并非由我们制作的包装材料——这种必要性也是为我们的目的所服务（有点像咬噬自己的身体了）。

因此，我们刻画的是一个不存在的当代主人公，这一缥缈的以太几乎不亚于目前的物质奥秘本身——现代自然科学所触及到的奥秘：物质被分解，分化为越来越小的粒子时，经不住一再细分而突然间完全不复存在：粒子、波、量子——无论是前者、中者，还是后者，统统都不再存在，其中任何一个，这三者一同……于是，祖母爱说得十分亲切的字眼"以太"便浮现出来，它似乎在提醒我们，其实在我们之前这样的奥秘就已经存在，只不过谁也没有带着原以为世界是可以被认识清楚的那些人才有的呆滞的惊奇来看待它，人们只是知道，其中定有奥秘，并认为这是理所当然的。

于是我们就把这一不存在的以太分装在未能保存下来的、祖母的小玻璃瓶里，令人诧异的是，当时每一种醋都有一个特定的非空洞形式与其相对应；我们欣然将"小瓶子"一词用温吞水来洗濯干净，一边观赏其棱面构造，直到它闪现出肥皂泡似的透亮光泽，直到童年的光线照射到霓虹黄的桌布——桌布是在某人那遥远的、不可思议的手工制成的童年期间编织的；照射到茴香酊和带有水银古老颜色的体温计——这种颜色只是出于对元素表和化学精密度的一片忠心而始终没有发生变化……这一彩霓虹光线照射到某人那围着围巾的细脖子上，常被妈妈亲吻的头顶部位和仲马伟大的小说《三个火枪手》上。令我们深感惊讶的是，这份突如其来的、十分生疏的从容，以及对自身运动规律的一往情深（对此仅从这些小玻璃瓶的形状和棱面便能略知一二）正在使我们的忙碌状态发生神秘的突变，使我们放慢脚步……

博物馆式小说……

但同时，我们试图这样来写，好让一小片报纸——既然它已用做他途，随便插入小说的任何一个地方，都可以成为其自然的延续，而一点儿也不会破坏叙事的完整性。

放下小说，拿起一份不管是新的还是旧的报纸来读，准以为，眼下见诸报端（在某种程度上也可以说是见诸于世）的事件，就发生在小说中的时间里，反之亦然，放下报纸，回过头来读小说时，也没有一度中断过阅读的感觉——为此您就把《序幕》再重新读过一遍，以从细微处体察到作者的用心良苦。

要想取得这样的效果，就必须对相关的时间和环境进行协同创作，对诸多细节显然也就可以一笔带过，因为在我们看来，所有这些都是心照不宣的，都是作者和读者的共同体验。

第一部 父与子

列宁格勒小说

> 两人相互搀扶着,迈着沉重的步子蹒跚而行;他们走近铁栅,跪倒在地,久久地痛哭着,久久地凝望着盖住他们儿子的那块沉寂无声的石板……
>
> 屠格涅夫,1862

父亲

廖瓦·奥多耶夫采夫(正是那个奥多耶夫采夫家族的后代)的生活并没有什么惊涛骇浪——基本上过得顺顺当当。说得形象一点儿,他的生命线像流水似的从一位圣人的双手里,透过指缝,从容地滑落了出来。既没有无节制的匆忙,也没有断处和结扣,它,这条线,处于平稳的、稍微拉紧的状态之中,只是间或也有些弛垂。

他与这一古老的、有名望的俄罗斯家族的所属关系,其实并不是特别重要的。要说他的父母曾经回想起并确认过与本氏族的关系,那还是好多年前的事啦,那时还没有廖瓦呢,要不他还在娘肚子里呢。而对廖瓦本人来说,自从他记事起就已经没有这个必要了,与其说他是这个家族的后裔,倒不如说是个同姓者而已。他叫廖瓦。

在幼年,他——更准确地说,他的父母——确实(廖瓦受胎于一个"不幸的"年代①)遭遇了某种变故,其命运滑向他们那位了不起的祖先,这么说吧,滑向"西伯利亚矿坑的深处"②。廖瓦模模糊糊地记得:天气很冷,妈妈用"和服"(特大绢花)换来土豆,而他——廖乌什卡③,不知怎么的,就向池塘跑去,在池塘边捡到三个卢布,——就是这个水边,有一溜灰色栅栏和一些石子的地方,他由于一时高兴而重重地撞在了栅栏上,这不,连那三卢布纸币的颜色他也记住了。但他不可能记得,也不可能明白的是,父亲"还算是幸运的",像这样"温和"的手段基本上是不会有的,他们的遭遇实属万幸,因为廖乌什卡的

---

① 指1931年。——译注

② 此语出自普希金抒情诗《在西伯利亚矿坑的深处……》。十二月党人在革命失败后,有百余人被流放到西伯利亚的矿坑去做苦役。普希金为他们献诗表示敬意。此诗的首段为:"在西伯利亚矿坑的深处,/请保持住高傲的耐心,/你们的痛苦劳役和崇高志向/绝不会归于徒然。"——译注

③ 廖瓦的昵称。——译注

爷爷还是在父母结婚那年才"被带走的",此后将近过了十年,在这些年里,他们"没有被动过"。(爷爷只是在那个时候才被抓走,这也是爷爷"有福气",因为抓得"正是时候",要是再晚些,就"不会这么便宜"他了,不会只是让他换换流放地而已……)后来,爷爷音信全无,这也可能是糟糕透顶的事情,但这并不是对爷爷,而是对他们来说:他在那儿不管怎么样,无论发生了什么都已经……至于其他的"域外"亲戚就不用提了——可以想见对他们设下的种种陷阱。总之,"会变得更糟"。然而,廖瓦并不懂得这种实证计算法。他不可能记得,也不可能明白这一点,即使在后来,他虽不能明白,但能记事的时候,因为已有十来年没人当他的面儿提到爷爷了。而他廖瓦本人所遭遇的一切不知怎么就变成了所谓"战乱中的童年"。的确如此,他们遭到流放后不久战争就开始了。他们所在的边远地区出现了疏散者,他们的家庭状况也没有什么特殊的情形。

最后由于某些原因(这些原因是被隐瞒了很久之后廖瓦才知道的,当时他已知晓所谓爷爷"还活着"是怎么回事了)一切都相安无事,战后,他们一家三口人就像从疏散区回到了故城一样,一个也没有落下。爸爸还是在那所大学里,当上了副教授,后来逐步完成博士学位论文并通过答辩,在他父亲曾经辉煌过的那个教研室当了教授(有关爷爷的情况,廖瓦就知道这一件事情);廖瓦本人上学念书,慢慢长大成人,中学毕业后考上了父亲所在的那所大学;妈妈好像并未做什么事情就渐渐老去了。

廖瓦是在所谓的"学术"氛围中长大的,从小就一心当一名学者,只是他觉得不要像父亲那样当语文学者,或像爷爷那样当"人文学者",而最好能做一名生物学家……这门学科在他看来更为"纯洁"一些,就是这样。他喜欢看到每天晚上妈妈把一杯酽茶端进爸爸的书房。爸爸在昏暗的房间里不时地踱着步,时不时地传来小茶匙碰在杯子上发出的清脆响声;爸爸跟妈妈说着什么,声音很轻,如同轻幽的灯光在黑暗中只能照亮堆放着纸页和书本的桌子。家里没人的时候,廖瓦就给自己沏上一杯更浓一些的茶,就着一根通心粉喝茶,一到那个时候,他就觉得头上仿佛戴上了一顶黑色的院士帽。"得像父亲那样,但要比父亲更有作为……"

他就是在这种情形下读完第一本书的,书名叫做《父与子》。他特别引以为豪的是,他读的第一本书是一本厚厚的正经八百的书。他从未读过那些薄薄的小人书,也未读过有关保尔·柯察金和帕夫利克·莫罗佐夫①之类的宣传册,对此他甚至感到有些洋洋自得(不过,他没有意识到,这主要并不是他的功劳,因为奥多耶夫采夫家里根本就没有这些书;其原因无需解释,也无法说清——事实就是如此……)。也许,使他感到惊讶的是,他是怀着浓厚的兴趣,甚至可以说是痴迷地读完这本书的。在他的想象中,像这样大部头的书应该怀着一种十分崇敬的心情去读,可这本书读起来并不感到怎么吃力,甚至也不觉得枯燥无味(不知怎么的,打小时候起,他的印象里好像就觉得后者是一种特定使命所必须具备的条件)。使他感到惊讶的,还有屠格涅夫笔下的"少女"一词,以及这些少女经常饮用的一种"略带甜味的水"。廖瓦想象到屠格涅夫当时的情况,也就觉得这样写是情有可原的,他认为,他所处的时代好于屠格涅夫的,好就好在那些东西都不存在了,那个时候必须是一头白发、一脸大胡子、英俊而又伟大的人才能写出现如今连廖瓦这样的小毛孩(当然还要是非常聪明的……)都能领悟到的一些东西;还好在他正是出生于这个时候,而不是那个时候;好在他正是廖瓦,这么早就懂事了……就这样,在很长一段时间里廖瓦对严肃事情的认识是与仪表体面、相貌堂堂联系在一起的。而当他读完了普希金的"所有"作品,并在学校里为纪念诗人诞辰150周年作了报告之后,他真的已经不知道,在他面前豁然敞开的人生道路上还需要做些什么:所有的目标都已达到,而后面剩下的时间就像童年时代那样还很多。为了经受住这场等待,必须具有一种"意志力",这是那些年里廖瓦在家庭樊笼之外所寻得的近乎唯一的、因而对他具有神奇作用的一种精神范畴。他就坐在

---

① 保尔·柯察金和帕夫利克·莫罗佐夫:前者是苏联作家奥斯特洛夫斯基在小说《钢铁是怎样炼成的》中根据自己的生活所描画出来的青年革命战士的完美形象;后者是苏联历史上最著名的少年英雄,其英雄事迹是,作为一个13岁的小学生,告发了亲生父亲特罗菲姆,说他是人民的敌人。苏联解体后,学者们经研究发现,这位少年的英勇事迹是出于意识形态的需要而杜撰出来的。1991年,俄罗斯政府决定拆除各地的莫罗佐夫雕像。——译注

这张很深的沙发椅上,整个身子都陷了进去,只有他戴的黑圆帽露了出来,他头一回教自己要学会勇敢,因为失去双腿的马列西耶夫①所富有的意志力是双手健全的廖瓦所缺乏的。莫非因此他才表示,对他来说,自然科学比人文会更具吸引力……不过这好像太富心理分析的色彩了。父母暗自察觉到儿子具有人文科学方面的禀赋,对他的天然喜好未加拂逆……

廖瓦喜欢读报纸上悼念学者的文章。(而悼念政治活动家的文章他就略过不看了,因为他们家里从不谈论政治——既不说难听的,也不说好听的——他视其为一种流于表面的现象而不予置喙,主要并不是出于小心谨慎——好像也没有人这样教导过他,而是因为这与他毫不相干。关于他所受教育的这一方面——"不过问政治",下面还会专门来说的,这里只是先提一下。)他觉得这种文章的笔调特别体面雅致,令人肃然起敬,每当这时他就把自己想象成一位在各种学术团体任职、周围簇拥着许多学生的长者,想象着自己的生活中接二连三地会出现一些可贺可庆的事情。在悼念文章中还会提到此人所做出的不懈努力,所具有的顽强毅力和勇气,然而这些都是毋庸置疑的,就连小小年纪的廖瓦也明白,不做出这种"努力",一切都"只是空洞的幻想而已",不过这些空想所留下的主要还是酽茶、圆帽以及所有那些丰富多样的消遣活动——显然这理所当然地属于应得的人们(或者,不知为什么,通常都说成"有功之士")。

他们家的房子是按照著名的伯努瓦②的设计而建造的,结构优雅而洒脱,具有典型的革命前的现代派建筑风格;房子看上去没有一扇相同的窗子,因为各套住宅都是按照客户要求来建的,不管什么样的,你都能看到:又窄又高的,天窗式的,圆形的——虽说极不匀称,但一望便知有一种整体感,"自由缎绦"水草线犹如童年时代那样不可抗拒地出现在房子的许多部位(雕塑装饰,阳台和电梯的栅栏,以及得以保存下来的一些门窗彩花玻璃),——这座可爱的房子里住着许多垂垂老矣的

---

① 马列西耶夫(1916—2001):苏联飞行员,卫国战争期间击落敌机4架;在一次空战中身负重伤,截去双腿后学会使用假肢驾驶飞机,并重返团队,又击落敌机7架,被授予"苏联英雄"称号。——译注

② 伯努瓦(1813—1898):俄国著名建筑师。——译注

教授及其担任系主任的儿子们，以及正在念研究生的孙子们（虽说并不是所有的家庭都能顺利地做到世代相传），——因为附近有三所高等学府和一些科研机构。房子坐落在一条空荡荡的漂亮的老街上，正对着那座赫赫有名的植物园及其研究所。

廖瓦一向喜欢这座静谧的科学殿堂。他能想象到，这座带有白色圆柱的高楼大厦里的人们，以及漂亮可爱的植物园里随处可见的那些古老的、差不多是伊丽莎白时代的木质结构的当做实验室用的小房子里的人们是怎样在忘我地、不辞劳苦地工作着。这些人远离喧嚣，远离所有发出轰鸣的音响装置，一心从事自己的那项重大事业，沉浸在自己的植物世界中……在选举苏维埃代表的时候，植物研究所里曾设立了一个选举站，当时廖瓦同父母一起踏上宽大的铺有地毯的阶梯，怀着崇高的心情端详着蓄着大胡子、戴着夹鼻眼镜的那些杰出的植物学家的画像。他们冷漠地看着他，一点儿也不热情，就像是在打量一条纤毛虫，可他们又怎么会知道，说不定什么时候他们得挤一挤，给廖瓦的画像腾出一席之地？……想到自己的将来，他兴奋得凝神屏气，心里美得不行，都有点发紧了。

既然本章的题目叫做"父亲"，那就得说道说道：廖瓦发觉自己不喜欢父亲。自打记事起，他一直十分依恋妈妈，妈妈时时处处都和他在一起，而父亲只跟他待上一小会儿，就往桌旁一坐，活像一个没有一句台词的配角，脸上也总是愁眉不展的。每次想逗廖瓦玩的时候，都显得很笨拙，极不自然，犹豫老半天也想不出，究竟要拿什么话来逗儿子，即使终于说出了什么，那也是老一套——廖瓦只是记得替父亲难受的那种感受，至于父亲说过什么话，做过什么动作，他都记不得了，这样后来每次短暂的见面（父亲总是很忙）都只是化成了这种难受的感觉，仅此而已。父亲似乎连抚摸廖瓦的小脑袋都不会——常常弄得他缩起身子，如果把廖瓦抱坐在膝盖上，——廖瓦也总是感到坐得不舒服，浑身一紧张，自己就已经感到不舒服了；甚至连一句"你好"和"怎么样"父亲也说不好，听起来总有点拘谨、不自然，弄得廖瓦很不自在，低下头来，要是旁边没人看见，他就感到十分庆幸。廖瓦模模糊糊地记得有一次父亲让他坐在单膝上，说道："在平坦的小路上走啊，走啊；又在坑坑洼洼的路上走啊，走啊，忽然——扑通一声掉进了坑里！"——力气可真够大的……即使这样父亲从来也不知见好就收，怎么也玩不腻（是不是因为自己的成功而感到沾沾自喜？），廖乌什卡就只好首先停止玩耍。

　　这样在整个童年时代，廖瓦虽说也经常见到父亲，但每次都很短暂，甚至都不知道父亲的面孔是什么样的：睿智的，还是善良的，抑或是漂亮的……他是在一次很突然的情况下头一回见到他的。父亲到南方的一个下属学院去讲课，差不多已有三个月了，那天妈妈决定擦洗一下窗户，廖瓦在一旁帮她。他们擦完了一扇，准备擦第二扇……房间里的亮光分为两半：一边是飞扬着灰尘的光线，另一边则是春天那明媚、洁净的阳光，——父亲一下子走了进来，他那宽大的茧绸裤带进来一阵风，手里挥动着答谢者送给他的一只新包，上面刻有一个菱形的标识。标识被照得一闪一闪的，父亲穿着一双白鞋，一只脚跨进了盆边的小水洼里……他跟妈妈站在房间的飞扬着灰尘的这一边，而父亲则站在明净的春光里……他很像一张底片，一个网球运动员，很像《健康》杂志的封面人物。他的皮肤晒得太黑了，一头的白发（他的头发早就开始变白了），一张年青人的胖脸，个头高大，穿着一件就像他的头发一样引人注目的、极为合身的敞领衬衫……这里本来应该写一写领口里的男人所特有的刚健而又令人爱慕的脖子……可既然已看不到脖子了，我们也就不屑去描写它了。廖瓦太关注父亲脚上的那只白鞋了：面子上匆匆忙忙地抹了一层牙粉，——廖瓦凝神想象着，父亲是怎样用吐沫把牙刷弄湿，再去擦鞋子的……他就这样记住了父亲现在的这副样子，哪怕再有十年也不会有所变化，他所想象的正是那时所记住的样子：晒得黝黑，充满自信，——似乎从那以后他们就永别了。也或许是另一个原因才记住的：父亲顷刻间就对妈妈产生了影响，并表现为一种廖瓦不曾体验过的难堪，表现为一种淡淡的微笑，眼前的她，站在飞扬着灰尘这一边的老姑娘顷刻间变年轻了，可随即又老了……更重要的是，在那一瞬间廖瓦根本就不在她的眼里。廖瓦顿生妒意，也因此就记住了。结果那天有一扇窗子没有擦完……然而，刹那间，一种生疏而隐秘的爱情生活无声无息地，不知不觉地影响到了我们——我们虽为把情感深藏在内心感到困惑，可又为别人那闪现出的情感而感到害羞，于是我们还是把情感禁锢起来：为时已晚，那样做对我们已不合适了……我们还是言归正传吧：这种事情对廖瓦来说还为时尚早，但他却能感受到。

还有这起"一卢布事件"也把父亲那晒得黧黑的脖子——这一并不重要的形象装进了框子，并镶上了玻璃，这是被一个人（不知此人是谁）所喜欢的脖子，后者对此也深信不疑……其实，几乎也没有一卢布什么事儿，可是对廖瓦来说在很长一段时间里它成了一张比十卢布还大的大票子。他们院子里的一个女邻居，五楼的楼梯台，一匹跑不动的老马，一条喂养三个孩子的母狗——后来廖瓦为了这一个卢布恨了她好长时间！——喊住了他，把他挤进偏僻的窄巷中，廖瓦正替她感到害臊，她告诉他（现在他已记不得，对她用什么字眼合适……），有人在文化休息公园，好像就在餐厅里看见他的父亲同一名年轻女士在一起，父亲把一个整卢布给了一个要饭的！一个卢布的大票子让女邻居感到特别可恨，备受侮辱，气不可遏……公园，年轻美貌的女郎，水上餐厅，送给乞丐的那一个卢布——另一种生活的这一串的诱惑也使廖瓦感到震惊不已，他心绪恶劣地回到了家里。再说——当时还是困难时期，战争结束没过多久……嗬，真像他——廖瓦后来过了四分之一世纪所知道的那样，他们所有的人那会儿并不老——都很年轻哩！父亲不满40岁，母亲也才35岁，可那个可恶的女邻居还不到30呢。

他一连三天都不吭一声，和父亲连招呼也不打，妈妈问他："你怎么啦？"在一阵闪烁其辞之后，他极不情愿地讲出了那张大得不得了的一卢布钞票的事情。看来，他讲的这件事儿对妈妈的震动也很大，因为她当即就镇定了下来。她的脸消瘦了，一见到廖瓦就变得正颜厉色，随之而来的就是训斥，严厉而又切中要害的训斥，现在他明白了，她这样做心里就会轻松得多。无可挑剔的逻辑性，从容不迫，义正辞严，分明是一副起诉的样子，这些都证明她的心情变得轻松了。他们两人的心里变得晶莹透彻，既忐忑不安又很平静，一如哈在镜子上的热气。后来，热气蒸发了，一层暮色笼罩在镜面上，一切都变得昏暗了。

然而，父亲留下的映像没有比那次差旅归来更为鲜明的了，此前也不曾留下过什么映像，除了一张结婚照，当时他是爱妈妈的……妈妈像一只可爱的小燕子，有一双圆圆的眼睛，不到20岁，头上裹着缠头……将这两张照片相比较，廖瓦不能不对其中的变化感到吃惊：一个戴着圆顶礼帽，拿着手杖，嘴角的形状像浆果，眼睛里透出一种叶赛宁式的清纯与绝望，长得像牛犊似的美男子和这个肥胖的，皮肤晒得黑黑的，穿着茧绸喇叭裤的种牛（"仪表堂堂的男子"）竟是同一张面孔。似乎他的父亲一下子出生在两个世纪——上一个的和当今的这个世纪，似乎只有不同的时代才可以有一张面孔，而同一个人却不行。

廖瓦有一次忽然认定自己与父亲并不很像。但也不能说是完全相反——就是不像而已。不仅是在性格上，性格的不同倒是可以理解的，而且就是在长相上一点儿也不像。他这样认为是有根据的，因为他们的脸型、眼睛、头发、耳朵分明就是不像——它们的确很少有共同的特征，但最主要的是，他想用一种巧妙的方法（或许连他自己也不知道用什么方法）故意不去理会的，并不是这种形体上的相像，而是一种真正的，无法捕捉到的，地地道道是他们家族遗传下来的某种相似的东西，而不是相貌上的相像。在少年和青年时期，他对父亲的某些手势或语调越来越感到气恼，连父亲所做的最普通的、最无关紧要的一些动作，他也越来越不愿接受了，这可能就是他们家族遗传下来并得以发展的那种无法捕捉到的相似点，而不愿意非得在自己身上找出父亲的影子的诸种做法只不过是性格形成和确立的一种方式和途径而已……这其中妈妈也起了非常明显的作用：她常常因为父亲有一些改不了的坏习惯而生他的气，如站着用刀子吃东西，或是对着水壶嘴喝水，——其实廖瓦也这样做，她却熟视无睹。这说明她的爱情受到了伤害，她之所以爱儿子，几乎就是因为他身上有一种她为此而做出一副不爱父亲的样子（由于经年累月的经验，她已不必硬去装成这副样子了）的东西。要是廖瓦发觉父亲的动作在自己的身上有所反映：比如说在厨房里一边东张西望，一边对着水壶嘴喝水，——这就意味着，对父亲的气愤在他身上又有所加重，于是他就不让自己发觉有这种相似之处。

而人们显然既看到廖瓦同父亲特别不像，同时又看到他俩特别地相像。当百分之五十对百分之五十的时候，我们就会选取想要的那一半儿。廖瓦选定的是不像，于是从那以后，他只会听到人们说他和父亲是如何地不像。

最后事情到了这步田地，他已经上了大学，并正在经历着那场不幸的初恋的时候，忽然发觉（虽说稍晚了些）自己不是父亲的亲生儿子。有一次，他凭着自己敏锐的悟性，甚至都已猜出真正的生身父亲是谁了。他感到庆幸的是，他可以把这个秘密讲给一个人听，当他转身朝向昏暗的窗口，从抽搐的脸上抹去夺眶而出的泪水，试图用这一诉说来赢得那位无情恋人的首肯的时候……然而，这并没有真正打动她的心灵。可我们这下又扯远了。

但假如我们再继续扯下去，就可以很有把握地说，即便是在和平时期个人色彩很浓的那种生活，也会去捉弄廖瓦的（大约30岁的时候），而父亲开始衰老了，内心里变得晶莹透彻了，这时廖瓦透过这种晶莹透彻的内心，怀着怜惜而又痛苦的心情，越来越真切地看出与父亲无法割舍的，业已存在的那种亲情关系，不愿意看到或听到父亲的那些荒唐而又无关紧要的手势或言谈，而真的转过身去面朝窗子，默默地流出泪来。多愁善感也是他俩共有的特征……

总之，只是到了那个遥远的年代，即我们快要知道廖瓦故事的悲惨结局的时候，廖瓦才会明白，父亲确实是他的生父，他——廖瓦，也是需要有一个父亲的，正如有一回父亲也需要他的父亲——廖瓦的爷爷，父亲的父亲一样。但关于这件重大的事情我们"也"还是要专门来谈的。

假使我们把目标制定得更加具体——写一本有关我们主人公的《童年·少年·青年》煌煌三部曲，那我们就会遇到一些困难。如果说廖瓦对"童年"还记得一点什么：民族迁移（5岁时），偷看窥视，小偷小摸，忍饥挨饿，打架斗殴，几座木房和暖棚以及一些乡村景色，——所有这些倒是可以营造出某种孩童观看民间戏剧的气氛，甚至还可以使这一气氛具有一种密实感，让裸足、光斑、气味、草茵和蜻蜓都散发出满满的诗意（"阿爸，阿爸，咱家的网把死人拖上来啦！"[①]）；倘若他的"青年"时代是在我们眼皮底下过去的，被我们看得真真切切，我们

[①] 此句出自普希金抒情诗《溺鬼》。——译注

便会再献上……廖瓦对"少年"则几乎什么也记不得了,反正是少之又少,正如现在常讲的,"在资讯方面"我们会碰到困难的。似乎我们只能用历史背景来替代他的这些时光年华,但是我们还是不打算这么做:大家已经知道的那些信息就足够我们用的了。所以,廖瓦就像是不曾有过少年似的——上学念书,然后就毕了业。

这样一来我们就得把裤子弄窄一些,把鞋底做得厚实一些,把上衣放长一些。我们还得把领带系紧。那些敢作敢为的年轻人涌上涅瓦大街,想弄清具有历史意义的时代中的一些细节。让我们以公正的态度来对待他们的作用和命运吧。作用是指在共同事业中所起的作用,命运是指共同命运中的一分子。前者尚未得到充分的评价,就像任何一种具有历史意义的活动;后者也未得到应有的同情或怜悯。

不管怎么说,他们把自己也"赔进去了"……他们可不是我们年轻人中糟糕透顶的那一部分,他们乐于接受新生事物,把大好年华(精力)都用在了收缩裤子这件事情上。我们不仅要为此(裤子),不仅要为数年后不期而至的随便放宽裤子的可能性而感激他们,还要感激他们使整个社会都渐渐习惯于容忍另一种东西:另一种方式,另一种思想,有别于你的另一种人,因为这是来之不易的。他们所遭遇到的,可以称为真正意义上的反动势力。对这场缺乏严肃性的、毫无价值可言的、小题大做的斗争所采取的一笑置之的右倾自由化态度(不就是裤子么!……)其实是肤浅的,而斗争却是严肃的。别让"斗士"们意识到自己所扮演的角色:"角色"一词的涵义就在于它已是现成的了,它已经为你写好了,你只需装扮它、扮演它就成。"斗士"一词的涵义就在于此。但愿他们就是想招各自的母黑琴鸡和母野鸡的喜欢。谁要是不想……然而他们经受了迫害、巡查、革除,强制性迁移,就是为了两三年后"莫斯科服装"和"列宁格勒服装"自动转向生产24厘米的裤子,而不再生产44厘米的裤子,可在像我们这样大的国家里,虽说有不少剩余的裤子……

可我们往往偏向于廉价的东西。还是赶紧说一说占据"第二"的доля吧,它只是第一个доля的同音词而已,即不是指"一部分,大蛋糕上的一块儿",而是指"命运,可怜的命运"。在涅瓦大街上你不会再看到他们这些少先队员了……命运使他们各奔东西，四处奔波，他们就这样长大了。但他们毕竟在各自的岗位上为我们今天的生活也做出了自己的贡献，无论其贡献大小。假使他们还是以那副英雄人物的姿态出现于当下，——那他们在进口商品、外汇、洋货、特丽纶织物、拉芙桑衣物……的滚滚洪流中就显得十分可怜了！一想到他们的战斗年华，现在所有的这一切东西，可以说，他们都应该白得（白拿）……他们也应该像老战士那样，有权用散发着酒气的断臂拍打自己的胸脯，以强调他们曾为芬兰人拥有苏联的伏特加和苏维埃拥有芬兰的特丽纶织物流过血。瞧，我又从叙述的时间转回到写作的时间……

　　数年前我还有幸最后一次见到这样的人——四十来岁，满脸都是被生活的重负所压垮的痕迹，但依旧忠诚于自己的那个美好的英雄时代。

　　不可能看不见他。他就杵在那儿。众人都愣住了，纷纷转过头来，惊呆得甚至都没有发出笑声；还没有来得及抬起手来，伸出一只手指向他指去，他就已经趾高气扬地拖着脚步走了过去，这就意味着：10年，甚至15年过去了，——天哪！——真是弹指一挥间……因为他一点也没有变。15年过去了——这还算不了什么，至于说这15年里发生的那些事情过去了——那倒是的确如此！这是一个时代。无论它是瞬间即逝或踱步慢行——谁也不会发现，因为大家都身在其中，同它一起行进。突然就到了当下；而过去，既愚蠢又傲慢，对所发生的变化无动于衷，拖着脚步走掉了，或者按照当时的说法，"溜达了一下"就……

　　这就是50年代初期那个名声最臭的"阿飞"。还是穿着那条裤子，那件从肩上耷拉到膝部的绿上衣，身上佩挂的几乎就是能干的手工业者的家里墙上挂着的那些小玩意儿，还系着那个结儿打得非常精致的领带，还是戴着那个钻戒，额头上还是梳着那种鸡冠型发式，还是那种步态——即使在那个年代也是最为滑稽可笑，最适合《鳄鱼》杂志刊登的那副丑相，就是马戏团里的丑角也早就丢弃这副打扮。"维亚特金[①]……"——有一个老头儿回想起来，可就是维亚特金也没人记得了。再说，此人走起路来是一副一本正经的样子。

　　瞧，他得到的是街人的怜悯和羞愧……没有人笑——大家都窘住

[①] 鲍·彼·维亚特金（1913—1994）：苏联著名的马戏丑角演员。——译注

了：他是个疯子。他是个残疾。天哪！我想，原来人们还总是沉迷于那个时代：别人爱他们，更重要的是，他们也爱别人！简直是疯了……如果不用新的式样把自己遮盖起来，那就同这个疯子一样，对那个时代留恋不已……

这个一向喜欢赶时髦的老手，这个冰糖做的**历史**小兵，不知怎么在它的舌头上没有化掉，反而还有一股昔日的甜味……可这股味道现在也太容易被忽略了！即使它只不过是想讨得母黑琴鸡和母野鸡的喜欢，捍卫过"不过是"第二男性特征的自由，但它毕竟用自己的双肩也多少承受住了一些压力（哪怕是一大团棉絮……），当然也有些压力没能承受住，我们现在可以为此作证；但它毕竟挺住了，并让下一代为了进一步放宽裤子而继续斗争（其实已经变得顺利多了！），不过也可以说它没能挺住，因为它总是把目光朝向对大家来说已经逝去的青春……

城市里仅有的这一个疯人，现在不知怎么根本见不着了，所以也就没有机会试着去作一番检验……可有朝一日（已完全是在当下了，那以后差不多过了20年）我们会在涅瓦大街和花园小街的拐角处碰到一小拨人，大约三四个人。我们的目光不知不觉停留在他们的脸上……我们肯定从未见过他们，对他们的面孔感到很陌生，然而这正是他们——那个时代涅瓦大街上赫赫有名的人物！有"奔驰""吉洪诺夫""速度"……虽说从未见过面，但名字是记得的，正像每一代人不由得会记住那些守门员和那些中锋的名字一样。他们朝我们的脸上看了看，露出一点疑虑的神情，又把目光移开了……

这几十年里他们身在何处？在所有这些动荡的年代里我怎么从未见过他们？而我又是身在何处呢？……他们就站在跟前，但我一点儿也认不出了，有点儿谢顶，脸上浮肿，四十来岁的样子——还显得挺文雅的：在精心培养自己的审美情趣方面，他们总是先于别人……如果多加留意一下，就可以从他们身上嗅出一股淡淡的洋味。嘴里还留有柠檬白兰地的酒香哩，这酒就是从位于拐角处后面的那家"苏联香槟"店里买来的。喂，伙计们，得留点儿神，这些年里你们可开了眼界啦！……他们站了一会儿，从过去的岁月里朝涅瓦大街长长地看了几眼，同众人没什么两样，坐进一辆挂着私人车牌的"伏尔加"，车子开走了，可在我心里留下了一抹难以名状的哀愁:这些年飞逝到哪里去了呢?

是啊,这些年并没有白过,我们不是穿得更好了吗,应该知足了……天哪!这样损害人的尊严是绝对不允许的!

就在具有历史意义的,我们用窄裤子来喻指的那个时代里,廖瓦顺利地读完了中学,考上了父亲所在的那座大学。其实,他不属于那种无所顾忌的人,他没有滑向可笑的极端化——他也利用他们失败的苦果,依据法规(虽说快要到被允许的极限了)来慢慢将裤子变窄。既不可笑,也不危险……我们肯定说不出,究竟是什么教育了我们,又是在何时。在大学里,在喜欢读《青春》(杂志)的那段时期,它就已经习惯于占据最大的(理想的),但又允许的范围:以填满所提供的整个容量。

可是这套新衣服,不知怎么我们缝了好长时间,其实现在大伙儿早就穿在身上了,我们要把它穿到廖瓦的身上,再继续往下讲……甚至就连廖瓦父亲的那条宽大的裤子,尽管穿得很当心,也多穿了五年,但还是穿破了,不得已,只好跟大伙儿穿得一样了。确实是这样,就是现在也可以发现他的穿着打扮是落伍于时代的(大约落后三年),还可以发现他对厚呢子、咔叽呢等"质量好的"面料十分留恋。

1955年廖瓦给自己做了第一套衣服,是英国时装杂志为1956年设计的款式,这套衣服他穿着十分合身,因此而征服了第一个女人的心。或者毋宁说,是第一个女人征服了他的心。法伊娜……

虽说廖瓦进了大学,似乎离童年对科学的梦想又近了一步,可实际上他却无心于此。倒不是因为他发觉这份崇拜是不切实际的,或是幼稚的(廖瓦还不至于持批判态度)——而是他变懒了。再说也应该开始明白,或者至少是感觉到这些头戴小圆便帽的学究蛮不是那么回事儿,尽管宇宙进化论的首创者还会打网球,还喜欢带着画板去野外写生,但这并不能说明理论本身有什么价值……虽然父亲从未向廖瓦灌输过这方面的思想,也没有向他透露过学校里的一些内幕:不知是为了爱护廖瓦呢,还是为了保护他自己。事实上,廖瓦对一些事理总要比别人明白得更早。但如果父亲能把当时对自己非常不利的一些秘不可宣的真相隐瞒起来不让儿子知道,那么其时代本身就没有隐瞒什么。于是,尽管廖瓦的家里笼罩着十分慎言小心的气氛,但总有什么东西在骚动不安,似乎空气也在蠕动,忽而窗帘被换了,忽而餐具又被洗过了一遍,花瓶又重新被擦过一遍,最后阁楼也被拆掉,但又重新砌了起来——似乎有一种多余的能量,附加的光色……

(后来在电影里就多次出现这样的镜头:主人公默默地、神态安详地走到窗子跟前,振臂一挥,推开了窗子,并传来歌声——"溪水潺流,白嘴鸦高飞,还有那树桩……",可就连导演本人也不会知道,他干吗每次都要做这个动作——只要瘫子又一次站立起来,或者,终于开始按脚本摄制新的影片……其实就是因为从此之后就可以在影片中出现猛然推开窗子的镜头。)

时代变得越发鼓噪起来,有时也会清醒过来,那时便会悚然一惊,并向四处张望,但一看啥事也没有,没人注意,也没人来抓把柄,指出他的话前后矛盾,便说得更加来劲了。廖瓦的父亲,虽说不跟别人闲扯,但受时代的垂教,也会走进厨房,晃动着身子,抽着烟,听一会儿从大学里回来的儿子廖瓦讲的各种笑话……他就这样听了一会儿,只是出于习惯而眯起双眼,他对这些笑话未表明态度就猛地转过身去,不过这也还是出于习惯,回到自己的书房,抽抽烟,喝喝茶,敲敲打字机。看来他对这种闲聊是持否定态度的,但没有表露出来,而只是抽抽烟,眯了眯眼睛,但这不能说明任何问题——这是他的习惯使然。

时代开始聚众热闹起来——似乎以前不曾有过朋友、客人和生日。现在人们连借口也不用找就欢聚一堂,来享受那种精神上的趋同和对亲朋好友的惊叹:原来,他是一个多好的,多聪明的,或者多有才干的人啊——不过,人们这么喜欢他全是为了自个儿。时代在鼓噪。于是人们就浮到面上来,惬意地晃荡着,就像是喜欢躺在水面上的人终于等来了假期,在温暖的海水里晃荡不止……

我们曾顺便提到过的那个酒鬼老头儿,这时又出现了。假使在他身上没有独特地反映出所有参与者的缩影,那他就不值一提了。(没准儿值得一提的就是他一个人呢?……)在廖瓦出世之前,他曾是他们家的朋友，曾爱过廖瓦的祖母和母亲——就是他现在又回来了。他是一个直爽而恶毒的人，对什么都觉得无所谓，随随便便，经过一番努力他搬回到原来的住处，像十年前那样，又成了奥多耶夫采夫家的邻居。

有一次，廖瓦从学校回来，透过两扇敞开着的房门，看到有一个陌生的老头——一边气鼓鼓地，腿脚不大灵便地走着，一边指挥着别人把廖瓦从小就很眼熟的那些东西（我们跟那些东西的关系……）搬出来，那些东西是：镶嵌在鎏金黑亮的葡萄藤做成的框子里的椭圆形镜子；台灯，就是过去的煤油灯（搪瓷和青铜做的）；刻有一对黑孩子的爱神雕像（他们是古罗马的占卜官）的手杖和一个光滑的红木长柜，廖瓦小时候曾在上面把骨制圆片当足球踢着玩，那按钮滑动得非常轻快……老头儿用难听的脏话把扫院子的那人臭骂了一通，因为那人把柜子搬进房门时，方法不当。他拍了拍柜子，用颤抖的双手恶狠狠地指点那人该怎样把柜子搬出来。那人傻呵呵地摆出一副乐于听命的样子。

这时廖瓦一眼看到了父母亲，他们差不多跟打扫院子的那人一样在乐颠颠地忙乎着。他们紧紧地盯住老头儿的那张嘴，听到他说出的在一般的家庭里严禁使用的那些脏话，似乎感到非常惬意。他们的脸上舒展光滑，差不多就跟结婚照上的一样，一旦有了爱的机会，他们的面孔就很容易变成这样……直接反映在父母脸上的这种坦荡的，不受任何关系的影响和扭曲的爱使廖瓦感到十分惊讶。这种爱的机会就是青春的再现。过了很久廖瓦终于明白，对老人的爱之所以一下子就让人乐于接受，是因为这种爱只要在形式上是无私的，那么在奥多耶夫采夫的家里就几乎可以成为唯一的一种爱的方式，这就是互爱。

"嗳，廖瓦！这就是狄更斯大伯！"接着廖瓦就感觉到了一只硬邦邦、热乎乎的手，看到了一只像细瓷般泛白的袖口和一个玛瑙色的袖扣……"你接一下！……"于是廖瓦接过那面椭圆形的镜子，并尽量把金色葡萄藤镜框拿得稳一些；他在镜子里闪现了一下——他的影子对他也太无礼了：他显得体格壮硕而又笨重，他倒觉得老人体态"优美"（该词由于长期不用，已被人遗忘了）；但如果词语被人遗忘，或是还没有合适的词语来表达，只觉得非常显眼，只有一种无言的、说不出来的感觉，岂不怪哉。

感情在这位老人身上的酣畅流露使得廖瓦感到十分惊奇，简直有一股魅力：无论是嫌恶、冷漠、生硬的态度，还是咄咄逼人的贵族派头……就连那件稀条纹的、落伍的、战前就有的、穿在干瘦的身上像宽松的短上衣一样晃荡不已的蓝衣裳似乎到了下一个季节便会流行起来：因为它看上去十分雅观（廖瓦的那件英式衣服是做给母牛穿的，现在也正穿在母牛身上），那件衣服在整个战争年代里似乎一直都放在箱子里，像折信纸那样叠成四折，于是首先留下的正是这四道折痕；还有那双樱桃色的半高靿皮鞋，鞋尖的样式已经老掉牙了，由于上漆的缘故上面裂痕斑斑；还有那件衬衫……天哪！并不是随便什么人都可以穿白衬衫的……因为他们不能彻底保持干净，就是这么回事儿！……还有领带（这可不是普通的领带，而是领饰）上的佩针——在廖瓦看来，那上面闪耀的是钻石，纯净的清水。那脸庞……廖瓦已经爱上了狄更斯大伯。他，狄更斯大伯显得异常清洁。而且他并没有经过"洗濯"：要是那样，一眼就能看出来的，——他总是干干净净的，感觉不到他身上有任何气味……如果考虑到这一因素——他是从哪里回来的，就觉得有些不可思议。他特瘦又黑；最后的几根银丝中间有一道分缝，梳理得非常精细（后来廖瓦发现狄更斯大伯有一把专门用来梳头的银刷）；嘴抿得像手风琴折层似的，特别具有讽刺意味——狄更斯大伯还没有来得及装假牙呢；而眼睛——杏仁似的，分得很开，虽说像蒙古人那样，但却很大——简直就是马在打着响鼻儿，斜着看人时的那双眼睛……在浓墨重彩地描绘了这幅肖像之后，需要说明的是，狄更斯大伯显得干瘦而精巧，但又不能说矮小……"你这死人往哪儿钻！"他用拳头捅了捅扫院工的肋骨，大喊一声，他的声音也是俄国人特有的，就像司祭的说话声。

这些东西在廖瓦看来都是家常物品，但狄更斯大伯却把它们看得很重。也就是说，他这一辈子，东西还是有那么几样的，却没有家……

狄更斯大伯（德米特里·伊万诺维奇·尤瓦肖夫），或者叫米佳①大伯——廖瓦管他叫狄更斯，只是因为很爱他，一生都在揣摩他，也还有别的什么原因，但却难以说清，——参加了所有重大的战争，而在别

---

① 米佳："德米特里"的小名。——译注

的时期,在那几次战争空隙之间,却在闲待着。第一次世界大战期间,他小小年纪就当了陆军准尉,自然是沙皇部队的军官,国内战争期间摇身一变,成了红军的指挥官,是最后一批复员的,本来要到行政部门供职,可就在廖瓦出生前不久却去了西伯利亚,后来因为他是基干军官又被召回到前线参加第二次世界大战。复员那会儿,不知他是在什么地方看中的,也没准是从德国运来的(这种事情他是干得出来的),反正有了这三套家具,却没有住房——于是他就把它们先"存放"在奥多耶夫采夫的家里,当时他们一家刚从"疏散地"回来,除了一套空荡荡的住房和还健在的祖母外,什么也没有。有一回,他突发慈悲,一下子大方起来,把家具赠送给了奥多耶夫采夫一家——可不久他就拿到了房子。于是他又让当时已添置了一些家具什物的奥多耶夫采夫一家把他馈赠的礼物暂时"存放"在他的住房里,随即那三套家具送到了尚无人居住的空房里,后来他就回到了战前的那些年代所待的地方。

　　现在,米佳大伯彻底回来之后,却绝口不提他当初曾把这些家具送了出去。所有这些年里他一直惦记着住房里还没有摆上家具呢,于是,与奥多耶夫采夫久别后一见面首先提到的就是那份清单,上面列有暂存在他们那儿的家当。还列有一只箱子,里面好像装的是:一把"吉列"剃须刀,一套发刷——还有一些从旧杂志上剪下来的画。——过了目,并恶狠狠地把母亲骂了一通,说她不该在他的柜子上熨衣服,其表面光滑度因此而受到了影响,——他把所有这些家当通通拿走并搬到楼上去了。

　　妈妈听说米佳大伯真的收回了他的赠品,反而觉得满心欢喜……可就是米佳大伯的这份小气,甚至是吝啬(更何况它们所表现出来也还是有一点理由的)——奥多耶夫采夫一家也觉着这是人世间极为可爱的特性。再说,米佳大伯本人还凶狠狠地撮起没牙的嘴,故意强调一下,我就是小气,我就是喀山酒馆小老板的儿子……他还扬言,关于白菜汤和蟑螂的那则著名笑话,就是他编出来的,其中的人物原型就是他的父亲……——他本人就被灌了许多生活之酒,所以很容易醉,一说起酒馆老板,就不免夸大其词……可让廖瓦感到惊讶的是,就连米佳大伯的缺点也很有特色,也会让人喜欢。很有个性。

他们住宅里的空气又流通起来了，似乎人们一直记得的，突然又遗忘了的一间倒塌的小屋被人扒开了，破损的维也纳式椅子被运往别墅去了，它们在那里非常适合待在淋雨的地方，而在这里人们把窗子擦洗干净，它就朝向另一面——径直对着花园……米佳大伯常在晚上来，带着他的细颈玻璃瓶（标识为花体字H，下面还有一根小棒子），于是大家都聚拢到厨房里。廖瓦不记得他们一家人曾在何时聚过，虽然一共三口人……就连父亲似乎也十分情愿地走出书房——昏暗的练步场，满脸高兴地一直听完米佳大伯那充满机趣的闲聊。他似乎一辈子都把内心的无聊深藏在自己的书房里，在那里听着自己的脚步声，感到极度苦闷。只要米佳大伯一来，父亲就几乎不再眯缝眼睛了……妈妈笑盈盈地、迷恋地看着米佳大伯，当她把目光移开，越过糖罐或勺子，投向父亲或廖瓦时——还没有来得及变换表情哩，这一幸福之光也照亮了他们的脸上，他们一家人都把目光从米佳大伯的脸上移开，彼此看了一眼，都没有来得及变换自己的眼神，看到对方的这种滑稽可笑、是耶非耶的眼神，真是其乐陶陶，对这份乐趣还未加以领会和品尝，只是羡慕地朝对方使了使眼色……廖瓦的家里喜气洋洋，而这似乎正是没有家室的米佳大伯给他们带来的。米佳大伯经历过的事情很多很多，比任何人都多。我们不知为什么需要这样做——让别人多谈谈他自个儿的事情……

有一回，米佳大伯讲了一件事情，说得非常贴切、精当，妈妈听了笑得很甜，可父亲笑得很不自然，而廖瓦却显得悲悲戚戚（是由于妒忌，全是那个法伊娜），——他不怀好意地朝父亲扫了一眼，甚至在想，他的父亲实际上是米佳大伯。

妈妈有一张米佳大伯"年轻时"的小照，是战前拍的，上面题有充满爱意的字儿——美男子，雅士，让人爱煞的君子……廖瓦拿着相片在镜子跟前站了一会儿，发现他俩长得是一个脸型——这下他深信不疑了。米佳大伯比父亲也就大个10岁左右，至于说没有牙齿，那也不难解释，看来他缔结的是一桩不相称的婚姻，廖瓦做出了这样的判断。由于米佳大伯显得消瘦、精壮而黝黑，最主要的是有一副凶相，所以看上去比脑满肠肥、两耳不闻窗外事的父亲年轻。又把父亲比较了一下：列夫·德米特里耶维奇并不比尼古拉耶维奇逊色……

其实并不是米佳大伯讲了什么非同寻常的事情。而是因为他喝醉以后，就会对人世看得越发清晰和真切。"废物"——这便是他的结论，可听到米佳大伯做出的这种结论，心里差不多都要为之一振，因为每次都不会怀疑：他说得对不对，准确不准确。就像任何一个非同一般的嗜酒成性的人一样，他显得特幽默，无论是手势，还是讥笑、冷笑——所有这些都完全代替了语言，总是充满了机智。准备回答什么样的话，他好像先要在脑子里过一遍，我们能捕捉到他的思想，知道他想说什么，可后来——他什么也没说，因为无论什么话都已不值一说了，他只要不失时机地嘿然一笑，我们大家也就跟着发出爽朗的、会心的笑声。

廖瓦有一回在他面前吞吞吐吐地说起自己不该步父亲的后尘，并为没能去研究"纯"植物学而感到叹息……米佳大伯一扫廖瓦身上残存的这种"书生气式"的敬仰之情，因为这也是一种"废物"。原来，米佳大伯在战后正是被派到这样的研究所去工作，因此他知道得很清楚，"你的这个"植物研究所其实就是废物，一个装有蜘蛛的罐子：你越是仔细，越是考究，就越发相信，那里边，在那份寂静中其实是闹哄哄一片，像蜘蛛般的纷乱……于是他——米佳大伯就从那里被押送出来了。"我是总务管理人员。孟德尔①和摩尔根②跟我有何相干？！可所长这个家伙，以为我之所以不搭理他，是因为谴责他迫害摩尔根学说的拥护者——于是我就被押走了。我根本就不习惯于把手伸给畜生们去握。干吗要提到孟德尔，既然一看他的嘴脸就知道他是个畜生！……他就来诬陷我……！"正是由于这个研究所，所长，以及那个可怜的毫不相干的孟德尔的缘故，甚至就连天气也变成了废物，廖瓦变得随便、开心起来，我不知道，怎么才能解释清楚这种效果。

---

① 孟德尔（1822—1884）：奥地利自然科学家，遗传学说的奠基人。——译注
② 摩尔根（1866—1945）：美国生物学家，遗传学家创始人之一。——译注

狄更斯专篇

没有家室的狄更斯大伯一下子就成了奥多耶夫采夫家不可或缺的人物,这是因为他总是孤身一人,而自己的家……

廖瓦喜欢跟狄更斯大伯待在一起。喜欢狄更斯大伯把他抱到"双人小沙发"上,塞给他一本"色情小人书"翻翻,然后到厨房去沏茶,于是廖瓦就一个人待着。这间小房子似乎是专门为了他在童年时不顾任何禁令,偷偷钻进去玩耍而建的。狄更斯大伯的小套房正像一本童年时禁看的小人书。

小房间是从大套房单独分出来的("划拨出来的"),整个儿显得很可爱——小巧玲珑,在所谓"总"面积中只占一小块地方(没有登记到住房证上),房间里的所有东西都是像狄更斯大伯这样的单身男士不可缺少的,至于别的东西,那是怎么也放不下的。房间里拥挤不堪,似乎一切都移了位:洗澡的地方变成了做饭的地方,原来的"茅房"(狄更斯大伯说"厕所"这个字眼听起来比"茅房"更为不雅)——装上了淋浴喷头;简直就没有立锥之地,前厅的挂衣架下就是抽水马桶(不知狄更斯大伯是怎么说动施工管理人员的,不过他跟他们很谈得来,他们也很乐意听他的话)。所以我们一进门,首先看到的就是抽水马桶,不过看上去特别白净雅致,——当狄更斯大伯早晨弯曲着困惫的身子坐在上面的时候,就能看到他所喜欢的那条"缎绦"线。以前是谁蹲在上面的呢?——狄更斯大伯说,肯定是"大人物",而现在,用他自己的话说,就是由他来蹲,而且还用一件被衣蛾蛀坏了的旧式贵族皮袄(也是碰到一次什么机会弄到的)把窗户遮挡起来,但我们上门去找他的时候,从未碰见他在做这件事情。他好像根本没有生理上的需求:不睡,不吃,另外还有什么同样也不需要。他在这方面也太过分了。"刷牙的时候,不要往外喷泡沫!"有一次他教训廖瓦说。他自己只是喝点水,洗洗手和脸。"米佳大伯是个爱干净的人,"妈妈开玩笑说。

这个老酒鬼的所有东西倒还真的显得极为干净(这是一种自觉的利

己主义的表现）：地板刮得像农村里那样干干净净的，狄更斯大伯在家里常常打着赤脚走来走去。廖瓦有一回对眼前的这种一尘不染表示惊叹时，他极富个性地皱了皱眉头，说："你根本就不知道早晨醒来时的那种滋味儿……"的确如此，只要你哪怕碰上一次机会在上午看到一头花白硬发的狄更斯大伯穿着雪白的长衬裤，披着奥伦堡出产的绒毛披肩，在拥挤的小套房里走来走去，看见他没完没了地喝着茶（他从来不用喝酒的方式来解宿醉，一直到晚上"18点整"他滴酒不沾），看到他没完没了地嗅个不停："你有没有感觉到有一股难闻的气味？"（这是你一进门所听到的第一句话）——那么你就会懂得狄更斯大伯为什么会有这种洁癖，尽管他对蹲战壕、住简易木棚那档子事儿绝口不提。不过，这一点他是白担心的——他那儿根本就没有什么难闻的气味。但是他有一套衡量有无难闻气味的独特标准。弄得廖瓦每次从他那儿回到自己家里后总是嗅个不停。

　　狄更斯大伯什么都有——就连"壁炉"也有。实际上那并不是什么壁炉，而是叫做"女资本家"的小炉子，不过显得非常雅致，而且还很好烧，最后一次战争期间他几乎一直带在身边。因为狄更斯大伯唯一无法制服和驾驭的就是他身上的脉管。他经常感到空气不足，加上又怕闻到难闻的气味——所以窗户一直敞开着；他总是感到冷得不行了，浑身直打颤（"狄更斯大伯是一只苍头燕雀①，"妈妈说，"是一只苍头燕雀。"）——所以他的"壁炉"也就呜响起来。在家里他不是打着赤脚，就是穿着毡鞋。要让自己的脉管适应环境，那是他永远也办不到的。

　　早上就可以碰见他在书房里读书：房间里开着窗子，他赤着脚，披着奥伦堡出产的绒毛披巾，穿着长衬裤，背对烧得很旺的"壁炉"，手里捧着打开的书卷——不是达利编纂的《俄语详解词典》，就是《荒凉山庄》，或《战争与和平》，——他显得很优雅，叫人见了不能不生出爱怜之情（虽说他压根儿就没有这个要求），这副情景总是让廖瓦异想天开——觉着他捧读的不是那本众人皆知的，而是另外一本《战争与和平》，这倒不是说，他是在按照自己的方式去读这本书，而是说，的的

---

① "苍头燕雀"一词是双关语，与动词"冷得打颤"同根。——译注

确确是书名相同的另一本《战争与和平》，书里也有娜塔莎，也有包尔康斯基，但却是另外两个人物，作者也叫托尔斯泰，但却是另一个托尔斯泰……的确是这样：不可能是同一本书。

总之，与米佳大伯相关的一切，到了廖瓦的眼里都骤然焕发出新的光彩……甚至就连所有的人都经历的，比如说，历史，——只要同米佳大伯沾上边——就会获得奇特的光学效果：廖瓦就可以渐渐看到它，好像它真的存在过一样。米佳大伯所遭遇的一切似乎都不会变得黯淡无光——他犹如一枚被投进时间之水的银币，——这种水的绝妙之处，奶奶好像曾经大肆宣传过……廖瓦渐渐看见了。他似乎从未写过课堂作文，从未看过电影，似乎在学校里没有上过历史课……也未必能说米佳大伯讲得很多——其实他什么也没有讲（倒不是出于谨慎，反而是因为"可以"讲了），——可蹊跷的是：只要米佳大伯一用起"国内战争"，或"卫国战争"，或"十字架监狱"一词——那么"国内战争""卫国战争""十字架监狱"就真的历历如在目前，似乎廖瓦还亲眼看到米佳大伯也在其中。米佳大伯是一本心灵特写集，毋庸讳言，这本集子并不常见，他使用一个简单的字眼就营造出一份真实。于是廖瓦就感到嘴里有一股真实所发出的金属气味，便一个劲儿地吞咽唾沫：这事儿发生过，那事儿也发生过，然而所有这些都发生过。米佳大伯本人就是一个非凡的、罕见的、特殊的例子，他似乎在用自身的这个例子来强调那些最为遥远的、最不可思议的种种事物具有极大的现实性和可能性——因为所有的事物想象起来都比想象米佳大伯来得容易些，而他——这不，就在你的眼前。原来米佳大伯似乎已失去对隐忍的记忆，在他身上已没有那一小片受到刺伤的地方，已没有疲惫、狂暴，而只剩下其结果和成就——也不必再去想了：一切都已过去，都已结束，都已烟消云散。在革命门洞处刮起一阵风，把小山脊从新月形沙丘上刮掉了，马儿刨着蹄子嘶鸣着，米佳大伯竖起衣领，他被子弹击穿，一个生命流失了……没有比属于你的那份陈腐的东西更加甜蜜诱人了，没有人比主动提出要我们对我们已失去信心，但依旧恋恋不舍……的东西充满信心的人更加伟大了……因为要去爱大地上的……天哪！这是多少次啦！——可又有人得手了……还是那些话，说的也还是那个意思……

米佳大伯手里的那本《战争与和平》——委实是另外一本书。

将近三点的时候，他开始忙活起来——刮脸，洗盥，洒香水，系领带。目睹这番情景是令人愉快的——可又有谁见到过呢。廖瓦有一回有幸遇到狄更斯大伯在梳妆打扮——那是他无法忘却的：那副情景简直是精雕细刻，有一种庄严之美，虽说狄更斯大伯并不是拜物主义者。他的梳妆过程简直就是一本描述事物本质的小说，他所触及的似乎就是每个事物概念本身，而不是它的物质形态。当他在穿衬衫的时候，他仿佛是在体悟衬衫，系领带的过程——就是体悟领带的过程。不到五点钟，他已一切准备就绪。约摸17点30分，他便前往"欧洲"饭店（是走去的，他对城市的公共交通颇有微词，可又舍不得花钱坐出租）。他一面跟别人打着招呼（大家都"认得"他），一面登上"房顶"，正好赶上日间休息以后晚间重新开业——他走进空荡荡的大厅，只见刚刚铺好的桌布白得泛出蓝光，服务生们还没有显露出疲惫的神情，还没有变得粗鲁无礼，室外的光亮正好从玻璃顶上渗透进来。他就在这里吃午饭，并开始喝起当天的头一杯酒。这酒一直要喝到奥多耶夫采夫家才算喝完。

他的生活大家都很了解。总的来说，他的用度不大——"就靠平反后所得的抚慰金过日子，"他常常这样自言自语。在生活上，他基本没有什么需求。既不需要什么东西，也不需要什么人。"需求和废物——一对同义词，"他说。

如此说来，这套滑稽可笑的住房的心脏便是书房——但并不是父亲的那种具有沉重感，用于劳作的书房，这种书房的用途早已被人遗忘，现在再也见不到了：一个男人，一个绅士独自一人待在里面写写信，翻翻小说，躺下歇一歇，——廖瓦也喜欢一个人在那儿待上一会儿，在为坐得不舒服设计而成的双人小沙发上，翻翻某部专著，比如说是写比尔兹利[①]的；那是一本诱人的，像小孩所犯的过失那样无关紧要的书，但仔细一看——原来是一间童年时所遗漏的、禁止出入的小房子。他借来看完后又还给狄更斯大伯的那些书也都填补了他童年时的空白：《阿佛

[①] 比尔兹利（1872—1898）：英国素描画家，其绘画手法对现代派线描画很有影响。——译注

洛狄忒①》《阿特兰提斯②》《绿呢帽》,——曾几何时躲在被窝里,打着手电筒读过这些书的呢?……

他把放在我们家的东西拿回来,还真的做对了,廖瓦这样想道,他辨认着椭圆形镜子里从远处显示出来的、变得模糊不清的自己的映像,那仿佛是从前的小廖瓦的影子。在那个矮矮的、长长的,像是上了漆那样发出光亮的框子上方,在粉红色的、涂着宽宽的白色条纹的小墙上——挂着皮维斯·德夏瓦纳③("皮依斯庄安"——到了小孩子嘴里就会说成这样一个词)的两幅画,他是狄更斯大伯喜爱的画家,它们可以傻傻地看上好长时间,就像是在咽颊炎复发期躺在床上看墙上的裂纹和壁纸一样……在靠近窗口的地方——有一个小三角钢琴,狄更斯大伯常常用它来弹奏出格里鲍耶多夫圆舞曲中的集成曲的主旋律("米佳大伯的乐感那真叫绝,"妈妈常说)。在远处的墙角里有几件遮在阴影中的破玩意儿:一件是放脸盆用的螺旋形三脚架——上面歪歪斜斜地竖着一面小镜子;支架的后面,墙角的最里面支着一张折叠床,结构像蜈蚣似的一样繁复,这张床(如同脸盆一样)狄更斯大伯从第一次世界大战开始就一直带在身边用到今天。狄更斯大伯独自一人是怎么对付得了这张床的,这使得廖瓦困惑莫解,因为假如他也在场的话,那他肯定得搭把手:扶一扶,托一托,拉一拉,——就是他们两个人,也会感到很费劲的。"不是这样,废物!"狄更斯大伯发起火来,他说的不是折叠床,而是廖瓦。折叠床最后总算打开了,在小孩看来这简直是神奇的事儿,本来一抱木杆,忽然像手风琴折层似的撑开了,变成了一件多脚的、像拱桥那样精致的、又像篝火那样摇晃不定的用具,上面紧绷着吉卜林帆布,绷在木杆和钩子上,帆布打着补丁,任何一个寡妇见到如此细致的手工都会唏嘘不已。

甚至把为数不多的,紧挨书房一面墙(即正对着坐在双人小沙发上的廖瓦)放着的东西,列举一遍似乎也是困难的,尽管物件不多,但很容易在不经意间就会沉浸于其中的任何一件——所有这些都是"属于

---

① 阿佛洛狄忒:希腊神话女神,司管爱和美。——译注
② 阿特兰提斯:地名。据记载,它是直布罗陀海峡以西大西洋上的大岛,后因地震沉没。——译注
③ 皮维斯·德夏瓦纳(1824—1898):法国画家,象征主义画派代表人物。——译注

某一个人的东西"（不知道在这些词语中该突出哪一个：它们都是重读词），即：是属于狄更斯大伯（德米特里·伊万诺维奇·尤瓦肖夫）的。老人有自己的品味。不是现代人的，既力图挤入高层社会群体，而又不凸现出来，始终与已达到的水平融成一片的那种半吊子趣味，——他有自己的、他的品位，既有高雅的一面，又有鄙俗的一面，颇具颓废派风格（热衷于"缎绦"），但不自惭形秽，而是自尊自爱，也就是说不去谄媚逢迎，摆出一副假斯文的样子……他身边的东西都是他喜欢的——这也是他生活品位的根本条件。东西的摆放也是这样：既有品位，也很随意，——东西不会总是固定放在一个地方。像是不断有新东西替换进来……狄更斯大伯说：这儿，不对，是放这儿，而这个——就搁这儿，不是这样，废物！侧放，侧着放，贱人！而这些破玩意儿是哪儿来的？我的？……就算是吧。要不就把柜子挪到大钢琴的位子上？……也许这样更好一些？……算了，就这么着吧！——说着就洗手去了，回来时厌恶地甩了甩双手，找见了挂在三脚架上的毛巾，下面是一个和平时期闲置不用的脸盆……

（我们不妨回忆一下上面提过的城里的那个疯子：他是驻足于涅瓦大街"黄金时期"，1953—1954年的典型代表，20世纪60年代依旧坚定不渝地保留着这一面貌……这就叫差距，这就叫反差！米佳大伯似乎也忠实于过往的时代，即黄金时期……从那之后过去了这么多年……可差别却是如此之大！）

……"灯在哪儿呢？灯呢？"廖瓦收住思绪，突然想道，在左肩的后面他看到了灯，自然是同"壁炉"挨在一起的……又看了看门口：狄更斯大伯该回来了，——于是狄更斯大伯真的走了进来，手里拿着煅烧过的镍制小水壶。

父亲（续篇）

……每天晚上都是这样。米佳大伯把一小瓶酒喝完，并随身带走空瓶——通体开始发黄,因为"米佳特酿"的伏特加是用茶叶浸泡的……米佳大伯烂醉如泥地走了,尽管摇摇晃晃的,但还是保持了某种优雅。爸妈又说了几句:那段时期真是"可怕"(米佳大伯弄得父亲心力交瘁……),老头儿真的什么也不用犯愁,贵人一个……他们就这么说着,紧盯着米佳大伯的目光渐渐冷静下来,他们的热情也在消退……"正义终究会获得胜利的,"他们说道,并完全冷静了下来。突然心不在焉地打起哈欠,便各自睡觉去了。

"正义"取得了进一步胜利——米佳大伯是第一只春燕——居然让家里人想起了爷爷。所有这些年来爷爷一直都活着!——这使得廖瓦大为震惊。他做出了孩子式的反应:火爆三丈,大声叫喊,满嘴都是粗鲁无礼之词……怎么敢一直瞒着他!如此巧妙地瞒了这么长时间……——简直难以想象。全是为了让他在学校里轻松一些,为了让他不说漏嘴……廖瓦为自己小时候特别喜欢老大爷而感到懊恼,那时候每次从白胡子的老人身边走过去,他都不会无动于衷(一看要饭的是大爷,那总要让大人掏出一戈比,可看到要饭的是老太婆——他就不会这么做了),显然这说明,小孩的心中装着所有的人:当时奶奶还在,她一直等到有了孙子,战后跟他们一起生活了约有三年,可爷爷不在了,这对廖瓦来讲是残缺不全的,不够完整的,虽然这几乎是察觉不到的。为此孩子们比那些只关心睡在什么地方,吃什么东西的动物们更需要家人都在,——仅此而已。所以这会儿一知道爷爷的事情,廖瓦就对自己的童年感到气恼。姑且不说,猝然死亡是一种绝对量,当他得知一直被说成死去的人居然还活着——这一消息也相当于那种绝对量。真是一场噩梦。

绝对量还是那样的,可是这一消息所引起的表现却是相反的……由于廖瓦大为恼火,父亲为此感到局促不安而不知所措,承认这样做当然是不好的,但他——廖瓦也应该理解,等等。况且(父亲低下了头),他自个儿也不知道父亲是死是活,因为他曾写过信,说祖母已经去世,可他没有收到回复……对父亲的话,看来廖瓦从内心里是愿意相信的,即便是说谁死了(在我们这里也是常有的事儿),连想都不想——就会相信的；打那以后他想得更多的是：爷爷一直是活着的，而不是：爷爷的复活带有侮辱性的意味。

　　这确实也是更为重要的。自己的生活中又出现了一个人，廖瓦慢慢地学着把他当做是一个活生生的人，一个亲人来看待。这里暗含着一场隐秘的游戏，所以一想到爷爷，在那遥远的、堆放着簿本、落满灰尘的地球仪、滑雪杖等各种杂物的意识深处，就会闪现出一幅难以形容的，跟爷爷自然没有任何关系的、战乱中乡村童年的画面：板棚，原木，小鸡——远处是一片草原；或是森林里的小河，河湾处是一片浸水草地，草地上有一个溺死者，静静地躺着……一提到"爷爷"这个字眼，顿时就会出现这样的画面，其实它毫无意义而不足为念，于是廖瓦又将它抹去，接下来就对爷爷加以合乎情理的推断，对他进行"推算"。

　　在妈妈的隐秘处翻到了爷爷的相片——近来发现家里原来藏着好几匣子照片，多得令人难以置信！其中只有一张是结婚照……爷爷朝廖瓦看着——这张窄脸漂亮得简直难以想象，甚至都让人觉得有一股凶气——就是他！原来就是他……爷爷直盯盯地看着，眼睛一眨也不眨，似乎那光滑的双颊是塌陷在目光里的，清秀俊美的鼻子也是附属于目光的；眼眶和眉毛——往上凸起的高窄额头的女像柱（目光正是从那儿，圆柱后面射出来的……）；深色的胡须，唇髭，连鬓胡（这些地方本来都与目光无关）——所有这些由于同几乎是黑色的背景联在一起，因而也显得黑乎乎的，满脸的目光就是从所有这些地方看着廖瓦的。爷爷显得很年轻——这些照片上的脸都显得很年轻……所有这些俊俏的脸过去都藏在哪儿呢？多半不是存在于现实生活中的，廖瓦在街上一次也没有遇见过，甚至在自己的家里也没有遇见过……父母亲把自己的脸藏到什么地方去了呢？是藏到橱子后头，床垫底下？这些脸分别藏在分散在几处的几个匣子里，它们用惊奇的、在镜头跟前还没有失去神色的眼睛看着照相馆主人的花体名字……不过，它们是脸朝上放着的，就像是躺进棺材里一样，——这是由一张纸脸组成的一个公墓，脸上还没有表现出有什么要求，但却绝对跟我们不一样，它们都无可争议地属于一个人，这使我们受到了刺激。他肯定在什么地方见过这张脸……好像是在做梦的时候，梦中曾经见过，而不是在现实中……他忽然明白过来，是在埃尔米塔日博物馆，在一幅画上，已过了50年……太可怕了……

眼下，他一边揣摩着爷爷的模样，一边拿米佳大伯来同他进行比较。于是他就轻松了一些。再说也没有别的样板了。

有一天晚上家里人情绪激昂地议论说，某所省城大学《丛刊》上的某篇文章以赞许的笔调提到了爷爷。还有一本厚杂志在列举人名时也把他"一笔带过"。爷爷的名字渐渐地从无到有了。

一家人在厨房里就达成了共识：这个名字既不应也不该被人遗忘，爷爷是一门新学科领域的创建者，是一个完整学术流派的奠基人。他所做的，十年后才在西方引起反响，其优先发明权本来是我们自己的，可现在我们却落在了人家的后面……父亲气愤已极，脸色都变白了，一反常态地变得大胆妄为，一把夺过米佳大伯的酒杯。期待的心情变得更为迫切了。

这下终于有了结果。所有的谈话都稀奇古怪地从记忆中消退了：不知是谁把爷爷放了出来，反正不是他们。他们也落到了自己人的后面……父亲到莫斯科去接爷爷。

翌日他却一个人回来了，脸色苍白，神情沮丧，焦虑不安。他把自己关在书房里。后来把母亲喊了进去。他们嘀嘀咕咕地说着什么，说了很长时间，声音还挺大。父亲一直走来走去，还不时地拐个弯儿，就像是书房变短变窄了似的。

即便他们什么也不说，廖瓦对发生的事情也大致有数了。他现在可以不声不响地回过身去，感觉到自己的脸拉长了，变得苍白了。过一会儿就会独自一人发起冷热病来的——可此时他脑子里却没有这种想法，确实令人惊奇。廖瓦为自己长着一副爷爷的脸形而感到自豪。

父亲急剧颓丧、衰老了。每次回到家里都是一付疲乏、失神的样子。一回来就躲到书房里去了。一整套住房似乎都紧缩起来，光线也暗淡了，过道上都错不开两个人了。他们一直瞒着廖瓦，胆战心惊地利用着他对隐瞒所采取的那种宽容而默许的态度，假装什么事情也没有发生，可是装得十分笨拙，一点儿也不老练，他眼瞅着他们——他的两位老人慢慢地坚持不住了，更何况他们也太落伍了。这一点他是忽然间发现的。虽说廖瓦还难以说清他们是在哪方面落伍。或许是在形式上。他们对真理、荣誉和谎言的理解已过于陈腐，因此他们一个劲地试图隐瞒已经没有人加以隐瞒的事情，所以露出了马脚。至于别的也就跟着显露出来了。在这些年长的背叛者身上有许多天真而又令人感佩的地方……

米佳大伯来的次数越来越少了，奥多耶夫采夫家里已不再使人感到舒适了，他已习惯沐浴其中的那种爱的氛围已经消失。池塘干涸了。而米佳大伯喜欢舒适，习惯于自己的各种习惯。可一旦缺少了这一点，一旦在奥多耶夫采夫家里缺了这份爱意——"不是你的莫伸手"——米佳大伯就会对所有的人感到厌烦：神秘兮兮的廖瓦之父，母亲的那位无私崇拜者，廖瓦的爷爷（如同一具模型），还有父亲的父亲（这是廖瓦后来晚些时候所明白的一部分……）——于是米佳大伯就不到他们这儿来了。

即便他们什么也不说，廖瓦也已经弄清楚了。即便他们……——他吞咽了一口小孩那苦涩的泪水。正像他们落在了自己人的后面一样，连同廖瓦也……生活蓦然改变方向，转向了廖瓦，他头一回走到了它的跟前。原来，簌簌声，影子，薄层，涟漪……都是它的真实面貌。走在窄窄的过道里，迎面过来一个人，各自把身体紧贴墙壁才能走过去，与此同时还要经受住对方必然会扫射过来的目光，还要低垂或抬起自己的眼睛——这是生活吗？……一听到身后有低语声，便随即扭过头去——不信你自个儿扭过头去试试：根本就没人，什么也没有。一大队的人，像走廊一样一长列一长列的，他们跟你毫无关系，但他们都了解你的底细——你也就完了，你就被打死了，就像孩子们在玩绿队和蓝队的打仗游戏一样……这便意味着你已被打死，假如在你活着的时候人家就了解你了。一旦发现，你在别人看来还以第三者的面目存在着，存在于另一个你已经不在，将来也不在的时间和空间，——那就得经受住震撼，再继续同他们生活下去，参加到游戏之中，等待下一次震撼……廖瓦穿过了队列。

这就是事实，而其中是富有隐喻的。由于父母表现得不怎么高明，由于那些压根儿就不怎么熟悉的人有好几次似乎是很不经意地在他面前说走了嘴（就是因为突然朝廖瓦这边扫了一眼而露出了马脚），终于弄清了，在爷爷的那场悲剧中他的儿子，即廖瓦的父亲担当了一个不光彩的角色：年轻的时候就同他断绝了关系，20年后通过批判他的学派而得到了他的教研室，如此看来，教研室还是挺"肥"①的呢。这个词儿廖瓦还是在一次偶然的机会听到的：已经被冷落20年了，又怎么会使人感到温暖呢？……周围有人在窃窃议论说，爷爷将近30年……都不想见自己的儿子，甚至都不跟他握一下手，还当着别人的面唾了一口，并用脚狠狠地蹭了一下……——只好忍气吞声。

一切都变了个样儿……再回头一看——还不出一个月的时间呢。所有的眼神和谈话似乎都充满了暗示和冷漠的好奇，好像都想从他身上期盼到什么。

于是有一天，廖瓦头一回没有敲门，直接推开了父亲书房的门，他想彻底弄清楚，究竟是怎么回事儿，到底发生了什么。

廖瓦听到父亲说了一大堆含混不清、杂乱无章的话，而且说话的声音有点哆哆嗦嗦的，父亲还有气无力地提醒说，对人家的议论不必介意，也不要只照字面去理解。然而，他——廖瓦已经是成年人了，根本用不着向他做这番解释，随着时间的推移他自个儿会弄明白，会弄清楚的……对人们的指责，父亲大多都予以坚决否认，不过，他并没有一把揪住廖瓦的后脖领，当即把廖瓦轰出书房，这一点自然非常值得注意。廖瓦永志不忘那幅情景——父亲站在门口长时间地握住他的手，还是童年时期的那间书房，里面的光线还是那么昏暗不清，一到了里面依旧不禁要压低声音说话……父亲用热情的、不灵便的双手长时间地握着廖瓦那细瘦的、冷冰冰的手，嘴里还在说着话，廖瓦只是冷漠地看着他的嘴唇在翕动，而已经听不到他在说什么了。父亲的头部挡住了台灯，灯光照在他的后脑勺上，他那稀疏的头发被照得一闪一闪的，仿佛是被一阵看不见的过堂风吹动，廖瓦仔细地看着苦行者头上的光圈，突然由父亲联想到了蒲公英，还因为，他感觉到父亲在握手时不住地颤抖着，他就想道，只要一阵风吹来，蒲公英便会四处飞散。这便是廖瓦第三回记住父亲的情景……这一回他是永远也不会忘记的。

父亲那次有力而热烈的握手，他忽然觉得好像变得无力而冷漠了，并由此而彻底松垮了。那种悲悯的感觉刚刚生发，还没有在廖瓦身上表

---

① 此处的"肥"和"使人感到温暖"在俄语中是同根词。——译注

现出来,在这一刹那他却更加强烈地感觉到了一种不可名状的高踞父亲之上的喜悦之情,于是他站在那间书房的门口,从小时候起只要一走到这里就压低声音说话,可现在他却突然大声说道:"很好,父亲。"他的声音撕破了这份舒适的宁静和昏暗,连廖瓦也感到实在不好听。他倏地转过身去,跨过门槛,父亲笨拙地微微晃动了一下身体,似乎要跑上前去把廖瓦身后的门关上,父亲的影子投射到廖瓦的脚下,廖瓦便觉得自己跨越了父亲。

在值得记忆的那一天,廖瓦怀着一种只剩下最后一线希望的绝望心情走进了米佳大伯的家门。当我们去求助时,也会做出一付对得到它的可能性已不抱希望的样子,但还是要去试试的,到我们还能够期待到帮助的地方去试试,如同乞丐一般伸出一只手——我们会得到握手的礼遇,人家会向我们伸出手来的……这是非常自然的(是一种礼仪!),握握手——"仅此而已!……"——一进门我们就会感到失望。"他也……"我们苦涩地想道。"他也是……"

廖瓦也是这样。他还是有所期待的,虽说"狄更斯大伯"的可爱之处恰恰就在于,从他那儿可以企盼到的一切,实际上你早就清楚了,他似乎劈面就会告诉你:就是嘛,就是嘛,就是嘛,——再加一句,就像他说的那样,"啐"。但廖瓦还是撒腿跑了起来……他觉得有点像戏剧情节,有点像斯坦尼斯拉夫斯基体系那样……仿佛他——如此面容憔悴、双颊凹陷,如此忍气吞声,而他们两人饱经风雨,却从未求助过别人……这不,米佳大伯——从不表露出情感,因为在众人那里一切都不是当真的——明白了,廖瓦是当真的,于是他就伸过手去,还说了一句明智的话(这句话"狄更斯大伯"也会说的),流出了男人那吝啬的……呸!接下来,随着滚落的泪水,随着和蔼可亲的拧胡子的动作,似乎终于水落石出:米佳大伯真的就是廖瓦的父亲……于是就开始出现了如此这般的混乱,如此这般的壮丽尾声,如此这般的柔板,就连莫斯科模范艺术剧院上演的剧目也望尘莫及。

米佳大伯一看到廖瓦站在门口,心里的确就已经明白了几份,他是个机敏的人。他好像都不愿意让他进去。后来还是让他进去了,因为除此之外,他恐怕也想不出别的什么辙儿。"我只待一会就走,"这话他似乎是顺着前面的脱口而出的一句什么话说出来的，看来，他好恨自己真不该说这句话，因为他急忙转过身去，随即又转了回来，直往房间里冲去。除了走到门口时看到的突然受到惊吓的迅疾扫来的那一瞥目光，廖瓦就再也没有遇到过他的目光。米佳大伯非常急躁不安，这一眼就能看出来，廖瓦以前从未见过他这样。他的目光显得漫不经心，飘忽不定，不知怎么总想变着法子越过廖瓦，而不正视他的眼睛，廖瓦便觉得这副目光似乎洒下了一屋子的眼白颜色的那蜿蜒曲折的印痕，掷下了一条橡皮带。当然，米佳大伯哪儿也去不了，也不打算去：他是那副早晨梳妆一新的打扮，由于技术上的原因，他要把那些吱吱响的部件收拾好，最快也两个钟头，但他并不打算这样做。再说，"壁炉"在鸣响着，双人小沙发上摊开一本达利词典——这是狄更斯大伯每天必读之物（他喜欢不时地欣赏一下"这个瑞典人"的精练而"明晰"的解释）。米佳大伯一遇到廖瓦的目光，就更加局促不安了，他忙乱地一把抓起达利词典，玩起他俩常玩的游戏……"你说说看，不过要尽可能地简练而又准确，лорнет是什么？""就是，"廖瓦没精打采地回答说，"介于望远镜和眼镜之间的一种东西，在戏院里和舞会上人们都把它举到眼前……""这就叫简练？！"米佳大伯发起脾气，并朝词典里看了一眼。"'带柄眼镜'不就完了！"他气鼓鼓地在屋子里转了一圈，他一看廖瓦想张嘴说话，便随便找个什么话题，急急忙忙地说起来，说得快而乱，还扯得很远，这也不符合他的言谈习惯。简而言之，他不知道该做出什么样的举止，这对狄更斯大伯来讲似乎是不可思议的，起码说，廖瓦是这么看的，在廖瓦的眼里狄更斯大伯就是行为规范，就是他的准绳。他完全可以用能表现出他对事情的态度的那种独特的口气对廖瓦说："你这个废物，廖瓦……"或者"他就是个废物……！"（说的是父亲）——以此来抚慰那颗惊恐不安的心灵。但是他没有这么说，而是破口骂起了一个叫索菲娅·弗拉基米罗夫娜的人，而且咬牙切齿，显得愚钝而下流，廖瓦听着感到很不自在，简直就要害起臊来，简直就要替"他"，这么一个可怜的人，辩护一番，不让米佳大伯再继续骂下去。然而，米佳大伯看来越来越厌恶自己，越来越难以容忍自己了——他再也忍不住，终于说出了期盼已久的话："行了——废物！"说完又扭捏作态了一番，便跑去沏茶，似乎就永远消失了。

廖瓦对他一向感到十分亲切的书房冷冷地扫了一眼——这回他一点儿也不觉得有什么亲切感了。一切在他眼里都像是童年读过的书一样使他乏味。他觉得自己好像变成了一个孤寡的老人。不知何故，突然想道，除开对他廖瓦来说，米佳大伯这一辈子都没有当过什么"了不起的"人物。尽管他有许多独特的品格……"带柄眼镜……"狄更斯大伯……廖瓦忽然觉得绰号起得非常准确，除了他所猜想到的，它还有别的什么意思。瞧，不是狄更斯，而是大伯……这不，廖瓦都忘了他在想什么了。因为忽然想起了那投来的第一瞥惊恐不安的目光，米佳大伯就是以此来迎接他的。这会儿非常清晰地想象出他是有别于自己的另一个人，仿佛这一辈子还从未遇到过他，也从未遇到过别人似的。这是一种令人吃惊的感觉——米佳大伯站在门口，就在他的眼前，已是一个老态龙钟、可怜不幸、窘迫沮丧之人，白天里倾其全力使自己永远不再遭受屈辱，说得准确点儿，再也不让自己在外表上遭受别人的屈辱，一次也不能让自己成为别人的附庸而显得可怜巴巴的……尊严，对尊严的渴慕成了米佳大伯最后仅有的一种强烈的情感，成了他生命的最后一线希望，所以他在勉为其难地维护着他的外表。要做到这一点，那他就断断不能需要任何人（以免别人也需要他），因为只要对别人稍微有所依赖，只要稍微承担一点爱的义务，那他即刻便像一根沉重的、几乎已被浸染成深色的圆木一样沉入河底；他承受不住哪怕一丁点儿的感情的分量：他会爆炸、破裂、散成碎片的——干硬的、锋利的、细小的碎片，这些碎片好不容易才组成了一个……不完全是这样，说得不完全贴切，但廖瓦确实完整地，甚至有点超越常规地感受到了这一点，好像他已经不是廖瓦，而是米佳大伯本人了，——他切身感受到了一种愁闷、恐惧和慌乱，仔细辨认着记忆里浮现出的这个映像，似乎正是在这会儿才头一回见到他的，而不是半个钟头以前。廖瓦想道：天哪，他过着一种多么可怕的生活啊！他，廖瓦到他这儿来是想得到爱、智慧、怜悯的……他这个养得肥肥的、胖胖的、健壮的、年轻而愚蠢的小人物怎么敢这样！廖瓦转向了另一种极端：米佳大伯的自私在他看来是高尚的。至少，这比廖瓦刚才陷入的那种极不体面的精神上的迷糊状态要好得多，纯洁得多……廖瓦所做出的这种评价在某种程度上是对的。难道可以让另一个人遭受这样的危险吗——万一他不能承担，经受不住，对付不了加在他身上的重负呢？……我压在他肩上的负担还少吗？……狄更斯大伯，父亲，爷爷——所有这些角色都是米佳大伯一人来扮演的……廖瓦设身处地地想象到，当米佳大伯刚才撒谎说有急事要去办（这是平生头一回！——他这个可怜的人一定是吓坏了……），当他躲着廖瓦的目光，嘟嘟囔囔地说着什么，他由于自己而感到多么痛苦，觉得多丢面子啊……不用怕，米佳大伯，我是不会这么做的，我不会把我的负担放在你那细弱瘦削的肩膀上的，我不会让你遭受被人凌辱的危险，因为你不能，你无法做到体面地去对付所发生的事情……我会爱护你的……

廖瓦几乎就这样对自己说着，遗憾的是，由于他为自己而深受感动，面孔都有点抽搐了。即使这样，也应该为他说句公道话，在他的一生中他还从未这么精细、认真、敏感——这么聪明。有那么一瞬间廖瓦成了一个真正成熟的人，好让自己很快就忘掉这件事情，一直，几乎是永远都不再去想它。也许，这是对那种在廖瓦看来属于非凡理智的领悟，它超越经验，因而什么也没有教会他，虽然这很奇怪……

米佳大伯低着头，小心翼翼地走了进来——廖瓦猜对了。在确信了这点之后，廖瓦不留情面地站起身来，说："再见，我该走了，"正是在这一时刻——当他对自己的聪明洋洋得意，对自己的举止感到十分满意的时候，不久前刚有过的那种领悟的体验，好像时候未到似的，好像不该有似的，看来也就差不多永远跟他无缘了。他已经得到了应有的回报……

米佳大伯猛地高高抬起眼睛，目光里透着一股惊异的神情，对他只是就这么看了一眼，什么也没说。一直把他送到门口。

"他才不是我的什么父亲呢……他怎么既能代替父亲，又能代替儿子，还能代替圣灵呢？"廖瓦对不久前所发生的那个愚蠢的念头不禁嗤笑起来，就像高年级中学生一样，自言自语地说道。"我的父亲本来是什么样子，现在就应该是什么样子，而不是别的什么样儿……我么，就是他的儿子……虽说可怕——但确实如此……可狄更斯大伯——他哪有什么子女啊！……他在一百年前就死去了……带柄眼镜。"

于是廖瓦觉得，他又跨越了米佳大伯。

但在这一点上他夸大了。

他毕竟想象不出，米佳大伯是不是为了自己而会感到惭愧……或是感到厌恶？

我们虽给此章定名为《父亲》，但反映的不仅仅是父亲，还有时代本身。我们的父亲在某种程度上具有双重性：他有时是个畏缩、迂腐之人，跟小廖瓦甚至连"装羊抵人"的游戏也不会玩；有时却迈着矫健的步伐，在充满学究气的、有点像祭祠的那间书房里信心十足地来回走动着，他深深地感觉到自己是与时代共呼吸的。但我们不认为这个并非一开始就编入程序的矛盾是一个错误。首先，这也是可能发生的。其次，在这本小说中还会出现许多具有双重性的，乃至多次重复的各种事物，它们已经是有意识地被安排进来的了，即便艺术性不很强，但却是未经掩饰的，直言不讳的。

生活本身也正是在不可分割的此时此刻才具有双重的特征，而在别的时刻（从现实的角度看这样的时刻是不存在的）生活就像记忆那样是线形的，并具有多次重复的特征。因为除开瞬间即逝的这一瞬间，除开替代它的这一瞬间，现时就没有时间了。而来替代消失了的时间的那份记忆，也只是存在于此时此刻，并有它的规律性。

所以父亲再一次具有了双重性的特征，到了第二天甚至就不是对他，而是对他的形象进行回忆了（因为有我们编造的成分了）。过了一天，他的形象所具有的双重性特征又不同了：一方面，这是一个博得赞誉的"仪表堂堂的男子"，一个少年还因为母亲倾心于他而产生妒意呢，另一方面——他又很容易受到另外一个男人的影响，妻子显然更喜欢后者。

当父亲得到报应的时候，当他为自己的背叛行径感到难过的时候，当狄更斯大伯的形象越发高大起来而盖过了父亲的时候……父亲便又一次具有了双重性的特征。因为作者虽然对廖瓦的空想不时加以嘲弄，但是连他本人也还不敢最后得出结论说，狄更斯大伯不是他的父亲。不管什么事情都是可能发生的……

如此看来，我们主人公的家庭情况也可能完全是另外一副样子。作者这会儿也很愿意谈一谈廖瓦·奥多耶夫采夫的第二种样式的家庭情况，这种样式，在作者看来，其结果还会出现同一个主人公，因为他所关心的就是主人公，就是主人公——这一已经选定（哪怕选得不当）的研究对象，作者不愿意更换。但是作者暂时还是抛却讲述第二种样式的想法。

我们本来打算讲一讲父亲和时代。结果，父亲和时代我们讲得一样多，但我们认为，在这种情形下，这两个不同的对象可以合二为一……父亲——就是时代本身。父亲、爸爸、偶像——还有哪些同义词呢？……

父亲的父亲

在德累斯顿的布吕尔平台上，两点到四点之间（最为时髦的散步时间），你会遇见一个50岁光景的人——已是满头白发，好像还患有痛风，然而依然漂亮，衣着考究，而且还透出一种只有长期生活在上流社会的人士才有的范儿。①

不知是廖瓦驾驭了生活，还是生活驾驭了他：他很快就在家庭的种种感情体验中得到了满足。不过他毕竟涉世不深，推想出来的各种感情远比他体验到的多得多。话又说回来，对别人的感情去作推想是很带劲儿的（这就是为什么我们又可以肯定地说，我们的年轻人甚至会"感情用事"），因为它是没有根据的，除了他恰恰正不可能推想到的那一自然特性外……这些假设的感情之所以非常强烈，还因为精力旺盛……廖瓦完成了"对第二个父亲的猜想"，而"对爷爷的猜想"仍在进行中。

父亲由儿子所生。爷爷也快要由孙子生出来了。

---

① 引自《父与子》第28章。——译注

……当家里人在爷爷回来之前谈起他的时候;当廖瓦注视着相片上他那优雅的轮廓,一边顶撞着父亲,一边自豪地把拉得长长的脸(似乎他的脸上正带有爷爷的那些特征)默然转过来时候;当他得知爷爷一直还活着,他便像小孩一样生起气来,并且这个"一直"在他的脑海里化成了一幅幅一闪而过、在战乱中所度过的乡村童年的画面的时候;当他还是像小孩那样把狄更斯大伯的外貌移植到爷爷身上的时候;当他让自己习惯于新的亲缘关系,并迷醉于"血缘"这一念头的时候,——他就兴奋不已,并且难得主动一回,不通过父亲,他自个儿就跑到旧书商和藏书库里找来了爷爷的一部分著作,通读了一遍,这些著述跟廖瓦将来的专业是有关系的,不过实在是一种非常含糊的关系:爷爷是语言学家,也就是说他在这方面是懂行的,他所从事的比廖瓦所献身的泛泛的语文学更为实在;再说,在某种程度上他还是数学家,几乎是第一个……瞧,我们又陷入了"优先事项"这一不稳定的领域。廖瓦并没有全部读懂,但他能够感受到爷爷的思想异常活跃和真实,并对此惊叹不已。

　　爷爷并不是孤军作战,他有战友,还有前辈——关于他们廖瓦以前只是听说而已,人们的总体评价是:他们极尽曲解真相、颠倒黑白、评价过低、不懂装懂之能事——这还算是最温和的说法……廖瓦很难相信他们对一些问题真的没弄懂,因为他觉得,他们没弄懂的那些问题是很清楚明白,再也简单不过的。而他们所谓明白了的那些问题,一经写下来,反而常常使廖瓦感到困惑莫解,或者说,理解起来非常困难,十分吃力,似乎听到了脑子里的脑髓部分由于过度紧张而发出的震荡声。但首先留下的也还是这份异乎寻常的真实感……最后廖瓦给自己找到了一个简单一点的问题,于是他兴致勃勃地研读起来,这个问题具有表面上的功效和形式上的意义,既简单又十分引人注目(不妨说一下,它是人们重新认识的第一个问题,那正是发生在廖瓦偷偷研读过后不久,而廖瓦引以为豪的是,他已经知道了很久以前就知道的东西)。

　　这样廖瓦就沉醉在一个严整的、还没有完全解禁的研究体系之中,并且他现在就用它来检验学习上的所有问题,不管他在主观上是否这样去想过。它使他树立了信心。大脑经历了像在研读爷爷的著作时那样高度紧张的状态之后，即在他破天荒头一回用脑进行了思考之后，学习上所有的问题一下子都迎刃而解了，那些厚厚的、学术性很强的纲领性著作使同学们感到诚惶诚恐，可对廖瓦来说简直就是小菜一碟。廖瓦虽说对这一体系情有独钟，但要对它加以深入的贯彻，那还是不可能的，他只是希望在即将撰写学年论文的时候能用上一点儿，看来他已经完全被它迷住了。如此说来，他已经从家庭悲剧中得到了一个好处……由于受到了这种实证的效果，廖瓦"对爷爷的猜想"就越发变本加厉了。爷爷绝对是一个伟人，在廖瓦看来这是毋庸置疑的，这一称号有一个奇妙之处，这就是：爷爷和孙子……

廖瓦已经准备去朝圣他了，自己单独行动，偷偷地去，仿佛是故意违拗专横的父亲的意愿，他想象出许多不同的充满了甜蜜幸福、感人至深的情景，这些情景已经使他感到心满意足，并使他的计划一直拖延下去，遥遥无期……怎么突然会是这样的呢？为什么恰好就在明天？……第一次行动的机会早就错过了，廖瓦也已经习惯于这样的想法：他将来会有一天去做这件事情的，总会有这么一天的……突然爷爷打来了电话。

他在跟廖瓦的妈妈说着话——他不想跟儿子通话。她真诚地恳求他的原谅，并恳请他过来一趟，并解释道，她现在说的这些话，以前她只是没有机会跟他讲，等等——他什么也不说，一直听她说完这些话，只是在母亲都不知道还能说出什么话来，甚至都以为电话坏了的时候，他这才开始说话，爷爷说，他压根儿就没有想过要生她的气，他没有任何怨恨，他又不是那个厨娘——就知道生气，她（母亲）还是那么傻，不过却很可爱，他一直记得她还没有结婚时的那副模样，那会儿他觉得她非常讨人喜欢，——可现在，30年过去了……还是让孙子明天到他那儿去一趟吧，想看看这个呆头呆脑的家伙。就说了这些。妈妈说，她也拿不准，她只是觉得他好像有点古怪，就像是喝醉了似的……

爷爷，这么一个伟人，亲自打来电话，并主动提出要见他，这使得廖瓦感到异常兴奋，于是他对这次会面寄予厚望。他已经不去理会自己的父母了。对妈妈跟他说的话，他听而不闻。至于父亲，他连看都不看一眼。

这一切对廖瓦来讲真是唾手可得。

当他朝爷爷那儿走去的时候,一种新奇的感觉使他的心怦然直跳。一个陌生的,新发现的,但又好像一直就在他身上的隐秘之处,微微打开了门扉。他朝这个黑洞洞的深处悄悄看了几眼,可什么也没有看清……

他渴望得到他们第一眼看到对方时突然产生的那种友情,它好像凌空横跨在父亲的头顶上,仿佛是一座跨越了一代人的桥梁……这样一来,就不简单是孙子到爷爷那儿去,而是一个专家到另一个专家那儿去,学生到老师那儿去,一想到这儿,廖瓦就感到很满足。他出神地想着,好像都已经完全忘记,他是去跟自己的亲爷爷头一回见面……这时,他虽然对浓茶和院士帽的看法有了一些变化,但总的还是没变。

但还不止这些。其中还蕴藏着一种质朴而崇高的东西……虽然他好像已经微微打开了那些门扉,但还没有看清那里面到底有什么,他觉得,爷爷肯定一下子就会看清并明白其中的奥秘,于是他和爷爷就好像是两个平等的人!爷爷帮着把它们(那些门扉)开得更大一些,并告诉他那里面有些什么,对廖瓦来说便开始了一种全新的生活——的确是一种真正的生活,但直到现在它还小心翼翼地躲着他……

不管怎么说,这几乎还是原来的那种认识:一老一少刚出现在科学院那宽广、铺有地毯的楼梯上,大家都从各自的厢坐上向他们热烈鼓掌。

廖瓦忽然觉得自己要迟到了。他想按时到达。他拦了辆出租,结果他是比预定的时间提前了许多到的那儿。

爷爷分到的住房在新区,是新盖的房子……廖瓦从未来过此地。他惊奇地发现自己这一辈子恐怕还从未离开过旧城呢,一直都住在这座博物馆里,他的日常行进路线没有哪一次超越博物馆那像街道似的走廊和那像广场似的大厅……说来也真怪。城郊的一些新区他也曾听说过,但它们的名称在他的脑子里却是乱成一团的——这不,现在他就不记得他所到的这个区叫什么名字。是奥布霍夫卡,还是普列塔尔卡……又把记事本翻了出来。

他有这样一种感觉：他来到了另一座城市。

廖瓦让出租车开走了，他想利用剩余的时间在这座城市里逛一逛。

……太阳落山了，刮着凛冽的寒风，天空显得异常的透明，甚至有点可怕。三朵长长的尖形云彩直刺西边的地平线。它们泛出差不多是紫色的红光。还没有修造房舍、满是野蒿和垃圾的旷地向那空阔的远方延伸；在稍微更近一点儿的地方，就在旷野上有一个电车环形终点站，真的是环形（廖瓦以前还以为这只不过是一种形象的说法，而不是真的）。它在黑色的草丛中不时地闪现出耀眼的光芒，那儿还没有电车。房舍好像被废弃似的——渺无人迹，悄无声息。在落日的余晖中，在淡蓝色的背景上，稀疏地耸立着一幢幢像糖一样白的立方形房子，平光光的玻璃窗子在落日的映照下闪现出刺眼的了无生气的白光。一切都好像是在梦里看到的。

他穿越了这梦境般的地带，风从四面袭来，他都莫名其妙地感觉不到自己是否在行走——只觉得微风阵阵，只觉得自己有癔病的先兆……他找到了爷爷住宅的入口。他站在绿色的、满是洞孔的小墙旁边，上端有一个轻飘飘的红色遮阳板，身旁有一张蓝黄色的、供老太太们坐的长凳，——站在那儿，觉得冷飕飕的。时间过得很慢。他似乎觉得，他的表不走了，——但发出了滴答声，秒针很不情愿地在表盘上走着。廖瓦对自己的激动心情觉得有些古怪、莫名其妙，很不习惯：他似乎以前从未激动过。不过他的感觉很快就集中到了双脚上：他特意穿了双新鞋——鞋子很紧。双脚冻得生疼。支撑廖瓦的似乎不是他的双腿，而是假肢。廖瓦一下子还没有反应过来，就已经进了入口——楼梯上很暖和，他紧挨在暖气片上，一把抱住了它……这时，门哐的一声打开了，跑进来一个衣衫不整的年轻人，他好像张着双翅随风飘曳着。他一边跑着，一边很不客气地朝廖瓦扫了一眼，似乎要把他一口吞下去似的（廖瓦还没有来得及从暖气片上抬起身子呢）——他一步两级台阶，只见破旧的鞋跟一闪，就不见了人影。廖瓦又站了一会儿，指针终于挪近了令人向往的那一时刻——身子完全冻僵了，他笨拙地挪动着装有假肢似的双腿向楼上走去。

他刚要迈上楼梯台，突然有一户人家打开了房门，从里面跑出来的还是那个年轻人,他凶狠地朝廖瓦瞥了一眼,一步四级台阶,飞奔而下。有个昏暗的人影在他的身后闪现了一下……房门关上了,哗啦啦锁了起来,这时廖瓦已经意识到,这就是他的住宅。廖瓦没有及时喊叫一声,让那人不要关门,这使得他懊丧不已。虽说从另一方面讲,这也未尝不好,他想道,因为他们第一次见面总不应该是那样的……

……给他开门的是一个生人,那家伙用一种平静的、陌生人的眼光看了看。"假如万一?……"廖瓦一做出这样的推想,心里就凉了半截。这不可能:怎么会一点也不像的呢……这个剃得光光的头顶,这身棉袄,还有他的年纪最叫人拿不准了,是在50到100岁之间,更重要的是,这张胡子拉碴的、表情僵硬的红脸根本就看不出有什么高尚的精神,真叫人吃惊……这张脸木无表情,默然无语,看来是懒得张嘴。

"对不起,我走错门了……"他哭丧着脸说道,心里恨不能像那个年轻人一样飞奔而下,一步四级台阶,啪的一声关上了入口的大门,大口大口地,上气不接下气地吸进寒冷的空气……真没想到会是这样:本来一切都已仔细考虑过了,各种可能出现的情形也都想过了,应答的措辞也背得滚瓜烂熟……可是,他根本就没有想过,首先得认出对方的面孔,得打声招呼,寒暄几句。

"您找谁?"——"找谁-谁?"那张脸低声问道,那两声"谁"是硬挤出来的。嘴巴刚一张开,脸就突然变长了。这可能就是爷爷……

"我找莫杰斯特·普拉东诺维奇……"——"莫杰斯特,差不多说成马埃斯特罗了,"廖瓦对自己感到很恼火:由于一时慌乱,嘴里说得含糊不清。"奥多耶夫采夫,"他在黑暗中涨红着脸,彻底绝望地大声说道。

老头的脸皮底下飞快地闪过这样一个过程:先是局促不安,继而似乎想起了什么,又是一阵慌张,最后归于平静。脸上却什么也没有表现出来。

"请进来,"老头儿等廖瓦走进过道后,就哗啦啦关门上锁,他在黑暗中忙活了好半天——看来门不大好锁……廖瓦想用一种不连贯而显得诚恳的口气说,他认出了他,认出来了!只是在最初的一刹那他没有认出他来,可马上他就认出来了(是想让爷爷明白,情况还不至于太糟糕，还是可以把他认出来的，——在一首从车厢里听来的、残疾人唱的歌子里就有这种情形，那首歌唱的是一位灼伤了的坦克手和他那已做了妈妈的未婚妻……）！——不管怎么说，这种外貌上的不相称反而使廖瓦惊叹不已，他的内心里都已做好狂喜的准备，看到爷爷原来长得是这副模样，甚至都差点儿喜形于色了。

"您怎么不进来？请进……"爷爷一边含糊不清地嘟囔着，一边把围巾往肩上甩了一下，因为在他锁门的时候，围巾滑了下来。于是，廖瓦就推开了房门……

廖瓦看到房间里还坐着一个老人，又兴奋得喘不过气来。老人以专注的神情朝走进来的两个人看了一眼（廖瓦觉得他的目光中有一份"善意"）。这位老人看上去更有涵养，他更像米佳大伯（如此说来，廖瓦的猜想是对的！……）——兴奋感又涌上了廖瓦的心头。不错，那个老头也有点儿像米佳大伯，只不过显得不怎么干净、文雅。"幸亏，幸亏，"廖瓦自言自语，声音颤抖着，"幸亏我刚才在过道里没说……"

"您就是廖瓦吧，"第一个老头儿小心翼翼地随手带上房门，走到屋子中央说道，声音同样也含糊不清，语气与其中说是疑问，倒不如说是肯定。他是拖着一条腿走进来的。

廖瓦感到一阵慌乱掠过全身，简直就像兔子一样。"怎么会这样！……"

"正是……我就是！"他本来想把自己的喜悦之情表现出来，可又把话咽了回去，只是点了点头。

"请坐，"老头儿连同那条腿一起把椅子挪近廖瓦。当廖瓦跑上去帮忙的时候，已经晚了，那个老头儿已经用报纸把座位擦了一遍。"您这是干什么，用不着！"廖瓦刚想发出这样的恳求，却一把夺过了椅子——结果弄得有些尴尬，显得粗鲁无礼。老头儿晃动了一下身子：他不光是在擦，而且擦的时候是以椅子和报纸等为支撑的——他冲廖瓦看了一眼。

"坐吧，**他**一会儿就回来……"老头儿的脸抽搐了两下，却又是什么也没有表现出来。长得像米佳大伯的那位老人抬起目光专注地看了他们一眼，刹那间又低垂了下去。

"这究竟是怎么回事？这究竟是怎么回事？"廖瓦感到激动不安，双腿直发软，脸上也是火辣辣的。

"这儿没有好好收拾一下……"第一个老头儿带着歉意说。

廖瓦又是一阵慌张，差点儿走了神儿：的确没有好好收拾。桌子上胡乱地放着油迹斑斑的纸片、果皮、被打开的一听罐头——看上去很倒胃口，整个房间压根儿就没有居家的迹象，倒像是间集体宿舍，好像有人刚搬进来，房子建好后地板、窗户都还没有擦洗过，家具还没有搬进来……长得像米佳大伯的那位老人所坐的那张床铺得很马虎，桌子上洒满了残羹剩饭，房间里还有三把办公用的椅子和一只小桶。没有书籍。墙角里倒是竖着一个带有耶稣受难像的十字架。但不是东正教那种的，上面涂有色彩。

大家都沉默不语。房间里几乎是一片黑暗，可是没有开灯。

"我没有走错吧？！"廖瓦已经想喊出声来了，但结果只是不安地挪动了一下身子。

第一个老头儿试着收拾桌子，他小心翼翼地挪动了什么东西，拿起来一看，原来是一把脏兮兮的刀子。他忿忿然把它扔回到桌子上……

"见鬼！**他**一会儿就回来？"他拖着一条腿，在房间里转了一圈，在暮色中他的身影已经完全是暗灰色的了，——简直就是他的影子在房间里转。

"**他**是刚出去的……""米佳"大伯抬起专注的目光，解释说。

老头儿叹了一口气，坐到椅子上。

"对不起，"他含糊不清地对廖瓦嘟哝了一声。

"他去哪儿啦？"廖瓦想问一句，可又觉得这话问得太愚蠢。

"还是走吧，就说过一会儿再来？……可我又为何没有马上就这样说出口来呢？……这会儿已经晚了。"廖瓦脑子里乱糟糟的，脑子火辣辣的（幸亏是在昏暗中），嘴唇直发干，似乎马上就要爆裂开来——脑子里脉管在怦怦乱跳。"或许，他们中有一个就是？"廖瓦像是在呓语。就凭那副同米佳大伯长得很像的相貌和那副专注的（"善良"）的眼神就可以断定，那人可能就是爷爷。"要是米佳大伯的相貌也这样像爷爷，那么他肯定就是我的父亲罗！"廖瓦对自己产生这样的念头而觉得好笑，差点儿笑出声来。"要是那样的话，结果会是什么呢？"他在继续自我嘲弄着，一想到那酸溜溜的笑声就感到浑身发抖。"要是米佳大伯是我的父亲，那么他就顺理成章地成了奥多耶夫采夫爷爷的儿子，而不是我这个傻蛋了，我就不再是他的孙子了！……哈–哈！"在尽情地嘲弄了一番之后，他想，既然如此，那第一个老头儿肯定就是他的爷爷了……他只是在考验廖瓦，因为他好像觉得，廖瓦没有认出他来……"**他**一会儿就回来？"——这句话只能作这样的理解：他廖瓦究竟何时才能猜到呢？也就是说，他廖瓦何时才真的回来，而不只是指的肉体？……"自然第一个老头儿是爷爷。在他们俩当中，他显得更为重要……"在这个房间里他的举止显得"更为重要"，由此看来，廖瓦几乎是确信无疑了，然而他又及时地醒悟了过来，没有把自己的这一发现说出来……因为……"'上帝啊！我可能是发烧了吧。'廖瓦摸了摸脑袋，手像额头一样发烫，要不就是一样发冷：他不清楚，他究竟发烧了没有。——难道就得成为这样的白痴！而他分明在问，我是廖瓦吗，还说：'坐吧。**他**一会儿就回来。'我就是个傻瓜！"廖瓦暗自发笑，晃了晃脑袋，抹去泪水。然而他无法让自己平静下来。两位老人沉默不语，只有"米佳大伯"抽起了烟斗，于是一小块木炭映照出他那神情专注的眼睛。

"他们干吗不点灯呢？！"

第一个老头儿转过身去，面朝窗口，凝然不动，嘴里在嗫嚅着什么。窗外一小条细长的晚霞仿佛蒙上了一层烟灰，泛出一点轻幽的红光。

"也许，他们杀了他！……"廖瓦忽然闪过这一念头。"也许，他就躺在第二个房间里！"廖瓦想起了从门口跑出来并顺着楼梯飞奔而下的那个年轻人，不知什么原因，这一点就成了他推测的确凿证据。

"杀了！是杀了！……"廖瓦暗自痛哭着。他参加了送殡，天空飘着雪……

一阵尖利的门铃声似乎划破了黑暗。

"啊！啊！"廖瓦跳起身来，但却无法叫出声来，只是挥动双手，就好像在做梦的时候从床上滚了下来一样。

"谢天谢地！"第一个老头儿轻快麻利地用一只脚蹦向门口，他一边蹦着，一边打开了灯——只听见过道里好几把锁哗啦啦直响。廖瓦由于灯光的照射，由于愧疚而眯缝起双眼——他一直还站在屋子中央，而"米佳大伯"用专注的眼神几乎是惊奇地看着他，几乎在问：干吗这么神经兮兮的？……

廖瓦出了一身冷汗，感到四肢无力，便跌坐在椅子上。

进来的还是那个跑起来像一阵风似的年轻人——他看上去冻坏了，而且还有一种不满的神情。他长时间地把廖瓦打量了一番：这个家伙怎么钻到这儿来了？——把沉甸甸的背囊小心翼翼地放到桌子上。

"你们就不能收拾一下？"他凶狠狠地，动作敏疾地开始收拾起桌子来。这时，第一个老头儿已经把门锁都一一锁好，乐呵呵地走了进来。

"商店离这儿很远，"他对"米佳大伯"解释说。

年轻人嘿然一笑，向老人转过头去，看到——他那张并不漂亮的脸上变得明亮起来。他在肥大的外衣里摸索了一阵子，把一瓶啤酒递给了老人。

老人找了找开瓶器，可是没找到。

年轻人又放下手里的活儿，主动把酒瓶拿了过去，敏疾地打开了瓶盖儿，用"售货亭"的杯子满满倒了一杯，递给了老人。

那老人坐到椅子上，双手捧着杯子，低头朝里面探望，似乎还在将信将疑之间……他喝了好长时间，使出浑身解数拼命地吸着、吮着，喝得气喘吁吁，他全副身心地都投入到杯子上去了，他的脑袋俯在杯子上不停地蠕动着，就像是雄蜂在花朵上飞动。当他放开杯子，舒畅地叹出一口气的时候，廖瓦惊恐地发现，杯子里的酒其实并未减少——还是那么多。"渴"这个字似乎就写在空中，写得酣畅淋漓，还一直发出蛤蟆的嗡嗡声，后来这个无论花多少力气，无论想出什么办法也喝不到酒的杯子便长时间一直同"渴"的形象，同"渴"这个概念本身联系在了一起……

"真是棒极了，"平静安详的老人说道，他用变得温和并已经显露出某种生命活力的目光朝大家扫视了一下，他注意到了年轻人朝廖瓦投去的那不满的眼神……

"哎呦，瞧我都没有向你们介绍一下……卢杰克，这是我的孙子廖瓦。"

"可他怎么不像是你的亲孙子！"卢杰克把伏特加一瓶接着一瓶地从背囊里掏了出来。

"上帝啊！……"廖瓦这样想道。

··

"这么说，你没有一下子就认出我来！……"爷爷笑道，他的脸满意地皱了起来，不过只是皱向一边。"为了能准点赶到，冻坏了吧？"他把目光移向卢杰克和"米佳大伯"；他的脸两边都笑开了。

廖瓦还是将其视为"有点粗鲁的亲切感"。他的内心里还是能感觉到有一份喜悦和一种共同性的存在，正是这种感觉使他们大家欢坐在桌旁：爷爷要单独与孙子，"与相见……"碰杯——目光直视他的眼睛。于是，他不得不跟大家喝一杯（此前他已觉得相当糟糕了，他实在不知道还有别的什么办法了）——他一口干了一杯（爷爷还往酒里搀了点什么，有点像"米佳特酿"），一喝完，就感到喝下去的东西有多么恶心，他上气不接下气，而爷爷早已有所准备，用叉子叉了一个黄瓜……于是，他嚼着嘴里塞得满满的黄瓜，满眼噙着泪水，眼泪晶莹透彻地折射着世界，只见从光亮的灯泡上延伸出一根根长长的亮闪闪的针刺，上面悬挂着他的新友们的脸……透过泪水他感觉已得到解放和幸福的报偿，刹那间他对世界充满了感激之情，世界也对他表示感谢。大家的笑声并未让他感到不快，桌子是漂亮的，大家的脸上也是明媚欢快的，世界是真诚的，——于是，他就感到那样自然，那样轻松，就会向这个世界告白爱意，而对自己的幼稚和单纯发出真诚的嘲笑，好像还会邀请大家一起对廖乌什卡做一番善意的嘲弄，既然他都已哭泣了，又在笑了，所有这一切都有这样一个形象——雨后终于露出脸来的可爱的太阳，小草丛上的水珠正在闪闪发光；跟恋人重归于好，她的长睫毛上挂着同样也闪闪发光的泪珠；经过洗濯而色彩鲜明的皮肤变得干爽，绷得更紧了；流了一阵眼泪，下了一场大雨后，有一种轻松感。在他注定要弄清，体验就是体验，沉默就是沉默之前，在体验到目光里有一股"暖意"的时候，在充满同情的沉默气氛中，他呼唤大家去爱自己……最后一直到廖瓦觉得心里的暖意完全足够了的时候，他才主动收住思绪……

"……廖乌什卡，瞧我把你要来的事儿给弄忘了。倒不是几点几时的问题……而是我本来并不想打电话——我怎么会醉成这个样子？后来，我真是忘得一干二净……咳，算了，不提这事儿。还是你来跟我说说：你干吗冻成这样？你希望我是一个什么样的人？你怎么没想到要早一点儿或晚一点儿来，既然你已经老早就来到这个地方了？你也可以压根儿就不用来……你干吗要准点儿到呢？"爷爷好像全身突然固定住了，调好了焦点，说话时吐字几乎非常清晰，不管怎么说，并不感到吃力；他那双直视的眼睛，像干巴巴的小拳头立着，什么都能看得清清楚楚，不是说能分辨和识别出物体之间在外形上的差异，而是说能看到物体的后面，下面和周围都有些什么，所有这些物体的位置在什么地方，除了表面上的，那里面还含有什么：他对一切都看得十分完整、十分透彻，——你简直无法躲开他的目光，你向后退着，退着，脊背就顶到了墙上，你用胳膊肘护住自己，就像是免得挨打一样。廖瓦不知道为何这样对待他，爷爷的正义性尽管他不是很懂，但还是透过不让孩子受到委屈的屏障深入到了他的意识中，他是准备听话、服从来着，只是最好像训练动物那样，时不时地来点掌声或者轻抚一下，对他鼓励一下——一丁点儿就行……可——没人鼓励他。

"是什么状态让你冻得瑟瑟发抖？是钟表机械运作时产生的催眠效果？是两根指针重叠而带来的福气？……你们大伙儿终究还是成了多么可怕的奴仆！连他也是……"爷爷朝卢杰克那边点了点头。"可他即便是位诗人和不学无术之人，是位天生有才的人……为什么非得要把你们抛入某种感情之中？没有'感情'你们就无法相信自己了……所以你们就要让别人来爱你们，还有你们所有的苦痛——这是什么样的苦痛啊！一种感–受——对此……可又何必呢？"

廖瓦坚持不住了，开始听不懂爷爷的话了，他四面顾盼着，似乎在寻求援助……"米佳大伯"投来了救援的目光——他紧紧抓住这最后一线希望……可是爷爷却不放过他，继续乘胜追击：

"为什么你用狗的眼神来瞧他的那双狗眼？"他狂怒起来。"为什么你以为他的眼神那么迷人？……你即刻就会拿出一种与情感相符的说法，你即刻会用对你现在有利的推论（恰恰就是推论）来解释他的目光为何产生出魅力。这是因为你以为他的目光充满了善意、关爱和理解——而这些正是你现在所需要的。瞧，或许只有人道主义者才能理解你们……！而他倒也的确能理解你，了解你……

因为他的方式是无可指责的，这种方式只有他才能采用，所以显得精确明了；他不是在看你——而是在读你，他在这方面很专业。而他的方法却很简单：他瞧你一眼，就能看出，你在侦查和审问过程中会有什么样的表现，因为像你这样的人，他见得多啦，成千成万。他是剖析人类灵魂的门捷列夫①。在他眼里你只是钙或钠，仅此而已。他根据以往的经验，就能预先知道有关你的一切——只要你稍一流露出什么内心活动。但他有一个缺陷——他跟满脑子装的都是三点、七点……的格尔曼②一样是个疯子——一直数个不停。他总是机械式地超越你的内心活动，并将他想象到的内心活动与你的那一刻向他所展示的进行对比（这一点他是无法避免的，一刻也不能停息下来），——请你注意，它们总是完全一致的。这就是他的那副目光。对你来讲，理解就已经是同情了，你习惯这么想，是因为理解在你的一生中是一种偶然性，其实也不能说是一种偶然性，而是有某种实用功能的，定期发生的局势错乱——有如生理上的机能，只不过并不是真正必需的……"廖瓦朝"米佳大伯"的眼睛又看了一下，他确实是在听着爷爷说话，而且听得很真切，他还看着廖瓦，他目光中的关爱和同情始终未变：他在观察着爷爷的话所起的作用，可在这些话起作用之前，他就已经意识到了，并把这一意识同所产生的（对他来讲产生得过于缓慢了）事实加以比照。真有可能像爷爷所说的那样（廖瓦感到很可怕……）："而他，科普杰洛夫，是我过去所在的劳改营的头儿，他是个好人，两次都没有打死我……"

科普杰洛夫笑了起来，高兴地看了看爷爷。

"他就知道撒谎，乐此不倦，可这一点他却不曾预想到。他所捕捉到的，并加以比照的，即便不是我说的每个字，那也是整个内心活动，

---

① 门捷列夫（1834–1907）：俄国化学家，1868年发现化学元素周期律。——译注
② 格尔曼：普希金小说《黑桃皇后》中的男主人公。——译注

矢量①……只是他把我看得过高,做了过高的评价——他不是在期盼我也去撒谎吧。再说,对他来讲也难得有这样的乐趣:两者不相符——那不是很可笑吗……"

"莫杰斯特·普拉东诺维奇!……"廖瓦怨声怨气地说道。

"莫杰斯特·普拉东诺维奇!莫杰斯特·普拉东诺维奇……"爷爷滑稽地重复了一遍。"就叫我'爷爷'吧,叫呀……"

"马埃斯特罗·普拉东……"卢杰克打逗说。

"你这个嫉妒鬼给我住嘴!……"爷爷拍了拍卢杰克的脑袋。"再给大伙儿倒上一杯……"

爷爷是对的:廖瓦无法喊出"爷爷"这个称呼——那样他会觉得羞耻和虚伪而无地自容的。"那我干吗还要到这儿来呢?"他突然醒悟过来。"我来找谁?我可不是来找他的……"他看了看"米佳大伯"——科普杰洛夫,以及卢杰克——这些人都爱着爷爷,这就是他猛然间所明白了的。可他呢?

大家喝完了酒。

(下文斜体系我所标。——安·比)

我们从最为天真幼稚的时候起就总想知道,作者究竟躲在哪里来窥视他所描写的场景。他悄然置身于何处?在他为我们所描绘的环境中总有某个背阴的角落——放着一个破旧的橱子或柜子,由于过时而被放到前厅里去了,它立在那儿既不显眼,也显得毫无必要,一如那个作者:他用自己的双眼似乎可以看到一切,但只是他不让我们知道,他的那双眼睛是藏在哪里的……他身穿小领口的长礼服站在那儿,影影绰绰,若有若无,像日本忍者那样既不喘息,也不移动双腿,以免漏过别人生活中所发生的任何细节,别人的生活别想从他的眼皮底下溜过去,无论你对他采取轻信的还是厚颜的态度,也不管你已经对他习惯了而不怕他了。

我们一边读,一边对比着生活,发现集体宿舍和合住套房的特征早

---

① 矢量(自然科学术语):一种既有大小又有方向的量,又称为向量。——译注

在文学作品中就产生了（即先于实际生活），恰恰与作者对所描写场面的态度相类似：作者是合住套房中的一员，与其他住户相邻而居。陀思妥耶夫斯基之所以最善于"驾驭"人数众多的、"厨房生活"的场面，或许也正是因为他从不掩饰他本人对主人公所采取的"接近"做法：他使得他们感到很不自在，他们不会忘记，他们位于他的视线之内，他是他们的观众。这种绝妙的真诚的窥视给他带来了超越时代的荣誉。这种明显的，众人皆知的假定性又的的确确具有强烈的现实性，因为它没有超出现实所许可的观察范围。从这一意义上来说，以"我"的口吻来叙述的小说是最为妥当的——"我"可以看到一切被描写的事物，对此我们不会有任何疑义。同样，如果某个情节是通过其中的一位主人公展示出来的，即便是以第三人称的口吻来叙述的，但只有他一个人的视觉、体验和认识，至于其他主人公，只有根据他们所表现出来的行为举止和说出来的话，才能判断他们有什么想法，有什么感受，有什么愿望等等——这也不会引起人们特别的怀疑。也就是说，具有主观色彩（从作为创作主体的作者，或者主人公的角度）的情节是不会引起人们对所反映现实的真实性持怀疑态度的。

然而，这是从这一意义上看，客观现实的处理方式却显得那么可疑。这种方式恰恰被认为是纯现实主义的，一切都表现为"原貌"，"就像现实本身"，而放弃了作者用来进行窥视的门缝或门眼，并把它堵得、遮挡得严严实实的。这恰恰使得我们对文学作品中所发生事件的真实性表示怀疑，不过已不是孩子们那样的怀疑了。如果我们未被告知在处理过程中有其假定性、主观性和独特性，那么迁就一下也可以读完，就当是给嗓音不佳的歌手鼓鼓掌，但要是让我们凭感受信以为真并加以认同，似乎就勉为其难了。他是从哪儿知道的呢？他是从什么地方找来的？……即使我们不知道实际情况，那么经验也会告诉这是不可能的事情。因为对一个人而言，并不是所有的经验都是他直接获得的（即便是被动参与其中的）……

因此，无论在什么条件下，无论对谁而言，都从未发生过客观的、可以完全置身其外的泛指事件。将人为的"客观性"硬充为现实——这太过于自信了吧。能从高处看到一切的只有上帝，而且还得预先说好，他就是上帝。可是能从上帝的视角来进行写作的，只有列夫·托尔斯泰才敢于尝试。我们在这儿姑且不去讨论，他的那些尝试具有何种程度的权能。我们的主人公取名为廖瓦，以表示对他的纪念①，不过，这个名字不知是谁给起的，是我们，还是他的父母……

  我们中断叙述，是想再次强调一下，对我们来说，文学的现实性只有从这一现实的参与人的角度来看才可以被认为是有现实性的。从这一意义上来说，通常被认为是正宗的现实主义的东西，即一切都是"原貌"，似乎没有作者的参与——是一种高层次的假定性，而且这种假定性并不是毫无掩饰的，不会博取别人的信任，纯粹是属于形式主义的。于是我们就会把对现实性的追求本身认定是现实主义，而不会只是把文学形式乃至文学标准的习惯性认为是现实主义。

  尽管我们对其正确程度具有值得称赞的坚定信念，但面对这一坚定信念所造成的现实后果，我们却处于十分尴尬的境地……因为我们是通过廖瓦来处理所有问题的，可至于说到他在这一场景中发生了什么事情，以及他是哪些事情的见证人和参与者，目前根据我们已达到的发展水平，还不可能为他所认识，他既听不清楚，也弄不明白，所以在合乎逻辑的叙述中花大量的篇幅来描绘他是怎么不明白，怎么听不清，怎么看不到的，这在技术上也过于复杂了些，这是过于专业化的一个课题。他的这种情况我们已作了足够的说明。然而在这一章里，奥多耶夫采夫爷爷对我们来讲是很重要的，尤其是作为一个符号显得很重要，对廖瓦来说他也是很重要的，虽说廖瓦对事情的认识还不可能达到他确实认为这事很重要这样的一个高度。因此我们有时就得稍微偏离一下廖瓦这面"棱镜"，坦然地，即不把所描写对象硬充为现实本身（但同时也不放弃现实），就算是发出一个信号，而又不损害活人的形象……

  更何况，廖瓦事先缺乏心理准备，这一点对我们来讲是一个障碍，不仅如此，在这一场景中大家都喝得相当多。根据经验，无论是自身的还是前人的经验，都可以断定，在语言表达中最值得怀疑、最有争议的就是孩童们的世界，醉鬼的世界，伪君子或无能之辈的世界：这其中无

---

① 廖瓦是列夫的小名。——译注

论是谁都从未有过可信的自我表述，而回忆则往往会将众人引入歧途。对这些东西我们总会有自己的看法：因为我们不记得自己当孩子时是一副什么样子，也想不起来自己喝醉酒的情景，更不会承认自己虚伪和无能。

"孩子们可不这么说，孩子们可不这么想，"经常听到有人这样指责试图一本正经地描写孩子们的作家。如果向他们证明——不，孩子们是那么说、那么想的，委实徒劳无益，所有成年人都坚信，他们知道……成年人至多拿自己对孩子的关心当真，而不是拿孩子本身当真。因为"成年人"本来就可以从生活中获取让他们有能力成为像孩子们那般严肃的所有条件。对孩子们那份严肃的充分认识会使他们大为沮丧而索性缴械投降、无从反抗。难道造化本身关注到了这一障碍？——但确实如此：你与孩子们打交道再多，也未必就能更多地了解到他们究竟是什么样的……

说来也怪，这几乎跟酗酒差不多：你喝的再多，你对醉态的了解并不见得多于你本来就已经知道的。

我们已动笔描写的有关奥多耶夫采夫爷爷的场景，其实是没人能用清醒之笔描绘出来的……这样的体验可以说几乎无人有过，醉汉也分为多种：我们明天对昨天的事情所采取的态度——很难做到公正。聚餐时谁都不会容忍那种只看只听而不喝酒的人——这倒也合乎情理，因为头脑清醒者的描述总是令人生厌的，自然在表达醉汉感情色彩方面也就显得平庸无奇。而那些已经喝醉了的人则无法用清醒的笔调向我们再现所发生的一切，而对自身情感的喜悦则遗忘殆尽或已找不到合适的字眼了。要化解信息上的这一矛盾——已超出我们所能。

说了这么多，我们便可宣称："喝醉酒的人就是这么说的！"不管后来有人对我们说了什么，都必须坚持自己的看法……

所以在类似的场合中你们自己就要尽可能地，按你们的经验所提示的那样去安排一些情景说明，随便在哪儿都行（顺便说一下，这也就会成为廖瓦本人……所能注意到的了）：在何处，怎么样了，在"登场表演"中说出哪些话之后，奥多耶夫采夫爷爷咳了一声，打了个喷嚏，擤了一下鼻涕，皱了皱眉头，绷起脸来，又放松了表情，在哪儿他失去后又获得了"快感",抽搐了一下,他都忘记是在讲什么了,在哪儿他失望地一摆手,在哪儿他摸了摸光溜溜的脑袋,卷起一支马哈烟,吐了一口唾沫,转了转眼珠子,用一根手指头指着和他说话的人(多半是指着廖瓦),在什么地方说了一句:"我见过您……"(以下字体模糊不清。——安·比)

父亲的父亲（续篇）

……卢杰克念着诗句,虽然看不懂,但却感觉写得很棒。

"你喜欢吗?"爷爷问廖瓦。

"喜欢……"廖瓦看到卢杰克投来的充满妒意和鄙夷的目光以及科普杰洛夫那关注的眼神,迟疑地说道。难道他能说"不喜欢"吗?……但说"喜欢"也没用。他根本就不可能向"他们"做出正确的回答。所有这三个人对廖瓦来说已成了——"他们"……

"他知道的太少了,不过倒是挺会'享清福',"爷爷说,"年轻人的特性么……不过,也真是挺可笑的:'享清福'——这绝不是劳改营里的说法,也不单单是现代人的说法。17岁的陀思妥耶夫斯基,远在坐牢之前,在写给他兄弟的一封信中,这样掩饰自己说:'我这辈子做了些什么呢?'——只是在享清福……'还是继续念你的诗吧……"爷爷喜欢诗,他"适度地"沉醉其中,并感到安逸自在。他的半边脸舒展开来,显得更年轻了。

备受鼓舞的卢杰克怀着十分激动的心情,又念了一行新的诗句,他觉得这一句写得特别棒,像预言似的……显然是想彻底征服所有的人。

廖瓦这回也十分喜欢上了。

爷爷却动起怒来。

"……我说,你们的这些预测都是胡扯!凭什么说将来就会这样呢？你们到底凭什么说，将来会是怎么样的？廖乌什卡，不要一看到自己身上生了虱子就心软起来。（廖瓦噘起嘴来，诗又不是我写的，怎么又成了我的错儿。）西方怎么啦，俄罗斯怎么啦！……你们理想中的生活无论是在那里，还是在这里都是不存在的。他们有现实条件，我们有的则是一种可能性。亲斯拉夫派和崇拜西欧派现在会变成什么样的人了呢？……无论是前者还是后者，现在看来简直就是没有受过教育的人。认为我们只有过去，西方只有现在，这样就抹去了我们的现在，西方的过去……你们喜欢的是19世纪，而不是西方的民主。你们想用数个世纪的时间来换取方位……这样的使命甚至就连我们的禁止触犯的权力机构也无法胜任。无论你们想对什么抱有更加美好的理想——一切终究要服从于进步的逻辑，服从于被消耗掉、被淘汰掉的逻辑……人类生来注定就是贫穷的，而且人口数量不会很多。这样它就跟完美的自然界和生命圈显得很协调。我是一个活得很细心的老人，根据当代发生的一些事件的结局和一些事情的发端，我就可以较为确切地判断出，你们的意识在10-15年之后，一直到下一次转变之前，会发生什么样的细微变化。比方说，十来年之后，所有的报纸将会以一种好像很忧戚的笔调提到我们对大自然的所作所为，利用这一非常诚实的题目为自己挣钱，可能还会有人这样写道：原始耕作方法由于跟封闭式的、极为经济的、极为完美的自然过程的链'和谐'一致而显得多么的尽善尽美。人类是贫穷的，依靠劳动来养活自己，它规规矩矩地站在大自然殿堂的门口，既不去挖它的墙角，更不会有抢劫的念头。它可能一边挨着饿，一边还要去'喂饱'那里的一些王公和神职人员的肚子，他们的人数并不多，这种社会'不公平现象'也就显得微不足道，如果考虑到这种差异对人类创建文化来说是必不可少的话。这种无节制积累到一定程度，他们就在不知不觉间创造了可能性的形象。无论什么样的平等都建造不出寺庙和宫殿，更不会去装点、绘饰它们。午饭或酒宴之后（就像学校里所教的那样）可以听一听诗歌朗诵或音乐。生活有了保障，也就有了发展的基础，有了这个基础，也就有可能懂得对什么要加以珍惜，有了这个本领，文化也就达到了一定的水准，而绝不是相反。文化是要有基础的，需要一定的物质财富。"

"倒不是去为了满足艺术家的要求——而是为了满足真正的需要。贵族所起的这种被动的、几乎是生物上的作用是很明显的,可惜对它的认识为时已晚。不知为什么,现在谁都不会想到,一个小公国里的疯子,如果海顿或巴赫在他那儿'干过活儿',显然就会对音乐非常精通。同样,如果爸爸在米开朗琪罗和拉斐尔……之间做出选择,他也就懂得了绘画。不管怎么说,他们都是有高度文化的人。是这样的……人的潜能所存在的这种不可思议的极大差异(如从农奴到鲁勃廖夫[①]),是在无限小的动力基础上(在当下则显得十分可笑)得以实现的。人类生存的意义和可能性也只有依靠社会的不平等才得以保持下来。也就是说,人类文化的经济作用(如果它作为先决条件已达到了一定的高度)是如此之大,就像是自然界的过程于存在的不断演变中所起的经济作用。几乎就是这样。我说'几乎',是因为自然界就其本身的贵族习性来说要高于任何一种社会,虽然其'势差'也还是在最低能源的基础上积蓄起来的。对种内和种间的平等,自然界并不感兴趣,它感兴趣的是最终要适合于目的,要完美无缺。在上帝面前大家都是平等的,这样的平等对自然界来说已足够了……我说'几乎',还因为在贵族阶级的最高形式阶段,人们自然也在吞食、践踏脚下的生活空间。尤维纳利斯[②]的作品中就写有获释的自由农奴所发出的抱怨:'人们送给他(庇护者)的,是地中海中几乎已经捕尽了的红鳍鱼,而送给你(即他,获释的自由农奴)的,却是像蛇一样可怕的鳗鱼……'瞧,在那遥远的时代,红鳍鱼所发生的情形,正是现在鳗鱼所发生的情形……就这样,人类一直谦恭地站在所谓的'大自然财富的宝库'门口。你们有没有发现'大自然财富'这个说法显得很荒唐?好像'财富'是多下来的东西,而不是大自然本身!人类一直到我们今天都没有丢失谦虚乃至羞怯,这算不得是它的优点,而是它的行为准则。同时,技术进步是在这一水准上逐步进行的,即:使时钟机构更加准确化,在滑车组上再添加一个小齿轮,每一百年加一个……直至技术进步积累到生产出不是比万能

[①] 鲁勃廖夫(约1360—1430):俄国著名画家,代表作为《三圣像》。——译注
[②] 尤维纳利斯(约60—127):古罗马讽刺诗人,其作品的讽刺对象涉及整个罗马社会,从最底层一直到宫廷大臣。——译注

钥匙更加完美，而是比它更加重实的撬凿工具和抢劫工具。得使用它们——用它们来凿开大自然殿堂的大门。不是打开了门上的锁，不是发现了进入殿堂的秘诀，而是把门凿开了，甚至都不清楚这门是向哪个方向开的……或许，门上连锁都没有，门就是这么自动打开的呢！他们使足劲儿，拼命挤压门，有力气就行了——用不着去动脑筋，于是他们连人带门一起涌了进去。当一个小孩去做一件力所不及的事情时，便像他们一样，就会失去耐心。他们真的置身于堆积如山的财富当中——要拿多少就有多少！他们分散开来，满地都充斥了他们杂乱的人影，他们手里不停地薅着，嘴里不时地吐着唾沫，劫掠得连眼睛都斜了……阿里巴巴，其中的一个扔掉了铜币，因为他发现了一个装有银币的箱子，过一会儿由于看到了金币扔掉了银币，又过了一会儿，由于发现了钻石而扔掉了金币——一直到主人们回来砍下他们的头，并在大门上装了一把新锁！……这就是进步。一般都认为，人类找到了进步之路，然而人类实际上偏离了自己的道路。从人类的整个历史来看，这是显而易见的。分叉点是以几十年作为精确度逐渐形成的，对整个历史来说，这只是一微米，分叉处连最普通的眼睛都能看得出来，如果谁有时间转过头来看一下的话，——然而没有，大家只顾往前奔跑。假如它不拐弯的话（剩下的路程可能并不多了），那只要把那扇门稍微推一下，大门就会打开，人类就会跨进去，就不会做出不明智的强盗式举动——扑上去抢掠财富，而会懂得该怎样对待它们。肯定能揭示出原来的那些规律，原来的那个奥秘，即使晚了些，即使不可能说服他们停下来好好听一听，可是没人愿意先停下来；这是最后一次机会，人类还可以醒悟过来，好让大自然喘息一下，舔净自己的伤口，让它们长好——然而人类已积重难返，不会答应为了明天上午而做出今天的牺牲……消费和生殖的惯性是如此之大，如此之强烈，以至于虽然对发生的事情很清楚，但可以做到的，也只能是有意识地去注视崩塌的那一时刻，雪崩从山脊上分离的那一瞬间。弹簧将无法收拢起来，而是拉成一根直线，并会断裂开来——大自然将会发生溃塌，犹如一只滑落下来的长袜，不过这并不是下滑，哪怕可以说是跟上升差不多，——这是云气的蒸发，就发生在眼前，转瞬即逝，剩下的只是刺眼的光秃秃的一片，就像是有人当着众人的面忽然一把扯掉了假发,当众羞辱它。这是地球的'进行性瘫痪',对不起,请原谅我做的文字游戏①……寄生在大自然的身上,靠掠夺大自然来进行雪崩式的消费和繁殖,用形形色色的似乎带有创造色彩的表演来替代所有形式的创造本身,迅猛而惊人地堕落,堕落到低于自身的地步,堕落到你用自身的重量紧紧地夹住你自己,由于被消费了的、被掠夺的、不可再生的、无法挽回的一切过于沉重,你会折断骨头——这就是进步之路。或许,现在世界上所发生的(不是发生在各种过程的社会表层上,而是发生在无形的深刻内涵中)就是人类理性与进步的争斗和角逐(旧时上帝和魔鬼就是这样争斗和角逐的),这还是最为乐观的看法。这样,理性的宗旨就在于一定要赶在进步毁坏地球的临界点(不可逆性)之前来揭穿所有虚假的概念,丢弃一切,来顿悟出其中的奥秘……只要意识发生了革命,那地球就有救了。所有这些都是乌托邦,虽然都是众人所企盼的。理性即使有与进步相对立的神秘力量,那它的作用也是与进步相类似的——与总的起点和终点进行竞赛。或许,理性也能赶上进步,但至多它们是一起,紧挨着到达终点(不可逆性的临界线就是终点线)——那时才去利用精神革命的果实为时已晚,还未等革命带来应有的果实,子房由于宇宙过于寒冷而会爆裂开来,不可逆性也会随之而来——这是报应。从人类意识到的那一刻起就可能会有报应了……所有事情都凑到一起来了。"

爷爷叹了口气,喝了口水——他的半边脸显得很兴奋,半边脸则木无表情——又说了下去:

"这很清楚、很明显地反映在文化、语言和精神后面——进步就是使用和消费构成我们的道德和人文体系的所有语言和概念。先是消费小的和具体的,然后是大的和虚假的,再后来是重大的和抽象的……任何一种思想在你们看来都有拯救的作用,只要它是从你们的脑海里产生出来的。词语是要经过筛选的,一开始人们是随便使用的,后来就使用那些留存下来的词语(留存下来的都是最好的)——它们将被永远消耗掉。人类精神的所有力量都改变方向,指向我们的时代,不过只是指

---

① 进行性瘫痪(医学术语):俄文中的"进行性"一词在日常生活中意为"进步(的),改观(的)"。——译注

向消耗、废除、揭穿和贬低虚假的概念。现代精神生活的整个实证主义正在自行消亡——没有被任何东西所替代。你们还是幸运的，你们只有三十来年（恰好我不在……）被禁止随便使用语言和概念，有些词语变得野性十足，开始不怕人了，并四处游荡起来——空间是很大的——面目全非、无法捉摸、无声无息。你们认为，1917年破坏、毁坏了原有的文化，可实际上它恰恰没有破坏，而是将文化封存、保留了起来。重要的中止，而非破坏。那时所树立起来的权威是岿然不动，不可推翻的：那时一切都排列在从杰尔查文到勃洛克的那个顺序上——后来者动摇不了他们的次序，因为也没有后来者。一切都翻了个个儿，可俄罗斯依然还是一个被禁止触犯的国家。那儿你是进不得的。无论是过去的生活，还是现在的生活都只是从1917年才开始的，可是它变得丰富起来，于是就把它停住了。人们现在所诅咒的这一终止，这一禁令却将会使我们看清10-15年的精神生活。在消除'虚假'概念而获得'真实'概念的过程中，你们似乎还可以体验到一种兴奋，有喜悦，也有艰辛……"

准备同你一起分享

痛苦、喜悦和艰辛……

爷爷突然轻声地、准确无误地唱出了一段歌词。"然而它肯定会抛弃你们的，你们不要过于迷恋于它……所有这一切时间都不会很长，因为这一切都已经过去，在世上都已经发生了，所有的一切都会以梦魇般飞快的速度回到你们这儿来，无论遇到多大的阻力……你们将会关闭揭露虚假概念的自由派工厂，其理由似乎是为了得到现在还遭到禁止的，却是人们所渴盼的真实概念。然而只要再过几年——你们就会得到的，而且还会得到你们今天看来是'真实'概念，可它们很快就会使你们感到失望，因为在这些概念之前，在可能产生它们之前，已经潜入了文化的进步幽灵，也就是对精神概念和价值所抱的只顾消费而不图创造的态度的幽灵——它刺激着，激励着这一整个模糊不清而又令人喜悦的积攒过程……请你们记住我说的话，你们中最为先进的是那些冲在进步之前的人……十年之后你们就会听到所有深藏在你们内心的、具有虚假和伪装性质的话和概念，这倒不是因为那些'强占并进行破坏'的不良分子的缘故，而是因为你们自己，你所指望的这些概念本身的缘故；它们还在遭禁，不让说出来，却已包含了那种推动我们向前，使我们感到疲惫不堪的谎言。十年之后你们每走一步都将会听到卢杰克诗中的所有词句……俄罗斯，祖国，普希金……语言，民族，精神——所有这些词语听起来似乎就是其最初的、本来的、非正式的意思，词义一旦完全裸露——那就意味着这些概念的终结。'新义'的时刻将会来临，这些新义你们到时候从更为陈旧的词义中便会找到。这是一种工业——'开采'语言的矿藏（好像有一位诗人就已经这样说过了①），用过的词语将会堆放到废石场上。就像是在矿坑里……廖瓦，你在'矿坑'里干过活儿吗？……眼下你们在开采茨维塔耶娃②和普希金，接着再开采莱蒙托夫和别的什么人，尔后再扑向丘特切夫③和费特④：把一个人培养成天才，把另一个人培养成伟人。把布宁⑤也拉出来……这种对名声的吹嘘和吞食的做法是依托现代文化的发展而得以进行的。一切都会有的，一切都已经有了，这是因为你们对此产生了强烈的渴望，你们觉得一切的一切用此都可以得到解放和改正。出于无知你们将大量地吞食一个接一个开禁了的概念——就好像它是单独存在似的——吃得你们直感到恶心、呕吐，甚至会到重度昏迷的地步。现在不存在的东西，将来也不会存在，比如对现实的明智的、非消费性的态度就是这样。也许当产生一种新的宗教时，其精神实质就是这种状况。然而人们却很难去相信尚未存在的东西。我劝你们，眼下你们还得感谢你们的偶像……"

大家对这番热情洋溢的反动言论领会得恰到好处，听着这些话，大家又喝了一杯。

....

爷爷皱了皱眉头，抽搐了一下，——打断了卢杰克，说道：

"大家，所有的人都是苏维埃的！没有不是苏维埃的。你们——

---

① 这里指的是苏联诗人马雅可夫斯基。他在《和财务检查员谈诗》（1926）一诗中写到："提炼一克镭，需要一年的劳作，而把一个字安排妥贴则要一吨语言的矿藏。"——译注

② 茨维塔耶娃（1892—1941）：俄罗斯著名女诗人。——译注

③ 丘特切夫（1803—1873）：俄罗斯诗人，擅长写哲理诗和爱情诗。——译注

④ 费特（1820—1892）：俄罗斯诗人，他的抒情诗主要歌颂了艺术、爱情和大自然之美。——译注

⑤ 布宁（1870—1953）：俄罗斯作家，1933年获诺贝尔文学奖。——译注

要么赞成，要么反对，或居于两者之间，但这仅仅是相对于体制来说的。你们不是被绑在了什么别的木桩上。你们谈论的是什么样的自由？哪里有这个词儿？你们自身是不自由的——永远是这样。你们想代表自己说话——可你们却无法代表自己说话。你们只能代表那个政权说话。可你们在哪儿还能找见它呢？……对你们来说，哪儿都不会有合适的生存环境：即使你们把自个儿都给输送出去了，你们也不可能带走你们作为自由的人而赖以生存的条件。就是给你们松了绑——你们也会要求把你们自己再绑回去，你们的脖子不加索套的话，就会冻僵……你们会发现，没有这个政权像你们这样的人是不存在的。这是因为你们只是在这里——才得以存在。在别的地方你们就不会再存在了。你们不喜欢……可我却喜欢这种生活！你们懂什么呢？……你们不可能对此做出正确的评价。就拿卢杰克来说吧……我给了他一张皱巴巴的破钱——他就不见了，消失在这片荒地上，无影无踪！"爷爷一想到这，就又动起怒来，气呼呼地说："你们自己想一想——根本就是不可能的么！他能到什么地方去呢？——外面只有石头、平坦的田野、暴风雪……突然一下子不知从何处他又回来了，带着面包、酒、茶叶、香肠，甚至还有烟草！去了哪里？回来干吗？……当我觉得我失去理智的时候，总是因为被认为是自然的、理所当然的东西和根本就不想要去理解的东西在作怪！我们现在所坐的这个地方，多半是地面上不存在的，是不可能存在的——乃是虚无之岛。然而只要你一拧开水龙头——水就会流出来……！至于电啊，气啊——不管怎么说还可以容忍：有人说，这是无法理喻的，即使你绞尽脑汁……可是——水？这里的水是来自什么地方？……不过，你甚至可以尝尝味道——是水！不只是尝尝味道——还可以喝个够，很解渴！这不是很带劲儿吗？……假定说，水是世界上最令人惊奇的东西：清澈透明，无臭无味——却能给你解渴！让你喝个痛快。至于流淌在胡子上的，那已经是你的财富了……这几乎就跟空气一样——非常令人惊奇，而又不可言说。如果是真的渴了，那也会需要空气的。关于进步的话题，我跟你们说得够多的了……把一件重要的事情给弄忘了。对我们构成威胁的，倒不是来自于付出代价（即便是极大的代价）的地方。不是来自于非常值钱，充分显示其价值，大家都需要，大家都在抢购的地方，——即有价钱，明码标价的地方。也就是说，我们当然也会去偷盗树木、鱼、土地、野兽……野兽，先偷盗野兽，以便将来只剩下了人类自己……但是所有这些都是后来的事儿，没准儿还来不及去做完呢……因为威胁我们的首先是——来自于白得的东西，上帝赐予的东西，来自于不管什么时候，什么也不用花费，既不花钱也不花劳动，就能得到的东西，来自于没有价钱的东西——真正要了我们命的，是那些没有确定价格的东西，无价之物！我们将会把空气吸完，烧光，我们将会把水喝完，泼光……也就是说，我们先把无偿的东西糟蹋完，而金子、钻石，还有什么呢？——所有这些都会完整无损地保留下来，在我们死后，人们看到这些东西才会想到我们……不管怎么说，这是非常清楚而又十分有趣的：最先消亡的是一开始就不属于任何个人的，归大家所有的那些东西……我们用许多废话将概念缠绕起来，一直绕到看不出来为止，一直到我们用一张语言的破网将现象覆盖起来，盖得很匆忙——算了，反正已被揭穿了……不，世界如果缺了祈祷，那么在理性方面就会陷入绝望。你们也许还记得，屠格涅夫在《父与子》的结尾处是这样写彼得的：'他越长越傻，也越发神气了。他把所有的e音都念成ю，他把"теперь（现在）"念成了"тюпюрь"……'所有的'теперь'都成了'тюпюрь'……我是前不久才来到这里的，我一看，紧挨着这儿的一栋房子挖有一个大基坑……可能离基脚只有十米远的样子，挖得这么近是少见的……这栋房子比别的房子还要稍高一些，是单独的一栋……就像是耸立在悬崖上端一样——简直就是一只大箩筐！再一看——实际上它就这么放在地上，只不过看上去像只火柴盒……也没有什么特别的——就这么竖在那儿。我想，我们的大地真够温和，真够有耐心的。当我们在上面爬行的时候，它甚至连皮肤都不抖动一下，连肌肉都不动弹一下……可我们却已经充满了信心！一看——没什么动静……再接着来！大家都住在这栋用草屑做成的，就这么随随便便放在地上的房子里，很有把握地住着，就像是将一勺菜送到嘴边一样，所以建立的也是这样的制度！……准时起来，准时出门，公共汽车运载着他们，把他们送到不是他，也不是他们要去的地方，在那里他们干着什么活儿，究竟是什么活儿也弄不清楚，然后再坐车回去——车子这一回也没有使他们感到难堪，他们一到达目的地——马上就认出哪个人住在哪个地方，在他们那儿是用专门的数字标好的，他们记得这些数字，它们跟他们所记的是相一致的，——它们是不会搞错的；因为他们来回奔波，每个月都要给他们发两回纸币，每个人都知道他自己会得到多少钱，然后他们肯定再用这些纸币去购买商品，他们到各地去花钱；最后按照自己的门牌号码走进一个房间，再走进另一个房间，打开灯——屋里明亮起来，窗外刮着暴风雪——屋里的暖气片烧得很暖和……不仅得到了安顿，而且大家都为自己做了巧妙的安排！所得到的关怀，所享受到的舒适，只有小时候玩洋娃娃那会儿才可以比拟。请你们注意，是为自己作了安排，而不是为你们！至于你们，没有为自己作任何安排！……所以你们不要奢望会得到什么。你们厌恶地说：什么升华，简直就是胡来！……是的，说得很准确！如此准确，你们连做梦都想不到！你们自己像傻瓜一样非常不幸。任何人都可以说你们是傻瓜……体制是给那些居于其中，而不暴露出来的人提供幸福保障的……有谁会让他们暴露出来呢？……是的，大伙儿被安排得实在是好——对此大家都深信不疑。请你们注意，体制的力量甚至足够赋予大家以信心——体制是强大的……你们觉得，你们是有精神力量的，因而也是自由的。可是你们的抗议，你们的勇气和你们的自由是给你们规定好了的，就像发牌一样。你们所有的人都在纷纷地议论着从上面掷下来的那些色子，而在你们看来，那上面是不可能有什么精神，甚至有什么理智的……然而，独立活动的能力和自主所带来的新鲜感，只是在许可的范围内你们才得以认识。你们将在1980年读到《尤利西斯》，并对你们所争得的这一权利进行争论和思考……这一点我是在'50年代后半期'跟你们说的——到时候你们会相信的。那时世界的末日即将来临。你们想，世界末日就要到了，可你们还没有读到乔伊斯的作品呢。你们的现实生活将更能容忍乔伊斯，而不是你们。有关你们独立性的思想，你们是无法理解的。你们就知道嫉妒别人，总是办不成事儿，无论是过去，今天，还是将来，都不会有什么出息……我么，至少学会了不去把我不喜欢的东西认定是没有的东西。它不是为我存在的，但的确是存在的。我对人类现存体制的巧妙性，完整性，完美的合理性简直怕得要命……"

为此大家又干了一杯，上帝是这样吩咐的。

廖瓦差点儿哭了起来：怎么把人弄成了这样！但还是控制住了自己，扯起了一桩别的、与此毫不相干的事情。

....

……爷爷没等廖瓦说完，就打断了他的话头：

"为什么是不公正的！为什么是不公正的呢？"他像只公鸡发起了攻势，把头的一侧——脸上有活力的那一面转向了廖瓦。他说话的声音听起来几乎是受到了委屈。"我所遭的罪是活该的……这个词儿真棒！活——该！把我抓起来，不是没有原因的。我从来就不会闲着不做事儿，我从来就不会对什么不认真、不严肃。我并不以此为骄傲：总是摆出一副严肃的样子——那会招人嫌的。但是我过去是这样，现在仍然还是这样。假如我不是个严肃的人，那我这会儿就不会在跟你说话了！我就会把你轰到远远的地方去……天哪！他们还在问，还在表示惊讶呢：这一切是什么时候开始发生的？早啦，早就开始发生啦！当一个知识分子第一次站在门口同一个卑鄙的小人进行谈话，试图做解释的时候，就已经开始了。是应该把他轰走！"爷爷的脖子涨得通红，廖瓦担心自己会受到第二次攻击，但这却是多余的：他已经不严肃了，他在发表演说。他的听众都是信得过的，廖瓦也是一个很肥的诱饵。"这个政权针对我所做的一切都是公道的。我可不属于这帮可怜的、没有自豪感的人，当初把他们抓进来是不公道的，但现在放他们出来却是公道的……这就是政权。要是我处在它的位置上，那也会把自己抓起来的。我唯一所不配的，是这一带有侮辱性的平反。我已经不感到可怕了：我是渣滓。他们把我甩了出来，不再搅扰我了——我就像是一个囚犯被榨干了油，再也没有一点用处了。教科书里就是这么说资本主义国家对待工人的。我对他们不构成威胁了——他们不再需要我了。这时就给你分房子，发退休金，而且——就像是送你一份礼物，补偿你一下，好让你再一次受到侮辱，告诉你：你没有给他们做任何事情……好像我不能用自己的劳动来挣得这些东西似的。我认为自己太傲了，很容易就会被人家击垮，——我就主动改变了自己。就像一个姑娘看到抗拒无济于事，反正要遭到强暴，正是因为孤傲，她会主动脱掉身上的衣服……我只是现在，'解放'后才垮掉的。我从未生过病——在这儿我发生的头一件事儿就是中风。我开始散架了。我不甘心这样，就开始放开肚子喝起酒来，我不能就这么垮掉的呀。也就是说，我自己去做事情，哪怕就做一件事情——一件禁止我做的事情。我活不了了。我无法再活下去了，廖乌什卡。我是另外一个人——我跟你要找的那个人已经丝毫没有关系了。这太残酷了——把人这样折腾了两回！先实行强暴——然后再给你补好，并宣布你是处女。结果——将近70年代的时候！——他们一心想把所有的生活，无论本来是什么样的生活，都变成我的这种生活，我可以说，我对生活已经应付不了了……当他们来抓我的时候，我为了免遭毒打，为了免遭他们的拘捕（就跟那个姑娘一样），便主动跟着他们走了。我觉得，自己的过去，自己的工作和自己的使命都已终结。我对生活和自我有这样一种认识：一个人命中所发生的一切就理应是他的生活，……我的生活也理应是这样。我干活很卖力，是一个很不错的工地主任，我只会用生活材料的方式来进行思考了，至于是语言还是土壤抑或是建筑材料，已无关紧要了。我成了另一个人，这所有27年的时间里，我一直就是那个人，完全是另一个人！强行使我成了30年前的那个人，这体现在我的身上，倒是挺公正的！那会儿我是40岁，这会儿我已70了——这不就是差异所在吗！假如我那时是70岁，而这时是40——那我就无法第三次将这种生活变成自己的生活了。那些人怎么敢先废止了不公正的行为，继而又恢复了这种行为呢！……说得轻一些，这是一种厚颜无耻的行为：看来，他们对自己的所作所为一直就是很清楚的。那时他们就已经知道，随着时间的推移，像我这样的生活结束了以后，他们会取消这种生活的！他们做成的结果也正是这样：取消了我30年的生活，让我回到了原来的起点。他们说，像我这样生活了30年，这是个错误。而我却已经无法用另一种方式来度过这30年了。他们想尽一切办法来折磨你：一看，取消你生活的做法没有成功，便把你逮起来，等取消了之后，再放你出来。还分给你一套两居室的住房——这简直就是莫大的嘲弄，恶毒的讪笑……或许我就想留在那里，或许我的女人——短腿的、目不识丁的傻女人——已经留在了那里？她是个刑事犯，你发现了没有,她是不可以住到大城市的……起先,这一切都是命运的安排,现在这已经是一种报复行为了。做得太过分了,不应该那样出格。惩罚当然是可以的,但报复——那只有上帝才能这样做!你们所记得的我,一直都是我被抓进去的那副样子!——他早已经转身只面朝廖瓦一个人了,而这会儿正用弯曲的手指直接顶着他的胸口。——你们这些坏蛋,到了30年后的今天还想让我是那副样子,因为对你们来说,我的这些年是不存在的!你们的是存在的,而我的确是不存在的!我应该还原成那副模样:极有才华,40来岁,穿着翻领……让女人们一个个栽倒在我的手里,——可现在你们看到我是另外一副模样,大失所望了吧?给你们瞧瞧!这就是落下的……"他伸手想解开衣服指给大家看,但找的时间太长——大家劝止了他。

廖瓦吓了一跳,并清醒过来:他不再想因他的痛苦——不是那种体现在话语中的痛苦,而是另一种,超越他话语之外的,却又来自于他话语中的痛苦——而受折磨了。爷爷最先听出了自己话语中的庸俗含义,即使没人能听出来,他感到一阵阵恶心——但没有吐出来。

"我甚至都不知道该把自己的生活讲给谁听——你们是不会明白的,"他悲伤地轻声说道,甚至都看不出有什么不自然的。"讲给他听?"他朝科普杰洛夫指了一下。"他所知道的也就是这么回事了。讲给他听?"他指了一下卢杰克。"他是个孤儿,也不会明白。讲给你听?你也不会知道的……我真傻,不该生你父亲的气,"他没有说"儿子","我简直一点力气也没有了。"

他们给他倒了一杯酒,可他没有喝。

....

"那他究竟生活得怎么样?"爷爷问道,他的心情已经得以平静和安宁,他甚至好像都清醒了过来,并且面带愧意。

廖瓦对这一转变和这种变化已经不以为怪了:他已经好几次亲眼目睹了类似的情景……爷爷举止的变化幅度是很稳定而明显的,如果愿意,完全可以用数学的方式,比如以某一条曲线的形式来表示,而且只要作两次尝试就行了——第三次就已经是带有检验性质的了……可以用各种方式来画这条"曲线",只要改换所画的起点和曲线图中的坐标,其中的一条轴线表明，以毫升为单位的伏特加的数量正在逐渐沉积，另一条则表明，"舒适"是有某些思维单位的（选择此类的单位是最为复杂的事情……），这些单位显示出独立的程度，生育及其陡升的程度……

起初似乎并没有什么：有规律的搏动，乃至静止不动，整个世界——丰富多样，五彩缤纷，却不可能去喜欢什么，没有选择的自由——清一色的神经区，指针以零刻度为基点左右摆动——这是喝醉酒的症候。服用了药剂，但并不是马上就能见效的，可情况已经十分危急，让人无法忍受了。所有这一切都由于怒火和侵蚀性的爆发而得以缓和——这是征服时间、经受住等待效果的一种办法，——随便什么事情，只要是先碰上的，都可以成为消除怒火的理由……在这种还不算太激烈的愤怒状态中没过多久，一股"舒适"感不期而至。得到了补偿之后，就会有片刻的心软，就会失去连贯性——"我倒是说什么来着……"含糊不清，似笑非笑的表情就会消失……然后由"先期的舒适"上升为正式的"舒适"——即爷爷的演说和情绪，当爷爷还是爷爷的时候：分离开的心智至此相连在一起了，思想和感情似乎交汇在这个刚出现的现实焦点上……这个演说，其势头正在不断扩大和发展——可突然间却中断了，就像是机械发条绷断了一样。事实就是这样：一个酒鬼的精神过程的"化学机理"强有力的证据就是——"停止作用了"。

爷爷不仅很聪明，而且相当"有意识"，足以能够认识到这一点。遭受酒精的侮辱，来自他本人思想的"化学机理"的欺凌（即无论在什么情况下，思想都有其假定性、相对性和不真实的成分），没有能力使思想达到"清醒"的状态——这些都使爷爷感到特别强烈的，特别难熬的痛苦，这些痛苦又同样也遭到了欺凌，同样也是一种"化学机理"，喝醉酒的一种化学机理。

他被侮辱和欺凌了，他的思想的的确确遭到了欺凌——它无法变为现实。即使"观众和听众"如愿以偿了，并对他的言论大加赞赏的话，那么对爷爷精神的那座往日大厦的碎片和边角料的这种赞叹在他看来就又多了一份无法忍受的侮辱，他愤怒了，又喝了一杯，又在对"舒适"的期待中愤怒起来。

"那他到底生活得怎么样？"爷爷问道，他似乎平静了，面带愧意……

廖瓦又得到了一次机会。他又一次去尝试把这一切解释一遍，是按照自己的领会去解释的，按他对这一切所能理解到的，所能领悟到的去理解，尽管事实上满不是那么回事儿……

在这份突如其来的沉寂中，在爷爷脸上的歉意中，以及从如下这些迹象中：爷爷向廖瓦询问父亲，儿子的情况，而且爷爷不把父亲称做"儿子"（这一下子就被廖瓦发现了，由于是凭自己的洞察力而发现的，因此他颇有几份得意的感觉）——他看出，"老人家实际上是多么的痛苦"，没有家人，没有哪个儿子在身边，他是多么的空虚和孤独……莎士比亚在悲剧《李尔王》中所担任的角色……廖瓦做出了这样的情感推断，甚至连鼻子都感到了一阵刺痛。他（爷爷）由于遭到了不幸和不公正的待遇而显得这么乖僻和凶狠，可实际上他是善良的（不管怎么说，小学教师的话对廖瓦产生了深刻的印象："你本质上并不是坏孩子，你本质上是个好孩子。你原来并不是这样的。只要你说出是谁在黑板上写的脏话——你也还是个好孩子……"），廖瓦想，实际上这一切只不过是爷爷故意装出来的一副挑战的架势。他几乎都已经想象到，他，廖瓦，尽管很慢，很费力，但总会找到通向爷爷的心灵之路，打开爷爷心扉的钥匙，他会使爷爷的怨愤和痛苦得以消解，尽管只是在垂暮之年，爱和家庭的温馨才向他露出笑容……但这时，当他差不多都已经把他们所有的人安顿下来喝晚茶的时候，他看到爷爷身边坐着父亲，对面坐着狄更斯大伯——这是不可能的事情，顷刻间他感到很不自在，他赶紧从脑门的里层抹掉了这一情景，以免自己会失去怜悯之心……

因为他现在要向爷爷讲一讲父亲的一些情况，向父亲讲一讲儿子的一些情况，而且流露出来的每一个心灵的细微特征都要达到"冰释"的目的，他便开始斟酌起来：该说什么，不该说什么，更重要的是，怎么说，在他身上这种心灵的细微特点表现得非常丰富：声音平稳，语气坚定，目光坦诚，连他对这一切都着了迷，好像不是他本人在说话，他自己怀着爷爷所特有的那种关爱神情在聆听廖瓦说话，那种关爱的神情会使别人紧张的心情霎时得以平复，会使别人变得温和起来。他那真诚的，能给别人留下美好印象的声音不知是从哪儿发出来的——它根本就没有注意到突然笼罩在房间里，并且已凝固了的，越来越浓烈的，越来越冷淡的沉默气氛。

"咳，小老弟，你的脸又抽搐起来了！"爷爷说道，声音很轻，但听得却很清楚。廖瓦只好把另一半话吞了下去……"到底你还是个挺古怪的小伙子……或许，你们大伙儿现在都是这样？显然，你完全是真诚的——你听到了吗，廖乌什卡，做一个真诚的人，这在你似乎是很重要的……——完全真诚的人永远也不会是原本的自我……显然，目前的教育体制——比我想象的要严谨得多。我本来以为，这只不过是愚昧浅陋的……然而并非如此！你去试试教他们学会不是理解，而是想象——对他理解和认识所发生的事情这一过程做出想象，——这是令人震惊的教育事业上的怪象！对你来说，不存在任何事实，现实和实际——只有对它们所做的想象。你根本就料想不到会有生命存在！然而食物消化的现象在你身上总是有的吧？你……会走路的吧？很抱歉，廖乌什卡，我并不想伤害你……要知道我无法用普通人的讲话方式跟你说话，因为你对人家该跟你说些什么，事先就已经想象到了，而且对这种想象你事先也有了自己的态度——如果这两者不相吻合，你就会生气起来。你好长时间都会感到心里难受，不过这没用，廖乌什卡，既然这样……高深莫测的世界使你陷入恐慌，你以为这就是感情细腻的人才有的内心痛苦；我能看出，你还无法做出任何解释；这么一来，你获得安乐的唯一途径（非常奇怪的是，不知为什么你采取这一途径时显得很谨慎）——对所发生的事件，在它发生之前就得有所解释，也就是说，从世界上只能看到与你预先所做的解释相近的东西。你有什么根据说（无论我说出什么），我内心里（言外之意？现在使用这个词吧？……），内心里几乎在为自己而感到痛苦？为什么你这么肯定能区分出，什么是'自然的'，什么是不自然的？谁给你下的指示，说是既然爱上了，那就得爱上一辈子？产生感情——是件好事儿，减退了——就是坏事儿？是谁，又是什么时候向你灌输说：一切就是这样：爷爷垂爱孙子，孙子敬重爷爷？……看来，你永远也不能面对生活，不过我担心的是，这不是个办法，生活没准会对你的屁股来一下子，你又会感到疼痛，觉得奇怪和突然。显然，你觉得，说出你前不久才意识到是聪明话的那些人是聪明的，而还在说着你前不久已不看做聪明话的那些人是愚蠢的。如此看来，你一直都会达到比你所寄身的那个人更高的水平，你总能登上昨日的那一级阶梯。可聪明人与笨蛋有什么区别呢？顺带说一下，这是一个非常复杂，很难作出精当回答的问题。就拿我来说吧，照例是回答不上来的。不过这会儿，我倒是觉得，聪明人与笨蛋的区别恰恰不在于对所发生事情的解释的水平高低，而是在于：面对现实时，'尚未准备好'这些解释。你听到我说的话了吗？是不是你又在吃着明天的东西，而在消化着昨天的东西？……你知道你昨天吃下去的是什么东西吗？"

这一点廖瓦知道得很清楚——狄更斯大伯给他讲解过了。但自从听到"笨蛋"这个字眼那一刻起，他就已经听不见爷爷在说什么了。他拿自个儿的嘴唇一点办法也没有——它们肿了，鼓起来了，还不时地在颤动。"好像在说我是傻蛋，"廖瓦想。

廖瓦听不见了，再说爷爷也已经不是说给他听了，他转过身去面朝"自己的"听众，已经在说给他们听了，因为这些想法在激励着他……

"智慧就是零分。是的，是的，正是零分最聪明！记忆一片空白，缺乏任何准备——就永远能够在现实的一刹那，在变为现实的转折点上来反映现实。智慧的含量比脑，比心，比所接受的知识更要丰富……智慧具有民众性。智慧——是产生与现实同步的，并反映这一现实的思想的能力，而不是引证，不是回忆，不是按照任何一个，哪怕是最为完美的典范来制作什么，不是执行什么指令。智慧——是意识水准上的现实能力。除了真实的生活之外，什么也用不着智慧。就是这么回事儿，也许……"

他把最后一瓶酒一一倒入他们的杯子里，面带一副满意的神情。

"我什么都见过，"爷爷嘿然一笑，"就说那些自以为是傻瓜的人吧。顺便说一下，这可能是当局的密谋之一……只有无论在什么情况下都无法意识到自己是傻瓜的人才便于管理。所以就得讨好他们，对他们的智慧大加赞叹，以便让他们永无长进。从这一意义上来说，让大家受教育是好事儿，以便让他们永远也不会认为自己比别人更蠢。

"无知是以智慧为基础的。所以任何一个接受过教育的人都不可能是聪明人。零分才是聪明的——五分则是愚笨的；曾经有过生活的地方都不存在生活了；再说也不需要那种曾经有过的生活，或是那种在一个什么地方，但此时或此地却需要寻找的生活。此时和此地——正是此时和此地。不存在另一种生活。喝吧！廖乌什卡，你也喝，不要难过……廖乌什卡，你，最重要的是，不要难过……"

廖乌什卡觉得很难过，把杯子里的125克酒一口气都灌了下去，爷爷很会倒酒，杯子里的酒不多也不少……有件怪事在廖瓦身上发生了。他感到自己正逐渐清醒过来。整个这一晚不知消失到什么地方去了，他好像刚从寒冷的户外走进来似的……

"你们笑什么？"廖瓦说道。"我们不是在喝醉酒——而是在渐渐清醒过来。一个真正清醒的人——其实是一个喝醉酒的人，可在他喝酒的时候——他就会变得清醒过来。"

"好样的！"爷爷扶了扶院士帽，说道。"你也说说自己吧。看来你学了父亲的样子？"

"没有！没有！"廖瓦大声说道，好像在说"离开我，躲开"。

房间里热了起来，他解开了一粒衣扣。他们早已什么也不喝了，可他一说出每一个新词，醉意就越浓，对此他觉得很纳闷。他随即又弄懂了：原来他早就已经在说话了，而大家都在听着。他深深地、狠狠地吸了一口夹杂着烟味和下酒菜味道的空气，绷紧了浑身的肌肉——房间在一刹那对好了焦点，他清楚地看到爷爷独自站在屋子中央的身影，爷爷吐出一口马哈烟，他的两边脸似乎变得一样的了……——还看到卢杰克一动不动地，鄙夷地，就有点往上，又有点往旁边瞧着什么，还看到科普杰洛夫转动着面前的杯子，不再注意地看什么了，他好像对什么都知道得很透彻了……廖瓦屏住呼吸，使眼前的这一画面定格了一秒钟；接着自然就是呼气，于是一切全又散开了：爷爷，卢杰克，科普杰洛夫，不知从哪儿钻出来的木桶，耶稣殉难十字架，色彩和声音，话语和思想——所有这些重新又在他的面前旋转着，还有点舞蹈的意味呢。整个这段时间他一直都在说着。

廖瓦终于开始恢复了记忆，记忆开始倒了回来，而且越倒越快，这不就是他在一分钟之前说的那个词儿，这不就是他说过的那句话，这不就是他突然说出的所有的话——词语都混在了一起，无法分开，连成了一片，但是其整体意思是清晰的——就像是一次突击。由于受到无法补救的强烈光线的刺激，廖瓦甚至都眯起了眼睛——他说的尽是那些话，尽是他绝对不该说的话：说了爷爷的那些著作，以及那些著作所形成的整个旧的流派，说到了他，廖瓦本人怎么用自己的心智和力量（说到这里，他羞愧得牙齿咯吱直响）……想采用著作中的各种方法……然而，本来也没有必要去纠正这个错误……

"父亲"这个词儿满屋子乱飞，廖瓦猛地一把抓住了它，攥得紧紧的，犹如攥着一只苍蝇……是的，是的！现在他终于欣喜地发现，最大的错误原来就藏在这里呢。要进行彻底的纠正，他已经无法做到了——然而只要不把一切都毁掉就行……正是在他说父亲的时候，他犯下了最大的，不可饶恕的过错：他向爷爷所说的一切满不是那么回事儿，也不是爷爷想听到的话。他好像试图向父亲讲述儿子的事情，其实是应该向爷爷讲述父亲的事情。

他一把抓住了在空中飞着的，像苍蝇一样黑色的，穿着燕尾服的词儿——"父亲"，并快速地说起了父亲，随着这一速度的加快，他渐渐玩起了花招，他本人也越来越强烈地感觉到自己在耍弄这种花招……既说他是怎么得知的，他是如何看待的，又说他知道了什么，是怎么做的。他仿佛在用一把特制的小铲子把自己与父亲分离开来，把自己从父亲身上揭了下来，扯掉、抠掉了两处的破口，并把他们弄平整……

哎，他真想再醉回去！他也几乎做到了这一点，不过是因为他不堪重负而被压垮的缘故。他干吗要自作自受——谁也没有硬拉他——把自己一整天的时间弄成了乱糟糟的一大堆（倒是显得多了），还要偷偷地带走？他无法卸掉今天的这一生活重负。他被压得差不多像喝醉了一样，他觉得像患了近视一样看不清东西了，为此感到十分窒闷，他开始语无伦次，已经不知道自己在说什么了，甚至还感到一阵兴奋，因为他把什么都源源不断地献给某一个人了：包括父亲、自己，还有米佳大伯，——他几乎就是很情愿地献上这一切的，甚至还带有一种莫名的喜悦。就这样——把极为珍贵的，却过于沉重的担子卸入了一片污泥浊水之中，虽然还没有走到终点，然而却感到一阵轻松……管他那是谁呢，母亲也好，姐妹也罢，这简直就是一种享受……

传来一声叫喊，但他并不是一下子就听到的。

仿佛一声叮当响的叫喊，似乎是话说到半截时陡然冒出来的，犹如收音机里突然一下传来了尖锐刺耳的声音……

"……**他—他**！……**他—他**！你说的是**父亲**！……说给我听！说给**父亲**听……才是——！"

"就是他。"爷爷喊了一声，但有点模糊不清，就像是他嘴里的舌头过于厚重，不听使唤，而且似乎嘴里也容纳不下……

廖瓦站了起来，一条腿把桌子刮了一下，桌子晃了晃，但没有倒下。卢杰克也跳了起来，有点儿气鼓鼓的，歪着身子站在那里，这也就违反了平衡的规律。就连科普杰洛夫的目光也由于充满了某种情感不再保持镇定，不再聚精会神了，这种情感跟廖瓦绝对没有关系……

"在小兔崽子身上已经有了背叛行为！在小兔崽子身上！"爷爷坐在椅子上，不知是在吼叫，还是在呻吟。"已经没有私心了，真是不切实际……"

廖瓦从卢杰克手里接过大衣、帽子、围巾。他倒退着往外走，一只手套在袖子里，大衣和帽子掉了，他捡了起来，抱在了手里。他的后背撞上了墙角和门框……

廖瓦站在过道上，最后一回不小心弄掉了帽子，又最后一回把它捡了起来，还感觉到挨了刚刚跟着他出来的卢杰克的一击，这一击打得很笨拙，出手也不重，却十分惹人恼火……他觉得连门都被这一击打得还在震颤着，"已预售完毕！已预售完毕！……"耳朵里回荡着这一好像是偏离了位置的唱片所发出的声音。

在轻度的麻木状态中，他小心谨慎地、慢慢地带着自己下了楼，犹如抱着一个裹在襁褓里，轻得十分可爱的婴儿……寒风临近深夜的时候，刮得特别猛烈，没有等到从门下的空隙处钻出去，就抽打起他的脸颊。不过并没有什么门下的空隙，一如没有街道，——整个儿是个大院子，风在里面回旋着，渐渐形成一股股干燥的、凶狠的旋风。风儿在这里游刃有余，没有什么东西来限制它，让它朝什么方向刮，从某种意义上说，正因为它无处可去——它也就到处都去。雪片已经开始覆盖这片旷地了，带着簌簌声填平了柏油马路上所剩无几的水洼。一簇簇幽暗的光点在稀疏的、按照莫名其妙的方式排列着的街灯的照射下，来回摇曳着。既没有人，没有汽车，也没有街道——连路也没有。

廖瓦在这一不尽如人意的空间里慢吞吞地走着，一会儿暴露在光孔之中，一会儿又消失不见了。一阵阵强烈的、无法想象的战栗使他摇晃不已："骨头咯咯直响"的说法算不得夸张或是离奇，真的就是这样。突然，前方亮起了出租车的车灯，不知是从哪儿冒出来的——这简直是难以置信的：就像是海市蜃楼，不期而至的幸福……除了那一点救命的绿光，廖瓦已经什么也看不清了，他加快了步伐。灯光没有移动——其实这是不可能的，——它应该离开原位，飞驰而去，他得快步朝它跑过去，因为只差两步就跑到它跟前了……光点一会儿暗淡下来，一会儿又明亮起来，廖瓦不再怀疑他已经发疯，精神失常，"不对劲儿了"……出租车离得很近，可是就那么几步路，廖瓦觉得永远也走不到头。他惊异地发现，时间是从他的身上流逝过去的。灯光显得不均衡，好像是断断续续的：它拉得长长的，直直的，细细的，像水滴一样忽然就断落了。他就这样朝绿光走了很长时间，什么也不去想了，后来他终于一边挥臂高呼，一边奔跑了起来，——可还是无济于事，灯光还待在远处，并没有靠近……

突然间，他已经坐在出租车里了，并在行进之中。司机一边开着车，一边还张罗着车灯，让它不停地闪亮。这一逼真的情景使廖瓦感到惊骇不已。

他稍微暖和了过来，身体也不再战栗了。他感到有些困倦乏力，为此他十分恼火。"怎么会这样的呢……"他迷迷糊糊地想道。"我或许还是头一回才感受到这一切，真正的一切，没人教过我，所以这是我自个儿的功劳，我是怀着一颗完全坦诚的心……可我一点办法也没有！如此说来，也就用不着这样！"他恼怒起来，用袖子一把抹去了泪水。"有什么了不得的！他只不过是个爱啰嗦的老家伙，是个糊涂虫……"

他平静了下来——但他还感到困倦无力。所有的东西都平稳地旋转了起来，闪闪发亮的仪表板在向左边移动着，他的脑袋摇晃了一下，低垂在胸前，他吃力地使它恢复了原位——这时他们急速地驶上了一座小桥，随后又往下驶去。廖瓦感到五肺六脏直往下坠，一阵恶心，他吐了一口。

在黑沉沉、空落落的街道上，司机朝廖瓦的脖子上连着拍打了好几下，嘴里骂了一声，并猛地加大油门，把车开走了。可这时离廖瓦的家已经很近了。

家里人谁也没有睡觉——都在等着。廖瓦恬不知耻地咧嘴笑了笑，一句话也没说，径直走到自己房间里去了，几乎是很得意地避开了父母那恳求的目光。在脱衣服的时候，他感到他在这一天里变坏了。他也用这三个字对自己说："变坏了……"这是一种全新的，突如其来的感觉——至于他为什么变坏了，比什么更坏，这在他是无法说清楚的。以前，他似乎既不好，也不坏——就是廖瓦原来的样子。可今天却"变坏了……"——他自言自语地说道，同时还体验到了一种快感。他不清楚自己坏到了什么地步，躺在冰冷的床单上瑟瑟发抖，似乎他对自己，对一切都感到绝望了。"算了吧，"他自言自语地说道。为了再次充分地表达出绝望的心情，他真的摆了摆手，但他还是没有完全意识到对什么绝望；他闭上眼睛——脑袋直发晕，床好像绕着轴心转了两圈似的……廖瓦不见了，已经没他了……

当廖瓦醒来的时候，脑子里简直就是空荡荡的一片，似乎什么也想不起来了。即使有一点画面的影子突然呈现在他的脑海里，那他也几乎无法说清这是真的，还是恍恍惚惚的梦境乃至梦魇留下的残片，抑或实际上什么也没有。

这门功课他还掌握不了。

他无法从中吸取教训，但是他的体内好像有样什么东西挪动了一下。他变得黯淡无光了，他轻轻地拉了拉胶卷。有一回出现了手拿长颈瓶的米佳大伯，廖瓦便回到了自己的家里，或者甚至跑到了街上。又有一次他对父亲粗暴地说道，他在棺材里见到了这次平反，"受害者"的这种时兴，在他看来，很为可笑，因为使它，这种时髦成为可能，实际上是很简单的事情。

最终他还是吸取到了什么……明白点了道理，然而他并不愿意做一个"主持公道"的人。不存在什么解放。他并不想要什么公道。

说法和版本

没过多久,爷爷就死了。

他逃了回去,逃向永久流放的地方,可是在半路上却被抓住了,被送了回来,接受治疗和监护——这样他也就没能活下来。

或许,在逃跑后,半路上就生起病来,一如列夫·托尔斯泰死在了伯朝拉铁路医院里,这样也就没能赶到瑟尔–亚加镇,或是沃伊–沃日镇。

也许是这样。对爷爷实行了强制性治疗。他逃掉了,总算赶到了瑟尔–亚加,他的老太婆因为用不着再继续等他了,就在那里跟一个姓普希金(只不过是同姓而已)①的钳工住在了一起。老太婆即刻抛弃了普希金,他每天晚上喝了酒以后都要走到窗下来大声叫骂。奥多耶夫采夫爷爷没过多久就死了,因为"再次"回到"原先的"生活耗尽了他最后的一点力气。他是在老太婆的嚎啕声中,躺在钳工普希金的手臂上咽下最后一口气的。

有好几种说法,由于各自突出的重点不同,也就可以对莫杰斯特·奥多耶夫采夫的死做出不同的推测。然而尽管众说纷纭,而且彼此间也十分矛盾,却都有一个共同的词列:强制性治疗,逃亡,瑟尔–亚加(也就是沃伊–沃日和克尼亚热波戈斯特),监护(有一次,不知是谁说成了"监狱")和死亡。最后一个词在所有的说法中都是一致的,而且总是位于词列的末尾。而至于其他的词语,词序就不同了,其内容也随之变化,而且发生了根本性的变化。奥多耶夫采夫一家人比外人要知道得多,但他们没有告诉任何人。"监护"这个词从他们所使用的词

---

① 这种巧合并不是什么荒诞不经的事情。在我的一个朋友的研究所里,总务主任叫冈察洛夫,打扫院子的清洁工叫普希金,自来水管道工叫涅克拉索夫,有一回他在一家商店里见到了他们。非常有趣的是,在这儿冈察洛夫的官位是高于普希金的。——原注

语中删掉了。

我们也不准备要弄个水落石出。这种模糊性对我们来讲显得很有意义，就像画面上的颜料，就像死亡绝对值中的虚数一样。类似的情况，至少在我们的熟人身上时有发生。

追悼会开得相当隆重。脸上刮得干干净净的教授们显得特别的彬彬有礼，他们微微摇晃着脑袋，意味深长地低垂双眼，在狭窄的过道上一溜烟似的就过去了，这也显得很特别。他们大家多多少少都知道莫杰斯特·奥多耶夫采夫的一些身世，而对他本人就一无所知了。他们大家都知道，他们对什么都绝口不提，这种共同性使得他们稍许联合了起来，他们自然也就可以把这种陶醉的状态归结于与死亡所发生的神圣关系。他们的脸上也有许多共同的特征，似乎是在构造上有某种相似之处……说了一些话，话中包括了某些暗示——它们使前来吊唁的人又更加兴奋了，因为提到了死者曾投身到，参与到与遮天盖地的邪恶势力进行英勇的为数不多的几次抗争之中。在做暗示的时候，说话的声音由于激动而在颤抖，对危险气氛的这种缓解使得他们又更加团结在一起，死亡也就显得微不足道了……这儿谁也不是来吊唁昨天还活着的那位老人的遗骸的，谁也不是来向度过自己的一生便失去生命的那个人告别的，——大家是来向曾写过什么东西的那个人告别的，悲哀就像是极度的兴奋，因为他永远也不再会写什么东西了。

称颂奥多耶夫采夫爷爷，并在话中做些暗示，大家觉得这与其说是有害的，倒不如说是有益的。奥多耶夫采夫开始时髦起来——他们便是献身于这种时髦的人，就像一群甲虫伸出各自的测位器和触角，并用触须彼此拍打着对方，他们也是这样凭着直觉来测定其支撑和依靠的范围。开始了一个新的时期。

奥多耶夫采夫的名字在其自身前就已经常常出现在评论和引用的文献当中了，由地方出版社再版的他的一系列旧作（部头不大，也不是最主要的）也还是被所需要的人发现并被看过了。一直说要出版他的一卷集，尽管听起来出版社领导的态度是善意的，但此事还是暂时搁置了下来。对大伙儿来说，就差他一命呜呼了——他真的死了。似乎，这正是大家所期盼的，出版一卷集的事情一下子就有了进展，差不多都送交发排了。在一家专业杂志上登了很长的一则讣告，还把奥多耶夫采夫的名字印成了一整行。不过，天知道他是和什么人列在一起的。

在整理和宣传莫杰斯特·奥多耶夫采夫的遗著过程中，他的儿子和年纪尚幼，但却能干的孙子起了举足轻重的，颇有高尚色彩的，几乎就是无私的作用，这是有目共睹的。这跟事情本身是相像的，它的现实是具有客观性的，其不同之处是，事情已经，而且早已做完了，是另一个人，现在已不在人世的那个人做完的。他们现在只是漆一漆篱笆，给花浇浇水，同莫斯科的一位具有进步思想的雕塑家商谈一下。这会儿我们的脸上也已不再会撇过那得意的一笑：我们时常见到俄罗斯人心甘情愿地、兴致勃勃地在给别人做事。比如，给视力正常的人指路，甚至还小心谨慎地，挽着他的胳膊，把他送到电车站，而且还送错了方向，不是他本人急于要去的那个方向。或者是不厌其烦地，非常乐意地去帮助一个醉汉……或是面带一副极其恳切的表情把一个还没有喝醉的人送到了醒酒所里。他们大家都对自己的"完美"而感到陶醉。我再强调一下，奥多耶夫采夫的儿子和孙子之所以非常乐意去张罗他的事情，首先不是因为从中可以捞到什么好处，而是因为这是别人的、实实在在、而且是已经完成了的事情。父亲在下班之后，儿子甚至都放弃了学业，埋首在档案馆里，写信，做一些编撰和重新编撰的工作。这其中包含着对爷爷的怀念之情，就像是工匠们在花了很长时间终于干完了强制性的，或是预约的活计之后，轻松地两手搓了起来……

家里出现了全家人对爷爷的虔诚崇拜的气氛，而且越发浓烈。各种相片越来越牢固地，越来越多地挂到了墙上——好像一直就是这么挂着的。

所有这一切都对廖瓦产生了积极的影响——他又一次从家庭悲剧中"获益"了，的确就跟第一次一模一样。他已经学会了。正是那些参加追悼会的人教给他的，他所领悟的，倒不是他们当时念的那些话，而是他对他们有所领悟了……

还在上大学的时候，他就明确了研究范围，定出了研究的课题，确立了自己带有创造性的志向，在不拿毕业论文当回事的普通大学生中他也就显得出类拔萃，而且很顺当地从大学生跨入了研究生的行列。

在这件事上，父亲对他的帮助也不小。此前，浑浊的揭发浪潮已有所回落，开始下跌，父亲能识别出什么是冤枉，什么是过错，他把过错连同冤枉一起从自己的身上消除掉：他完全恢复了元气，巩固了自己的地位，甚至显得更加年轻了。

他对廖瓦十分满意，几乎以他为荣。廖瓦对待父亲也平和、宽容了。

父与子之间的矛盾得到了一些缓解，完全显得不重要了。两代人之间的鸿沟被上一代人所填平了。

奥多耶夫采夫爷爷所向往的十年过去了。

廖瓦一直活着，从来也没人在他的身边死去。安葬奶奶那会儿，他也不在，再说那还是很遥远的事了，是在他小的时候。现在他们一个接着一个地都死去了，好像是商量好的。同学们一个个都先后成家生子了：所有叫安娜的，或者所有叫安德烈的……可没想到，突然间一个个又都先后死掉了。

狄更斯大伯人们是在冷飕飕的，收拾得很干净的住宅里找到的，他躺在熄灭了的"壁炉"旁边，一只手放在颈前——他在扎领带。他已完全准备好"去吃午饭"了——他拾掇得很干净，准备好进棺材了。这样就又弄清了狄更斯大伯有洁癖的一个原因——随时准备去死。老军官……

他的葬礼完全不像奥多耶夫采夫爷爷的那样隆重，那简直就是对爷爷的嘲弄。尽管搞得非常简朴，来的人也不多，但葬礼却给人们留下了极为感人的、而不是压抑忧郁的印象。天气也格外晴朗，坟地上狄更斯占得一小块光线充足的地方。参加葬礼的人几乎没有外人，都是清一色的奥多耶夫采夫家的人，对了，还有科普杰洛夫呢，廖瓦对此感到很诧异。科普杰洛夫对廖瓦低声说，在战争期间他曾在德米特里·伊万诺维奇的麾下，——不过，后来他们就再也没有说什么了。妈妈哭得很伤心，还来了一位哭肿了眼睛的漂亮女人，她迟到了，跑得气喘吁吁的，手里拿着"屋顶"服务生们献的花圈。他，狄更斯大伯，是"自己人"，对此他感到很欣慰。

总之，亲人死在廖瓦身边，这是头一回。当初爷爷死的时候可不是这样：那时死亡已被诞生一个伟人的豪情所遮蔽。谁也不会在意爷爷是个人。爷爷是只海豚，你愿意看做什么就是什么，反正不是人。可是狄更斯大伯的情形恰好相反：除开人之外，他身上什么也没有死去，但身后也没有留下什么，什么也没有诞生，在这死亡与诞生的空白处没有什么东西来填补，也无法弥补。随着狄更斯大伯的期望，狄更斯大伯也不在了。

这也就是一种损失。狄更斯大伯绝不是伟人，但这是从普通的、"具有权威性"的意义上来说的，而我们要强调的是，他具有非凡的、罕见的伟大之处，具有意识到自身"尺码"的伟大之处。

他既不是个强有力的人物，也不是个大人物，他所拥有的一切并不多，但他从来不给自己捞什么东西，对别人的或国家的东西也不觊觎，而这在普通人中间却甚为流行。然而他对自己记得很牢，一辈子都能记得，当大伙儿把什么都忘记了的时候，他却从来也不会忘记那属于自己的"不多的一些东西"。没有任何理由认为奥多耶夫采夫的家庭比别的家庭要好，也可能包括你自己的家庭，但正是这一家庭出现在他的生活中，他也就不更换它了。这种忠诚是对自己的忠诚，它要比狗的忠诚来得高尚。从某种意义上来说，狄更斯大伯是被奥多耶夫采夫一家吞掉的，是他们用自己的爱把他吞掉的，同时也享尽了他全部的爱。正如我们已经说过的，他所拥有的一切并不多，然而这一切毕竟都有过了。他就这样走进了他们的家庭，起到了黏合剂的作用。可他们一个个身强力壮，很轻松地就把他吞食了，都没有发现这是怎么发生的，又是何时发生的，他们以为这是在用自己的爱来弥补他的孤独。从追悼会到劳改营的路上，他挂在坚固的、而又看不见的、自己命运的钓丝上，被放入了池塘，来到了奥多耶夫采夫的家里，他作为一个真正高尚的人被困在了那里。在难得的轻松的假期里，他刚刚挪动了一下装有积蓄起来的热能的背囊，就有人把它拿走了，好像已经该是……他就这样把自己消耗在一些繁琐的小事上，就像一般的家庭里一样。他什么也没有留下。奥多耶夫采夫一家人在睡觉前一边连连打着哈欠，一边摇着脑袋，狄更斯大伯虽然尸骨未寒，但他们就说，对了，每个人都应该"有个去处"……

他们都是些博学多识的人。

　　狄更斯大伯和奥多耶夫采夫爷爷,以及凡是历史所包括到的人以两种截然相反的方式来度过这一历史命运,然而这两种方式犹如两根树枝是由同一个树根繁育出来的。似乎看不出有什么东西使它们保持着亲近的关系,这些树枝彼此看不见对方,在同一个树干上离得远远的。是树干使它们保持着亲近的关系。无论是前者还是后者都试图"维护尊严"。并且它们都找到了自己独特的,却又是不可能的,不属于任何人的唯一的道路。然而"试图"这个词和"维护"这个词已经把"尊严"的概念排除在外了。尊严——这是已有的东西,是票面价值。故此,"维护尊严"——就是维护自己的尊严。这样一来,"自己的"就成了最主要的字眼。为了维护"自己的"尊严,他们既表现出端庄,又表现出拳头的狂暴,然而静止才是他们的个性。当狄更斯为了掩盖自己的尊严,以期维护它的时候,他便表现出狂暴,可后来当他试图甚至保住所剩下的那点东西时,当人们找到了那点东西,并抢走了之后,爷爷马上就表现出端庄的样子。或许,狄更斯维护自己的尊严要来得容易些,因为他的财产少一些。或许……但我们毕竟还是要指出,爷爷对待自己的生活("自己的"尊严)过于认真。在他身上毕竟也还有侵吞、攫取他偶然碰上的东西的行为,哪怕是以最高尚的,最值得人们称颂、崇拜的方式。然而无论什么时候也不要去侵吞什么,也不要去攫取什么——这终归是不好的行为。

　　也许,有时最好不要太固执(狄更斯大伯常常说成"不要太古执"),就这么放过去算了。何况我们对叙述故事的态度就比读者所期望的要更为"固执"。简而言之,我们不想现在就来讲述"第二种说法",对此我们由于不慎曾作出许诺,——"关于廖瓦·奥多耶夫采夫一家的第二种说法是这样的:结果还会出现跟原来完全相同的主人公……"

　　可是不行,出于贪婪我们还是简明扼要地交代点什么——哪怕是两三个讲得不成功,却充满自信的故事……

在这两种说法中有什么是相一致的呢？首先我们想保留住姓氏，因为这暗示着主人公出身高贵门第（这个词已显得非常遥远，早就不用了）……至于为什么这对我们如此重要，我们自己也无法彻底解释清楚。

如若廖瓦属于我们这个时代，由历史时间与他的出生分离开来，那么他的父母，虽然也首先属于我们这个时代，但与自己的出生所分开的距离就要小一些，而在少儿时期甚至就属于它。可爷爷却一点儿也没有与自己的出生相分离，但他与自己的孩子是分开的，与廖瓦则更是如此。这样也就形成了我们的主人公赖以生长的家庭小环境。

在个人生活中人们通常用逼真的东西和没有被揭露出来的现象——即认为不存在有揭露虚伪的事实——来判断出人际关系中不存在虚伪。然而对真情而言根本就不需要什么证据，在人际关系中不一定非要真情的事实。不过被揭穿了的虚伪——这已不是虚伪了，这是悲剧，仅此而已。而没有被揭穿出来的虚伪，亦即有目共睹的真情恰恰同样也是虚伪，它同样也是悲剧。一个人在这样的模糊不清的表面上极为讨厌地徘徊不定——即自己的各种体验和情感在诉讼中实际上没有得到充分的表达和证实，而迫不得已从法律上来看似乎不能相信本人的，属于他自己的，实际上是很明了的各种体验和情感，这时他在自己的行为中就会忘记去遵循它们，也就是说，停止做出自己的行为了。这就会导致人类自然形成的道德基础的崩溃，这是人作为生物体走向迷途的一个典型例子。

要是这会儿有人问我们，这一整篇小说究竟讲的是什么，那么我们不会不知所措，而且还会做出坚定的回答，讲的是走向迷途。[①]

所以说，廖瓦自幼年起就生长在"没有充分根据的"环境中。不管能不能证明这一点，我们都可以肯定地说，导致我们大家性格形成的原因，绝不是那些像物证一样我们可以拿出来向人展示的一目了然的生活事实，而恰恰是那些令人难堪地无法加以证明，又常常似乎根本就不存

[①] 当一个人专心致志于某件事情的时候，那么他满脑子装的都是这一件事情……这不，我现在偶然翻开了手边的一本小书——有一句话说得真精彩！……"更令人感到诧异的是，他们对不同大小、形状和颜色的落叶进行跟踪，不仅对树叶，而且对落叶投射的影子，乃至对投射在地面上的他们自己的影子进行跟踪。"（尼·廷贝尔亨：《动物的习性》）。这说的是蜾蛾。——原注

在的，"只能被我们感觉到的"、无声无形的——像眼翳般呈现在模糊白光的事实。况且，小时候我们也很难说得清楚，到底是什么给我们留下了印象——对此我们是过了很久之后才知道。童年时的一切都是羞涩的、隐而不露的、被掩饰起来的，而且是可怕得要命的。

因此，世上的一切绝不是起始于廖瓦了解到爷爷、父亲和时代的情况的那一刻，而是要早得多，那时他还无法知道，还想不到有这些事实存在，但这些事实却自为地存在着，是以某种不为他所知的方式存在的。令人可怕的不是当他突然间长成了一个大小子，半成年人时才知道这些事实（已经晚了），而是在这些事实中了解到的他一直就已经知道的东西，但却不晓得这些东西到底是什么，直到现在才有人告诉他这叫什么：他们展示出解剖台上的器官，并把这些器官的用途讲给他听，——于是他得到了证据。

无论是多么的奇怪，正是在我们这一时代存在着在某种程度上美化贵族并为他们辩解的趋势[①]：说是过去并不是所有的贵族都是在道德上有缺陷的人，他们都是些既聪明又诚实的人，而且也不是所有的人都是敌对分子。这是对无疑已被击败了的，甚至被消化了的敌人的一种有利可图的、自由主义的、野蛮残暴的公正：死者的口味倒是很不错……

不错，他们都是些聪明、诚实、有道德的人——他们甚至在数量上比任何一个极端自由主义者所承认的还要多，然而，贵族阶层无需辩护。他们是自取灭亡，罪有应得，他们无需辩护还因为在他们自身看来，没有辩护的理由。实际上他们只是按自己的阶级属性存在着，他们没有思想——思想渐渐只属于平民知识分子了。一旦褫夺了他们的阶级属性，那他们便一无所有了。他们并非所有的人都是敌人，这其实也不能说对他们有利。他们没有一个更高的思想，因为作为客观现实，他们已有了最高的地位；去反对别人的思想，这在他们看来是感到厌恶的，也是有损于他们尊严的，因此在同他们的斗争中，其实我们并没有思想

[①] 此处及在下文中，我们谈论的是贵族阶层，而不是知识分子，并且我们谈论的仅仅是只占较小比例的、不很大的那一部分贵族，就他们而言，我们以下所做出的论断是完全确当的。——原注

意识上的敌人。他们是不可能"拢在一起"的。他们只是在直接的斗争中才按照尊严和荣誉的规范准则，以一副嫌恶的、傲慢的姿态做出退让，因为他们不怀疑目前的生活具有长久性。因此作者敬佩贵族阶层，因为他们具有尚未绝迹的，而且是他们自己后天获得的平民阶层的所有本性。

　　他们没有想到，他们将面临一种生活，——这是他们所必须碰到的。这样也就显示出贵族阶级的一个极为出色的、只是初看起来与通行的观点相对立的一种特点——具有很强的生命力。通常认为，贵族娇生惯养，脱离生活，适应能力差，经受不了贫苦和苦难的考验，不会劳动。其实，从高一点的层次来理解，贵族阶级既是适应能力的一种最高形式的表现，也是最接近生活的一种形式的表现。因为正是有了一切的人，可能会丢掉一切，却不会再丢掉精神；正是具有一切的人才会懂得，重要的并不是去拥有什么。什么也没有的人不可能不去拥有什么，因为他渴望拥有什么。真正的贵族阶级不想拥有什么，但作为一种客观现实却拥有了一切。即使在失却的时候，他也会知道，他所拥有的是本来就属于他的，无需跟别人商量。他已习惯于不跟别人讨论那些最基本的生活问题，因此也就能够在自己的身上培养出"真正的"品质。即使在失去一切的时候，他也会觉得，他不会失去自己的贵族气质，而会保留自己的这些"真正的"品质。所以，当他们头一回遇到敌对状态的时候，就会出其不意地表现出自己的这些品质（什么时候他们不是在头一回突然遇到这种状态时也会表现出来呢？知识和经验——已不是品质了，经验——则是资产阶级的东西）：令人吃惊的是他们的韧性、耐心和尊严，也正是他们的适应能力，因为真正的贵族精神——就是在失去一切的情况下也能够得以完全保持住自己。

　　不过，这可以说是贵族阶级的崇高的精神本质。这样的贵族阶级可能会显示出农民的特征，而仅仅是在出身上可能不会显示出贵族的特征，在现实中，一切自然都是另一种样子，贵族的适应性表现为能够"不参与任何议论"而"恪尽职守"。当知识分子们纷纷议论的时候，贵族却表现出了出人意料的劳动能力。或许，他们以前只会骑骑马，吻吻女士们的玉手，然而无论如何也不应当忘记，他们是一个阶级，他们有其阶级属性。他们的哲学、精神和道义是他们生来就有的，既然他们属于自己的阶级，那么他们就可以不必把精力和体力消耗在培养信念，制定原则上，因为那些东西是偶尔受到生活的虐待所引起的后果。他们可以遵循荣誉和责任的观念恪尽职守，履行职责，而不是做与良心相抵牾的事情。

他们的这种能力已得到了显示。他们不接受变革所带来的任何产物，却依旧一直生活在这不变的世界上，是为了哪怕保持住身上所固有的、具有其构成性质的特点，比如，真诚、原则性、信守诺言、高尚、荣誉、勇敢、改正、善于克制自己……这些特点似乎可以算作全人类所共有的。他们丧失了一切，然而这些特点他们只想在最后丢掉：这就是他们的本性。不过，这些特点倘若超越了他们的阶级属性，表现为一种抽象，游离于所产生的意义之外，离开、失去了生存的土壤，那就无法得以保全了。要完全贯彻和实现这些特点和原则，那就会马上被毁灭掉，而背弃这些特点和原则在他们看来又是不可思议的：这意味着道德的毁灭，——于是就出现了一种令人惊奇的现象，它使得他们又存活了下来。用绝不过问政治来称呼这种现象当然是可以的，但这只是较为贴近而已，还不够全面。

他们只好对背叛本阶级的行为，对为了保全性命而不再充当敌对分子这档子事儿浑然不觉，因为一意识到这种背叛行为，便即刻不再具有他们认为或是觉得能体现出固定本质的那些特点——责任、荣誉、尊严，犹如贞操那样，一生中只要被利用一次，就会随之丧失。他们也就只好下意识地做出一副没有做过任何背叛行为的样子，并且从此不再接触这个问题，以求得不要把它抠出一个窟窿而会放出噬啮良心的妖魔，一经放出它会像光速般焚毁俄罗斯的灵魂。于是他们就成了好像是非俄罗斯人了……

首先取得这一成功的是那些具有本阶级的所有优良品质，而不是具有高强智能的人。智慧其实并不是贵族特有的属性，是人生来就有的，从这一意义上来说是具有民众性的……为了第一次，也是最主要的一次避免道德上的毁灭，他们在自己的意识中在某堵墙壁上加上了一层厚实的木板，从此再也不会扭头朝那里看了，好像那里本来就是一堵墙壁。

后来生活又一次次捉弄了他们——他们用同样的办法把自己意识中的另一些角落和窗户都加了层厚实的木板。弄到最后他们只剩下了一对眼睛,并且视野是受到限制的——所有的一切都加了一层木板,除了围墙上的那两个眼窟窿。脖子已经转不动了,就像是青春年少时身穿漂亮的宽襟衣在进行赛马时弄断了自己的脖子,而一直身着紧身衣就可以使体形显得更加挺拔,更加优美的那个人……

还有家庭呢,家庭!……我们都忘了把生产这一现象的最主要的原因给添上了。只要有了孩子,那就是为了他们也得活下去,要把他们培养成人,而传宗接代的本能贵族们也应该是有的,而且根据其特征,这种本能特别强烈……

他们什么也不接受——实际上他们接受了一切。

也就是说,为了让廖瓦·奥多耶夫采夫重新出现,我们可以在这里描绘出一个全然不同的另一种家庭,在相当程度上更为优秀,更为可爱,甚至或许还有典范意义的家庭,对它可能只有深受感动的份儿,对它的存在可能会惊讶不已,并将它视为楷模。完全不必非得生长在悄然做出背叛行为的环境中才能让廖瓦重新出现……

这就是一个家,一座城堡,里面住有和睦相处、互敬互爱的一群人,他们的身上具有许多越来越难得见到的那些品质。他们美丽可爱,受过良好教育,从不欺瞒对方,心甘情愿地、毫无怨言地,为了家庭而自愿承担起所有的重负和义务,这儿完全没有粗野和肮脏的行为,这儿大家都互敬互爱。

他们生活得很有勇气,很纯洁,令人钦佩,因为四周——包括楼道里,院子里,人们都在吵架,都在闹离婚,单身母亲们时常"往家里带人来",酗酒,打架,孩子们也越来越不认得父亲长得什么模样了……——可他们却生活得很好。他们人数众多,并且生活在一起——是个大家庭,像他们这样的人现在只有在小说中才能见到。他们为家庭而活着,他们生活在这个家庭里,家庭就是他们赖以生存的方式。

廖瓦是有童年的。至少他并没有失去幼小的童年,它是很典型的,可以装订成一小卷书册。窗外哪里还有20世纪30年代末至40年代初的俄罗斯？喂！一旦看清家庭里的生活和外面的生活的区别，那就意味着给自己提出了问题；廖瓦"从空气中"领悟到了唯一的一个可以不向自己提出问题的方法：他不再去留意外面的世界就行了。

外面的世界也是一本小书，像这样的书在父亲的藏书中多的是，在得到父母的默许后廖瓦才将它们拖出来偷偷地翻读。外面是一大段引文，是一种风格，一种文体，它被打上了引号，只是还没有装订成册……于是廖瓦自然就同看院子的儿子要好上了，他好想下到菜田里去闻闻大白菜的味道。当他在那里，在"他们"当中，对哪句话听不明白，或者人家不带他一起玩，或者笑话他听不懂的时候，他就生气起来，马上就感觉到他的爱好和热忱受到了挫伤。然而，虽说没有宅园，这一切却都成了宅园的附属设施，而廖瓦的父母一点儿也不反对让他"对生活稍微了解一下"……这是无害的：廖瓦领会到了粗心的教训，这一课是家里人给他上的。

而时代是完全可以被认识清楚的，哪怕就是待在廖瓦住宅的罐头盒般的空气里……时代把自己的那张无边无际的脸挨得更紧了，在燠热、窒闷中呼吸着，每到夜晚就靠在窗子上，偎依在门上，鼻子紧贴在夜间那黑洞洞的玻璃上，压得又扁又平，没有眼睛却很专注地朝各家各户那明亮的屋子里看着……然而持重——是全家人的特点……不能有半点疏忽和差错——不让别人抓住把柄才是唯一的出路。他们在形式上无论是在上班的时候，还是在家里，都应该做到无可指责，以免又一次，也是最后一次与生活发生冲突。

廖瓦12岁了。一家人挺了过来，没有回头张望一下，就像童话里说的那样，没有变成盐柱。他们是怎么挺过来的？他们是怎么能适应下来的？这些人究竟用了什么奇妙的办法将自己的生活隐瞒了起来，连自己也不让知道！……

在这一家里，大家只有一次显得年老了，那是在战后重新相聚的时候。从那以后，他们彼此之间总能见到面，所以一直显得年轻、漂亮，尽管在夏天各奔东西去度假的时候又要稍微显得老一些……

他们对廖瓦进行培养教育。以完美无缺的自身为榜样。他所学的都是些心灵、思想及行为等方式的抽象而美好的范例。为什么会有这些特征，这些特征又是属于谁的，它们来自何时何地——这一切都被精心隐瞒了起来。也许，隐瞒的对象已不仅仅是廖瓦，而首先是他们自己。他们在教他的时候，力图把生活中的一切都对他加以隐瞒，甚至就连他自己也不知道的生活都要向他隐瞒，——他们没有更多的机会来对他进行教育，对廖瓦，一个新的奥多耶夫采夫进行教育。廖瓦像王子一样生长在这个由漂亮的成年人组成的充满稚气的共和国里……对了，对廖瓦的这种教育还要把中小学也算进去，在中小学里老师教他看的马车，不仅没有马，而且连车轮都没有，根本就动弹不了……忽而冒出了一束花，忽而端来了糖煮水果，忽而在圆头皮鞋上，在妈妈做的拉链衫上（假衣袋上还别着一枚共青团的徽章呢）又冒出了一朵玫瑰花！

他们教他学会了——甚或他是无师自通——所有现成的东西：现成的行为，现成的解释，现成的理想。他学会了不用考虑就可以把一切解释得很有条理，很有逻辑性。家庭和学校费尽了心思教他学会了日后所有用不着的东西。

由于看不到周围有在身高和相貌上使他们一家人感到亲切的例子，廖瓦还意识到了自己具有某种抽象的、含混不清的卓越性和独特性。然而，既然他们以自我为榜样教他学会了保持纯朴、谦虚和民主作风（骨子里却盛气凌人），那么这也就丝毫不会妨碍他同外面的世界进行交流和接触，可事实上，这只是起到了把上面的小盖子封得更紧的作用，连一点儿空气也不能吹袭进来了。自我感觉中的卓越性——也是一种与外界断绝接触的方法，因而也是自我保护的一种方法，连这个他也学会了，并且同样是在不知不觉中学会的。

它们就像深水鱼一样：在时间的压力下，在一片漆黑中，在自给自足的封闭体系中，自己带着磷和电，自己的体内也有压力。

由于廖瓦承受不住自身体内的压力而被拖出了水面，身体爆裂开来了，成了一块块碎片！……廖瓦什么也没有了，除了那颗较为完整的心灵（是用面粉做的，未加维生素），由于光线不足它略显苍白，但却美丽温柔，似乎是用过早发明的（有专利权！）水栽法培植起来的。心灵是有的。

他很纯洁但没有被教好，机敏但不学无术，逻辑性强但不聪明，念完中学，他爱上了法伊娜，最后又见到了爷爷。此前他也不知道有这些词（这是真的），比如：背叛和不忠，镇压和崇拜，犹太人和犹太佬，内务部和国家政治保卫局，阴茎和阴蒂，屈辱和苦痛，公爵和王公。

诚实和安全是紧紧相连的。在这个家庭里不可能有任何背叛的行为。爷爷要回来了。（这一点我们也想保留下来，在两种说法中这一点是相吻合的。）家里人个个都是清清白白的，在坎坷的命运中从未玷污过自己。他回来的那天就成了家人的节日。爷爷很漂亮，出人意料地显得年轻。他顽强地，令人钦佩地经受住了他所遭遇到的种种考验（既然如此，我们就给他减掉10年）。他回来的时候，头脑非常清楚，一切都保存下来，什么也没有丢，这顶院士帽他戴着倒是挺合适。本来一切都很美满，但爷爷十分想念最后一次流放的那个地方（好像叫什么哈卡西亚），又回到那里去了。他在那里的师范学院教了一段时间的书，还当了方志博物馆的馆长，说什么也不愿到列宁格勒和莫斯科去，虽然收到了很多邀请，因为他的名字又开始出现了，许多人都还记得他，知道他，"一个伟人的非凡命运"的盛誉自天而降。后来廖瓦念大学的时候，到爷爷那儿去了一趟——把情况弄了个水落石出。原来，那儿有一个美貌的老姑娘爱上了爷爷，他们还生了一个儿子！在他那把年纪！大家都为此感到自豪。爷爷英姿勃勃，对人家的溢美之词他同样也默默地报以赞美之词——他从装怀表的衣兜里掏出一尊黑色的小塑像：这是一件极为稀罕的东西，是哈卡西亚专司生育的小神像，它的主人非常受人敬重，为了拥有它可能会引起袭击和战争，它是在一种非常特殊的情况下到了爷爷手里的，当时另一个伟大的领袖，一个弱小民族的最后一名萨满，躺在板床上去逝了。奥多耶夫采夫一家坐在饭桌旁觉得这个令人喷饭的故事很好笑。廖瓦把越来越多的校样寄给了爷爷，是爷爷旧文章的校样。爷爷将它们一一退了回来，一个字也没写，但不反对公开发表。他们还是要爷爷回到家里来。他说，现在他在那儿有家了。他们告诉他：我们的家不仅是你的，也是你们的家。所有这一切已变成了一件令人开心的家庭游戏，其仪式还是经过仔细检查了的呢……于是爷爷带着儿子和那个永远不老的姑娘回来了：她瘦瘦的，一根根细长的发辫拢到了一起,——一开始大家虽然对她很客气,但总有点敬而远之,可后来像说好了似的,却满心喜欢上了她……然而爷爷却无法忍受,实在挺不住了,老泪纵横,躺进了棺材……至于他的葬礼也搞得很隆重,人们也说了些暗示的话——瞧,我们又回到了小说原来的那个地方。

让上帝保佑它们——这些许许多多的说法,因为它们有自己的天国!他们都是些好人。

所以我们暂时就停留在第一种说法上。

……最后我们仿佛走进了一个空旷的大教室里,走到石板跟前,从抹布下面取出粉笔,可它很难写,写得模糊不清,手上的皮肤对它也十分反感……我们在石板上谢了各种各样的公式,这是围墙、板棚和楼梯传授给我们的。

其中我们这样写道:

父亲－父亲=廖瓦(父亲减父亲等于廖瓦)

爷爷－爷爷=廖瓦

我们根据代数规则移了一行,以便再进行加法运算:

廖瓦+父亲=父亲

廖瓦+爷爷=爷爷

但还有:

父亲=父亲(父亲等于他自己)

爷爷=父亲

可廖瓦等于什么呢?

于是我们站在黑板旁,陷入了爱因斯坦式的沉思……

继承人(值班者)

在我们这条闻名于世的河流的岸边有一个地方,虽说几乎就在市中心,但还没有被砌上花岗石,还没有铺上柏油。那个地方总有几只驳船，锈迹斑斑，都快要散架了。紧挨着水边有一小条沙土地带，上面到处都是果皮和乱七八糟的废弃物。水面上竖立着一些几近腐烂的木桩，黑黑的，尖尖的。堤岸上的房子都是一幢幢单独的别墅，多半都很漂亮，古色古香。其中的几栋还带有纪念碑，另外还有几栋则属于国家保护文物。

那里还坐落着过去的皇宫，现在则成了科学研究所——具有世界影响的科研中心。人们对珍藏在里面的一些手稿，乃至一些私人物品进行分析、研究等等，它们的主人早已作古，每个俄罗斯人一听到其中的一些人名，他的心不禁会怦然跳动。这个地方似乎就是专门用来进行科学研究的——远离尘烟，静下心来，进行深入的研究，这当然会赢得人们的尊重。甚至难以想象在这座繁华的被称为第二首都的大城市还能找到另一个相同的，与此相像的地方。

大约一年前这儿来了一支建筑队，从河道上运来了各种设备，堤岸的改造工程似乎开工了。有一段时间，研究所的工作人员都暂时放下手头的活计，看着窗外。那里在打木桩。这种工作场面的节奏好像是专门供人们研究之用的。似乎，一直从堤岸和研究所旁边绕行的生活之流突然间汹涌澎湃地席卷了进来，在全国各地都有这种情形，但打木桩的速度慢了下来，越来越慢了，工人们大部分时间好像都在吃东西，不是吃早饭就是吃午饭，各自坐在吊锤下面，摊开纸包。取出用纸塞得紧紧的瓶子。他们吃得有滋有味，致使所里的一个工作人员本来为了办件什么事情在过道上急速地走着，可一看到窗外的情形，实在憋不住了，直冲楼下的小吃部——在那儿他买了一份口条或酥皮点心，带着一种失意的样子吞咽起来。

后来就不知道建筑工人们跑到哪里去了，他们吃早饭的情景也看不成了。设备还在。本来由于施工而禁止在堤岸上通行，可现在交通也没有恢复正常。所以这个地方变得更加安静了。只是拍电影的人时常出现在这里……他们少不了这个地方，显然是因为这儿还保留着鹅卵石。他们分别摆好各种拍摄器材，四处奔忙着，出现了一辆呆头呆脑的黑色四轮敞篷马车，拉着从未见过的抬放尸体的担架，拍摄了一个年轻的恐怖分子与自己的女友秘密相会的一场戏或是另一个反映革命的镜头。

这也使得科研人员们感到很开心,于是他们就两三个人一组,把学术讨论的地点挪到窗口……喷气式飞机在天空划出一道痕,这也正是要剪掉的那个镜头。

廖瓦·奥多耶夫采夫也在这里工作。在这样的研究所工作,他比任何一个人都更加合适。尽管他是作为奥多耶夫采夫的孙子。廖瓦干得很不错,虽说不像上大学那会儿热情奋发,但也并不觉得枯燥无味,完全有可能做出一番成就。他撰写了一篇题目类似于《论……的几个特点或特征》的论文。文中他对爷爷所种植的那棵树的某一根树枝饶有趣味地进行了加工,论文进展很快。在"具有学术性"的交谈中,他轻而易举就掌握了区分出同一个奥多耶夫采夫,人家何时指的是他那赫赫有名的爷爷,何时又是指他本人,更不会搞错人家过去是怎么说的,也不会像小孩那样羞红了脸。

而且他心里想,他也没有必要感到羞愧。他转身看了看四周,发现并不存在什么竞争——这是一种契机:谁都做不了,也无法做成任何事情,谁都不想去做任何事情。而他廖瓦却善于去做,也能够做成的(与……相比较而言),可他是不是想去做呢?至少过去有一段时间是想做的……

还在读研期间,他就撰写了一篇题为《三位先知》的长文,谈的是普希金、莱蒙托夫和丘特切夫的三首诗,无论就其时代性,还是当时人们的认识水平及整个环境,这篇文章都显得不同凡响。此文虽然没有公开发表,但"在内部"却引起了轰动:不少人读到了它,它产生了……这篇东西或许学术性不强,但很有才气,俄语的功底也很好,文笔酣畅淋漓,激越昂扬,但最主要的,给人印象最深,使人震慑不已的……是内心得以充分的流露。我们有一次在教研室看到了它,纸张已经发黄,系孔都被弄坏了……它保存在那里,显然是绝无仅有的。人们读过一遍就对它赞不绝口,并偷偷地把它拿给信得过的人看。我们就是这么看到它的……文章本身在许多方面显得很幼稚,就是在目前这样的年代它在许多方面看来也还是幼稚的,但却依旧令人耳目一新,它谈的不是普希金,不是莱蒙托夫,更不是丘特切夫,而是他,廖瓦……反映在文章里的都是他自己的体会。我们倒是很想就在这里把它的内容转述一下，但那样做就即刻会令人痛心地破坏了小说的谋篇布局，而对这一问题我们已经开始相当关注了……不过，我们会想办法去寻得机会的。

廖瓦在继承爷爷遗产中所担当的作用，大家都读过的那篇文章《三位先知》，还有没人读过的那篇文章《姗姗来迟的天才》，以及有人读过其中一些章节的那篇文章《对立的中间地带》（谈的是《铜骑士》），还有一些口述的构想、意图和判断——所有这些在树立名声中都起到了重要的作用。廖瓦有了名声。

廖瓦获得了某种名声，也就是说获得了人们出于本能都在追求，但不是所有的人都能拥有的那种含糊不清的东西。很难说清楚，这名声到底是什么东西，它的成分是什么。但我们总是试图用许许多多意义含糊的词语来形容它，以便达到渐渐对这一概念做出完美解释的目的。也就是说，我们想试图不用词语来完成这项任务，因为没有词语能确切地表达出像"名声"这样有趣，但却转瞬即逝的现象，而用风格，因为风格在表达手法上与它的表面现象很像……

于是廖瓦就得到了这么一个既确切又模糊的东西。其实廖瓦并没有什么突出的功劳，它好像是自己送上门来的，可廖瓦一旦发现有了它，便俨然享用了起来，并努力使它得以巩固下来。他在这方面的作用渐渐变得越发知觉了，就好像他不让事先不知道就已经点燃起来的炉灶中的温火熄灭一样。这无需特别花什么力气，也不用作紧张的劳动，甚至有点提前玩起游戏来的意味。总之，能获得这名声，只不过是因为廖瓦从来不做又粗又脏和轻巧简单的活儿（这正好适合于这个研究所的工作性质），而只做干净的，需要专门技能的活儿。

也就是说，他没有去追随时兴的某种有利可图的思想观念，以便在那里发表文章或讲话，仅仅是为了让大家能看明白，弄清楚，其作者拥护的是什么，反对的是什么，让这种显而易见，有目共睹的事情即刻被需要的人看中，这样就会给这位作者带来好处。不，廖瓦在类似的情况下保持这一种清醒的头脑，不会因一时激动就随便支持哪个人，谴责哪个人，哪怕是因为他很清楚，他经不住这种也完全需要某些品质的竞争。再说也无需动多少脑筋，只要看上一眼即可明白赢的可能性极小，即使赢了那也是暂时的，一切都是用叉子在水面画出来的，那还能叫赢吗，恐怕不能了，因为如此明确地发表意见的必要性，尽管得到了全面的保障，然而这种保障一旦发生转变，就将会引起，甚至于很快就会引起最为不利的后果，到了那时，所有没有非常明确地发表意见的人就会以一种得意的神情接连不断地谴责你的明确性，你那倒落的旗帜顷刻间就会被别人的、早已做好充分准备的双手扶起来。对这一切廖瓦是明白的，甚至也可以说是不明白的，因为像这样去明白——也太露骨，也太卑鄙了，可以此来指责廖瓦毕竟是不公平的，不过至少，他清楚地感觉到了这一点。

　　他保持着家族未曾受到浸染的古风，从不背弃它，但由于最终定能获胜，就悄悄地先拿上自己的那一份，因为哪怕不大赢，但只要不输，那也就行了。爱清洁与道德纯洁完全不是一回事，它只是一种本能的或是世代流传下来的不想在床上拉屎撒尿的愿望，只不过是一种文明的，遵循卫生标准的习惯而已，而它正树起了廖瓦的声誉。

　　这种声誉按说是具有进步意义的，没有任何好处的，但这更是具有声誉的那些人所推广的一种观点，——这种声誉自有其好处，因为一旦拥有了它，人就会进入一个十分明了的，得到众人默默支持的圈子里，犹如一旦具有了民族特性就不会丢失。业务水平总是最高的这些人一直保持住，一直维持着社会对他们的需要，于是你自己也俨然成了必不可少的了。

　　也正是以这一名声为出发点，廖瓦不打算在社会上求得发展，即避免去做社会工作，这从根本上就符合了他的兴趣。他们家世代相传的知识分子所特有的，倒也能起保护作用的惰性。这些人在急拐弯的时候就会往上蹿，他们始终不渝、诚实守信，同时也不会走极端，把大家吓跑。廖瓦已经这样悄然蹿过两回了，最后一回就是在前不久；他当上了一本很重要的集体撰写的学术著作的主编，人家差不多都已答应他，只要他一通过毕业论文答辩，就派他出国进修。最叫人感到振奋的是，他当候选人并没有引起任何人的异议，廖瓦没有给别人留下什么把柄，所以他未来的道路宽广而平坦，在这条道路上他可以走出好远而不会成为众矢之的。

如前所述，他就像不使温火熄灭那样，保持着自己的名声，这甚至有点提前玩游戏的意味，差不多像从事艺术那样，画家经常要利用偶然性，这种偶然性是画家本人始料不及的，只是在创作过程中才出现的，由于要驾驭它，就出现了新颖的笔法。这种游戏一直要玩到名声完全得以巩固，并形成一股强劲的势头，廖瓦几乎都驾驭不了它了，因为它已经过分地制约了他所有的行动，也就是说，它不再听凭他的摆布，反而有时使得他不能按照他所想的那样去行使，或者说，不让他按照其主观意志去行使，说得简单点儿，有一回出现了这样的情形，直到现在从来没有为自己的名声感到特别烦心的廖瓦茫然不知所措。似乎是枪的准星瞄准了他，他在发抖，而且是两挺机枪同时瞄准的——一挺瞄准了他，另一挺瞄准了名声，只要求他说出"是"还是"不"，可他完全不知道该怎么办了。也就是说，一方面，他清楚地知道，要是说"是"，其中一挺机枪的扳机就会扣动，——而要是说"不"，就会扣响另一挺机枪。名声一直到今天都好像是理所应当得到的，无需花任何代价的，突然间要他付出代价——做出行动了。

事情涉及他的一位老朋友，最要好的一位朋友（好到廖瓦所能达到的限度），情况很糟糕，审理工作进行得甚为艰难，而且会导致不良的后果（这位朋友要么是写了什么，要么是在什么上面签了名，要么是出版发表了什么，要么是说了什么话……）。廖瓦不知是被牵连进去的，还是的确与此案有点关系……他被传唤了。他完全失去了本来的面目，走在外面一点脸面也没有了，连舌头也没有了，最终只能发出哞哞的声音，一切显然就会这样很糟糕地结束了，要不是事情又突然出人意料地化险为夷：妈妈病倒了，病情很严重，假期到了，可他被紧急召往莫斯科去参加一个会议，就在这个时候，爷爷又死了。简而言之，所有这些审理工作他都无法参加了，而要是他能参加的话，准会定案，他的朋友也就没命了。也就是说，这个朋友去了一个什么地方，但不是研究所，突然在路上遇到了廖瓦，可他没有向廖瓦伸出双手，简直就像没有看见似的。廖瓦对此倒是表现得几乎很平静，他惊奇地感觉到，或许，作为朋友他们的关系并不是他所想象的那样，因为在自己的内心里他没有发现有任何去帮助或是反对这位朋友的感情。虽然在这之前，他非常担心他们会见面……这件事情勾起了廖瓦模模糊糊而又不愉快的回忆——爷爷的影子，不过他又抹掉了这个影子。廖瓦的名声稍微晃动了一下就塌陷了，尤其是在绝顶聪明的人的心目中，而在别人那里几乎还是那样，因为这件事情的发生伴有过多的客观和非人为的因素，这几乎使廖瓦解脱了出来。总之时代在发展，以后一切都会被忘却，许许多多的事情……

总之，这份名声由于本来就没有被过分抬高，现在甚至更让人觉得舒适、宁静和安全了。虽然它是存在的——但也好像是不存在的。不要过分指望廖瓦，只能指望他不使我们感到难堪的那种程度。而廖瓦开始为过于亲近的、强制性的关系感到担忧，所保持的多半是友好的，但不是亲近的和强制性的关系。

朋友们陡增很多。

我们都已习惯于认为，命运是变化无常的，我们永远也得不到想要的东西。其实我们总能得到自己的那一份——而最可怕的也正在于此……

在廖瓦·奥多耶夫采夫的个人生活中，可以说，一切也都是顺顺当当的。在这个问题上，廖瓦的心态是平静的，节奏乃至生活体制，本来是无法让人容忍的，可现在却显得那么有规律，让人很容易就能习惯，以至于诗人觉得与其背弃它，倒不如接受它。恳求其中的一个，不喜欢另一个，再占有第三个……它们存在于不同的时间，从每一个那里他都拿到了自己的东西，然而它们却没有形成一个完整的东西：那个不存在的，也不可能存在的女人。

在196x年的十月革命节的前夕，廖瓦就面临这种情形。

这是在这些空闲的日子里，廖瓦那牢固的名声注定要经受严峻的考验：完全出人意料地晃动了一下，眼看就要崩塌了，但总算还是保住了。

这或许就是，准确点说，应该是小说的主要事件，情节的焦点。非常有趣的是，这种危险并不是因为廖瓦这方面犯了某种政治上的或是意识形态上的错误或过失招致的。似乎纯粹是一个事故，命运的一种怪相，突如其来的昏暗……

每逢节日就把廖瓦留在所里值班。这已成了他们的习惯。这一回由于情况不同，毕业论文答辩在即就是其中之一，廖瓦是无法逃避的。

值班的第一个，还是在节前的那个晚上，廖瓦是在极度的、愈来愈烈的苦闷中度过的。他一会儿给法伊娜打个电话，一会儿又拿起毕业论文，一弄起论文他就觉得没劲儿，虽然这样，他还是着手对自己的那些零散的"弥足珍贵"的见解逐一进行思考，他觉得这些见解充满了智慧。他放下论文，又给法伊娜打了电话，总想把他们的关系说说清楚，可结果却使他们的关系更为复杂了，于是他更感到苦恼不堪了。虽说不能再发展下去了……法伊娜不再接电话了。

廖瓦就这样躺在所长的沙发上睡着了，几乎就是把听筒拿在手里睡着的。他做了场噩梦，他好像必须要以游泳的方式（就在研究所旁边的涅瓦河里游，是在11月）来通过劳卫制……

他被米季沙季耶夫打来的电话吵醒了……

（下文斜体系我所标。——安·比）

还是先打住吧。我们站在故事情节的岸边，这故事情节一开始就是值得珍爱的，它在我们面前高高地隆起了汹涌翻滚的激浪——可这个地方是没有浅滩的，无法走过去：我们被卷回到叙述的开始，并被抛弃到了那个令人不快的岸边，差不多正好落在我们旅行的出发点上……

好像是把一块漂石挪开了……他又在路上了。好像我们没有涉及廖瓦的整个一生，从一带而过的出生到还是在最开始就提及的死亡，因为现在就是这么一两天把我们与死亡分开了。可是关于廖瓦本人，我们究竟说了些什么呢？……就说爷爷吧……多半是我们的一桩愿望，而不是爷爷。再说父亲吧……与其说是父亲，倒不如说是大伯。父亲么，几乎就是不存在的。如果不作模模糊糊的暗示——那他根本就不存在了。就是廖瓦本人……只是像一束透过巧遇的缝隙斜照进来的光线——耳轮和下巴底下深深的影子——不画肖像也行。他的声音在墙那边听起来很不清楚：他在那边忙乎着什么，给谁打电话，他熟记了谁的号码？

法伊娜怎么啦？哪儿来的米季沙季耶夫？"弥足珍贵"的纸页是什么？我们已经不止一次地提到，说过一会儿要讲件事情；可我们先是没有时间，而这会儿——又没有合适的地方了。我们痛心地发现，由于一直不停地走着，我们已过分地冒进了，以至于赶不上自己的叙述了。

也许，这种不完整只产生于一个原因：目前我们所拥有的是不同于那个时候的另一种过往，那时过去对其本身而言就是现在。如果一会儿从那个高度，一会儿又从另一个高度来看平原上的某一景点，我们就可以看到不同的景色。在这两种画面中，任何一种都不完整，它们是互不相容的。我们从今天这个角度叙述了廖瓦的整个一生，将廖瓦描绘成一个平等地，有充分权利参与历史过程的人。或许，现在他自己就是这样回想起自己的过往，在我们的叙述中他会认出自己的。但倘若他是在事件发生在他身上的时候读到这一切的，那么他就永远也不会把自己认作是主人公了，因为这也太令人难以置信了：人们怎么会从历史过程的内部来证明自己参与了这一过程了呢。因此，这里所写的发生在廖瓦身上的一切，他是一点儿也不知道的。对自己来说，也许，他只知道一点……他也不晓得，他的爱情——是符合历史事实的。

因此，虽然我们讲了很多，却等于什么也没有讲。我们所能讲到的一切都是关于"父亲"的，而关于"孩子"我们几乎什么也没有讲。我们已经讲到的那些主人公都死了，而我们最终决定要写的那一章里的主要人物都还空缺着呢。绝不绕过不久前里面还有一块漂石的那个洼坑，——我们翻越过去。这里有一条自然分界线。在我们继续前行之前，我们还得把我们的整个故事从头再讲一遍，以便趁故事中的主人公还活着就解释清楚，这故事在主人公眼里到底是怎么回事。

那么这将是另一个故事了。讲的是一段爱情。

虽然完全有理由责怪我们（也已经责怪了），说我们不管讲什么都是按照顺序来的，什么都是从头讲起的，而我们却认为这是对的，也就是说，我们不可能采取另一种做法。因为我们也有权利……

第一，因为毕竟没有比时间的连贯性更为可靠的了：这其中不仅含有我们所发现的规律，还含有迄今为止我们尚未掌握的规律。第二，廖瓦在小说的第一部中所处的时代，和他在第二部中即将面临的时代，按照我们的看法，使得我们有可能分开，依次来讲述几乎是发生在我们周围的一切，而这一切并不是彼此附属于对方的。生活与历史，过程与其参与者，继承人与家族，公民与人，父与子，家庭与工作，个性与基因型，城市与其居民，爱情与所爱的对象——这些都是分离开来的。不仅是在国家和这个世界之间，而且凡是能挂的地方到处都挂上了帷幕，许许多多好像是用纱布做成的帷幕在轻轻地摆动，人用其中的一道小帷幕将他自己也遮掩了起来。

真想不到，才过十来年，就又得解释一下，怎么会这样子的，廖瓦怎么会变成这样子的！可难道忘了男女是分开受教育的？……一如所有的东西那样，男孩和女孩也是分开的。就像廖瓦不知道他是公爵一样，他也不晓得，怎么会有一个完美的形象像一缕轻烟缭绕在他的心头。所以，这一形象自然就应该寄托在他所遇到的第一个女人身上。实际情况也是如此：这个形象只是在开始的一刹那由于觉得一点儿也不吻合也颤抖了一下，可随即就完全重叠了。于是法伊娜就成了他一直梦莹魂绕的那个人，在他那祖传的不发达的记忆里发生了全面的变化——由于法伊娜的出现，故事情节就进行了调整和修剪。

这不，我们又得把故事重讲一遍了，这个故事与第一个是同时发生的，亦即我们即将读到的小说的第二部只是突然结束的第一部的一种说法而已。哪一种说法更为确切？我们觉得是第二种，因为它更现实一些。然而第一种说法来得更真实一些。但是如果我们所使用的"现实"和"真实"这两个词只是在形式上相对而言，那还能说明什么呢？……我们觉得，在第二部中廖瓦将更现实一些，然而他却生活在最不现实的世界上。在第一部中其周围世界要现实得多，然而廖瓦身在其中却显得极为不现实，简直是没有形体。这是否意味着人和现实从根本上分离了呢？情况稍许要复杂一些……

也许，小说恰恰就应该从第二部开始讲起，而用第一部来接续它？……不过，我们还是接受既成的事实吧，——归根结底，这也是一条原则。这样我们也就没有把这两部分的连续性解释清楚，第二部怎么样，第一部又怎么样，亦即哪一部是主干，哪一部只是一种说法而已，我们毫无准备地开始讲我们的下一部分,正像廖瓦将要生活在其中,却不知道,他所要面临的是什么。(在第一部分中——我们已经知道,他将要发生什么了。)我们将继续让他活下去,让他一直活到他留在第一部分中等待我们的那个时空点上。我们的两条平行线将要交汇,我们也将把时间同那个美好的愿望——让主人公的时间就在眼下,在书写的这一刻,得到充分的流动——结合在一起,我们也就会发现现在——就在我们的眼前,不是来自于过去,也不是来自于将来,我们就会看见前面就是实实在在的现在,而这不是一堵没有门窗的墙壁。

  我们不知道,哪一部分对主人公而言显得更为沉重些,是第一部还是第二部。或许是第二部吧,虽然它——只讲了一件幸事……因为每个人的过去都属于轰隆作响的历史过程而显得比较庄重,这样对一个人过去所作的历史评价总能减轻命运的痛苦,而现实的生活被湮没在无时间的状态中,在这种状态中,人不知道自己的将来,失去了自我评价的可能性,人所遭遇的痛苦总是计算好了的,不管你是属于哪个国家,哪个世纪,虽然我们有时也觉得,就是在脱氧核糖核酸上贴的也是通用的质量标志。

(第一部分完)

附篇

散文两种①

  他们都以为狄更斯大伯没有亲人了,然而葬礼上迟到的那个女人就是他的妹妹,她是从约什卡尔奥拉赶来的,是位退休教师。有人甚至似乎想起来,好像狄更斯大伯有一次曾经说过,他有个妹妹……他们甚至还一个劲地争论起来,他到底有没有说过这话。但她,就是这个妹妹,正坐在奥多耶夫采夫家的厨房里,面带一副害羞的神情大口大口地喝着

---

① 指狄更斯大伯的两篇小小说和奥多耶夫采夫爷爷的一篇札记。——译注

茶，碟里的茶：她的手指胖胖的，很有力。除了茶之外，她对什么都满口推辞了。她怯懦、腼腆，妈妈显得特别殷勤——廖瓦看着她们，嘿然一笑。她属于"另一个种类"，妈妈后来这样说。的确如此，这看上去就像——向导犬的妹妹竟是达克萨狗一样。看起来，她既不像奶奶，也不像米佳大伯的妈妈，既不像巴什基尔人，也不像楚瓦什人。关于这一点，米佳大伯也好像说起过……奥多耶夫采夫一家人就她是不是楚瓦什人还争论了一番。但是这位楚瓦什人最后还是走进了米佳大伯的住宅，现在正用一副惊恐不安的眼神紧紧盯住家里值钱的东西，把它们一一看在了眼里……

这位退休教师什么也不放过，就连一根钉子她也带到了约什卡尔奥拉去了。尽管奥多耶夫采夫一家人再三跟她讲——那就把钢琴留下吧，他们再给她买一架，因为钢琴经不起来来回回地搬运，就是放在约什卡尔奥拉也根本没人需要它——可都是白费劲儿。她的双唇抿得越来越紧了，她没有让自己感到失望：钢琴从水路运到了约什卡尔奥拉。走的不是陆路，而是水路，因为这样就省了一些钱，反正她也不急着用。有趣的是，她也没有家。

甚至还有那幅皮维斯·德夏瓦纳①的画，无论廖瓦怎么给她解释——这最多只不过是件复制品，一个戈比也不值，而对他却很珍贵，有纪念意义……——她一听到"戈比"这个词就哆嗦了一下，还是没有让自己失望。不错，是有纪念意义……可以回想一下狄更斯大伯说的他们贪婪成性，世代相传的那些话……奥多耶夫采夫一家人后来在回忆女教师的时候，想起了这些话。

廖瓦只是趁她在注视着他妈妈的时候，把《阿特兰提斯》这本书悄悄地藏了起来，她从一开始就以一种莫名的专注神情看着廖瓦的妈妈。他又把它读了一遍，十分感动……"在这个静谧的月夜，德·圣·阿维杀死了莫兰日……"

不过，她把狄更斯大伯的手稿很爽快地交还给了廖瓦。但妈妈一把将手稿抢了过去，并锁了起来。廖瓦吃不准，当她一人独处的时候，是

---

① 皮维斯·德夏瓦纳（1824—1898）：法国画家。象征主义画派代表人物，擅长巨幅装饰画。——译注

不是读过这些手稿。有一次，她把两本小练习簿交给了廖瓦，"就像交给了一个专家"："拿去翻翻，或许有你感兴趣的东西呢……"这是狄更斯大伯的作文本。

一本练习簿上写着《诗集》，另一本——《短篇小说集》。廖瓦读着诗句，体验到了爱情的羞涩和苦痛……按照所培养的充满稚气的认识观念，他不可避免地降低了米佳大伯的身价。但这种"降低身价"的做法并不完全是粗鲁无礼的，而是多层次的，复杂的：由于偶像的倾塌而感到的低级的满足被失望所替代（这不是偶像，而是它的倾塌所造成的），而失望又被斩不断的温情所替代。由于旧神像的倾覆而产生的痛苦原来是轻微的、短暂的，然而新神像的生成却充满了明快和欢乐的色彩，显得坚定而决断：就像是真的一样。总之，廖瓦只是更加热爱这尊神像了，因为现在它不带任何追加特征了。

诗句无疑写得很差劲儿，幼稚到了失真的地步——然而其中闪烁出狄更斯那颗未受浸染的心灵。（对小说的评价，总的来看，要复杂一些……小说与诗歌不同，对它很难做出绝对的评价：诗歌与非诗歌——它们之间似乎没有缓冲地带。小说总是要反映出点东西来的：作者的意愿啦，作者本人啦……就像公文那样，虽然小说也总会引起个别人的兴趣。）而在狄更斯（大伯）的小说中，有些地方我们甚至是很喜欢的，而且我们所做的评价要高于廖瓦的评价，因为他还没有完全丢弃假斯文。在这种情况下也就大可不必去问廖瓦了，尽管他是这方面的专家，要比我们更在行。

他无法做出客观的评判，因为阅读狄更斯大伯的小说，对他来讲与其是一次间接的、阅读式的体验，倒不如说是一次直接的、个人的体验。这篇小说所反映出的各种关系，在他那儿会引起不同的反应。比如说，微微撩开一点挂在两代人之间的那道帷幕（这道帷幕总是存在的……），这在他就受到了一次震动。一个年轻人，在到了独立生活的年龄，并全身心投入到了这种生活之后，就会突然给自己提出一个天真幼稚的问题：怎么，难道别人的生活不是这样吗？——在寻找答案的时候就会想起自己的父母（年纪轻轻的，还能想起什么人来呢？），并会发现，在这一层面上他对自己的父母一无所知：他们有没有去爱过什么，有没有痛苦过，他们是什么样的人，甚至可能，当他不在他们身边的时候，他们就为自己，为对方而存在？难道他们也……等等。也就是说，他似乎已是个成年人了，这才允许他自己去认识一切，而且这一切是处于他的时代所提供的那些形态之中的。而发生在以前的事情，由于上一代人一个个都衰老了，相继离去了，因此也就没有向他摊牌：他们可曾生活过？——只是在孩童时期给他留下了关于成年人生活的丰富的形象和经验，这够他一辈子享用的了。这或许也挺好，这其中就有未受触动的，神圣的——受到保护的秘密。因为甚至就连完全符合逻辑的坚定的信念——别人的生活也是如此——毕竟还是空洞的，不自然的，毫无成效的。或许，用痛苦作代价，这才可能使一个人继续生活下去……

就这样，当廖瓦在读狄更斯大伯的习作时，这道帷幕好像是被微风吹动了一下，边沿差点吹卷了起来……他没有从中读到任何低俗意义上的"细节"描写，然而这个睿智的老者形象带有某种反映在他的一举一动中的超经验的东西，他的每个动作都是带有终极性和总结性的，都是对一个复杂过程的完结，——这样的形象很厉害地晃动了一下，表现出极度的幼稚、天真、多情善感，缺乏食欲和力量。然而这一形象即刻又被抹上了泥灰，涂上了动人的色彩：以前人们更为纯洁和高尚，以前人们各不相同，以前人们更为天真，更为胆怯，更为理想化——这就是真正意义上的，而不是"专门"意义上的独特性（"成为一个独特的个性"），——所有这些"以前人们……"只等于过世的狄更斯大伯一个人。

于是就有了一种感觉，它使我们对小说的特性产生了一种肤浅的想法，我们无法拒绝这一暗示……

这种感觉就在于：当我们意外地读到了一小页由一个非常熟悉的，甚至是一个亲近的人所写文字（但以前我们并不知道他还会"写点东西"）的时候，就怀着一种莫名的贪婪心理一口气把它读完了，结果，我们对他的了解即刻好像比以前通过交往对他的了解要多得多。问题还不在于某些秘而不宣，生怕被别人知道的事实。使人信服的例证恰恰是：在这一小页文字里我们并没有找到能满足我们的好奇或忌意的那些事实。正是在这种情况下，我们不受其他因素的干扰，所以也就对这位作者了解得更多了。无法克制的好奇心——只要一有机会我们就捧读类似于这样的一小页文字——不是别的什么，而是渴望探求"客观存在"的奥秘——"不掺入我们人为因素"的奥秘，而这种奥秘乃是我们所居住的那朵云彩。既然在这一页文字中没有流言蜚语，那我们会从中知道什么呢？是写作的笔法。我们所说的"奥秘"，其含义是笔法，而不是故事情节（"生怕被别人知道的事实"）。

小说总会使作者感到束手无策，因为它会表现出独立性，非理性，几乎带有神秘色彩，就像某种物质一样……（我们曾有过对它突然感到惊讶不已的情况。）当一个人第一次拿起了笔，尽管为这种突如其来的创作欲望还感到惶惶不安，尽管他还会轻蔑地一笑，笑自己可能会遭到失败（虽然没人看见他，他只是抽出了这一会儿工夫），但实际上出于本能（在他的体内！）已经担心不是它（小说），而是他自己马上会发生……这个人就已经接触到了文学现象：无论他是否愿意——他必定会泄露自己的隐秘。从这一刻起他就可能被别人所识破，所认识，所揭穿——他很显眼，别人看见了他，看得清清楚楚。因为笔法就是心灵的痕迹，它是实实在在而又独一无二的，犹如指纹就是罪犯的身份证。

写到这里，我们产生了一个早就使我们感到十分亲切的念头：不存在任何天才——只有人。不存在诸如身材，体重，眼睛的颜色之类的单独分离出来的"天才"，只存在各色各样的人：好的和坏的，聪明的和愚蠢的——人和非人。这样，好的和聪明的——就不是天才。既然人是有心智的，而且想告诉世人他有什么，那他必定就会是一个语言天才，如果他就相信的话。因为语言——是人所获得的最为精确的武器，还从未（这常常使我们感到欣慰……）没有人能够把什么隐藏在语言当中：如果他撒了谎——语言就会使他露出马脚，而如果他说的是真话，讲的是实话——那语言也就会站到他这边来。不是人寻觅语言，而是语言寻觅人。语言总会能找到心地纯洁的人——于是他就会成为一个语言天才，哪怕是短暂的。从这个意义上来说，关于天才只有一点我们是清楚的：它——来自于上帝。

所以，从一个亲近的人所写的东西中来了解他，就会使人感到尴尬，可怕，羞耻而又危险。也正是因为这样，只要一有机会，我们就必定抓住这个机会来了解这个人……写东西通常是会教人感到羞耻的。职业作家是可以找到防卫措施的，他早就脱光了衣服，身子都变得僵硬了，老练得已不知羞耻为何物了。关于自己他已说得太多了，过分地泄露、暴露了自己，以至于好像都削弱了有关人的一些信息的意外性，而这种意外性正是文学的特征所在。我们对他有时一无所知了。人总想不为别人所看清（出于自卫），要做到这点只有两种办法：把自己完全封闭起来；把自己彻底暴露出去。作家采用了后者。我们对他什么都知道，什么也都不知道。所以在他死后我们便开始竭力想（那种贪婪已到了失控的程度，竟要偷偷地翻看别人的东西……）判定，他究竟是一个什么样的人：信件，回忆录，健康证明，——可是无济于事。这个人在生活中虽然完全敞开了心扉，展示了自己，使别人一览无余，但到头来却是最隐秘的，最神秘的，而且他把自己的隐秘带进了坟墓。

为了做到这一点，作家们就应该是富有天才的，就应该是写作狂——心地就应该像水晶一样纯净透明。

在《短篇小说集》那本练习簿上有近十篇小故事，都是1944年夏天和秋天在前线上写的。最短的那篇才一百个词出头，最长的也不超过三页纸。

其中有一篇叫《孤独》，显然它反映的事件是创作这一系列小说的起因。男主人公（"他"）回到家乡的城市作短期休假，找上了他心上人（"她"）的家门，再次（无望，但没有恶意）向她保证他很爱她。

"'这我知道，'她低声说道。

他抑制住自己的激动心情，做出一副满不在乎的样子，用平静的声音补充说：

'我是从前线回来的——还得赶回前线去。'

说完——走出了房间。"

然后他在城里闲逛了一整天，在桥上站了一整夜……"只是到了第二天中午，当太阳已经高高地爬上了天空，他才坐上火车，回前线去了。"

米佳大伯在生活中十分孤独！但我们对他的独立意识感到肃然起敬。他在作战的沿途中遇见了一个孤儿（《一个小姑娘》）："……我连一片面包，一个戈比都没有，显然你也一样，没有亲朋好友，没人能收留你……""我可怜的小姑娘！——我们沿着这条笔直的路走下去吧。我们既不往右边拐，也不往左边拐……我们没有哪个方向可拐了，我可怜的小妹妹！——我们没有朋友，没有家人——甚至就连一个小小的铜戈比都没有。"

接下来的几篇小小说可以证明，这个人尽管已经屈从了生活，但并没有成为一个怀疑主义者，或者犬儒主义者……他对德国人的憎恨是那么真诚而淳朴："没有一只偶然飞来的小鸟，没有一头饥饿的野兽会去啄食，噬咬这个恶心的东西"；或者："这个狗杂种，可恶的德军妖孽们的私生子，他在执行杀人不眨眼的主子们的命令时想些什么呢？"他的同情心和内心的痛楚也是确凿无疑，超越了个人利益的："我站在窗口，看着这片废墟瓦砾——鲜血从我的心里喷涌而出。"

还有这两者的相加与结合："……这更加会引起你们的注意，如果你们看得仔细点，就会清楚地发现，这个'德国鬼子'已经阵亡了，是在执行任务时被子弹打中的。

这个人影子很自然地做出了一副正在维修电线的姿势，他那副活生生的样子使你们感到惊愕不已，最终会引起你们的厌恶和深刻的仇恨。"

这个"最终"用得真是棒极了！我们相信，狄更斯是个真正的士兵。他那孤寂的命运，得不到回应的爱情，没完没了的战争，对祖国山河破碎的痛切心情——就这么寥寥数笔便画出了他的自画像，所画线条显得十分清晰有力！这是一幅多愁善感的，具有浪漫色彩的自画像……我们差不多是头一回接受并原谅浪漫主义——只有心地像水晶一样的纯洁才能做到这一点。

狄更斯（大伯）的小说无疑是更多地表现了他，而不是他表现了小说。看来他都没有想到，它会把他表现得淋漓尽致……但是在我们看来，他本身就很不错了，比任何一篇写得再棒的小说都好，但我们还是要感谢小说，因为它向我们展示了他。

对于心地纯洁的人和洁白的纸张来说这并不可惜……

下面是他写的篇幅最长的小说。

暴风雪

这是很久以前的事情了。想当年，我正值青春年少，爱上了一个姑娘。她叫娜斯坚卡。或许，她不是那么美丽，不是那么漂亮，甚或也不像别人那么聪明，但我却爱她——尽一个年轻人那颗火热的心之所能，爱得痴迷而疯狂，死去活来，正如人们所说，爱到犯罪的地步，可我感觉到这只是痴心妄想，只是竹篮打水一场空。

我很穷，是个穷光蛋，这就对我实现自己的心愿，成为一个更加勇敢而果断的人，造成了一定影响。可最终我再也控制不了自己的强烈情感和赤诚之心，跪倒在娜斯坚卡面前，向她求婚。

娜斯坚卡并未惊讶、嗔怒，也未搂住我脖子热烈拥抱，只是回答道："去问我爸。没有爸爸的同意，我就不能答应。"

无论有多难，我还是要硬着头皮去做。

一如我所料，我遭到了拒绝。严厉而断然的拒绝。

我因受到伤害而狂怒不已，我痛苦得都动了自杀的念头，可忽然出现了转机，或者说命运之神冲我露出了熠熠生辉的笑脸，让我另辟蹊径去寻找幸福。

我有一个朋友，他是我最要好的中学同学，让我把未婚妻悄悄带走，同她秘密成婚，不必考虑其父母的意愿……我疯了似的采纳了这一建议，赶紧跑到娜斯坚卡跟前，把计划告诉了她。娜斯坚卡怕得要命，一个劲地摇起手来，但最终还是同意了，甚至对出门旅行产生了兴趣。

一切都准备妥当：一辆带棚马车，两匹好马，一名可靠的车夫。时辰一到，我就跟娜斯坚卡坐进马车，驶往离我们的城市有40–50俄里远的一座村子。我们一路上沉默不语，也没有欢声笑语，可突然变天了，刮起了暴风雪，所有道路和交叉路口都被封住了。风雪交加……总之，出现了雪暴，暴风雪肆虐，天地间一片混沌。

娜斯坚卡显得焦躁不安，紧咬嘴唇，什么话也不说，什么话也不问。我如坐针毡，强忍着狂怒，随时准备咬断迎面撞上来的所有活物的喉咙——无论是野兽，还是马匹，真想把马车上的所有窗户都砸个稀巴烂，真想亲手把这可恶的暴风雪勒死。

我用拳头捶打起车夫，一个劲儿骂着他，又吼又叫，可马儿就是不动，暴风雪越刮越猛，似乎要扫平所有的痕迹，残忍地吞噬掉我的马车。

当我们驶入一个完全陌生的小村庄时，天色已暗。暴风雪平息了下来。雪停了。天上升起了月亮，一轮大大的、明亮的月亮，犹如一枚银卢布或者一个餐碟。

娜斯坚卡哭泣着请求回家。"我要回到妈妈身边，我要回家，"她不停地抽噎着，一再要求回去。

可我……我明白真正的痛苦是无法慰藉的，事态是无可挽回的，我已被不幸所压垮，被无情的命运所欺骗，面对绝境我已无计可施。

入夜时分，我们好不容易赶回城里。娜斯坚卡下了马车，甚至都未跟我打声招呼就径直离去了。

此后我就再也未见过她。这桩匪夷所思的倒霉事儿迄今都留存在我的内心，一想起它，我便无法平静下来，为自己的过去而感到伤心难过。

我这会儿似乎真的见到了娜斯坚卡，她就坐在马车里，身穿短皮大衣，轻声哭泣着。我看到那双蓝眼睛，可爱的小脸蛋上一副惊慌失措的样子，看到孩子般任性而又焦虑得颤抖的美唇，还看到从浓密的深色睫毛下流出的水晶般清澈透明的泪水。

这是很久以前的事情了，当时我还年轻，处在热恋中，正像所有处于热恋中的年轻人那样，就自己的这一轻率行为，这份年少轻狂，我本应得到谅解才是，但我却没有请求原谅，甚至都没有从别人的目光中去寻求怜悯。而现在我都这把年纪了，已无法改变自己的习惯和趣味。

所有这些都是令人十分遗憾的，我亲爱的读者。

我们一见到这样美妙的文字，就不能自已，非得再援引一篇小小说不可，尽管一切都已很清楚。但由于你们再也没有别的机会读到这些文字，因此我们这里再援引一篇……（这是短篇小说集里的最后一则：从"来"开始到"回"结束。）

镜子

有一处蛮荒之地，有时一连好几个月都见不着一个人，一头野兽的影子，我在那里经过多年游荡和漂泊之后，来到了一个小地方，这里，人们家境寒碜，生活困顿，满地都是垃圾。

他们热情地接待了我，让我住在一栋不大的，我倒是觉得温馨舒适的房子里。

不知是什么奇特的原因，房间里竟然有壁炉，这使得我的心绪变得更好了。我终于可以好好地休息一下，把自己好好拾掇一下！

我生起了壁炉，开始取暖。很惬意地打起盹来。我尽量不去想任何东西，不去思考任何问题——坐在壁炉旁真是舒服极了，——但是形形色色的形象激活了我的回忆，不断涌现在我的脑海里，它们像软骨虫一样蠕动着，稍稍刺痛了我的神经。

我想起了过去，想到了自己的朋友，心爱的女人。那段痛苦而失望、希望连连遭到破灭、孤独的日子不禁兜上心头……

现在看来，这一切似乎很遥远了，早已忘却了，——只是心还在胸膛里跳动，让你去体验所经历过的东西。

是的，是的！你是对的，我可怜的，备受煎熬的心。我一直都爱着这个女人——无论要分离多少年，都不能使我的感情，我那强烈的激情有所减弱。

我一直都需要去爱，去向往，去希望，我一直都渴慕心爱的女人用她那纤手温存地抚摸我。

要知道我还未老，还有那些美好的欲望，——难道那两条路不是迟早要在生活的道路上相交汇?

难道河水不是在春天涌出岸边?……

生活中的一切都在变化——四季,人,感情。也许,我一直到今天依然爱着的那个女人会用微笑和温情来让我感到无比幸福的。

我就这样坐在壁炉旁,像往日那样回忆着,憧憬着幸福。

忽然,我看到墙上有一面镜子,就把它取了下来,于是……我的手哆嗦了一下。一张老人的脸——头发花白,额头高高的,光秃秃的,眼睛没有表情,塌陷得很深——在看着我。

不,不!——这不是我的脸,这不是我。我不信,我也不认——我被这一残酷的变化所惊呆了。

老人的脸上闪过一抹苦涩的,有点儿阴险的讪笑,这使我浑身猝然一抖。

我哈哈大笑起来——极为厌恶,极为憎恨地将镜子摔到了壁炉里。

"把一切都统统烧掉——镀金的镜框,老相,幻觉!"

我喝了一杯凉咖啡,经过长年的游荡和漂泊之后,头一回躺到一张温暖的,柔软的床上睡觉。

狄更斯(大伯)与其说是词语表达出了思想,倒不如说是词语表达出了他那纯洁的心灵,如果是这样,那么奥多耶夫采夫爷爷,按照我们的推想,就可以自己用词语来表达出某种思想(将它隐藏在词语当中),因为在我们的假想中,它具有天才的种种特征(而不是纯洁的心灵)。让我们试着来体验一下吧。两种生活,两种人格,两种死亡,两种小说……

廖瓦扎在爷爷的纸堆里(顺便说一下,它们保留下来的并不多),发现了一份没有写完的,显得很特别的手稿。这还不是那个成熟的、伟大的莫杰斯特·奥多耶夫采夫(做一个成熟的莫杰斯特·奥多耶夫采夫,他得花上好几年的功夫,而要做一个"伟大的"莫杰斯特·奥多耶夫采夫——对我们来说是后来的事情……);札记带有私人的,类似于日记的性质——"是给自己看的"……然而这篇习作并不像日记那样杂乱无序,很明显,是拟有总体框架的,它能说明其构思的完整,但构思的具体内容是什么，仅凭这几页纸来下结论，那还为时过早。手稿的题目是《以色列之旅①》，分为几个章节，章节的题目以《不存在上帝》和《上帝是存在的》交替出现……有6–7个章节保留了下来。

像这样的手稿是没有可能发表出来的，然而廖瓦却很喜欢它，其心情就像当初爷爷写它的那样——"是给自己看的"。廖瓦从中给自己摘录了几段。下面就是他摘抄下来的一部分，他标明《摘自<不存在上帝>》：

"这就是我国的放散现象：完全有可能因此而感到痛苦，结果所受的却不是这份痛苦。再来看看，又是怎么得心应手地培养教育了我们（说不定以后还会这样呢！……）：某些东西你一定要有，非有不可；无论如何一定要这样；不管怎么样都得做到。凭什么这么认为？榜样又是从哪里来的？别人都做不到的事情，偏偏你应该去做，这是根据什么？这一大堆不符合实际的理想是怎么来的？它们还使得我们的这个的确很不幸的人具有了没有充分根据的不健全的感情（因为有理由对具备充分根据的……）。俄罗斯人像这样长期关注比萨斜塔的命运……然而，为了达到这一效果就亟需来歪曲社会生活！要最终确立这种效果还需做些什么呢？由于缺乏最基本的生活条件，就让人们相信种种范畴和理想是可行的，用绝对概念可能得到具体化的说法来扰乱人的心灵，用某种权利来代替某种能力——还有比这更简单的吗？——将疲弱的夫妻性生活叫做'人类普通的幸福'……——一个新人随时可以诞生！然而这已经不远了：逝去的幸福很有诱惑力，最初的骗局叫人十分难受。'可幸福就在眼前，很快就能得到……'好像就在前不久，'幸福'被理解为一刹那，哪怕就是有幸福的螟蛾时期，也不会让谁感到困惑不解，不言而喻，幸福只是指已存在的（或不存在的），但它不会延续下去，不会外推，不会是将有的。我们总是指望以后会得到它，然而永远也没有盼头。欺骗天性是不难的——这叫做'教人堕落'。悄悄地向你灌输：在为期一年的时间里都可能发生梦遗，而这种现象连大象也没有……立刻就会出现这样的结果：只是各种情况的不幸的偶合才会妨碍你（因为生来就是为了做这件事的人，除你之外，还能有谁呢？）达到

---

① 1913年，莫·普·奥多耶夫采夫曾去中东旅游。——原注

上面所提到的效果。而为了不对命运有任何抱怨（既然你是唯一有这项使命的人，那么你也就是唯一不能取得成功的人……），对命运恰恰就应该培养一种唯物论的，庸俗化的关系，就像是与成见，与非客观的因素的关系，实际上就是与词语的关系。而对词语首先要培养一种新型的关系，得把它挪到生活链的末端，而把'起先原词是……'交给诗人们用做隐喻。简而言之，应该把庸俗的东西转交给人民，让他们永远无偿地使用，好在庸俗的东西不是土地，无需施肥，不过它会给自己施肥的。然而庸俗的东西——并不就是'可以享受的东西'，而是对'可以享受的东西'的一种态度，比如说，对水和空气我们的态度是庸俗的（也就是说，它们是白得的）。应当认为自然规律是对大写的人（或者道路……）的侮辱；要战胜大自然及其影响……既要培养对现实采取带有浪漫色彩的看法，又要建立对抽象范畴的物质关系——这便是庸俗的方法论，基础已经奠定，斗士们开出了河槽供它流淌，'新生活'的先知乃是——'可爱的契诃夫'，'复杂的人物高尔基'。

然而总听到这样的埋怨：正是你的那种生活已经过去了……就是你陷入了夹缝之中……就是你生活在这个时代是不走运的……确实是这样。"

在这一段里究竟是什么让廖瓦感到特别喜欢呢，这就很难说得清楚了。爷爷写下这段文字的时候是27岁；廖瓦读到它的时候也是27岁。但这还不意味着，所读到的，也正是所写下的。很可能是相反的。廖瓦是怀着极度兴奋的心情抄下这段文字的。认同带来的喜悦使字体疾行如飞。在"高尔基"名字的下面，抄录人写下了"Sic!"。然而，廖瓦正是被这种兴奋所推动着，继续前行，步入了《上帝是存在的》这一章：

"天哪！我总是遭到难忍的沉默的惩罚！我在黑暗，空旷和盲目中摸索，连一点儿簌簌声都听不到。这就证明，四周什么也没有。这是上帝的惩罚，而上帝的奖赏则是——在你的周围有世界，有存在物……

一旦良心发话——嘴巴就沉默不语。说的是什么呢？……

一旦去斗争，是不是就承认了斗争的对象是实际存在的？

一旦与进步为敌，是不是就为它服务，并完善，改进它的机制了？

一旦去驱逐魔鬼，是不是就对自己进行考验了？我所做的，上帝会满意吗？还是我利用了他，偷了他的东西，并拿去卖掉？

感到满意的是上帝，人们，自己？自己的上帝？

我是否知道他满意吗？我能知道吗？我能知道，什么是事实，什么是为了考验他而强加给他的？……

这就是沉默的祈祷文。

如果一个人创造不了什么，那他就会去给别人树立榜样。不过——天哪，天哪！——我可不想这样去做。

天哪！让我说话吧！我丧失了说话的能力。让我把话说清楚！我眼前发黑，就像是对太阳看了好长时间。我的心无比空寞，无比沉寂。

天哪！就像空中……"

显然，廖瓦是抄累了。他的字体越来越平稳，越来越死板了，失去了活力。这也是件怪事儿——一看字体就知道：是谁在什么状态中写的，写给什么人的，写了些什么……抄写的人睡着了。

这也不是上帝，可廖瓦——没有听到。

对不起……

第二部　当代英雄

第一部分的另一种说法和版本

  我在那儿躺了很久，一动不动，哭得很伤心，放任自己流泪和哭泣；我觉得，胸膛就要爆裂开来；我全部的坚强，全部的镇静，都像一阵烟似地消失不见了。无精打采，神志不清，如果此时有谁看见我，他会鄙夷地转身走开的。

莱蒙托夫，1839

(下文斜体系我所标。——安·比)

在单独的一页空白纸上，我们严肃地写下第二部的名称后，开始战栗不安起来：终究属于无耻……终究这是莱蒙托夫……应该明白自己的分量。

确实，最近一百年来，莱蒙托夫显然已从一名中尉被擢升为将军，要见他时应该考虑头衔级别，要通过比他低的一级级官员。他那可疑的"英雄"也在这一百年间得到了升迁，同样，可能也不会轻易同意接见……我还听到这样的说法："毕巧林也这样！对不起，您找谁？……"

"我们的读者还很年轻，很单纯，"莱蒙托夫在前言中写道，"如果在寓言的最后看不到训诫之类的话，就看不懂寓言。"

那就再去将这个前言通读一遍吧，值得读一遍；我们甚至要冒着风险，将我们的文本与这个在历史上居于优势位置的文本做一比较。不管怎样，请再去读一遍，我们不能忽视我们这个时代（尤其是！）的这个特点，何况早在一百三十年前就已经提到过。

趁您阅读的工夫，我们在这里悄悄地草就几句话，为自己做些辩解……

这种辩解显得怪怪的，时间跨度大，而且颇为费劲……莱蒙托夫要向读者说明为何将毕巧林称做"当代英雄"，而在一个世纪之后，我们却要向他本人，向莱蒙托夫同志致歉，因为我们在如此大胆地引用他的说法……

在为自己辩护时，我们要再次提到报纸。

报纸支持我们使用"现成"标题的尝试……几乎每一家报纸的版面上，都会有这样的文章或特写，借用我们熟知的文学或电影的名字作标题，有时会稍作变化，而且文章通常在内容上与原作没有相似之处。但这样做的也不仅仅是报界人士……我们同时代的作家们也有这样做的——将名作的名称稍做改变，同时还得让人一下子就能想起原作，这样一来，作者似乎就不会感到孤独，不会迷失在假设之中，可以确定"时代之间的联系"，并借助对侧重点的微调（类比和比照），就可以突出自己的时代性，由此还可以将前辈们业已检验过的力量添加到自己身上。并不是都借用经典，有时候也引用畅销书。譬如，在一家区级报纸上，我们看到了一篇小品文，名字叫做"盾与炉"（当时正好到处都在放映一部影片，即根据同名小说拍摄的影片《盾与剑》）——关于官员反对建造一座锅炉的事情。或许，刚刚创办的这份杂志也是一个例子——《与你相伴的汽车》——讨论的是怎样为自己造一辆低油耗的两栖汽车（作者读过海明威的作品，后者一谈起汽车，简直就像是过节一般）。

虽然不太好玩儿，但更为直接的这类例子不胜枚举。甚至可以以此为题，写出一篇篇幅不长但会具有原创性的结构主义研究论文……

但问题在于，《盾与剑》这已经是引文，是一种变体说法。结果看起来很有意思："我给您带来的不是和平，而是锅炉"，不过，这里没有"盾"……那么，也有可能，著名小说的作者指的是唱段"或者在盾牌之上，或者带着盾牌……"这一唱段大家都听过，可这里没有提到"剑"……不管怎样，这都属于引文。海明威的作品名称，也属于引文，引自一位我们没有读过的美国诗人的作品。

（他[海明威]几乎所有的作品名称都来自引文：《丧钟为谁而鸣》《有钱人与没钱人》《太阳照样升起》……——也就是说，这些本来都是19世纪的箴言，而现在成为了作品名称。如果按海明威的做法，《安娜·卡列尼娜》会被命名为《伸冤在我》或《我必报应》。）①

也就是说，对于对象物不够了解，称呼时往往会更为直接……使用"喂，你！"代替"阁下"。当我们看到报纸上的标题"时间——生活！"时，就可以肯定地说，写这篇评论的作者暗指的是雷马克，而不是在指《旧约》。

我们怎样知道，知道什么，何时知道，引自何处……所有这些，说起来都很有意思。

我们还没有开始，就在倒退……不久前，我们看过电影《马太福音》。看过影片的人中，有专业人士——导演、演员、编剧、编辑。看

---

① "伸冤在我，我必报应。"这句话出自《圣经·罗马书》12，列夫·托尔斯泰将之作为小说《安娜·卡列尼娜》的卷首题词。——译注

法出现了分歧：一些人很震撼，另一些人则"喜欢，可是……"出现这样的分歧很正常，让人觉得有趣的是，不同阵营中的人又可一分为二：聪明的和愚笨的，有品位的和无品位的，右派和左派，热情的和冷漠的，年老的和年轻的，真诚的和虚伪的，——也就是说，无论如何也无法除掉他们的兴奋和根据某一特征而做出的公允评价，像往常那样："纯粹是傻瓜"或者"纯粹是混蛋"，——全体观众看法的结构分布，同样也表现在每个阵营中。我们本来想就这样离开了，不想去解释这种现象。突然，兴奋的影迷中有一个人气冲冲地叫嚷了一句，似乎是对影片的一种声援："那高山上的布道呢？……"我们顿时想起来了，并用几个试验来验证我们的猜测是否正确。我们走过去，让他们首先发个毒誓，保证对我们的问题诚实作答，然后问道："您读过福音书吗？"结果竟然会是这样：那些没有读过福音书的人的反应是兴奋莫名，而那些读过的人对待这个问题则会更客观和严肃。这就产生了一个简单的问题——结论，是什么给人留下了印象：是福音书还是图画？引文还是电影？诚实的人会脸红起来，承认读过，读的是引文，不诚实的在承认时则不会脸红。也就是说，对于许多人来说，福音书让他们感到震撼。译者坐在黑暗之中，正在一字一句地诵读，他们在倾听诵读之际第一次感觉到了震撼。

所以重要的是引自何人之作。并非都一样。

甚至很难估量类似引用在我们的教育中的分量……有时会觉得，正是得益于此，博学多识的人们才会知道这些人的名字，比如"耶稣、穆罕默德、拿破仑"（马·高尔基），或者荷马、阿里斯托芬、柏拉图，或者拉伯雷、但丁、莎士比亚，或者卢梭、斯特恩、帕斯卡……还有他们的那些"名言"。

这部小说的名称是偷来的。这是一个机构的名称，对于一部小说并不合适！带有部门的牌子：如中学教学大纲上的《铜骑士》《当代英雄》《父与子》和《怎么办？》等……就像是在参观小说博物馆……

这些牌子指引着我们，箴言在提示着什么……

第二部　当代英雄

……一个人如果不想做坏事，
他就不会有做坏事的想法……

在廖瓦·奥多耶夫采夫的一生中，也和奥多耶夫采夫家族的其他成员那样，没有什么特别的跌宕起伏——基本上是平铺直叙，顺其自然。说得形象些，他的生活好比一条直线……

头绪似乎有点儿乱：现在我们得将已经讲过的内容再来讲一遍。应该从这里讲起……不过，不管从哪儿讲起都免不了太过随意。我们不谈出生和幼年的事了，这在第一部分也仅仅用了不到十页纸的篇幅——之所以略过不谈，是出于这样一种考虑：从某个方面来说，人生最初的几年通常只具有一种意义。我们只来讲一下对母亲的爱，这是一种最早的爱恋，远早于一个人的初恋。我们继续讲下去，略过父亲，略过狄更斯，略过祖父，直接就来谈爱上法伊娜的事。一提到少年时期，我们就会脱口而出：没有经历过。在开始再次讲述廖瓦的历史时，我们仍旧将它（少年时期）略过去。

我们就从它的结尾开始讲起。廖瓦似乎很走运：他的年龄分段可以拿来划定不同的历史时期。他的出生日期和预计的死亡日期——都是国家历史上的重要日子，都是些具有里程碑意义的日子。略过少年时期不谈，我们从青年时期开始谈起，在日期上又一次出现了巧合。就是这个日期给整个第一部分定了调子，也决定了人物即将启程离开，这种离开主要表现为他们的回归。还决定了裤子的变化……在第一部分之所以没有将这个日子说出来，大概正是因为这个日子是有说头的。要是现在还不挑明，那么第一段恋情又该从何谈起呢？现在，即便没有什么因由，我们也可以说出这个日子：1953年3月5日，大家都知道这是谁的卒日。

在这一段生活中，不管我们多想避开历史女神令人作呕的拥抱（大理石般洁白光滑，没有眼睛……），也不管我们多想远离校园——似乎都得去学校待一会儿，尤其是在这个永志难忘的日子……

学校里太暗了！已经是暮春时节了，天还是很暗。早晨的时候尤其暗——在很长一段时间里，廖瓦记忆中的学校就是这个样子的。只有在冒着严寒跑早操时，才会再次怀念起彼得来：还有什么地方会比北方的巴尔米拉更奇怪呢？①……见鬼，多美的棕榈树啊！②

9点，漆黑一片。在学校礼堂里，廖瓦被安排站在参加追悼的队列里。作为"毕业班学生"，他站在队列前边，小男孩模样，脸色红润，胖墩墩的，是教唆犯眼中的好苗子，但那个年代教唆犯也少了……他就那样站着。需要做出非常悲伤的样子，对是否能做到这一点，他不是很有把握……这没法说清楚……

是真的，确实很难说清楚。这难写的内容，本是我们在写第二部分时想避开的，却变成了第二部分专门要写的内容……还是绕不开啊！如果当时我们不明白发生了什么事，而如今搞明白了，那么在这种情况下去描写历史，我们该怎么办才好呢？？只是现在，我们才照我们的理解赋予死亡以现在的意义。廖瓦当时却是根本没想到，这个人的死亡对于他首先意味着性的解放——更大胆的想法根本不可能有：我敢担保，没有人会有。同时，正是由于这个人的死亡，断断续续的学习终于到头了，乌拉！……但是，廖瓦已经用不上这些胜利果实了，他正赶上要毕业。他的履历就是这样子，而且一辈子都会这样：像女人那样，活在时间里，而不是活在现实中：在领取身份证之后，外表上看才16岁左右的样子……过后才会明白，哪些事情是有意义的：是人们不清楚自己像流沙一样被裹挟在历史洪流之中？还是他们好像是自己踏足进去并因此要唾弃这一进程？这是悲剧还是喜剧呢？只有回头看，才能看清历史的变化。身在船上，感觉不到在动，所有的东西都是和大船一起在动。奇迹般活过来的苍蝇正在绕着电灯飞来飞去……

万籁俱寂。廖瓦尽量不去看那只苍蝇。他站在那儿，并不明白对于他而言，这会儿站在队列前会有多么重要。他不知道，在这一瞬间他不

---

① 18世纪以来俄罗斯文学中对圣彼得堡的美称，源自叙利亚古城巴尔米拉。——译注
② 在俄语中，"巴尔米拉"和"棕榈树"为近音词。——译注

可能再想去父亲的办公室乐滋滋地读书了，门将会敞开来，法伊娜会走进来……他根本没有将这个人的死亡看做一种解放，带给他的完全是另一种感受：他惶恐不安。他因为自己不够震惊、不够痛苦而局促不安。他很担心。他担心这种感受的不到位能从脸上看出来。因为，在所有人的脸上，能看到的都是那种真诚和深切的悲痛，这让他震惊不已。教导主任泪眼汪汪。用黑带缠绕的遗像——这让廖瓦感到可怜：这是一位死者的肖像。这是一种奇怪的感觉，一幅肖像——人已死，此前这个人也只是在肖像中活着，因为那个活着的本人谁也没见过。廖瓦想弄明白肖像上少了什么：他觉得，那肖像有了变化，尽管很清楚它一夜之间不会发生什么变化……廖瓦不再去看那只苍蝇。

散发着结冰的松枝气味。廖瓦感觉，似乎是在参加文学教师的葬礼：对于这位老师来说，能在领袖去世之前死掉，这是件好事，要不他现在还得大哭一场，其表现不会输给教导主任。廖瓦喜欢回忆这些葬礼：照常会闻到松枝的气味，他照常不往停放着棺材的右方看……廖瓦大着胆子往右看了一眼，并没有看到棺材。他感到吃惊，突然想起来：要让愁云布满他那张粉嫩而善良的脸庞。像个酒色之徒，他希望自己能体验悲伤，却做不到。

（不，他不明白，但他有别于其他人，其他人正是因为完全不明白，才会如此悲伤……不，他不清楚死者的真实面孔：父母竟然没有告诉他。因此，他的这种漠然十分特别，廖瓦也弄不明白：廖瓦从未怀疑过这位天才的神圣性——而现在，站在那儿，却没有任何感觉，除了没感觉还是没感觉……这是廖瓦特有的一种状况。）

他不会那么悲痛，不可能像班里那个最笨的漂亮男孩加里科·波科伊诺夫那样。在波科伊诺夫弯弯的长睫毛上挂着热泪！是那么好看……

全国都要默哀五分钟……而廖瓦在想，第一堂课是物理，本来要进行物理测验的，他因为还没准备好，便油然生出一种亵渎神灵的喜悦——测验可能不会进行了……

意识到自己这种庸俗的不良想法，他感到很不好意思。他想，在所有人当中，只有他一个人的灵魂如此龌龊，而其他人都在深切哀悼着。如果他的想法为人所知，那么他们就会跟他绝交，会憎恶他，鄙视他……但是社会还没发展到这种地步，廖瓦在这时候得感谢人们身上的这种落后特性，也就是说额头上什么想法也没有写。只有这个可恨的物理老师，是个愚笨的农夫，矮子……只有他这么一个人，十足的笨蛋！额头上除了疲倦什么也没写。"上天保佑，测验泡汤了……"廖瓦有些幸灾乐祸。物理老师受不了廖瓦的眼神，便悄悄地从礼堂溜了出去。这时候一切都结束了，响起了教导主任要求永远学习的激昂誓言……他的声音在颤抖，此刻的他就像波科伊诺夫那样好看，波科伊诺夫终于忍不住而哭了起来。苍蝇在数学老师的秃顶上停了一会儿，而他又不敢用不敬的手势将它赶走。飞走了……大家按班级各自散开，带着满腔的悲痛，就像是盛满了液体的器皿，生怕溢出来。

他们走回到各自的班级，彼此间没有窃窃私语，也没有表露自己的难过，悄无声息地在课桌前坐下，也没让课桌盖子砰砰作响。波科伊诺夫用手掩着无比好看的脸。好多人都喜欢这个姿势。十年来，教室里还没有如此安静过。能听到苍蝇飞过的声音。可它留在礼堂里了……测验时间显然已经过去了……廖瓦在什么地方读到过一种说法：最深的痛苦是无以言表的，有时候会代之以最奇怪的表现和感受……如果这是真的，而他竟会这样……那他就该怀疑类似观察的真实性。他本想以此来解释自己的冷漠，为的是能和大家一样，免得成为丑八怪，但说实话，这时候他不能这样来分析自己。波科伊诺夫依旧是遥不可及的典范，他美得有底蕴，不是徒有其表……廖瓦觉得很不好受。

大家不可能都像廖瓦这样想：庆幸这个人死了，使得测验时间错过了？……对于这一点，就是打死他，廖瓦也不会对别人说。其他人对这种鸡毛蒜皮的事，譬如说测验，会直接忘得一干二净的，那些被杀死的人则……正是因为大家都像一个人似的，继续沉痛地坐在教室里，因而没有人去物理老师的办公室……大家都像一个人似的，——只有廖瓦是独自一人。在这种全民难过的氛围中，有着这种感受的廖瓦觉得孤独……

当然，廖瓦不会想到，大家都出于某种考虑而去伪装。"一个，两个……"廖瓦用侦查员的逻辑在想。"会不会是所有人都装成一个样子？……"

所以说，对这个人的去世，并不是一直都像现在这样理解的。再说，他们也不可能一辈子都待在这个充满悲伤的教室里。要知道，窗外已经变得明亮起来了……对这一世界性事件，我们尝试着不去赋予任何意义。就让廖瓦对自己的真诚保持困惑吧。认真对待历史，同时允许人们带点儿轻慢，这至关重要：那时候我没有顾上这一点，没注意它的步态——当它踩到我的时候，我记住了它脚底的疤痕。

当然，不可能假设大家未经密谋而能装出同一个样子。那样的话，社会就变成了什么？认为社会就是集体性的不真诚，这种认识对于廖瓦来说还为时过早。

尤其要说的是，过了一会儿，怒火冲天的物理老师就冲进了教室：究竟为什么，他们都不去办公室测验？……怎么啦，不就是死了个人嘛！……——这个又蠢又笨的家伙脱口而出。他会惹火所有人的！廖瓦努力忍着不笑，这笑会让人觉得他像个白痴，会让人觉得可恨，这笑全无来由：测试时间已过了。他不知道，他这是在嘲笑历史女神，如果她还存在的话。他不知道，将来想起上学时憎恨的物理老师会觉得温暖，而想起作为自己偶像和权威的教导主任时则会毛骨悚然。物理老师不知道最后自己会建成一座小房子，带有花园和菜园，教导主任也不知道自己会成为教育科学院的副院长，波科伊诺夫也不知道自己会经由共青团而去研究俄罗斯思想，廖瓦不知道法伊娜正从门外走过……对于现在我们大家都知晓的事，当时没有一个人能知道。

这样吧，我们改变一下全知全觉的说话方式，着手就廖瓦的过去，进行令人沮丧的复原工作。我们尝试着去习惯现在这个用胶合板搭建而成的漏风茅舍，告别已成历史的那些豪华而舒适的废墟。我们准备让这番讲述急转直下：我们进入廖瓦那个空气稀薄而盲目的世界，看它曾是什么样子，当它……

现在，不能不来讲一下戒指的故事。虽说作为一种象征，这个故事过于独特。

要知道，廖瓦的全部故事都由一些轻巧的圆圈罗织而成，就好比一团绳子或者一条入眠的蛇。说得好听些，廖瓦的线头均匀地从某位神仙的手中滑落下来，而不知从哪个时候开始，由于受到廖瓦的线头均匀而单调的盘绕催眠（没有打结，也没有断线），这位神仙好像累了，或者竟然睡着了，线团从手中滑落，线团散开来，并在想象中的地板上滚动起来，一环扣一环。就像儿童画上画的那样，老奶奶睡着了，小猫在玩她的线团。当然，光谈小猫还不够。还得顺便谈谈廖瓦的第一次也是最后一次爱情，或者谈谈他亦友亦敌的米季沙季耶夫，可将后者作为一个综合形象，让他代表着与廖瓦相对立的一种力量。

为此，还得谈谈戒指的事。这三件事就好比处于三角关系中的三个人彼此牵着手，围成一个圆圈，踏着拍子，装出笑脸，接下来一连串的传递就开始了。如果一个人对另一个使坏，那么第二个人就会马上对第三个人如法炮制，而第三个人又会对第一个人这样做，最后大家都在原地兜圈子，就像脱位的唱盘；要想凭着记忆倒退回去，也未必能行，大概没有人能确定谁开始这样做的或者谁不是第一个这样做的，最后会得出结论，大家同时开始的，这样倒要好些，因为平等了，不会有人觉得受了更多委屈，谁也不会难受，起码廖瓦在作为男人的自我感觉方面胜出了。

这个故事尤为突出的是，它反映了人际关系机制对廖瓦所产生的影响，即便表现得很幼稚，但揭示出了这种机制最初带来的影响之大或者这种强烈影响的早期表现。遵循这种人际关系机制，廖瓦立马就落入了利用机制耍滑头的那些人的股掌之间，同时，作为遭受感染的失败者，他又变成了本来憎恶的机制本身，换言之，自己不仅成了一个遭受侮辱的人，或成了一个在情节、立场和变化方面的失败者，同时还真的被感染了，就像被传染得病那样。

另外，这个故事并不想作为序曲来布局开篇，而只是开启了一串故事列表，如果不按重要性而是按顺序排列的话，这个故事会排在第一位。如果不来讲述对父亲的模糊印象，那时候的廖瓦对此一无所知，但印象多少还是有的，像是一片云飘在廖瓦呼吸着的空气之中，他未曾留意过那虽非致命但危险的东西。吸到这种东西即使没被毒死，至少过后也会中毒，身体会出现一些患病的征兆……所以，假如不讲关于廖瓦根本不知道的这种臭气，那么关于戒指的故事，如果按顺序排列，确实会被列在第一的位置。

　　这些圆圈随着讲述而扩展起来,展示着廖瓦特定时期的生活,当那个神仙打盹时,线头从他手中滑落,开始绕成线圈,新线圈压着旧线圈,新旧线圈摞在一起,都摞在第一个线圈的上面。只有期待着,有什么东西能戳一下神仙的腰窝,让他一下子清醒过来,去捡起掉落的线头。

　　再说啦,这确实就是个关于戒指的故事,关于一个最普通的订婚戒指(如果按侦查员的说法,就是"黄色金属"),法伊娜戴在手指上的那个空心小圆圈。

　　只谈戒指。

　　要讲这个故事,需要从头开始。从最后一门毕业考试的考场走出来,且走出考场之前已经被告知了得分,大家突然都抽起烟来。廖瓦竟然没有料到,班里的同学都抽烟。原来,还有过一个大家都抽烟的约定呢,只有廖瓦不知为何没有参与。每个人都掏出烟盒,抽起烟来,大多数都不会抽。米季沙季耶夫抖了一下自己的那盒"北方"烟,让廖瓦抽支烟。廖瓦拿了一支。

　　这一场考的是《苏联史》,廖瓦得了五分,米季沙季耶夫得了三分,是他们这个强班唯一一个得三分的。因为,在这些考试期间,他正沉迷于阅读古老的索洛维约夫和拉吉舍夫的作品,未顾上通读一遍《简明教程》,所以只了解第三类问题,而且还理解反了;廖瓦只读过《简明教程》,对他根本没提问第三类问题。因此,窃认为自己胜过了米季沙季耶夫,廖瓦也拿了一支烟,吸第一口时没被呛着,感到头晕的同时竟有一种自豪的感觉,这时候他突然意识到从此就跟学校无缘了。

　　这第一口烟与中学毕业联在一起,他一辈子都记着这件事。一切都如过眼云烟,他突然感到异常轻松,感觉自己不是走出,而是飞出了走过多少遍的阳光明媚的校园,不知怎地就和米季沙季耶夫来到了街上。"真想大喝一顿,"米季沙季耶夫说道,正因为得了三分而懊恼。"好,那就喝一顿,"滴酒未沾过的廖瓦高兴地说道,说完后有些惊讶。他好像第一次置身开放的空间之中,突然从各个方向吹来了冷风。

　　米季沙季耶夫立刻约定,廖瓦应该为两个人的账买单,因为廖瓦有钱，而米季沙季耶夫没有。"会有真正的女人，"他说道，"法国女人。""什么？法国女人？"廖瓦透不过气来。"外语系的女大学生。"但是，在廖瓦听起来，"女大学生"就像是妓女。据米季沙季耶夫讲，有一个甚至已经结了婚……

廖瓦不只是借钱给米季沙季耶夫，而且永远有义务要感恩于他。因为这一切自然而然异常吸引廖瓦的东西，正是他一无所知的东西，而米季沙季耶夫老早以前就接触过这些问题，但从未对廖瓦提过类似的建议，对廖瓦的暗示以及这些罕见而胆怯的要求，他抱着痴笑的态度，同时这也让他难过，将这种痴笑态度与对方准备舍弃的优越感并放在一起……

现在，事情变成了另一种样子。他们说好了，晚上再见面，廖瓦又抽了一支米季沙季耶夫的烟卷，便回家了，也不是离开，而是再次起飞了，就像是被忽然刮起的大风裹挟着，往家的方向飞去……

整整一天他都在洗洗刮刮，离约定时间还有一个小时，他已经飞舞盘旋起来，一支支地抽着刚买的金色过滤嘴香烟，在米季沙季耶夫慢吞吞地走来之前，他几乎已在同一个街区盘旋了上百次。

在比较宽敞的房间里有三个姑娘——暂且这样来区分她们吧：黑色、白色和蓝色女郎。她们说俄语（廖瓦曾坚信，她们应该只会讲法语——这样他就能露一手，因为由于父母的努力，他掌握了这门语言）。还有些时间，米季沙季耶夫正在打招呼，介绍廖瓦与她们认识，廖瓦握着陌生人的手，忍受着打量他的目光；之后，他掏出酒瓶，两瓶"慕斯卡特"，廖瓦曾听说女士们喜欢这种酒，而现在廖瓦觉得很荒唐，尽管这是他自己去买的；无法打发时间，他突然觉得很窘迫。

米季沙季耶夫马上就不再关心他了，开始在角落里同时跟黑色和白色女郎聊起来。廖瓦没有准备，有点儿难为情，不知道怎么开始聊天，还在考虑从三个中选定一个，而且不能是米季沙季耶夫看好的那个。"就是那个结了婚的！"廖瓦猜测着……暂时是这样，蓝色女郎被指定给了廖瓦：她跟他一样，也闪在一边。廖瓦翻看着一本杂志，根本没看内容，时不时看一眼自己的蓝色女郎。她真是蓝色的，连衣裙是蓝色的，头发也是蓝色的。白色女郎是女主人，一直在进进出出的……

对于廖瓦来说,没有一个是他喜欢的:对于他而言,全都一个样,尽管颜色是不同的。或许是他把自己的犹豫不决和窘迫当成了无所谓和对三个都不感兴趣……他已经开始本能地在下气力,让自己喜欢上其中的蓝色女郎,开始努力在她身上寻找优点以及有别于他人之处。但这一切被米季沙季耶夫打乱了:不知不觉地离开自己的圈子,他发现自己突然和廖瓦的蓝色女郎聊起天来(廖瓦甚至恼怒了)。黑色女郎忙活起来:"我们为什么不开喝呢?法伊娜还没来?我们还得多等她一会儿!"

"她们中谁是那个法伊娜?"廖瓦有些迟钝地在想,"大家都在这儿,为什么还要等她……"就在这时,门开了,一个全新的姑娘走进了房间,挥着手,湿漉漉的头发披散着……不是姑娘,是女人!按廖瓦的看法,是真正意义上的女人。是的,这是个女人,她已走进来了。廖瓦没感觉到自己已快步穿过房间,她刚进门走了三步,而他已像根木头似地杵在她面前,嘴唇微微张开着,像是在发"奥!"这个音。法伊娜,这就是她,就是她已结过婚,根本不用怀疑,——好像只是由于有什么东西挡住了去路,法伊娜才抬眼看到了廖瓦,而廖瓦就杵在面前,她就像廖瓦遇到意外那样微微一笑,也发出一声"奥",而且还能让廖瓦从中听出一种赞赏来,确实听出来了。"法伊娜,"她用一下子就让廖瓦为之狂喜的嘶哑声音说道,并向他伸过手来;廖瓦感觉到那只手既柔软又坚定,既冷淡又温柔——这一握手让他觉得脊背凉飕飕的。他握着她的手,这时候听到一句:"您叫什么?""哎,哎……"他应道,急忙把手放下,似乎刚想起来,"廖瓦,我叫廖瓦,"说得很慢,似乎自己也拿不准。

总而言之,这属于一见钟情,一下子就爱得死去活来的那种。廖瓦没有注意到,慕斯卡特已经喝光,桌子已被推到了一边,电唱机已经转了起来,而米季沙季耶夫已开始跟白色女主人跳起舞来。廖瓦不会跳舞,但是会讲法语,在和法伊娜交谈,俄语和法语掺杂着,有时候她作为专业人士不得不评价一下他的发音。他没有觉得羞愧。他们挨着墙壁,在两张床之间的窗孔位置,抓着镀镍的靠背,就像是抓着扶手似的,坐在这辆公交车里,行驶了很久,车上没有乘客……他们所在的包厢很拥挤，距法伊娜的手仅有一小片镀镍的地方，容得下一只戒指，——廖瓦由于贴得近而喘着粗气，攥紧了戒指，他的手指变得白皙而好看。米季沙季耶夫已在跟黑色女郎跳舞。蓝色女郎走向廖瓦，大大咧咧地伸过手来，想邀之走进舞池。"不，"廖瓦不知怎的突然生气起来。她半带藐视地耸了一下肩，就走开了。

米季沙季耶夫在替廖瓦分担着，正在和蓝色女郎跳舞。他跳着舞，越来越带劲儿，已有些狂热了，但廖瓦对这种狂热并不相信，米季沙季耶夫本来也没有这种狂热劲头。在廖瓦看来，这明显就是一种本能的痉挛，说成米季沙季耶夫风格的狂热就有点儿过了。廖瓦自己，为了与米季沙季耶夫抗衡，说话口气很轻松，不造作——他自己觉得是这样。法伊娜更多的是沉默不语，微微颔首，不过很恰当，很有节奏感，这让廖瓦越发认为她具有超常的智慧，在廖瓦看来，用来放置她所有优点的匣子太大了，以至于很难对她进行全面评价和赋予她足够的优点。此外，法伊娜尽管不说话，却能做到让喋喋不休的廖瓦没有不自在的感觉，没让廖瓦因为她的敏感和分寸感而觉得不舒服，廖瓦对她越发感激，如果可能的话，更加会爱上她了。

米季沙季耶夫和蓝色女郎跳完舞，走到法伊娜身边，脸有点儿红，开始跟人增进了解，郑重其事地，好似要与刚才跳舞时的狂热作对比。廖瓦稍稍有些吃惊，这个无所不在的米季沙季耶夫原来不认识她，这让他产生一丝优越感。认识了之后，米季沙季耶夫邀请法伊娜跳下一首曲子，廖瓦很威严地看着他，但米季沙季耶夫还是跳完了一支曲子，甚至还在她耳边嘀咕了什么，这让廖瓦分外不爽，不管怎样，米季沙季耶夫再没邀请她跳舞，将她完全留给了廖瓦。

这时候热闹劲儿减弱了；黑色女郎早走了，白色女主人还在不停地进出房间，有意无意地，似乎在强调什么。整体看来，法伊娜今天就留在女主人这里，哪儿也不打算去了，而廖瓦早就该走了，脸色阴郁的米季沙季耶夫穿上风衣，这就是在提示他。对于廖瓦来说，该采取些行动了，为此他整个晚上都在暗下决心，关键是要确保接下来与法伊娜的约会，让她从现在起再也不离开他（因为他确实有一种奇怪的感觉：她好像已从他身边消失过一次，似乎他俩从前就认识），——要采取这些未及考虑周全的行动,时间已所剩无几。仓促之间,他似乎在眯起眼睛,向前跃起,没头没脑地就要约法伊娜去开房(本想从容地顺便提出来)。廖瓦被自己的勇气惊呆了,屏息等着对方拒绝和表示愤慨。但法伊娜竟然出奇轻易地答应了,答应得很快,好像这事没有什么不寻常的地方;这太出乎廖瓦的预料了,这让他的胆子更大了。"只是什么时候?"法伊娜问道,语气听起来就像是在例行公事。"那就明天吧!"廖瓦高兴地喊出来。"不行,还是后天吧。"法伊娜说道。他们就约定后天见面,晚上八点钟。

廖瓦游荡回家,已经魂不守舍。米季沙季耶夫去了另一个方向,和蓝色女郎一起。廖瓦还在奇怪,怎么跟蓝色女郎一起呢(他不知为何有种感觉,认为米季沙季耶夫应该跟黑色女郎一起),感到奇怪,但马上就忘在了脑后。因为,心儿在欢跳,人在忽高忽低地飞旋,一会儿就到了自家门前,慢悠悠地开锁,免得惊动了已经睡下的父母。周围忽闪着有些怪异的光,不知道从何处照来的光,因为灯台上的灯没有亮着……

怎样熬到后天,从哪儿来的力气让廖瓦度过这漫长的时间,这只能让人惊讶了,——但现在他已坐在最豪华的一家酒店里了(这是法伊娜选的),同桌用餐的还有两个用公款吃喝的人。他和法伊娜说着话,基本上讲法语(他们喝得已经不少了),他说的话也没有人去留意,廖瓦的情绪越来越高,法伊娜的沉默不仅显得他口齿伶俐,而且从法伊娜的沉默和频频点头中能判断出来,事情显然进展得不错。

他们一直待到关门,大厅里几乎只剩下他俩了,准确说来,是坐在桌边的,再远廖瓦几乎就看不见了:朦胧一片。那个服务员,最可爱的女人啦,廖瓦觉得她特别可爱,因为觉得她对他们这桌特别用心照顾,——靠墙站着,用一种类似于母亲那样慈爱的目光望着他们这边……这一切都让廖瓦喜欢,都让他感动:他捕捉到这种目光,——这时候不知怎的腰杆挺得更直了,说话声音也高了……法伊娜在听他说话,低着头,转动着干瘦手指上的那枚订婚戒指。

这时候,发生了极具象征意义的一幕,这让廖瓦完全陶醉了。服务员走过来,打开手中的活页本,说道:"看来,你们是新婚夫妇吧?"

廖瓦羞得脸红脖子粗起来。法伊娜就像当初答应跟他一起来酒店那样，突然十分随意地答道"是的"。这时候廖瓦也有了勇气，卡着嗓子，也说了一声"是，是的"。"一下子就能看出来，"女服务员说道，"是今天最美的一对……你们早就结婚了吗？"廖瓦不知所措地望着法伊娜。"半年了，"她说道，"零着三天。"廖瓦高兴起来，开了个玩笑，但自己马上就意识到不妥当。"一下子就看出来了，"女服务员说道，"很成功的一对。现在很少见了。""是啊……"他莫名地叹了口气。"好吧，你们还要再坐一会儿吗？还有五分钟左右……"她善意地说了一声，将活页本放入口袋里。在离开他们的那张桌子时，问道："你们跟父母住在一起吗？""和父母住一起，"廖瓦自信地说。这时候，出乎廖瓦的预料，法伊娜将她叫回来，跟她耳语着什么。女服务员快速地瞥了廖瓦一眼，以同样的小声回应着。廖瓦有礼貌地靠在椅背上，若有所思地望着别处，貌似什么也没听见，但不管他怎么努力，——什么也没有听到。只是有一种异样的感觉，这种感觉廖瓦虽不明白，但她们之间的默契让廖瓦警觉起来：她们都是"一伙的"，女服务员和法伊娜，——后来的这种怪笑，还有服务员走开时对他们所谈内容发出的微笑，以及最后一次交换眼色，——这一切都让廖瓦联想到肉欲和肮脏，但他试图尽快忘掉这一切，而且他做到了。过了一会儿，服务员回来了，拿来一个小袋子，递给法伊娜。现在他们要结账了，廖瓦给了很多小费，眉头皱了一下，因为意识到已把看电影的钱都当成小费了。

  但接下来就更是奇迹了：对于廖瓦而言，与法伊娜相伴而行，这简直让他心花怒放，光彩四射，芳香迷人。他说话从来没有像现在这样讨人喜欢，就在这时，他俩突然在运河边停下来，依靠在栏杆上，望着黑黝黝的水面，他终于鼓起勇气牵起法伊娜的手……之后，他们在正门那里接吻，吻得那么庄重，无法停下来，以至于房子里的灯像是要出卖他们似地亮了起来。法伊娜对他讲了一番话，那种话就是在心里重复一遍都难以做到，因为这番话会让人万念俱灰，立马就变得萎靡不振，除了绝望，没有别的。

  当时他并没有猜疑：法伊娜的袋子里会有六个馅饼；她一句法语也听不懂，因为从来没进过外语学院学习，打字培训班一毕业就嫁人了；

廖瓦在栏杆那儿用俄语说的那番话,让自己觉得是一种胜利,没有那番话他不会赢得她的爱,对那一席话她却什么也不记得,完全沉醉于对其状态的理解和认识了,不过如此;他没法判断,在正门那儿接吻时他从法伊娜嘴里听到的唯一的话,有多少对她来说是自然而然和必要的,就像接吻一样,几乎不带有任何意义:她只是为了让他高兴,而且没有什么借口可以拒绝……(尽管法伊娜不需要如此真诚地拒绝。因为,我们会服从于真诚。无论如何,她已彻底付出了。)廖瓦可是对此一无所知——他要是对此怀疑,那可真是令人恶心。他对此一无所知,唯一能毒害那令他陶醉的幸福的东西,也不过是一种微不足道的需求而已,这一需求因其规模过小而不为人知……(后来,当他告诉她那天夜里自己的这种可笑的痛苦时,期待着在回忆那些开心时刻之际,她多少会有些感动,但法伊娜只是耸了耸肩:"你可以走了,我还想再等等,"她说。)

他们的下一次约会还是定在后天。廖瓦等不迭,就像有什么力量让他突破了时间,早晨就出现在法伊娜的房间里;竟然只有她一个人在家,他出人意料地胆大起来,立马就占有了她;其实,她也未表示任何反抗。廖瓦这时候变得有点儿狂乱,但不是因为这种美好感觉——这种感觉并不似他想象的那样强烈,这是他第一次跨越了愿望和享受的那道界线,——而是这件事本身,幸福的噼啪声搅乱了他的意识,但没有在他身上当回事。他不知道该怎样表示感谢,让她在献出热吻之后得到应有的回应,他乐于承认,自己希望讨好她,说这是他生命中的第一个女人(相反,在达到目的之前,他一直努力装得很老练),——法伊娜可不会相信他:不知这一次争论他表现得真的够灵活,还是她也想讨好他。

第二天,廖瓦感受到的更多。在他得意忘形之际,他觉得现在就该这样,感到飘得越来越高,甜蜜的感觉尘嚣甚上——就这样一辈子……

但就在这时,他发现法伊娜有点儿不对劲儿,好像她感到奇怪,他怎么又来了,因此她才会将目光移开并沉默不语。当他想听到从前的那些话,热切地抚弄她的手时,她会顺从他,这种情况下廖瓦能感觉到她沉溺于做这种事,甚至带着无所谓的态度,似乎并非不情愿。

有一次她竟然没在家里，他在那儿候了三天——还是没见到她；终于逮到了——她比以前更活泼更和善了……现在让廖瓦痛苦的不仅仅是她消失了三天——去哪儿了，去谁那儿了？——还有，为什么她回来后这么心满意足。廖瓦已经失去了理智，很想搞清楚问题出在什么地方，"只想"能有人解释一下，他到底哪方面存在不足，还需要做什么，才能回到"从前"，——显而易见，要知道，对于法伊娜，确切地说，是为了她，没有什么事他不会去做。

他决定跟她"开诚布公"地谈一谈（所谓的"开诚布公"，他没有多想，只想到一个方面，那就是重温以前她说过的和承认过的就行），为此他将她领到了咖啡馆，也是为了再度感受一下在酒店的那个美好夜晚，并越来越相信，这种美好一定会再现（廖瓦很自责，早就应该这样办了，应赶在法伊娜"降温"之前）。但他领她去的是咖啡馆，而不是酒店，因为他钱少（我们尽管给予的越来越少，但却总以为，所给出的就是最后仅剩的东西，于是便向别人索要一切。）但即便是咖啡馆，按法伊娜的说法，也总是能令她很高兴：某种舒适而特别的灯光，能"两人独处"，等等。

在这家咖啡馆里，他问道，出于绝望而问得直截了当：她还有什么要求？……她没有生气（因为她在消失之后仍保持着和善），说得也很直率："你应该让我感觉到你的力量。"她这句话指的是什么，猜起来很难，但不管有多奇怪，廖瓦一下子就明白了，他的心缩成了一个点，感到绝望。这只是因为，他对法伊娜太好了，如果他表现得差些，则会更好……

廖瓦说了整整一个钟头，热情高涨，妙语连珠，就像在栏杆旁那个晚上的表现。他说，这是她没弄清楚，而这是很可恶的事：那是"谁玩谁"的游戏，而他，廖瓦不过是不想这样玩，这种游戏他不能玩，不能像有些人，举例说吧，不能像那个米季沙季耶夫那样（"哪个米沙？啊，那个，跳舞的那个。不错的小伙子！"），廖瓦继续说道，他相信除了这种游戏外，存在着多数人不懂的真正美好的感情，说他对她的爱正是这种，这是一种罕见的爱情，甚至也不能说罕见，而是可以称得上爱的唯一的爱情。（"看来……"她说道，还温存地抚摸了一下他的手，"你只是太爱我了，但对我来说有些难。"廖瓦很吃惊，这种直爽令人恐惧，但也应该客观评价一下法伊娜：之后从未如此纯粹和真诚地说过话。）可是，廖瓦说，他不想也不会与众人为伍，那样的话，在某种意义上，他会显得懦弱，但这根本不是懦弱，而是一种力量，他的力量！他说这是一种最为罕见的恩赐，一生中难得一遇……怎么能不珍惜呢（恩赐和廖瓦），当他（指的是恩赐还是廖瓦？）蕴含着最高的幸福，这是只有人与人之间才能赠与的那种幸福！放弃这种恩赐简直就是犯罪……（但法伊娜真的放弃了，早就把廖瓦的话当耳旁风了，因为早在她知道这些话时，不管是一般了解，还是全然了解，她对廖瓦就已很坦诚地谈了自己的看法。她放弃了，目送着刚走进来的一位身材颀长、留着小胡子的青年人。）"感觉到无助，还是无助，在真爱一场的当口，她想到的是力量……"廖瓦想开口说话，却感到乏力，沮丧，疲软，一句话也说不出来了。

"我突然感到饿得要命，"法伊娜说道（进了咖啡厅，她什么也没要），"请给我要一份煎肉片吧。这儿的煎肉片做得很好吃。"

"她怎么会知道这里有煎肉片？"廖瓦想道。

他们继续"碰面"（要想不碰面都难，即使法伊娜不情愿）。廖瓦还是没能证明自己的实力，备受煎熬，很痛苦，花在这方面的钱越来越多了。在开支到了父亲设定的那个界限时，父亲有了疑心，补助不再增加了。有一次，还是米佳大伯帮忙救的急。尽管廖瓦多次听人说这个人很抠门，没想过向他要钱。"拿着，"他说，告别时叹了口气，将话咽了下去，"你需要钱。"在把"小钱包"放进口袋里时，把咽下的话说了出来，很生气地说道："你，廖瓦，你不是人，而是个猎物。"廖瓦没有感到难过，而是感动得要掉眼泪。另一次让他感动的是阿尔宾娜，这或许是唯一一个他在法伊娜之前认识的女孩（纯属巧合，而非浪漫相遇，她是米佳大伯一个老相好的女儿）。廖瓦认为她不漂亮，在见面时表现局促：她总是盯着眼睛看，——他每次都不知道该说什么才能尽快离开。这一次——他刚开始哭穷，她马上就要借给他钱。感觉自己很卑鄙，廖瓦垂下了目光，——自己在利用她。觉得自己还利用了一点，那就是自己知道，她很长时间从未提醒过他借钱的事。不过，他意识到自己的卑鄙如同一种侮辱，这种感觉出现在他躲在角落里数钱的时候。也不过如此。就是这样。撒玛利亚人的勾当到此为止，开始有"需求"以及类似的东西。廖瓦卖掉一些书，将家传的印章以非常便宜的价格卖给一个骗子，——但就算是这样得来的钱，对于当时的廖瓦来说已经不少了，很快就花光了，简直是花钱如流水。

这似乎与弄明白他和法伊娜的关系不是一回事，怎么弄到钱，从哪里弄到钱，这成了他关心的问题（就这样，他不知不觉地习惯了购买爱情）。他学着节俭（如同居家过日子），他觉得去酒店已经太不合算了，因为还有一些更紧要的花销（长袜、化妆品、电器、针头线脑，还得买两米长的腰带，这得询问一下："腰带……"）。有时候还得买花啊！……廖瓦苦笑着。

这时候他决定使用"合租房"（比旅馆要便宜）。这处合租房是他的同学办的，与另外两个人合伙，都是很喜欢娱乐的同龄人，其中就有米季沙季耶夫。他们中有个人有套空闲房子（"爹妈"到别的地方去了），他们可以在那儿想干什么就干什么。米季沙季耶夫想起了廖瓦，并邀请他带着"女人"去，廖瓦早就没有了能让法伊娜开心的招数，被折腾得手忙脚乱，因此他很感激米季沙季耶夫，甚至有些感动。

法伊娜嘟囔了老半天，不同意去，皱着眉头："幼儿园"；后来打扮了很长时间，甚至比平时更用心。

那些后来让我们都为之疲倦的事，廖瓦还未觉得丝毫劳累——看着她打扮，他没有感到烦，而且还乐在其中。从镜子前法伊娜的那些呆板、机械和几近本能的动作中，他发现了特殊的一种美和迷人之处。恰恰就是在这些旁若无人、不在意效果、没有刻意的动作中——现在他看到的首先是一种美……

让他高兴的不光是那个熏黑的铁叉子。法伊娜拿着它，跑去厨房用炉子烧热，又跑着回来，手持已烧热叉子的那只手离开身体稍许，舞动着（她将一缕头发绕到叉子上，烫出最后一个也是最动人的一个发卷）。令他高兴的还有餐刀，她灵巧地用来将睫毛弄弯，还有针，用来将已经修饰好的睫毛一根根拨开来……用这些又尖又刺的东西忙碌（在眼睛周围！），廖瓦觉得带有风险，很危险，不过法伊娜的从容和娴熟让他很兴奋，也让他感到骇然。在法伊娜做这些事的时候，她在镜子里的眼神是毫无表情的，冷漠的，就像狙击手那样全神贯注。在法伊娜化妆时，动作和程序很呆板且一成不变，虽说千篇一律，但在廖瓦看来仍很迷人；在他预先猜到法伊娜的下一个动作时，或者他想象的动作与法伊娜一秒后的实际做法一致时，他便会体验到一种愉悦。

（在他如此胆怯而顺从地等待法伊娜之际，我们趁机来端详一下他的眼光……他眯着眼睛，凝视着她，有多少东西他没有看到？在这个故事中用他的眼睛去看，有多少东西没有看到，我们也没有看到吗？……）

他尤其喜欢的是，当她抹上过期的化妆品，一下子变得仓皇失措和近视似的，这时候她好像很容易受欺负，而廖瓦可以保护她……总之，廖瓦越来越喜欢和珍惜法伊娜的这种无人察觉的美：睡眼惺忪或是倦怠的脸庞，衣着上的疏忽大意，笨拙而本能的动作——都让他产生一种愉悦的感觉，觉得可靠、依从和感激，这类感觉在别的时候法伊娜很少让他体会到。

事情发展成了这样一种情况，当法伊娜抱怨自己脸色不好时，廖瓦却会觉得她更漂亮、更可爱、更亲切了。假设这一切都是有意识的，那么可以这样讲，她处于疲乏、虚弱和不如意的状态时，这会让他高兴（因此，他特别喜欢她生病时的样子），相反，如果她"在状态"，就会让他感到害怕：漂亮、自信、精力充沛。第一种情况下，会产生她依赖于廖瓦的错觉，她与他寸步不离，也无处可去；第二种情况下，她会永远离开他，越没有盼头，就觉得她越漂亮，即便是两人待在一起时她也已离开了：他似乎已跟不上她，落在后边，绝望地叹着气。

这里谈到亲近和疏远时，概念上有些怪异的混乱，表述这种状态的字眼有：通常和有时，自然和不自然，惯例和特殊情况。对于法伊娜来说是通常与合乎自然的，能让人轻松和舒畅的，是"在状态"，属于特殊、少见的情况应该是相反的状态：疲倦、不自信（"今天我不在状态"）。对于廖瓦来说，恰恰相反，她在状态的时候，他会觉得不喜欢、不高兴和不自然；他认为通常和自然的，恰恰是她"不在状态"的时候。在廖瓦的意识中，她的这两种状态越来越对立："在状态"的法伊娜,在廖瓦看来属于不自然、凶恶、虚伪、冷酷、自私,缺点尽占;"不在状态"时——可爱、自然、温柔等。恰恰是不在状态时,他觉得那才是法伊娜本人,而在状态时,则成了陌生人,不是她自己,而是替身。尽管他没有执着于改变法伊娜的这两种面孔,尽管法伊娜总是尽量不让自己的状态惹人眼,而这些状态时间越久,就越让廖瓦珍惜,尤其是:她尽量避免不在状态的情况——然而廖瓦却觉得,尽管他为之承受着无尽的痛苦,但法伊娜虽然不是很快,但毕竟越来越接近了那种廖瓦认为自然的状态,认为那才是她的本质,假如将廖瓦没有意识到的那些现象的盖子掀开,那么就是所谓的"服从于廖瓦"。鉴于廖瓦没有什么真正的依据能证明她越来越从属于自己,说得更直接些,相反,他设法看到了自己想望得到的,通过一种虽然奇怪、但在当时很自然的方式;他越来越从一个方面去看法伊娜,他将一切都积攒起来,将她的这些"不在状态"的表现整理出来,而这是他很喜欢的:他发现得太好了,并在弄清楚,将注意力集中到一些方面上,而这些方面在法伊娜的整体形象上显然太过琐碎,但由于过度关注,这些方面的意义就被夸大和增加。也就是说,这些现象纯粹是心理学甚或光学性质的,但能提供力量,并能帮助人度过最无望的状态。

  不过,假如廖瓦意识到这种逻辑不成立,他就会成为最倒霉的人了,因为他没有足够的气力,去驾驭自己的知识。如此一来,他与法伊娜待在一起的时间越多,对她的了解就会越少。这看起来就是那种"爱情让人眼瞎"的情况。任何人,每一个人,路过或迎面相逢的那个法伊娜,那个真实的法伊娜,他一次也没有看见过。

  当法伊娜化完妆,准备就绪时,这一时刻也会让廖瓦高兴,但这具有两面:她跟他在一起,没有离开,那是因为还没有准备妥当,因为最不正常的女人在镜子前也不能不变得正常起来,但她也离开了——离开了,在未来终于准备妥当,变得漂亮起来,在状态了,就会——最后带着轻松或愉悦地叹一声气,朝镜子看最后一眼,就离开了,——在某个时刻,一蹴而就进入状态,身在其中,就这样离开了廖瓦。而这当口廖瓦还坐在那儿,观察这种转变,他仍在体验幸福,在观察着:只有轻微的焦急和烦闷冲击着他那被爱情搅乱的头脑(她的化妆越接近尾声,就越频繁），他将之扯掉，用轻微的动作将之从额头上扯掉，就像我们在秋天的树林里扯掉蜘蛛网那样。动作弱不禁风……

当然，认为镜子前的法伊娜是和廖瓦两人独处，这种说法并不准确，不是的，在镜子前时她当然是一个人活在整个世界里，就像任何一个女人那样，——但她身边也不是没有别的人，一个廖瓦就够了，她动作的确定性和有序性，让他产生一种稳定的感觉。所以呢，认为法伊娜在镜子前总是在重复那一套，这种说法太过牵强。这种千篇一律更应该是一种质量上，而非数量上的表现。她在镜子前的表现是不同的，这取决于要到哪里去：是通常的，有任务的，还是特殊情况的化妆。她可以匆匆忙忙地化妆，可以像一贯的那样精细的化妆，也可以带着灵感化妆。这就像有大中小之分的一套规定程序和动作，需要付出不同的体力和脑力。（现在，她一边骂着不得不去找的小兔仔，因为无地可去，当然啦，在骂着不还口的廖瓦的同时，化妆还是按全套动作在进行。）但这些动作中的每一套：大、中、小，在其内部都有固定动作，这也是为何廖瓦喜欢共同感受这些细节的原因。

不过，廖瓦无权反驳她的看法，也不能公开地对她进行监视——这对他来说不会有好结果。但他已经从侧面将她看得很清楚了，她的态度极为敏感，尤其是当着众人的面……他甚至能用后背感知到她，假装在饶有兴趣地翻看杂志，却什么也没看到。

后来，他们有些拖沓了，已见不到那种激动和热烈，已没有那种初次或轻松的陶醉感。也就是他们错过了那种隐秘时刻，不是太熟的人有些冷淡、拘谨和分歧，慢慢积累，到了一个时刻，当大家都参与一场聚会，桌子摆好了，大家都坐下来，已有些兴奋，抛掉紧张；给高脚杯中倒上伏特加，尽管还没有喝，但似乎已开始有了反应：然后，第一杯下肚，跟着第二杯——大家都熟了，刹不住车了，有人大声咋呼，有人大笑不止，所有人都会觉得，快乐持续了很久，——但如果哪个人动了要研究的那根弦，去掐表，会发现原来不过只有十分钟，从他们坐下开始算起，最多不过十五分钟；第一轮醉意已开始不可阻挡地扩展到第二轮，——这一切来得越快，客人们越是独立、拘谨而彬彬有礼，这一时刻就会来得越快……

当他们到了时，会有人为他们打开门，脸上挂着随意的微笑，没穿西服上装，领口开着，领带就像是耷拉着的小旗，带着一种莫名其妙的快乐说道：终于来了！大家都在等着呢，——尽管你们并不认识。总是这种公开的欢迎，而且，恰好在那个时刻——您进门将什么东西放下的时候：某件沉重的东西，好比将大衣挂到衣架上。假如是夏天，没有什么大衣，那重物就只能是唯一不可见的衣服了，廖瓦一进前厅就将衣物脱下来，甚至目送着它落下去：目光落到了箱子上。

不是熟人家的前厅，而且是合租房，前厅也是隐秘的：在欢娱之前，一个不大的涤罪室，还暗乎乎的，摆满了乱七八糟的东西——说白了，就是个脱衣间。一只大箱子，上面放着辆自行车，自行车上方是些尖角，尖角下方则是马蹄铁——这一切都悄无声地被廖瓦看到了，当他拿起一些酒瓶，递给主人时，在心里努力想让她快点儿。这当口，她正在用轻微的动作，看起来没有必要，用手去抚弄一下发型，换上便鞋，再次用刚正的目光审视一下自己；她整个人就像抖了一下，伸直了，她的脸变得冷漠，就像模具压制出来的那样，几乎有些郑重其事的样子——这些片刻间映在镜子中法伊娜的样子，法伊娜转过身，看也不看廖瓦一眼，担心弄乱了自己的表情，朝房门走去，廖瓦有一种感觉，觉得这已不是法伊娜了，而是她的映像从镜中走出来，走开了，这不是活的——他的心几乎缩了起来。

如果继续打比方的话，从又冷又暗的脱衣间，他们径直出现在了蒸汽浴室；或者，如果记起来那个将大衣扔在过道里的比方，那么他们就像是从寒冷的深夜进入了烧得很热的小屋子，从敞开的门缝里散发出滚滚热浪，而当门一下子关上时，则会发现，自己周围的一小块地方很冷；或者，更简单——迎面扑来一阵嘈杂、烟雾、大笑，一种算不上彻底和全面意义上的那种沉默和打量，但能让你感觉得到，就像被人扑倒在地的那种感觉——之后嘈杂如初。

他们被安排分开来坐——这是这伙人的规矩。廖瓦觉得这规矩很蠢，廖瓦有些气恼，——但无从发泄，他被安排与一个胖乎乎的姑娘相邻而坐，这姑娘穿着一件透明的短衫，透过短衫能看见粉红色的内衣；当廖瓦坐下时，她扑哧笑了一声，而廖瓦很木然，再次气恼起来，因为这姑娘与法伊娜根本无从相比——这一切真荒唐，就像是坐上了反方向的电车那种感觉。但他已可以环顾四周了。实际上，当他入座之前时，就已经开始环顾了，因为他在用眼睛的余光关注着法伊娜。

　　她被安排坐在米季沙季耶夫旁边，这让廖瓦多少感到满意：毕竟是自己的熟人。她很善于保持自己的表情，准确地说，是保持自己的映像，这映像是她从镜子里带出来的，彬彬有礼，冷漠，坐下后就慢慢地四下里顾盼起来。这是一种心不在焉但像狙击手那样的目光，她照镜子时就是这种目光，譬如说在用那把餐刀将眉毛烫弯的时刻就是这样。在法伊娜身外，廖瓦还是什么也看不到，他只是在追踪她的目光——起初这目光朝向那些姑娘：她们都很年轻，甚至还算不上是姑娘，简直还是些女孩子，但就像人们所说的，已经"发育好"了（在那个年代这种情况尚不常见，可资炫耀）。目光一闪而过，很专注，具有穿透力，能够一眼就做出评判并平静下来，确信不存在任何预谋：她将她们击退了，她是无与伦比的。廖瓦心里同意她的观点：根本无法相比。法伊娜是这群人中高贵的女士。平静之后，她的目光似乎柔软了一些，开始另一次的顾盼，这次是看那些小伙子，看得更慢些，慵懒中带着善意，但同样没有在哪个人身上停留过。这些小伙子，廖瓦全都认识，他根本用不着去打量，追随着她的目光，他开始喝起酒来。当然，所有这些顾盼进行得都很短，法伊娜具有堪比侦察员的速度，这证明了她有经验，但廖瓦对这一点连想都没有想过。

　　米季沙季耶夫已经给法伊娜倒上酒，廖瓦端起高脚杯，期待着法伊娜回应的目光，希望跨过桌子建立起一种看不见却甜蜜的心灵感应（绷紧了这根线，整个晚上都攥在手里）。他发现，法伊娜又一次漠不关心地扫视了全场的青年人，悄然从干巴巴的手指上将订婚戒指取了下来，藏在手提包里。然后，她举起高脚杯，朝廖瓦点头示意；廖瓦恨不得迎面走过去，但没发现对方有这种意思：法伊娜好像没注意到他递过来的手，转过身与米季沙季耶夫碰杯。廖瓦有些失落，喝了一大口，紧接着又喝了一口（算是"罚酒"），他意识中希望加快喝酒速度，赶上酒桌旁那些人的进度，否则做个旁观者，孤零零地待在一边会很难受，自己和他人都会不开心的。

至此，他没有察觉到已过了一段时间了。他突然发现，为了将不好闻的酒味快点儿压下去，自己正在仓促地嚼着什么，同时还在与可笑的女邻居聊着什么。这（一边嚼一边说）让他觉得很吃惊——他咽下去，不再说话；舒服地靠在椅背上，心里明白，加速喝酒过程已告结束，已经赶上来了。惬意的暖流翻滚着，传达到更远的地方，传达到了手指，到了指尖。廖瓦看了眼自己的手指，想到他还想干点什么，还缺少点什么东西，不大的东西——不过到底缺什么呢？"抽烟，"突然高兴地想起来了，"我怎么能忘了这个呢？"点上一支烟，他感觉好极了，似乎此前他是被撕裂成两半的，而现在这两部分合起来，合二为一了：没留下裂缝，也不见撕裂的痕迹——他重新变成了原先的样子，一个完整的人。他觉得自己有点儿更具生命力了，往后仰着，抽着烟，第二次环顾桌旁，完全是另一种样子了，就像是首次看到似的——一切都那么有魅力，小女孩甚至也变得可爱了。但所有这种令人愉悦的感受，他只体会了一两秒钟，在加快喝的第一杯和第二杯酒之间，在他再度环顾四周时，他应该看到过法伊娜，她当时位于斜对面的角落里。他没有一下子就看到她，而是第二次才看到，这很奇怪。

现在他碰上了法伊娜的目光，从目光的表情看，他知道她大概已凝视了他一会儿工夫了。那目光带着一丝嘲弄，同时还带着惊讶。廖瓦立刻回忆起来，刚才自己将餐叉放进嘴里，同时还跟女邻聊着什么，这就是她嘿嘿笑的原因——他感到有些紧张，这时候再次感到自己在裂开，分成了两个折磨人的部分：它们重又裂开，自成一体，慢慢开始相互咬起来。刹那间，他意识到一种想法，在裂开的两部分中，任一部分里都不见有法伊娜；甚至，刚才两个部分合二为一时，也没有见到法伊娜——没见到，甚至根本就不可能见到……这意味着，法伊娜才是分裂的原因，她就是断裂本身，就是导致分成两部分的那个空缺。她是一种抽象物，根本就不存在——那么为何她又是现实存在的呢，既然她整个存在于分裂之中？……

不应该这么认为——他捕捉到了她的目光，法伊娜表现出来的醋意让他害怕。如果真吃醋的话，这只会让他高兴才是，这种醋意可理解成一种确认和保证。让廖瓦害怕的是，她立马就会利用这一点（他一度将她忘到了脑后），引起后怕的不是那目光，而是他自己的变化。因为廖瓦自己，也曾突然碰上她的目光，发现那目光中全是冷冷的惊讶和好奇；当他们的目光相遇，并让法伊娜明白了，廖瓦在盯着她的眼睛，她马上将目光变换成一种受委屈的样子，现在，在她转身朝向米季沙季耶夫的时候，抛给廖瓦的眼神就是这样子的。廖瓦心里翻江倒海，想让脸上的表情表现出极度的愧疚和哀求，但面部表情仍像此前举杯时那样心不在焉。

看起来，法伊娜与米季沙季耶夫的谈话只中断了一小会儿，交谈很私密，甚至有些亲密：他们还在继续这样谈着，身体前倾朝向对方，不时笑一笑，点点头。这让廖瓦警觉起来。"他们真的此前不认识吗？"他很震惊。廖瓦记起来，当初自己曾很吃惊，在第一次晚会时，他们是不认识的，——现在他们看起来却像是老熟人。他们熟到什么程度，在时间上和印象中的混乱，这些问题都在困扰着廖瓦。或许，在认识廖瓦之前，他们就已经认识了？那么，当初米季沙季耶夫那么夸张地与法伊娜相互认识，不过是他那种惯有的鬼把戏？……可是，廖瓦想不起来当时法伊娜是否微微一笑作为回应，——似乎也没有笑……或许，这根本不是玩笑，而是借此来突出一下只有他俩才明白的什么而已，说不定米季沙季耶夫借此来表达自己的不满，甚至是醋意？或许，过后他俩又见过面，变得更熟了？

总之，廖瓦脑子乱了，甚至已经不再考虑了，现在他俩在交谈这一事实令他十分焦虑，谈得那么亲近、趣味浓厚，兴致那么高……他俩在那儿谈什么呢？对此他永远不会知道……每次当他想了解法伊娜时，都会感到无能为力，这种无能感再次膨胀起来，他现在最想拥有一台神奇的设备，能神不知鬼不觉地听到他俩在谈什么。按照廖瓦曾受过的教育，偷听是最龌龊的行为，但现在已经不当回事了。欲望太强烈了，无法再去按教养办事了……可是，没有这种设备啊。现在廖瓦有台微型摄像机也成啊，因为他看不到他俩的手和腿，只能看到凑在一起的两颗脑袋，——说不定米季沙季耶夫已拉起法伊娜的手，或者两人火辣的膝盖已靠在一起？但是，就连摄像机也没有。他俩究竟在聊什么呢，如此投入？说不定正在谈论他？在嘲笑他？这时，米季沙季耶夫因为法伊娜说了句什么话而笑起来，为了自我满足而抬头看了一眼廖瓦，好像法伊娜是个博物馆解说员，而他，廖瓦只是件展品，那目光就是这个意思。他在确认，在确认之后，似乎更开心地大笑了一声，——然后全身心投入到法伊娜身上了，对她说着什么，现在法伊娜正在笑着……从那时算起，法伊娜一次也没有看廖瓦一眼！不管廖瓦怎么无声地哀求，不管他在心里多想得到她回应的目光——一次也没有……

粉红女伴在对廖瓦说着什么，试图继续刚才中断的交谈——他的回应漫不经心，很简短，驴唇不对马嘴。她几乎生气了，觉得被人取代了，就沉默不语了，但察觉到廖瓦茫然若失的目光，她虽然年轻但还是像所有女性那样，马上就释然了，何必呢，便笑了起来。"吃醋了？"凑近他，问道。"最好再喝点儿。"廖瓦难受地脸红了，他很不好意思，觉得自己控制不了自己，控制不了自己的脸色，完全将自己暴露在外了；因为在窃听器之后的第二个希望就是能装出无所谓的样子，表现出心不在焉，甚至是冷酷的脸色。可这张脸，尽管自己费了好大劲儿在驾驭着，却还是将自己出卖了。"不是，多蠢啊，当然不是！"廖瓦仓促而凶恶地对粉色女伴回应道，但突然意识到，如果他想让她相信的话，那么单凭这句话是做不到的。"怎么啦，连酒也不想喝了？"女伴不无嘲弄地曲解他的意思，说道。"不是，我说的是另一种意思，我说的是，"廖瓦完全糊涂了，"喝酒我倒是很愿意……"他们喝了。廖瓦甚至还让对方稍稍分散了注意力，他让女伴觉得他又变好了，说着什么，逗得她又大笑了起来。"您没什么，就是调皮。"她说道。"调皮，但缺少幽默感……"廖瓦苦恼地想着。

他很想转身面对着法伊娜和米季沙季耶夫，但他使出浑身力气来克制着自己。最后当然没有忍住。就这样又一次碰上了法伊娜的目光。这第二次遇上的目光，就像是第二次警告，那意思好像是："好吧，既然这样……"廖瓦甚至觉得，千真万确，在最后这次，米季沙季耶夫朝他点了一下头，这也是为何法伊娜转过身去的原因。廖瓦觉得，大家都在盯着他：米季沙季耶夫、法伊娜、女伴、全桌人，——他开始觉得不自在，而法伊娜再次转身面对着米季沙季耶夫，转得那么明确，永远都会这样了，以至于廖瓦很想把他们的桌子掀了，为此甚至全身都绷紧了。

当然，他没有掀桌子，当时也是示威性质地（只是谁在乎这种示威呢，因为法伊娜根本就没看他）再次转向自己的女伴，不很情愿地捕捉着她那探寻的目光。尽管这女伴已醉得很厉害了，她嘿嘿笑着，自己给自己倒了一杯之后，将瓶子递给了廖瓦。他感觉到，这一杯将会让自己大醉，不过还是很坚决地喝掉了，醉了。

这时候大家都在一齐挪动椅子，廖瓦终于听到了，房间里有一阵喧闹声……在这之前，伴随着一声响，发生了一件不和谐的事，仿佛他不在场：法伊娜和米季沙季耶夫在那儿，倾听他说话，为此未注意到其他动静，——但法伊娜和米季沙季耶夫在说什么，他也没有听清，那声响打断了一会儿，就像是从敞开的窗户传进来的街上的噪声。一直有声音，一会儿开，一会儿关……突然，椅子哗啦哗啦响起来，不知是谁将上方的灯熄掉了，大家都从桌边站起来，似乎齐声在喊："跳舞，跳舞！为什么我们不跳舞！"原来，大家都站起来是因为这个。廖瓦也站了起来，摇摇晃晃地。

人们将桌子拖拽到一边。廖瓦也在拽，准确地说，他是在追桌子，一直在找地方能搭上手，因为桌子四围都是人，好像在抬一件重物似的：大家都很开心——拖拽桌子，有人甚至摔倒了——太开心了！

就是这种傻样子，跟在桌子后，试图找个地方也搭把手，廖瓦这时发现了法伊娜和米季沙季耶夫在两步开外的地方——他们没参加这项活动，只是在看着，是清醒者中间唯一这样做的人。廖瓦迅速直起身来，稍稍远离整个群体，脸拉长着，脸色铁青，觉得自己非常傻。"廖乌什卡，"法伊娜说道，"你太滑稽了！……"廖瓦不高兴了，因为她当着米季沙季耶夫的面这样说话，同时也因她那出乎预料的语气而高兴。透出的爱意对他来说更重要。"滑稽，真的吗？"他说道，似乎要表达这样的意思，如果这样不好，那他就再也不这样了；如果法伊娜喜欢，那他还可以表现得更滑稽：她想怎样，我就会怎样。法伊娜笑着，在他的手上拍了一下。廖瓦融化了。

大家在跳舞。法伊娜亲自邀请廖瓦。廖瓦跳得虽高兴但并不灵巧，引得法伊娜很开心。他终于明白了，原来所有涉及米季沙季耶夫的担忧全是扯淡：他只不过是与法伊娜挨着坐，自然她要和身旁的人说话啦。

这样的话，她一直和他在一起，和廖瓦在一起。这让他高兴不已，骄傲地看着其他人：当然啦，她是最好的，谁也没有这样好的女人。

跳舞结束了，心情舒展开来的廖瓦自己将法伊娜送到米季沙季耶夫那儿，就像是归还舞伴——这是开玩笑。粉色女伴这时候抓住了廖瓦：她一直在笑，站立不稳。廖瓦手足无措地看了法伊娜一眼，保持着一种奇怪的姿势，手被人拽住，而他想一下子挣脱去相反的方向，冲向法伊娜，冲到法伊娜那儿去！……但法伊娜微笑着朝他点了一下头，意思是：没关系，跳吧。

廖瓦正在跟粉色女伴跳舞——她热辣而柔软，融化在廖瓦的臂膀里，一直在嘿嘿地笑，眼神迷离，无法全神贯注于一点——令人惊讶的是，这竟然让廖瓦有了感觉……这时候廖瓦看到了法伊娜的背影——她在跟米季沙季耶夫跳舞。廖瓦觉得，他俩跳得太好了，而这个时候他自己倒跳得笨拙起来了。女伴倒不在乎这个，甚至喜欢他碰到自己。法伊娜好像一直都在背对着廖瓦跳舞，他怎么也找不到机会看她转身，所以始终看到的都是米季沙季耶夫的脸，米季沙季耶夫带着电影中惯有的那种微笑，不停地在跟法伊娜轻声耳语着什么（没有窃听器，什么也听不到）。

廖瓦试图改变一下局面，奔过去邀请法伊娜跳下一曲，但她又被换成了别人。"你该跳够了……"——她冷冷地说道，有些尖酸刻薄，似乎在说那女伴，如此这般就拒绝了。

但舞会实际上没真正开起来，因为突然有人开了灯，将电唱机的针头拨到了一边。"玩瓶子游戏吧！"他喊了一句。"瓶子游戏，瓶子游戏！"大家都喊起来。廖瓦记得听说过这种游戏：这游戏带接吻的。围成一圈。米季沙季耶夫和法伊娜也参加了——廖瓦这时也挤了进去（他的这种迟钝让他想起推桌子的情景，便蹙了一下眉头）。中间摆着一个已喝完的大香槟瓶子。"转起来，转起来！"人们喊道。有个人试着让瓶子转起来，但没成功，自己还摔倒了。"你不行，你不行，快让开！"大家对着四肢着地趴在地上的那位喊道。"它转不起来，"那人委屈地说。"为什么转不起来呢？"廖瓦出人意料地问了一声。"就是转不起来，"那人从地上爬起来，审慎地说道。"得用个小点儿的瓶子,"他气愤地对廖瓦说,"这个瓶子太大了!需要个小瓶子,汽水瓶!""汽水瓶!"大家哈哈大笑,"汽水瓶!"

有个人转得很有方向感,银色的瓶口对准了法伊娜,就像指南针对着北方一样。"噢-噢-噢!"一圈人发出这样的声音。"快转,和谁!快转!"有人沉不住气地喊道。廖瓦整个人懵了,脸色都白了。"指向我,快,指向我啊!"他在心里指挥着那瓶子,甚至嘴唇都动起来了。瓶子指向了米季沙季耶夫。廖瓦晕了。"快亲一个,亲一个!"众人叫喊着。米季沙季耶夫探寻地望了法伊娜一眼。廖瓦凝视着她。法伊娜奇怪地笑了一下,看了廖瓦一眼,摇了摇头。"嗨,可惜!"有人惋惜地拖长了调子说道。

瓶子再次转动起来,但指向了一个最不讨人喜欢的女孩——都不想跟她接吻,游戏就这样曲终人散了。再次熄了灯,大家开始接吻,跟谁都行,廖瓦又一次被那个粉色女伴独占了,她拖曳着廖瓦去了一个角落,而他一直走走停停,顾盼着,但任何地方都没发现法伊娜和米季沙季耶夫,在昏暗的那个角落里也没有。他俩不见了。

"好的,好的……我马上……"他词不达意地对女邻说道,就从沙发上跳起来,是女邻让他坐在这里的。

他站了一会儿,脸色苍白,整个人处于振奋和冲动之中,做出一种姿态——甚至鼻孔都在呼气(或者他听到了号角发出的声响?)。"嗨,你为何要离开?"女邻柔和地问道。他没有回答。"哎呀,你又在找她吧?……"她猜道。"不是!"廖瓦恼怒地嘟囔道,"怎会有那么多为什么?"迈着大而直的步子,还是有点儿晃,朝门口走去。

他一冲出房间,就看到了法伊娜和米季沙季耶夫,他甚至有点儿慌乱,差点儿撞上:速度太快了,来了个急刹车。法伊娜站在箱子旁边,背靠着墙,米季沙季耶夫则站在她面前,一只脚放在箱子上,一只手越过法伊娜的肩膀支在墙上。似乎他们就这样站在那儿,没触碰到对方,在廖瓦来之前就是这样子,但廖瓦听到有一种窸窣的声音,是一种廖瓦一下子没明白过来的那种动作的声音。(过一段时间后,他假如看过西尔瓦娜·潘帕尼尼主演的电影《安娜之夫》,里面她站在楼梯上,她的那个水兵夸张地蜷着一条腿,或者曾读过海明威的名句:"像所有男人一样,我不能长时间地站着谈论爱情",那么他就无法平静地看、读这些东西——他仿佛看到了过道里的那只箱子。)

他俩平静地看着他,没有忸怩不安。"怎么啦,廖瓦,"法伊娜说道,"你的女伴呢?""没什么,"廖瓦勉强地回应道,压制不住嗓子里的痉挛。"我们在这里聊天呢,"法伊娜说道,"里面太闷了。""啊,"廖瓦回应道。米季沙季耶夫轻轻地点点头,现在才稍稍变换了一下姿势,离开墙,将手收起来,脚仍放在箱子上——这一切做起来似乎证明,他对廖瓦没有什么可隐瞒的:在他这种姿势中没有什么特别的:两个人交谈得很投入,才会这样站着(是我们这个时代不受拘束和自然的动作),——站在廖瓦的角度,如果不这样想的话,那就太蠢了,还有什么比得不到验证的猜疑更傻的呢……但廖瓦恰恰就是那样想的,并在全力掩饰,怕被人察觉到。但他觉得,拿自己这张脸实在没办法……"我去写下来,"当时他半开玩笑半当真地说道。"真烦人,廖瓦,"法伊娜笑着说,几乎是在夸奖。廖瓦头也不回地大步走开了。他到厨房里站了一会儿,狠劲地抽着烟,又回到那儿。箱子旁边已经不见了米季沙季耶夫和法伊娜。

他们已经回到房间里。"嗨,你怎么样?"法伊娜关心地问道。"怎么样,还能怎么样!就这个样,"廖瓦有些恼火地说道。"我问的不是这……你这个傻瓜,想哪里去了?真可笑。""我什么也没想,"廖瓦骄傲地宣称。"这才是好样的,"法伊娜说。米季沙季耶夫走了过来。"要不,我们喝一杯?"法伊娜提议,"叫上你的女伴。""不管她!"廖瓦说。"怎么能这样?这不好……"法伊娜说。廖瓦叫醒了女伴,她精神一振,高兴地同意了。廖瓦费力地将她从沙发上扶起来。大家喝了。廖瓦重又活跃起来,开始说话,粉色女伴悬在他的胳膊上,这让他始终不自在,需要僵硬地将胳膊肘抬起来,尽量让人看起来与她分开来的样子。"快看,她糟透了,"法伊娜说道。"快送送她吧。""呸,见鬼!"廖瓦几乎嚎叫起来,憎恶地看了法伊娜一眼。

他将女伴领到沙发那儿,但沙发已被人占了:有人在那儿接吻。他将她放到床上,本想不管她了,但她不放手。廖瓦毕竟是不够狠心,就坐在了旁边。女伴哼叫着,温存地靠在他身上,头部在他肩膀上蹭来蹭去。廖瓦彻底麻木了。法伊娜和米季沙季耶夫还在那儿站着，就在他离开他们的那地方，背对着廖瓦。女伴突然呻吟，变得痛苦起来。"这还不够吗，"廖瓦不无忧虑地想道，将身子稍稍挪开一些。他看到了她的脸，看到她胖乎乎的嘴张开着——她全然就是个孩子。突然对她产生了一种令人痛苦和嫌恶的同情。"嗨，我们走吧，嗨，走吧，"他劝说道，"一起走吧……"他将她拉起来，这时候再次发现法伊娜与米季沙季耶夫没在房间里。

箱子旁也没看到他俩。他拽着脸色煞白的粉色女伴，在昏暗的走廊里走着，眼睛四下里寻摸着，要把藏在缝隙里的法伊娜找出来。他闯入洗澡间——那里从里面反锁着，从门下有光透出来。他几乎是将女伴塞进了洗手间，自己冲进了厨房——也没见到他俩。再次冲进洗澡间——那儿依旧反锁着。他甚至俯下身去，趴在地板上，但什么也没看见，什么也没听到。"我要疯了，"他自言自语道，膝盖胡乱地抖动着。

他返回房间里，茫然地寻摸着，还是想将缝隙里的法伊娜找出来。没看到她。他只看到她的手包，挂在台灯那儿。他不知为何就拿起包，冲到走廊那儿。在门口碰到刚才在沙发上接吻的那一对。洗澡间的门打开了，里面没有人。这时候他听到身后通向楼梯的门响了一声。他懵懂地站在那儿有一会儿，不知道该怎么办。他冲向楼梯。下面传来说话的声音。他往下跑了三个台阶。没有人。院子里也没人。他突然觉得下雪了。

他回到房间，垂头丧气地坐在沙发上，将包打开又合上，将那锁弄得哗啦响。他最后往包里瞅了瞅：一个粉盒，一截铅笔头，一个小手帕……手帕打了个结。他将那个结解开，发现了一只戒指。记起来了，她悄悄地将它从手指上摘下来的那一刻。他试戴了一下。没有一个手指能戴上。"她自己说过，值五百卢布呢，"①他冷冷地想道，"够我们三次去酒店用的了。"心不在焉地玩弄着，就像在拨弄着一个计算器。

---

① 此处按1961年改革前的价格标准。那时的钱币开本大、面值小。廖瓦绞尽脑汁想弄到的那五十卢布，并非现在的五十卢布，大概只相当于现在的五个卢布。现在谁也不会拿五个卢布当回事，但当时的五十个卢布可算得上是笔大钱了——对那些没经历过那个时代的人很难说明白！（这就是每个人上了年纪才会拥有的秘密；只要回想一下当时是怎么回事，应该怎样……哪怕一天我也不想回到过去！）——原注

"我没有钱,能干点儿什么呢……"他将戒指塞进了口袋。将那手帕仍旧打了个结。合上包。拿过去,将它挂在台灯那儿。走开一点儿,又看了一眼——还是原来的样子。坐下来等着,心情出奇地平静。

"怎么能这样,法伊娜!"他在心里说,他的嘴唇甚至都动起来了。"难道做人能这样吗?即便是我不对,不该猜疑你,难道就可以这样侮辱我吗!我何错之有?难道看不见我多痛苦吗……何况还有爱情——任何人都会怜悯的。而你——就像是个活体解剖专家。我简直想象不出来,一个人会对另一个人这样……而且还是对一个爱你的人。竟然这样对待一个爱着你的人,为何不这样对待米季沙季耶夫?你到底是怎么回事,法伊娜……"

他就这样无声地数落着法伊娜,她便出现了。跳到他身边来。"你怎么啦,倒霉蛋?"廖瓦不说话,抚弄着口袋里的戒指。"我们散步去了。知道吗,涅瓦河边太美了!……"廖瓦默然地抚弄着戒指。"嗨,你怎么啦,笨家伙?不要这么蠢了!你生我的气了?怎么对你才好……""怎么对你才好……"廖瓦重复了一遍。"离开这里,快点儿!可别待在这儿啦!外面可好啦……也亮堂些。""不知为何,我觉得下雪了呢……"廖瓦说道。"六月份哪有雪?真是个怪人!……"法伊娜朝着桌子走去,从台灯下拿起自己的包。廖瓦莫名其妙地很高兴,看着她做这一切。他的内心有点儿软化了,叹了一口气。

他们三个人一起来到了外面。

在外面,的确感觉舒畅。

廖瓦走着,内心奏起轻柔而高扬的旋律,他感觉不到自己的身体了,好像已开始飞舞起来;他们三个人在一起聊着什么,廖瓦觉得有什么东西一直在旁边闪烁着——他甚至扭过头想看看闪光,但没有什么在闪烁,但仍觉得有什么东西在旁边闪烁,在不远处……他不时地带着惊恐触摸一下戒指;戒指并没有移位,仍在原地方。他轻松地呼出一口气,摸了一下戒指,闪光更亮了。"就像阿拉丁神灯……"他突然大声说了一句。"什么?像阿拉丁神灯?"米季沙季耶夫问道。"尖塔,"廖瓦说道,急忙将手从口袋里掏出来,就用那只手指着著名的镀金尖塔,在河对岸。"真想用块布将它擦拭一下,那样就好了……""我跟你说,这可是形象……"米季沙季耶夫说道。"您说什么呢?"法伊娜说道。

之后,他们在法伊娜家住的地方,用了很长时间道别,好像在等着看,谁会第一个离开、回家,谁会留下来。廖瓦耐心地默默等待着,端详着三块碎砖(它们正好在他目光所及之处),终于他们果断地分开了:法伊娜走进了自家的大门,他就和米季沙季耶夫一起走了。

廖瓦感到既轻松又高兴,周围那种奇怪的闪光随着迈出的每一步变得越来越强了。他们朝着有轨电车车站走去,廖瓦已经不再猜疑了,就像脱下了不透气的外衣,光剩下果心,裸露着,干干净净的,四周只有白光,只剩下廖瓦了——果仁,果核!……——敞开心扉呼吸着,感受着声响和味道,星星为他闪烁起来;车站那儿已经大亮了,米季沙季耶夫还得再走两步——马上就要到家了;他们友好而大方地握了握手,廖瓦就跳上了早班电车的踏板……

宿命论者
(法伊娜——续篇)

"您这就会死去!"我对他说。他快速转过身来,缓慢而又平静地回应说:可能,是的,可能,也可能不会……

他在门口就期待着能听人说起戒指的事,但法伊娜很快活,出奇的温柔和亲切,他很惊奇。他得在楼梯口稍等一会儿,她很快就穿上衣服,他们要出去散步。他在等着。

法伊娜这时出现了,脸色不正常。"你怎么啦?!"廖瓦喊道,感觉自己像是个蹩脚的演员。一分钟后他已经开始为自己做的事而后悔了——他还从来没见过法伊娜这么真诚地痛苦过!他那颗深爱的心在流血。现在他多想高兴地归还那个戒指，安慰一下她，但他整个人都吓得瑟缩起来，只能想象着自己去认错……法伊娜会马上就赶他走的，他永远永远也见不到她了！"好吧，别哭了，我给你另买一只！"就像童话中那样，他说道。"不是普通的，而是金戒指……或许没有这个贵……但这将是我给你买的戒指。你在乎的是戒指，在乎的不是谁给的？……"他喜忧参半地问道，已在为可能到来的幸福而感动了：他的戒指——那样，法伊娜也就永远是他的了。"当然是戒指本身啦！这与谁给的有什么关系！……"法伊娜说得很直接。"那好吧，我会给你一个戒指的！"廖瓦差点儿哭起来，兴奋地攥起她那双干巴巴的手。"只是别伤心了，千万别哭了！"法伊娜突然很快地平静了下来。"你说真的，就是说，你会买？""真的，真的，"廖瓦说道，感觉自己也跟她一样平静下来了，甚至有点儿生气，她怎么这么快就平静下来了。"这有什么，将这个卖掉，再另买一个就是……"他已在无所谓地考虑着。"就这么办……""你呀，"法伊娜说，"可以买个相对便宜些的……如果能找到，买个二百卢布的，甚至买个一百五十卢布的也行……那就算我们订婚了……"她说道，并以最大限度的温柔吻了他一下。

廖瓦又一次融化了，留下来等她打扮一下。"太好了，"他思忖道，"卖掉这个，另买一个便宜的，我还会有剩余，我们就可以去酒店吃两次了。不是两次，是三次，"就像在打算盘，脑子里又噼里啪啦地响了一阵，"有何区别。我给她买戒指，为此还会奖赏我一下呢，"他的想法可真够吓人的。"她终会明白，我有多爱她。她该知道，我弄些钱有多不容易……"

在收购站，店主在手里掂量着戒指，说道："五十卢布。""不行，五百！"廖瓦几乎喊叫起来。"不，不可能！滑头，果然是老滑头！"

他又跑到另一家收购站。另一家收购站的店主已经不是男的，而是个女的了；她将戒指扔到天平秤上，是那种很准确的天平秤（"显然，那个家伙是个滑头，"廖瓦高兴地想道，——甚至都没有称一下！）；女店主仔细地不停拨弄着小秤砣，称过之后，拨弄着算盘——廖瓦全身紧绷起来，心里紧张得要死。"四十九个卢布，"最后她说道。

他木然地站在那儿，手里拿着那个戒指，它变得暗淡起来。"天哪，是铜的！"惊叫了一声，差点儿要把它扔进垃圾箱里，但突然一种不甚清晰的想法阻止了他，他发现那个女店主正透过小窗口饶有兴趣地看着他，便把戒指攥进了拳头，将拳头深深地埋进了口袋中，决然地转身，快速走了出来。

大街上狭窄、悠长而空旷的天空伸向远方。见不到一只鸟儿，不管他怎么看。不知为什么——可能鸟儿已经飞走了……廖瓦明白了，自己身边无人了。父亲不在，朋友不在……近在咫尺的幸福——竟成了痛苦……

就是这种感觉带着他……他的双腿自行来到了……他漫无目的，一路飘忽来到了……没有察觉，他怎么已置身在这个楼门洞前，在这个楼梯口……将那个磨得锃亮的铜纽扣拉到身边来……在深处幽幽地响起小门铃。米佳大伯一下子打开门来，似乎从门底下钻出来似地，站在那儿，没有刮脸，围着披肩，牙已脱落。"不给，"他从门链另一侧说道，"不借。"

廖瓦又逛了一会儿商店，纯粹为了打发时间——去留心观察一些戒指：真想打碎橱窗，要求看一下，然后抢走……——跑，跑！在他们回过神来之前，他可以跑掉……他的心在柜台上方怦怦地跳。所有的戒指都很贵，甚至没有二百卢布那么便宜的。可就连二百卢布他也无从去弄啊？确实，戒指至少得值五百，甚至更多。法伊娜说对了，撒了个正确的谎……突然那个不甚清晰的想法又出现了，就是这个想法使得他没有将那戒指扔掉，这个想法这时在脑子里转出来，开始变得明晰些了，廖瓦几乎要跳起来，莫名其妙地喊了一句什么，类似于"奥–拉–拉！"某种恶意，甚至是幸灾乐祸地闪现在他心里。

当他来到法伊娜那里，这个想法已经控制了他，使他不能再拖延下去了，不再去想从她无名指上弄个尺寸之类……而是直奔目的而去，已经不考虑是否合理了。他还能感觉到身上莫名其妙、不知所以的那种力量和恶意。

"把手伸给我，"他对法伊娜说道。法伊娜对他那异常的口气有些吃惊，但还是顺从地伸过手来。"闭上眼睛，"他命令道。"嗨，亲爱的！"法伊娜突然明白了过来。"是真的！……"她扑过去搂着他的脖子。"你怎么做到的？……""闭上眼睛，"他又说了一遍，"我不说话，就别睁开。""好的，"她顺从地答应了。"戴在哪个指头上？"廖瓦问道，突然意识到，这一点他记不起来了。法伊娜的无名指动了一下。戒指很容易就戴上了，就像是专门打造的那样。"现在可以睁开了，"廖瓦说道。

他依然捧着她的手，这样就看不见戒指。"奥，廖瓦，刚刚好！"法伊娜惊奇地喊道，高兴地在他手里活动着那个手指。廖瓦从来没有见过法伊娜如此心醉而幸福的脸。她跳起来亲吻他，亲得不太巧，偏了，不知要亲鼻子，还是要亲眼睛，或者是亲额头。廖瓦几乎要生她的气了。

"刚刚好！"她惊呼道，廖瓦把手挪开。"你怎么能……"法伊娜突然打住了，盯着那个戒指。可能，廖瓦也从未见过法伊娜这种脸色……在第一种和第二种脸色之间有一个巨大的距离——距离瞬间被拉近，就像是照过的光那样快速。"你从哪儿弄到这个戒指的？"法伊娜用异样的声音问道。

"买的，"廖瓦平静地说道。"在哪里买的？""从别人那里，"廖瓦答道。"这是我的戒指，"法伊娜说。"不可能，"廖瓦说道，一种莫名其妙的满足感让他变得木然。"我的戒指。我认得自己的戒指，"法伊娜说道。她的脸变得死灰一般。"难道她知道了我干的这事，才会这么伤心？"廖瓦几乎震惊。仿佛脚下的土地不见了，她趔趄着，要倒下的样子——她的脸色如此。

"这不可能是你的。你的戒指多少钱？"廖瓦问道。"五百，"法伊娜机械地答道，面无表情。"这个是我花一百卢布买的，"廖瓦说道，"还多花了一倍。我后来估过价，实际上只值五十卢布。"法伊娜不说话了。"你不信，我们去验一下，"廖瓦已经有些高兴过头了。

"我不想，"法伊娜说道，脸色变得稍稍愉悦起来。"我不想戴别人戴过的戒指。"廖瓦有些不知所措。"你从哪知道这戒指别人戴过？""这一下子就能看出来。"廖瓦更加惊慌失措。"你可以自己去商店转转看——你会发现，根本没有便宜的戒指。我从哪儿弄到这些钱的？这要算我运气好，弄到了。""不管怎样，我不会戴别人的戒指！"法伊娜执意地说，更活跃，更兴奋了一些。"要是新的，我会戴的，因为这是你买的戒指，你给我的……但这个不是。"

法伊娜从指头上将戒指取下来，递给廖瓦，漠然地看着他。廖瓦蔫了，不知所措，用力攥紧了戒指，恨不得将它捏碎……脑海中又闪过一个救急的想法，他甚至来不及弄清楚。"啊，是这样子！"突然廖瓦喊了一声。"这样的话，我也不需要它了。谁都不要它了！……"于是便夸张地挥舞起来，跑向窗口。他的手臂已经扬起来，同时将戒指攥得更紧了，觉得自己永远不会真的将之扔掉……突然，他感觉到，法伊娜抓住了他的手——转过身来，高傲地看了一眼：似乎在说，还想怎样？他转过身去，陶醉于夹杂着甜蜜的敌意，苦涩的欲望填满了空间，为这一刻的平等而震惊，在手里握着戒指……"不用了，"法伊娜说道。"把它给我吧……"她平静而恭顺地说道。廖瓦松了一口气。

过了一阵子，常说的烟消云散之后，有一次廖瓦瞥了一眼她的戒指（法伊娜现在总是戴着它）——他看到一切突然又有了生机，开始运行起来，那天晚上与米季沙季耶夫一起的感觉，以及后来那些日子的感觉又复苏了……这种感觉记起来是那么强烈，那么清晰，就像是有时候记起从前的味道或音乐那样。（他们坐在破旧的电车里，站在最低的台阶上，在郊外的空地上，在突然发现戒指之前，廖瓦长时间地看着车底下的路轨奔向这块空地……）

廖瓦突然记起来这一切，忍不住就问道（从那时起双方都不曾谈起过戒指的事，现在他忽然问道）："听着，法伊娜，你从前那个戒指改革之前值多少钱？说实话……"

法伊娜吃惊而又不解地看了他一眼："为什么说从前的？总共就这一个。价值五百卢布。"

"不对，是五十卢布，"廖瓦固执己见。"好吧，"她说道，"按新币它是五十卢布。"

（值得注意的是，自从戒指风波之后，他们的关系经历了一个最持久的和平时期。"在真正意义上，所有的科学都是自然科学，"廖瓦就这个问题想到，"包括语文学……"可能，就是在这时他动身去向爷爷求助。不过，没有对迈出这一步赋予太多的意义……）

阿尔宾娜

"要么您蔑视我，要么就是很爱我！"她最后含着泪说道……"难道不是吗，"她温柔而信任地补充了一句："难道不是吗，我身上全都是让人尊敬的东西……"

在要弄明白关系时，尤其是在早就搞明白了周期性、仪式和节奏的情况下，不管新出现的诬陷和理由有多复杂，基本上当事人只会关心一个问题：谁开始的？

将手放在心上，在这种情况下他会表演性地将手放在心脏部位，绝望地抖动着，廖瓦会十分自然地相信，都是法伊娜，只能是法伊娜，跟他没有一点儿关系！……然而她……要是换个别人，指不定会说什么呢，只有他廖瓦能消化掉如此令人发指的不公平……"那好吧，不是他开始的，也不是他结束的，事实本身还可以再斟酌……"他说道，"可这面撒谎的墙，他为之遭罪的墙，又是为何存在的呢？！这真是疯了！正是，它就是想让他疯掉……谁知道'真相'是什么呢，法伊娜？的确——这是外科，是手术：你会失去什么，但能让你康复……你的一切都还会好起来……但是，为了将过去忘掉，就应该抛掉一切。明白吗，一切！……"天哪！他承受一切，都是为了她……可是——心啊！

这确实值得怀疑，我们可怜巴巴的心脏怎能承受这一切！它在承受着。每次都是这样。

可如果他真的将手放在心脏部位，更准确地说，是将心脏放在手心里，那么在心底那儿，在能猜得到的血管构图中，会藏有某种微弱、难以分辨却又最为可怕的东西，他永远不会认同的东西，不管怎么尝试，他也不会意识到有这种东西存在，就像不容置辩的正确之大厦，按争吵模板搭建起来，耸立在在逻辑的森林之中，这大厦可视作他的不动产，能保障其余生……作为一个救命的根基——这就是他的正确性，也是他背叛行径的唯一靠岸……但就在那底部，在他并没有靠近也没有看清的底部，因为他早就清楚那儿有什么，——在那儿他也弄不清楚谁开始的。当然，法伊娜就是那个罪孽深重的人，而他——没多大关系，无关紧要，可忽略不计，但毕竟还是……如果记得这番胡说八道，他的观点就会开始坍塌了……

毫无疑问，廖瓦爱过法伊娜。即便对他情感的"真诚"表示怀疑，也可以说，就算"不真诚"，他也是一直爱着她的。甚至包括脑子里不记得有她的时候（早在中学时，他就与米季沙季耶夫交好……）。但法伊娜也一度爱过廖瓦（虽说好似天方夜谭）。说不上是她爱上他，但总之阴差阳错就这样发生了。这可能就是那段最为"和平"的时期，这一段因为戒指那件事而告终……更确切地说，这不过是法伊娜经历的一个过渡时期，可能算不上爱情——没有其他事情可做而已，因此廖瓦很清楚地感受到这一点（我们大家也都感受到了），廖瓦很平静，他就像是所有活着的人那样，不让自己有这样一种想法——每一次深信都紧跟着一次犹豫不决，而且越来越强烈。全部的差别就在这儿：一些人获得自信，视为这是对从前不自信的一种奖励；另一些人变得犹豫不决，便认为这是对自己早前自信的一种惩罚。不过，所有这一切都不可分割，难以区分，全都在一起。简而言之，廖瓦是心平气和的，但不管有多奇怪（或许，仅廖瓦一个人就够奇怪的了），那种平静而持久的幸福，幻觉中才能感受到的幸福，根本不曾出现过，出现的不过是一种空虚，是吃饱了和自满带来的空虚，且这吃饱和自满也并非真正的，不过是廖瓦这类人不知所措的一种表现形式，当他们不知道该怎么办时就会这样。他们对此始终不知情，只是有时这是一种痛苦，有时表现为一种吃饱。廖瓦置身于一种令人愉快的空虚之中——不知是迷茫了，还是吃饱了。

就在这时候，阿尔宾娜出现了，纯属偶然。虽说在廖瓦看来，阿尔宾娜永远不会对法伊娜造成伤害，相对于背叛法伊娜，对阿尔宾娜的背叛没法相提并论，她也无从构成一种均势。如果廖瓦某一次关注了一些女性，在法伊娜看来，他注意的只是法伊娜会引以为敌的那类女性（我们掌握了对手的鉴赏力，就可以吹奏起《波西米亚波尔卡》了）。

不过出现的恰恰就是阿尔宾娜。她是个可怜的姑娘，廖瓦为自己欠的债很不好意思（他从来没有这样欠债过）。他们再次碰面是在米佳大伯过生日那天。廖瓦吃惊的是，在米佳大伯那儿见到了阿尔宾娜。（邀请他来时，狄更斯说："只是不能带你的女人来，"他不喜欢法伊娜，在这件事上廖瓦能原谅的人只有他了）还有一件事也让廖瓦吃惊，他发现狄更斯在跟这只"蛾子"谈话时特别警觉和献殷勤。这也使得廖瓦对她多加了些关注。此外，他暗地里在排斥着"小米佳"，血管里涌动着铁锈色的浓茶。米佳大伯继续欣赏着自己的女客人，甚至拿出一幅吉兰达约的仿作，邀请大家看看有多相似。这时廖瓦有些大意，在桌子底下捏住了脸色苍白的阿尔宾娜的一只手。他揉搓了那只嫩手有一会儿，她没有抽回去。

第二天早晨，廖瓦将阿尔宾娜的事全然忘记了——只觉得头痛欲裂。但她没有忘记。她不停地给他打电话。廖瓦羞愧地想起来，自己如何握着她的手，说好了约会的事。她打电话就是要谈这次约会。听筒里的声音既让他无法拒绝，也无法同意。他为此狠狠骂了自己一通。他想起狄更斯大伯来——那才是男人！绅士……这一位任何时候都不会因为他人而难为情。昨天他要是对她警惕一下就好了！……可即便是狄更斯大伯的榜样力量也没有让他振作起来。

［是时候对自己承认，我们很喜欢狄更斯在这一部分第一次参与进来！就像是爷爷，代替爷爷——他做得很到位并起到点缀作用（扮演着莱蒙托夫笔下的马克西姆·马克西梅奇的角色……）而且，在斑斓的青春岁月，廖瓦能够接受的只有他，并记住了这个样子……但为时已晚。我们在第一部分已经消费掉了米佳大伯，我们没有第二个这样的人了。他在那一部分中毕竟是不可或缺的，用来映衬爷爷的丑。在那一部分他更为"亟需"（他现在会怎么看待这个词呢！）。他总是出现在最需要他的地方（较之他的需要）：廖瓦需要他，国家需要他，我需要……他总是驯服地出现在那里——脸上挂着可怜的自豪。］

总而言之，廖瓦不想赴这个约会。不知是廖瓦的害羞（特殊的教育），还是法伊娜的品位（更确切），不由自主地表现出这种内心的龌龊，但无论怎样，他都拿这种事没办法：不管怎样阻拦他，说这种约会没有必要，他越是觉得有必要见面，而且和阿尔宾娜一起出现在公众面前。虽说她并不是不漂亮。她身上有点儿什么……还有一种人们所说的那种美好而纯洁的东西：她不会撒谎，譬如，——但对于廖瓦而言，在很大程度上这些罕见的品质是无所谓的，其中也包括她突如其来的忠诚，且对他没有任何要求……他跟她不能一起出现在众人面前，无论如何。但每次他那颗善良的心不仅会激动，还会充血，只要他一听到她在听筒里的声音，听到她执意遮掩却更加明显的哀求。他多想高高兴兴地答应下来……他已在劝说自己了：再说啦，她的脸也没什么啊，穿得很有品位，只不过他见到她害羞而已，其他人就不会这样……至于智力、心肠以及所有内在的品质，都不用说了——完美极了。这时候廖瓦应该明白，在她并不丑的脸上有一样东西，能看出对一种机制的服从，而这种机制时至今日廖瓦自己也在痛苦地接受着。她就跟廖瓦一样，——问题就在这里。只是廖瓦不是从前那个人了……最后他还是去赴约了。

　　是个难以忍受、泥泞并刮风的天气——可真会选啊！他们从中央一下子就拐进了无人而偏僻的街巷，几乎看不见光亮的街巷。在拐进来之前，廖瓦说忍受不了人群，他简直觉得恶心了。在这种情形下，他并没有撒谎：当人群对他和阿尔宾娜进行关注的时候，他确实感到要吐了。（或许，这仍旧是担心会遇上法伊娜？尽管廖瓦相信数学：在大城市这种相遇的概率很低……但就连这种概率他也害怕。）

　　他们拐进了街巷，廖瓦觉得冷飕飕的，但毕竟这里黑暗，并且没有人。她盯着他的嘴，不管他在说什么时。他说受不了人群，——她接受了，并很高兴地认同。她似乎仍在等待着（廖瓦能清楚地感觉到这一点），希望他记起那个傍晚，他捏她的手不能说没有什么用意，假如有用意，那就希望再捏一次，发展下去，继续。但廖瓦努力不去关注这一无声的要求，用气冲冲的声音谈论着自己工作的无聊：就像是今天他被惹恼了，脑子糊涂了。他似乎没有察觉，她一次又一次地向他传达这种哀求（尽管他发现了），他很不开心、羞愧、不自在——他从未觉得自己如此混蛋，以至于让他无力对如此纯粹的感情进行回应……

阿尔宾娜仍在盯着他的嘴，尽管什么也没有听到。只是这时她的鞋带开了。她红着脸，伤心地请求原谅，开始将它们系起来：因为想快点儿弄好，她采取的姿势不够灵活，以至于根本就没法系上。廖瓦站立在她上方，看着她急急火火的样子，在风中僵硬的双手不听使唤，他一语不发，像个可恶的低能儿……——他又能说什么呢，整个人都在替他人感到羞愧，也为这种羞愧而羞愧！可千万不要有人从这个空寂的巷子里走，独自一人，这让他觉得有必要环顾四周，好奇地四处张望着……

阿尔宾娜终于直起身子来了。

他们走得更远了一些，她的鞋带又松开了，又得再来一遍——她站住，在风中蜷缩着，摇摇晃晃的，手忙脚乱地忙活着鞋带，由于绝望，看来竟然忘记了她这一辈子怎么过的：将左边的扣弄到了右侧，右侧的则弄到了左边？

天气，糟糕透了的天气！阿尔宾娜穿着大衣，一开始抖得厉害，也无法应付这一切，就像拿鞋带没办法一样。廖瓦几乎可说是幸运的，天气恰好是这种情况，划出了一道自然的界线，他开始劝她：她抖得这么厉害，会生病的，今天他们真不走运，最好等下一次吧，别再是这样的天气，——一定得等下一次，廖瓦允诺道。阿尔宾娜在说，自己也不明白为何会发抖，因为她觉得暖和着呢。这可能是您已在发烧，得了热病，廖瓦说道，真遗憾，结果竟会是这样子……

总的说来，得益于天气，这一切持续时间不算长，廖瓦鼓起最后的勇气和耐心——将她送回家，只要她一走进大门，——他就可以像投出的石头，会觉得异常轻松，甚至可说得上有幸福感，尽管这是可耻的幸福感。他如此之快就拐弯了，阿尔宾娜这时重又打开门，似乎想问廖瓦什么事，或者想弄清楚什么，但在空旷的大街上已不见人了，只有风将湿漉漉的大雪吹到她的脸上……

廖瓦飞回去，要飞到法伊娜身边去，高兴得甚至唱了起来，暗自发誓，向上帝保证再也不开如此难堪的玩笑了：谁会乐于认为自己是畜生呢？

不过，回来后，他没有见到法伊娜。他等她，等啊等——她却不知藏到哪儿去了，不知去哪儿了，连张纸条都没留，没有提前说一声。不是打算一晚上都待在家里吗？……甚至也不打个电话。不过，已经是深夜一点钟了，他对自己解释道，她担心吵醒邻居吧……

廖瓦一晚上没睡。这就是——报应！法伊娜甚至没有一大早，而是上午才现身。从一进门就开始讲一件离奇的故事，廖瓦正冻得瑟瑟发抖呢，法伊娜边讲边吻了一下他的额头（为此，法伊娜得用力翘起脚，因为廖瓦尽力装出冷酷、冷淡和不动声色的样子，不会把头低下来；不过，他的这种样子对法伊娜从未有过什么影响）。

故事是这样的，廖瓦不在时，她的老朋友突然来了，提议出去逛逛：车在下面等着呢……（她知道，法伊娜说，廖瓦自己约会去了，尽管他尽力遮掩，但他毕竟没有做到，从来用不着拷问，因此她就想，为什么她不能也这样做呢……）总之，他们去了郊外……不是，他们不是两个人一起，还有她的朋友的朋友，也是个副教授，这个人负责开车，因为她的朋友还没有驾照……多美的景色啊！那里全都融化了，有披雪的枞树，真正的冬天景致。他们去了别墅，不，不是她朋友的别墅，而是朋友的朋友家的别墅，也是位副教授，在那儿吃过了晚餐……对啦，大家还喝了一些酒，她几乎没有喝……这时，等一等，现在才算真正开始呢……朋友的朋友，就是那个应该开车的人，突然喝醉了，完全醉了，他们无法走了……那他们一晚上都在做什么呢？打牌，玩金格牌……你可以相信我说的，从来没有觉得如此无聊……是的，玩了……我不知道两个人不能玩金格牌，你会怎么想呢？三个人玩的……还有啊，尽管喝醉了，但他仍能玩牌……但问题不在这里——汽油没了，问题也不在这——汽车坏了，哎呀，别谈这个啦，别纠缠不休了！

廖瓦在手臂、胸前、脖子处发现了一些痕迹，那哪是什么司机啊！法伊娜还在迷乱着呢，游动着，但廖瓦很擅长在浅水里捕捞。涉及法伊娜时，他的逻辑很强，很快就将她逼到了墙角，而她出奇轻易地承认了这一切。廖瓦可真不幸，明白过来了，她根本就没撒谎。廖瓦刹那间怒发冲冠，哪怕她和某个人一起撒谎，也不能和最好的朋友米季沙季耶夫一起啊，这错似乎也该算在廖瓦头上：她从哪儿知道，为何廖瓦要去约会？是的，即便是想知道，也是因为吃醋……天呐，他的约会竟弄出这么多事！

接下来就开始了，开始想象了：见过几次，脱衣服没有？……显然，不是米季沙季耶夫……哎呀，他是谁，这有何区别……还不是都一样！好吧，就一次，根本没脱衣服。他就信了，哈哈！嗨，脱衣服了！光溜溜的，还有什么可丢的？嗨，就是米季沙季耶夫也不算什么……她醉了，才有了这事。哎呀，别管啦！他真诚地自言自语道：……遭罪的人啊！但不是，不是他……自己就是个混蛋！

我们撇开他们吧。

廖瓦去了别墅，在那儿抚慰自己的痛苦。他对总起来说很可怜自己的法伊娜讲，他不想见任何人，想一个人待着。对父亲则说——需要加急完成一项工作。自己却待在那儿，一副懦弱、萎靡不振的样子，无休止地摆弄着一种愚笨的牌阵——他所知道的唯一一种牌阵，喝酒。这时候，阿尔宾娜来看他了。有人打电话告诉她这个地址（法伊娜打的电话？）……是的，女人的声音。

阿尔宾娜给他带来一些乱七八糟的巧克力喉片和一瓶酸葡萄酒。廖瓦冷漠而愚钝地熄了灯。奇怪的是，一心只想占有，也就是要占有阿尔宾娜，除此别无感觉。就像是悬垂在天花板上，从上往下看着，复仇般地观察着已灵魂出窍的躯体在有节奏地做着机械运动……只是在重复着对她那火辣辣问题的回答，认为这样做证明自己真诚，他不能撒谎，他不能，不爱她，也就是说像爱一个人那样去爱，并对之态度很好，可是——他不爱。

早晨，阿尔宾娜急着去上班，胆怯地想叫醒他：他压根儿没合眼，但含混不清地说话，好像是无力醒来似的，也不睁开眼睛。她出于温柔，没有叫醒他，既然他睡得这么香。在喉片盒子上划拉了一些表示温暖而怜悯的字，最后一次用抖动的手抚摸了一下他，嘴里嘟囔着什么，好像是"我的小燕子"之类，听到这个，廖瓦脸红得厉害，尽管为了装得更像而开始打呼噜，——她终于离开了。

廖瓦在床上坐起来，哀嚎了一阵。毫不夸张，就是这样子。他吼叫了好长一阵子：刚开始是发自肺腑，之后吃惊地倾听着自己发出的狼嚎，之后已全然麻木了。"给你的喉片！你个混蛋，"他冷漠地对自己说道。"这算怎么回事啊？"他很快地收拾了一下，就从别墅走了。在空荡荡的电车里，他喝了一小瓶，睡了一路。

　　他知道，自己做这个是在法伊娜这样做了之后。不过他能认为自己的背叛是一种背叛吗？……但这一次就够了，足够让一切改变、动摇起来。现在他已不再那么纯洁了：哪怕——为何要跑去约会呢？现在不管如何解释，已经无法弄明白真相了——对于后果而言这一切都不重要了……现在敞开了第二层底，那儿，在深处的深层，还会藏着什么呢？那儿隐藏着真正令人头痛的事：廖瓦现在就连这种顺序也拿不准了。这一次——对，他跑去约会，分明不会造成背叛的。但为什么他还要去呢？……可能，还有一个未注意到的环节，为什么阿尔宾娜仍摸不着头脑并表现执着呢。他当然不会将那个已经消失的事实看做事实（那还用说！）。可是那他为什么还要去呢？……他注销了这个事实，但已出现了另一件被遗忘的事，还是法伊娜：难道就是那时候？！他本来知道的，她去哪儿了，那一次失踪是去别墅找一个女友去了啊？……

　　"你在说什么呢！在说什么呢！……"沉浸于这个题目的法伊娜喊叫起来。"就在我们认识的那个晚上，你喜欢的是另一个！不记得了吗？名叫施特拉……"——"怎么又出来个施特拉！"廖瓦大声吼叫起来。"蓝色的那个……"法伊娜很轻松地在捉弄他，以至于廖瓦忍不住笑起来，不记得了。"当时你首选的就是她！""可是……"廖瓦慌乱起来，因她吃醋而高兴起来，法伊娜重又变得亲近了。

　　"是这么回事，这么回事，"廖瓦想道。"一直到夏娃之前（夏娃也背叛过亚当，在成为他妻子之前），在犯下原罪之前……打着颤，就像最小的粒子，打着颤，没有消失掉……有一串AB-AB-AB-AB的组合……A的背叛导致了B的背叛，造成另外一次A的背叛，B再次背叛——就这样循环……一旦开始，就停不下来。空过开头的那个A，就会出现下列组合：BA-BA-BA……这有何区别呢，既然这一串会离开？"语文学家廖瓦·奥多耶夫采夫像算数学一样在盘算着，被自然科学所吸引。

　　"滚蛋！"法伊娜说道。"为什么要我'滚蛋'？"廖瓦带着恶意，慢条斯理地说道，"而不是你滚蛋？"这种话在他们的生活中不是第一次出现，廖瓦未能找到法伊娜，找到的只是一封短短的然而异常温柔的信。她走了。"别想找到我，"一切就这样了。廖瓦冲了出去，但还是没有跟她前往萨哈林。

过了大约三天，他醒悟过来了。他这时候正走在涅瓦大街上，傍晚时分的大街在雨后显得格外亮堂：雨伞、汽车、柏油马路、滚圆的轮胎、刹车冒出的火星和刺耳的声音，——他似乎透过正在风干的泪水看到了这一切，似乎这一切都在飞逝，降下速度来绕着他前进……他感觉不到自己的腿脚，昂起头看着漂洗过并且被洗得过于蓝的天空，明白自己还活着，还活着！……这绝无任何目的，不是出于某种意愿：他曾经活过，因为再往后他的痛苦就无处可去了，他站在痛苦的顶峰，毫不费劲地俯视着周围的生活空间。他突然复活了，活过来了，活过来了——平平淡淡地……就像是活在过去，活在他曾错过的那段更早的日子里，似乎还没爆发战争，甚至还没爆发革命……宁静地过日子，不紧不慢，过了一天又一天，并且廖瓦什么都没耽误。母亲非常喜欢：廖瓦工作着，写着东西，毫不费劲地参加了研究生考试……没有留意到会怎样。就这样，一个月过去了。

如此突然，如此意外！狄更斯大伯死去了。多么痛苦啊！廖瓦得考虑了，他个人不愉快的事不太多，一切并非那种样子，在死亡面前一切都那么微不足道而令人羞愧……

……廖瓦在教堂，在安魂弥撒仪式上见到了阿尔宾娜，并吃了一惊。他什么也没想，没有记起来什么不合适的事情，他没有对自己说，她披着的黑色围巾与脸色很相配……但令他震惊的正是这一点。当他用生疏的动作往土坑里撒一把沙土时，他哭了起来。一下子全部结束了：将妈妈手脚麻利地用一件大衣包起来，像是卷进去，父亲抱着走开了，不知为何要从廖瓦身边走过，也不知为何还在她的身后默默地指了一下他，没有走过来……阿尔宾娜挽着廖瓦的手。

他们一路上步行着从墓地回来。阿尔宾娜关于狄更斯的事讲得很出色。廖瓦很惊讶：他几乎也是那样想的，但找不到这样的话来表达。看来，他们不只是认识，还与阿尔宾娜关系很好——关于这一点，廖瓦搞不懂。"他非常孤独，"阿尔宾娜说道，"他什么亲人都没了，都没了。"他的亲人都"作古"了。有些细节廖瓦甚至都不知道……"或许他在那儿会更好些，"阿尔宾娜说道，"那儿我们的人更多。"她将这个朴素的想法讲出来多好啊，但有点儿特别，就像是她有权这么讲他似的。

她指的是自己的父亲。

他的照片挂在长沙发的上方，廖瓦早上端详着那张照片，躺在皱巴巴的空心枕垫和翘起的被角旁边……白皙而皱巴巴的脸，近视眼透过夹鼻眼镜看着皱巴巴的一半床铺，刚才有女人在那儿躺过。他是立陶宛的臣民，是个建筑师，在巴黎和伯尔尼都干过工程，取了个欧洲人的名字，战后留在了亚洲……在幽暗的住宅深处，一只碗叮当作响，一件长衫扇动着……"你醒了吗？"……

……法伊娜在廖瓦看来始终是独自一人，这不仅是指她是唯一的，——她周围一个人也没有。她和阿尔宾娜一样，也没有了父亲，但好像压根儿就没有过。她那怕见人的母亲从顿河畔罗斯托夫来，——迅即就不见了，好像法伊娜将她藏起来了似的。母亲很胖，皮肤黝黑，说话不成句……廖瓦更觉得亲切地将法伊娜的孤独、非天生的魅力拉近到自己身上。不过有一次在街上看到了她的前夫，那人的影子（女人的财富、成功）引起了廖瓦的醋意，廖瓦甚至带着些许绝望地平静了下来：这就是所谓的财富……丈夫年龄很大且不好看。即便是按照早已过时，还卡在法伊娜词典中的那些如何对待历史的标准，——廖瓦也更为出色。形象上的这种落差，对于法伊娜来说是难以想象的。只是在面对面时，这一形象才没有暗淡下去。法伊娜身边一个人也没有。

阿尔宾娜不是一个人，从来也没有独自一人待过：她和父亲的传说守在一起；守着即便贫困时她妈妈仍表现出来的富足姿态（廖瓦喜欢她那张脸，喜欢透过"风韵犹存"表现出来的年轻之特征）；陪伴着祖母别墅的照片；伴着她的有吉尔贝特母猫和猫崽藏身的装置，还有快速增加的"普通"回忆：上学时的邻居、狄更斯大伯、廖瓦的奇谈怪论……她已将"过去"都讲给廖瓦听了，一下子，毫无保留：她不爱却嫁给的那个丈夫（没说过他一句坏话），很有知识分子气质，是个温和的人，在她的坚持下他们离了婚（就是在跟廖瓦约会之后发生的……），尽管她已说清楚了，但丈夫央求说，过段时间再离婚：随时准备听她一声召唤就回到她身边来……——全说了，就像是为了免得再提到此事。（"所有的妻子"都是寡妇，——有一次米佳大伯曾这样说过。）

廖瓦更加沉默一些。他静静地躺在阿尔宾娜身边，打量着天花板上透亮的窗格，院子里树枝围成了一张模糊的网，在冷静地想着法伊娜……形成了这样一种情况：他从来没有见过她，理解不了，也感觉不到：她不是人，而是物……对啦，就是"欲望的对象"，太准确了！啊，说得多好啊！（廖瓦喜欢过这个说法。）对一象。只有在阿尔宾娜身边，他才开始明白一点事儿，并能发现点儿什么。因为很清楚：阿尔宾娜更细腻、聪慧、更理想、更有知识分子气质、更复杂……整个人都是廖瓦能理解和看得见的，是真的。而法伊娜呢？——粗鲁、庸俗、重钱财，且对于廖瓦来说根本没有真实存在感。真实的只有他的欲望，因为就连廖瓦自己也不再觉得自己在这儿是真实的了。但是，他即便什么也不懂，甚至包括不懂自己，在和法伊娜的关系上，——他却能确信，自己无所不晓。关于法伊娜，什么也不了解。只有一堆杂乱无章的处事经验，个别时候甚至曾有过帮助的一些经验：现在没必要去找她……今天应该搞点礼物……应该别在意这个……这个发型应该好好夸一夸（"你多周到和可爱啊！"突然真真切切地听到了她的声音——惊悸地侧过身去）。"你怎么啦？"敏感的阿尔宾娜问道。廖瓦哼哼着，将粗暴装作激情，将她吸引到自己这边来。她欣喜若狂，跟随着他的双手动起来，别人可爱的妻子，可是这与她有何关系，与廖瓦又有何关系？——法伊娜被米季沙季耶夫玩弄于股掌之间，不是廖瓦背叛了法伊娜，而是法伊娜这一次重犯了一次，廖瓦也不是廖瓦，已换成米季沙季耶夫——在医学意义上，这已经接近于人格分裂了；廖瓦体验着嫌恶和莫名其妙且在力度和尖锐程度上都可怕的愉悦感，因此没能拥有这个，也没有拥有另一个……

这时候，法伊娜突然回来了。原来，她根本就没去萨哈林，而是到罗斯托夫她母亲那儿去了……这一下子让廖瓦放心了，好在没有去萨哈林。没有男人做伴，萨哈林肯定是去不成的……廖瓦看着她那张晒黑了、更明快的脸，开心地觉察到自己心里的那种宽慰。毕竟在与阿尔宾娜一起过的这一段为期不长的日子里，他已经有了一些自我感觉。不过，自己的这段浪漫史他并没有告诉法伊娜。并没有什么妨碍他这样做……不过真有什么东西拦住了。他对法伊娜已有些不适应了，但马上就明白了：不习惯那种关系、账单、仇视。他不无吃惊地发现了这一点：和她在一起，他很快就变成了另一个人，不再是廖瓦了。就像是要留一手，他对她就没提起过阿尔宾娜……但是法伊娜察觉到了变化。"我好像又一次爱上你了，"她说道。按她的表述法，这意味着她感觉到了"力量"。廖瓦瞧不起她，同时感到满足。

他和阿尔宾娜的关系更加复杂。第一天他没有下定决心跟她说法伊娜回来的事。第二天，没有说，为没有马上告诉她而苦恼。（法伊娜那边还好点儿，至少不存在这样的痛苦）第三次想说……阿尔宾娜已经自己知道了。

廖瓦当然很不自在。他分裂成了两部分。"我们这个时代是多么孤独啊——真需要相互寻找！……"廖瓦想道，与阿尔宾娜一起苦恼着。"不行，两个人在一起——受不了，在一旁装成是别人的样子。在别人的世界里，和他人待在一起更好些，好过跟自己人待在一起：没人会发现打呼噜，——没有人会发现。"

但是，突然搞清楚了，法伊娜也没有去罗斯托夫，而是到马哈奇卡拉晒太阳去了，一切都又回到了原点：演员们重新挑选自己的角色，仍旧是烂熟于心的那些角色。法伊娜——生命，法伊娜——美，法伊娜——情欲，法伊娜——命运……阿尔宾娜是什么呢！……

哎呀，这一切多令人难受啊！多烦闷。一个很漂亮，另一个则很丑。但这得等搞清楚后再说。漂亮只是一种假象！法伊娜漂亮吗？多荒唐的问题——差别大了。臃肿，洇开的脂粉，鼾声很响（就在身旁……）——廖瓦很珍惜她，这时候甚至更珍惜了。漂亮至极的阿尔宾娜耳朵下方的那个小粉刺引起的嫌恶让廖瓦很难受，当他刚刚结束那甜蜜而短暂的瞬间，从她身上挣脱出来时，从一侧端详时会看到那个粉刺。如果您不爱她，却还在干那事，那么就没有比你看到的女人更丑的了。只是暂时的欺骗，就像光学上的聚焦，过后——会很难堪，很不自在。

人们多么在意女人的美貌——纯属扯淡！当不爱她的时候，漂亮的阿尔宾娜就不再漂亮。现在她正和廖瓦一起走着，央求着见面，要求在咖啡馆，那儿有点心，哭着——除了愤怒，廖瓦有何感受呢？过后两人一起走，廖瓦离她一公里远，双手放在口袋里，胳膊肘贴在身侧——根本就不让她挎着自己的胳膊……可怜的爪子在往里钻，简陋的手套，这是她手上仅有的东西，就像鱼儿撞上冰，鱼儿长着毛茸茸、傻乎乎的嘴。漂亮的阿尔宾娜哭着，热情地说着什么，从嘴里呼出炽热的气息，她的眼睛盯着廖瓦，恳求着，而他根本不看，什么也不听——走着，与她隔着一公里远。只是从怀有敌意的余光里看到，她的嘴唇上粘着点心渣子，一起一落的。点心渣子令他十分讨厌——除此，廖瓦没有别的感受。美得要命——丑陋无比！奇丑无比——美得要命……

廖瓦可不止一次回到她身边，每一次都是他遭了罪之后才来的。他来，是为了转移痛苦。刚开始良心不安，后来就心安理得了。而阿尔宾娜立马就信了，马上跑来。廖瓦就像是为了增加自信，会马上离开，心乱时再次前来。卑鄙吗？卑鄙。不过，就让读者来结账吧……

不过事情也并非完全如此。廖瓦还不是那么卑鄙的家伙，我们的阿尔宾娜也并非那么寒酸。她当然也苦恼，但"也苦恼"……这里的"也"字很重要！她相信，尽管廖瓦经常不像她期望的那样，——但他是爱她的。否则为何总跑来，像纠缠似的总回来找她。她在所有这一切中看到的是爱情的表现，并一一记着呢。来了——是爱，走了——也是爱。他温和，这是对她的。不温和，是因为工作不开心。要不就是病了？……或许，廖瓦爱着阿尔宾娜，谁知道呢。说不定这是在"按自己的方式"……只有她一个人或许明白这一切。因为廖瓦是知道的，知道法伊娜爱着他。只好安慰自己：她还年轻或者还不懂，没意识到……

一切都是谎言，一切都是真理……

与阿尔宾娜在一起生活的这个阶段并不长，后来遭到如此否定，随着时间流逝，似乎根本就不曾有过这样一个时期似的，但这一阶段让廖瓦切身体会到了全部的力量和个人不爱的感受之可怕（只是单独的"不"，而不是连在一起：只不过不爱——简单的情感），让他体验他人感受的压迫和基督徒式的无助。

　　为什么我们不能相爱？因为平心而论，阿尔宾娜更值得他去爱……但是，当他放那只手时，将手放在了法伊娜那儿：他的心已被人占了。我们如此微小，以至于不能给人腾出个地方来，因为这种微小，我们不能再次去爱让我们有感觉的人。"你可以不爱我，"阿尔宾娜说道，穷尽了自己的表达之可能。"可现在你身边什么人也没有吧？"——（她想对廖瓦说什么？……）——"你不是需要女人吗？我又不比别人差……"廖瓦打了个哆嗦，就像是被打了一下——这个办法又一次奏效了。"你不是另外那个……"他猜想着答案。这是命中注定的。还有另一个情况，让他不能爱上她：她是自己人，他非常了解她：她跟他一样：她的每个行为都能在他的心里设想出来，就像已知和明白的一半：他们的境遇一模一样，都面向同一个波浪：他不能爱她，就像不能爱上自己一样。他能接收到她的每一个信号，并很清楚该怎样回应她，可是怎么回应呢？他不能。既如此，谁会去爱呢？因为法伊娜他就更不能爱上她了：她与法伊娜相比不占优势——打乱了的廖瓦的生活会更加令人遗憾。还有一点也让他气恼，那就是现在法伊娜已经知道了阿尔宾娜的事，越是觉得受了侮辱，就越会利用这一点。他不爱阿尔宾娜最根本的原因在于，他第一次明白了一直徒劳地试图在法伊娜那儿搞清楚的问题：她对他的真实态度，就是一辈子都要滋养他成长……她可是感觉到了这一点！——这是廖瓦偶然想到的，当时他正为自己与不爱的阿尔宾娜在一起这一假象而局促不安。这一假设给廖瓦带来了多么可怕的不安啊！还有，根据自己的经验，他现在可以对法伊娜表达一些同情来，并几乎会因她无私的坚忍而兴奋起来。为此，不但是不能爱，甚至应该将有罪者杀死（又是阿尔宾娜）……总之，我们在这里谈论的那种不爱的感觉，太折磨人了，不爱的那一方无法引以为荣。我们不知道，女人们是怎么来排解这种感受的，她们怎么将渴望的人搞到手的（我们觉得，为了体验对方，在成功那一刻她们应该是没有爱上谁的），不知道……可是那种夸耀能赢得女人芳心的男人，我们觉得并不是真正的男人……廖瓦也诅咒这种对自己的孤芳自赏。但——这不是自己的感受。

　　他是多么强烈地不想爱啊！一直都这样……即便十年之后（勤奋

的后辈在研究生活日用品的历史时，可以确定具体的日期……），廖瓦的心还会因某种令人厌烦的苦闷而忧郁，每当他看到当初在阿尔宾娜那儿头一次见到的无辜的物件时，譬如：穿有花花绿绿的运动胶鞋，上面穿有橡皮筋，穿起来会更跟脚，或者被当做"中介"的东西——肉色的短袜，是当时的"紧缺物品"，——所有物件，甚至包括让人感动的物件……而且也厌烦后来的"紧缺物品"，这已跟阿尔宾娜没有关系，——厌烦时髦的折叠伞——无缘无故地发无名火。所有这一切都在缩紧、瑟缩和蜷缩着——没有腿脚，没有下雨……模糊的形式，难以忍受的颓废……急匆匆从脚上脱下、扔在地板上的胶鞋，不知怎地变小了，就像他的心一样，让人觉得可怕，就像阿尔宾娜毫不掩饰的顺从那样令人害怕。后来，最有魅力的东西，在廖瓦的眼中也会毁灭，只因为她拥有过类似的。

廖瓦努力减少与阿尔宾娜会面，但又不能伤害她的自尊：他觉得，自己很清楚，她的感受和痛苦是什么，当他没见到她时，就会多少开始有些同情她（或许，间接而笼统地看来，这样的痛苦依然是我们引以为荣的）。就这样他与她见面的次数越来越少，出于使其伤口愈合这一纯粹基督徒愿望。但最后还是下决心作最后一次交谈。

他们在某个拐角见面，默默地走到她家。他拿不定主意，她则害怕。廖瓦拒绝到她家里去。结果，就变成了只是送她回家。她本应该对廖瓦说点儿什么。"什么？"廖瓦问道。"不是这儿。""我不到你那儿去，"廖瓦说道，一边想象着悄然消失在黑暗之中的母亲，而母亲总能避免与廖瓦"面对面"。阿尔宾娜趁机挽起廖瓦的胳膊，拉着他去了近旁的街心花园。

他俩一声不响地坐在那儿，就像是早就坐在那儿似的……透过已变得稀疏的树叶，能看到天空，天气过早地变冷了，手冷得僵硬。就是早秋的那种寒冷，需要穿大衣，戴手套……阿尔宾娜用那双冻僵的手，在膝盖上摆弄着一片槭树叶子。廖瓦要生气了，他将这当成了卖弄风情。卖弄风情，不应是阿尔宾娜这种教养很好的女人的特权。这与她不相称，显得卑劣。廖瓦对阿尔宾娜是不公平的：她本来正在摆弄一片树叶：免得偶然碰上廖瓦的目光，看到目光中的……

"到底要怎样啊？"廖瓦发起火来，说道。一大滴水珠落到了树叶上。这时，廖瓦又一次切身体会到她的痛苦，这痛苦在他另一个心灵之中翻腾着，他受不了这种痛苦……眯起眼来，他开始说话。她一声不吭。廖瓦受不了沉默，又说了很长时间，为了冲刷不愉快，他承认她有很多优点，而这些冷冰冰的恭维话让阿尔宾娜彻底懵了，一滴泪挂在鼻尖上……"可要知道你是我的，是我的啊！"她毫不畏惧地喊叫了一声，发现他在看着自己，在看着鼻尖，看着上面的那滴泪……她没有忙乱，也没有窘迫，一把抹掉了，僵硬地说道："算了吧，再见吧。""你要明白……"廖瓦开口道，但没有说下去。"你走吧。"廖瓦感觉到一股刺骨的寒意，好像是扎进了心的另一面，那一面从未感觉到疼痛过，似乎他的心脏就像月亮，还有背面似的，他明白了，几乎绝望地认识到，他达到了自己的目的，不是觉得，而是真的结束了。（在这方面，男人的心也是脆弱的，就像女人一样。）他明白，应该起身离开，让他走是她的权利，她在利用她最后的特权（他们在一起的时光里，这是唯一的一次动用）。这时候，廖瓦终于发现，阿尔宾娜很好看，脖颈长长的……她本应该楚楚动人，令人喜欢，可不知为何仍然不是现在，爱她的是那个遥远的廖瓦，那个明显不爱她的廖瓦，正是那个，而不是现在这个廖瓦，不是现在还坐在她身旁、几乎爱上她的这个廖瓦。是的，他本应该爱她，她应该成为他的妻子。（他想象到了她的住宅，开着的房门，在黑暗中忽闪和敞开来的长袍，手里端着小巧的咖啡碗……）"我不会再爱你了，"阿尔宾娜说道。

她手上的那片湿漉漉的叶子仍在闪亮着。廖瓦无声地叹了口气，站起身来……可假如他突然崩溃了、瓦解了、分裂开来，并终于带着情感转身走向她，——可已经晚了。这种不可逆性让廖瓦很震撼——在他面前第一次，也是最后一次呈现出那个永恒爱情的形象，他为了这个爱情的化身，如此执着地忘不掉那第一个地址……这就是那个她——他即刻与她分手了，再也不期望生命中本没有的东西了……

（从此他们再也没见过面。廖瓦沿着公园里的黄泥路走着，走开了，望着这些黄泥巴走了很久，嘟囔着一些没成句的诗，类似于："永别了！再见……那儿我们人更多些……永别了！嗒–嗒–嗒，嗒–嗒–

嗒……"）

以阿尔宾娜为标记的故事就是这样的：在这个天空中，其他星星彼此之间的位置是另一种样子的。廖瓦没有看到它们，正如我们在北半球的南克列斯特也没有看到一样。

柳芭莎

欲望不是别的，只不过是处于发展初期的想法而已：它们为年轻的心所有，谁认为一辈子都会因它们而激动，那他就是个傻瓜；很多平缓的河流都始于喧闹的瀑布，在流入大海之前，没有一条河是飞腾的，也不会波涛汹涌。

廖瓦的第三个女人起了个普通的俄罗斯名字，叫做柳芭莎。（这个名字可表示）喜爱的，不被喜爱的，随便哪个人……在他的生命中她没起什么作用，只不过意味着点儿什么东西。有些收益，也有些亏损。还耗费了些时间。貌似一切都没变，但全已变了样。无需打听，一切都还是那样。廖瓦表面上看也完全变样了：消瘦了一点，改变了装扮，变得更自信和无耻了，习惯了个人的苦难，习惯了自我。似乎没有什么可夸耀的，可生命中已有所阅历了，自然有某种体验了。他获得了一些他一直就有的特征。他似乎冒了出来，穿过自身冒了出来。

廖瓦去见柳芭莎总是很偶然。她家里没有电话，班上有，但不方便，太远。柳芭莎给过他这个电话，但同时好像建议他不要拨打：大概先得找一个叫丽达的，是柳芭莎的好友，而丽达一定会去喊她来接电话。这让廖瓦觉得有点儿不舒服；他试过一次，那个男人的声音听起来不太满意，就连让他叫一声丽达都不情愿，而之后丽达应了一声"来啦"之后，又过了很长时间，廖瓦疲惫不堪地从听筒里听着从遥远的地方传来的噼里啪啦的声响，在炎热的电话亭里挥汗如雨，看着在玻璃门外边晃来晃去的那个很不耐烦的人,不过,那个人没有用硬币敲打玻璃,否则会让廖瓦觉得更难受:廖瓦只能在那儿一语不发,变换着姿势,脸上装出在思考什么的样子;他觉得热,全身皮肤已有被叮咬的感觉,似乎是听筒里的噼啪声造成的,更甚的是,在等待的时候似乎没有人来接电话,那个男的又问了一次:找谁?——当廖瓦胆怯地说出丽达这个名字时,那个人说丽达出去了,好像就挂掉了电话,而廖瓦还在那想怎么解释这一切呢……总之,当他终于从话筒里听到了柳芭莎懒洋洋的声音,伴着那一刻的轻松感,会觉得有一种困惑,因为所有这些困难和遭遇都与现在他要对柳芭莎讲的事情不相干。他磨磨蹭蹭,闭口不说话。"发生什么事了?"柳芭莎很平淡地说道。"没事,我只不过想见见你而已。""那就来吧,"柳芭莎说得很简要。廖瓦挂上了电话。看来,可以给柳芭莎打电话,但得是紧急情况。他和柳芭莎会有什么紧急情况?这也算是吗?所以,廖瓦再也没有打过电话。那时候他不会等待,无论怎么都不会的。既然没有耐心,哪会有下文呢?……

他偶尔会去,很少,但一直以来每次柳芭莎都在家,而且是一个人,就像是她在等他,尽管也没见她有多高兴过,但总是很客气。他们坐下来慢吞吞地喝茶,廖瓦从来没顾得上留意,这一切是如何开始的,但他们总是能做完,而他总是准时离开,就像他要求这样似的:第二天早晨或者就在那个晚上,同样也注意不到这个。

他总是碰到她一个人在家,这种顺利让他一开始还不习惯,让他感到惊讶,但后来甚至为此而满意起来,对于双方之间并不是很讲究的那种关系,廖瓦根本没感到奇怪,因为自己认为他并没进入她的个人生活。或许起先是他运气好,撞上了柳芭莎,这无关紧要,但事情突然有了变化,变得"简单"了……他碰到过这种情况,当他走近门口时,某个人刚走了,后来还有不让别人进屋的情况,当时他正在柳芭莎那儿,再后来有一次连廖瓦也不让进门了:妈妈冷不丁来了。

在这种情况下,她的那张宽脸立马变得更宽了。今天不能去她那儿了,这却让廖瓦很称心。本来哪儿也不能去,只能去柳芭莎那儿,现在像收到礼物一样,突然有了这样一段时间……

廖瓦怀着非常少见的情绪,偏离自己通常走的路,去找柳芭莎,对此留意一下也很有意思。不同于去找法伊娜——他的状态和情绪越是不好，他越是想去，就像是叫板，廖瓦几乎沉溺于越来越多的失败，就像我们去按压一颗坏牙，我们很镇静，用舌头去舔它；试图引起怜悯、让人感动和自我贬低的尝试越是执着，就会越没有好处……还有一点，也不同于去找法伊娜时的情况——他去见她时总是脸色阴沉，虚弱不堪，正倒着霉或生着气。

总之，他只在不倒霉的时候，才去见柳芭莎。或许，还在生着气，但不是倒霉的时候。

他突然想到了什么主意，给他注入了力量：或者是法伊娜突然对他产生了好奇，或者是突然依赖于他了；要不就是天气，多雨的城市一连数周在下雨，突然迎来了头一个春天的日子或秋老虎；或者只是廖瓦莫名其妙变得精力充沛了，不知什么原因，就像遇上难得的天气，于是他便吸一口气，无所谓的样子，使劲地张大了鼻孔，为他并不出色的生活中出现的这一页而高兴，自我欣赏一番，觉得更有力量，个子也变得高了；或者在大街上或公交车里他喜欢上某个人，他得到了回应，好像是已经到了相互交换眼神的程度了，但她继续往前去了或者中途下车了，而他拿不定主意是否去追，是否要跳下车……——但这突然的振作和力量的涌动留在了体内，已开始让他膨胀起来，推动和引领他去找柳芭莎。

他就这个样子，不是常见的那种样子，很兴奋，喘着粗气，眼神大概也火辣辣的，轻飘飘的，很开心，就这么出现在柳芭莎家的门前，并在摁门铃了。

他没有想过，也没有记起过柳芭莎，有时候很长时间都这样，在这方面有一个法伊娜就足够了……却突然出现在柳芭莎的家门口，活灵活现的，漂漂亮亮的，没有任何悲观的影子——已开始摁门铃。

或者后来就这样形成了一种机制，出现在柳芭莎家门口时，他突然就会变成了另一个人，很光鲜，很漂亮，等等……——果断地在摁门铃。

也就是说，他已经能够来此忘却自己的悲伤，调整自己的情绪，就像是条件反射，一切听起来就会很平常，但即便是这种时候，也必须注意到，他的情绪得到调整不仅仅是得益于跟柳芭莎的会面，也不在于过程，而在这次会面之前，至少在她的门口前，在见到柳芭莎之前他已经改变了很多，这给我们证明了什么东西，要么是关于廖瓦，要么是关于柳芭莎……她身上有一种令人惊奇的能力，不需要约定，不需要弄清楚，一下子就能确定关系的分寸、性质和唯一性——相反的情况下，似乎没有人适合她，廖瓦也不适合，为了适合，就得考虑到这一点，尽管得靠直觉。

不过，柳芭莎有一次问过，确实很平静，似乎并不在意："我与法伊娜相比，你更喜欢我，是吧？"廖瓦很窘迫，有点儿被人讨好的感觉。他陷入沉思，却没有想好。柳芭莎也不要求回答。问过，就算了。她自己认为，爱她要多一些。

柳芭莎总是待在家里，在廖瓦放弃了自己愚蠢而得意的假设，认为自己是她的唯一的时候，也是这样。她总是待在家里，也没有什么想法，在自己按部就班的生活中，排除了见面和准备启程上路而带来的多余的烦恼：不知是心里排斥，还是在心平气和地拒绝另外的圈子或可作为补充的生活方式。她总是待在家里或者上班，除了去澡堂和电影院，哪儿也不去，从不外出，也有人来找她——出于需要，有时候甚至是不得不来。

这不，廖瓦突然就来到她家门前了——已在摁门铃了。

柳芭莎为他开了门，第一次表现出惊讶来。"是你啊？"比平时更仔细地看着他，好像是自言自语地说着："怎么，进来呀。只是我不是一个人在家。"像往常一样警觉起来的廖瓦，动作变得突然快了起来，在走廊里寻摸着，他想不到会有什么让他停下来或让他扫兴，不再跟在慢悠悠的柳芭莎后面一路小跑（因为柳芭莎能有什么事让人怀疑呢？），当他沿着黑漆漆的走廊走动时，他问了句："会是谁在她这儿呢？"没有答案，一切像从前那样神奇。但当他站在柳芭莎那窄小的房间里时，他觉得很不自在……

他们不可能不遇上。在这里碰面，多么自然而然……

"终于来了！"米季沙季耶夫感叹道，"我正在等你呢……"

关于米季沙季耶夫的故事

今天一大早,一个医生来见我;他的名字叫韦尔纳,但他是个俄罗斯人。这有什么可奇怪的?我认识一个叫伊万诺夫的,是个德国人。

时光在流逝,而且发生在过去——与真实发生时的情况相比,一切都变得更简单明了……现在米季沙季耶夫已经显得很古怪,但米季沙季耶夫仍然是廖瓦中学时的同学。只是米季沙季耶夫过早地谢顶和虚胖了,而更主要的变化是,不知不觉地,有了一些细微的动作和外部习惯,根据这类变化我们通常从背后就能判断出一个人上了年纪:看他是否坐公交,是否洗脚,是否擤鼻涕。如果要去回忆的话,廖瓦会更容易想起来,米季沙季耶夫在上学时看起来就比大家都老,甚至比老师还显年龄大,似乎他的年龄会随着身边人的改变而变化,以让自己总是显得比他人年长。总的说来,他总是带着明显的快感去打搅新手,尤其是当他们处于对立关系时,但总能想出办法替自己人处理好,甚至也不全是为自己人。假若他跟小职员、前线战士或曾经的犯人说话,他能让自己变得跟对方一样,尽管他从未当过职员、打过仗,也没有坐过牢。但他从来不过火——一般都是平起平坐,稍稍体现出一种优越感来,不过表现为在战壕里或集中营中比对方多待了一天或一个月而已,但哪怕是多了一天,毕竟比对方多。不知是否为了总想让人看起来老相和经验丰富,反正从外表上和从内心的世故看,米季沙季耶夫都过于老成,看起来年纪要比廖瓦几乎大一倍。

他就是这个样子。没有人清楚他的出生年月,假使真有人知道了(譬如,人事处长),出于震惊也会很自然地形成一种说法,说他经历了一些不寻常的事，受过伤，而这些都会对米季沙季耶夫不长的生涯带来巨大影响，留下不可磨灭的印记和痕迹。不管到底是怎么回事，米季沙季耶夫立马便赢得了尊敬，并在会上被选进主席团。

从小就认识米季沙季耶夫的廖瓦，似乎不配成为他的同龄人。廖瓦更容易同意米季沙季耶夫有过前线打仗和蹲劳改营的经历，而不喜欢承认他俩曾同桌过。当然，在这方面廖瓦不会有任何的迷惑：不过在他的意识中，米季沙季耶夫的传说早就变得比真相更像是真的了。因此，廖瓦从来没有出卖他，用不着费力就能跳过关于米季沙季耶夫的真相，并同意任何一种谎话（因为，还是那个原因，对米季沙季耶夫而言，谎言更真实）；米季沙季耶夫很在乎这个，尽管也将这类怪事当成了十分自然的事来看待。不管怎样，在有外人在场时，他已不再提防廖瓦，甚至对他沉默、怀疑或嘲笑的目光也不再提防，而那种嘲笑的目光通常会让我们垂头丧气。廖瓦在场时，他会突然灵机一动，似乎因为廖瓦的存在而受到鼓舞一样。

从童年时候起，廖瓦就弄不明白米季沙季耶夫对他会产生特殊影响的秘密。这里面有某种极其简单，甚至是最简单的东西——纯粹力量上和完全没有理由的运动，某种方法，始终都是一种，甚至可能是禁止（下流）的，但总能对廖瓦产生作用。这种赤裸裸的压力经不起任何推敲，也不符合逻辑：廖瓦无论如何都驾驭不了它，他明白要在自己的系统内，战胜它，用理智去战胜它，——它就像是某种特殊的物理现象，而廖瓦恰好经常会进入其影响范围内。而且，它对他有吸引力。廖瓦当然起来反对过，抵制过（事就出在这儿！），用理智作为盾牌抵挡过，但对手总是出人意料，没完没了。

从小时候起，这种模式就像发动机一样在运行着……在一场旷日持久和没有结果的口角之后，真理明明站在廖瓦一边了，优势明显，米季沙季耶夫突然说道："我们摔一跤吧！"（"干一仗！"）——自然而然，真干了……这不仅仅是施暴或体力上的优势，而是要夺取胜利！——在道义上，智力上，在所有可能的方面：米季沙季耶夫就是这种架势，廖瓦也感觉到了。

渐渐地，廖瓦不能不觉察到，自己有兴趣并试图破解米季沙季耶夫影响他的那一套路时，总是遭遇失败，而在绝望和发狠之余，暂时将他忘掉，远离他，虽谈不上是战胜，但影响消失了，这也给人一种类似于获胜的感觉。但这一相当聪明的发现对廖瓦的帮助不是太大——米季沙季耶夫总能想出办法，引诱他一次次进入他的套路，并让他服从自己。刚开始时会很关爱：友谊，承认廖瓦的优点，平等和赞扬，——而当廖瓦心软，甚至陶醉于这种恭维和优越感之后，就再一次上钩了，马上就得随着钓竿抖动起来：人们不再理他，嘲笑他，而他只能听任摆弄。

这种先笼络后出卖的事总是循环发生，这很简单，却也总让人弄不懂，廖瓦总会被引诱，就像灯蛾趋光似的，让廖瓦的心灵受到腐蚀，逐渐侵占其意识，并在那儿显示出轮廓来。在被卷入背叛行为的这一过程中，总是伴随着廖瓦的那种痛苦每一次都集中在一个柔软的地方，这种痛苦随着时间而成了一种迟钝的网状物，成了某种场地，背叛行为在这里耀武扬威，却没留下蛛丝马迹。

这尤其明显地反映在廖瓦处理没有终点的初恋上。有一次（过了若干年）廖瓦突然想到，这个女人对他的影响的秘密，他永远做俘虏的秘密，在原理上与米季沙季耶夫的那种秘密极其相似。天呐！不管是哪次，都不全是廖瓦的主意……这些人就像是动物，嗅到了廖瓦散发出来的某种气味，并从这气味中推测出来，觉得他们需要廖瓦。问题在于，与其说他们需要廖瓦，倒不如说廖瓦需要他们。他们笼络他，他感觉到了这种诱导，一段时间会趾高气扬，但之后还是会敞开心扉，柔弱的花瓣张开来——这时候人们就兴致勃勃地往他的果心里吐唾沫……他倒下，僵硬了，已永久性地被固定住和刺伤，要么像只小蝴蝶，要么就像是一枚徽章……廖瓦即便是对这种嘲弄已忍无可忍，通常他也只会发作一下，搞出件愚蠢而可耻的傻事来，根本谈不上占上风、超越或胜利。而他们利用这一点：他一旦有过失，他们就无休止地埋怨他伤害了纯洁的感情，——这样子廖瓦就得不停地卑躬屈节，请求原谅，便越来越听命于他们。

在这里一切始终都按着简单而万能的图表在变化，巧合到了可笑的程度。甚至米季沙季耶夫与廖瓦在恋爱情节上也表现出一致来，尽管廖瓦的恋爱情节很单一。他们当然不可能不碰面，因为他们靠的是同一个廖瓦，见过一面之后，就像是缘分，击掌过后就难舍难分——融合在一起了。

廖瓦永远会记得那个冷飕飕而昏暗的傍晚，她家房子的墙角有三块砖头已脱落出来（它们恰好在眼睛齐平高的位置，并一直吸引廖瓦看过去），他们三个人在一起，要分开却怎么也分不开。某个人话说了半句，没有说完，突然就让前面很热闹的一番话失去了意义；强烈而令人发窘的沉默，甚至也让廖瓦局促不安；三个人因为不耐烦而不停地变换着站姿，而且早就彼此不看对方的眼睛了……有件事廖瓦还是没有弄明白，这件事在米季沙季耶夫和法伊娜那里似乎早已一目了然，而廖瓦却不让自己也这样想。

最后他们还是分开走了，廖瓦感到一种轻松和喜悦，与米季沙季耶夫一起迈步去电车车站。怀疑在慢慢消失，就像是不透气的衣服，在果心里的是光洁的廖瓦——就是果仁，果核！——他能闻到声音和香味，星星们在为他耀眼地亮了起来……他跟米季沙季耶夫在车站告别（他还得走一段路，而米季沙季耶夫已到家了），廖瓦友好而坦然地握了一下米季沙季耶夫的手，对方也用力回握了一下，甚至还吻了一下，动作突然而冲动。廖瓦跳到踏板上，不好意思地笑着，摆着手，老老实实地回家去了。

数年之后，在与心上人分手很长一段时间之后，他已开始有些忘记她了，不无惊讶地发现，这不，自己没有她也能过——没什么，挺好，还未来得及为此高兴一把，他就在大街上遇到了米季沙季耶夫。他们逛游着，进了酒馆，之后去了动物园……米季沙季耶夫突然让廖瓦很震惊，他对动物的评价是那么准确，很直观而且极富洞察力。在廖瓦心里，自己的这个敌人和朋友天赋异禀、拥有不可多见的才能，这种在中学时的印象又浮现了出来：当人们说的话有道理时廖瓦便很愿意听，并高兴地迎合着说话……就动物话题，胡说八道并感伤了一番之后，他们喝起啤酒来。

"注意听着，公爵，"米季沙季耶夫说道，一边吹着泡沫，"你那儿有没有一本我们的毕业照？"

"当然有啊，怎么啦？"

"哎……真想现在就能看一下。听着,你经常看吗?"

"不看……怎么啦?"廖瓦很惊奇。"相册在我妈妈那儿……"

"你想想看,我们班有多少个犹太人?"

廖瓦懵了:

"从来没数过……"

"你回想一下,仔细回想一下!……"

廖瓦沉思起来。

"真没有,奇怪,"他说道。"记不起来。全都是俄罗斯姓氏,都不是犹太姓氏。没有,是不?"

米季沙季耶夫哈哈大笑:

"怎么会没有!你看……库哈尔斯基,你看是不?"

"像老鼠的那个?当然是俄罗斯人,"廖瓦说道。"那么胖,还有那姓氏……"

"姓氏,姓氏!"米季沙季耶夫嘲弄地说。"那又怎么样!他是犹太人,是犹太人。照你看来,莫斯克文是不是犹太人?"

廖瓦发自内心地笑了起来:

"好吧,库哈尔斯基……可还有个莫斯克文!对,我们都管他叫莫伊莎。但不过是为了搞笑,没有人真当回事……当初不这样叫他就好了。"

"也就是说,这是我们的直觉,"米季沙季耶夫说。"它从来不会骗人的。就该叫他莫伊莎。"

"你这是怎么啦?"廖瓦很惊讶。

"你的那个季莫费耶夫也是犹太人。"

"那个季木孙?"

"正是,"米季沙季耶夫装模作样地说。"季木孙这个绰号就是您给他起的。"

"或许,波捷辛也是犹太人?"廖瓦恶毒地问道。

这时,米季沙季耶夫哈哈大笑起来:

"波捷辛?哈哈……廖瓦,你可真够神的!当然是啦,百分之百是!"

"那，米亚斯尼科夫呢？"

"确定无疑！你看过他的鼻子吗？"

廖瓦若有所思地触碰了一下自己的鼻子。

"对啦，"米季沙季耶夫说道，"听着，公爵……"米季沙季耶夫试探性地悄声说起来，"你自己赶巧不是犹太人吧？"

"我？！"廖瓦甚至大喘气起来。

"是这样子的……"米季沙季耶夫急忙变换了话题。"你就是公爵。要不你怎么会叫廖瓦这个名字？"

"天啊！"廖瓦惊叫了一声。"你这是怎么啦？列夫·托尔斯泰也叫廖瓦……"

"嗯，对……托尔斯泰……"米季沙季耶夫好似很怀疑似地念叨着。"你的朋友都是犹太人。"

"怎么可能都是？谁是，举个例子出来？"

"譬如说那个季莫费耶夫就是。或者莫斯克文。"

"他们可不是犹太人！"

"是犹太人，"米季沙季耶夫不容置疑地说。

"我糊涂了，是吧！"廖瓦一下子明白过来了。"即便就是犹太人，与我何干？！"

"你看吧……"米季沙季耶夫不无满意地说。

"等一下，"廖瓦突然想起了什么。"那你自己呢？你凑巧不是犹太人吧？"

米季沙季耶夫发自肺腑地哈哈大笑起来。接着摇了摇头，几乎哽咽起来——廖瓦把他整得够呛。

"嗨，我怎么可能，"廖瓦继续说着，"你看你的鼻子也弯着，是不是？"

"鼻—子，"米季沙季耶夫刚一说完，就又一次笑得喘不上气来。"茶壶……"

"等一下，你可是我的朋友，"廖瓦带着莫名其妙的高兴和兴奋，说道。"我只明白一点，按你的说法，所有朋友都是犹太人。我自己似乎也是犹太人。那么你也是。记得吗，我们曾管你叫过米亚季什？这样叫你太合适了，"廖瓦说道，说得很和气，如猛然醒悟一般果断，"米亚季什，也是犹太人的名字……"

"米亚季什，"米季沙季耶夫似乎醒悟过来，甚至生气了："在米亚季什里，哪有什么犹太人的事？"

"还有，为什么这个问题跟你撇不开关系？这种情形就像是有人将鼻子凑到了炮口前通常会发生的那样。你即便不是犹太人，那也得是个混血儿，比方说四分之一混血。"廖瓦突然发现，他和米季沙季耶夫互换了说词，与对方说得太相似了。"要不就是八分之一血统——这也不能说没关系吧？"

"就是没关系。"米季沙季耶夫斩钉截铁地说。

"那你为什么反对他们呢？"

"犹太人糟蹋我们的女人，"米季沙季耶夫坚定地说道。

"凭什么这么说？"

"就是。还有，他们没有天赋。这不是个有才华的民族。"

"可是，对不起！……怎么会……"

"只是不要跟我提什么小提琴。"

"可是，对不起！……怎么会……"

"只是不要跟我提什么小提琴。"

"这与提琴有什么关系！"廖瓦突然火了，列举出一些诗人来。

米季沙季耶夫把他们也推翻了。

"那，费特呢？你跟费特无法脱开干系吧？"

"费特是被人诬陷了。"

"那，普希金呢？"廖瓦越发来劲了。"普希金，怎么说？"

"这里没有普希金的事，"米季沙季耶夫耸了耸肩。"他是阿拉伯人。"

"阿拉伯人，你知道什么？埃—塞—俄比亚人！埃塞俄比亚人都是闪米特人。普希金就是个黑皮肤闪米特人！"

结论很有说服力。米季沙季耶夫闷声不语。廖瓦有些得意洋洋，变得宽容起来……

米季沙季耶夫抓住并利用了这一点。转过身来，似乎躲躲闪闪地，又似乎是无所谓的样子，说道：

"顺便问一句，你早就见识过法伊娜了吧？"

"这说起来——得看从哪个方面！"廖瓦喘了口粗气。

"好像老早就……这有什么？"

"是这样……倒没什么，"米季沙季耶夫喝着啤酒说道。"我不久前碰到过她……要不，我们走吧？"

廖瓦突然愣住了，想起那个傍晚的事让他感到一阵刺痒：他们站在她家房子附近，三个人都在……廖瓦现在仍在拿主意，拿不准是否提出那个折磨他的问题。米季沙季耶夫胸有成竹的样子，也不看他，默默地走着……

"要不，再喝点儿？"廖瓦胆怯地请求。

"我没有钱。"米季沙季耶夫生硬地说道（尽管在这之前也都是廖瓦买单）。

廖瓦有钱。

廖瓦请客了，装出无忧无虑的样子——什么都不在乎，还在朝着目标前进呢。但终于，用不像自己的那种声音，还是一下子吐露了自己的疑问（尽管用尽了全力，想让这疑问看起来无所谓，是顺便一提而已），独一无二的那种笑容突然凝固在米季沙季耶夫的嘴角，尽管他嘴里说着，不是这样，没有这回事。哎哟，那种笑……廖瓦已准备再次跑去见法伊娜，登门找她。米季沙季耶夫在这件事上甚至有点儿优柔寡断，沉浸在罪责之中——招架不住了，补充说道，既然是彻头彻尾的诚实之人，他在自己最好的朋友面前也会是这样的，一切都清清白白，他们之间没有任何事，但在廖瓦回家后他还是回去找法伊娜了，但仍是那句话，什么事也没有发生。

遇到这种情况，谁都会问一句：有还是没有？从另一个角度来说，既然米季沙季耶夫知道廖瓦和法伊娜已分手了，那他用得着去隐瞒吗？再说，他为何要承认自己回去过，而将后面发生的事隐瞒不说出来呢？……说得简短些，廖瓦重又循着耳边话回到了从前，似乎光阴没有年复一年地流逝，他不曾离开那个炉子一步。不久他就向法伊娜提出了同样的那个问题……

她闪到一边，因为他们与廖瓦之间隔着一个世界——就在刚才的约会之后——但她和米季沙季耶夫一样，也没有招架得住，面对着廖瓦给出了一个痛苦的笑脸。之后，可能是疲于应付廖瓦的追问，就挥了一下手，认可他提出来的那种说法，并马上就矢口否认，说是的，米季沙季耶夫回去过，但她没让他进屋，他俩只是散了一会儿步，聊了聊，当然他纠缠过她，但没有得逞，是的，没得逞，虽然他把她甚至拖进了自家的地下室，他知道那儿的所有出入口，里面很暖和，在那里他也央求了，但还是没有得逞，见鬼去吧，最终还是！最好廖瓦离开她！都发生了，不过不是在地下室，当然，在她家里，因为当廖瓦离开后，米季沙季耶夫又回去并在她那儿过了一夜，后来还有过一次，她有一次曾不让廖瓦进屋（还记得吗？）——那个人也是米季沙季耶夫，后来还有过几次……好吧，就算这是她斗气才这么说的，根本没这回事，没有这回事！一直只有廖瓦在那儿（亲爱的，到我这儿来……）。那，好吧，只有地下室那一次，就一次耻辱……不对，从来没有过（为什么我要跟这个丑八怪在一起？我连看他一眼都恶心！），只是廖瓦自己在强求，想看看她到底会怎么回答？不该这样，亲爱的，我可是爱着你的，滚开见鬼去吧——厌倦透了……

廖瓦体验到这种一直在翻旧账的感觉，却什么也搞不明白！"我们对别人又能了解到什么呢？"他聪明地想到，但甚至还带点儿悲观——好像是在安慰。他回忆起自己的其他女人——又手舞足蹈起来，就像是牙疼似的，一切都辉映着白色的亮光：既然他有过这种事……那么她也会有吧？！他谈不上背叛，实际上——他的背叛不过是附加到他身上的压力，将他拉到最底部。在每一个另外的女人那儿，他都会感觉她还有另一个男人，还是那个米季沙季耶夫。廖瓦所知道的她这唯一一次背叛，是他所知的背叛中了解最少的一次（不知为何，没将她结婚算在内）。接下来廖瓦就会有一种想法，觉得他不爱了，只想从爱情中脱身出来……

廖瓦试了试早已不结实的盔甲，不合时宜地从刀鞘中拔出了染色的木剑！但试图和敌人搏斗，要使用对方的武器，也就是说，自己出卖他们时，没有获胜，在背叛方面没能赛过对方。他自己在软弱而不显露的出卖中跌了跟头，受到突然不知从何而来的可疑背叛的撞击。怪物很庞大，每次都能长出新的头颅……应该将木剑藏起来——因为廖瓦的魔法突然成了小孩子淘气的把戏，被他夸大到了夸张的程度，对此只能宽容而温和地一笑置之。

尽管这两个人一次也没有让廖瓦真正地完成背叛行为，胜过他们，遗憾的是，这也不能证明，他的纯洁灵魂就没有遭到玷污——只不过是与他们相比较才会出现这种看法。事实上，被卷入这种过程，在像雪球一样不断滚大的竞相背叛行为中，他自己也到了边缘，只不过不是一个人，而是跟他们一起，跟在他们后边。也就是说，他自己没有察觉，但已朝着那个方向，已在不显露地对他人做着这种事，而这是他本人所苦恼的。这种折磨人的"谁跟谁"游戏一直在对廖瓦灌输着，当时他相信爱情应该是怎样的，而不是"谁跟谁"（不知从何处透过一线光亮，响起了音乐，他们走啊走，手挽着手，融汇在一起，享乐着，没有相互攻击，大家围在一起，舒缓地跳着舞，载歌载舞，就像来自不同星球和世界，超越了所有界限），——这种"谁跟谁"游戏，这种非现实（诱惑）对于廖瓦来说越发成了现实，尽管他不擅长也没有能力去攀比，但也开始尝试耍小花招了……将自己的经验用于所有人，他觉得：大家都这么干——他哪一点比不上大家？……这两个人突然开始分解，在他眼中分裂出很多，按实验的速度正在扩散开来，以至于整个世界已明显开始分成"他"（廖瓦）和"他们"（所有人）。

就这样，每活动一毫米，都会带来难以形容的痛苦和烦恼（这从未有人验证过），就越滑向边缘，廖瓦应该倒下去，置身于那个人满为患的车站（火车站），那里会举行廖瓦·奥多耶夫采夫盛大的心灵闭幕式！廖瓦可能从来也不会知道，他自己到底是个什么人，——因为他已经不存在了。

终于，廖瓦虽有些迟但还是明白了，与其说米季沙季耶夫在压制他，不如说是他允许对方这样做的。这本是他应得的，他长期在抵制"谁跟谁"的关系机制，跟在欺负自己的人后面，走向边缘，不无奇怪的是没有发现，只不过是时间将他们分开了，他会将某个人出卖，不露声色地背叛他，转交给未来出现的某一个下家，——本来不想接受它，这不，已开始攥紧木棍了……

……但在一件事上法伊娜毕竟是帮过廖瓦——他摆脱了自己朋友的影响。在经受法伊娜熔化的铅水之后，米季沙季耶夫的盐开水已经不能让他感觉到灼痛了。时光飞逝。

但在点上他也错了。显然，之所以会有这种感觉，是因为他好长时间没跟米季沙季耶夫打过交道了。众所周知，米季沙季耶夫很能忍耐。要多久，他都能等。而廖瓦失去了警惕性。有一阵子，廖瓦迎来了最平静和充实的一段时间，当时法伊娜不知和谁一起似乎去了萨哈林，廖瓦终于稳定了下来，考取了研究生，选取了一个很有意义的选题，开始沉浸于学术研究之中，感到自豪和幸福，因为感觉到了自己的能力和创造潜力，这让他高出了自己的同学、同事和领导，虽说是在自己的领域，但他感觉自己目光敏锐，生活终于能带来愉悦，他觉得自己是打不倒的——米季沙季耶夫已被宣告不存在了。廖瓦再次犯了一个错误，而这种错误他在学校里曾一犯再犯。

米季沙季耶夫没有改变基本的方法，但改变了面目。要揭穿他所有这些面目，廖瓦似乎已研制出了解毒药，让那些面目不再发挥作用。但他还是错了，幼稚地以为米季沙季耶夫会表现出以前有过的一种面目，并准备战胜之，自己已武装到牙齿：米季沙季耶夫来了，像往常一样，从后面。在我们这个时代很明显，阿喀琉斯这种注定要灭亡的人，差不多是最先倒下的。因为痛击没有弱点之处是没有意义的，既然存在大家都心知肚明的那个脚后跟……这一次，米季沙季耶夫让廖瓦跟着自己的指头转，做法很简单，很原始，以至于稍后廖瓦只能无奈摊手，不明就里。这就类似于，期待着用罕见的亚洲毒药杀人，将之撒进陈年老酒里，而最后却落了空。

米季沙季耶夫给廖瓦打电话，没有任何的嘘寒问暖，没有讲述他们分别之后这么长时间里所发生的事，直奔主题，约廖瓦紧急见面。这种特殊情况才有的声音，廖瓦非常熟悉，米季沙季耶夫说，他们应该见一次面，谈一谈，因为他应该向廖瓦解释一件事，这件事对大家都很重要，而只有他——米季沙季耶夫想到了。主要是应该用新的眼光看待历史……一切都跟他很相似：意味深长的口气，分享自己超常经验的打算，——廖瓦几乎高兴得搓起手来，米季沙季耶夫原先那些手腕已经不起作用了——那些手腕曾用来对付他，对付廖瓦·奥多耶夫采夫，与之在智力上平起平坐；米季沙季耶夫用他的无知来对抗科学而完整的思想……事情坏就坏在，廖瓦武装起来了，可以抗击自己的敌人——而敌手很简单。

事情可能是这样发生的（这一场景也只能这样来表现）……

米季沙季耶夫站在门口上宣称，他就是救世主，他已到达了顶峰，有能力将世界翻转过来。采用高尔基的说法，在他之前是基督——穆罕默德——拿破仑（不过，他列出的是另外一些名字），现在轮到他了，轮到米季沙季耶夫了。所以，他，米季沙季耶夫为了开始，就得从精神上压倒廖瓦。"那，你将要怎么做呢？"廖瓦说道，宽容地微笑着。"很简单，"米季沙季耶夫说，"我能感觉到体内的力量。""力量——什么用途啊？""为了翻转整个世界，为了开始，就得从精神上压倒你，因为你是我精神上的敌人。""为什么是敌人？我们可是还没……""是敌人，"米季沙季耶夫坚定地说道。"好吧，那你怎么将我压垮呢？""很简单，"米季沙季耶夫自信满满地回应道。"我能感觉到体内的力量。过去有基督——穆罕默德——拿破仑，而现在轮到我了。一切时机成熟了，世界成熟了，只缺一个能感觉到自己力量的人，而我能感觉到自己身上具有这种力量。"这就是全部，米季沙季耶夫不能再多说了。廖瓦为他准备灵便的踏板，在揭露并嘲弄他——米季沙季耶夫只是轻蔑地皱起眉头：胡说八道，知识分子的琐事，您的软弱会将您吞掉的，您的软弱比您强大，无须与您作斗争——所有的一切您都是亲手完成，那篇文章《相信自己的敌人》已亲手写完了，很快就会在《真理报》上刊登出来，到那时候大家都会明白了，廖瓦是敌人，他，米季沙季耶夫今天只不过是做了个小实验（在实践中对理论进行小型验证），并再一次证明了，米季沙季耶夫是对的，能感觉到体内的力量……"怎么能证明正确呢，什么样的力量？"廖瓦软弱地考虑着。"不过是种虫害……""怎么啦，"米季沙季耶夫说道。"现在的虫害——是主要的人物。大家都这么虚弱不堪，这么散漫，只有他一个人还能把话说明白，还能骂娘……"廖瓦突然累了，沮丧起来。

他已无法抵制米季沙季耶夫了，不能反驳他，无法战胜他——没有什么可拿来战胜他：全都是赤裸裸的压力，赤裸裸的空间，荒漠……"干一仗？……"廖瓦感觉无力。

"这要是真的，怎么办？"已几乎是说胡话的样子，甚至从米季沙季耶夫身边挪开了，廖瓦在思考着。"他可是真能感觉到自身的力量……我可知道，但没有力气向他证明，哪怕是证明自己知道。我确实感觉不到自己体内的力量？而米季沙季耶夫能感觉到……"

"你能感觉到体内的力量吗？"——就像是在应答廖瓦的想法，米季沙季耶夫大声说道。廖瓦先冷静了一下，机械般地胆怯而否定地晃了下脑袋。"在我体内？"他朝廖瓦走过去。廖瓦差点儿缩起身子，的确，他眼见到米季沙季耶夫身上发生了某种奇迹——米季沙季耶夫在胀起来，变成了庞然大物，逐渐充满了整个房间，靠近廖瓦，喘着热气。廖瓦感觉到从米季沙季耶夫那儿发出的强劲而真实的气流。这就是一种神奇力量的心理感应场，廖瓦呆住了，眼睛一动不动地看着——米季沙季耶夫在将房间填满……"你感觉到力量了吗？"米季沙季耶夫大声地悄然说道，在他的话中和气息中发散着热浪，廖瓦更紧地贴近了衣橱，似乎那就是最后的屏障。"快说啊，来反驳啊，为什么不做声了呢？！你感觉到没有？！""能感觉到……"廖瓦无声地张着嘴。"那就对了，"米季沙季耶夫满意地说道，突然猛地挥了挥手，走了。廖瓦待在那儿，感觉自己被彻底击败了，生病了。他无法给自己解释，究竟发生了什么，这一切是否是他的幻觉。他很快就进入了梦乡，睡得很死，第二天一早直接将这一切抛诸脑后，权当是幻影和梦境。

但这也成了过去的事了。他们跟米季沙季耶夫在单位遇到时，廖瓦的论文已快要完成了，而米季沙季耶夫才刚考上研究生。两个人现在留下的印象很平常和体面，两个人会回忆起童年时光，而当廖瓦不是很自信地提到这次奇怪的拜访时，米季沙季耶夫将一切都彻底否定并笑了起来。他马上胡乱说起来，说他一段时间在精神病诊所治疗过。"知道嘛，我在那儿见过一些怪人……"他自负地说道。"大白天会将你当成是颗纽扣，很有洞察力地对你低语起来：'看见没有，星星？蓝色的，看见没？'"但所讲的这些事也让人想起他讲过的前线战壕和监狱。

这么多年来把米季沙季耶夫当做自己人，廖瓦不可能认同他真疯了的看法。

尽管一切都在进行着，我们随着时间也能看清一些所参与的事和人（说得准确些，它们也是我们的经历），虽然现在廖瓦已能确信，米季沙季耶夫纯粹就是个渺小而卑劣的人，——但有一点，不管是现在猜测出来的，或是根据回忆猜出来的，或从童年时认识到的，迄今一直会保持在廖瓦与米季沙季耶夫的关系中。"我们大家与米季沙季耶夫是连为一体的，"廖瓦平静地自言自语道，廖瓦已不必去感觉什么，去感觉对人们而言一定很重要的东西，说白了就是卑劣者们的东西。"怎会不是我们，"廖瓦不无忧郁地对自己说道，他用的是米季沙季耶夫最喜欢的那句话："怎会不是我们。"

很显然的是，尽管具备发展事业所需的非同一般的优点以及可能由此而来的才华，米季沙季耶夫，这么说吧，在生活中取得的成就很少，甚至比廖瓦的都要少。尽管他俩在一个领域工作，照米季沙季耶夫的老做法，任何时候都不会服输的。但米季沙季耶夫似乎平静下来了，或许，他无私地把精力主要花在廖瓦身上了，早在中学和大学校园时就这样了。

米季沙季耶夫只抽"北方"牌香烟。

并不全是这类，但这类想法和回忆，有一次特别清晰和突然地出现在廖瓦的脑海里，动机不明。何况，现在廖瓦几乎每天都能见到米季沙季耶夫，根本不会想他。

……是一个寒冷的日子，廖瓦在钟楼下的角落里冻得直跺脚，正在公交车站附近，等着一个真正美妙的姑娘（不是法伊娜），那个时候他正设法哄骗这个姑娘，甚至自己也被弄得晕头转向了，虽然很诚实。他稍稍早到了一会儿，赶巧早到了，他一点儿也不着急，因为相信她会来，甚至会一路小跑地来，因此他平静地环顾着四周，尽可能地欣赏着街景。

这时候他将注意力转到一个小伙子身上，那小伙待在汽车站点那儿，没像大家那样在排队，而是远远地站着。尽管天气很冷，但小伙子既没穿大衣，也没戴帽子，而且看起来，他整个冬天都这样穿着，不像是蹲出来到最近的商店买瓶酒的那种样子。根据什么特征能得出如此明确的结论，这很难说：不知是他没有表现出激动和着急，这种表现对于寒冷中未穿厚衣服的人本属自然，还是他站在那儿如此平静——没有冷得打颤，没有踌躇不决，这似乎是可以理解的，这是他的习惯，为了锻炼意志；要不就是他在不存在的大衣下穿得很薄——一件高领毛衣，脏兮兮的，不够长，冻僵的粗大手腕露在袖口外面，不管怎么扯拉都包不严实；显然，到膝盖的肥大裤子也很短……他的五官倒是浓眉大脸，长得不难看，很像男人的脸，有点儿发灰，属于那类整洁的人，即便是整洁之人也会让人觉得没洗脸，有些淫荡；还有那表情，不是很惹眼，但明明白白地写在脸上——可以称之为爱面子的那种表情：有些许挑衅、隐秘和不信任的影子。他慢悠悠地看着过路行人，带有难以察觉的讥笑，看姑娘时尤其明显——这时候隐藏着的讪笑稍稍明显起来，因而将他不想暴露的表情暴露了出来，恰恰相反，暴露出他的隐蔽和一直莫名紧张的感觉，而这感觉他本想隐藏起来。他就这样站在那儿，很正常，更似旁若无人的样子，一个人在那儿，手里抱着一些书（能看到皮萨列夫几个字使用的是金色字体），廖瓦突然觉得不止一次见过这个小伙子——只是没有注意而已。这样的年轻小伙他早就看见过。在二年级的时候他出现在他们班级里。他的意志坚强引来了充满敬意的讪笑，因此也被起了个绰号，管他叫做"基克洛普"（希腊神话中的独眼巨人）；姑娘们总是饶有兴致地看他，但没有一个姑娘跟他交友；他的学习不是很稳定，但有时候会像受虐似地很勤奋，不是出于任何动机，将某一很偏僻而奇怪领域的知识掌握起来，读过很多很多的文献；他好像有什么志向，但对毕业证已心灰意冷，也不存在希望，究竟想干什么呢？——他引体向上的次数显然破纪录了（穿着长裤衩，两条难看的罗圈腿），让人好奇而没有好感，但整体上他不是个灵活的人，只知道拿起熨斗和搬搬椅子之类的活儿……在廖瓦眼前突然很清楚地浮现出他的身体：非常平坦的大肚子，长而有力的两只胳膊，躯干很白……整个人真像是飘过来的，就像是溺水者的尸体，从记忆中浮到表面上来。

说句公道话，他根本不像米季沙季耶夫，但廖瓦想起的就是米季沙季耶夫，而且由于交往的时间很长，很亲近，在一起厮磨，本是不可能想起来的,如今却突然如此清晰和鲜活地想起来了。尤其是那一次,在衣橱旁边那一次。还有一件事,他从来没有想起过,而且从来也不曾明白过,只有现在才明白,看着这个小伙子,感觉到了,明白了……

米季沙季耶夫不会使用自动电话机打电话!也就是投下硬币,拿起话筒,拨号,摁键……这一套先后动作对他来说一点儿也不清楚。可能,这一套只是在大学最后一年才学会。对,就是,是的!他不知道怎么做,也无人可问。一直以来,每当廖瓦说:"那你给我打电话"时,米季沙季耶夫就会奇怪地笑笑,从来没打过电话。为了件鸡毛蒜皮的小事,会穿越整座城,而对能否见到人根本无从保证,但仍是不肯打个电话。不过,谁也不知道他有这个小弱点……现在,廖瓦从内部对这个人了解得如此深刻,禁不住要流下泪来。这种奇怪的,不知从何而来的一种确信,即这一刻比其他时候更多地将米季沙季耶夫的灵魂揭开来,这种确信也跟什么都不相像,且廖瓦对这种确信也不能给出解释。

(……廖瓦站在那儿,望着这个被自己征服的敌人,感觉到一种空虚,说不清是伤感,还是甜蜜,这个敌人正离他而去,灵活地最后一个跳上车,人已在车厢里,但拿着皮萨列夫书本的那只手还在外边晃动着。)

说法和版本

"AB,AB,AB……"廖瓦有一次想道,假如不算第一个A,就会变成:"BA,BA,BA……"

B,B,B,B!——这成了一个系列。这就像是说:奥多耶夫采夫·列夫!就像都知道的那种读法……或者——奥多耶夫采夫·廖瓦!——"到!"双手贴近裤子中缝。但差别还是有的。

因为毕竟是存在真正的现实的!存在着——不管我们是否理解、描述、推论或是改变,它都是存在的。当我们一想起用异样的眼睛去看一眼,那真实就不见了……马上就会变得虚幻和抖颤起来,真实在爬行,就像是腐烂的纺织物，只剩下说法和版本，说法和版本。不像作者的意志那样肆无忌惮，不像文学形式主义的手段，甚至不仅类似于变化无常之现实的色彩，还像是人们所说"关系"的那种纯粹机制，对于这种机制任何时候任何情况下都不要再掺和进去。但都来不及回顾一下，——就又一次坠入这张蛛网。

马上就开始出现幻觉，开始一分为二，裂变和消失——法伊娜、阿尔宾娜、米季沙季耶夫……或许，法伊娜——已经是另一个法伊娜，不是说她变化了（我们不指望会发生变化），而是说有了另外一个——第二个、第三个法伊娜……米季沙季耶夫也是这样——一定不是一个，在廖瓦搞清楚第一个之前，将会有十来个米季沙季耶夫穿越廖瓦的生活。柳芭莎甚至会多得数不清。也许阿尔宾娜是他第一个二手女人——那她就是独一无二的了……或许，这样的人一开始就有一百个，而我作为作者将他们合并成了一个法伊娜、一个米季沙季耶夫、一个……为使廖瓦混乱不堪的生活变得更为集中一些？……因为影响我们的人是一回事，他们对我们的影响则是完全是另一回事，连续地，一个接一个地，没有关联，因为他们对我们的影响——这已经是我们自己的事了。因为正是廖瓦和人们对他的作用力吸引着我们忙活，那就是我们的法伊娜与米季沙季耶夫——还有那个廖瓦：不知是他们合成了廖瓦的头脑，还是他的头脑在他们那儿——一分为二，一分为三，裂成碎片。我们采用平行四边形受力的原理，代替作用于廖瓦的多种力量，改为两三条均匀、粗重的矢量箭头，使之穿过廖瓦·奥多耶夫采夫尚未定型的头脑，让头脑在压力下结成晶体。因此这些人与力、人与矢量存在一定程度的不真实、假定性和概括性，并不意味着它们就是这样的，——这只是我们透过半透明的主人公看到的样子。既然它们都是穿过他头脑的线，那么它们就不可能不相遇，至少会有一次，一旦廖瓦死掉和停下来。

一切都停留在过去，伸手可及的未来在他的刻刀下变成了碎屑。当下炽热的铁流将纸张烧掉。我们——不知道。在作者了解其主人公当下情况时，在作者眼皮底下，只有说法和版本混杂在一起。

廖瓦本人怎么想的呢？他的生活日复一日地回到过去，没有一处可停留，一直在从未来走向当下的铁路上经过那些小站——而他不在场。

想着自己履历中不切实际的行程，最近廖瓦越来越看重两点，这两点他也不知是从哪儿冒出来的，那就是"有生命力"和"无生命力"。他觉得，它们有某种意义，能解释他个人的遭遇和命运。受个人经验影响，他认为，有生命力和无生命力——是与生俱来的东西。他最近觉得，他的生命力不强或生命力不足。这一结论让他感觉心情沉重。

　　他倒是想保全自己的一生，说得准确些，是想保全自己的存在——可不管怎么办，那种生命力总是呈现出另外的情况，这种生命力能在别人那里对他产生引力作用：在米季沙季耶夫或法伊娜那儿，就更不用说会在祖父或狄更斯那儿了。他倒想逃开，闪避，挣脱溜掉，做一个胜利者。

　　廖瓦想啊，因为所谓胜利者，就是能躲开失败，在最后一刻从行将颠覆的火车上跳下的人，从即将从桥上跌落水中的汽车上跳下的人——就像从船上临危脱逃的老鼠。在我们现在，更像是那只老鼠。如今生命力表现为最令人恶心尤其是卑鄙的形式，这不是任何人的过错。谁都没有过失，因为大家都有过失，而当大家都有过失时，首先是你自己有过失。但生活已经按这样的构架在进行了，人们任何时候都不会意识到自己有错，这种方法将帮助建成人间天堂，建成最幸福的社会。逃避、背叛、出卖——这是三个有序的层级，是三种形式（不能说是生命，而是保全性命的三种形式），三种下赌注、赌赢并成为胜利者的方法。这一进程带来的是生命的锈蚀。而那些无生命力的人应该死去。他们想唱同样调子的努力站不住脚，微不足道，不会带来成功，只会导致失败。他们即使也从汽车上跳下来，通常也会跳晚了，与那些没跳出的人不同的是，他们在汽车外边，与汽车平行坠落，孤零零地落入深渊之中。现在，生命——就是受性欲驱使的交媾。

　　廖瓦在想，现在他无处可去了，他在这儿，永远在这儿，像只小鸽子。

　　他突然这样觉得，但我们并不确信……

　　他们不能不见面。
　　最简单也是最自然的见面地点应该是在柳芭莎那儿。

"来啦！"米季沙季耶夫高喊着。"我们都在等着你……"的确，这次不光是柳芭莎不是一个人在家，米季沙季耶夫也不是一个人来的。

廖瓦在拥抱之际（越过米季沙季耶夫的肩膀），以一种突然的敏锐认出了第三个人，借助一闪而过且现在记不起来的一个姓氏，他认出了阿尔宾娜的丈夫。

他们伸过手来，说出各自的名字，这些名字彼此之间已再熟悉不过了。他们是三个人，他们"合伙"出钱。就像是奖励，廖瓦抽签得到的任务是跑去买酒。

冲到街上，他有一阵子像傻了眼似地环顾着四周，夸张地吸了一大口气。"胡说，胡说，一派胡言！"他重复着。"这一切发生过的，原来全都是……天啊！都是真实的啊……是真的！"廖瓦以一种完成了拯救任务的感激目光环顾了旁边花园里的树木、洒水车刚刚驶过而留下的湿漉漉的沥青路面、散落在窝棚顶上的麻雀、一个从澡堂出来汗淋淋的妇女，看起来就像是径直朝廖瓦走过来的样子……他的眼睛湿润了。"难道自己获得救赎了？根本不可能的事！跑吧，赶快逃走吧……"

廖瓦从这种说法中逃开了，逃离了这种版本。

"怎么会有这种事……"他不无吃惊地在想。对啦，生活中这些版本经常会遇到，就发生在身边——它们只会在舞台上被歪曲……

廖瓦跑开了——跑进了另一种版本……

这一版本不是发生在普通的地方，而是在公众场所。我们要说的是一家名为"分子"的咖啡馆，是一家青年人自己建立的咖啡馆，附属于一家最大且很神秘的科研所。这个地方也属于那种能实现这种会面的场所。

咖啡馆庆祝开业五周年。准备了一场豪华晚会。作为嘉宾，邀请的都是最为知名的人士：诗人、演员、宇航员。

咖啡馆是研究所的工作人员亲手建成的——都是一些年轻学者，参照业务建筑师的设计，装潢工作由自己的抽象派画家们完成。家具也是根据自己的图纸在自家的作坊里制作的。完成这一切，并非没有遇到困难，遇到过人事处的阻挠，靠的是一股热情，但也没少斗争。但所有这些问题都被克服了：装潢虽有些不够精细，但很可爱；家具不是那么舒适,但别具一格;场地在半地下,有些潮湿,但很安适。一直有一些特别有意思的人在咖啡馆相聚——大家都会引以为荣,能在如此著名和隐秘的地方发言——气氛活跃,不受拘束。对这些晚会的总结也很活跃,不拘一格,会刊登在城市的青年报上。

  周年庆典晚会应该高于此前的所有晚会。作为嘉宾,邀请了这样一些人,如叶夫图申科、斯莫科图诺夫斯基、加加林等,——都是些像海豚一样有趣的人。进场时严格按照邀请函以及遴选出来的观众名单。除了受邀嘉宾以及与他们共坐一桌的人要发言外,还准备放映难得一见的电影,不知是希区柯克的还是费里尼的。守在咖啡机旁的应该是诺贝尔奖获得者、这家研究所的所长,而端盘子的——至少应该是博士。

  确实,检查人员严格按照邀请函和名单让来宾进场。巡逻者将一群衣冠楚楚的年轻人推出了门外,这群知识分子模样的人冲了进来,但没有邀请函。但在最后一刻得知,叶夫图申科来不了了,便将诗人X放了进来代替他的位置,斯摩科图诺夫斯基也不来了,代之以Y,加加林也没来,代之以Z。甚至还出现了这样一种奇怪的情形:X、Y和Z——也在名单中,但只是在名单最靠后的位置,这样又放进来三个人替补他们的位置。按照名单,恰好放进来五十个人,打上勾,划掉,签上姓名:谁替代了谁。站在咖啡机旁的也不是诺贝尔奖获得者,而是一位副博士,端盘子的则是一些实验员。鱼子酱换成了大马哈鱼,大马哈鱼则换成了西鲱鱼罐头。电影就更无从谈起了。

  不无好奇地要指出一点,由于某种偶然因素,代替X出席晚会的是一个名气稍小些的人,好在也是个诗人。在这些人当中,他朗诵了下面这首小诗:

  一把小刀,却貌似托架,
  一枚胸针,却形如蛛丝,
  看起来酷似小鸟,却是夜灯,
  看起来形如水桶,却是托架。

  一切都头朝下,底朝天!

恍如进了疯人院！
……
……

物件相互点头致意：
桌子一把，却是小凳子，
小象一个，却是犀牛……
往回走吧！到户外去！

宏大的木偶戏并不是生活，
被替代的是前所未闻的巢穴！
生活日用品，比喻的造物主，
它借助形象来进行思索！

将泪水和项链进行对比，
这一雅兴就来自这里；
以及店员对诗歌的痴迷……
听过诵诗会后，回家吧！①

后来，同样很棒。全体都特别热烈地为这首诗鼓掌。
"奇怪，"就这件事廖瓦思忖着，因为他也在晚会上，"他们都在鼓掌……大家都心满意足，很快乐，脸上甚至都闪着光。他们是真的喜欢。能参加晚会，他们都觉得荣耀。可他们喜欢这首小诗，竟是因为这小诗写的正是他们，谈的是围在这些本不存在的小桌子旁的虚幻性……他们喜欢的正是这种对待他们直截了当的态度——在那一秒，这种隐秘和不触及灵魂的方法，让他们的印象变得抽象起来，于是他们只看重诗歌的水准，根本没去想自身生存的绝境。这首诗，写这首诗的诗人，听到这首诗的那个自己，自己理解能力的敏锐，这些都让他们很满意——大家合力，相互交换眼色，发现了诗中的一个暗示，暗示的是外部的东

---

① 此处采用的是亚·库什奈尔的一首诗。——原注

西，这东西却能主宰所有人，他们为此感到满意；没有强调任何个人，这一点也让他们满意！这就像他所说的：'这就是啦——那可是把手枪……'——没有人会开枪的！……"

这些残酷的总结归纳自身还具有更多的依据，考虑到他与米季沙季耶夫、阿尔宾娜的丈夫坐在一桌上。这不算聪明：廖瓦当时大概坐在什克洛夫斯基的位置上，米季沙季耶夫坐的则是Z的位置，只有阿尔宾娜的丈夫有事忙，因为他在研究所工作，还是筹办晚会的主要组织者之一。现在，他有些吐字不清地附在廖瓦的耳边，讲述了他遇到的那些困难，邀请这样的人出席晚会，您可是知道的，这个人在一封信上签过名……但他没有让步，坚持下来，找到了所长——这不，他就坐在我们左边……阿尔宾娜的丈夫用一双狗眼看着廖瓦，现在廖瓦太能理解阿尔宾娜了……

他们围坐在一张小桌子旁，都是替代某个人的位置，但他们都落落大方，都按照与第一种版本里几乎一样的先后顺序表演着。就连他们玩的游戏也是那一种；大家都很了解彼此——但当时他们才刚刚认识；似乎他们一次也没有听说过对方——也不应该暴露出来他们是在何处听说过对方的。暂时每个人的举止策略还不确定，当然最有把握的表现是什么也不做——其实，这也是每个人最为习惯的做法。游戏，这么说吧，具有各自对位的特点。

"天啊！"廖瓦想道，记起来似乎看见过，一闪而过，看见过阿尔宾娜的丈夫——在柳芭莎那儿……"这一切都不是真的！"马上喝光了，给自己添得比别人都多，醉得很厉害。

……他突然很清晰地感觉到，他们所有人都是某种结构中的零部件，在此之前都不太清楚自己的作用，而现在突然牢固地结合在一起，很结实，以至于已经不可分割了。就像是，如果在他廖瓦的一侧有个销钉，那么在另一侧必定会有个插孔，——现在一切都有了自己的位置，因为对应着他那个有销钉的位置，在阿尔宾娜的丈夫那儿已挖好了一个孔，这样他俩立刻就配合在一起了……同样的，米季沙季耶夫也如此——所有这些都相配，很牢固，结构很稳固。并且现在，连接在一起而巩固起来，他们已经不能脱离自己的位置。他突然想起来中学化学课本上的公式。"对,对,就是这样的!"他几乎高兴得暗自点起头来。"有机化学。链条,周期循环。每一个元素都与另一个存在着一种或两种关系,全体都连在一起……"

因为醉酒的作用,他开始在餐巾上画起来,感觉自己有些像门捷列夫。初看起来是这样的:

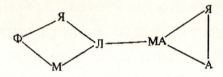

之后成了这个样子:

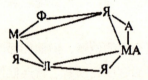

图表没有画成……
是这个样子吗?……

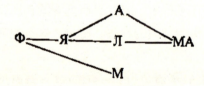

最后,这一切看起来更概括,也更为简单,堪称天才之作:

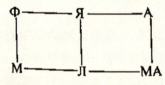

图中:

Ф—法伊娜,A—阿尔宾娜,Л—柳芭莎,M—米季沙季耶夫,MA—阿尔宾娜的丈夫。Я表示廖瓦自己。

"分子……"廖瓦在对自己重复道,"真正的分子!按化学的原理,我们中的每个人都不是独立的单位。我们是个完整统一体。我有个孔眼的地方,他就会有个销钉,而在我有销钉的地方,他就会有个孔眼。在我有凸起之处,他就会有个凹下去的地方。我们是经过磨合并精心组装到一起的。就像钟表,调味瓶。而柳芭莎对于我们就像是CH或OH,将我们大家联合在一起。调味瓶,钟表……儿童设计师……摆来摆去,或是马车,或是起重机……"

他将两个正方形都画上对角线——那么多的三角形让他眼花缭乱:看来,按参加者的人数,各种版本的组合都呈三角关系。

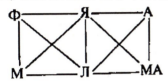

"我——法伊娜——柳芭莎,我——法伊娜——米季沙季耶夫,柳芭莎——米季沙季耶夫——法伊娜,我——阿尔宾娜——法伊娜,我——阿尔宾娜——阿尔宾娜的丈夫,柳芭莎——阿尔宾娜的丈夫——阿尔宾娜……"分子,真正的分子……光让法伊娜与阿尔宾娜的丈夫一组还不够,还得让阿尔宾娜与米季沙季耶夫在一起,好吧,后头再说!

"ФАЛ,ЛФМ,"廖瓦在盲目地想着。"ЯФМ和ЯЛМ……"

这时得说一下,门开了,进来的是法伊娜……这也完全是真的和可能的。她来可能是和米季沙季耶夫约会,或者是寻找廖瓦,或者不为什么。这完全是真的和可能的……"但是,让人受不了,"廖瓦说道。

(在对这次会面进行总结之际,我们应该意识到,我们有些入迷了,有些过于直接地理解任务并轻易地咬住了肥大的钓饵。这一切就是一场轻松戏剧,用不着……现在已经晚了:我们将散文的空间踩坏了——那上面已经长不出草来了。干着急……

眼前隐约浮现出一种猜谜图案,小时候杂志上的猜谜纸片:一些树,雪堆,——被暴风刮断的树木是用多余的细线画出来的。请在这幅神秘的画中找出熊、乌鸦、小兔子……小男孩藏到哪儿去了?这个问题不知怎地也触及到了我们:小男孩在哪里……

这在我们的猜字游戏中同样具有意义:

谁是——廖瓦？

谁是——法伊娜？

谁是——米季沙季耶夫？

我们有些滑稽地在想象着，想象着基督在最后审判时遇到的困扰……他翻来覆去地看着我们的纸牌，看过来，看过去……耸着肩膀。他们在哪儿呢？

他将纸牌扔进文件夹：

"最后审判时未查实之人。"）

（下文斜体系我所标。——安·比）

……现在我就这么摆弄这些角色，安排它们，一切都这样不同寻常地进行着，我怎么也无法打开一种局面，也就是说怎么也实现不了那种我了解并一开始就喜欢的那种转折，为此达到这种转折，我做了所有这一切，希望开头的两三页就能摆好这几个角色……却突然出现了爷爷、法伊娜、很多人……突然，就像是颗卒子，跳出了阿尔宾娜的丈夫，甚至不是卒子，而是颗负能量的卒子——于是开始有些幻觉了，觉得我从来没有设想到这一局面，这一开局将不复存在，失效了，已经没有必要或者直接由于太长时间的等待而不想玩了。也就是说，我终于将它们摆好位置，处理好它们彼此之间的关系，让棋局处于开战状态：棋局中所有的棋子都进入状态，准备投入战斗，同时受制于硬性而没有出路的结构的牵制而不能挪动位置——"就是这样，"——连我也不能突破这个结构……因为如果不是为了将这积攒起来的一切从内部炸开，让这一切哪怕是被瞬间就消失的爆炸之光照亮一下，那么何必有这一番折腾呢！就自己的主人公，他正越来越像一个集体角色，我觉得即便是能写出情节，那么这一情节也应该是虚构出来的一次爆炸。也就是说，尽管爆炸可能是震撼的，——但一切仍将留在原地，只不过其轰隆声将会平息下来，冲击波会扩散开去，平静下来……但即使那时我仍对爆炸之光抱有希望：假如爆炸在某一个角色那里打开了缺口，重新就像是诞生时那样，分离出哪怕一个来，就能将那可恶的统一体破解开来。它们就像是一张面团，我有作者的面团……它们在外观上是同一的。所以，它们已不是，而且它们之中的任何一个都已不会成为叙事的主人公（如果不是只注重形式，将谈论最多的那个人当做主要人物，譬如说廖瓦）。

这样的话，一切都在出乎我的预料而发展，它们当中没有一个人作为主人公，甚至也不是全体一起来充当主人公——它们也不是这个叙事的主人公，充当主人公的已不是人，而是某种现象，连现象也不是——是一种抽象范畴（这也是种现象），这种范畴就像是连锁反应，从某个人开始，或许早就超出了叙事的范围，将所有人物串联起来，让他们彼此之间混乱不堪，并逐个杀死，几乎就在一个人临死那一刻才传入他的本质，并进入另一个人的躯体之中；因为在我前后不连贯的小说之中，恰恰就是这个范畴才有情节，而由于穿越他们流淌的只有物理时间（不必说历史时间），使得这些人变得越来越像是"角色"了——这样的情节再也没有了；他们自己也不再去了解自身，他们究竟是谁，就连作者本人也分不清楚，越往后，人越多，作者眼中他们已像是一些凝结物，浓度不同，期限不同，都属于同一个范畴，这个范畴就是主人公……可是，这个范畴又是什么呢？！

只有到那时候，作者才能喘口气，体验到一点儿快乐，如果这些凝结物中的每一个，这些角色中的一个，突然仍旧得到了情节，哪怕是打断了这一情节，哪怕是作为浸染体进入范畴的情节之中，虽说这一情节已受困于单调、粗陋的转换、对所有能源规律的纠缠和破坏，不仅没有丧失力量，却似乎"没有根由"地增加了，源自自身……如果某个人获得了这一情节，哪怕是死去，一切也会蒙上了悲剧的色彩：人获得情节，情节得到了人……——哪怕有一条线索行将结束，在其结尾之处就会出现发光的一个点，好似从迷魂阵通向神的世界的出口，这个光点，或许并不能照亮，但至少能给作者以力量：走到尽头，——哪怕只是一个点在抖颤着，就像一颗遥远的星星，哪怕是遥不可及——哪怕能让没有武装起来的眼睛看见。上天保佑，如果叙事能这样展开，这是我真诚渴望的，是我所期望的，那么情节就不再是范畴的情节，而是某个凝结物的情节，哪怕是廖瓦的情节也成，我都会开心地让他为了这种情节而死去，只要那可诅咒的"范畴"之情节别再出现。（就像是不久前一个很有学问的人对我说的，古时候，在制作一种能治病的香膏时，会将一个活着的奴隶扔进用蜂蜜、草药等熬制的羹汤中，一定得是活的，为了让他在死去之际，在生死瞬间将融在体内的生命力释放出来……）如果他不死去，不爬进我的桶里——我就不能打断这条链条，不能摧毁这一背叛行为的水洼——一切都将封闭成一个圈？——那么叙事就只能自杀，就像是蝎子那样，因为就连蝎子在其生命最后一刻也是完成一个圈的……可千万别让作者愁闷而死啊！看见否，被子要将他闷死……

第三部分，第三部分啊！上帝啊，赐予力量来完成已开启的这一切吧……

波那瑟夫人（值班者）

（在这一章中，第一和第二部分融合在一起，成为第三部分的源头）

当夜间的露水和山里的风让我火热的头脑清醒过来，思想恢复了正常，我便明白了，去追逐已经逝去的幸福是徒劳的，也不够理智。夫复何求？见到她？为何呢？我们之间不是一切都结束了吗？

现在，我们得抢先一会儿，提前讲述一个片段，这个片段按顺序只能在后面讲，在小说的第三部分中才讲；不过，现在我们特别需要将这个片段讲出来……

过节期间，让廖瓦在研究院值班。他们有这样的规矩。

廖瓦在所长的沙发上睡着了，还做了个梦。米季沙季耶夫打来的电话吵醒了他。米季沙季耶夫打算见他一面。有很重要的事……

还是那么神神秘秘地……廖瓦对这一常态做法报以善意的一笑。廖瓦很清楚所谓"重要的事"指的是什么，——米季沙季耶夫在为他们中学毕业周年庆的事忙活，在组织一次聚会。"已经毕业十四年啦！"廖瓦大为感动。

睡醒了。他很高兴，一觉醒来变成了另外一个人。昨天有过打算，无论如何，今天早上都要工作一会儿：忘掉跟法伊娜不痛快的交谈，忘掉所有这些节日期间的挫折，——昨天的计划折腾了一秒钟的工夫，便悄然消失了……只留下廖瓦一个人，正为出现转机而高兴，可以不再一个人待着，而是与众人一起，用不着再跟自我进行那种艰涩的对话了；现在是放走了自己那个永久伙伴（同貌人）的廖瓦了；现在是那个从沙发上跳起来的廖瓦，笨手笨脚，坏笑着，睡醒了，照着镜子将自己那张七零八落的脸收拾一番；那个突然走到窗户前并往里看的那个廖瓦……

这一动作出乎预料，也没有缘由，做出这一动作的已经是另一个廖瓦了，是那个突然返回来的廖瓦了。

不管在脑海里怎样封闭着，这样一座轻便的桥梁将如此遥远的两个点连接起来，很难解释清楚，就像现在紧跟在后面的碎片中，很难确定先后顺序，谁先谁后，谁是因谁是果，很容易将因果弄混了，越往后，在我的主人公方面就会出现越多完全等同的因素，——但他跑向窗户，内心很轻松，就像小孩子那么轻巧，外部却没有任何表情：他踩着脚匆匆跑向窗户，有种什么东西催促着他快点儿往里看一眼。在他跑向窗户并往里看之前，眼前浮现出一张不大的插图，似乎能解释他何以突然能变得像小孩子那么轻巧。这是《三个火枪手》中的一张插图，那形态和感觉就像很久以前的一样，约二十年前，他放学回家，在空旷的房子里坐着，将脚放在柔软的沙发椅里，戴着父亲的圆便帽，端着玻璃杯，品着糖放得太多的茶，玻璃杯的杯托是祖传下来的（名和姓首字母的花字图案位于插图的下方，就像是画家的签名）。插图中的波那瑟夫人穿着修道士的衣服，非常迷人，正朝着修道院窄小的窗户跑过去，画面上身体保持着运动的姿态：还想往前跑，跑向窗外，之后轻盈的脚步踏着空气；屏住呼吸，她往窗子外望去，看到前来救她并值得信赖的达达尼昂正策马飞来,他那挂着火枪手十字奖章的斗篷飘动着;但已经晚了:她可以跑到窗口,可以往窗外看一眼,——但保持这种快速动作姿势的时间不能太长,在这段时间里,达达尼昂来不及用脏兮兮的脚后跟踹开门,沿着修道院的台阶跑进来,推开告密的修道院女院长……而那时夫人正在坠落,往下坠落着,甜蜜地哎哟着,那么慢,为了等着达达尼昂穿过整个大厅,去抓住正在下坠的她,只有在那一刻她才躺在情人的臂弯里吐出最后一口气,这口气也是最后一个吻,那么甜蜜,以至于恨不得要死掉!——已经不可能再持续下去了……法伊娜,天呐,法伊娜!她从高耸的尖拱窗上落下来,能抓住她,不过早已死去了,命中注定达达尼昂在她死之前只能跑啊跑,让那斗篷飞扬起来……

廖瓦跑向从前是私家住宅的高大窗户前,这家私宅现在是他工作的单位所在地,每逢全民节日和游乐活动,他就封闭在这里,现在他的心儿瑟缩着,朝外面望去。

滨河街总是荒凉无人,可还是能见到旁边游行人群走过留下的痕迹;黑色的打桩机现在了无生气地在那儿耷拉着,落在还没有打完的桩上;鹅卵石路面快修完了,还没到河边,留着一长条土壤,木板做成的篱笆,将这片土地围了起来,使之与水隔开来,法伊娜与廖瓦至今不知晓的男伴一起在这条小路上走着……他个子有点高,鬈发,这一外表令廖瓦觉得意外,不知为何穿着棉袄——不是花花公子。他们正绕道经过一处水洼,这时候水洼将他俩分开了,此前两人并排走着,现在两人隔着小洼拉着手,走到水洼最宽处两人的手松开了,他们大笑起来。河岸上只有他俩,孤零零的,有些怪异,就像是演员,就像是有辆济斯牌敞篷汽车缓缓地跟在后面拍摄,而廖瓦在高处,跟踪着演出的画面——导演和上帝。

也许是天气。风儿在高空吹着。一簇簇吹散的云朵。透明。奇怪的天气,脑子里想起来,确实在游行前夕飞机赶走了坏天气,为了让大自然也和人们一起庆祝,就像是总结报告那样。昨天——恶劣天气和泥泞,明天——还是恶劣天气,甚至更厉害了,因人类干预而发狂了,被弄得糊涂了,发泄着自己的愤恨……而今天——晴朗,一览无余,一半天空是蓝的,另一半天空则是神秘的大功率战斗机群,今天还会在阅兵式上表演，天空已被清理干净，人们可以看得更清楚些。

廖瓦一个灵巧的动作将窗子打开来，便僵硬地待在那儿，可千万别从窗子上摔落到街上去。像针一样强劲的风吹向廖瓦，这风好像是那些不可信的飞机带来的。就像是吹向一个舱口，确实，全都是蓝色的，透明而空荡荡的空间真像个窟窿，正试图封闭起来然后消失，像是个在吞噬冰块的冰窟窿，风则是可以理解的。

廖瓦像是一个从来都不睡觉的人站在窗子里，心里与这种不和谐的破烂而晴朗的天气之间有着某种模糊的相似之处。

他看见了法伊娜，她仍旧是昨天那副令人痛苦的样子，还看见了她的新男伴，还是无人知道、攀不上关系的那个，站在她全部具体的男伴后面，让法伊娜离去，让可触摸到的、亲切的法伊娜去了遥远的地方——法伊娜朝远方跑去，脸朝后仰着，带着幻想，充满着某种强烈而冒险的希望，那希望就像是今天的天气一样。

她的同伴，长着那样一种鬈发……这种鬈发的人现在见不到了吗？廖瓦突然赞赏她的品位起来。当然，那个人并不算漂亮。但他身上有某种东西，是法伊娜选中的，也是她开发出来的。那种东西，如果不是法伊娜在其一旁，廖瓦永远也发现不了。廖瓦感觉到一丝怪异的敬重感，当我们看到不漂亮的男人带着漂亮的女人时会有这种感觉，或者相反，当看到名声显赫的男士带着一个不漂亮的女人时也会体验到这种感觉，这种情况下，我们会觉得漂亮者拥有某种知识或真知，使得他们与最爱的人在一起，而不在乎社会舆论，因而他们掌握着幸福的奥秘。他回想起看到外国杂志封面上电影明星和他们的配偶时，自己曾经有过的一丝困惑。

男伴走动着，充满了法伊娜赋予他的力量，像通常那样，这不会将廖瓦彻底击倒，尽管廖瓦确实全看到了，像以往那样看到了，但又不一样。现在事实并不重要，这种事实通常会让廖瓦在处理所爱女人的关系时备受煎熬：有过还是没有？……多傻呀！谁会对这个感兴趣呢？因为要知道这甚至不是事实……事实在于法伊娜本人。突然这么多年里第一次在廖瓦面前出现了对象本身，真实的对象，真实的法伊娜，眼下正从他的窗户旁走过，沿着滨河街，与廖瓦不认识的男伴一起。廖瓦这么多年里第一次看清了法伊娜……

她根本没有那么好看,不像他那惶惶不安的想象那样好看。她累了,不开心,尽管她身上有点东西不让人这么想,不让人认为她现在很可怜,——寂静,还是平静。或许,只有她的男伴能让她感到自己举足轻重,就像她对他那样。没有,他看她的眼神既不开心,也不激动,也不怜惜——不过在他的眼神中没有一丝怀疑,认为法伊娜是大地之上唯一的女人,用不着谈论她的优点和不足,因为没人与之可比,也不可能进行比较。或许,幸福的人们看起来都是彼此不可分割的……

廖瓦的一切都因为对她的爱而凝固了,对谁也没有这么爱过——在这爱中忘了自我。首先,或许,所有时间中他的感受都可称之为爱,除非还有过什么老早的时候,最初的时候,他有过已被遗忘的爱情经历。

可能是因为今天特别晴朗,尽管隔着一条街,并且是从上方,廖瓦将一切都看得一清二楚,就像是透过望远镜那样:看得见脖子上的皱褶和面颊上松弛的肌肉,戴着顶傻里傻气的帽子,一颗脱线的纽扣耷拉着,磨坏了的一只鞋跟(可能乘坐过升降梯),走路的样子瘫软无力……画面突然变得模糊起来——廖瓦流泪了。

一直以来被看成是用来对付他的那些铠甲、力量:盛装、收拾装扮、习惯,——廖瓦突然间觉得都是令人感动的无助、不自信和虚弱——像一棵柔弱的小树苗在对抗坍塌的生活——这一切不是为了增减,也没有矢量,没有为了刺穿而指向他……不久前他们最后一次谈话:绝望的廖瓦一直在攻击,没有回应,打到她身上,而她就像一面墙,——似乎他已血流满面,戴着荆冠……她对他说什么来着?一声不吭,一声不吭,让人摸不着底细,突然说道:"我对你做过什么?我跟你怎么啦?快回答呀?回答啊!"突然廖瓦感到没有什么能回答她,因为真是这样:她对他做了什么?……廖瓦慌乱了,他那么多纵横交错的理由都烟消云散了,清楚了——什么也没有。的确,她干了什么呢?廖瓦只能暗自吃惊,她走了。

算账?……他们之间能有什么账可算!……

他们现在已绕过了水洼。他俩的手又拉在一起了。仅以侧面脸朝着廖瓦,开始消失了……他的后脑勺太可笑了……笑声,她那久远的笑声，突然沿着马路发散开来，在一个个鹅卵石上蹦跳着，可怕的笑声，让廖瓦一辈子都惊恐的笑声……她可怜巴巴的笑声，透着软弱，已不是因廖瓦而笑……"就是她，"廖瓦恍然大悟起来，"我的爱人！她是我的妻子！……"

他突然想将半个身子探出窗外，喊叫，朝他们挥挥手。如此高兴，如此激动，廖瓦朝她挥着手，喊道："法伊娜！嘿，法伊娜！"她转过身来，很惊奇，微笑着，在辨认着。"到我这儿来吧！两个都来！""我也去吗？"她的同伴无声地问道，指着自己的胸口，并可爱地微笑着。"当然，当然！一起来！"廖瓦喊着，挥动着手臂。

廖瓦很压抑地站在那儿，透过窗户望着他们古怪的后背。法伊娜突然察觉到了什么（看来，她到他这个地方来过，并且不止一次！——廖瓦回想起来）——并转过身来。她的目光扫过大楼，想看到什么。眉毛稍稍上扬起来。看到她脸色变了，目光扫视着那些窗户，她的同伴也停下了正在做的事情。

廖瓦闪到窗户一边，一种可怕的感觉差点儿让他哭起来，他觉得自己不能让她看见，因为他永远不能向她解释，解释他现在为何以及是采取怎样的方式看着她，因为他已永远丧失了这种机会，他也没有了这样看她的权利，她发火将是公正合理的……只能偷窥。

廖瓦躲到一边，背靠着墙，站在那儿，就像是他能看到，并会被所看到的东西吓着，他突然想象着，她拉着同伴的手，领着那个人："快走，我们快离开这儿！""你怎么啦？"那个同伴说道。"没什么，"她说道。

"难道她……背着我？……"廖瓦惊恐起来。"天呐，太可怕了。什么时候？……"他将脸捂起来——他不想见到。在手掌捂起的黑暗中，眼前闪过那些日子。多想找到一个简单的小错，来解释这一切。但他的那些日子一天天延续着，还是没有找到导致这一切的那个可以挽救的点。他在自己那条线上找不到断头，摸索不到接头在什么位置。"当初不该带着那个戒指……"廖瓦一点儿也不自信地对自己说道。

"问题就在这！不过是我不让她爱自己而已……我不让，"他不无轻松地想道，将手挪开了。

带着奇怪的平静,他再次朝窗外望去。远处有两个很小的身影,已难以判断,他们是否走得很急……或许,甚至已在奔跑了。

"我爱她,就是爱——仅此而已。这与我何干?"廖瓦说道。"她是我的妻子。就因为这个。"

他记起她伙伴的模样。"这是她曾经梦到过的事,她曾说起过……一块被晒热的地方,苦艾的味道。就是这么回事。只是一块地方,还有气味。地平线上有忘记的某种不够清晰的东西。还说,有个人跟在她身后,却不想超越她。"

"冷,"廖瓦身子瑟缩了起来,关上了窗子。

(他透过几乎透明的玻璃望着,依他的经验早就已经成形的一种想法,认为一种类似于背叛的东西让他如此长期地沉溺于这一爱情,他突然觉得这一想法最具有背叛性和卑鄙感。也就是说,这关于背叛的想法本身在他看来成了背叛者的想法。就是这样。)

(第二部分完)

附篇

主人公的职业

不久前我得知,毕巧林在从波斯回来的路上死了。这一消息让我很开心:这给了我权力可以发表这些记事了,我利用这个机会将别人的作品署上了自己的名字。上帝啊,可别让读者因为这种没有恶意的伪造而惩罚我!

我们打算抽出一个片刻来……我们觉得,这一时机不仅已经成熟,而且也符合结构的需要。

我们打算详细地讲述一下,廖瓦将自己奉献给了什么,奉献给了什么事业。

一下子就警觉起来，或许他不太喜欢我们为他挑选的事业。不是很让他满意。虽说，即便真的如此，他也会仔细地隐瞒起来，甚至不让自己清楚这一点。（要是他知道该多好，从构思上讲，这种不真诚对他是多么危险！）或许，即便这样，这也只不过是让我们觉得他的职业不妥而已——而这职业恰好适合廖瓦。将这样一个常见的错误置于某个位置上，作出结论认为——作者当时甚至对自己的主人公也没有权力这样做。应该提早考虑一下。在最开始的时候……

一般而言，为一个智力健全的人挑选职业是小说家的难事。如果你想让主人公走动、看见、思考、体验，——我们这个时代哪种职业能腾出时间做这些？守夜人？可他具有不被承认的天才的一些特征，而作者想往他脑子里灌输一些知识分子思想。这么说吧，"生活的真相"会因这种不成功的选择而难受的。就会轮番出现事业的波动："一个年轻的建筑师……不对，太庄重的职业……年轻的医生……太需要责任心的职业，要当个医生，需要……一个年轻人很有希望当个桥梁工程师……太浩大了，但好吧……既然大有希望，那他什么时候能好好考虑一下呢？在河岸上？站在自己造的桥上？……桥下飘来湿气、寒气以及自杀者的幡然醒悟……而后，哪还有什么桥梁建造师？！"——得从开始时就选择这种令人懊恼的寒气……这时候就出现了诸多可能：退休，衰弱早期，在退休年龄之前的最初想法……主人公有些老态……那就有了疾病、康复……但希望主人公哪怕在健康方面保持正常……那就又有了复员、出狱……不合适？……那就去度假……布宁写过太多这样的小说了，主人公在怀抱中缓过神来，得益于作者改写过的启示录而醒悟过来！没有人烟的岛屿——这就是情节的幻景！我们的笛福早就选中这样的地方了。很多情况下都是选用这种方案——可以说全都是。

并非我一个人感到痛苦……还有列夫·托尔斯泰……（是还有呢，还是早就有？）记得，有一个苏联作家因为列文而委婉地指责他：据说，如果托尔斯泰拿定主意让列文当一位作家（管猫叫猫）——那么就能避免列文身上的所有矫揉造作……不过，这看来经不起推敲。如果称他为作家，那么人们立刻就会想到，这就是列夫·尼古拉耶维奇本人啦。应该说，较之作家列文和列夫·托尔斯泰之间的鸿沟，在地主列文和"真"地主之间的鸿沟将显得微不足道。这里存在一种反常现象，不领情的读者从来没有考虑过，便很快就将之压下了。反常之处在于：作家恰恰无法描写自己。让主人公类似于自己——只是一种视觉欺骗：鸿沟的两边在接近，但自身却在深陷下去。有堪称经典的例子：西方研究普鲁斯特的很多人都感到困难，在他们试图为其冗长小说中的人物和情节寻找原型时，他构思出来的小说就像是在复述个人生活，给人造成一种未经歪曲的现实的印象。同时，那个列·托尔斯泰作为现实主义标准化、客体化的典范，——在他那儿无需费劲就能找出很多堂姐表妹和叔叔舅舅，可以来充当几乎他所有主人公的原型。

但在那个时代，这是可行的……在那个时代，主人公有时间去展现各种经历、想法和感受的细微差别，——没有人会觉得奇怪。托尔斯泰和普鲁斯特拥有一种环境，我们这样说吧，他们揭示了这种环境，但这种环境也能理解他们。有足够多受过启蒙以及没有屈服于生活的人，这些人有时间，也有金钱。一定程度的精细性或唯理智论，在进行"无情"的揭露时，能让他们觉得可以接受并感到满意。现在这样来处理主人公要难多了，如果想通过他来多多少少地反映作者最新的思想。契诃夫也有几次优雅地从这种处境中挣脱过。在我们现在，就会看起来非常笨拙。在我们的记忆中，最后一次从这种令人头痛的职业困境中走出来的是米哈伊尔·左琴科。我们现在就将让他发言：

"按职业，科托费耶夫是一位音乐家。他在交响乐队演奏三角铁。

……职业很古怪，令人惊奇。

存在这样的职业，在人了解它们之前会觉得吓人。比方说，这就好比一个人想到走钢丝，或者用鼻子吹口哨，或者用三角铁弄出叮当声。

但作者不会嘲笑自己的主人公。不能。鲍里斯·伊万诺维奇·科托费耶夫是……"，等等。

真是天才。为主人公挑选一个合适的职业，让他多多少少与作者更接近些，又不能违背生活的"真实"，这不仅有难度，而且有点儿不自在，让人觉得羞愧……哪怕坐在公交车里，也会难堪，当两个人谈得投机，大声地谈论着"聪明的"话题，全是些带有学究气的话，似乎车里只有他俩，似乎他们不是在坐车……太丢人了，不自然……尽量不要去回忆，自己最近一次也曾这样做过。

所谓"作家与人民在一起"，就是这种感觉。作家，甚至"不谈人民"的作家，也是具有明显民族风格的人。那种隐秘的挑选也体现着这种老百姓的感觉，在这时适用的并非通俗易懂或流行。甚至包括最讲究的作家在内，作家恰恰首先不是知识分子，如果他是个真正的作家的话，这很显然。但结果呢，我们自信地讲，从来自老百姓的任何一种经验中，作家都从中获得崭新的社会经验，这经验渴望得到表现，作家就要用与生俱来的"老百姓"之感（第六感？）来检验之，并会体会到不自然、困惑和羞愧。由此可以得出结论，良心就是老百姓的特征，同样这里的意思不是说，老百姓一定要有良心——不用说，老百姓也有不讲良心的。这尤其是指那些恰恰不是从老百姓里走出来的人。就是这么回事。这或许就是真正的作家，他们出身自老百姓而又没有忘记老百姓的良心。

总之，不自在，羞愧，有良心。关怀作家是徒劳的——他永远都是他如此吃力要加入的那个阶层的叛徒。如果他要求主人公具有知识分子气质，智力过人，为了更便于表达并使之与自己的水平相当，你们就可以确信：这个主人公会被揭发的。

在公交车里大声谈论"聪明人"，这样做会很不自在。而廖瓦恰恰擅长并总会不合时宜地说出什么话来。虽然，为了他的尊严，我可以补充一点，他稍稍有点儿脸红。要知道他选择的这是什么职业啊！……说他不是作家吧，却一直在写东西。说他靠文学吃饭吧，靠文学生活，和文学分不开，但却不在文学圈里。我觉得舒适，可他却不。

的确，我觉得值得对他进行偏爱性质的描写：下功夫描写他的家庭、历史和爱情经历与苦恼，用他自己的生活来发展和塑造其主人公形象，同时避开一个环节，而我们要揭示的问题应该在这个环节中得到最彻底的解决，——一切看起来像是对的，但经过一段时间之后，主人公就变得丑陋无比，比我想象的还糟糕。问题出在哪儿呢？他一直觉得，甚至在思考一些想法，任何情况下都没有卑劣或下流的想法……可他什么也没有做。作者的自尊心遭受的这种失败，体验起来怪怪的。因为我适时地通知了，说他在读中学，在上大学，在读研究生，毕业论文都已经写完了，只是还没有答辩而已。或许，他甚至在上大学和读研究生之间这段时间工作过，积累了经验……每个人都能想象出来，这很不简单；然而依旧——他什么也没干。这么灵敏的大脑门无所事事——这不由地有些让人看不惯。我不时地还提到过他有一些隐秘的工作构思，提到过这些构思甚至引起同事们的钦佩，不管怎样，这些都巩固了他甚至堪称"天才"的威信。反正还是留下了游手好闲的印象。这彻底地诋毁了我的主人公。

　　但塞翁失马，焉知非福。既然我为自己的主人公挑选的职业这么不成功，以至于他的劳动无论怎样在小说中都不能让他变得高贵，那么从这一点我突然明白了什么是成功。因为选择任何一种职业，我也未必能将主人公的劳动成果塞进小说之中，譬如说，一捆麦子，或是蒸汽机车，或是那座桥……但在这里，我却可以在小说中引用他的成果，将之发表出来，譬如说发表列·奥多耶夫采夫的某篇认为"正经"的文章，或者发表一篇他的同事评价很热烈的一篇文章……

　　我们已经说过，廖瓦读研究生时写过研究三个诗人的一篇论文。这篇文章还有些幼稚，还有些方面让它显得幼稚。它不太像学术论文，但毕竟廖瓦从自己的角度讲了很多东西，这在我们今天也是有价值的。至于它至今仍有新意，至于它没有论及普希金，研究的不是莱蒙托夫，甚至也没有论及丘特切夫，谈的却是他，是廖瓦……文中反映了他的尝试。将廖瓦写这篇文章的时间恰恰安排在那个时候，当米季沙季耶夫最后一次"战胜"他的时候（"在衣橱旁"那一刻），这耐人寻味。也就是说，写这篇文章在时间上正好与"米季沙季耶夫的神话"那一章是同步的，明显早于"波那瑟夫人"那一章，而"波那瑟夫人"这一章甚至早于随后的讲述，——这一切无论怎样都无法调和……

　　因此，这篇论文被叫做

《三位先知》

这篇文章有两段箴言,排印时不是一上一下,而是一左一右,平行排列,一定程度上不仅表明内容,也表明方法……

对《唐璜》不满的妒忌者, 这个妒忌者能够 毒杀其创作者。	在你的眼睛里没有感情, 在你的话里也没有真话, 在你身上也没有灵魂。
普希金论萨列里,1832	心儿呀,鼓起勇气来: 在作品中不存在作者! 祈求也没有意义!
	丘特切夫,1836

廖瓦在继续进行对比。他从作品选里挑了两首中学里讲授的诗歌:普希金的《先知》和莱蒙托夫的《先知》,——本来也没什么,但他找到了第三首诗,让这三篇"凑成一伙"。第三首诗是丘特切夫的《疯狂》。这三首诗写于不同的年代,但廖瓦高兴地运用算数知识,用写作的年份减去诗人出生的年份,得出一个结论:创作这三首诗时,三位诗人都是在27岁。廖瓦即将年满27岁,这让他很受鼓舞。这四个人中,最早年满27岁的是普希金,在1826年(普希金还能出生在18世纪!廖瓦惊叫了一声。——这是个不同凡响的年份……),——并且他创作出了自己天才般的《先知》。但在其他年份(和时代,廖瓦想道,将自己也算进去),人们也活到了这个年龄:丘特切夫在1830年年满27岁(廖瓦注意到,他没有生在18世纪,这也很好),莱蒙托夫在1841年时年龄是27岁(廖瓦27岁,那一年是196X年……),那些问题开始让他们激动起来了。

这是些什么问题呢?

廖瓦断言,这些问题的本质指向连续性问题。他这句话是什么意思,不是一下子就能明白,过后也不能完全明白。廖瓦说,人们在27岁之前(一年两年,如此这般——反正是27岁,廖瓦坚信)不停地诞生和成长,他们不停地生长着——27岁时就开始衰老。在27岁之前,持续而平静的增加和积累经验，数量累积到一定程度带来质的飞跃，对世界体系有了认知，认识到生命是不可逆的。从这时起，廖瓦继续讲到，人开始"清楚自己在干什么"，已经不可能再那么"快乐"。完全的认识让他的行为呈现出唯一性，行为中的逻辑链条是不可摧的，假若被摧毁，那就意味着精神上的死亡。在精神的这一严酷体系内能活下来的只有上帝。人会全部死掉。这个点呈骤变状态，很具体，在时间上会很短，不会拖延太久……人应该作出决定并选出今后的路，不能耽搁，之后也不能回头。在他面前有三条路，就像勇士所面对的三条路那样。上帝，魔鬼或人。或者，也有可能，上帝，人，死神。或者，也可能是天堂、地狱、炼狱①（这些形象，廖瓦认为都来自我们的经验：一个人生命的三个阶段，在永远重复——在不取决于时间的每一段历史中）。普希金、丘特切夫和莱蒙托夫从三者之中各选了一种。普希金选的是上帝（或是他的才华足够，能持续地长到27岁，总之，是一回事），莱蒙托夫较之间断性、重复性、精神死亡，更喜欢死亡；丘特切夫继续时断时续地成长。人们在27岁时慢慢死掉，影子开始活下去，虽然用的仍是那些姓名，——但这已经是死后的存在，已是阴间了。在门口所有事物、灵魂今后的命运都将得到解决。所以，三个天才都来处理同一个问题，三个人的解答各不相同。他们都跟第一个，即跟普希金争论。丘特切夫甚至表现得很凶狠（只有一个廖瓦，穿越一百零多少年向他伸出援手……）。

当然，我们现在太过简略和冷淡地转述曾让廖瓦激动的那些东西，也就是说什么也没转述出来，但我们早就读过这篇文章了，且已习惯了在廖瓦定义的那个阴暗的阴间溜达了。我们难以将之与我们已经忘记的东西作对比……

廖瓦满怀希望地开始写论文的文学部分，且有一个引人注意的保留条件……他选取的是三首毫无争议的天才诗歌，都是毫无争议的天才诗人在27岁时创作的。从形式上和诗意表达上，这三首诗都是绝佳的。正

---

① 我们不想对廖瓦的这些构思置之不理，而是认为它们也在描述着廖瓦的特征。在这个年龄，人们会对"三"这个数字表示感叹，因为正是这个数字意味着系列，意味着对分娩阵痛的首次体验。——原注

是因此，他才有了勇气，没有沉溺于讨论诗歌形式的发展，而是比较它们的内容，现在的学术界可不这样做，因为内容不能算是真正学术研究的对象。既然这样，那他就像评论家那样去做……让人们原谅我吧，廖瓦声称，我对比研究的不是形式，而是意义。

整篇论文从整体上说，明显对普希金有利（赤裸裸地）。是为他而写……

让个体的"我"不在场，代之以代表全人类的崇高之"我"，苦于完成自己在尘世的使命，廖瓦认为这是普希金的贡献。的确如此，

> 我们苦于精神的饥渴……

此处的一切都让廖瓦感到高兴。描写精神活动的准确，几乎非人能做到的、"高手"的简洁。还有个体之微不足道，之懂生活，而这直接让"我"表现出对精神和宗教意义上的"我"的神往……

对于廖瓦来说，莱蒙托夫的《先知》则纯粹是可笑的反面典型。从准确性上讲，情节的描写也堪称天才之作，但也仅限于此。甚至连非精神性都谈不上，而应是"未达到精神性"，是青年人的，甚至是少年人的精神性。自我表达堪称天才，可他自己被描写得似乎还不够有才华。准确地说，他有点儿天赋，但他写的东西根本算不上有天分。（廖瓦没有彻底地羞辱莱蒙托夫，因为《先知》是小册子中的最后一首，像是遗言，再往后已是决斗和死亡，所以莱蒙托夫也无法进一步完善了。）在廖瓦看来，每次都是开头的两行诗句，在证明莱蒙托夫拥有毫无争议的天才；假如整首诗都是前两句，除掉后两句，那么就会很好，差不多就会像普希金写得那样好。然而后面却还有两行诗……天啊，为何会这样！全毁了；开头很好，结尾很糟糕；论题很棒，反题则太过孩子气，幼稚；不认可，不道谢！可要知道，恰恰是这"后面的"诗行才让人看到莱蒙托夫本人，他正是用这些诗行来与开头的两行诗对抗，似乎开头两行诗不是他的，是别人的，被生活推翻了——似乎那是普希金的……廖瓦将这首诗打碎并组合起来，就像是一种对话：似乎是普希金（同一个莱蒙托夫，但声音低沉而已，变成了假声）先开始的，讲述的是孩

子、仆人、贪玩的那种不公平……譬如：

普希金	莱蒙托夫
从此以后，如同永远的法官	（断续地，跳跃着，细腻而气愤）
让我知道了先知的一切……	当着众人的面，我诵读
	那些愤恨与恶习的书页。
普希金	莱蒙托夫
我宣告要正儿八经	（仍旧断续地，含着泪）
去追求爱情和真理……	我所有的亲人都曾
	狂暴地朝我扔过石头……

还有很多，都是这种风格。您看吧，廖瓦做出结论说，那都是有损声誉和卑劣的行为，这种行为必然会归结到具体的"我"身上，当"我"向世界证明自己的权利，投入斗争之中时就会出现这种行为。普希金的伟大就在这里，这与他不沾边，他更伟大更忙碌，不会抱怨个人虚荣心所受的伤（痛）……莱蒙托夫所有事上都在期待表扬、感谢、糖果、爱抚，期待自己被看做受委屈的小男孩……

"这就是真正的人类！"廖瓦后来喊道，"莫名其妙就抱怨自己，或者撞到石头上，甚至还会在恼怒中踢石头一脚——生石头的气，哭起来……"普希金之于莱蒙托夫，做一种自由类比的话，就好比莫扎特之于贝多芬。在一方那里，眼前见到的还是一座完整的世界大厦，一座殿堂，清晰明亮；另一个人跑到那儿，迷失了方向，每次看到的都是某个角落或横梁，想呼吸空气，想看到亮光，却忘了出口在哪里……看到横梁——它就成了整个世界，就往里面灌进悲伤、怨恨、绝望：横梁不漂亮，不好看。或者同样的，角落，里面的蜘蛛，让人生气。在破碎成为碎片的世界里，一个人走进一片碎片，就像是走入世界；出现了"我"——"自己的"，遭受过侮辱，与自身相对立，在意外的斗室里进行斗争，自己抓扯自己，让自己与自己的影子对抗。贝多芬从阳台上掉下来，在蒙在头上的被子里面进行着激烈的斗争。①我已在大声

---

① 将"音乐"置于廖瓦的良心之上……——原注

喊叫了，它——"我"在抱怨，抱怨没人听到它，什么也听不到，因为大家都在同时叫喊着自己的"我"，听不见自己，就更不用说听见别人了……

廖瓦如此果敢和形象地伸直了身子（按我们的说法，就是逃避自我）。这还算好的，一清二楚：普希金——莫扎特，可现在除了喧闹而可悲的莱蒙托夫——贝多芬之外，出现了萨列里——丘特切夫……尽管他比莱蒙托夫早（他年满27岁要早些），但他更晚，他离我们更近，对我们来说他更现代些。尽管也失去了定向标和整座建筑物，但他没有像莱蒙托夫那样大哭，没有外祖母陪着，他仔细而投入地研究门廊那里所有的蜘蛛和角落。普希金不曾这般专注过，他会站在光亮处，站在开阔的地方，但丘特切夫觉得，他看到了普希金没看到的东西，没人认可他这一点，没认识到他走得更远……这一点我们已经认识到了，但当时没人认识到；同样的情况也发生在莱蒙托夫身上，没有一下子就认识到——但丘特切夫的反应是另一种样子，愤恨，气量小。他要的不是抚爱，就像莱蒙托夫一样，他要的是纪念碑。他想给自己争取个地位。瞧着吧……

之后，廖瓦用同样的方法，将普希金的《先知》与丘特切夫的《疯狂》并列起来。如果说莱蒙托夫是公开地，站在那个平台上，只不过看起来可笑而已，那么"这一个"（廖瓦已经不再吝惜丘特切夫了）并不是在平台上，而是在台下，在幕后，将自己隐藏起来，偷偷地，几乎很低声地在说，用恶狠狠而夸张的耳语：针对普希金的每一个词——都使用隐秘而居心不良的词去评价——甚至不是在打断（像莱蒙托夫那样），而是在唠叨，而且还使用普希金用过的词……

普希金《先知》
我们苦于精神的饥渴，
我踟蹰在阴沉的荒野。
飞来的六翼天使
在十字路口拦住我。
他用灵巧的手指

丘特切夫《疯狂》
在那里，被烧焦的大地
与如烟苍穹交融在一起，
在那无忧无虑的快乐中
疯狂显得可怜兮兮。
埋身于炙热的沙场，

像在梦中触摸我的眸子。
天使睁开能预言的眼睛，
那目光让人想起惊恐的鹰。
他又触碰了我的双耳，
耳朵之中响起轰鸣之声：
我听到了天空的震颤，
听到山上的天使在飞升，
听见海妖在水底爬行，
听见峡谷中藤蔓的生长之声。

头顶着滚烫的霞光，
疯狂用那玻璃般的双眼
在云雾中一遍遍地翻检。
猛然醒悟，将灵敏的耳朵
贴近干裂开缝的大地，
贪婪的听觉捕捉到了什么，
额头上流露出内心的满意。
觉得自己听到了汩汩的水声，
听到地下水正在奔腾，
有的像摇篮曲那样舒缓，
有的冲出地面，声动九天！

丘特切夫写的诗似乎容量大、简短而尖锐……他的毒仅够用来对付普希金一半的诗。对普希金的另一半诗歌，宗教内容的那一半（已经不是接近上帝的过程，而是寻获到的上帝），丘特切夫已力不从心了：把靴子戳烂了，他便离开了。廖瓦就是这样推论的。

普希金公开讲述他和上帝打过的交道。莱蒙托夫直白而又单调地抱怨，他怎么没跟上帝打上交道。两个人都是采用"我"的口吻。丘特切夫的诗中没出现"我"。他将之藏了起来。他肯定了自己对他人的看法，而他自己却不在场。在评价时他做得很果断——没有让对方的天平失衡（不评价自己）。留下这样一种印象，即他想造成伤害，自己却隐身起来。在秘密观察和裁断时有一种险恶的胆怯，人们对他的这些裁断不会回应。他不希望被自己讥笑的那个人听到，所以在被发现之前就得先藏身起来。要知道对于自尊心来说，或许最令人难堪的就是：实施侮辱——却不想让人察觉到……

普希金反映世界：这种映像是纯洁而明澈的；他的"我"宛如镜面上的呼气——出现一团云雾并会蒸发消失，留下的镜面更加干净。莱蒙托夫坦然地描写世界上的自己，他没有心机……不管这种反映有多么模糊，但这就是他，就是他本人。丘特切夫比这两个人更高明，——他在隐瞒（"别说话，藏起来，隐身"——天才般的诗句，也写于三零年；廖瓦也把它们捆在了自己的粉碎机上……），他是第一个有所隐瞒的人——隐瞒自己研究诗歌的动机，将这一动机藏匿起来，藏起来，甚至将情节进行截取，结果如此万能的他却不能表现出自己来，自己也成了被表现的内容。廖瓦就这样做出结论，试图总结出一套怪诞手法，用这套手法可以找出失败的原因、发现心灵的溃疡、个人主义的癌症。只有坦诚是不可捉摸和看不见的，它就是诗歌；不坦诚，最高明的不坦诚——是看得见的，是一种印记，手法的犯罪印记，顺便说一句，这种手法从精神上我们会觉得更亲近、更具有现代气息。

但不应认为丘特切夫是个"时间上超前"的人——他是自己那个时代的一个例外，没有文化和天分，如今成了普通人。他不是始祖，而是从时间上讲的一个先例，如果不按他那个时代的规则去评论他，那么还能用哪种规则来评判呢？按我们的规则吗？——"新法不管旧事"。廖瓦谈到了如此奇异的怪现象。但之后，他还谈到了更为怪异的现象……

"丘特切夫是杀死普希金的凶手"——这是最令人印象深刻的章节之一。这一章不知是侦查学的实例，还是侦查学家的案例；不知是精神病学的一个例子，还是精神病学家的一份证明。在任何情况下，精神分析师都应是无拘无束的……作者建构一个并不稳定的建筑物，使用一些日期、数据和引文，还有一个与门捷列夫周期表相仿的表格，这个表格有一些字母和数字，相互联接在一起，摩擦力一样——不过，建造时很急促，恨不得立竿见影。（显然，我们没有能力回忆起他所做的那些运算；教研室里已经找不到那篇论文了：廖瓦当时做了一些删减，不想让人看明白；我们不想去找廖瓦本人……）这些运算的实质不是为了自我证明，而是为了证明不存在矛盾，证明廖瓦的说法是可行的。他计算过丘特切夫出版诗歌的"策略"。在其《疯狂》一诗周围，密密麻麻的，围着一圈普希金在停刊之前的《现代人》上发表的诗。他推断，普希金可能在某本文选中读过《疯狂》，这首诗可能是唯一一次发表。显然，《疯狂》一诗从未被收入《现代人》开设的组诗之中（尽管达到了水准要求……），显然丘特切夫也没有将之纳入生前任何一种出版物中，就像是要让它"长成野草"。还有一些类似的假设，他似乎在设法证实……

此时的廖瓦（我们记得此处带来的感受，但无力使之还原）在进行一种急遽而带有欺骗性的逻辑转化，从丘特切夫与普希金的关系上"有什么"，转换到这种关系中"有过什么"。有过某种东西，不无意义，是这种关系中的目标，是彼此之间的情节，这种东西是最能刺痛丘特切夫的，而普希金却察觉不到。之后，廖瓦单列出"决斗"这个词，并很长时间在一个个句子中巧妙地使用这个词，就像是缝纫机中的梭子来回穿梭……我们对这种往返运动记得很清楚。决斗——没发生的决斗，还有发生过的决斗——这才是真正的决斗。所谓秘密决斗，是指除了参与决斗的一方知道外，没有人会知道，——公开决斗，则是决斗中的一方根本不在意自己在跟谁对射（他发起的挑战和决斗还少吗？）。

在普希金死后，过了三十多年，过了二十五年，丘特切夫记得，记得很清楚！三十年来，他在诗中的唱和并不太多，——但现在却开始引用……有过两次暗含式的，三次挖坑式的。《疯狂》这一事实已被掩藏起来，这首诗经改写并献给了费特[①]……语气少了些"被刺痛"、多了些庄重、明智和谦卑（倦怠？）：

盲人先知的本能
与大自然的赐予不同，
他们靠它去闻听
大地幽暗深处的水声……

看见没，"盲人先知"……"不同"……这里终于用上了"先知"这个词。也就是说，已经认同有"先知的"，但继续猜忌和仇视现象的本质——"本能"，而这是他不具备的。"大地幽暗深处的……"丘特切夫用了省略号——这似乎是说，普希金[②]死后，仍在"闻听"。

这四句诗与萎靡不振而没有信心的四节诗对立起来……如果说前四行讲的是普希金，那么它们就是用来抵制费特的，大概在被"神圣化"

[①] 廖瓦顺便指出，假如无法确定普希金读过1834年的《朝霞》，那么大概可以肯定，费特没有读过这首诗，也没有读过《疯狂》，因此便将题献给自己的这首诗看做新写的……——原注

[②] "恭顺而疲倦的"语调让廖瓦为之惊讶，能感受到老年丹特士的衰弱："鬼迷了心窍……"——原注

的诗人形象中，也包括了丘特切夫本人。

这有些滑稽，唯一的情况，或许与那个在这些对立诗节中描画出的理想诗人形象不矛盾的人，就是普希金。丘特切夫用普希金本人的诗句来遮掩普希金……①

至于说这些"寻水者"（所有研究者都有过引用），据说成为了丘特切夫两首诗的原型，那么为何在这些可悲而卑劣的诗句中让丘特切夫如此个人化、具体化、记事化？而这位大师恰恰就是具体化诗歌的高手，他擅长作为一种创新将个人、甚至私人的真切（下流的？）体会的具体细节引入诗歌之中？这些"寻水者"用什么在折磨他？"寻水者"，应该得出结论，那种丘特切夫发明的"幌子"将表达得非常清晰和具体的诗歌体验与这种体验的情节隔离了开来。

在这种情况下，情节是怎么回事呢？

情节——成了抱怨。而且，抱怨表现得复杂、多面且存在多种转折。最隐秘、最深刻，甚至连自己都不了解的抱怨，是很容易隐藏不露的，同时也很难引起怀疑。因为，随着时间的流逝，丘特切夫显而易见地向所有人（也向自己？）证明了他也是天才，——抱怨是针对天赋本身的，为此他如此长久地精心思考过天赋这一问题。（这太过分了！——我们会惊叹。）如果身边没有普希金，与他紧挨着，突破和推翻了所有的逻辑，在逐渐地飞升和提高，他就永远也不会有这种抱怨，而这个作为对比对象的就是普希金！

在所有方面，丘特切夫都"更胜一筹"，在诗行方面，但还是缺了点什么，而这种缺的东西却是普希金自然而然天生具备的东西。丘特切夫生前抄写过普希金的诗句（为了更好，为了赶超），——但普希金连他的背影都没见到，而普希金的背影则像灯塔一样，肆意地矗立在丘特切夫面前。丘特切夫暗地里明白，没有说出来而已，但有很深刻的认识，认识到自己没有一种"小东西"，似乎是第二位的，白得的东西，但这东西根本无处寻获，也无法获得……但普希金用不着去了解这个，

---

① 廖瓦认为，在这首诗与《疯狂》之间充当"桥梁"的，是费特的一篇文章《论丘特切夫的诗歌》，费特从普希金写起，对两首以"烧毁的书信"为题的诗做了对比（方法并不新颖！）。——原注

因为他有。他们是一个级别的,但普希金更具有贵族气质:他拥有过,无需考虑来自何处;丘特切夫已沦为平民知识分子,他渴望拥有,但却没得到。这就是丘特切夫风格的挑剔——发现自己缺少了什么;任何时候任何人都不曾注意过这一点——他的任务就是不要说出去。他从未说漏过。即便说漏了嘴(在他个人看来),也会马上进行掩饰,譬如《疯狂》,但没能消除干净……一个卑微的人成了天才!……什么力量在推动他?他缺的是什么呢?他稍晚些?嫉妒了?侵犯别人了?……这仅是个很小的缺憾,普通人和正常人不会去注意,也不会感觉到,但这种缺憾对于天才来说无异于生理缺陷,丘特切夫就是这样的天才,——他不能放过的恰恰就是这个人,这个拥有一切的普希金。

由此只能有一种结果:认可普希金并与之交好。为了在生前就把他们的名字联系起来,将上帝亏欠丘特切夫的东西联系起来("有了!"廖瓦突然想起来,"丘特切夫与上帝的交易不同于普希金的交谈,也不同于莱蒙托夫的抱怨。"[①])——他们都得与普希金分享一下,从一个盘子里分享,而这个可以用来分享的盘子,只有打碎,成了易碎和刚硬的物件——让天平两边平衡。但普希金不会想到要去关注丘特切夫在德国发明的一种新式体操……他拄着自己那根铁拐杖。他也没有注意到丘特切夫已拉长的身影,在精美的呢绒布下二头肌漂亮的颜色透着紧张……这里,还有第二个抱怨,这种委屈更强烈,跟第一种委屈不相上下(它可压过第二种委屈,也可使之翻倍)——1830年。丘特切夫几乎五年没在俄罗斯,来到彼得堡,在这里他从《文学报》上读到了那篇臭名昭著的文章,普希金在文中认为谁具有无可争议的才华?!竟然是舍维廖夫和霍米亚科夫,而没有认可他丘特切夫有才华!

可能,他们甚至在某个地方简短地见过面(譬如,在斯米尔金那儿);普希金从身旁走过,光芒四射,疯疯癫癫,没有注意到这个陌生

[①] 看来,廖瓦在进行历史比较时,在这一点上对布宁也没有开恩。据说,"大器晚成"的布宁写得更好,更具时代风格(像丘特切夫一样),但他嫉妒所有成功人士。当他终于活过了所有人,熬成最后一人时,这时便开始悄然疏离同时代人,并让自己与托尔斯泰、唯一的同时代人契诃夫更亲近,试图仅靠一己之力去恢复历史的公正性。与丘特切夫一样,他也有自己的理由。我们现在提到的这一插曲,被称之为"大器晚成的天才",将有一篇专文讨论这个话题。但我们没有见到这篇文章。——原注

的年轻人正颤抖着，哆嗦着（这个人27岁，已不小了！这个年龄会对虚度的时光有种抱怨的自我感觉，这个年龄的人已告别了持续成长的年纪——难怪莱蒙托夫没有挺过这个年龄……），这个人已经在创作自己成熟且更"成功"的诗句，尚不为人知……对自己他一直很清楚，从历史上看，自己永远不会是"二流"的（按涅克拉索夫的定义……在这个夏天，普希金哪有心思去留意什么呢？这时候他再一次被拒绝出国；这时候冈察洛娃一家终于同意了婚事；这时候他刚摆脱了堪称模范却不习惯的未婚夫身份而去了彼得堡，在那里羞愧地承认说，我很快乐……（他在那儿怎么可能快乐？……）；当时他周围有种特别浓厚的微妙氛围，不认可他并分享荣誉（"重新审视"），并且文学生涯已让他厌恶至极；当时等待他的将是波罗金诺之秋，也就是说体内正升腾着内心的压力，貌似已到了难以承受的程度？……"那时，那时候，他会创作出来的！……"廖瓦好像惊叫了起来。"会创作出生前仅上演过两次的唯一剧作。"①他现在可以不去留意丘特切夫，因为已经见过他，早就知道，早就把他看透了！……他就这么从丘特切夫身边走过去，飘起一阵汗水和风，用被生活激怒的白眼看了丘特切夫一眼，却什么也没看见，就像是看一件没有躲开的东西，——也就是说像看的不是活物……从一旁走过，却没看见。或许，他点头致意了，并在瞬间微笑了一下，可能笑容中带着蛮横，或是像个小丑……丘特切夫拿刚刚读过的诗去度量他，这首诗出自正在刊印的四册诗集（诗集——首次出版：多大的差距啊！——在年龄上仅大了4岁，多么不公平），——将他看成是"先知"，似乎普希金既然已创作出这首诗，那么就应该一辈子都带着这首诗，就像是穿西服上衣一样一直带着！度量他……并注意到甚至背景——彼得堡八月，闷热，雾气，火灾……在《疯狂》中，在这首描写丘特切夫所不熟悉的寻水者诗中，有多少肖像般的描写！"在无忧无虑的快乐中……"——在这里他观察到寻水者们的无忧无虑？（"我羞愧地承认，我很快乐……"）；"晶莹的眸子在云朵间寻找……"——

---

① 廖瓦在这儿说的可能真是日期上的惊人巧合。《莫扎特和萨列里》这部悲剧在1832年上演过两次（1月27日、2月1日），演出未获成功，五年后恰好还在这两个日期，"采用新导演手法"——演变成了决斗和安魂弥撒。——原注

很容易就能想象出普希金的目光,这时候的普希金不想去认任何人,也不想看见;"前额上带着隐秘的满足……"不对,这都是肖像,肖像是瞬间即逝的,惹恼和触犯摄影师心灵的肖像而已。再读一遍《疯狂》吧——动作和手势描写得多么详细!踩了别人的脚却不道歉,这难道说的不是普希金吗?先知怎么能踩别人的脚?!我们不清楚……但在丘特切夫那里掀起了两倍的怒火,于是他创作了《疯狂》——用普希金的形象——将之比作萨满、"寻水者"……

廖瓦做出了这个以及另外一些假设,并试图论证之。其中,他对普希金的善举也展开攻击,据传普希金曾帮助丘特切夫在《现代人》发表过著名的组诗。就连标题,普希金亲自拟定的标题"从德国寄来的诗"——廖瓦也采取不同以往的角度去阐释,没有突出丘特切夫抒情诗中的哲学倾向,而只是指出它们不是在俄国写的,而是寄自德国,从这些诗中无从理解俄国。据说普希金指的就是这个意思。但在这一点上即便我们不是专家,也无法认同廖瓦的看法。[1]

但就像廖瓦所声明的那样,无需将"杰尔查文老人发现了我们……"作为发动机,让它永远保持运行状态,"应该稍稍改变一下习惯,观察事物时不要出现不久前的那种画面:'别林斯基和果戈理坐在弥留之际的涅克拉索夫床前';说什么在谈妥自己在未来文学中的地位和意义之后,现代人不会再活下去,就像我们在中学里想象的那样,当时我们已经习惯性地认为,所有人在我们今天并为了今天会重获光明……"——很难对此表示不同意……[2] 他个人不久前接受中学教育的经历也反映在这里……

---

[1] 普希金根本就没说过这样的话,在这个标题中虽有所表达,也不过是套路而已。但我们认为,其中的含义既不纯粹是对德国思想的尊崇,也不是赤裸裸的亲俄主义,其意义更为细腻并具有双重性。从来不偏激,这也是普希金广为人知的一面。——原注

[2] 至于他没有读过尤·梯尼亚诺夫的论文《普希金与丘特切夫》,在我们看来,对于一个文学研究者而言,这是不可饶恕的,尽管廖瓦的论文写于60年代初期,那时梯尼亚诺夫的论文尚未再版。但廖瓦很早就通过其他非公开的渠道"得手"了吧?而且,这可算作一种典型例证,这种例子在我们那里很常见——甚至在对目标进行专门研究时,也会遇到一个本来毫无争议领域的整体性陷落。即使当时廖瓦没有读过,后来读了,这样的话他也会喜忧参半。他气愤的是,自己不是第一个就普希金对丘特切夫的态度提出质疑的人。梯尼亚诺夫对讽刺短诗《昆虫大全》所作的解读,则令他感到高兴:"丘特切夫是只黑蚂蚁,拉伊奇则是只小甲虫",如果还能想起来拉伊奇曾是丘特切夫的老师,就更好了……不过,优先权并不全属于梯尼亚诺夫:廖瓦可能是第一个关注这一问题的:用《丘特切夫与普希金》来替下《普希金与丘特切夫》。——原注

但现在廖瓦已触碰到一些极其可怕的话题了。他开始怀疑丘特切夫献给普希金之死的诗句的真诚！（补充说一下，丘特切夫生前没有发表过。）他确信，这是一首萎靡不振、封闭而自负的诗。一个人在经历危机之后，就会有这种体验。说出这样的话："不管他是对是错"（谈论对手），"世界，世界对你，就是诗人的影子，明媚的世界让你安息！"（相当于"倒下吧，倒下……"）整首诗就像是茶余饭后的谈资……①只是在结尾处——才有真诚而协调的力量：

　　就让那个听得见流血的人，
　　让他去评判你的仇恨吧……

很显然，"仇恨"还应"评判"……不是"寻水者"在回应吗："听得见水声"并能"听得见流血"？

　　对你，就像是初恋，
　　俄罗斯的心灵不会忘记！……

这两行奇妙的诗句——是真正的诗句。初恋！……——丘特切夫本人对普希金就是这种态度。第一次恋爱，没有回音。为之遭了一辈子罪，吃了一辈子醋的初恋。一个总是失败而又专一的爱人看到所爱之人的死，才会体验到这种轻松，同时还有些痛苦：她再也不可能属于哪个人，还有……最重要的是她再也无法爱上别人了。哎！但还得活下去……俄罗斯将会与妻子活下去，和他一起，和丘特切夫一起。

现在廖瓦撇开丘特切夫，另写了几页纸，描画出类似感受的心理图景，写的时候不无才识和激情，里面反映出他本人对法伊娜伤感爱情的体验。从他个人来说，也反映出他在估量丘特切夫受普希金吸引的程度时，有过跟祖父拉近关系的尝试，这种尝试缺乏责任感，并同时存在

---

① 廖瓦还引用了可让托尔斯泰心满意足的那篇悼文，是陀思妥耶夫斯基写的："没有他，我们可怎么活啊？"以此类推，在同一个时代，也容不下两个人，普希金不能见容于丘特切夫。——原注

着对感兴趣对象的"打折处理"("不是太想这样"和"自己是个傻瓜")。我们无法凭记忆还原,但其中有几处心理论述是合理的(也是脱开丘特切夫进行的),同样也证实了自己的体验、作者对类似事物的感受。

这时候出现了某种突然的空白点,且文章也似乎出现了一个对作者本人来说很突然的转折,甚至是折断处……

……突然有了回击?最后,普希金有了反应,简直令人嫉妒——因为他是个优秀的射手。枪声是否同时响起来的?只有丘特切夫知道朝谁开枪,而普希金则朝着灌木丛中的簌簌声开枪……

丘特切夫,1830
《疯狂》
在那无忧无虑的快乐中
疯狂
显得
可怜兮兮。
在那里,被烧焦的大地
与如烟苍穹交融在一起。
埋身于炙热的沙场,
头顶着滚烫的霞光,
疯狂用那玻璃般的双眼
在云雾中一遍遍地翻检。
猛然醒悟,将灵敏的耳朵
贴近干裂开缝的大地,
贪婪的听觉捕捉到了什么,
额头上流露出内心的满意。
觉得自己听到了汩汩的水声,
听到地下水正在奔腾,

普希金,1831—1833
《天保佑,可别让我发疯》
天保佑,可别让我发疯。
不要,哪怕拄拐要饭也行;
不要,宁可辛苦与挨饿。
并不是我更看重
我的理性,与之告别
也不会不高兴。
如果让我随心所欲,
我会多么开心地重进
那幽暗的森林!
我会如醉如痴地歌唱,
在无序而神奇的梦境,
耽于享乐,忘乎所以。
我也会倾听波涛之声,
也会满怀幸福豪情,
眺望虚无缥缈的太空……

	发疯，便会倒霉透顶，
	你会像瘟神令人惊恐，
	人们会立刻把你囚禁，
	作为傻瓜锁将起来，
	人们会把你当成兽类，
	隔着铁栅栏把你戏弄。
有的像摇篮曲那样舒缓，	到了夜里，我听到的
有的冲出地面，声动九天！	不是夜莺嘹亮的歌声，
	不是丛林沉闷的声响，

而是我的同伴的叫声，
听到夜间看守骂人，
听到刺耳的尖叫和镣铐之声。

  有这样一种感觉，即廖瓦在准备妥当的那个时候，产生了一种想法，要在论文写作时体现一种平行关系。可以理解廖瓦，在合伙为自己创造一个偶像：可以放弃与丘特切夫决斗的荣耀，为了跟普希金见面！在着手写作之时，廖瓦完全不可能盘算或期望会这样。情感的波涛吞噬了他，并让他远离了学术研究，为的是能投奔到普希金膝下。这一次会面可证明一切。为了尊严，可以说，廖瓦献出了一切。

  廖瓦多想，让丘特切夫"晶莹的眸子"能望一眼普希金"空旷的天空"，沙漠的炽热风情能穿越丘特切夫"先知"中的《疯狂》而成为"天保佑，可别让我发疯"！廖瓦可能觉得，这样的穿越可除掉后面论证时的所有困难。我们总是觉得，还在路上这一点就是一个障碍……但这对于普希金来说太"小儿科"了，廖瓦改变了方向。就是真有那些罕见的情况，尽管这些都是绝对未知的，在普希金接触到《疯狂》的清单时，他无疑也只会看一眼，只会不在乎地走过。他的反应是根据瞬间印象写成的，而这印象是负面的。况且，这种负面与物理学上的负极那样精确，就像是摄影：根据明暗关系，这两首诗正好对应着负面和正面。在丘特切夫那儿，是疯狂本身表现出来的阴暗，而火焰则在周围：在普希金那儿，则恰好相反（只由于有时间先后才可以这样讲，因为在丘特切夫那儿恰好一切都是反过来的，正极如同准确的映像来自普希金……），在普希金那儿，四周是阴影，而疯狂就像是火焰。的确，在丘特切夫那儿：疯狂带来的无形满足和无忧无虑的快乐——在烧焦而干裂的土地之上，在与之融合在一起的如烟一般的天空之下；在普希金那儿：炽热的呓语和乌烟瘴气中的迷失——无拘无束，感受着夜晚、树林、天际以及夜莺歌声带来的怡人凉爽……但在树林中激情从何而来呢？——廖瓦继而感到迷惑了。在此，当我们看到以上论述结构的表层闪光点之后，也得指出存在的牵强之处。廖瓦在使用丘特切夫"水之主题"在潜意识中的反映来解释普希金诗中的不一致。

但廖瓦自己也会突然发现这一疏漏。很快就探讨普希金对丘特切夫之"疯狂"作出直接反应的可能性，为了一些更重要的论点廖瓦排除了这种可能性。他开始推论反映在这些诗句中的本质，推论智力和理性的相互关系，并到了莫名其妙的地步。好像他在努力回忆某个时候听到的一件事，却回忆不起来——就是这种感觉。较之于智力，他更喜欢理性，并宣称普希金是俄罗斯第一个也是唯一一个体现理性的人。随着普希金去世，他断言，在诗歌领域丘特切夫胜出了。在这种意义上，对普希金好评如潮并不能证明什么，不能证明普希金这条线居于主导地位。这就好比那场决斗，丘特切夫充当丹特士的角色。普希金的诗歌精神在一场不可见且不平等的斗争中被消灭了。普希金被披上了诗歌形式的荣耀外衣——但他本人却不复存在了。外衣上缝有几个纽扣和更雅致的金银绦带，并塞进了各种污浊的精神垃圾。完整性、和谐、空气、世界——全都钉上了条条框框。对此廖瓦写得很冗长，很模糊。

他将普希金神化，从莱蒙托夫身上他领悟到自己的幼稚，对之很宽容，通过丘特切夫他公开地仇视某个人（不知是谁）。

廖瓦马上就要写完自己的那个历史小说（我们只能这样定义），用一种认为个人构思是正确的推断来收尾。他说出了一种简单得站不住脚的想法，如果不是更荒谬，大概是这样的，仅依据十分显然的和经过验证的资料来勾画出一个历史图景。这种资料很少，很匮乏。现代人与他的历史学家在黑暗中相向而行，但这是一种奇怪的同步性，因为现代人已经不存在了，更不用说历史学家了。对于历史学家来说，他所回顾看到的为数不多的东西太明显了，对于现代人这些东西则被生活吞噬掉了。如果一个研究者将弄清楚什么，而这东西在过去是明白无误和众所周知的，那他该从何着手呢？较之剧作家，研究者更容易误入歧途，认为"每一杆枪都应射击"。从我们经历过的时代了解到了"新东西"，高兴得颠三倒四之后，他也会在逻辑上翻跟头：不假思索，他会开始认为，他认为是确凿的东西，会同样确凿地成了事实，成为他所研究那一段历史的参与者的知识、经历。不管学者想做到如何客观，凭一连串已知的事实——甚至不由自主，他就可以描绘出一定的生活图景，以及各种力量在我们意识中的分布情况。但因为在这一图景中必定会存在缺失，不够完整，更何况没有任何依据可保证，保证这些事实被我们认识的同时消失不见了，而能保持着某个时期现实的样子和比例关系，——那么这种"学术"图景必定是不可信的，同样他的，即廖瓦的推论也应该是这样的，区别在于他没有一处事实上的错误，"学术"成果合法化且后来这一切都表现出理解上的罕见和贫瘠。因为我们怎么竟被明确无误的事实俘获呢！可能比分拆的假设更多被俘获。

廖瓦的文章中很多东西都不对，甚至那些正确的或突然得知是正确的东西，也纯属巧合（顺便一说，这里用的是"巧合"的本义），是由于采用了不可信的引文所致。我们想啊，如果类似于廖瓦的这种说法可以取得如此广泛和预期的传播，宛如真正的"学术"成果，那么它很快就会变得乏味和枯燥，就像所有关于进步继承的传说那样，关于伟人友谊的传说那样，关于思想传递和普罗米修斯之火的传说那样。甚至它可能会消亡得更快：它包含的内容太过生硬和杂乱。但是它有一个无可争辩的优势：它从来不会成为这种样子（合法的）。

可能还会问我们，我们是怎样记住所有这一切的。这么说吧，首先，我们记住了（按页数）差不多四分之一，我们没有记住几乎论文中所有的"学术性"内容。其次，当我们阅读这篇论文时，已经对我们的主人公产生了浓厚兴趣。第三，读后回到家，我们马上就去翻看我们手头有的相关诗人的三卷诗集，用自己的印象来验证……第四，我们如何记住的，这并不重要。

  我们发现廖瓦的论文写得认真但没有依据，内容丰富但不能令人信服。但在我们的记忆中将这些文本进行比较、翻新和重新审视并非没有好处，这要感谢廖瓦。因此，很多东西可以保存在记忆之中，直到现在，只要从书架上一拿起一册书，就不可避免并令人厌烦地想到廖瓦的文章，——所以，最后，我们和文章似乎相安无事了。这时候会想，或许他也不是一无是处，也就是说，或许即使他不对，但他有权……这样他对圣地的蓄意侵犯在我们看来也就不再是亵渎神灵了。在圣地的蓄意侵犯也是为了神灵啊。廖瓦果敢地声称，权威们阻挡我们去认识本质。在这个意义上，廖瓦文章中的一种做法尤其让我们喜欢，那就是他从何处入手——从内容入手，将形式的完美丢到一边，将这作为开始谈话的必要条件：这一切谈的是什么？哦，谈的是这个……

  唯一一点我们能谴责廖瓦的是，在他文中按先后顺序表露出来的一些观点和原则排除了文章本身的可行性、甚至描述事实本身的可能性。总是让我们体验到虚无主义的是——似乎是他的嫉妒心、他需要靠推翻来巩固自己的见解。就像是斗士们的萨列里主义与萨列里的关系……因为如果你要否定，那就彻底否定。究竟为什么要急于去占据被推翻对象的地位？那个（被推翻者）至少能证明它配得上自己在时空中所占据的位置。他的观点和地位如此统一，以至于要推翻观点就必须同时否定其地位。保留一半，否定另一半，这会很荒唐……这种情况下，对否定的任何表述都将是令人惊奇的。譬如说，看不惯忙活的人，会开始忙忙活活地痛斥。既然看不过，怎么能不忙活呢？……看不惯不公平，人们就开始恢复对琐事和业已消失的事情的公平，顺便也恢复了对生者存在的一些不公平。如果厌倦了多种人言的空洞和徒劳无益，在加以否定时，自己也会无休止地唠叨起来……任何事都是这样。最为重要的是，由于这种做法——什么也不会发生，什么也没有创造出来……哎呀，人啊！

  那么，我们说，丘特切夫对廖瓦做了什么？他对普希金所做的事，究竟为何？……既然廖瓦全对，那么丘特切夫错在哪儿呢？错在他因为普希金对普希金好而吃醋？错在他一辈子都跟他保持着特殊而隐秘的关系？这还算不上是犯罪。他个人对普希金的付出总是多于普希金待人的态度，这一点自普希金死后已经成了一种俄罗斯传统——存在着单方面的个人态度和普希金的态度（普希金在对别人时，这种态度只体现在他和彼得大帝的关系上……）。因此，丘特切夫不过是这种关系的一个先驱，就像他在其他一些方面同样也是先驱那样。而且，恰恰是他写出了"别让我们去猜，别人怎么看待我们的话"以及另外一些优美的诗句（就连廖瓦也不否认这一点）。他的错只在于一种认识，在于借助廖瓦来认识自己，在于不加偏袒地排斥个人经验。丘特切夫的错在于，廖瓦与法伊娜之间发生了故事，在于廖瓦跟祖父之间发生的事，他的错还在于，廖瓦出生和登场的时间迟了些（每个人都生逢其时），而出生晚了的廖瓦真诚地对待另一个时代，他不能宽恕丘特切夫正好就生活在那个时代，而这是廖瓦所期盼和无法实现的一件事……哎呀，如果廖瓦活在那个时代该多好！他就会去拥抱，将亚历山大·谢尔盖耶维奇拉到自己胸前……但足够了，他已经拥抱过自己的祖父一次了。

不是这样的，正确的看法应该是，所有经验都是可怕的！那些表达出来的经验尤甚。获得成功的经验战胜了创造者，尽管创造者可能也会竭尽全力，并最终占了上风……获得成功的经验会折磨自己，就像是蝎子，并沉落到底层。如果你已经为了得到这种经验而倒霉过（经验就像是童话中的"恶魔"：藏在小口袋里，藏在麻袋中……），那就不要让它变成现实，因为不是你化身为它——而是它将会化身为你！

丘特切夫站在自己的位置上。他也没有注意到，与他对射的是廖瓦，就像普希金（如果廖瓦对的话）没有注意到，与自己对射的是丘特切夫。但不同之处还是有的……

而且会很奇怪，在动摇和推翻一些权威时，会将另一些权威捧得更高。用自己喜欢的权威去抵制所不喜欢的，将他们作为一种撬棍、杠杆和大棒……一切如初：在不喜欢权威之际，为了他们的荣耀而献出自己。哎呀，人啊！

哎，普希金！

第三部 穷骑士

小流氓行径的史诗

在大理石的野兽上骑坐着,没戴帽子,双臂交叉抱着,一动也不动,苍白得可怕,可怜的叶甫盖尼受了惊吓。不是为自己。

《铜骑士》,1833

不然的话,我的天使啊,这将就是最后的一封信;可无论如何也不能这样啊,使这封信成为最后的一封,啊不,我会写,您也要写……我如今甚至连文风都有了……

《穷人》,1846

(下文斜体系我所标。——安·比)

这是一副软塌塌、四角磨圆了的纸牌……过去的事，现在的事……——（我们摊开牌。）——将来的事……自己的，家的……（我们在给廖瓦算命。）——心的……这一对儿走了，这一对儿也走了……他剩下了什么呢？方块法伊娜，梅花米季沙季耶夫……（我们只会这种简简单单的算命方法。）——什么能让心得到安宁呢？

小波动，方块Q，不长的路途，一些劳碌……这一切确实如此——谁能抗拒得了呢？过去的事，现在的事……将来的事——会是什么呢？……纸牌往往稀奇地准，因为它会把一切都说出来，只是有一样不会足够确切地指明——时间。对，路途，对，公家，当然了，还有女人。但是——在什么时候呢？……

关于未来——我说不来。况且依据经验，未来的一切都是以某种化学的必然性演进的。反应式$H_2O+NaCl=$盐水。眼泪。

似乎是这样的：清晨，年轻的妻子，我们在盖房子……刨花散发着木材的味道，而且树林本也不远。我们有足够的爱，所以不觉得是劳作……一开始，我们挖坑，基槽。地基，第一顶冠冕……妻子把头歪向我的肩膀，悄声细语。我们即将有个儿子……衬衫粘在背上，我愈发利落地挥动着斧头：未来——儿子，房子。一章章，一部部，一间间侧房。一个个窗洞，门洞。主人公走进去，忘了出来，有人偷偷爬进窗户。但是，唉呀，我很疲惫，一切都很疲惫……斧子疲惫，原木疲惫，妻子疲惫，腹中的婴儿疲惫。已经懒得出生——时间本身也疲惫。

我们拿这人生大展拳脚——长长的人生……我们有些贪心了。不去建临时的住所——一上来就盖房子，大房子。厌倦了，一天光景就钉进去一根钉子——看不到尽头。白天越来越短，夜晚越来越长，而愈发地——不愿意起床。妻子——陌生的，永远大腹便便的，——脸上长出了斑点，像秋天一样。正是秋天：下起了雨，得赶紧上屋顶了。

可是也许，就这样，不用屋顶？以便站在刨花中间，由窗子直通向世间的四面八方：南面的穿堂风，东面的树林，西面的邻居，北面的乡间土道？……

人们会说，在这样的房子里怎么住呀？

我就回答说：

"可是在普希金之家也是不住人的。这不嘛，有一个人曾经试过，总共三天——结果怎么样？不该在普希金之家住。"

"您用您的寓喻把我们都弄糊涂了，"读者会说。

我就回答说：

"那您就不要读。"

就这样。读者有权问我，我有权回应他。

或者，正如一位诗人说我的那样：

我将写出一部长篇小说，鸿篇巨制
许多册的房屋——一部长篇……
我权且以此称之，
比方说，《谎言》或者《欺骗》……

我们承诺过，我们盼望过——最后的光明……但是——我们有预感……我们现如今无法写到这样的结尾。在我们之间，没有任何结尾。它是作家杜撰出来的。

我们紧赶慢赶——华沙在前方，九月一日——交付期限——近在眼前，初秋的雨滴滴落在我的桌子和打字机上——没有屋顶嘛。前方是华沙——因长篇小说而去进行创作考察性的公出（在普希金时代的疆域内研究俄罗斯对我们很重要）。在这种情况下，等着我们的还有芬兰和阿拉斯加，在我们决定前往西欧，或者，比方说，前往日本之前；但是日本——这已经是另一部长篇小说了……建造的悲惨经验让我们转向另一个极端：建筑物那无望的向上的追求，这不幸的垂直线，它是由于彼得堡的地块面积狭小而在我们心中引发的，我们想要把它在地面上变成水平线——为的是在旅行的空间中和存在的客居空间里自由地和随意地进行安置……

我们有一些早就在进行中的计划：我们想要弄懂在帝国状态下的国家。

可是我们仍然——身在彼得堡，正迁往列宁格勒……

仓促行事，也许，是一种毛病，但是有什么办法呢，假如生命和时间不可救药地有着不同的速度；要么你从时间里挣脱出去，要么就落后于自己的生命。胎儿厌倦了等待到第二个月的月底降生，所以，如果他在第九个月的月底出现，那么是由于对存在还是不存在的问题完全无所谓。没能及时地成为一条小鱼儿，稍晚一点成为一只小鸟儿，一切都错过了——人便降生了。

我那光着脑袋的房子——空空荡荡。地板上，枫树抖落进空窗子里的树叶泛着黄。房子里没有主人公们住着——老鼠们无以为生。主人公们挤在邻居们那里，租下一个角落。

在普希金之家也不住人。有一个曾经试过……

值班者
（继承人——续）

这样一来，在196X年11月的节日前夕，廖瓦的情况正是如此。在度过了对他而言相当长的一生之后，廖瓦人很多疑。也就是说，他为即将来临的事情提早激动不安，而等事情真来了，却近乎漠然地迎接它。他就这样与不幸毗邻而居，总是带着切肤之痛在近旁体验着它。当他终究出了什么事情时，他"就知道会如此"，因而常常更难过，因为命运麻木地不曾变换自己的轨道，轻易地抹去了他预见和预感的障碍……

廖瓦对这个秋天的感觉特别灵敏。那条"神线"延伸得太过中规中矩了，太久没有任何事情发生了，以至于所有这一切的"没有任何事"没积聚，也没有意味着哪怕是"随便什么事"。廖瓦觉察到，在自己头上有某种模糊的凝聚物，一些力量的某种意图……不得而知，是什么在威胁着他，以及威胁来自何方，但是它在向他偷偷接近，它是不确定的和无根据的，因此廖瓦的全部恐惧就连他自己都觉得有点傻和不合时宜，在它们得到证实之前，无需担心被误解地去倾诉一番的人又没有——一切都聚拢在廖瓦周围。然而打击跟以前一样无从等待，于是他这样对自己解释这些预感，就是太久没有写"自己的东西"了，已经小一年了，甚至一年多了……秋天要过去了，他早在春天就怀着希冀地把一切都延后到秋天，金色的秋天，他效法亚历山大·谢尔盖耶维奇①，认为它更能带来灵感，眼看连十月也过去了——什么也没有。而且，如果他最终还是坐不下来的话，那就会大事不妙——廖瓦这样解释自己那些令人感到压抑的预感。如果他不在近一两天内就战胜自己，那么就真的是，就会有什么外在的事情发生……廖瓦在研究过自己的命运之后，下了论断。

果不其然。与其说是这命运的打击，不如说更像是一种嘲弄。每到节日，最不走运的同事中总会有一个人被留下来值班……这一回这项荣誉落到了廖瓦头上。他当选的原因很多，其中最重要的一个，就是廖瓦这一次尤其难以拒绝的那一个，尽管没有挑明。作为一个年轻的、未婚的（单身的）、不肩负任何特别的社会负担的、虽然也是无党派的工作人员，恰好他节后不久又定好了答辩，他无法拒绝。

"您，当然了，白天可以离开那么一两个钟头儿，"管行政的副所长慈父般亲切地说，他也是党委书记，说得很为他着想的样子……"一两个钟头儿……吃个饭了，什么的……提前和门卫说好。夜里——绝对不行！"仍是廖瓦的那个"名声"没有给他反对的机会。他的拒绝会被解释成损害了社会公益，这一点也被用眼神强调了，只消一个眼神，副院长的眼神。他的眼神很特别：令人不由会想，他的一只眼睛是不是后安上去的，但是仔细一看，原来不是后安上去的。

拒绝对廖瓦没有好处。

"既然如此……"廖瓦想。他让自己相信，这甚至更好（不过，他还有别的法子吗？），好歹，他和法伊娜又分手了，因此他也没有任何节日娱乐的计划，他终于能够坐下来干事了，除了这里，还有哪儿能让他在节日的忙乱中干点儿活呢？……毫无疑问，有机会在完全离群索居的状态中工作三天——这是上天的恩典！

---

① 亚历山大·谢尔盖耶维奇是俄罗斯诗人普希金的名字和父称。——译注

虽然如此，廖瓦在研究所的首个，还是节前的夜晚，是在完全的和愈演愈烈的郁闷中度过的。他觉得，他这种节日的不走运根本没有使他摆脱命运之手……

他没能坐下来工作。他打开自己的论文（《（关于）……的几个问题》），站在那儿嫌弃地翻了翻。他的姿态漫不经心而又富于造型美，由于这沓厚墩墩的手稿而显得造作和不同寻常……好像有谁能够看见他似的！——他仍旧在防备着，带着一种陌生的灵巧……翻了翻，皱起了脸：嘴里流满了口水——恶心发作的前兆。咽下了口水——并演戏似的合上了论文。环顾四周——但是谁也不会看到他。

他漫无目的地沿着走廊走来走去，走进那些空荡荡的房间里，翻别人的桌子，结果什么令人感兴趣的东西也没找到——都是些无关紧要的东西和废物。窗外的天气就像又湿又脏的棉絮。单位里很冷，尽管烧着暖气呢。"烧着暖气——跟博物馆似的……"他混沌不清地想……在上班时廖瓦从未觉得这么冷过。他头一次如此强烈地感觉到对自己的研究所的核堡没好感。

他给法伊娜打电话——她依然没在家。等到他终于听到了她那使人振作的和快活的声音时，他那训练有素的想象瞬间勾画出特定的画面，鲜明得让他坐立不安，这些画面如此司空见惯，于他几乎是必不可少的。然而并非如此，她说了，这一切都是他跟以往一样想出来的，只不过她今天就是这样的心情，只不过就是节日前夕的心情……而他近况如何？她好像什么都不记得了：无论是他们最后一次的谈话，无论是侮辱性的言词，无论是关系破裂……她给他打过电话——他没在家……原来如此，她甚至打过电话？她亲切的语调、意料之外的宽容让廖瓦不知所措了，他心软了，并且兴致勃勃地抱怨起把他困在研究所的四墙之内的命运来，看来是期待着法伊娜的同情。但是她突然生起气来：他总是这样，而她本想一起过节来着……挂了话筒。

廖瓦习惯性地焦躁不安起来，开始不由自主地狂打电话，还总是拨错号码，但一直占线。突然，他还没来得及挂上话筒，电话就自个儿响了。廖瓦激动得哆嗦起来，把话筒像手枪那样一把抓了起来。"我一直给你打呀，打呀——一直占线，总是占线！"妈妈用使人振作的和快活的，好像任何时候都不允许自己丧气的声音说。"廖乌什卡，我们都很同情你，但你别不开心，廖乌什卡……"廖瓦打了个哆嗦：什么？这"别不开心，别不开心……"从何说起啊？"这不父亲也是……"妈妈说得很快（她给自己安排了任务——改善父子关系）……廖瓦的心像坐电梯一样，忽上忽下，他无望地瘫坐到了椅子上。嗯，嗯，他说着，一边把话筒从耳朵上移开。他吃饭了没有，没吃的话她现在就直接坐车到他这儿来，给送来，说起来你都不信，蘑菇！……小甜饼，她正好刚刚烙好的，特别新鲜……小甜饼——不知为什么这触动了他，于是他整个心都酸楚起来。由于爱、怜惜、羞愧和不耐烦——廖瓦，就像妈妈锅里的蘑菇一样，跳了起来并转了个身儿，一边吱吱作响。也许，正好这时候法伊娜在给他打电话呢？不，不，什么也不需要！——廖瓦粗暴而冷淡地打断道。

同时，马上果断地拨打了法伊娜的号码。够了！！他想最终了断地跟她讲，让她不要再愚弄他了，说他什么都知道，说他已经不是那个可以被人玩弄于股掌间的毛头小子了……等等。但是占线。这时他开始想对她解释，说困在研究所，这不是他的过错，说（你愿意吗？）他现在可以唾弃一切，无论是研究所，还是论文，来找她……但是占线。这时他开始想，不解释了，就对她说，还是和以前一样爱她，让她不要生他的气，而且他们到时候一定能想出办法，因为如果彼此相爱而不是彼此折磨的话，就总能想出办法的……而这时，电话突然接通了。廖瓦冲她说，她这是和谁呀，有意思，闲扯了一个半钟头……法伊娜说了……他们进行了一番全然空洞无物的谈话，结果两个人都很笃定地把话筒摔到了托柄上。之后，不管廖瓦怎么拨打，都再没人接电话了。然后他就开始没完没了地打到药店去了。

但是，这些电话的激情帮他打发了夜晚时光，然后他躺倒在所长的沙发上——无法入眠。

他突然一跃而起，断然无眠，点着了灯，照亮了自己的脸庞，一张拉长的、苍白的脸，有着一双大睁的、闪亮的眼睛……他走到桌子跟前，猛地推开论文，差点儿没把它从桌子上拂下去。从皮包里掏出一个磨损了的薄文件夹：他很久以前就随身携带着它，好久没打开过了……

那里还有一篇题为《三位先知》的文章，正是那一份，带系带儿的……它也被他推到论文那儿去了：他如今对待它，正如对待莱蒙托夫的《先知》一样。接下来是另外一篇，一半打印好的，一半是软塌塌的，好像受潮了的手写札记——这篇被挪近到自己跟前。翻过一页，又翻过一页——停下来，开始读起来。高兴地开始咂嘴，点头儿……是的，是的！真是难以想象……

那咱们就从他的肩膀后面瞄一上眼吧……

这是那篇《对立的中间地带》——廖瓦论《铜骑士》的作品。他动笔写它正是在写完《三位先知》之后的那个时候，趁着热乎劲儿，但是，已经写到中间了，开始给大家看……结果就遭遇了那么一种意见，某种误解。原本已经可以断定，作品写得甚至十分的自信、清晰和坚实，也十分的专业——廖瓦学得很快——可是突然间它就成了一个貌似并不新鲜的话题了……尽管廖瓦也是如此这般地进行叙述的，也是如此这般不拘束地（"不"——连在一起写或分开写①）陈述了新鲜的和不新鲜的内容的，但是自己的东西，独树一帜地使他大放异彩的思想——读过的人夸赞是夸赞了，但是缺乏热忱，仿佛他们已经能够在什么地方读到一样，仿佛这篇文章似乎早先就已经存在了似的：不是新鲜的话题……不是新鲜事儿的还有这一点，即廖瓦基本上是有能力写出某种有头有尾的，自己的东西来的。嗯，可以……嗯，表现出了……但是——这要到什么时候算完啊？——够了，露面了，也引发了……由此在滑过脸颊的躲躲闪闪的目光里有了某种意味。于是廖瓦失去了热情，付诸流水了，没了兴趣。新的、宏伟的超级构想在驱使着他。廖瓦开始充满激情地勾勒着什么——然后就陷进去了……

此刻他读着《对立的中间地带》，因抑制不住的得意而抓耳挠腮："这一切多么确切无误，确切无误！……"他四面环顾了一下。尚且如此年轻、未经世事的他，是如何无所不知的呢！此刻他读到了关于国家、个性和自然力的那部分，不由惊叹了一声：上帝啊，难道说这是他，廖瓦写下的吗？！……他跳了起来，在房间里快步地来回走了一阵

---

① "不"（не）与其后面的词"平庸地"（средственно）连在一起写意为"不拘束地，直率地"，而分开写则意为"不平庸地"。——译注

子，他急迫的心情在增长，旋转上升，直达天花板，眼睛看不见东西了，变得模糊起来，他搓了搓双手：这样，这样，……这样！而他把这个写得多棒啊——关于对立的中间地带，关于死亡区，关于缄默不语，它是龙卷风、台风的中心，这里很平静，无懈可击的天才由此可见。关于主要的、极具才华的、缄默不语的、略过的、中心的东西，关于史诗的轴心！……太棒了！

廖瓦冲到桌子跟前……不，连这个也是过去式了！他抓起文件夹里剩下的纸页……就是它！拱顶，穹顶！马上，马上……我就要抓住了……这才是，这才是我的事业！瞧着吧，我一定会写出来，就在这里，让所有人都羡慕嫉妒恨……——这念头在他心里一闪而过，随即就放下了——他潜心研究起那些纸页来。祖父的形象——端着茶杯贴近嘴边——一忽儿跳近，一忽儿又跳离开去。就是它……为了它……值得……这也就是他的超级构想。《普希金的"我"》——不多也不少。实际上，这于他而言是很自然的，这个构想……丢开了几年之后，他如今清楚地看到，就连《三位先知》，就其本质而言，论述的也是同样的东西，尤其是在《对立的中间地带》中——这里总体上已经是只谈这个东西了。那时已经初步形成了这样一条有机线。那时就已经……这一下无意间形成的完整性更加激起了廖瓦的灵感。他拿起了笔。此刻，就在此刻！……穹顶！……

他把纸页挪近又推远，把它们的边缘码整齐……他读着这些充满灵感的、不连贯的和"备忘的"笔记——并不明白当时指的是什么。这让他纠结和痛苦：他无法专心致志地沉浸于此刻支配着他的想法中——他必定非得记起来，当时他指的是什么，——但是却做不到。他推开笔记并抄起了一叠工作"规划"。规划已经很多了——第一份，第两份，第三份……这是他"回归"的足迹。规划变得越来越清晰，最后他甚至无意中找到了一份抄本——字迹呆板，工整得反常。

恐惧偷偷向他靠近，没有最终降临：廖瓦果决地站起身，并扭过脸，不去理会那黑暗的角落里的东西，不去理会戈杜诺夫[①]式的含糊低

[①] 普希金的历史剧《鲍里斯·戈杜诺夫》的主人公。——译注

语。"重新来过!重新来过!"他像夏里亚宾①一样无声地叫喊道:"走开,走开,孩子!"新的规划!——那就不张望,不回顾,一切重新开始,即刻!唯有如此。

没有空白的纸。桌子的抽屉是锁着的。

仍旧兴奋着,惊恐也就过去了……他跳起来找纸。猛地拉了一下隔壁的门——啊哈,钥匙在门卫那里。

于是他面无睡意,下楼去找女门卫,他们聊了起来。廖瓦彬彬有礼地倾听了她关于女儿和酒鬼女婿的故事,他觉得,这个故事他好像已经在哪里听过了,或者是读过了。他无聊起来,也想说说自己的事情。他也真这么做了,渐渐投入起来,陷入了不必要的坦诚。女门卫脸上带着十分的好奇和有点儿莫名其妙的活跃神情听着:廖瓦很动情地讲述了自己的爱情故事。他已经感觉到了那种伴随着饶舌而来的可怕的沉重感。他越是明显地感觉到它,就说得越是起劲儿。女门卫已经无需搭腔了——只是带着显而易见的心满意足听着。而廖瓦突然皱起了眉头并迟疑了起来。这时女门卫确切无疑地感觉到自己对廖瓦拥有了控制权,便请求他放她去找女儿,以便帮她摆平酒鬼女婿:反正他们两个人在这里也没什么用,而且他自己就能应付得很好。廖瓦立即连忙同意了,说了声"谢谢"代替"没关系"。

廖瓦上楼回到自己处。杂乱无章地摊在桌子上的纸页明晃晃地、东一堆西一叠地摆着,仿佛只有它们存在于房间其他不显眼的东西中似的……仿佛在漂浮。廖瓦悄悄走近它们,偷偷地以及从侧面张望了一眼,就像从某人的肩膀后面那样。"是啊。当然了……但是——给谁呢?为了谁呀?!为了什么啊!!!"他无声地叫喊道——然后胡乱地把它们收拢到皮包里。

粗暴地熄了灯并急忙躺下了。他想要不去回想女门卫的事——却回想了。在这种情况下,廖瓦,这么大的个子,想象着公家的,甚至在黑暗中都是黑色的沙发的无边无际,把自己缩成一小团儿,像个小男孩儿似的,让自己能够可怜而又温顺地窝在沙发上,然后开始有意地啜泣起来。他很想哭。他像在童年时代那样,想象着自己的葬礼——结果一样

---

① 夏里亚宾(1873–1938),俄罗斯男低音歌唱家。——译注

几乎没能成功地哭起来。但是毕竟还是有点成功了，用的是干巴巴的、不再会流的眼泪。再多就不行了，于是他别无他法，只能决定——为了童年也是够了！——他已经平静下来了。"早晨头脑比晚上清醒……"他头脑不清地想了想就急急忙忙、提心吊胆地睡着了。

他梦见了一条宽阔的河流，似乎就是流经他们研究所的那一条，但又不是那一条。它出人意料且不是时候地破冰而出，看上去是浓稠的，像胶水一样。它上面盘踞着浓重的水汽，而研究所的全体工作人员，不分职位和年龄，都必须要游过它去，为了完成"劳卫制"的定额。

许多人已经在游了，正荒唐而缓慢地从浓稠的黏液中拔出白色的手臂。只有他以及一位博士——一位蓄着长须的优雅的老者，所有人背地里都称之为聂默①大尉——踌躇不定，躲在桩子之间，而且聂默大尉一直在发抖并不住地把长须往游泳裤里掖。而在紧靠岸边的地方，管行政的副所长仰面朝天地躺着，像浮囊一样，在缓慢、浓稠的波浪上摇晃着，穿着自己全套的西装并戴着挂勋章用的金属条，并一边用一双圆睁的和凝滞的眼睛不真实地注视着他们，一边用一只纸板一样假的手招呼他们过去……

弄醒他的是电话铃声。廖瓦动作慌乱地跳了起来，把剧烈跳动起来的、提到了嗓子眼儿的一颗心咽了回去，又四下看了一会儿，没明白过来，他是在哪儿以及为什么在这里。最终他光着袜底儿啪嗒啪嗒走向电话机，结果正好迟了：电话不响了——就在廖瓦刚把手伸向它那一刻。廖瓦就这么在它上方停了一会儿，勾着脚趾，脚向外撇着，他仔细地端详着，没认出桌子，仿佛它上面有个斑点。突然，昨天的夜晚朝他倾覆过来，但是所有这一切，尤其是女门卫，还有梦，皮影戏——这廖瓦记不得了，他只是又一次带着知识分子那种奇怪的夜晚的感觉醒了过来，昨天好像是喝醉了；喝了还是没喝——无所谓。谁会这么早打电话呢？法伊娜？……然而——不是法伊娜：电话重又响了起来，好像比第一次更大声和更急促了……话筒里响起了起伏的水流声，好像在水盆里……

"哎，公爵，近况如何？"

这是米季沙季耶夫，近期出现的最亲近的研究所新朋友中的一

---

① 聂默在俄语中意为哑巴。——译注

员……廖瓦朝窗外，朝感觉像是寒冰一般的天空看了一眼，对米季沙季耶夫的来电感到高兴。

"闲的发霉吧？"这人用他那坚实的、有说服力的低沉嗓音亲热地说。"那好，我现在就到你这儿待会儿。我们排成好几队走着，正好和你的牢笼平齐了。"

原来话筒里那奇怪的声音是这么来的！的确，研究所所在的位置，一面是完全安静无人的角落，另一面呢，只隔一条街，就延伸着一条交通要道，参加游行的人流总是沿着它向广场进发。这么说，米季沙季耶夫就在近旁。这样啊，这样啊。

廖瓦走近窗户跟前……法伊娜！噢上帝啊……这穿的是什么棉袄呀？"哼！"廖瓦以一种闲极无聊的幸灾乐祸心想，"她会不会与米季沙季耶夫碰上呢？……走过去了……这是我剩下的全部所有了……"廖瓦重新拿起自己那些倒霉的纸页，悲伤地叹了口气。

楼下在敲门、按门铃、吵吵嚷嚷。这突然传到了他耳朵里——轰隆声……"蜂拥而来……"廖瓦一边从桌子上把纸页收拢起来，一边闷闷不乐地想。"谁的工作是这么安排好的呀——一定不让人创作出哪怕随便什么东西来……？"等他走到门跟前，在翻找钥匙时，门玻璃上已经贴上了米季沙季耶夫的胖脸，鼻子都压扁了：那个人盲目地眯缝着眼睛，门厅里黑洞洞的，他什么也看不见，自己则被照得通亮的。而且他还不是一个人：他背后还现出一个人，红头发的，没戴帽子。脸看上去眼熟。

廖瓦自己都没料到他会这么高兴看到米季沙季耶夫。

"你们的出入证？"他开玩笑地说，一边等他们走过去，他好锁门。

"这不是嘛！"米季沙季耶夫也就从兜里掏出了一瓶小伏特加。

"戈季赫，"红发男孩自我介绍道，同时拘谨地躬身行了个礼，甚至还啪地一磕鞋后跟，跟着红了脸。

"冯·戈季赫！"米季沙季耶夫高声说，还哈哈一笑。"跟我作毕业论文的大学生。你的崇拜者。认为你是第四个预言家……"

廖瓦模模糊糊地记起来，曾几何时在研究所的走廊里见过戈季赫。

接着他们往楼上走去，不时嘿嘿笑几声并彼此拍拍打打，戈季赫谦逊地落后一级台阶。

"你和他打交道小心着点儿……"米季沙季耶夫近似耳语地说。"他……"然后意味深长地敲了敲护栏。

"那你干嘛把他领来呢？……"廖瓦惊讶道。

"他尊重咱们……"米季沙季耶夫满意地大笑起来。

然后他们到了所长办公室。

"这就是说，你正在进入状态喽？"米季沙季耶夫讥讽地看着门上的表格，说。"那怎么了，我是说真格的……哪怕是个姓氏相称的人当所长呢。公爵！多体面！"他说着，砰地一声猛推开门，闯进办公室，然后开始后知后觉地跺脚和拍打身上——忙活。他把外衣扔在沙发上，然后搓着仿佛被冻坏了的双手，吵吵嚷嚷、心满意足地在办公室里四处溜达。"瞧这还有杯子呢！"他大声说。"也有可以畅饮的东西了。"于是他把装有长颈玻璃瓶的托盘移到所长的办公桌上。"也有可以下酒的东西了，"他接着说道，一面从桌上抄起又大又重的吸墨器并特意显得束手无策地试图去啃它，"这么说来，吸墨纸是有的……不，公爵，你就告诉我这么个事儿吧，我在哪儿能借到30卢布呢？"

简短地说，米季沙季耶夫弄出了这么大动静，一大帮人从寒冷的户外闯了进来。"他还需要什么社交啊？"廖瓦赞叹又嫉妒地想道。"他一个人就是整个社交圈了……"戈季赫呢，单就目前说，静静地脱下了外衣，把它挂在了该挂的地方——衣架上，然后站在衣架旁，捋顺头发并把肩部弄平整。就在这个时候，米季沙季耶夫已经来得及跑去找不够的那个杯子并拿来了整整两个！打开了一盒鰕虎鱼罐头①，把小伏特加分倒进每个杯子里。

"来，请……因陋就简吧。"

然后他举起了自己的杯子。

戈季赫稍微等了等，待到廖瓦举起了自己的，他这才也举了杯。

"我亲爱的人–们，庆祝伟大的节日！"米季沙季耶夫似乎语带颤音、甚至强忍号啕地高声说。"伏特加是可以碰杯的，"他平静地补充

---

① 一种非常便宜的鱼罐头。——译注

道。"祝你的身体健康,夜间的所长……还有您的,戈季赫……以及我们的,"于是米季沙季耶夫抬杯干了,之后瞪大了眼睛,赶紧往嘴里塞了一条鰕虎鱼。廖瓦庄重地喝下了酒,而戈季赫呛得直咳嗽,把一条鰕虎鱼掉到了地毯上,弄掉了,脸一下子变得通红,用口哨吹起了《女人善变》①的曲调,一边神不知鬼不觉地把鰕虎鱼踢到了桌子底下。

"哎呀呀!"米季沙季耶夫说。"这可不是我教的您。"米季沙季耶夫半点没嫌弃地揪着尾巴拾起了鰕虎鱼并把它丢进了纸篓里。"毕竟应该尊重……"

如此这般羞辱完戈季赫,米季沙季耶夫跑到外衣那儿又掏出一瓶小伏特加。

"再来一轮?"然后,不等听到回答,就分别倒上了。

喝了。廖瓦感到温暖而惬意,他的眼睛湿润了。

"要是没有你,我可怎么办呐?"他对米季沙季耶夫说。

"这我也不知道——我要是领几个姑娘来呢,嗯?"

"真的吗!"廖瓦挥了一下手。"这可再好不过了……"

"咱们干吗站着呀?也不抽烟?"

"真的,"廖瓦奇怪道。"我总是忘记我抽烟,当我喝酒的时候,就总是想:缺点儿什么呢?"

"再喝点儿,"米季沙季耶夫提示说,然后拿出了一瓶小伏特加。

"你可真行!"廖瓦欣喜欲狂地说。"你这儿到底有多少瓶啊?"

"甭管有多少——全都是咱们的,"米季沙季耶夫说。

戈季赫头晕目眩地看了一眼小伏特加,面带惊恐。

"算了,抽支烟休息一下吧,"米季沙季耶夫看了一眼戈季赫,叹了口气。"公爵,您说说,为什么这发音就那么舒服呢:公-爵……"

"小时候我更喜欢'伯爵'一词,"廖瓦看了一眼戈季赫,若有所思地说。

"这是源自于大仲马,"米季沙季耶夫说。"拉-费-尔-伯-爵!……你就别理会他了,"他冲戈季赫的方向点了一下头。"他那是喝多了。"

---

① 威尔第的歌剧《弄臣》中的咏叹调。——译注

"现如今我也更喜欢'伯爵',"廖瓦微微一笑。

"现如今一般而言大家伙儿都开始喜欢这个了……不管你去哪里参加晚会,身边肯定会出现某个古老的后裔。这就是在我们这里,经过了这么些年——却突然有了知识分子对贵族血统的如此这般的向往!……稍微喝点儿酒——就已经是伯爵了,至少,是三等文官。简直就像革命前厨娘们的向往……哼,那些人怎么着也是在他们家伺候过的。而这些人算什么呢?不久前去过一个人家,开始相互介绍,一个花花公子确实很像个骠骑兵,只不过穿着一身特丽纶西装——说是姓纳雷什金①。这不,我就想,血统还是有影响的——立马看得出来!我向所有人打听:怎么,果真是纳雷什金吗?——都笑。而他呢,后来弄清楚了,完完全全就是个卡普兰②……"

"是啊……"廖瓦满意地笑起来,因为谈话使他的虚荣心得到了满足;他倒确确实实是位公爵,而且这一点在任何人那里都不会引起怀疑。"这一点你发现的对,是吹嘘得过了头。"

"要是无利可图,人们也就不会吹嘘了……那怎么啦,现在用这个几乎可以升官!首先,如果是公爵,那么就已经不是犹太人了,然而即便是犹太人——依然魅力十足:富有同情心的、谦恭的人一定会有的。人们已经厌倦了不尊重任何人和不畏惧一切。他们很乐意去尊重。而在这件事上,公爵——再简单不过了……没什么大惊小怪的。就比方说你吧,你以为,你全都是靠自己,你取得的成绩与你是公爵没有任何关联?怎么可能呢。很多不能原谅别人的事情,对你就原谅了,更何况你是这么平易近人,平易得让低微的人觉得自尊心得到了满足,在别人那儿是需要理解和知道自己位置的事情,或许是还要去证明的事情,而对于你,很多事人们就认为是理所应当的……"

"你怎么还火冒三丈了呢?"廖瓦不知所措了。

"当然了,现在的这些算哪门子公爵啊!……可毕竟……人们不再惧怕履历表了,"米季沙季耶夫恶狠狠地断定说,"这就是时代的征兆,可以说是……于是乎就吹嘘成性。"

---

① 纳雷什金,俄国贵族姓氏。——译注
② 卡普兰,源自犹太或突厥的姓氏。——译注

"究竟是为什么吹嘘呢?"戈季赫费力地张开嘴唇,说道。"就以我为例吧,男爵,可我不也没夸耀吗?"

"那你可就是无价之宝了!"米季沙季耶夫哈哈大笑起来,而廖瓦扭头冲一旁笑了。"那你可就是无价之宝了——你要是无产阶级出身的话……可是你在我这儿可是冯①!这是真的,廖瓦。的确如此……您倒是站起来呀,举止要像上流社会应有的样子。您想象一下,蜡烛在燃烧,贵妇们在跳着华尔兹舞,而我在给你们彼此介绍,虽说最后这点最难想象……我是个寻常小铺老板之子。瞧瞧这事儿闹的,也不是无产阶级,也是有出身的。当然啦,在我们的时代啥事儿没有啊……那么,我在给你们彼此介绍:奥多耶夫采夫公爵!冯·戈季赫男爵!嗯?如何!听起来……奥多耶夫采夫公爵——帝国的残片,而男爵——也是残片……我——在残片之中!哈–哈–哈!"米季沙季耶夫长时间地叫嚷起来。最终,仿佛一边擦着眼泪,批准说:"嗯,你们可以坐下了。够了。想象过了——也就行了。超出这个你们也想象不到,相信我。或许你寄希望于复辟?嗯?廖瓦?"

"那才不是呢,"廖瓦带着不合时宜的严肃神情斜眼看着戈季赫,回答道。"它与我何干啊?我能拿它做什么呢?这甚至想想都很可笑:我身上还剩下什么是公爵的……名字?我算什么公爵啊,"他说得很悲伤。

"那你的爵位呢?你的那个爵位,它解除了吗?"

"什么爵位啊——只是懒惰罢了,无意挣脱。"

"别这么说,"戈季赫突然说,"这不合适。应该荣幸地……肩负……"

"应该肩负什么?"米季沙季耶夫提请再说一遍。"没用的东西是不该肩负的,亲爱的……还有打断长者的话也是……"

"我也可以站起来!"戈季赫感到受辱了,无力地撑住扶手,接着又跌坐回椅子里。"我也可以走!"

"那小伏特加怎么办哪?"米季沙季耶夫说。"咱们不是还没喝完吗?"

---

① 冯一般加在德国人的姓前,表示贵族出身。——译注

"那喝完了——我就走！"戈季赫说。

"你可要原谅我呀，男爵，"他们把酒干了之后，米季沙季耶夫说。"我这是开玩笑呢。也许，很粗鲁，很愚蠢，但是开了个玩笑，但是怀着善意……把你的手给我。就这样。而且任何时候，都再也不会了，对吧？一辈子，是吧？那么，咱们来亲一下吧……"然后他冲廖瓦使了个眼色。

廖瓦感到嫌恶和烦闷。

"别这样，"廖瓦说。

"好吧，你是对的，"米季沙季耶夫正经起来。"一贯正确……不，说正经的，小伙子前途无量。想象不到吧，他是诗人。发表作品呢。在爱国主义编辑部任职……冯·戈季赫——关于炉灶的诗……"

"关于水手的，"戈季赫纠正道。

"噢对，关于炉灶的……在俄罗斯诗歌中还没有过这样的命运。十年制学校毕业后男爵夫人就含泪放他去自由航行了。他游啊游——然后突然明白过来了。跑到图书馆，借了本旧的州报合订本，他就开始从那里抄录节日诗篇，然后便把它们拿到各个编辑部去：相应的诗——在相应的节日前夕送去。而这就是这么一回事——饥饿，众所周知。正派的人不去写，而不正派的人本来也不缺……开始接收他的诗，并相应地，开始发表它们。就这样，他从一个节日过到另一个节日，兜里揣着剪报：一旦有什么问题，就给被授权的人看。突然——露馅儿了。有那么一个蠢货认出了自己的诗！想想看，人的记忆力是多么强大啊！……之后就开始四处打电话，大肆张扬起来……甚至出现了一则讽刺小品文：一个没有固定营生的人在进行剽窃等等。我们的男爵深感受辱，于是决定：我干嘛要为随便什么垃圾负责，我自己也可以并不差呀。试了试——果然：结果更好。自此以后他就自己写了。写得更好。发表。合作……附有肖像照片。使被授权的人也望尘莫及了……他现如今比他还高一个级别哩……"

"你在讥笑我……"戈季赫没精打采地说。"我要走了。"

"那也许，咱们再喝一杯？"

"这个可以有，"戈季赫说。

"只是得要跑一趟,唔?"

"您自己跑吧。"

"你反正是要走的——你反正也要到外面去——那么对你来说值什么呢?"米季沙季耶夫乞求地说。

"那要是这样……这也对,我没想到……"戈季赫说。"本来也是要到外面去的……"于是他猛地一撑离开座位,站起身,脸一下子变得惨白。接下来就这样挺直了身板,站了一阵子,极其笔直和苍白。

电话响起来。戈季赫跌回到椅子上,而廖瓦拿起听筒来。

这是老布兰科。

拿起听筒后,廖瓦失去了平衡:有些踩空了,于是一只脚着地找了一会儿平衡,——但主要的是,他扯着电话线在找平衡,时而摇晃,时而悬停。

在电话线的一端,在廖瓦这端,有个米季沙季耶夫——这是实情:他们是在一起的,还喝了酒,廖瓦和米季沙季耶夫;在另一端,在非常遥远的某个地方……(廖瓦甚至奇怪地想了一下这么一种匪夷所思的事:既然他见不到与之交谈的人,那么,可能,他就不存在;当然了,摇晃转移到电流上,电阻发生变化,碳底,胡扯些什么呀!这与一个人对另一个人说着什么这件事有什么关系呢?这关碳底什么事啊?)……但是在另一端的是布兰科·伊赛亚·鲍里索维奇,一个贵族出身的老头儿……

米季沙季耶夫认识的人一个是廖瓦,另一个就是布兰科。

廖瓦不得不当着米季沙季耶夫的面与布兰科通话。自己的语调陡然改变,仿佛是另一个人说起话来,这让他大吃一惊,深感不快;出于自身的教养——感觉轻微的恶心。米季沙季耶夫不时从话筒底下看过来,仿佛对廖瓦了如指掌似的。这一笑容,不外乎是米季沙季耶夫的一种习惯性的假面,却以其明确性,技巧性,还是别的什么,总之是以那种与米季沙季耶夫的洞察力无关的东西,让廖瓦很恼火,因为它太合时宜了。

就在老布兰科于那一端尽情挥洒着殷勤之语的同时,廖瓦在这一端也投桃报李，但回应得很流于形式，对米季沙季耶夫而言很明显。他已经准备要为了讨好米季沙季耶夫而粗暴地对待布兰科了，但是有点拉不下脸：血统使然……这时布兰科不适时地道起歉来——廖瓦也跟着开始道起歉来。米季沙季耶夫为了嘲讽，"齿奏"①起了《黑海进行曲》②。而廖瓦疲于应付自己已经可耻地——怎么就变成了这样呢！——暴露出来的双重人格，已经听不见布兰科在说什么了，不假思索地全都同意了。等他挂上话筒——全都明白过来，便僵住了：布兰科马上会到这里来。

"马上布兰科就会出现在这里，"廖瓦对嘲讽地默不作声的米季沙季耶夫说，同时不快地感受到，他的声调在这个短短的句子里已经及时地变了回来：他好像不知是浮出了水面，还是相反，沉潜了下去，——如果说"马上"这个词还完全是用与布兰科通话时的语气，那么"布兰科"这个词廖瓦已经是在用之前与米季沙季耶夫说话时的语气在说了。

"伊赛亚将临！"米季沙季耶夫发出短促而带着克制的笑声。"将临，将临……伊-赛-亚！你觉得怎么样，要是我问他借钱会如何？"

廖瓦仍旧不愿意去捕捉米季沙季耶夫的目光。

"不值得……"廖瓦吃惊地说。

"为什么就不值得呢？"习惯性地抓住廖瓦，察觉到他的弱点后，米季沙季耶夫好像高兴起来。"我就是要借！"

"我请求你，不要，"廖瓦说，因预感而瑟缩了。

"为什么就不要呢？正好他就能给。他会想，是把我收买了或者侮辱了，——就会给的。"

廖瓦沉默了。

"您能听见时间的滴答声吗？"米季沙季耶夫问道。"那是伊赛亚将临了！"

"伊赛亚有一张不同寻常的脸……"戈季赫沉思地说出一句。

"你倒是下楼去呀，把锁打开，"米季沙季耶夫说，"你没听见伊

---

① 用指甲在上排牙齿上叩击出旋律的技艺。——译注
② 出自俄罗斯作曲家格林卡（1804—1857）的歌剧《鲁斯兰与柳德米拉》。——译注

赛亚在拍打自己那双博布鲁伊斯克①套鞋吗?"

廖瓦在说不出的郁闷中沿阶而下。

一边和廖瓦沿阶而下,咱们一边来说点有关布兰科的事儿。他是我们最后一位出场人物……

廖瓦与布兰科关系特殊。布兰科已经早就不在研究所上班了,靠退休金为生。他不想退休,——他喜欢暗示这一点:他是"被撵走"的。他忍了并且继续在研究所里出现,更多地是为了在工作过的地方的忙碌中闲荡一阵,看一看,听一听,而不是为了做事。但是他有一个永久性的理由:"他现在正在写的一篇东西,"不,不,谈论它还为时过早……他是个很有活力、精力充沛和善交际的老头儿,只是总待在家里让他觉得很无聊。在办公室的宁静里从事"创作"他不会,而且,似乎,也不想。他一周来两三回,从一间办公室转悠到另一间办公室,听听新闻、流言和趣闻,再把听到的东西从一间办公室散布到另一间办公室。他"不能离群索居"。

布兰科身上引人注目的首先是外表那异乎寻常的整洁,差不多可以算得上是精致和优雅了,尽管它(整洁)还没有这样的品质。这是那种少见的身体洁净的印记,它常见于早已是富有的和早已文明化了的人们身上,在其他条件下,这一特征则毕竟是个案……布兰科好像跟随便什么人,哪怕是最下流无耻的坏蛋,都很容易就能搭上话——并且依旧是那个衣冠楚楚的布兰科,片叶不沾身。对于廖瓦他是一见倾心,预先就心生向往了——对门第、对家族。他喜欢在走廊里叫住廖瓦,然后他们长时间交谈,每一个从他们身边走过的人都充分地滋养了他们的谈话,谈话主要地是由评价和因这些评价的一致而引发的对彼此的满意构成,他们的满意还由于这种一致本身又与某种共同的、作为圈子(在这个"交易所"里已经准确地仔细校验过了,谁是天才,谁是人才,谁是正直诚实的……因而触碰类似的"名流"是一种精神上的勇气,它以在圈子舆论中的地位提升或降低为威胁,就像在仕途中一样)的观点一致。他们就这样探讨着,每一个从旁路过的人都把他们的谈话之火吹得更旺,于是在差不多一个小时里他们已然来得及讨论了很多人。除了令人

---

① 博布鲁伊斯克,白俄罗斯城市。——译注

愉快的共同话题外，布兰科和廖瓦好像还有一个共同的收藏小爱好。一个好像早就已经收藏了，——另一个——也好像收藏了或者打算开始收藏了。这要么是硬币，要么就是火柴盒……

廖瓦很乐意成为布兰科想要他成为的人，——身出"名门"，骨子里带着的那种文化和高贵，什么都不能代替，怎么也无法剔除……当然，廖瓦是在配合表演，但是这也让他获得那么一种愉悦，好像廖瓦是唤回了某种关于自身的记忆，这其中有着某种他的生命里不曾体现的真相。在这一角色中他感觉很自然，而且因为他自己早已不知道，他在哪儿以及他到底是谁，所以他甚至渐至完全信赖感觉，觉得他正是布兰科以为他是的那个人和他对之冒充的那个人。值得注意的是，从来——在这方面他的本能是很强的——廖瓦与布兰科没有当着第三者的面交谈过：一经出现第三者，他就不做声或者走开了。对于布兰科而言，这自然是因为他们的谈话不足为外人道，并且完全没必要让人亵渎了他们的真正交流。

布兰科好像是这么一个人：他不能说人的坏话。如果他说一切都很可怕，那么他对于单个的人的评价却是极好的。如果他允许自己说某个人很恐怖，那么他就会把生活说成是上帝的恩赐……每次他的意识在画了一个幻想的逻辑的圆圈，螺旋式地急升之后，回转身来——却总是能给自己找到一个从人道主义立场出发对任何一种人类行为的解释，并非一切都完蛋了，盖棺定论为时尚早等等。（只不过有趣的是，尽管他有这么一种才能，但对于布兰科而言，存在着仅仅以一种共同的特点而联系在一起的一类人，对这类人他是提早就给他们盖棺定论了的。可是——其余的大多数人因此而变得更好了……）

这么一种可以被标注为善意的、无限度的特性，在廖瓦的好友那档子声名狼藉的事儿及那个让廖瓦手忙脚乱且大为丢脸的过程之后，尤其使廖瓦对布兰科亲近起来……正赶上廖瓦从拯救性的休假中回来（而好友已经不在所里了），尽可能地忍受住了同仁们的各种半吞半吐和语带机锋——就在这时，气度高尚的布兰科向他走近了。廖瓦瑟缩了，因为，如果说其他人的看法对他来说是无所谓的，而且仅仅出于算计的话也可以是无所谓的，算计的结果是，他们无所谓的首先是廖瓦本人，而

251

且他们也没有看法，那么在仕途的盘算上显得如此微不足道的布兰科的看法，似乎，甚至很奇怪，正是它，这一无关紧要的看法，恰恰有着某种意义，而且不仅仅是在人道的层面上——某种东西恰恰是取决于它的。那是一种你不重视它就会至关危险的东西……总之，在这件事上，高尚的布兰科对廖瓦表示出极大的好感。我明白，他深表同情地说，所有这些传闻，这全部的脏水，您承受起来有多么艰难，尤其是，作为一个正派的人，您还不能反驳，因为在维护自己的同时，无论您做得多么问心无愧，您都会不由自主地出卖自己的朋友，而在他们的眼里毫无疑问是这样的，而且只能是这样的；您做不出这样的事，我特别理解您！但是哪怕是为了让您有所安慰呢，所有这些流言蜚语我一句都不信……廖瓦出于高兴和出于羞愧，差一点就在走廊里当场嚎啕痛哭起来，然后他收下了贿赂，当即相信了，一切正如布兰科所说的那样。本来这就是理所应当的吧，一个多么高贵的人啊！见到廖瓦情绪激动，布兰科大受感动，并再次以高尚的胸怀对此做出自己的理解，于是他们长时间地，在甜蜜的沉默中，眼睛湿润地握紧了彼此的手。这之后，他们的交谈变得愈发诚挚了，并且他们好像有了共同的秘密，再会面时廖瓦已经像沉湎于恶习而不能自拔一样听命于他了，心满意足地扮演着布兰科想要看到的那种角色。如此一来布兰科对于廖瓦就拥有了某种"权力"……

与廖瓦的整个生活的反差，与刚刚，就在布兰科把自己那花白的、头发卷曲的脑袋伸进门来，而廖瓦打住说到半截的话，立马迎着他走出去并说起全然不同的东西，甚至他的嗓音都变了的前一分钟，他对同事们所说的话的反差越明显——反差越是明显以及越是转瞬即逝，他感到的不是越痛苦，而是越甜蜜，不管这多么奇怪（这让廖瓦自己也很惊异）。诚然，他们的这一谈话从来也没有当着外人的面进行过。

他们彼此的依恋时不时被打趣。对廖瓦的打趣，譬如打趣他的软弱，甚至即使那是情有可原的；而对布兰科的打趣——人们一向都打趣他。

此时此刻，米季沙季耶夫坐在对面，而布兰科冲着电话对越说越清醒的廖瓦说，他当然能想象，廖瓦一个人在节日里坐在这个养老院里多闷得慌，说，这不，妻子派他去买面包——他们家今天有客人，而且遗憾的是廖瓦不能到场,——这会儿他已经带着面包往家走了,正好路过研究所,就从投币公用自动电话打过来了,他马上进来,为的是哪怕稍微让廖瓦高兴高兴,为了排解一下他的寂寞……而廖瓦完全瘫软无力了,始终没能对布兰科说出是怎么回事以及他为什么不必过来一趟。米季沙季耶夫讥笑着,自己也不知讥笑的是什么,倾听着廖瓦的谈话,同时突然来劲儿了,仿佛恢复了活力,而且他作用于廖瓦的旧机制仿佛重新注入了生机。廖瓦已经受到米季沙季耶夫的影响,在他和布兰科之间廖瓦被撕扯着,而且不论是这一个,还是那一个都没有占上风。结果是生出了他的某种静默不语和含混不清——因而对布兰科他什么明智的话都没说。

米季沙季耶夫和布兰科互不相容。在布兰科眼中,米季沙季耶夫在断送廖瓦,而在米季沙季耶夫眼中,布兰科在断送廖瓦。揭露和令人名誉扫地……廖瓦如何面临着摆脱困境,如何说两套话,如何同时在两种相反的规程中行事,——廖瓦并未料到。那么此刻将会发生什么——丑闻、鄙视——以及那也许能得以妥善解决的小代价在哪里?……——廖瓦觉得,解决这个由于软弱而扩大的时段是不可能的了。

然后他下楼给布兰科开门,每下一个台阶情绪就更低落,他都想要把钥匙给吞下去了。

"赶到一块儿了……"廖瓦想。

肉眼看不到的魔鬼

> 各种魔鬼在空中飞旋
> 好像十一月的树叶……
>
> 普希金,1830
> (《魔鬼》)

然后发生了某种如此凌乱和快速的事情,以致彼得·斯捷潘诺维奇后来怎么也无法把自己的回忆理出个头绪来。

陀思妥耶夫斯基，1871
（《群魔》）

"你们家这算什么墙纸啊？"

彼列多诺夫和瓦尔瓦拉哈哈大笑起来。

"气女房东的，"瓦尔瓦拉说。"我们很快就走人了。只是你不要多嘴。（……）"

彼列多诺夫走到墙壁跟前，开始用鞋底在墙上蹬踹。

费·索洛古勃，1902
（《小鬼》）

谁会知道呢，此刻我是多么不乐意让布兰科进来啊！……但是——已经晚了：他要进来了……而戈季赫早就已经在这里了。应该早点想，——而接下来一切都会以唯一的方式发生，无视我们想要尽量改善个别情形的尝试。

我们知道，廖瓦是如何常常陷入自己独处的无力状态的。但是，无论在那些时刻里他多么可怜，这其中毕竟存在着对高尚的暗示：他独自一人处于这种状态中，不把任何人搅和进来。这，咱们这么说吧，是他的事情。廖瓦原本是一个人，然后米季沙季耶夫来了。他带来了戈季赫。然后布兰科出现了……我们不知道，这些人没到廖瓦这里来时，他们处于什么状态。在这里，我们也和廖瓦一样，以为他们迈过门槛时是什么样子的，——他们看起来是什么样子的，他们就是什么样的人。而且我们现在也没有怀疑，他们对于自己而言是表里如一的。我们这是没有任何根据的意指，内容和表现对于他们而言——是完全相符的。因此完全可以理解，廖瓦觉察到独处和群居之间的这种界限，在这个深渊上方愣住，努力像他们一样，一点也不暴露自己的心思。三个人，后来是四个人……作者没有发现，他们在哪一刻变成了五个人。他们干了一杯又再干一杯，兴高采烈地同化着并降低着水位。他们像一个人那样说着话，对自己感到高兴，就像对群体一样。也就是说，好像一个人自己了解自己的全部并因此认为自己是不值得尊敬的，却突然发现周围的人都很可爱，他们中没有一个人把他想的像他自己想的那么坏。实际上，相较之下，他根本就不是像他在独处时自认的那么不堪。他们像一个人那样说着话，像一个如此庞大的、有着不甚分明的黏土质面貌的人，他把所有人都吸进去，把全部人尽皆知的字都用那一个东西给更新了，这东西正是这个黏土嘴巴还从未曾念出过它们的，这东西是任何人还未曾从这张嘴巴里听到过它们的……他们谈论着关于天气、自由、诗歌、进步、俄罗斯、西方、东方、犹太人、斯拉夫派、自由派、合住住宅、便宜的且门窗钉死的乡下房屋、人民、酗酒、伏特加的提纯方法、宿醉、《十月》和《新世界》、上帝、女人、黑人、外汇、政权、许可证、避孕药、马尔萨斯[①]、应激反应、告密者（布兰科没完没了地在戈季赫背后警告地冲廖瓦挤眉弄眼……）、淫秽作品、即将到来的改变、已经被证实的传闻、物理、一个女电影演员、妓院存在的社会意义、文学和艺术的堕落、它们的同时雄起、人的社会本性以及关于无处可以躲避……

  他们说得多奇怪啊！好像给所有人平均地分配了些粗细均匀的小木板并交换它们，一模一样的。好像这是那种儿童多米诺牌：一半上面是梨子，另一半上面是苹果，然后苹果挨着苹果，梨子挨着梨子。米季沙季耶夫出了一副对子，想要做成"鱼"；廖瓦轮空了。这条片状的小路灵巧地弯来拐去，一直不间断地拐着弯儿。交谈稳稳当当地沿着这些摇摇晃晃的小桥奔跑着。这是那种幼儿园级别的多米诺，但是在这些看图识字的矩形小木板上，重复着为数不多的一些画片，它们是多么恐怖啊！……代替苹果和梨的——是警察和赤身裸体的女人。布兰科和戈季赫的出席使交谈炽热了起来。这两类人是最受欢迎的。无论如何不能传到戈季赫的耳朵里的，就冲着布兰科的耳朵喊，而不适合布兰科耳朵的东西呢，就齐声朝着戈季赫耳语。二者都说得特别得大声，特别地响亮，正常说话都很少这样。然而，这种奇怪的平衡被非常精确地维持着，天平的托盘偶有超载的摇晃，但是没有一个托盘会压过另一个。仿

[①] 马尔萨斯（1766—1834），英国经济学家。——译注

佛那不值得当着戈季赫的面说的多余的东西，完全被当着布兰科的面说的那种多余的东西给中和了，反之亦然。而且这种谈话的那个臃肿得惊人的零位以神奇的圆圈将说话人的没有理性的无惧拥入怀中……

他们说，天气变得完全是另外的样子了，早先在莫斯科——那可完全是另一种气候：严寒的冬天，火热的夏天，而如今不管是列宁格勒，不管是莫斯科——毫无二致。就算是在高加索和克里米亚——一个德行，搞不懂。是啊，你会说，他们说了，毫无二致！……单只比较一下莫斯科和列宁格勒吧——完全没有任何比较：难道这是列宁格勒？……

他们说了词语自由的话题——任何言语都谈不上。在共同声音的这个泥浆漩涡里我只能间或捕捉到属于某个人的一个句子，分辨出某个人的嗓音。戈季赫说，这是很令人气愤的，这样想的话我们就完了。廖瓦指出，文学不需要任何的词语自由，而是需要公开性，作为为其提供机会本身的条件，无需更多。米季沙季耶夫说，他们自己也不知道，他们在说什么，因为他们说的东西，在俄罗斯无论在什么天气里都是没有的。怎么会这样呢，完全相反，不喝酒的布兰科说服道，并以契诃夫关于萨哈林的书的事实本身和可能性本身为依据来证实。米季沙季耶夫则完全确信，文学的存在从来都不证明它存在的可能性，更准确地说是相反。布兰科请求不要当着对诗并不陌生的年轻人的面这么说。戈季赫完全同意，勃洛克是个天才，但是帕斯捷尔纳克于他要亲近得多。米季沙季耶夫说，帕斯捷尔纳克完全不是个诗人。廖瓦温和地劝说布兰科改变他对叶赛宁的看法。布兰科不反驳廖瓦。

在关于俄罗斯的谈话中，布兰科沉默不语，聪慧而又谦逊的目光从米季沙季耶夫转向廖瓦。从这一谈话中我们照旧什么都记不住。廖瓦引用自己爷爷的话——据说是有一次亲自对他说的——说，俄罗斯是自然保护区，是对抗进步的最后一小片家园。米季沙季耶夫对这些话赞叹不已。布兰科唯有这一次参与进来了，为的是指出他们曲解了一个伟人的这些私下里说的话的真义。很自然，这次谈话与进步的主题紧密相关，米季沙季耶夫对此尖刻地指出，"美国是犹太国家。"戈季赫结结巴巴地说着个性自由，将之作为主要的价值。聚在一起的人中谁都没有接荏有关阵营的话题。交谈轻易地转到了讨论另外一些单独处所的问题上去了，米季沙季耶夫将合住住宅的建设视为居民的小资心理复活的主要动因而加以抨击。廖瓦鼓吹着从城市到农村的反向流动的好处；原来，戈季赫知道，哪里可以花一百卢布买座房子；米季沙季耶夫坚决地说，"你任何时候都无处可逃……"廖瓦感到委屈："我用不着当斯拉夫派，哪怕就因为，我本就是个斯拉夫人。""为什么你就是斯拉夫人呢？"米季沙季耶夫感兴趣道。"因为血统。""真新奇，"米季沙季耶夫讥讽地哼道。"还没有谁这么回答过我呢。""那您是所有人都问了吗？"布兰科嘲讽道。"对您嘛——并不，"米季沙季耶夫放肆地说。

关于中国，关于人造鱼子酱，关于巅峰期的文艺复兴……

"万土里①引用瓦萨里②……"

"不，我跟您说吧，成功的最简单的秘密——这就是和她谈一谈有关聪明的……和女人必须要谈一谈有关聪明的……"

"正相反，"一个新来的、完全不知从哪儿钻出来的人物——知识界关于人民的不实认识的产物——说服道，"主要的是，任何时候都不要和妇道人家谈论聪明的东西。恰恰应该不谈聪明的东西，而让她完完全全地把一切都说出来。然后一下子拿下……正当地，以士兵的方式。"

这个人物引起大家共同的赞叹，因他善于组织词语，而且他的话里有主语和谓语。这是被廖瓦放走的女门卫的女婿，顺路到她这儿来拿上周放在这里的一卷地板革，并且很失望没遇上她……让大家都很愉快的是，他往往一锤定音，解决任何争论。他的话令所有人信服并和解。不是人，而是宝库……还有，让他感到高兴的是，有他在，所有尖锐的话题突然间变得好像不那么危险了……他来了，注入了一股健康的细流，他们大家可真够走运的……现在已经无法设想，他不在他们中间的情形了。宽容的女婿允许他们说这番谄媚的话。

"这太正确了！"廖瓦接茬说。"就是很令人惊奇，事实上没有一个女人是不优于所有人的。正因如此，应该让她们说一说，这不管怎

---

① 万土里（1885—1961），意大利艺术史学家、美术评论家。——译注
② 瓦萨里（1511—1574），意大利画家、建筑师、艺术史学家。——译注

样都将是关于她们的人格尊严的谈话。试着提起随便一个您认识的女人的名字,甚至用最漫不经心的语调,只是随口一说,——您会听到什么呢?……'据说,她有一双漂亮的眼睛……她的眼睛嘛,当然很漂亮,但是……'然后这位女性朋友就再无其他了,因为她不具备这个'但是',它恰巧,纯属巧合,十分恰巧地为您的伴侣所具有,她的,咱们就不说眼睛了,然而……这个'然而'将是品质的最无价的和完全独一无二的组合……"

"同意。可以说得简短些:女人——最为自我的爱国者。"

"从文学中可以得知,妓女们异常忠诚……"

"但是所有的人都是如此的吧!……"戈季赫替女人抱屈了。

"十分高尚,年轻人!"米季沙季耶夫大声赞叹道。"为了女人!"

我们不知道,在哪个时刻他们变成五个人的,但是当他们是七个人时,这就是所他们说的话题……

"不,不,别这么说……娜塔莉娅·尼古拉耶芙娜①首先是个女人。她干吗要理解丈夫的使命呢?他自己理解它呀。他不是一个下流到不需要女人而需要战友的人……"这大概是廖瓦的话。

"所有这些女诗人,冯·戈季赫刚刚提到的这些,她们只不过全都想要和普希金睡觉而已,这就是全部的哲学!她们不能原谅她,仅仅是因为她们出生晚了,没有及时修正他选择上的错误。要是她们就会认清他的天才了!……善于此道。有一点她们没算到,那就是她们作为女人也许并不能吸引他……"不,我们这是只听到了米季沙季耶夫的声音……这个黑黑的、似乎是优雅的、恶毒的人是谁?作者和他并不认识,偶然听见不知谁小声说:怎么?您没读过他那篇出色的文章《普希金删除了什么?》吗?不,作者没读过。

"也许,他根本就没想过要她们……"女婿接茬说。

"嗯,亚历山大·谢尔盖耶维奇可没放过……"众人齐笑。

"'近日在上帝的帮助下'②……亚历山德拉·尼古拉耶芙

---
① 娜塔莉娅·尼古拉耶芙娜是诗人普希金的妻子,出嫁前姓冈察洛娃。——译注
② 据说,此句出自诗人1828年写给友人的信,言及其与安娜·凯恩间的私情。——译注

娜①……"

"不,老兄,这还没彻底弄清楚呢……"

"等等,这还要怎么才能彻底弄清楚呢?!在他的床上找到小十字架了吧?找到了。他当然和她的姐姐私通过。甚至很可笑……"

"你们在争论什么!你们忘了,你们在争论什么!应该查明A,而后再是B……(哈-哈-哈!——自己大笑起来。)那么A……娜塔莉娅·尼古拉耶芙娜和丹特士睡了还是没睡?"

"睡了。"

"可我说:没睡!"

"可有什么区别吗,先生们……"

"就是个蠢女人,再没别的。"

"我完全同意。武尔夫②证实,她只是个愚蠢的、不是很漂亮的、不甚整洁的以及没有品位的小姑娘。他的证词可以信赖。"

"她——是个美人儿!"

"但是怎么可以生活在一起却如此不理解呢!……"

"那谁又理解过他呢!总的说来,有谁理解过他!……您干吗要求一个小姑娘呢?!"廖瓦突然火冒三丈。"维亚泽姆斯基③?巴拉丁斯基④?他们不仅不是美丽动人的小姑娘,而且也同样没有理解过他。这些人所共知的真实情况还用我给你们转述吗……维亚泽姆斯基,这个人只是纠缠过她,甚至在他死后还给她写信……这一切都是肮脏的无稽之谈!传说和神话!而且现在从她的信件中找到的东西证明,她对丈夫的事情很上心,在经费和家业经营事务上也很精明能干。归根到底,年轻、干净、美丽……"

"纯洁无瑕……"

"正是如此——纯洁无瑕。纯洁无瑕还无辜。瞧您说的,归根结底,她是没醒过神来!孩子们之间最大的间隔——一年半。"

"就算是这样吧。可是她爱过他吗?"

---

① 亚历山德拉·尼古拉耶芙娜·冈察洛娃是普希金的妻姐。——译注
② 阿·尼·武尔夫(1805—1881),回忆录作者,普希金的朋友。——译注
③ 彼·安·维亚泽姆斯基(1792—1878),俄国诗人、文学评论家。——译注
④ 叶·阿·巴拉丁斯基(1800—1844),俄国诗人。——译注

"'不,我不珍视那不安分的享乐……'"戈季赫带着表情地读起来。"'对我更贴心的是……'①"

"天才的诗篇!"人们含着眼泪打断了他。"不,先生们!哪怕是在全世界的诗歌中你们知道有什么诗在直露和具体方面能与之相媲美吗?……这一切可都是一字不差地在这里说出来的,就用那些字眼,没有任何曲折隐晦!"

"这里很清楚地呈现着性和情欲!"

"正是如此!可是她爱过没有呢?……"

"即使没爱过,那么无论如何,她并不了解这一点。不了解爱情。"

"并不是,她爱过。被爱过,像只小猫。嫉妒过……"

"人们即使不爱也会嫉妒的。"

"的确如此。"

"她喜欢过兰斯科依②。"

"顺便说一句,普希金因为克留德涅尔莎③而挨了她一耳光时,他是幸福的。而——克留德涅尔莎是丘特切夫的初恋,这就是命运的恶作剧!……"

"还有尼古拉。"

"怎么,她也?"

"而后是卞肯多夫④。"

"请注意趣味的共同点。普希金的女儿嫁给了杜贝尔特⑤的儿子。"

"那普希金自己还喜欢过丹特士呢!还有沙皇他也喜欢过。"

"英俊,高挑,如此这般的沙-阿……"米季沙季耶夫故意要激怒

---

① 诗句出自普希金写于1831年的诗作《不,我不珍视那不安分的享乐……》,只是第二句有误,原诗句为"你是多么可爱……"。——译注

② 彼·彼·兰斯科依(1799—1877),俄国骑兵上将,1844年娶普希金遗孀为妻。——译注

③ 克留德涅尔莎即阿·马·克留德涅尔(1810—1888),上流社会美女,尼古拉一世的妻子亚历山德拉·费奥德罗夫娜的表妹,曾经是诗人丘特切夫的初恋。1836–1837年,普希金常去她家的沙龙,《现代人》上首发的丘特切夫的24首诗就是由她转交给普希金的。——译注

④ 亚·赫·卞肯多夫(1783—1844),俄国国务活动家,"第三厅"总监。——译注

⑤ 列·瓦·杜贝尔特(1792—1862),俄国将军,独立宪兵部队参谋长。——译注

布兰科。

"娜塔莉娅·尼古拉耶芙娜待他是很严厉的。"

"是啊,严厉了两年。"

"别再说了,先生们,真不害臊!你们数一数,除了丈夫们,她有多少个男人。也许一个,也许两个……"

"也可能,一个都没有。"

"按照当下的标准她简直就是圣女。"

"本来就是圣女。"

"可是普希金在最后那一年是多么需要支持啊!她呢,完全不想懂他的痛苦,他的绝望……"

"您是个俗人,冯·戈季赫!她忍受和忍耐他——您觉得还不够吗?单就想象一下这个神经病、这个暴躁的黑人、下流的……"

"这就给你个嘴巴子。"

"打住,打住,别嚷嚷了,先生们!"

"是的,是的!'可怜的,肮脏的,但不是像你们那样的,可恶的家伙们!'"

"这还有另外一封信呢……'合法的……是那种带耳朵的暖和帽子……'①"

"是啊……的确……而且一切全都变得面目皆非了!普希金一辈子都在被讥笑戴绿帽子,——然后突然间成了女性贞洁和忠诚的衷心拥护者……"

"你们没读过霍达谢维奇②的《阿穆尔和许墨奈俄斯》吗?你们读过什么呀?"

"是这样没错,但是我们总是忘记,那时候发生的一切都是另一种样子,另一种样子的一切发生在那个时候。你们是在用自己的尺子衡量。"

"用自己的皮尺……哈−哈−哈!"

"听着,普希金的有多少个来着?"

---

① 此句和上一句引语,根据上下文判断,应该出自诗人的书信。——译注
② 弗·费·霍达谢维奇(1886—1939),俄国诗人。——译注

"可彼得的有十八根火柴……"（女门卫的女婿？……）

"竖着还是横着？"

"哈-哈-哈-哈！"

"呸，呸，先生们！够了，羞耻，罪过，耻辱！咱们干嘛胡说。娜塔莉娅·尼古拉耶芙娜只从普希金爱过她这一点上来说就非常美好了。他可没爱过阿赫玛托娃——他爱过她。"

"好！她是他的妻子。"

"唯一的。一个。"

"先生们！为了对娜塔莉娅·尼古拉耶芙娜表示尊敬！全体起立！……戈季赫，别倒下。为了最美的女人，先生们！……"

廖瓦突然局促不安起来。他抓住自己的话不放。他想入了迷，几乎忘记了，他实际上有多不舒服。不由自主的恐惧缠绕住了他，这恐惧如此之深，以致他觉得颇有威胁性的米季沙季耶夫——戈季赫——布兰科组合都已经不令他害怕了。作呕的感觉掌控了他。仿佛所有在这里齐声说出来的话，没有消散到任何地方去，没有在空气中颤动，而是滞留在他身上，占满了他的心灵，而且像罪孽一样折磨着他。"最近几年人们弄懂了多少词啊！"廖瓦回忆着想道。"不久以前还一个词都不知道呢……他们学得可真快啊！而且一轮又一轮的新含义更换得多有激情啊。好像他们弄懂了什么似的——弄懂了如何理解……人们弄懂了却并没有重视弄懂的东西。好像弄懂是一回事，而生活是另一回事。因此，他们弄懂的一切就成了大便，尽管连大便都不曾有过。他们什么也没弄懂，可是——学会了……报复就是为此才会降临——就是说这是为了词语！真是罪过……"于是他觉得，近期折磨着他的预感并非无缘无故！它们如今一定会成真的，它们是演练过的，理所应当的……也许，已然成真了——那么如今这就已经不再是预感了。他感觉到报复就像阵亡的词语融合而成的某种黑乎乎的模糊物体，核心部分很密实，沉重，像颗熄灭了的星星；这暗沉沉的躯体，恶心的摇摇晃晃的容积，与说出的词语的模糊物体一样大……被毁掉的、被糟蹋的、被喝下的……模糊物体是有鉴别能力的……会发生什么，会发生什么呢？！……

"先生们！沉默……"廖瓦摇晃了一下，站起身。"我应该说……"

　　廖瓦愤怒而痛心地说出了这番关于被滥用掉的词语的话。他谈到关于对它犯下的难赎的罪过，关于不可避免的报复，关于巴比伦……词语在他身体里觉得恶心，于是它就冲了出来。他的话语被狂热地接受了。戈季赫哭了。"你竟然还有这么一面呢？……"米季沙季耶夫大声赞叹道，仿佛是站在山脚下一样。本来已经警觉起来的布兰科热情地握了握他的手，好像他真的是伟人爷爷的孙子一样……然后，被廖瓦鼓舞起来的人们全都更加无拘无束地说了起来，争着抢着，你追我赶。

　　"他们是七个人，他们是七个人，他们——一百个人！"廖瓦嘟囔道，他醉了，像溺水了一样。

　　…………………………………………………………………………

　　关注不到所有的人。在某个时刻，廖瓦发现房间里的人非常之多。这里既有布兰科，也有米季沙季耶夫，戈季赫也再次现身了。还有两个女孩儿，即使把时间往后捯，其来路要想探明也是很困难的。还有那么一个俊男，像角落里的柜子似的一直被阴影半遮着：从那里不时厚颜地闪烁一下金牙——过了时的典范俊男。他一声不吭，阴沉沉的，而且似乎是不受醉意的控制——和这种人在一起就等着打架吧，而他凭经验是知道这一点的，大概因此才如此消极地固执己见：努力不努力……——反正是躲不过去的。一道影子和他在同一时间闪过，甚至都未引起廖瓦的怀疑——就这样，只不过是个形象，法伊娜的形象。但是她本人没在。在某个时刻，出现的是柳芭莎，只是廖瓦也不能担保。她耐心而淡漠地在聚会上待了一阵就消失了，消失得同样地毫不纠缠，就像出现时那样：可能是和这个金牙一道，——角落里的牙不再闪亮了，不知为何打斗并没有发生……

　　时间就是这样搏动的，而被"小伏特加"的一个个小站所标记的空间就是这样呼吸的。他们要么是两人一伙儿，要么是三人一堆儿，要么是十个人一群，要么又是五个人一起地注销着小瓶子，感觉好像喝的一直是那同一瓶酒。最难以捉摸的是序列——由于这些矛盾的剂量中的每一个，序列很容易就变了——哪个在哪个之前，而哪个又在哪个之后？于是最终不再像阅兵式上那样，一个跟着另一个的后脑勺齐步走了，而是采取了轻松的和分散的形式，时间自行聚成迷人的、自己和自己会晤的夜晚，当下在此等待着过去的到来，而未来来得比所有人都早。

"不是速度引发醉意，而是醉意——即速度！"廖瓦高呼。

"好，好！"于是大家都干了杯。

廖瓦记得入口——但不记得出口了……在廖瓦对"醉意"的定义中有某种确切的东西，至少，对于廖瓦本人：他越是麻木到身体僵硬无感，他的物质形态越是无法行动，——他的人飞驰得越发迅疾，带着驶过铁轨的衔接处和岔路口时的扑通扑通的心跳；由于这种速度，周围的一切都融为一体，含混，模糊。

运动中，两侧的林间空地越来越稀少，远方变得愈发漂亮了，突然——停住，间断，惯性的陡浪和耀眼的光，光照点定住并聚焦，谁的新的面具，与其说是更成功的，不如说是不那么成功的，容纳其中，车站的名字闪过——某个莫斯科郊外的：奥索巴亚，马连柯夫斯卡亚，——然后列车继续前行，从原地飞速冲出去，一秒钟就把自己的物质形态抛在了身后；廖瓦因负荷过重而不听指挥，然后速度变成了平常的，于是视度和照度融合成两道均匀的和难以分辨的条带。

廖瓦在那里奔驰，那儿的时间不是以走过的距离，而是以车站的数量来测量的。在一些车站上他试图下来，但是不知怎地没来得及。

"不，人们喝的不是伏特加！"他在下一站喊道。"人们在喝时间！"

"天才！"米季沙季耶夫坚信不疑地赞叹道。

"你们听见了吗？……钟表在喝呢！""天才"那个字眼儿令廖瓦热泪盈眶。

这样廖瓦就不记得站间距离本身了；它们是"状态"——速度、距离和时间：他喝酒花掉的正是它们……他只记得大站和小站，但是不记得哪站在哪站之后。它们在他的头脑里混作一团，就像衣兜里的零碎一样：按任意次序，但是每一个东西——都是单个地，按照它固有的、标明的形态。

恍然大悟时而也会光顾他的头脑，那时他就因它们的洞彻力而大受感动，当他试图把它们大声说出来时，声音里就会出现出卖他的颤抖。

比如说，在自己身上把物从人那里区分出来之后，他明白了，物——这是植物，而人——这是动物……

"动物的信使生活和植物的——邮政生活……"他说，但谁都没明白，于是廖瓦生气了：他说得可是非常好的呀！——但是连他自己都忘了上下文了（后来我曾长时间地破译这个被廖瓦刻在烟盒上以示纪念的句子……）

他记不起是什么时候、在何种情况下布兰科不见了的。记得在上一站他还在来着，而在下一站——他已经不在了。在上一站给了受到极大震动的布兰科一道突如其来的光：他那刮得像牛奶一样白净的双颊在瓷一般的衣领上跳动，他将它们靠在它的硬度上安抚着；他的那只放在手杖镶头上的胖墩墩的、白皙极了的手所构成的那道线条在这里延续，——无论是手还是手杖都"寂然不动"。但是这种安宁是至深的气愤和怒火的表现，在安宁的同时，衣领上方不住地颤动和盘旋着没有说出来的和数量极多的词语，就像迎风的飘带一样。米季沙季耶夫也被光照了，但是没那么明亮，动作上显得刻意地清晰、简练，然而在这份简练背后看得出非同寻常的忙乱，好像在皮肤下面有什么东西在蹦跳和奔跑，不大的，类似小老鼠，尽管是看不见的：任何一个没受过教育的、被有关腔调和风度的观念给毒害了的人看起来都的这样的。当廖瓦放下空了的杯子时，图像为他接通了，——而且令人不解的是，刚才他们中谁在说话，而又是谁打算回答，布兰科还是米季沙季耶夫；角落里，柜子闪烁着金牙，用克制强调着嘲讽（这就是说，那时他还没有走呢……）等了一会儿，但是终究什么也没对米季沙季耶夫说，布兰科转向廖瓦，怒火换成了无措。

"列夫·尼古拉耶维奇！您干吗默不作声啊？"由于对所发生的事情感到不可思议，布兰科用孩子般的声音说道；他的眉毛远视地向上挑起，好像他把拿着廖瓦的图像的手挪远些一般。

"什么？我没听见……"廖瓦面带米季沙季耶夫式的浅笑说。它浮游在已经失去了形状的面容上，就像汤里的丸子一样。

"怎么？"眉毛在布兰科的额头上开始时隐时现，就像电视里跑动……着的图像一样：眉毛……游走了……然后又重新是——眉毛。

"您别激动啊,"米季沙季耶夫插嘴道,"我刚刚就是想要说……这不,您暗示说,在这种情况下,我自己也可能是犹太人……很对!我可能。我本来就不知道自己的父亲是谁。就连妈妈,好像,也不知道,"他这时呲牙一笑,像是一个见多识广并且饱经忧患的人那样笑得冷冰冰地。"在这种情况下,您——可能实际上恰恰就是我的爸爸。就像在古典的、种族隔离的写一滴血的小说里那样……没什么可奇怪和惊异的——您不得不考虑这一点。《父与子》的独创性版本,维克多·雨果①与霍华德·法斯特②合作写成的……"

就在这时,廖瓦的列车剧烈地开动起来,并向远方飞驰而去,致使廖瓦受加速的影响,整个身子都向后倾过去……

而在下一站——布兰科已经不见了。在这个间歇中,廖瓦游过了怎样的飞溅的意识之深渊呢?

他同样不明白的是,之前发生过什么,还有之后:他们是当着布兰科的面找的姑娘们,还是在他走以后?在这一站上,光与其说是落在了周围的人身上,不如说是落在了廖瓦自己身上,尽管他也不可能自己看到自己,——但是所有人突然之间都明白无误和清晰可见的羞惭和孩子式的耻辱,在这里给他描绘的首先是他自己的身影。他们都在打电话,米季沙季耶夫和廖瓦……

他们以先前的某个话题相互激发:听着,咱们来叫姑娘们吧?——米季沙季耶夫活跃起来。那当然了!还有什么能比这更简单的呢……但是他们越往下转动电话的拨号盘,每个人就变得越清楚,那就是他们中的每个人都不仅是另一个人以为其是的那种人,而且自己本身也就是——某种非常渺小的、无助的和居家的人。看上去,他们中每一个人的通讯录似乎都应该被为了轻巧便携而用不太复杂的六个数字表示的姑娘们所占满……可是,比方说廖瓦吧,他能打给谁呢?不过就是那个阿尔宾娜。柳芭莎只有办公室的电话……又不能给法伊娜打!打也没有用……这不,当廖瓦发现自己拨着随意的六个数字找另一个柳芭,另

---

① 维克多·雨果(1802—1885),法国作家,代表作《巴黎圣母院》、《九三年》《悲惨世界》等。——译注

② 霍华德·法斯特(1914—2003),美国作家,著有《拉维蒂家族》《斯巴达克斯》等小说。——译注

一个洛拉和不同的罗莎时——他才明白男人多次胜利的代价。但是，米季沙季耶夫也陷入了同样的境地——这让廖瓦很是吃惊。他拨的不也是那同样的三个数字吗？……廖瓦从肩后瞭了一眼——米季沙季耶夫合上了。"要么干脆交换试试？"他提议。"不，"廖瓦说。于是米季沙季耶夫又赢了廖瓦这场电话扑克，但是他自己也非常懊恼。米季沙季耶夫不知所踪了一段时间，于是，因男人共同的卑微而感到受辱的廖瓦试图打通法伊娜的电话——却枉然！

间歇游来又游走了——米季沙季耶夫高门大嗓地闯了进来，像是从寒冷的户外进来的，他一手一个姑娘。

"认识一下——娜塔莎们！"他扬声道，满足而骄傲的样子：毕竟他是向廖瓦证明了，这种事要怎么做！……

"列夫·奥多耶夫采夫公爵！另一方！……"他高声说。对这句玩笑，姑娘们嘻嘻地笑了。"喏，怎么样？"他自得地问。"我不在的时间久吗？"

他不在的时间的确非常短。是廖瓦不在的时间很长——睡了一觉。他这一觉好像是朝后睡的，去到了昨天的某个地方，如今怎么也没法儿马上穿越回"现在"，跨过今天的堆积。到米季沙季耶夫和娜塔莎们这儿来……环顾四周，眼神飘忽……

"面包……"他说。他在自己面前看到了面包。这是布兰科的面包，一个大网兜，塞得满满的，供一大家子用的，供一顿大餐用的。——可是布兰科在哪儿呢？

"哪个布兰科啊？"米季沙季耶夫说。

廖瓦晃了晃脑袋：就是说，姑娘们还是在布兰科之后出现的，或者是之前？……

姑娘们是两个娜塔莎。一个娜塔莎，是那种胖胖的，整个人有些下坠，头上戴着引人注目的塔楼，纹丝不动的脖子四周围着纱巾，脸上带着呆板的难以接近的表情——廖瓦暗自管她叫多罗宁娜扮演的安娜·卡列尼娜——好像成了米季沙季耶夫的；另一个，瘦瘦的，跟铁丝儿似的，长着一张小小的、似乎很好看的不太对称的脸，窄窄的脸颊上有两坨颜色很艳的腮红，一直用她自己那似乎很大，似乎很灵活的眼睛扫视着,她好像成了廖瓦的,她就仍旧是娜塔莎,但是是奥黛丽·赫本扮演的。各取所需……

一瓶新的小伏特加毫无停顿地掠过了。姑娘们拒绝了。她们不好意思。廖瓦暗自这么认为的,她们不好意思是因为她们到的是宫殿里、博物馆里。安娜·卡列尼娜看了一眼有雕塑装饰的天花板,跟着叹了口气,仔细将平膝盖上的裙子,膝盖像两个甜瓜一样,然后就这么停住了,两手放在膝盖上,一动不动……奥黛丽,轻盈的,迈着一双穿着略嫌宽松的长筒丝袜的麻秆儿细腿儿跳着跑过大厅——绝好的舞场!——看了一眼女伴儿,突然醒悟过来,于是挨着她坐下了,同样拘谨地,僵住了。"和我们一起干杯吧,小姑娘们!你们干吗拘束啊?……"米季沙季耶夫说。"也许,你们想喝点茶?"

"想,"安娜·卡列尼娜用低音说。

卡列尼娜和米季沙季耶夫走了,去帮他准备茶水。

"与维克多·纳布托夫不同,亲爱的,"与此同时,廖瓦说。"弗拉基米尔·纳博科夫是作家。"

廖瓦给娜塔莎讲了托尔斯泰是如何梦见女人胳膊肘的。和女人在一起让他变得多愁善感。"这可真是的,"他认为,"这一切我们也都做——而且这在我们身上除了无聊,不会引起任何战栗,可是他们……"

"你读过《安娜·卡列尼娜》吗?"他问。

"嗯,"娜塔莎说。"看过影片。"

"……而他们,也许,连一本有价值的书也没读过——他们的战栗和尊敬从何而来呢?只是面壁吗?先验的?"

娜塔莎对着他的耳朵吹了口气。

"你干吗?"廖瓦一激灵。

"不干吗,"娜塔莎不高兴了,"朝你耳朵吹了口气而已。"

"为什么?"

"随便一吹。我总是朝男人们的耳朵吹气……"

"天哪!为了什么呀?"廖瓦暗自火大。

米季沙季耶夫拿着茶壶出现了,还有卡列尼娜,板着一张更加难以接近的脸。

"而你就一直在谈天?……"

廖瓦朝自己的敌人抬眼望去:在戏弄吗?……——从米季沙季耶夫脸上他没能看出来。

接着他们又吹了一瓶小伏特加。姑娘们用小盘子喝着茶(为了画面的完整……),因为没找到茶杯。翘着小指。很得体……廖瓦觉得,他正被从背后带离她们。他一直看着卡列尼娜手臂上的小表。这表让人印象深刻:金色的,小小的,戴在又宽又圆的手腕上,它陷在褶皱里,并在那里微笑着。廖瓦笑了。他笑着,故意抖着肩膀,似乎因为笑而无声地号啕着,似乎笑出了眼泪……

米季沙季耶夫很阴沉。他一只手掂量着布兰科的网兜。然后就这么一只手拎着网兜,突然间很果断地走向窗户。敞开。一股新鲜的风在大厅里吹过,廖瓦一激灵。米季沙季耶夫把手伸进袋子,掏出一个大圆面包,然后向上抛了抛,把它在手里掂了掂,似乎要掂量得更准确一些。

"沉甸甸的面包……"他沉思而不解地说。"沉甸甸的!"

接着把它扔出了窗外。

"沉甸甸的面包!沉甸甸的……"他现在在掂量下一个了。

"你这是干什么呀?为什么呀?"觉察到卡列尼娜的目光,廖瓦皱起了眉头。

"围困时你在哪里了?"米季沙季耶夫问。

"在疏散地……"

"而我在这里……我妈妈死在了这里,"接着米季沙季耶夫把面包投出窗外。"沉甸甸的,沉甸甸的面包!"

"你怎么了!别扔了……"廖瓦害怕了。"不要!"

"我瞎说呢,"米季沙季耶夫说。"把灯光熄灭!"

"为什么——灯光?……"廖瓦发憷了。

"我说什么你听就是了!熄灭……"

廖瓦啪地按下了开关。黑暗鼓胀了起来。眼睛习惯了之后——轻薄的昏暗在大厅里蔓延……廖瓦大胆地抓住了娜塔莎的手。她的手掌既硬又笨拙。接着窗户上突然暴起亮光，长出一棵冰冷的五彩焰火的棕榈树，然后散落了……窗户带着背景上黑色的米季沙季耶夫继续发白了一秒钟。接下来在亮光过后就变得完全看不见的黑了。

"焰火！乌拉！焰火！"

一道新的火花在窗外成熟了——五颜六色的。一边散落着，一边变暗和熄灭着，小星星们失了色，并且完全是在窗台的高度上发着白光，窗台截断了投向夜的光。然后又来。

这扇形的飞腾和散落突然间让廖瓦觉得是大笑。

无声的、耀眼的哈哈大笑在窗外一次次腾飞。

"到街上去！……"米季沙季耶夫喊了声。"到街垒那儿去！"

假面舞会

> 我看到，激烈时，你们准备放下一切怎么还在，你们的带穗肩章？
>
> 莱蒙托夫，1836

空气新鲜而寒冷，吸的第一口给廖瓦的感觉是幸福和解脱，但是实际上却像一瓶新的大伏特加。廖瓦神游天外了，尽管在一定程度上也跟上了米季沙季耶夫，没有落后也没有跌倒。

间或他清醒过来。这时就发现，一颗闪烁在被月光的绒毛拍松的、疾驰的流云中间的星星那冰冷的一角在自己头顶上空。廖瓦当时就失去了运动的能力，呆住了，觉得自己身处石井的底部；他的意识是荒无人烟的——没人推搡他，也没人从对面走来。什么东西都没落入他那看成双影儿的视线里，他能够清楚看见的只有最远的远方——只有那颗星星……

我独自一人出门上-路……——

他唱着。群众节日游园会的人群迎着他走过来。"多石的道路"①——是柏油路……

"不，你发现没！"廖瓦扯住米季沙季耶夫。"这首诗里的风景是多么令人陶醉啊，可是却连一个细节都没有！而且一切都是透过这个'多石的闪光'！由于细节的缺席——主要的东西出现了：秋天的空旷……可是你什么时候见过多石的道路？难道这东西存在吗？同时这是最准确不过的气象报告：晚秋和使尚未落雪的道路微冻的初寒，……多么不假思索的、真正的确切啊！硅——这是沙子，闪耀——这是冰，而没有被提及的'荆棘丛生的'一词，根据相邻关系……应该检验一下——这一定是在十一月份写的，在很晚的和徒步回家的时候②。他是醉醺醺的，清醒过来了的……"

"是啊，"米季沙季耶夫说，"你别忘了这一点。你放娜塔莎去哪儿了？"

廖瓦以一只脚为轴心转了个圈——真的，娜塔莎不见了。

"那你把自己那位弄哪儿去了？"廖瓦问，因为第二个娜塔莎也不见了。

"我把自己的那位放掉了，而你是没留住人。"

"我不想受苦和享受！"廖瓦朗诵道。

"也不必要，"米季沙季耶夫情愿地同意说。

……下一颗星星廖瓦是在伊萨基耶夫教堂上空看到的。

在铜骑士旁是群众节日游园会的漩涡。

关于什么是群众节日游园会，果戈理的"您知道吗？"和"不，您不知道！"的感叹在这里很适用。也就是说，所有的人当然都知道，以及每一个人。现在所有的人什么全都知道。这个表达方式众所周知。我们的表达方式不是那么的多，而且它们全都相互熟知。去哪儿了？去游园会了。干啥了？游玩了。方式——人尽皆知，内容——没有。

自发的、或者群众性的、节日游园会（因为它是自发的——这是实情：人们对它是关注，而不是组织）——是失落了的游行示威。对其

---

① "我独自一人出门上–路……"和"多石的道路"均出自莱蒙托夫的抒情诗《我独自一人出门上路……》。——译注

② 莱蒙托夫不可能在秋天写下这些诗句，因为夏天就去世了，——不是那个风景……——译注

准确性不是很确信，我们以这种推测来解释某种东西……这一不快的历程令我们有些疲惫不堪。我们仔细观察着人群，朝脸上张望着，试图认出——没有脸！怎么会这么令人不快呢？……我们在人群中观察到的作为"生活"的东西，——这是在人群中，而非人群。人群——只是活物的界。活物在它里面往来穿梭：耍流氓、调情、斗殴。活物——这是从人群那里偷盗。小偷是要被打的。

早晨，在光亮里，是没有这个的。我们走着，不整齐，也不协调一致，但全都朝着一个方向，所有人都汇集成白天的共同体，并展示这个共同体。我们有扬声器和小旗子，我们不是很自信地唱着歌，所有人都在某种程度上被照亮了——白天儿一早起就出现了，我们暗自替自己觉得难为情——四下张望：其他人是否也这么难为情？——可是似乎没有。于是我们——停止。越来越自信地迈着步子，迟疑地喊着"乌拉"。广场——这就是我们要去的地方！但是我们把它也走过了。

这就令人迷惑不解了：我们再也不必……我们——走过了。

广场的另一边是什么？广场——这是中午。另一边——晚上。我们不知所措，因为再不去哪里了，因为无处可去了，可是我们玩起劲儿了，我们到街上来已经就是随便玩玩了。

这么说吧，这就是存在。在广场的另一边我们需要自己引起自己的兴趣，可是，在这一边——我们已经养成了习惯，习惯于形式上的总体而言的目的明确。如此分明……晚上，我们只有作为破坏者才会有意思。我们不冒这个险，就随便走走来安顿自己。

走着走着，我们就汇集到了那个我们被领到那里又被丢下的广场，我们漫无目的地在失地游荡，找寻。找得到——结识、同伴儿、打架，什么都找不到，就去睡觉。

可是还会指责我们，说我们洒了很多伏特加……毕竟——不是血呀！伏特加——给情节拿来香膏的女人。而且变成行为的不是什么，而是在哪里和与谁一道……我们一清醒过来——就发现一具尸体。

人群在广场上什么也没有找到，从那里横穿而过，分散到有光亮的地方去了。沿岸街的黑暗——灰色的蝴蝶的飞翔，广场——灯笼。我们喜欢照亮自己的布景，就像在剧院里那样……在我们这里，什么东西一且走进时尚，便不再过时。我们在这里发现了趣味，那么就一定要在这个范围内发展到完满的程度……在爱情中做的也是同样的事情。被照亮的有：伊萨基耶夫教堂圆顶；铜骑士（从下面往上照射的灯光，逆向的阴影，马掌和鼻孔重叠在一起——伯努瓦①的视角……）；海军部大厦针一样的尖顶（为了总是"明亮的"……）；海军部大厦黄色的墙用同样黄色的光照射着，从下朝上（照台灯？脚灯？）；对面，隔着黑色的凹陷下去的涅瓦河，稍微能照射到大学（语文系）；小船儿，军舰，自己就能照亮自己：幼稚地围着一圈小灯泡儿，而小灯泡儿跑动的虚线还会从舰首小炮处发出，——跑一阵——熄灭，跑一阵——熄灭，好像小炮在发射一样，一个一个地把小灯泡儿吐到周围无水的黑色之中……我们如此这般地注意到夜晚的、游行后的节日游园会的要素并给它分别安排了，在哪里行走，看什么：小炮在发射，满台的群众演员，——怎么能不觉得自己是独唱演员，能不走到舞台中央并开嗓唱起来呢！（这不，我们已经为叙述的全面的必须的狂欢化付了费……）

　　米季沙季耶夫终究不得不和廖瓦一通折腾……由于吹风，廖瓦完全醉了，由于人群——奔放了。他的奔放是快活的，善意的，邀人为他而感到高兴的——没有恶意地，——但是你试试看搞清楚！米季沙季耶夫不得已要拦住他。

　　这对我们来说没什么——快活的是廖瓦。他好像是认为，这一切都是他梦到的：这些所剩无几的人脸（梦里的群众演员的模糊不清的背景）；这些布景上的缝隙（伸出的炮口的所在），这匹纸板做的、明显陡立起来的马（就在近旁，就处于舞台之上，——正如所见，是画出来的！）；这些褶皱、海军部大厦背后那道吹得鼓起来的影子；这梦境的总体上的漫不经心，甚至是粗制滥造……——怎么会不利用梦的无危险性呢！——在梦里一切都是可以不受惩罚的，这个想法令廖瓦很高兴：他——跳了起来。一只脚支撑身体转了一圈，接着——屁股扭扭，屁股扭扭！然后重新来了一次单脚尖着地的旋转，以便目光扫视得更多。这合他的意：他猜到了这是个梦，而现在他很高兴骗骗群众演员们——做出他相信他们存在的样子：他特别彬彬有礼地为碰到了他们而道歉，还

---

① 伯努瓦（1870—1960），俄国画家、艺术史学家和美术评论家。——译注

并足敬礼。米季沙季耶夫架着他,给他稍做了整理,——他梦见了米季沙季耶夫。廖瓦冲他眨了下眼:意思是,我猜到了,你是在梦里……吹奏音乐在放着《多瑙河之波》——令人愉快的、适合儿童的、安全的背景:梦中的轻松而悠远的回忆……在这乐曲声中他梦见了一位老战士女作家。她在手风琴的伴奏下转着圈跳舞,把挂在胸脯高耸的女中学生身上的勋章弄得叮当作响,——啊,激情四射的淘气鬼!——她因感觉到重新与人民在一起了而幸福,眼睛里流露出对自己团队的处女时代的永恒记忆。因而,当廖瓦被无心地撒了一身粗制滥造的、纯属应景的彩纸屑……的时候,他接受了这个假面舞会,并且再次为自己即使是在梦中却依然很有领悟力而感到高兴。米季沙季耶夫的影子长出了犄角——啊哈!我们会注意到的。

"你是我的维吉尔!"廖瓦为了让那位猜不到廖瓦是知道的,说道。

米季沙季耶夫把白色的小球一抛,就撞到了个黑色的上——火帽响了。散发出硫磺的味道。

"哎呀!"廖瓦高兴了。"给我看看!我打战争以后就没见过这类东西!你记得吗,战后还有这类东西吗?"廖瓦像个小孩儿一样纠缠不休。"你打哪儿弄来的?"

"它们是我存着的……"米季沙季耶夫微微一笑。

他也给廖瓦扔了一次,——那位把黑色的撞到了白色的上,就笑了起来,很幸福的样子。但是米季沙季耶夫夺了过去:你要是弄掉了,就砸破了……

他们就这么前行着。

"看见那个面具了吗?"廖瓦蹦跳着。"挺漂亮的……夫人!"他彬彬有礼地鞋后跟相碰致意道。"多迷人的多米诺啊!多米诺……"廖瓦突然觉得如此好笑——在泪水中,在光的长长的尖尖的毫毛中,一切都开始闪烁发光……"多米诺!要知道一切全都重新洗牌了!那时候不可能明白,这个词现在意味着什么;而现在已经永远不可能明白,它原先意味过什么!设想一下,她认为我是在向她提议玩一局多米诺!玩多米诺的阿赫玛托娃……"于是廖瓦哈哈大笑得弯折成两截。

他们就这样前行,手扶着自己的佩剑剑柄,快步穿过人群——争论使他们停下来……廖瓦吓人地激动起来。

"不是这样的,我跟你说!你想的不是那个狮子!……"他们正好站在海军部大厦的玩球的狮子们跟前。"叶甫盖尼无论如何都不是坐在这只狮子上的!'在大理石的野兽身上!……'在这类东西上普希金总是很准确的……这算是哪门子大理石的呀?它哪是大理石的呀?这是铸造品!喏,你看,完全变绿了……哪是什么黑色的大理石呀?……"廖瓦挥舞着手臂陷入了绝望。"怎么可能呢——诗意的自由发挥!……不可能的。"

然后突然地,作为证明,廖瓦以非同寻常的敏捷已经骑坐到一只狮子身上,并且在它上面敲了敲……

"你听见了吧,响的!哪是什么大理石呀!我给你看看那些,咱们马上走……那些完全是别的野兽。喏,这就是,看吧!"廖瓦用硬币刮了刮野兽,为了刮到金属……"你别拽我的腿呀!哎,放开,放开呀!"然后他踢了一下。

"哎哟!这是什么呀?"廖瓦吃了一惊,接着反应过来,发自内心地哈哈大笑起来:"你们看!他穿着民警的制服呢!啊–哈–哈–哈!可是面具在哪儿呢?啊对了,戴着大沿儿帽也可以没有面具……你倒是放开呀!毕竟我又没坐在那只狮子上!"

决斗

我们开枪了。

这是在黎明时分。我和我的三个决斗证人站在指定的地点。我怀着一种难以说清的焦急心情等待着我的对手。春天的太阳升起来了,热劲儿已经临近了。我远远地看见了他。他徒步而来,佩剑上挑着礼服,有一位证人陪着。我们朝他迎面走过去。他走近了,托着顶装满樱桃的帽

子。证人们给我们量出了二十步。

······························

"抛阄吧,医生!"上尉说。

医生从口袋里掏出一枚银币并把它向上抛去。

"背面!"格鲁什尼茨基急忙喊起来,就像个被充满友爱地推醒了的人。

"鹰!"我说。

硬币旋转着升空了,接着又带着响声落了地;所有人都向它扑过去。

"您很幸运,"我对格鲁什尼茨基说,"您先开枪!但您要记住,如果您打不中我的话,我可是不会打偏的!——我向您保证!"

······························

"我会动真格打的,"帕维尔·彼得洛维奇重复说,并向自己的位置走去。巴扎罗夫这边从界限处量了十步,然后站住了。

"您准备好了吗?"帕维尔·彼得洛维奇问。

"完全。"

"可以往一起走了。"

巴扎罗夫慢慢往前移动,帕维尔·彼得洛维奇也开始朝他走,把左手插进口袋并渐渐地抬起枪口……"他直接瞄准我的鼻子,"巴扎罗夫想,"而且多卖力地眯缝着眼睛啊,强盗!不过,这可真是令人不快的感觉啊。我要看着他的表链……"什么东西就在巴扎罗夫的耳朵边上发出尖锐刺耳的声响,与此同时响起一声枪声。

······························

基里洛夫立即宣称,如果对手们不满意的话,决斗继续进行。

"我宣布,"加加诺夫声音嘶哑地说道(他嗓子发干)……"这个人(他又一次朝斯塔夫罗金方向一指)故意朝天开枪……蓄意地……这又是欺侮!他想让决斗无法举行!"

"我有权按自己的意愿射击,只要合乎规则,"尼古拉·弗谢沃洛多维奇坚定地声明。

第三部 穷骑士

"不,他没有!你们给他讲清楚,讲清楚!"加加诺夫喊着。

……………………………………………………………………

原来,所有在场的人中没有一个人参加过决斗,一辈子一次都没有,而且没有人确切地知道,应该怎么站位以及证人应该说什么和做什么……

"先生们,谁记得莱蒙托夫笔下是怎么描写的?"冯·科连笑着问。"屠格涅夫笔下的巴扎罗夫也和什么人决斗来着……"

……………………………………………………………………

"我真想啐你,"彼列多诺夫平静地说。

"你啐不过来!"瓦尔瓦拉喊道。

"你看我这就啐过去,"彼列多诺夫说。

"猪猡!"瓦尔瓦拉相当平静地说,仿佛唾沫令她感到清爽了似的……"真的是猪猡。直接落到了脸上……"

"别叫唤,"彼列多诺夫说,"有客人。"

……………………………………………………………………

1828　1830　1839　1862　　1871　　1891　　1902
巴拉丁斯基　普希金　莱蒙托夫　屠格涅夫　陀思妥耶夫斯基　契诃夫　费·索洛古勃

……上气不接下气地,他们冲进了自己的单位。他们是跑进来的,飞进来的,栽进来的,跌进来的——扑通一声瘫倒在地。整个身体完完全全就只是一条脉搏了。可是恐惧仍旧在追捕……廖瓦突然摸到了钥匙(它们就在口袋里!——他甚至连惊奇都不会了。)爬过去锁门。正是爬过去的——既因为双腿就像两根充气的柱子,类似气球那种,支撑不住身体,也是因为害怕在门玻璃处现形。就是这样,用电影里教给他的动作,他偷偷地潜到门旁,像个往火车下塞炸弹的游击队员那样,然后蹲着,以一种非常不便的姿势开始往锁孔里捅钥匙,害怕把身子探出边缘——门的木头和玻璃之间的边界。没经验的小偷才像他锁门这样去撬门呢。他害怕弄出响动,世间的每一个细小的声音都像是天雷滚滚。钥匙要么进不去,要么一下子就滑进去了,要么进去了却怎么也出不来了——廖瓦不记得是哪一把钥匙了……描写他是如何很长时间都完不成任务、绝望、要死要活,——太枯燥。最后,他的执着以胜利而告终,于是他高兴而又快速地爬离了。这会儿,被房子里的黑暗掩护着,躲在两扇门后面,他冒险稍稍探出身去,朝玻璃外张望……

外面空无一人。

"咳!"他说完,用手背抹了一把额头,像电影里那样。"貌似躲过去了。"

"躲过去了?……"一个放肆的声音嘿嘿一笑说道,这时廖瓦才想起米季沙季耶夫来。

房屋深处突然冒出了烟头的亮光。

米季沙季耶夫在抽烟,坐在门卫的桌子上。

就在这时,廖瓦终于被一种奇怪的平静所掌控。他坐在地上,倚靠着边框,完全地、无所顾忌地伸直了身体。他那不再处于危险之中的身体体验到一种不存在的幸福。汗水干了,额头紧绷,两腮下陷——血管的欢腾。被狂奔烧得滚烫的身体冷却下来,收缩着,——微风的清凉……

"我干吗如此害怕呢?!"廖瓦带着一种清醒的傻气惊奇道。"为什么这么跑啊?……躲民警?……可是为躲民警而跑——这不正是荒唐之处吗?他恰恰是什么都不会做的!不会杀人。无权杀人。对他了解得比对任何其他的人都清楚得多,什么他能做和什么他不能做。他不会杀人。那还有什么可怕的呢?"他回想起那张像是用草莓做的香皂一样粉红的、孩子般的、覆盖着一层乡下人特有的茸毛的脸;制服、蓝色、两颊绯红的跺脚声——仍然很可怕。但完全不是因为这个。可怕的是——这样的一张孩子气的、妈妈的乖宝宝的脸,这种士兵特有的那躯体从靴子到领子的人体不便利,可怕的是——对逃跑的人的追逐,就像玩捉迷藏–逮人游戏一样,无需讨论。而就这么地跑,不顾一切,这本身难道不可怕吗?在自身面前,达到如此境地,应该是非常可怕的。要知道这么跑是很有损尊严的!这还有什么体面或者个性啊……什么都没有。只有一样东西——逃跑。这样的云朵,这样的肥皂,圆形的,就像恐惧。在它之中,在内里,是廖瓦,就像苍蝇在琥珀里面一样。他可不仅仅是自己在跑,不是在逃离恐惧:他这又能从恐惧里逃到哪里去呢?——他是和它一起,在它里面跑着,像夜里一只被政权的风驱动的黑色的小船，在它里面扬着惊恐的帆疾驰。政权？这只小鸡崽儿！可笑。这是恐惧的封闭空间，背后有着脉动的边界——紧追一阵，落后一阵，有着在前面就能摆脱的希望之张开的、遥远的怀抱。奇怪的建筑。头上没有天空、星星。"缺乏上帝创造的恐惧将会变成怎样细碎的惊恐啊！"廖瓦避开自己，为精神开了个小缝儿，感叹说。"我在恐惧中待过——现在也处在恐惧之中。要知道可怕的是，我是那么的恐惧，而且惧怕的是什么啊！惧怕的是民警——代替了上帝！交换了……"

这些想法以自己当之无愧的显而易见让他震惊……

"我怕的是什么？一切东西我都怕！"

"你就自己来判断一下吧，"在心里他语带孩子式的颤动，还有孩子式的、在偶尔充当成人角色时的假模假式，自己跟自己玩起了过家家……"是什么威胁你了？慢慢爬下来，出示证件。我们在做科学实验。证件-实验-粪便。更多科学词汇。他嘛，应该比我更容易吓唬！那么为什么是我如此轻易、如此毫无疑问、如此迅速地就被吓唬住了——没有任何抵抗呢？唉，错在跑起来了……站住。会发生什么？顶多，挨一手刀。难道这很疼或者很屈辱吗？与恐惧相比？带到警局，通知单位……甚至都不一定会被工作单位开除。相反，会理解的。轻轻训斥几句，还会看重的，会帮助的……怎么能直到此时还不知道那你早就已经了解的事情呢？但也许被开除了呢。那不是很好吗？你自己决定吧……要知道，那可能失去的东西与已经失去的东西相比什么都不是。要知道，任何一种情况——最坏的情况——与屈辱和恐惧相比也是幸福。我逃避的是什么？在屈辱之间选择，害怕更大的屈辱。结果选择了最大的。倘若仅仅是因为他在追而跑：有人追——就跑呗，那么这是对的，符合天性。而事实上却是因为恐惧而跑的！哎呀，犯了大错了！上帝啊！我多么痛恨这一切啊！"

他站起身，咯吱一声。笔直、坚定、目光炯炯。

看都不看地绕过米季沙季耶夫。再清楚不过了，那个人被烟卷熏得眯缝起眼睛。摸索到开关，无所畏惧地开了灯。然而能辨明一切的光的感觉并没有被微弱的值夜灯光所辨明。什么都没有像想象的那样被照亮。但是他看见了那个引人注目的、有着合不拢的小门的蓝匣子——合作社的象征。那里可能是消防水龙带或者闸刀开关。匣子是节前新油漆过的——廖瓦抹了一手蓝。那里有个闸刀开关。廖瓦果断地克服了对电的胆怯，按下了开关。噼啪冒出三个蓝色的火花，随后楼梯便被正门的灯光照亮了。廖瓦一抬头就看到了总是挂着的枝形吊灯。根据廖瓦的记忆，楼梯上总是笼罩着雕花的橡木的昏暗。也就是说，从来都没点过灯，廖瓦一边想着，一边庄重地拾阶而上，踏上台阶就像踏上某个管风琴的琴键，枝形吊灯因此唱起歌来。"原来如此！这么高还这么多！"廖瓦想，音乐在奏响，门在敞开，大厅亮起灯火。他在黑暗的小走廊里摇晃了一下，用手扶了一下偶然出现的墙——直接按在了开关上。这一不由自主的、意料之外的顺利在他心中坚定了这整个的确定无疑的光的音乐，于是他已经不再左顾右盼和拖泥带水，直奔所长办公室而去，看都不看地按下所有的按钮，将之点亮；一只手伸进自己的皮包，一摸——立即就找到了需要的那页，并且接下来立即就进入了状态，飞快地记呀，记呀……他尤其觉得自己终于有权继续被打断的事情了，觉得自己已经活到了他预先料到的经验处，本身就处于"对立的中间地带"。曾几何时天才之手所从事的个人动机他觉得清楚之至——这一动机吻合了，廖瓦感受到自己身体的巨大的和轻盈的空间。现在这空间就是这整所房子。被照亮的他此刻在夜里面遨游，像一条非常漂亮的船，划破整个无声的黑暗。

　　他的情节的主动力是恐惧。"屈辱之间的选择，对更大屈辱的恐惧……恐惧在一切之中，一切的恐惧；自己的一切此刻也一样：动作、手势、语调、品味、天气……有什么东西一直在提醒着我们什么……而这时人们用某个人的声音说了另一个人的话，你在这一刻以在婴儿期就溺水的兄弟的手势正把茶盏送到嘴边，天气以深吸一口烟卷的味道让你想起另一个年纪，另一个地点，另一种情感，而你自己却发现，就是这个想法，关于茶盏和深吸一口，在某个时候你曾经想过，——细思极恐！"

　　最终摆平句子的这种清醒的还有：他此时此刻并没有把任何的一只什么茶盏凑近，而且他的兄弟也从未溺过水，连婴儿期也没有过，因为就没有过兄弟；以及：叶甫盖尼的恐惧与廖瓦捕捉到的自身的恐惧并无关联……但是他已经跳过了偶然发生的逃亡的耻辱和窘迫——一跃而到了：

"排列终结，果实铲平——突然有什么东西咚地一声落到底部，不知是谁的偶然出现的脸砰地摔下去……原来，你已经不止一次看到过它，没发觉——聚集成了一排。这个念头你已经一闪即逝地想过，——这时突然间，如一阵风儿吹过，抓住了——任何时候都不会再去想它了。季节的变换——第几次了！多少算完呐！这样的识字课本真令人厌烦。而面对应得报复的恐惧的，"廖瓦最后写道，"是俄罗斯的愚蠢思想，认为幸福已经有过了，认为正是那曾经有过的才是幸福。说是，并未错过……暴动的顺从……"

好像黑下来了还是怎么的？廖瓦失去了线索。也不是失去了，但是接下来紧张变得更加高度了，更加难以忍受了，那在枝形吊灯的垂饰间不时发出轻微的叮当声的，已经是冰冷的风了。于是廖瓦对关于报复的句子很满意——光没了，融化了。但是的确，除了台灯，再没有什么给房间照明的了。廖瓦坐在一团毛茸茸的光里，——而四周是黑暗。孩子式的、对还有什么东西在场的恐惧净化了心灵——他振奋起来，嘴里是恐惧的粥；开始小心翼翼地、不被角落里那黑暗的东西发觉地回头张望。在肩膀上方，伸长了脖子，屏住呼吸，没有触及，手背在身后，站着米季沙季耶夫。

"你？"廖瓦惊恐地问。他没听出自己的声音，但声音是从他这里发出的。"你干吗这么害怕呀？"米季沙季耶夫恼了，说。"到处亮着灯……""噢，就是说，这是米季沙季耶夫关的……"关于灯光的事廖瓦明白了。廖瓦原本可以暗自记下这对于米季沙季耶夫而言少有的气恼品质，但是这时想起他如何庄严地一边走一边点亮了灯，而米季沙季耶夫，看来是，一路偷偷跟在后面，一路关灯……熄灭了舷窗——黑漆漆的船向水底沉去……

"你怎么，被民警吓到了？哈–哈–哈。你断定，戈季赫已经告发了？……可他完全不是个告密者。我就这么随便一说哈，为了你。"

"哼，反正你就是个混蛋，"廖瓦说，语带寻找回来的嗓音的那种傲慢和清凉的颤抖。

米季沙季耶夫摆脱偷看的姿势，挺直了身子，脑袋进入了黑暗之中。

"你这么想？"他的嗓音同样平静地响起，已经丝毫不带恼意了。

"我原想，你不管怎么说是个正派的人，"廖瓦用颤抖的孩子般的声音说，"可现在明白了，不是。"

"为什么你是原想呢？"米季沙季耶夫一字一顿地、每个字都着重和突出地、恶狠狠地、有节奏地说，使得每一个字都落入了廖瓦虚假的心灵，于是廖瓦渐渐地越来越生气了。特别令人生气的是涉及"你——和原想……"的嘲讽。就好像他没有在刚才写下在精神实质方面相似的话一样。至于我们的理性能力——在这里就好像我们最不自信一样：如此轻易地就能刺激到我们。

"我就是原想了！"廖瓦突然大为火光。

"为什么你是先前想过我是个正派人呢？"米季沙季耶夫不紧不慢地说，而且这其中有着令人信服的逻辑。

"怎么？那你以为自己是谁呢？"

"没以为是谁。这是你把我当成谁了。不，廖瓦，不管怎么说，你是个傻瓜。你总是觉得，如果一个人是臭狗屎，那么他看起来只能是这样的，成心故意地，出于某些具有社会历史基础的心理原因，——而他就是臭狗屎。你想不想，廖瓦，我给你一个建议，衷心的？这么说吧，我要提示一个规则。'米季沙季耶夫右手规则'……'如果人看起来是臭狗屎，那他就是臭狗屎。'你想不想，我给你——也对，怎么能如此折磨人呢！——你想不想，我给你讲讲，实际上是怎么回事？你可能是非常想，一辈子都想知道，其他人实际上是怎么回事，但却不能够吧？你不是觉得邪恶的力量对你特别感兴趣吗，你是这么觉得的吧？我跟你说：的确，感兴趣。知道我是怎么意外碰上你的？我一看：不是混蛋……唉，你呀，我想，他怎么就不是个混蛋呢？！一切都像混蛋一样，却不是混蛋！那么就开始考验。众所周知，考验是我们的，邪恶力量的事。可你不受考验。你从所有困境中脱身而出。你对一切都按自己的方式解释并安下心来。可假如你安不下心来——那你就会开始如此受折磨和难受，招致那种全世界范围的谴责，以至于，看来，会亲手把你杀死——为了你在自己的生活中把我变成罪人而如此恨你。要知道生活跟你无关！你怎么认为与自己有关呢？！它就是它本身。它对你没好感。你还算走运，你别以为——人家喜欢你……要知道还有一些人，人家是不喜欢他们的。谁都不喜欢！你哪怕有一次想过这个吗，想过这些吗？他们作何感想呢？你以为，人家忠于、背叛你？可是有什么可背叛的，如果不是爱情的话！非爱是无法背叛的，它能换取的只能是同样的非爱。你以为你在爱吗？！当然了！你没把任何人当做是人。你不想对别人的任何品质给予好评，除了对你自己的忠诚以外。那时你是宽容的。由于不忠——你痛苦，要把人喝干，吮出背叛者，——因此你不承认他的不忠，你用痛苦代替承认。你会扑灭任何的暴动！只是你同样不喜欢被扑灭的人——一开始发青，你就不再喜欢了，而且，公正起见，不是没有原因的，完全有权。上帝啊，良心这东西你恰好是没有的！因为其他人卑微、庸俗、自私、算计并且知道这一点！他们有——良心！你——超然于这之上。假如是出自头脑……我一直想猜透，不是出自头脑吗？是那么的想要尊重，全身心投入地成为如此忘我的学徒，祈祷和圣堂。但是不，你没有赢得自己的面貌，自己的高度，不是靠头脑取得的——令人气愤的正是这一点！——你天性如此！不诚实。种姓？血统？血统那里能有什么——这能让人发疯！无论如何人不能让这种东西……就算是凌驾于人们之上的全部权力都集中在我的手上，我也不会有这种优越感——我会永远知道，他们是谁，因为我就来自他们中间。我的脚下是深渊，我站在边上，无论怎样都不成。我永远是这个出身的人，永远属于你。那为什么我们不喜欢犹太人呢？因为在任何情况下，他们都是犹太人。看起来似乎完全不是犹太人了，你和他处熟了——却突然间——别提多正宗的一个犹太人了！我们不喜欢他们的属性，因为我们自己不属于此例。顺便说一句，犹太人喜欢你身上的什么呢。恰恰就是属性。上帝啊，关于贵族气派我了解、懂得和看见的要比你多十倍，而你连了解都不必！既然这原本就是你的，那又有什么可骄傲的呢？你那全部赫赫有名的对人的好态度就在于此——什么态度也没有！就比方说吧，你甚至连我这个人卑鄙都不想承认。那么，那对你而言存在的东西，那——是标准。标准之外——痛苦的海洋。就结了。别妄想了，存在着生活，其他的人们；或许某个人还爱着、痛苦着，嫉妒着呢。多少次我都小心翼翼地——总是看你会如何回答——说：'嗯，大家都是这样。'而你总是：'嗯，是啊，大家都……'好像甚至指的是——这就几近卑鄙！——至少，你，也就是我，也是如此。邀请人一起消遣……你邀请交谈者一起消遣，是为了有人听你说话。人们呐，听听吧，人身上正发生着什么事！领会领会吧！你是怎么守护自己的分布区的啊！你以为，原始人的本能很强——恰恰是你们的！你们——最高级的形式，你们——最善于适应的！你们永远都能活下来！你们把一切异于自己的都排除掉，把一切合于自己的都毫不感恩地接纳下来，像是理所当然的一样！不是你们意识到自己更高——是我们知道区别——这里面是我们的力量。但是什么都无法达到——这是我们的宿命。暴动会被镇压。这是它的意义。你们会实现这个意义，对其没有疑虑。对于你们，就像犹太人一样，也只能从肉体上消灭！但是我今天终于欣赏了一下自己的杰作。也就开心了……

"听我说，听我说！……"廖瓦深受感动地说。"这就是让人惊奇的所在！你对我说的话真惊人！米季沙季耶夫，你是个多让人吃惊的人啊！而且又一次，而且又一次你终究还是个人……你身上这种同时存在的狂暴和温柔是从哪儿来的？……"什么人已经跟他说过这个……廖瓦在记忆的角落里挖掘着，把什么东西扔到一边，拨开蜘蛛网……爷爷！但是爷爷说的完全不是那个。关于准备把世界纳入自己的版图……关于以对生活的无知而超前……奇怪，也是这个，却正好相反！米季沙季耶夫指责贵族做派的那一点，爷爷用来指责的是时间。瞧，当正好是同样的东西时，那么不同就很清楚了。不，不是同样的。在同一个地方刺伤我的又是法伊娜，又是爷爷，又是米季沙季耶夫，又是时间——都冲着我来！这就是说，我就是现行的痛点！就在那里我存在着，一切都朝那里往我身上掉落，而不是在某处存在的我，在打击——偶然的和陌生的世界的不可预见的打击——下坠落！

廖瓦如此高兴地自我解释道。

"你不是说过吗，基督在荒野中……却指责我。不是这样的！要知道，从诱惑中能做到的只是脱身，而克服——不可能。克服——忍受失败，因为承认。不承认诱惑——这才是战胜它！在《圣经》中也是这样！从未明白过……"廖瓦大声说。"喜欢，但是没明白……我们把那在我们心中被唤起的感情当做唤起感情的那个事物的内容来接受了，——这就是我们的无能，无能力去爱别人。我们读福音书的方式也是另一种的——为了愉悦。不然就明白了……'诱惑来自魔鬼'，圣经上说，要知道，可不是以魔鬼的方式！而且耶稣渴望的也并非四十天的长度，而是从不再感兴趣的事情中解脱出来的最终的意愿。要知道他一次考验也没有经受，不想经受——一切都拒绝了：不管是把石头变成其他什么，还是跳上面，控制住它们。这种对诱惑的漠视，对来之不易的力量的珍视，不愿意展示力量——这才是基督有力量和已经成熟，能够不顾惜自己走向人们的标志。没有其他的方法克服诱惑——只有看不见它！上帝啊，你多么正确，米季沙季耶夫，你多么正确！"

"那你把这个记下来，记下来！"米季沙季耶夫不知所措又凶巴巴地说。"这可比恐惧有趣多了，你干吗要写恐惧呢，既然什么都不怕？就是说你还是已经看到了诱惑？所以，照你的话，基督成为了基督，而你永远是廖瓦。你曾经拥有——终要失去，已然在失去：你在谈论恐惧，——要知道我是朝着你，跟在你后面走的，而你回过头来，就已经离开自己向我这边迈了一步……你这就把关于基督的话记下来——这说的可太好了，记下来——它过去，你再脱身。要按照圣言来生活和行事，而把东西记下来——它本身就是行为。你怎么不写呢？在我面前不自在？你的灵感会在我身上白白落空的！"

"你真不害臊，你真不害臊！"廖瓦觉得受辱了。"莫非你以为，我是在藏私，我为了写作本身而需要什么东西？我可是已经什么都不写了。噢——我的生命！……难道说可以为此而责备一个人吗？不管怎么说我还活着，我不明白，但活着——对于我来说这是要紧的！我能做什么，自身经验的见证人？……可是我没有逃避它……"

"而我看到了一个坑！我总是会看到自己面前是个坑！也总是承认你的领先地位并痛恨你！而你总是发现不了我的存在！会这样直到永远！你会痛苦和厌弃现实，而我则会小小地占你的上风和忍受命里注定的失败，我是你的现实之奴！我再也不想展示你的顽固不化、你的固有属性的那些有教益的剪贴画了。你任何时候都不会像我们这样开口说话——迄今为止你连两个音节都没写出来。只会傻瓜似的、不知所措地笑着说什么,你们为什么这么坏了呢,要知道你们可是好人哪!——好像在怜悯我们,为我们而自己痛心!可是我们不是好人!而我们人更多!什么时候你能明白、接受这一点,从而成为对我们有益的人?知道我们想从你这得到的是什么吗?就为你是为了我们而存在的,既然我们承认你在我们之上。而你让我们糊涂、怨恨,你试图为了自己而爱我们,而我们不需要被爱——我们自己会爱你的。你从来也不明白这一点,而我们对你——一直如此。以后也会这样。你若进了坟墓——我们还有什么活头儿?"

"米季沙季耶夫,米季沙季耶夫……你说的不对。我从未想过,我有什么地方比你好、比你高,你干吗这样……对,我之前不知道。的确,我真是个自私的人。要知道是相反的,我总是很赞赏你——你更有力、更接近生活、更独特。你的全部生活就是你自己,一切都是自己取得的,一切都是自己想到的,当一个人自己亲力亲为时,还有什么能比这更有说服力的呢!"

"狗屎——自己!自己——什么都不是!天才——狗屎!要知道我们人很多,而且我们全部都是单个地,很了解、很明白生活的机制,彼此的卑劣——我们没有力量,而且我们中的每一个——很少!而你们人数不多,但你们是一体的,你们中的每个人都不是单一的,而是许多,而且你们不明白也很强大!因而任何时候都不能原谅你们的是,你们向我们让步,让我们失去了承认你们的权利。要知道你们严重背叛了自己——真该把你们打死,消除掉。你们没有补偿,你们对我们行事卑劣!臭不可闻的人性……为什么你们要人性,为什么你们要一副奴才相地猜测我们的思想并做出一副会为我们带来的样子,为什么你们向我们灌输,我们是人,而实际上这不可能成为你们的意义上的人——永动机——我们既没有被教会,自己也生疏了。这是真的,我因为自己的爱、因为你们的背叛而恨死你们了!"

"你在拿我寻开心……"廖瓦生气了。"你想的是什么,我不明白吗?那为什么你不认为我是……是的,很多东西我都不明白——但也不是全部呀！你看到了，最近我变了很多——突然发现了自己周围的人们。而且恰巧就是在这个时刻，甚至很奇怪，你就这么攻击起我来……但是，就像所有的事情一样，很及时：也许，公平就在这里。只是时间没有任何的间隙——马上就来。只是你要明白——而已经不是要坐享其成，不是要娇生惯养，不是要痛快享受——理解的第一秒钟的报复，这一秒钟是在不解的惯性中（要知道之前的时间是很长的——习惯了！）度过的。如此即刻地，如此残酷地，如此公正地，如此没有力气，应该如此活着，如此禁不起理解！罪过！就是这话——罪过！请原谅我，米季沙季耶夫，请原谅……"

他们就这么说着，各说各的。而且暴露的越多以及越是接近真相，越是可能明白他们想对彼此说什么，怎么回事，彻底明白另一个人的可能性增长的越大，他们明白的越少。因此，他们一边接近着，一边走散了——廖瓦仍旧是廖瓦，米季沙季耶夫是米季沙季耶夫。应该多重复几遍这个句子，把重音从一个词换到另一个词上。那时也许就明白了……廖瓦仍旧是奥多耶夫采夫，米季沙季耶夫本就是米季沙季耶夫。

他们是这么说的吗？让我们再从头把一切重新写一遍，因为无聊。把独白打散成对白，为的是一个人更多地像是在回答另一个人，然后——简单点儿，简单点儿！——划掉一个词——在上方写上一个词。廖瓦是否会使用"圣经"一词代替"福音书"——会纠结一阵子——原样保留。再纠结一阵子——然后把所有的都原样保留下来。哪儿还会有另外一种情形去呈现已经发生了一次的事情啊。原样保留吧。会说出感叹并以耳语的方式感叹道：不是这样的，不是这样的，当然，他们说了，但正是这个！……

"可我就是寻寻开心！"米季沙季耶夫说。

他们就这么挥动着手臂，墙上是两个大大的影子，因为米季沙季耶夫不是把灯关掉了嘛。这种悄无声息和不流血——影子在说服影子：挣扎着，影子们发现了共同之处，如此轻易地合在了一起。

"怎么——寻寻开心？"廖瓦慌了神，冷淡下来。"你又在说戈季赫？"

"你已经忘了布兰科了吗？"米季沙季耶夫阴险地问。

廖瓦的脸上闪过痛苦的神情。他一直清楚地记得,——但是,在这种情况下,他无法再活下去了。惊恐摄住了他。

"你对他说了什么?!!"廖瓦喊道,一边笨拙地揪住他的胸口。米季沙季耶夫有意没有抵抗,一边用明白无误的无所谓的眼神令他冷静下来。

"我什么都没对他说,你惊慌什么?"

廖瓦立刻安静了。

"对不起,"他说,一边后退着。

"得了,你说什么呢……"米季沙季耶夫笑了笑——他手里有一瓶小伏特加。

"哪儿来的?"廖瓦感到惊奇。

"这已经不重要了,"米季沙季耶夫干巴巴地说。

就在他们喝酒的时候……就在廖瓦想出办法咽下那像活物一样在他体内乱蹦乱跳、弓身竖毛的伏特加这光裸的内核时;就在廖瓦变换着空间,孩子般地在纳入到自身的旁人的生命的自主和独立面前呆住,而由边缘是变幻的珠母色的、拧紧的恶心——一忽儿力求把他吞下,一忽儿又要把他离心地甩到上方黑暗的空虚中去——由这恶心的浑浊的漏斗构成的空间终于渐渐停下来了并且变成了突出地尖锐的和透明的,边缘带着光学的弧形,令人想起深水鱼鼓出的眼睛,于是此时变得特别地响亮、紧张地安静,像在水底一样,而后这光学效果溶解和融化了,让位给天鹅绒般的满是尘土的柔软,失去规模,在那里,廖瓦现在舒适地把自己安顿在新伸展出去的远景的最远处,享受着自己体内小小的温暖那静止不动、闭合性和平稳状态,——就在他如此这般地变换着维度并抛掷着空间,也就是说,就在他与它的,与伏特加,与其令人神往的作用打交道时,这作用我刚刚描述得比一般来讲长了些,但毕竟相对于这作用所应得的却是太过简短了,因为看样子,这事没那么简单:人类自身如此受制于它,其他途径达不到那种"作用"……就在他醉着醒、醒着醉的时候,对所发生的事情的评价那原始得多和严酷得多的恶心,变换着视角,从四面八方扫射着他。因为有什么事情发生了,有什么事情发生了……而如果有什么事情发生了,那么就从这个时候起,这个事情在任何时候都不可能也不应该有了。只是——什么事情呢？

　　事情是这样的，今天的全部事件还不是最终发生的。甚至布兰科，这个廖瓦背叛的温床，显而易见的事件——也还不是已经发生了的，更别说是这些姑娘，甚或是民警和追逐了……而最终是与米季沙季耶夫的这场谈话。不过，谈话嘛，廖瓦已经几乎不记得了，貌似什么时候在哪儿读到过这样的东西——如此而已。这样意义就突然烟消云散了……意义断然而固执地抗拒着回忆，廖瓦丢开他那引起恶心的努力——记忆习惯且轻易地从词语和实事的残余中组建起了关系，而关系，众所周知，完全可以取代失去的意义。然后——又是那个廖瓦了！

　　他就这么坐着，肚子里装着伏特加，在想——想什么呢？他想的是，让米季沙季耶夫发现"情结"（不得不使用这个说明不了任何东西的词，因为廖瓦用这个词在思考……）是很奇怪和不可能的；"情结"永远是他的、廖瓦的垄断，而实际上是相反，还有"恶魔"米季沙季耶夫——整个人都执着于此；情结如今就是魔鬼，时代如此……从另一方面来讲，廖瓦马上开始削价处理自己的胜利者姿态；是不是他太过自以为是了？也许米季沙季耶夫不过是拿他，拿他的一本正经开了个玩笑？这样一来一切都翻转回自己的位置了——于是米季沙季耶夫当然是开了个玩笑，戏弄了一下廖瓦，根本就没有披露自己的发现。但是米季沙季耶夫和法伊娜之间到底发生了什么？……——这道阴影，仅仅有一回一闪而过，却永远把米季沙季耶夫无论什么样的败北可能本身都变得毫无意义了。而廖瓦从米季沙季耶夫的坦白中得出的全部显而易见的结论——关于他的不合格情结、关于将他的全部生活燃烧成灰的嫉妒心、甚至关于他的魔性的社会本质——这一切都是尘土，因为廖瓦嫉妒他。米季沙季耶夫甚至在输了之后，依然是胜利者，因为廖瓦立即把战败的敌人竖在了自己之上。他是如何想出办法每一次都做到这一点——永远落得被战败的下场的呢？——这是他的谜，他的天性。这里只能得出一个不容争辩的结论，这个结论，曾几何时，在廖瓦还没能给出应有的评价时，狄更斯大伯已经彻底地确切表述出来了："粪便的差别是阶级所特有的"，——道出了它闻上去十分浓烈。廖瓦嗅了嗅便晕乎起来……

　　米季沙季耶夫若有所思地翱翔着。然后跌落，像石头坠落一般：

"你打哪儿来的这份坚信不疑，认为一切都像你想的那样？"

廖瓦轻轻地开启，宛如火柴盒一般……

"我恰恰一直在怀疑……"他立马开始辩解。

打哪儿来的这份坚信不疑，认为一切都像你怀疑的那样？

廖瓦重又觉得——翻转成为，米季沙季耶夫在拿他寻开心。

"我怀疑什么？"廖瓦懵了，警觉起来。

"一切——我，自己，布兰科！……你这不甚至都安排好了嘛：可是布兰科来过吗？——你差不多都已经这么想了。来过！布兰科来过这里！然后你把他赶出去了！"

"怎么是我？！"

"你，不然还有谁？他是不会来找我的，也就不会因为我而离开。而是因为你才走的。你站在了我这边，——所以他就走了。"

"等等，等等！……"冷意顺着廖瓦的后背蔓延，而酒精容器的光学玻璃显示着古老的孩子戏法儿——倒转的喇叭：在非常狭窄的远处的某个地方米季沙季耶夫的小脸儿在微笑，正是小脸儿，脏兮兮的小孩儿拳头大小……"等等！你说我什么都行，我可能自我表现得不那么准确，不那么清楚，甚至懦弱……但是我从来没有，从来没有对他说出什么我根本不可能说的话！我不可能侮辱布兰科——也许，他能明白我的行为，但是——只不过……"

"为什么就不可能呢！你能对我说，而对他就不能。要是不能的话，那就对谁都会不说，就不会有这样的话，就不会倾听和支持我的话题。为什么就不可能呢？恰恰可能！对我你就说过!……"

"我对你说什么了？我能对你说什么这类的话呢……而且再说，有区别的：对你我也许还可能说点什么，这不意味着，我也会对他说这个……"

"啊哈！落网了……'这个'是什么？也就是说，'这个'是有的了？而我说什么来着？为什么你对我就说，而对他就不说呢？老头儿干吗误解你……你在骗他——我对他说的就是这个。"

"什–么？你对他说了什么啊！"廖瓦现在是如此害怕，以至他不能也不想朝着已经发生的事情的意义方向进展。

"什么，什么！………"米季沙季耶夫模仿道。"就是我们说的那件事，我对他也说了一遍。而你没吭声。一开始还焦躁不安，而后就超然了，还笑呢，你的笑是那种——像麻醉剂……笑着并点着头。"

"点头？"

"你干嘛总是反复问啊！"米季沙季耶夫火了。"不，你无可救药了！我在给你展示你的卑鄙可耻，——可你视而不见。你一点也不，一点也不比我好，甚至更糟，因为我原本如此，而你背叛了你的天性。可你又想要挣脱了！又在装样子。又——持平了，可是又——不想像对待一个平等的人那样对我，又不把我当人了，甚至不想承认我身上有卑鄙可耻之处。只是这一次这已经不是卑鄙可耻了，我等了很久了——现在这是公平正义。我以你的名义对布兰科说的那些话就是公平正义。应该首尾相符，哪怕只有一次呢！当然啦，你是大师，牵着所有的线呢……而只不过你现在松开了一根。无论何时，你听好，此生无论何时你都无法使布兰科相信，今天发生的一切是个错误。最终你什么也抹不平、修不正、舔不净！来吧，负责吧，像我们一样用灵魂交账吧！我们已经付出了全部灵魂——本来也不多。而你想要为所欲为，却不付出心灵的代价吗？现如今你在一个点上——小事一桩，这既不会毁掉生活，也不会毁掉全貌——哪怕就在一个点上你完蛋了。布兰科——空位子，但他如今了解你了。他见过你了！就像我现在看见你一样——他也见过你了！"

"上帝啊！"廖瓦哀求起来。"这是不可能看见的呀——仇恨！唉，我怎么着你了？我想弄明白，你说……"

"没–怎–么。你没怎么着我——就为这个！只不过我不恨你！这得用另外一个字眼儿。我要说，是爱，可是太俗——文学已经把这种姿态消磨殆尽了。我们无法生活在同一个平台上——就是这么回事！也许，这就是阶级的辨别力？"米季沙季耶夫哈哈大笑起来。"或者不对，这也许是生物学。你在想，我让你不得安宁？不对，不对！你！你在，我就没办法。而你一直、一直都在！你是无法被消除的。你看，我老了，谢顶了，皮肤松弛了，"米季沙季耶夫进入了角色，在这个票友草台上毫无控制地胡作非为，一展学院派风范：揪着头上稀疏的头发、肚子上的褶子，揪着眼部下方，还伸出舌头。"可怕吗？……"他哈哈笑着，像涅夏斯特利夫斯基①一样。"请原谅，我都是开玩笑的……喝醉了我，醉了，你明白吗？你别在意这个……我爱你……我只有你一个。没有你的话我算什么呢？人体模型！原子和喷泉……我就是张包糖果的纸！"

"我这就给你一下子……"终于，廖瓦说。

"为啥呢？"米季沙季耶夫真诚地惊奇道。"要知道我只不过是想……我刚才不过就说了句真话而已，别无其他。我是想要你别再和他们搅和在一起——我们需要你！你是公爵！你是俄罗斯人！可是你从头到脚都被他们控制了！你看吧，当你需要在他们面前露面时，你就变成最不真诚、最虚假的一个人……而是以什么方式露面的呢？就是以他们想要从你这得到的方式！这不，你就上了他们的钩了！他们看到你的不真诚——但它正是他们需要的！而后，等你吞得深一些，他们有一天就会告诉你——你是他们的！"

"你是个疯子！"廖瓦说。"我终于明白了。你是个疯子，你是精神病。我不会打你的。你走吧，走吧……"然后他遮上了眼睛，头向后仰去。第一波恶心舔了他一下，并拖他，把他向里面、向黑暗里拖去。

"哎，公爵！不管怎么说，你是公爵！我对此的感受是你无法想象的！看着没有任何差别——却是公爵。看来，大概，我是个精神病，贵族迷，是这么叫的吧？……我–喜–欢！唉……"

廖瓦放开眼睛，极其艰难地回过头，止住疯狂的、嗥叫着的、像儿童玩的捻捻转一样的陀螺——浮出了水面，为的是赶得及看到米季沙季耶夫如何随着那声"唉"用袖子抹掉一只眼睛上的（泪珠）②……

"别说了！"他感觉到极端厌恶和意志薄弱，就是那个阿谀奉承的催眠术，它超过了寓言的显而易见、发生得像意识的噩梦、像疾病一样……但是当靴子被舔上了，用脚已经无法踹了……

"别说了……哎，我有点急躁了，你醉了，我没被任何人控制，你

---

① 俄罗斯剧作家亚·尼·奥斯特洛夫斯基（1823—1886）的剧作《森林》中的主人公。——译注

② 原文字面意思为："用一只眼睛从袖子上扫落……"，应为打印错误。——译注

说什么呢，真是的！"

"被控制了，被控制了，"米季沙季耶夫用一种新的、出乎意料地清醒的声音说。"甚至你所有的女人都是他们的……"

廖瓦呻吟起来。"米季沙季耶夫是对的，完全正确！"他绝望地呼喊道，但是——默默无言……"踹！朝脖子踹！——这就是我已经忘记的技能……"

"哪有什么女人！"他无力地呻吟道。

"这不连你妻子也是犹太人嘛！"米季沙季耶夫亲热地安慰道。

"哪有什么妻子？我没有妻子！"廖瓦央求道。

"啊哈，看到了吧！"米季沙季耶夫欢呼雀跃。"我又没说有什么差别！这就是说，你感觉到差别了？你却说没有妻子……哎呀呀……那法伊娜呢？"说着，米季沙季耶夫滑头地探过身去。

廖瓦觉察到一股又宽而又长的力道，它将他抱紧并稍稍举起——甚至好像是：在某一段时间里是凌空的，他从那里，从上方，看着米季沙季耶夫——而周围一切都被如此均匀的、强力的、半透明的、外科手术的灯光照射着。廖瓦平生还未遇到过这种情况：这般的激情、这般的狂暴、这般的怒火——令人炫目的！——已经不能称之为情感了——这是前所未见的状态，让他觉得有种莫名的心安。

他们长时间地，他们认真而努力地在打斗——从旁观的角度看很不美观，还笨手笨脚的。这是一桩自觉自愿的、有点儿枯燥的、不甚熟悉的和不紧不慢的工作——廖瓦是这么觉得的——他什么都感觉不到，只有轻轻的一团东西梗在里面，孩子在嚎啕大哭之后安静下来时胸口梗着的那一团——这个没有分量的球在廖瓦那由身体和衣服构成的外壳上来回滚动，在米季沙季耶夫揪扯和揉搓他脸皮的旧布时，廖瓦也把自己空洞的拳头挥向同样的无感，某种棉花和旧布……廖瓦如今没有任何操心事——这几乎是一种解脱，几乎是一种幸福。无论如何，这也不能停下来——他真想能就这样活到自己生命的最后时日，就在这种、突然出现的——它看上去什么样，随它便吧——自己存在不间断性之中。要是能就这样翻滚和击打和揉搓，除了缺失，什么也感觉不到，让已经没有了的力气和他一起彻底终结就好了，然而……米季沙季耶夫滚到了角落里，喘息着，像一台巴扬手风琴。于是廖瓦落得两手空空、不明所以，只怀着一种沮丧的心情站起身并把身上拍打干净，因为米季沙季耶夫刚刚以自己的温顺骗过了他，把他洗劫一空，走人了……原本已经消失了的时间再一次背叛了他——它继续了。廖瓦回顾四周。

  他们造成了损失。玻璃柜四脚朝天翻到在地。廖瓦稍稍抬起一个角——看见了一本脸朝下跌落的小册子——又放了回去。什么都触动不了他。他完完全全的冷漠。是在他们刚刚进入博物馆的时候吗？——这他不完全记得了。他们是在所长的办公室开始喝小伏特加的——这点很确切。廖瓦又在心里过了一遍，像是在套子里，像是个人体模特——什么也感觉不到——耸了耸肩。

  "哎，你怎么回事？"他问米季沙季耶夫。
  "你为什么打我，你总知道吧？"米季沙季耶夫问。
  "知道。"廖瓦说。也的确，他知道来着。
  "为啥？"
  "我不说，"这时廖瓦对自己有那么一点儿满意了；这时他又想起一件事，额外的，他在地板上翻滚的时候他身上发生的事——于是他终究没有喊出来——为了啥。他这时想起来了，在打斗时他很担心——不能说。唉，有点难过，但是事情再简单不过了——这不是世界观之争，不是。这是廖瓦任何时候都不会允许自己去做的事，不允许——不是这话，他本也无需允许——他本来可以：为达到主动的光明正大而找些理由，在这一点上他吃了米季沙季耶夫的亏，既然在某个时候没有找第一个理由，他也就无法找越来越新的理由了——只不过，那个理由，第一个，是什么时候出现的呢？——都这么久了……而他最终得到的结果、解决了和成功了的——完全是以另一种理由。所以他此刻便闭口不言。法伊娜！——就这么简单。如果当时可能发生的事发生了，那么米季沙季耶夫这个混蛋现在怎么胆敢……这个念头令人如此难以忍受。这就是廖瓦避而不答的东西，好样的，他对自己很满意。

  "你不说？"米季沙季耶夫扬声道，恢复着均匀的呼吸……"那么我来对你说，你为啥攻击了我……"
  幽暗，廖瓦的眼中变得彻底幽暗了；一股浑浊的糊状的力道将他压向地面——与打斗前以怒火的白光将他托起的力道正好相反。

"我打死你，"他从自己新的地下室里低沉地说。"你说出来——我就打死你。"

廖瓦，他害怕什么呢？他此刻如此确定无疑、牢不可破和坚定不移地害怕的是什么呢？他是知道的。

"算了，"米季沙季耶夫相信了，说："我不说。"

廖瓦对此很满意。"这就是协议了，真不错！"他在生命面前毫不惊奇地想。"只要他不说出声来，于我就够了。而我们，他也好，我也好，知道是什么。似乎不能这样……"

但这样是可以的。

米季沙季耶夫从柜子后面滚出一瓶小伏特加，而且是四肢着地，用鼻子拱着这么滚的。廖瓦平静地看着他：毕竟这也算小有成就吧——在打斗中获胜……

米季沙季耶夫把小伏特加滚到地毯上，呼哧呼哧喘着，在它边上坐下来。抬眼看向廖瓦，冲他心悦诚服地咧嘴一笑——很疼——皱起眉，舔了舔被打破的嘴唇；撅起它，滑稽地查看一番，又一笑。

"坐下，亲爱的，"他大方地一指自己身旁，确切地说，是小伏特加旁边。

……迷醉之境？——某种新鲜事儿……

"你是我的噩梦，"廖瓦笑着说。"你不存在。"

随后坐到地毯上。

"我理解你，"在他们像兄弟一般轮流呷着酒时，米季沙季耶夫说。"我理解你……"他们坐在这块可笑的地毯上，仿佛坐在木筏上，在这拥挤的节日之夜里漂流，无缘无故，既来之则安之，近旁是俄语那些业已冷却的宝贵的遗物……这不，托尔斯泰的大胡子从特制的外套里隐约可见，契诃夫用来修剪姚内奇的醋栗的园艺剪在咔咔作响，修复还原的、镶着玻璃的布宁被平整地涂抹在墙上……

"你不喜欢吗？我理解你，"米季沙季耶夫说。"我非常理解，你是为了什么而突然冲着我来的！"

廖瓦的心整个迎着幸福振奋起来——米季沙季耶夫马上就会说，说廖瓦吃起他的醋来是愚蠢的、不公正的、枉然的——他就会扑过去，热烈地亲吻，放声大哭并且——无论如何——都会信他！但是没有给廖瓦感受这种幸福的机会。米季沙季耶夫是这么让他失望的：

"要知道我算什么呢？要知道我不是原因，我只不过是误打误撞罢了。为什么你选中了这么个无足轻重的搏斗对象……这才是你憎恨的，而不是我……"随后米季沙季耶夫做了个大大的手势，邀请这些墙壁、这些展品、这个夜晚和这座城市作为廖瓦之敌的阵营。"为什么你不公正地惩处呢？你怕他们，不怕我吗？"

廖瓦皱起眉：

"我不是平民知识分子，这个逻辑对我而言很愚蠢。"

"真行！"米季沙季耶夫高兴起来。"听着！想象一下，我们正在航行……"廖瓦甚至满意地笑了：不管怎么说，这个米季沙季耶夫的头脑里还是有点儿东西的！"我们正乘一艘船航行着，"米季沙季耶夫继续说。"然后呢，发生了什么……我们撞上了冰山。看见了吧，又来啦！又是他们！"于是米季沙季耶夫笑话起了自己，还邀廖瓦一起。廖瓦到底还是笑了一下。"嗯，冰山就在眼前——我们沉没了。只不过你抓住了一根原木，而我也抓住了原木，想象得出吧？你沉下去——我浮上来，我沉——你呼吸。轮着来。我们看不见彼此。这么说来，我们暂时还不知道，我们手里的是同一根原木。嗯，咱们还得说，夜晚，很黑，就像此刻一样。给，"他把小伏特加递给廖瓦，"你的……可见，我们的航行就是这样进行的。船也许是只很大的、超级远洋轮；我们可能仍然没有发现彼此，没来得及，而在这儿，在原木上，——也没看见。我们在这个跷跷板上精疲力竭后，会就这么沉底的，——但是，把我们抛到了一个岛上，自然是荒无人烟的。我们就躺着，脉息皆无，——太阳升起来，它照耀着我们——噢！我们上过同一所中学的！就这样，能想象吧。只有两个人一起才得救的。就这样生存着——椰子，淡水——这些全都有。"

"那冰山怎么办？"廖瓦高兴地听着。"如果有椰子？"

"想象一下，在这个岛上也没有冰山。只有两个人。绝对的纯粹的多数民族。你和我。"

"你会对我做同样的事,你会向我证明,我实际上是个犹太人,没这个不行。我和你之间,米季沙季耶夫,会有一场苏伊士事变。"

"打住吧你,"米季沙季耶夫一摆手。"我说的不是这个。我正经八本地在给你讲故事呢。我们两个,你懂吧,在岛上——一天又一天。一周,一个月,一年。天边连个船影儿都没有。渐渐地我们明白了,我们要永远留在这里了。噢,自然了,不存在任何变态行径。民族敌视也消退了。会有冲突吗?会有。你会憎恨我吗?会憎恨。为了什么呢?我要说的就是这个!你瞧,你首先憎恨的是什么:轮船?冰山?海洋?荒岛?自己?旅行的原因?生活本身?命运?神明?不!你会憎恨我!明白吗?为什么呢?因为我就在旁边!"

"很有说服力,"廖瓦同意道,"然而,一切能证明的才有说服力。这是时间问题——说服力。只是即便我会憎恨你,那也不是因为你就在旁边。而是因为你背叛我。"

"可是向谁呢,向谁,你自己说说,我背叛你,在荒无人烟的岛上?"

"我不信,我们的岛荒无人烟,"廖瓦阴郁地说。"有人在那里走动。我梦见过。我记起来了,我猜到了——而且我们人很多。归根结底,我不信,岛是荒无人烟的,同等程度地我也不信,就我们两人在一起。但是你反正都一样会解脱和背叛的。"

"说到底,你真是一个……机智灵活的公爵。可是我说的是什么?为什么你不去恨那迫使我们抓住同一根原木的东西,那把我们抛到同一个岛上,让我们坐上同一条船的东西呢?!你恨我以代替所有人吗?你瞧,你瞧!"米季沙季耶夫跳起来。"就是代替这些墙壁,这种庸俗,这些死人!我们,活着的人,在吸食他们!这是一个迫使我们了解彼此的一切的时代!因为我们无所不知!我们对彼此的了解如此之多,多到可怕,致使别说是仇恨,就连为什么已经十年、十五年、二十年了还没有相互残杀都令人费解!我们可是相依为命的,茅坑上的是同一个,嚼的是同一具俄罗斯文学的尸首,而且就的是同一份套餐,而且用的是同一张月票乘同一辆公交去同一个住宅,而且看的是同一台电视,喝的是同一瓶伏特加,而且用同一张报纸包的唯一的一条鲱鱼!为什么所有这一切你都能忍受，而我这个可怜的人你就不能忍呢？"

"我没发现这一点，——我甚至无法设想，这竟让你如此感兴趣。你没有自己的生活还是怎么着，才会这么四处打量！对我而言，自己的生活还忙不过来，——所有这一切我都没发现，你的力气都使到哪去了……"

"不–是–的！我没有自己的生活！"米季沙季耶夫喊叫起来并踹了柜子一脚——柜门上的一块板子裂开了，而且有些折断了。他又踢了第二次，结果踢空了，踹了空气一脚。"你也是在撒谎，说你有！你也没有！如果有过的话——你就不会这么恨我了……"

"你这又是从何说起呀？说什么我恨你？"

"你是个懦夫！全部症结就在于此！瞧，不敢同意吧，说你一辈子干的不是正事，说你沿着父亲的足迹得到的职位，说你们爷俩一起啃爷爷，说你——你可是有才华的！——已经很久不写自己的东西了——我等着呢——你不写！我知道，你无法反抗，你成了和我一样的奴隶，只不过是模范的，积极分子奴隶，因为你替主人干活不是因为恐惧，而是凭良心！我呢永远是奴隶，我生下来就是奴隶，我知道。而你还在习惯，你觉得新鲜，你很开心：能够做成事……——我痛恨的就是这种合理合法的懦弱！自己是懦夫，我知道。要知道宁可蹲监狱，也好过做我们在做的事情，是不是！哼，不敢，来呀！我是对的，是不是？啊–啊–啊……"

这是如何发生的？——这里有一个难以捉摸的转换。唉，只要有人当面对我们说些我们自个儿也十分清楚的事情时，唉，我们内心里最为强烈的情感就会被唤醒。而激发廖瓦——为这份工作无需付一文钱。然而，这是怎么演变的呢？——请谅解，没发觉，没关注。很无聊。扭头看窗外了——外面天气在悄悄地膨胀，下压。伯努瓦在日落处还留下了那么一条缎带：美丽的城市！——压抑的叹息……

就在这时，给你！——廖瓦扯下柜门并开始把一摞摞鼓鼓的、落满灰尘的文件夹往下抛掷；米季沙季耶夫兴高采烈地接住它们，再把它们抛向空中；久未动过的学位论文一页页地满大厅飞舞，像一群自由的鸟儿。而玻璃在脚下发出碎裂声。

"不敢,你说的?不敢!"廖瓦大喊,一边拖过来折梯,要去够中间的架子,"这就给你来个敢的!这是给你的《几个问题》,而这是给你的《巴什基尔和阿尔巴尼亚文学关系》!给你,给你!……"

幸好梯子摇晃起来。廖瓦就这么一只脚站着,失去了重心,双手划着圈……——米季沙季耶夫在纸页上跳来跳去,厌烦了把它们抛向空中——有灰!——打了个喷嚏,发现了新玩具:米季沙季耶夫这会儿是手里拿着普希金死后的石膏面模在蹦跳。

它太小。

"进不去,"米季沙季耶夫惊奇道。"你看呐——进不去。少年早熟!"他喊道。"少年早熟!"

就在这时,廖瓦像只苍鹰一样,从上面跳到了他的身上。

"交出来,坏蛋!"他喊叫起来。"卑贱之徒!笨蛋!放下,狗-东-西!"

"你干吗?"米季沙季耶夫后退着跳开。"你干吗?"

像个兔子似的。手里拿着普希金死后的石膏面模。

又是一阵厮打。廖瓦抢夺,米季沙季耶夫不给。米季沙季耶夫不是因为他不想给或者不想对猛攻让步而不给,而就是随便地,没弄懂,慌神儿了——所以就没给。搏斗了一会儿,——米季沙季耶夫踩空了,廖瓦从下方碰到了——米季沙季耶夫的手摆了一下……

现在他们默不作声地站在破碎了的、白色的碎片上方。

看来,米季沙季耶夫也明白了什么。

廖瓦的长脸疯狂而苍白地燃烧着。

"这下完了。"

他看不到米季沙季耶夫了。那在他面前的是恶,它的几何体。

害怕——是可以的。米季沙季耶夫耶夫害怕了。

格里戈罗维奇的墨水瓶被他神不知鬼不觉地放进兜里并且在那里准备就绪地攥住了。廖瓦完全没发现他的这个诡计。他疯狂了——就是这个词。他的眼睛分得很开并沿着脸颊两侧游弋,就像两条冰冷的鱼。短髭在他的死后的石膏面模上钻出来。头发突然变多了——蓬乱的卷发。脖子变瘦了,宽松地戳在领子里面。他是完全平静的。他的手就这么垂着，毫无动作。

"他的事我不会原谅你的，"廖瓦声调平稳地说。

"决斗吗？"米季沙季耶夫危险地笑着说。他惧怕廖瓦。

"决斗，"廖瓦同意道。

"用普希金的手枪吗？"

"随便什么，"廖瓦脸色越发苍白了。

"与你决斗是抬举我，"米季沙季耶夫冷笑了一下。"你把我提升到了自己的阶级。"

"我们出自一个阶级，"廖瓦没有表情地说。"出自第五个'a'或者第七个'б'，确实不记得了。"

"哈–哈！"米季沙季耶夫说。"好！决斗前夕多么幽默啊！令人吃惊的自控力。"

"赶紧结束掉这件事吧，"廖瓦厌恶地皱了皱眉。

米季沙季耶夫看着他，面带惊奇。

"不可能……"他大为震惊地说。"你这是来真的？……"

"完全彻底，"廖瓦一直站在那里，他的嘴唇艰难地发出了这个"вп"——他身子稍微晃了一下。

米季沙季耶夫一笑，垂下视线来。

"好吧，公爵。但是你应该记得，决斗意味着平等的对手，与我决斗会让你名誉扫地的。"

"决斗只意味着一件事，"廖瓦声调平稳地喃喃道，自己那对儿离得很宽的鱼①仍然对自己面前的事物视而不见。"它意味着某两个人完全不共戴天。"

"谢天谢地！活到了，"米季沙季耶夫兴高采烈。"但是这个，公爵，不是决斗，这个恰好是我不久前告诉过你的，那就是，我们是相依为命的。我们不可能存在决斗。我们能做的只是自相残杀。"

"我对分类不感兴趣，"廖瓦坚定地说。"主要的是我们两个之中要有一个不复存在。"

"可是你并未失掉逻辑。甚至……我要说，获得了……好吧。可

---

① 此处的鱼即指廖瓦的眼睛，上文比喻为冰冷的鱼。——译注

行。"于是米季沙季耶夫走向普希金之死的角落，然后拿着两把手枪回来了。"瞧我发现了什么，很想知道，当你用这种或者那种方法，当你写作，或者就像今天这样，处于自己的，完全是自己的世界之中，顺便提一句，这个世界除了在你这里之外，在任何地方都见不到，那么你就恰好变成了那个人，正是那个人……我今天一整天就仔细观察你：就想，是傻瓜呢，还是不是傻瓜呢，到底还是个傻瓜！你的法伊娜为了什么就这么只爱你呢！——我怎么都不能理解……"

"法伊娜"一词让廖瓦身躯一震。

"我说，你面无人色！"米季沙季耶夫高声说。

廖瓦抹了抹脸，检查了一遍。

"有呢。给把枪。"

米季沙季耶夫愈发吃惊地看着廖瓦，他的脸奇怪地发亮了。"确定无疑……"他含糊不清地自己对自己嘟囔道。"确定无疑！"

"我说，廖瓦，原谅我吧！"他真诚地说。

"给把枪。"

"见你的鬼！"米季沙季耶夫脸部抽搐，爆了粗口。"给。拿着枪。"

不过，他已经及时地给自己选了一把新一些的，然后冷笑着将生锈了的、双管的那支递给了他。

"可是怎么决斗呢？设定界限？迎面走近？你知道这是怎么回事，如何做吧？"

"抓阄，"廖瓦说。"顺便说一下，有关阶级的问题应该给你解释一下。我明白了。"他说，带着一种缓慢透明的作用力。"不同的阶级——这是它们之间缺少联系。在这种意义上，我们大家现在则处于联系之中。现在，一切都是联系。允许与其他阶级的联系——不被允许。如果它们被允许了，那么我们已经平等了，我们是一个阶级的。决斗——这是拒绝联系，这是对它们的可能性本身的终止。因此我们是平等的，并且我们的决斗可以按照所有的规则进行。这很公平，并且公平已经确立。完了。"

"你太帅了，"米季沙季耶夫说。"我投降。"

"不。"廖瓦很强硬。

"我确信,公爵,您不会接受我的道歉。我想,您应该退后并靠紧那个柜子,以防在受轻伤的情况下跌倒。我呢,就退到那个跟前去。"

廖瓦以骑士的努力把自己的人格尊严拖到了柜子跟前。

"那么,鹰还是字?"

"鹰,"廖瓦说。

"一卢布,纪念币!"米季沙季耶夫微微一笑。"那么,我扔了。"一卢布硬币不甚清脆地叮当一声,但是符合所有规则地闪亮了一下,又被米季沙季耶夫灵活地抓住了。他以玩"二十一点"游戏的赌徒在稍微掀开一点补进的牌时的那种意味深长慢慢吞吞松开自己的拳头——依旧是近郊的那种装腔作势。——"然而,是字!信吗?"

"信,"廖瓦低沉地回应道。

"这样一来,公爵,要如何解决我们的阶级矛盾呢?而如果我现在把您给射杀了呢?"

"这无所谓,"廖瓦冷冷地说。"它们会被解决的。"

"这是您的临终遗言,公爵!"米季沙季耶夫撇了撇嘴,慢慢地放平手枪并努力地瞄准着。"一,二……"

廖瓦像死人一样站着,双眼半闭。双管怪物在他的一只手中悬垂着。指关节在痉挛中变得僵硬并且发白。

"……三!"廖瓦哆嗦了一下……作者第三次忍受不了生活的粗制滥造而朝窗户扭过脸去。一声枪响。轻微地散发出硫磺的味道。米季沙季耶夫,还是谁,抛起又接住了自己的小球?……

响起了呻吟声、尖锐的摩擦声、作者的咬牙声……空间在作者身后倾斜了。失去了平衡,晃动了。作者扑过去接——晚了——玻璃的响声散落。柜子还愚蠢地蹦跶了一下,咔嚓一声裂开了,发出一阵轧轧乱响作为结束。廖瓦一动不动地躺着,脸朝下,像倒下去时那样。

制造出来的效果令米季沙季耶夫感到有点儿困惑。手足无措的他走近前去。查看了一番柜子——它没有腿儿,问题出在这儿!它从垫砖上出溜下来了……

"廖瓦!廖瓦!"但是廖瓦一声不吭。

摇了摇他的肩膀。廖瓦纹丝不动。摇得更用力些。搬起头。脸是绿色透明的。米季沙季耶夫惊恐地看着自己的手掌——它满是血。

"廖瓦！廖瓦！"

米季沙季耶夫紧张不安地咽了口唾沫并试着把倒地时压断的左手从廖瓦身下抽出来——放弃了这个尝试。试着从右手中把枪拔出来——它被握得紧紧的，像被钳住了似的。米季沙季耶夫紧张不安地寻找着脉搏——这是一幅相当奇怪的景象：他在一只握着枪的手上找脉搏……他一直怀着巨大的恐惧在寻找这个脉搏，不是完全自信把这件事做得中规中矩。他的脸表现出一忽是绝望，一忽是希望，一忽是恐惧。

"咳！"他说着恼怒地站起身。抽起了自己的"北方"牌烟卷。他不由自主地猛吸几口后，对着窗户想着什么，出了会儿神。

心不在焉地从桌上拿起一个厚厚的文件夹并把塞到了廖瓦的脑袋下面。摆了一下手。然后再次贪婪地深吸一口烟，俯下身去把烟蒂塞进了廖瓦的枪管里。

"傻瓜！"他自信地说，但不带特别的情感——就像说的是事实。

从枪管里飘起轻烟。米季沙季耶夫冷笑了笑。

他接下来的行为快速而干脆：他熄了灯，在口袋里发现了墨水瓶，嫌恶地看了它一眼就掷向了窗户。玻璃散落。然后最后一次拍打了一遍自己的口袋之后，米季沙季耶夫溜出了大厅——黑暗中烟蒂还在微红地阴燃着。

米季沙季耶夫已经穿好了大衣，跑下楼，去了地下室。在那里他找到了一扇合适的窗户并溜到了研究所前面的小草坪上。仔细地掩好身后的窗户，却在做这个的时候挤到了自己的手指，于是粗野地骂了句娘。走到栅栏跟前，四下看了看——在这个黑色的、像血管一样膨胀起来的、涅瓦之夜，一个人也没有。越过栅栏就头也不回地走了，手插在口袋里，疾步如飞，逃也似的。他大衣的下摆在翻飞。

"唉呀，见鬼！"他突然停了下来。"唉呀，见鬼！"为了有说服力，他拍了一下自己的脑门。"忘记了！"他想了一秒钟，觉得这是证据。他的脸表现出一种对于痛苦的习惯，因而在这一秒钟几乎是高尚的。

这正是令人惊异的地方。

射击（尾声）

> 就这样我得知了小说的结尾，其开头曾几何时令我如此震撼。
>
> 普希金，1830

我们已经尝试过描写那扇洁净的窗户，那道冰冷的天空的目光，它在11月7日目不转睛地盯着走上街头的人群……已经在那个时候就似乎觉得，这份晴朗并非无缘无故，大概是被专用的飞机迫使的，它还在另一层意义上而言并非无缘无故，那就是很快就要为之而付出代价。

果不其然，196X年11月8日早晨便十足地证实了这些预感。晨光在空无人迹的城市上空起劲儿地沐浴着并借助那些彼得堡老房子的艰涩的语言无形地肿胀着，仿佛这些房屋是用稀释过的墨水画出来的，随着天色渐亮而愈发浅淡。正当晨光快要写完这封信（此信曾几何时被彼得寄往"傲慢的邻邦，让它感到难堪"，而如今它已不寄给任何人，并且不再责怪任何人任何事，也不提任何要求了）的时候，——风跌落到了这座城市里。它就这么平平地从上方跌落，仿佛是顺着天上的某种平缓的斜度滑落下来的，非同寻常地助跑后，接着轻巧触地降落了。它跌落下来，就像那架飞机，飞够了……仿佛那架飞机长大了、鼓胀了，昨天在飞行时，吞食了所有的飞鸟，把全部其他的航空大队都吸进肚里，因而发胖了，呈金属和天空的颜色，轰然着陆。飞机色的扁平的风对准城市下滑。儿童用语"加斯捷洛"——风的名字。

它碰触了一下城市的街道，有如接触飞机跑道一般，还在触到瓦西里岛浅岬的某个地方时，弹跳了一下，然后继续强劲而悄无声息地在受潮变形的房屋之间疾驰，完全按照昨天游行的路线。如此这般检查过虚空和阒无人迹之后，它闯入阅兵广场，并一路飞，一路卷起一片宽宽的浅水洼，一路跑，一路将它啪的一声拍在昨天的检阅台那玩具般的侧板上，随后，对弄出的这一声响感到非常满意的它，飞进了革命门洞，并再一次脱离了地面，宽阔而陡直地迅速向上拉升，越升越高……假如这是电影的话，那么在空旷的广场上，——欧洲最大的广场之一，——它还会被昨天所丢弃的一个儿童"松紧球"追逐着，那"松紧球"彻底湿透后就会破碎，会胀破，显露出生活的内里：自己由锯末构成的隐秘而可怜的结构……而风舒展一下身子，腾云驾雾，欢天喜地，在城市上空的高处掉头折返，自由地疾驰而来，以便再一次朝向城市的浅岬某处下滑过去，如此这般形成一个涅斯捷罗夫翻圈……

就这样它熨平了城市，紧随其后，瓢泼的骤雨在一片片水洼上，也在如此有名的大街和滨河街上、在河水上涨、呈胶冻状的涅瓦河上——河上有一座座分散的桥梁以及逆流迎面而来的粼粼波光——疾驰而过；后来我们注意到，它如何摇晃了几艘在岸边的废弃驳船和一个装有打桩机的浮动木台……木台剧蹭着残存的桩子，把浸湿的木料弄得丝丝缕缕的；对面就是那幢让我们很感兴趣的楼房，一座不大的宫殿，——现在是一家科研机构；这幢楼里，在三层，一扇敞着的、玻璃被打碎了的窗户在啪啪作响，连风带雨就从这里轻轻松松地灌了进去。

风飞进大厅，追逐地板上散落得到处都是的手稿和打字稿纸页——有几页粘在了窗下的一汪水上……而且这间博物馆展厅（根据挂在四墙上镶有玻璃的照片和文稿，以及用玻璃罩着的、里面放有一些摊开的书本的桌子可以做出如此判断）的整个样子是一副莫名其妙的混乱不堪之象。桌子都从自己正确的、按几何图形预设的地方挪了窝儿，这儿一个、那儿一个，东倒西歪，有一张甚至四腿朝天地仰倒在散落的碎玻璃之中；柜子前脸朝下横在地上，敞着柜门，而在它的旁边，在散落的纸页上，躺着一个人，左手折在身子底下。一具尸体。

他从模样上看30岁上下，要是还能谈得上"从模样上"的话，因为他的模样着实吓人。惨白惨白的，就像从石头下面钻出来的活物——白色的草……一头乱蓬蓬的灰发，太阳穴上有干结的血迹，嘴角处出现霉变。右手握着一把老式手枪，这样的枪如今只有在博物馆才能见到，另一把手枪，双管的，一个的扳机是放下的，另一个的则是扳起的，胡乱丢在稍远一点儿，两米左右远的地方，而且发射过子弹的那根枪管里塞着一个"北方"牌烟卷的烟蒂。

我说不上来，为什么这起死亡事件会令我发笑……怎么办？向何处报案？……

新刮过来的一阵风将窗子砰的一声猛力合上了，一块尖形的玻璃碎片掉下来，扎入窗台，碎屑撒落在窗台上的一摊积水中。做完了这件事后，风沿着堤岸疾驰而去。对它而言，这既非正事儿，甚至亦非壮举。它继续向前，跑去拂动条幅和旗子，摇晃轮船码头、驳船、水上饭店和那些忙来忙去的拖船，在这个显得疲惫不堪、死气沉沉的早晨，在自己的泊位上轻声叹息着的传奇巡洋舰旁，只有那些拖船忙碌着。

风继续向前疾驰，像个贼，他的披风随风飘扬。

风疾驰而去，但我们要回到我们的大厅去……

因打碎的玻璃发出的响动，一阵抽搐和战栗在那具毫无生机的尸体上掠过；发出了一个类似牛哞哞叫的声音。尸体放开了手里的手枪，吃力地把第二只手从自己的身子底下解放出来，然后两只手撑地，企图抬起身子。但是——轰然倒地，带着呻吟声。

就这样无力地又躺了一会儿，它终于感觉到了冷意和不适，就更加果断地用手支撑起身子。头一阵晕眩，嗡嗡直叫，接着尚未恢复意识的目光锁定在了自己面前的地板上。眼前显现的是一个厚厚的文件夹，在这个夜里充当了枕头的那个。这个人（如今我们称之为我们的"尸体"）长时间迟钝地看着这个文件夹。那上面贴着一个白色的长方形，上面带有清晰的题字：M.M.米季沙季耶夫：60年代俄罗斯长篇小说中的侦探因素（屠格涅夫、车尔尼雪夫斯基、陀思妥耶夫斯基），申请语文学副博士学位论文……

这个人似乎终于弄明白了，似乎有什么东西在他的意识里飞过，并且把他的生活和今天早晨联系了起来，似乎吓傻了而且一直不相信……突然猛地翻了个身并坐下了。

既然他已经转过身来面朝我们了，我们就不能再继续做出一副除了廖瓦，这也可能是随便什么人的样子。这是廖瓦。尽管，我们没能马上认出他可能也不算是夸张——我们还从未见过他是这副样子的……

他很快恢复了意识（不知为何在类似这样的情形下都习惯说"渐渐地"或者甚至是"慢慢地"）。但愿您不要在某个时候用那个速度做这个。他恢复了意识——意识回到了他那里。他们相互靠近了，就像在决斗中。离"界限"已经不远了。（然而，这是个奇怪的双关语：从那里接近意识的界限是令人不快的，从他那方面来讲。）

他环视了一下大厅：撒得到处都是的手稿、水洼、踩坏的石膏雕塑、打碎的玻璃，——他的眼神表现出经典的恐惧神情，原本就苍白的脸惨白得令我们害怕他会不会失去知觉。

廖瓦跳起身来，接着呻吟着抱住了脑袋。这是救命的疼痛：它分了他的神。他站在那儿，摸索着他的脑袋，那里有一个老大的包，昨天柜子给砸的。不过，没什么要紧的：他活着，我们的主人公……他看着窗户——窗户看着他。

他走近窗口，风从那里吹得很可怕。他还不完全是他：走近前去时，他对于自己而言还是第三人称……向外看着。不，今天那里已经没有法伊娜在走路了……寒风使我们把廖瓦看得更清楚了。我们冲着他哈气并用抹布擦拭。他——很清晰。窗外可怜的天气完全怒不可遏了。

意识开枪了。烟散了。然后我们看到了廖瓦……

廖瓦朝我们转过身来。这下已经是他了，他——本人。他的额头上平整得要死。看起来，他全都想起来了。他用视而不见的、茫然大睁的眼神看着自己的前面，还是那样一动不动、看上去很平静，这种平静向我们展现的只是受到震动的意识。他很冷，但是他没发现这一点。可是残酷的寒颤使他发抖。

"怎么办！"也许，他在想……"怎么办？"

可是怎么办呢？……

"这是——末日，"廖瓦想着，一面并不相信这一点。

（下文斜体系我所标。——安·比）

确实，这是终结。作者企图杀死主人公不是开玩笑的。我创造的列夫·奥多耶夫采夫始终就保持着没有呼吸的状态躺在在大厅里。*清醒*

过来的列夫·奥多耶夫采夫同样地不知道，他该怎么办，就像他的作者不知道，接下来怎么办，他会怎样——明天。童年，少年，青年……而现在——就连昨天也过去了。早晨降临了——他的和我的——清醒了。自己的整个一生我们过得多快啊——就像喝醉了的人！此刻莫非是醉态？……

现在时对于主人公来讲是致命的。就是在生活中主人公们也只是居住在过去，文学主人公们更是只活在已经写就的书本中。前行家的简陋的现代的、电车的场景向我们证明不了主人公还活着。写第二卷（瘸腿的词"二部曲"……），建立功勋后的生活是怎么样的，这个尝试不是一样很乏味吗？

其实，早在我们的主人公彻底死掉之前很长时间，他的文学存在之现实就已经开始消耗殆尽了，以生活的未概括的、无定形的现实——现在时的迫近——跻身而出。我们刚一最终结束前情而着手第三部分的情节（不寻常的事），就出了个不寻常的事："布兰科去找奥多耶夫采夫公爵，而米季沙季耶夫在那里"……在这儿就发生了廖瓦那正逐渐消失的现实的最终断裂处。也就他们那种怪物的机体能承受如此不同寻常的情况，也就是说这种他们自找的（醉态）非现实使得作者得以勉强进行到底。我想说，我们现在所获得的东西早就已经开始了，早到我们能记事的时候。借用我们文学园丁的语言，在小说中"未来的幼芽成熟了，其根系伸向过去"。因此我们无法从这未来身上咬下一个无花果来。于是我们带着我们不能与之相比的那人的怒气，说："枯萎吧！"

而且按照文学作品的结构规则，我们的长篇小说，它的确是写完了。我们达到了"序幕"，也就是说，没有用虚假地应承还有后续来欺骗读者。我们有权搁笔——读者更有权搁下长篇小说。他已经读完了它。就让他就此留下自己的整体印象并仅限于此吧。可如果他是我的好朋友，要继续追随我，那就让他在自己的意识里打掉这个界限并在继续之前得出自己的结论。因为我们的主人公在最后一行死去或者复活——除了个人的趣味外，无关紧要，已经不支配接下来的叙述了——恰恰就是试图向自己证明，后续是不可能的，这种尝试与其说是文学的，不如说的文艺学的：主人公死了，但是我们却在纯理论的穹隆下存活了下来并且还在原地打转转，不急于从那下面走出来。我迄今为止所写的全部东西都是为他——想象出来的那位——写的，甚至哪怕他是会原谅我或者是去见鬼——我也想稍稍为了自己，非想象出来的，为了自己弄清楚，为了自己的良心：我想要驱散作家的汗味，那种努力的味道，努力迫使想象出来的那位将小说的事件当做现实的来经受–感受。对于我来讲，看见没有，诚实的态度就在于此：形象就应该是形象：他可以被召唤来，但不应该紧紧地黏住现实，以现实的身份存在。不应该哪怕是因为：现实存在着，并且每一秒钟，甚至是最微小的一秒钟，都在变化着，而一次召唤出的形象则凝固下来，如果不是直到永远，那也是在纸上，亦即直到纸的永远。您看见没，我对已经得到的权力没有强烈的追求。如果有谁认定，他像我一样，是我，我警告过他了。如果结果是——他不是我，那请他不要生气。

就这样，廖瓦–人——醒过来了，廖瓦–文学主人公——死了。接下来——是廖瓦的现实存在和主人公的阴间存在。这里，在阴间，有另一种逻辑，确切地说——没有任何逻辑。法律的作用由后者——死亡——执行的不可避免性完成。在那边接下来会怎么样，谁也不知道，大多数人中没有谁和我们——活着的少数——分享过。我们行进在不长的队伍中，跟随在我主人公的遗体后面——他的存在极具假定性。在那里，在这道界限的另一边，我们中还没有谁到过（将来会去的）的那一边，——一切都是大致地、不定地、非必然地、偶然地，因为在那里，我们过活、读和写所遵循的法律并不起作用，而起作用的是我们不知道的律法，而我们如今要依之生活。我不想刺激到任何人，但是在那里很显然能看得出来（以我主人公的经验），活的生命要比文学主人公更少现实性、更少必然性、理性和完满度。我们这就进入了列夫·奥多耶夫采夫的生命地带，当他不再作为理性的意识而存在，而是自己获得了它，且不知道做什么用，也就是说，成为了几乎和你我一样的活人。因而当书本合上时，认为我们的生命——是文学主人公的影子的、死后的生命，这是我们对后续叙述的一种相当发狂的工作假说。不过，这种假说在某种程度上为读者自己所证实。因为如果一个着迷的读者把写于过去、关于过往的东西当做现实，亦即当做当下（并且差不多是当做自己的、个人的东西）来共感受，那么能否诡辩地假定，主人公的当下他是当做自己的未来接受的呢？……

　　当下——不可分。它——是一切。我们可以瞧瞧它那脉动的肉体，就能看到——它是活的。它的这个没有我们参与的生命——是彻底的背叛，因为当下——与我们无关，可我们在把过去制成标本的时候，已经使自己养成了对于归属的习惯。连成一体地、完整无缺地、不可分割地——在一切事物上反映的尝试都很贫乏：在我们的每一个尝试中已经不是我们在证明着什么，而是我们的尝试——向我们证明着。因为对现存的东西没有比其自身的存在更大的证据。

　　在主人公步入与作者的时间相符的现在时之后，可以没精打采地追随主人公，愚钝地暗中监视（顺便说一句，实施起来实际上是不可能的）并把他动作的连续性描绘下来，这些动作除了指向当下的下一瞬间外不知还指向何方——以生活本身的速度来描绘。倘若作者本人就是自己作品的主人公并且像是记日记的话，这似乎还有可能。但是作者想要过自己的日子，因而他不便如此死乞白赖地追踪主人公们。而且再者说，这是无休止的等待，主人公面向过去要活么久呢，这一段可以用连贯叙事的速度进行陈述……不，这样的前景不吸引作者，那么就由我们来决定。长篇小说终结了。

　　但是不！——就在句子书写的当口，瞬间已经向过往逝去，其光亮改变了整个过往，整个叙事。纵然小说的最后一个句子是非常重要的：主人公闭上了眼睛或者主人公睁开了眼睛，醒过来或者睡过去了，站起身或者咕咚一声摔倒，开口说话或者闭口不言，忆起或者忘却，沉思起来或者一摆手，太阳升起来了或者下起雨来了，深吸一口气或者松了口气，——最后一句话的这些动作中的任何一个都是对整体的总体评价，而总是不由自主地想要画上句号的地方正是在深吸一口气和天气晴好上面！

　　小说完结了——生活还在继续……

说法和版本
（尾声）

然而，我们将作者和主人公的时间融合在一起后，我们取得了什么成效呢？

继续已经完结的长篇小说——这是一项如此不可能完成的任务，就像让廖瓦走出他最终的状态一样。所以我们除了请求编辑部延期以便廖瓦全都能来得及之外别无他途……

这样一来，把作者和主人公的时间融为一体——现在时——之后，我们达到了绝望的某种同一性：廖瓦的——在业已造成的状态面前，作者的——面对空白的一页。结果是作者可以更好地，这么说吧，差不多是从内心深处，就像廖瓦本人一样，评价他尴尬的处境和自己无力或者没可能帮到他。

我们能向他提出什么建议呢？

在这里生出"说法和版本"，也就是说纯粹的假设，比在长篇小说的任何地方都更有理由。

无需任何假设我们可以断言，廖瓦是在可怕的状态中醒过来的。他不是全都记得。他只记得八瓶小伏特加。从布兰科出现到姑娘们出现，他事实上什么都不记得了——这么说吧，一些个片段。打了个寒战，想起了戈季赫，而确切点儿说，到底也没有想起来，那么热烈地要使他信服什么……他完全不记得闲逛了，而只有窗外的焰火——然后就是扯着腿把他从假大理石野兽身上拽下来。和米季沙季耶夫的打斗他记得很清楚，因为法伊娜。他最后的回忆相当奇怪：好像他和米季沙季耶夫坐在大洋岸边的一小块毯子上，岛屿——荒无人烟，而他们在往小伏特加瓶颈里塞写有祈求离开毯子的纸条……接下来他什么都不记得了。廖瓦绞尽脑汁地猜想双管手枪之谜：其中隐藏着对未来的暗示。谢谢米季沙季耶夫的"北方"牌烟蒂！廖瓦在昨天他所不知道的结尾处变得不那么孤单了……就是说，看起来，今天的早晨是昨天在权利平等的合著中被造就的，只是光荣落到了一个身上。对米季沙季耶夫的恼恨——已经不是孤独了。

头……关于头能对你们说什么呢？当人们说"头疼"时——他们指的是什么？莫非是这个？！不，我们觉得，他们所有人抱怨疼痛只是出于嫉妒，其他人在抱怨——可爱的幼稚型！——我差什么？任何人那里它都从未疼过，除了一九六几年十一月八日在廖瓦这里之外！

头被安放在一个抖动的、打由身体内部正在熔化着的支柱上，放得相当马虎。当廖瓦迈了一步时，他觉得，他正从它①下面走出去，而它则留着原地，有点靠后，于是某个时候它们是处于不同的空间之中的，头和身体。

因此廖瓦努力不做多余的动作：他停下来一动不动，等着头，并且在思索着：

昨天是七号

明天——九号

就是说，今天——八号……

这很好，这很好。前面还有一昼夜。差不多一昼夜，在人们出现以及看到这一切之前。暂时还——任何人都不知道任何情况。除了米季沙季耶夫。但是这个人，大概，甚至连对廖瓦都不会承认说来过这里。对他可以不用担心。那是当然了，有什么好替他担心的呢？廖瓦笑了笑。"他像往常一样，溜了。但是——很好，"廖瓦以佯装的确定性给自己做出决定，"咱们来按顺序想一想，"他邀请自己道。"就是说，任何人任何情况……这么果断地对自己点头且搓手不值得，不，不值得！"廖瓦呻吟起来并双手抱住了头。

一动不动地站定，廖瓦在等待疼痛稍稍跑到前面去，并目送着它。然后他回到自己的想法上并且在头脑中列了一个清单：

---

① 指头。——译注

窗户——一扇（但玻璃——两块）

柜子——一个（玻璃匠和木匠）

陈列柜——一个（玻璃匠）

总共三个——还不算太多……廖瓦想。他对陈列柜甚至有某种亲切感，他记得它。廖瓦看着地板上的灰泥，小心地抬起头——天花板是完整的。捡起一块碎片并不解地摆弄着——长鬓角！

铅似的恐惧在他身体里熔化开去，顺着他的胳膊、腿直线上升，包围着心脏。心脏在剩下的小孔穴里唧唧喳喳地叫。廖瓦麻木不仁地弯下腰去，从地板上拾起一张纸。"在埋葬了帕特洛克罗斯[①]之后，阿喀琉斯每日将赫克托耳的尸体绑在自己的双轮马车上绕着自己被打死的朋友的坟墓拖行。但是某天夜里，普里阿摩斯来找他，并恳求他收下赫克托耳尸身的赎金。普里阿摩斯跪倒在阿喀琉斯的脚下，但是那个人却拉住了他的手，于是他们一起开始为人类存在的悲哀而哭泣。

事件接下来的进程就像它们的开头一样，史诗里涉及很少，因为作者料想，所有这一切听众都熟知。那么，史诗《伊利亚特》就以特洛伊的毁灭而结束了自己的叙述。

荷马的另一部史诗《奥德赛》也引起我们不小的兴趣……"

这是什么？天呐！这时他一切都明白了：他是在哪里、对谁做下了什么事，为此他们将即刻使他遭受什么……恐惧凝结成对所发生的事件表面上平静和冷漠的现成形状。

紧急需要：

玻璃匠

木匠

擦洗地板女工

地板打蜡工

雕塑家

[①] 帕特洛克罗斯以及阿喀琉斯、赫克托耳、普里阿摩斯均是荷马史诗《伊利亚特》一书中的人物形象。——译注

解宿醉的晨酒

工作——承包的。
酬劳——按协议(双倍的、三倍的、十倍的……)。
……这会儿我们终于放廖瓦回到民众中去,看看人们是如何生活的。他对此有着不多的和疏远的认识。疏远首先是时间上的——战后的头些年。那时城市居民还活在"眼前",能够在院子里和地下室里见到……廖瓦被他们所吸引,就像少爷向往仆人住的下房一样。他有一个朋友米沙(米季沙季耶夫的同名者),门房的儿子,一个不错的落后生。廖瓦帮助他做功课,也喜欢在他们那里喝汤。那个汤很是出色!在廖瓦的"单独"住宅里,那里东西真多,总是那么多,而且始终是在原位;那里"被罩"或者"未婚夫"之类的字眼即便并非是有伤大雅的,那也从来不会被说出来;那里类似枕头、床单、勺子–叉子、盘子这样的物品从来不会添置,不会购买(当同年级的新婚夫妇拉他到商店里去时,他已经成人了。稍微出席了一会儿"日常用具购置",廖瓦非常惊讶于还有人没有这些东西以及它们是可以买卖的……),——这样一来,在廖瓦的住宅里同样的汤羹既没有气味,也没有滋味。廖瓦在这个打着补丁的、洗得发旧的、豁牙露齿的世界里度过自己的整个一生,——而对于另一种汤的记忆永远留在了他心里。他或许无法准确的定义,那种味道在于什么,但是它由一切组成:由那些在他家里不会说出来的字眼儿,由"稠辣汤"①和"烤杂拌儿"②,由动荡不安的、感性的生活连同日常生活用品——抻枕头、晒床垫、拍打长条粗地毯……于是就是带着这种储备,带着关于汤羹的滋味的回忆(这也是下意识的——他此刻没有那份心情去做新普鲁斯特式的思考和行动!),廖瓦走到了街上,走进这恐怖的天气里……

但不管怎么说——在露天里要轻松些!在桥上,廖瓦被风吹透和疏松了,洗净和晾凉了,于是抑制不住地大幅度发着抖,他觉得自己的大衣有点大、晃晃荡荡的,而这几乎是一种愉快的感觉。他感觉到,他早

---

① 俄罗斯传统汤羹,酸辣咸口味,有鱼、肉、蘑菇等种类。——译注
② 俄餐正菜(第二道菜)的一种,由肉、土豆、蘑菇、洋葱等烤制而成。——译注

起那张肿胀的油饼如何在风雨的鞭子下变回了脸。自己的脸他是从旁感受到的——饱受痛苦的：眼睛大睁、双颊单薄地贴紧。廖瓦变得越来越轻松地设想着，他现在如何把一切都干练地组织好。

我们不去描写他的漫游——这是一部《奥德赛》。我们直接就看到六小时之后的他——已经在奥赫塔①了。因为，廖瓦发现了什么呢？……发现"民众"——不见了。当我们不可避免地恰恰是在这个时间和这个世界里，廖瓦的不明就里是否意味着脱离民众或者滞留于童年，——意味确切。

现如今不存在廖瓦所设想的那样的"民众"！

这个民众搬到了新区，搬进了独立住宅，而且不想干活儿。只需朝廖瓦看上一眼，对可以从他身上扒下所有的皮这件事就不会存有疑虑，——但这在任何人心里都没有唤起贪欲。不论出多大价钱都没有民众。"你是疯了吗，"人家对他说，"今天是什么日子？谁会在今天干活呢！你上哪儿弄玻璃去？……什么二十五卢布，亲爱的，你在说什么呢……"人家就是这么对他说的，在一个短短的、一半都被一个挂着些破旧不堪的棉袄和裤子的衣架和没有脚空立在那儿的靴子占用的、被一只二十瓦的光秃秃的灯泡照着的和散发着那种减去二十年的汤的味道的小走廊里。廖瓦从婴儿车和小轮摩托车之间穿过，站到了最顶一层——五层的楼梯转角平台上；一架铁梯向上通往类似阁楼的入口——引向那里的，在幻想之中，是绝望……然后廖瓦无望地下楼，下到变得愈加可怕的天气的底层。不是雨，不是雪——是某种被扯碎的上天的肉体，现在自鼓胀的、因沉重的静脉的肚子而低垂着的列宁格勒的天花板上飞落下来，在一瞬间站糊了行人满身，用浑浑噩噩那寒冷的和令人作呕的面具令他窒息。在这样的麻醉之后可以对他为所欲为了。

飘来一股让各阶级彼此相近的烧焦的气味……

"可是昨天我见过你，"一个男人说。

"不可能，"廖瓦徒劳地反驳。"您不可能见过我。"

"怎么没见过！……那我看见的是谁？"男人怀疑的目光有点犀利起来：莫不是在蒙骗他吧，——但是廖瓦疲倦的样子和熟悉的气味令人

---

① 圣彼得堡市的一个区，名称源自奥赫塔河。——译注

信任。

"你认识我们的粉刷匠吗?"

"不,不认识。"

男人出于沮丧甚至咳了一声——真是个不晓事的傻瓜!

廖瓦的学究气出卖了他——怎么可以这样呢,如此不明白生活的客套!!要知道在人们眼里这看起来会怎么样?只是愚蠢。但是既然看起来是个正常的小伙儿——就意味着狡猾、暗中预谋。也许,这也是一种不自主的、下意识的狡猾——找到一个人并把自己的无助让他来担负……正所谓:单纯比偷盗更糟糕。

"这你怎么能不认识呢……"男人有点生气地遗憾道。"可是他,尽管是个粉刷匠,但玻璃也能安的。"他再次怀疑地看了看廖瓦。"那好吧,拿你怎么办呢?把你的二十五卢布拿来,我去说服他……要是有什么,我在二十五号……"

廖瓦高兴地给了钱,就耐心地、长时间地等着了。他的肩上像肩章一样落着厚厚的灰色的小圆饼①——他被晋升为伟大的受难者,但是仍然没有等来跻身圣徒聚会的时刻……"也许,那个'如果有什么'终于来临了……"他想,面带值得同情的和歪斜的笑容。令人感兴趣的是,在此刻之前他从未允许自己产生哪怕是一丁点儿正常的怀疑的想法,保护自己免受生活接踵而来的极端情况的伤害。

活像已经被判决了,只是在完成最后的、走形式的(类似剪指甲或者换衬衫这样的)义务似的,——廖瓦从风在他身上积成的雪堆下面走了出来,去敲25号的门。

他现在确信无疑的就是,里面可实在不可能住着什么粉刷匠。然而又错了。

"他们啊,"粉刷匠的妻子平淡地对他说,"一起走了。现在你也别等他们了。"

轻飘飘的、几乎是极其满意的廖瓦下楼进入了下一个但丁之圈……"怎么会这样呢,没有说谎!竟然没有说谎!……"他合着自己飞行的节拍高声说。因为他被风和洪水托起来,就是在飞行,在光滑的、贝

---

① 此处指晦暗中看起来发暗的雪片。——译注

壳-玻璃般的、玻质岩颜色的泡沫翻滚的波浪上飞行。

这是在奥赫塔。

涅瓦河漫出了堤岸。它已经淹没了那些浪漫的台阶,白夜时人们坐在上面,将姑娘拥在自己的男式上衣里。涅瓦河有节奏地和自信地拍击着拦墙,而似乎拦住不让它涌过墙缘的只有从中学物理得知的液体表面张力——它鼓起了一个反自然的水泡,就像透镜一样。涅瓦河的这个涌起几乎已经和天空垂下来的可怕的大肚子接触上了,妨碍它们融为一体的只有想象力的冰冷的淫欲。廖瓦不由想要个头矮一点,以防脑袋不小心刺啦一声在这个鼓胀的幕布上剌蹭一下,对此只要轻轻触碰就足可以了……

值不值得此刻就把主人公最后的想法放进他患病的脑袋里呢?……他什么也没想。

我们还在阶级间交往的领域为他预留了理所当然的惊险情节——例如借钱……但是——够了!这个他还能够承受——他没有别的出路;我们——已经不能。

我们看见这个战胜困难的人在一座著名的桥上。桥就坐落在涅瓦河的缓冲带上。城市空无人烟,交通瘫痪,路灯不亮。廖瓦一个人在桥上,在其最隆起处,在半路上,在"天——地""主人公——作者""左——右岸"……对立的中间地带。廖瓦需要到彼岸去。他做这件事的机会和落入糨糊里的苍蝇的机会一样多。桥上的天气恰似某种如此黏稠和均质的东西——彼得罗夫斯克粥汤①。

廖瓦拿着玻璃——三大块,他的手臂勉强够长。他在这些大得超乎寻常的、锋利的风帆下直打转。他的脖子上,用绳子吊着一包油灰,这给他增添了彻头彻尾的自杀者的样子。也对,换作是我们的话,最好投水算了,好在水已经延伸到身旁很近的地方,脖子上就连石头也已经有了……人类的勇敢是无限的,就像绝望,而且与之无异。它也和这天气,和这风一样,而在这种平等的界限之外,什么都没有。廖瓦举步维艰。他打着转儿,手臂没有知觉,它们和玻璃长在一起了——它们只能够从廖瓦这儿断开,却不能从玻璃那儿。在轻微,但紧贴以及湿漉漉的

---

① 泛指煮的、带汤的食物,如汤菜、粥等。——译注

摩擦中，玻璃几不可闻地不时吱吱叫几声。大滴的水珠沿着玻璃滚动。我们看到廖瓦是透过这玻璃的。后者，他的脸真美！"美妙的、非凡的音乐！"贝多芬。

这个世界上除了镶在玻璃里的、透明的廖瓦，空无一人。只不过，在涅瓦河的透镜最边缘的地方，探照灯在来回搜索着，汽笛在鸣叫着。三艘胆大包天的黑色的拖船围着在恶劣天气的银色和聚光灯的光亮中传奇式的、冰雕般的巡洋舰在忙碌。它——浮现了。多年以来它头一次浮现，脱离开自己的栖架。大炮开火了，炮声又闷又蔫——不，这不是在舰上！——是彼得保罗要塞的炮。完全能够明白，从前，溺水者是如何由于这种空洞的、真空的声音而浮现的……

作者的乐观意志将廖瓦转移到他单位所在的那边岸上，它也不允许他在英雄之路的终点将玻璃打碎，而他要是没有我们的话，确定无疑是会干出来的。因为不堪忍受，作者此刻就马马虎虎地让廖乌什卡继续走运吧。

谁也不会帮我们的！因为已经没有任何的脸面去找会一直帮助我们的人了……妈妈！

到底是谁在爱我们呢？？

我们可以让读者高兴的是——狄更斯大伯还活着！至少，对于长篇小说而言他会再次复活和再次死亡。他此刻为我们所需要——谁都代替不了他。（我们的理由哪怕是，他的死讯当时以《说法和版本》这个随随便便的题目上了头条。也许，有人更乐见布兰科"高尚地"什么也没发现而回来拿面包……于是他们大受感动地相互握手，握得那么地紧，紧到这一握手现在永远都不会松开了？……）

不，狄更斯的透明形象帮助我们弄到玻璃匠和玻璃，实行监督。他可是善于和他们交谈的！……正是他，在这淹没城市的醉意里监督着，不让已然醉醺醺的玻璃匠在尽心尽力又摇摇晃晃的试验和尝试中，把所有的玻璃都割成气窗的尺寸。米沙大伯总是能防止出错。

他对毁灭进行接受和评价。

"哎呀，笨蛋……真是个笨蛋！没想到你是……没想到！"他说，并衷心地握着廖瓦的手，很满意……

……阿尔宾娜在那个时候正在擦地板。

而就在她擦地板的时候，廖瓦正在一张挨一张地把学位论文的纸页码齐——巴什基尔文学与阿尔巴尼亚文学——将了解被镇压的起义的全部苦痛。

于是一切都变了样儿！完整的玻璃闪闪发亮。廖瓦——一丝不苟本身——将最后一个小木片粘到柜子上，用"百夫-2"万能胶，完全按照在手里妨碍着他的说明书……为了出其不意地捕捉到阿尔宾娜的目光，而她正惊奇于自己的热爱——当时她正拧着抹布，用胳膊肘把一绺头发拨回原位——目光短浅地擦洗地板……我们是多么容易让自己引人注目啊！……——为了几乎是一种有保障地不为爱我们的人着想的愉悦而忽视自己人格尊严——若非那对我们的爱的外部机制，若非那作为回应的、我们的不爱（这不爱赋予我们属于我们自己的棕色权利）的机制，还能剥削什么呢？……

您要问了：那面具呢？它是米季沙季耶夫带来的——就让这成为他的高尚行为吧，由于醉酒。然后，他本该拿走论文的……也许，米季沙季耶夫又会为廖瓦所需要，为了回忆起发生了什么事。这时米季沙季耶夫又会有获得支配权的机会——而廖瓦同样地变得为米季沙季耶夫所需要，为了证实这些机会……当然不是啦，面具不是真的！复制品。

那格里戈罗维奇的墨水瓶呢？"给你这个犹太烟灰缸，"米季沙季耶夫闷闷不乐地说。他在窗下的小草坪里找到的它。不，它没有摔碎。就是说，那时候的玻璃是这样的。格里戈罗维奇没有蒙受损失。

但是设想廖瓦和米季沙季耶夫的和解是如此之难、如此不好，以致于最好让那个阿尔宾娜把面具拿过来。不论是这种还是那种情况下，面具这个最无法补救的细节、最令廖瓦害怕的，原来却是最可以补救的……因廖瓦的依赖而变得轻盈和幸福的阿尔宾娜，不可思议地不被爱恋的阿尔宾娜肯定会说："廖乌什卡，不要紧！我们那儿多得是……"然后就下到仓库去，那里它们成摞地堆放着，一个摞着一个。阿尔宾娜——经验丰富的女管理员，廖瓦对此一无所知。

假设他从所有事情中解脱出来——这与创建当下的版本或者现实的说法一样不可能……

然而他解脱了。不信吗？我也没信……

但是这实际上是我，我给他安的玻璃！夜晚，像仙女一样，织出了神奇的布……

他解脱了，而一章也写就了。

真相大白的早晨，
或铜人（尾声）

> 叶甫盖尼打了个哆嗦。可怕地
> 他头脑中的思想变得清晰。
>
> 　　　　　　　　　　《铜骑士》，1833

……某个人口稠密的近郊，在梦里。这样的近郊，完全可能存在于现实中的某处，但是其中连一个能认出来的明确暗示也没有。长满云杉的近郊（奇怪之处是在这里吗？——有点儿记不起来有村庄是在云杉林子里的了……），而他们是五个人一起，好朋友，租的房子。朋友们的脸就像地方一样，既非常熟识又不晓得是谁。清晨5：30，全体要一起去塔什干。为此应该在4：30从家里出发。已经很晚了，夜里了，但是所有人都非常怕睡过头，所以谁也没躺下睡。在农舍里漫无目的地瞎转悠。近夜里三点，睡意彻底把所有人折磨得虚弱不堪，但睡过头的恐惧不知为什么却过去了，于是大家决定躺个把小时，寄希望于"体内"的闹钟，况且也不可能他们五个人一起睡过头——总会有人醒过来的……

廖瓦看了一眼躺在揉皱的床铺上的好友们，然后他突然不想和他们一起打盹了。他从床上起身，走到街上。星星。穿过马路，在对面的一个农舍里安顿下来——那儿没人。廖瓦很快就睡着了。

他醒的很突然，随后他心里立即产生了怀疑，他是不是睡过了头。然而这并不是对把他忘记和丢下的恐惧，——他害怕的是其他人睡过了头。但是表指示的是4：15，所以只需稍稍抓点紧——那他们就完全来得及。廖瓦从农舍跑出来，要看看天有多亮了，结果看到对面已经在赶牛出圈了，于是真格担忧起来……他慌忙把表贴近耳朵——表正常地走着。放下心来。问放牧人，几点了。随之而来的是非常可怕的回答：6：30。由于恐惧廖瓦没有相信——扑向好友们睡觉的房子……邻家的妇人正用树条赶自家可爱的畜群出院：一只公鸡和一只小狗。公鸡和小狗很和睦……一头奶牛像狗那样坐在一旁，吠叫着向它们扑去。但是公鸡和狗没有害怕，没有跑散，而是像马一样，温存地把头放在彼此的脖子上。廖瓦也向妇人询问，几点钟了。她看了看小巧的指针是画上去的玩具表——又是6：30！廖瓦冲向好友们——他们已经醒来，并且也惊慌起来。对了对表——所有人都一样是4：15，所有人的表都滴答响着。

主人是个戴着绣花小圆帽的忙忙叨叨的男人，对他们睡过了头也深感失落。他说过的！"这是对你们那时在林子里乱扔大衣的报应"。（？？）难以置信，但事实——睡过了头！如今不得不坐车到列宁格勒，退票。当然，他们损失了30%的票款……30×5=……不过，廖瓦立即想到，这对于他自己倒正合适：要知道，如此这般，他就不能去了，因为要答辩，而钱他正好也需要，为的是与法伊娜去下馆子……

带着这种像黎明一样变得渐渐苍白和清醒的思索，廖瓦艰难地脱离了梦境并醒了过来。

看了一眼表——停了。从傍晚廖瓦就一直在反复提醒自己一项任务：不能睡过头。他需要把一切再一次好好地想一想，集中精神做好开始一个工作日的准备——至关重要的时刻来临了：前天在这里发生的事情会不会浮出水面……这个梦预示着什么？廖瓦基本上是一个迷信的人，但是他对迷信知之甚少，少到只知道梦是可以解释的程度，——但是究竟如何解释，则完全没有概念。

"总而言之这是个有趣的情节：集体–错误的时间……"廖瓦微微一笑。梦让人想起中学的习题。

但是这如何能够实际发生,即所有的表都走的不准呢?廖瓦努力更加仔细地记起梦境,靠近它并用记忆看得更加详细。这是一种不愉快的、头昏脑胀的以及不是很有成效的努力。

"咱们来按逻辑推断一下……"廖瓦对自己说,一边在所长的沙发上不时伸伸懒腰。"假定我们中一个人的表停了……他发现了,就开始上弦,打算问谁时间,但是正说着话,弦他倒是上完了,却忘了拨指针。就在这时——多巧啊!——另一个人的表也停了,他无意地看了一眼第一个人的表,并问也没问地就按照它调整了自己的表。第三个人问了第二个人时间并根据他校正了时间。这时第一个人想起来他应该拨表,就问第三个人几点了,——然后很奇怪,时间竟然对的上。他想,这就是说,我正好是在它停时给它上的弦,所以它还没来得及慢呢(这样本来是很罕见的,但是也正常——我们中的每个人都有这种难以言表的经验……)。或者可能是另外一种情形,"廖瓦思索着,"这样甚至更简短和更可笑些:第一个人按照第二个人的稍晚停摆的表拨了表,而那个人同样的,过了一段时间发现表停了,就按照第一个人的已经往前走了的表调整了自己的表……"

廖瓦大笑起来,想起在梦中,多么严厉和认真地、郑重其事地、像在电影里军事行动前那样皱着眉,在躺下睡上个把小时前说的:"对下表。"于是全体都有了准确的时间。而全体都已经是错误的时间。早在他们准备打个盹时就已经晚了。

释梦还是没有成功。"集体–错误的时间"——这当然是个措辞,但是它关于今天什么都没有说:会发生什么?……廖瓦感到发冷:唉呀天哪!他在这谈论时间,可是表是停的!要知道他在现实中也并不知道是几点钟!

廖瓦从沙发上跳下来……

我们也不能在这个梦里看出任何的投影、任何的先见之明、甚至任何的寓意故事……我长久生活在被举起的时间之斧下。因而这是瞎忙活。时间不就像恐惧一样,只是我们对它的态度吗?唉,当我们已经在做着共同的梦时,对同样不准的表又有什么可惊奇的呢!

像布兰科那样，胡子刮得再仔细不过了，发缝分得一丝不乱，穿着很有凉爽感的、瓷一般的领子，有一双洗过约莫七遍的手，准备好了赴死，就像参加纪念性演出一样，而参加纪念性演出，就像赴死一样，苍白的，长脸的——一个无名之辈用一双饱受折磨的大眼睛审视着廖瓦，在这人身上廖瓦只是凭借着额头上的一个精心制作的、干干净净的小十字花才认出了自己——它是用橡皮膏做的：它是阿尔宾娜用再温柔不过的手指贴上去的……

然而他对于自己的不相像还能够感到高兴，他推断：既然认不出我，那么也就不会得知任何事……指的是，一切都是那个人做的，而非这个不像的人，那么对投射在今天的这个廖瓦，自然就不能有不满，既然有过失的人消失了……他的思绪协调地混乱了。

他的这种对所有人来说超乎寻常的引人注目、视度、能见度——搅乱和困扰着。他如此强烈地感受到了自己的无法消除，大概就好像一个偶然杀人的罪犯会感受到受害者的尸体难以消除一样：多么不可能，多么无处安顿这几十公斤肉！因而他会在它们面前坐到早晨，像牙疼一样在这堆肉体面前坐立不安，生命是如此轻易地就离开了这具肉体，而且这具肉体是如此无处安置，如此的不可能随便塞到哪里去。他会就这样坐着，被世界的物质性所震撼，头一回遭遇至上的范畴之不可抗拒。不可知论者什么都没建造——他们很轻松。他们尝试过在他们梦见的现实中行事吗？……罪犯——一定是唯物主义者：他实施了一个行动，他看见了原因和后果，就像这样，"就像我看得见你"。原因脸朝下躺着——后果启动了。唯物主义者——这是犯了罪的唯心主义者。

人早已不是生活在物质的世界里了。在物质世界里活着的只有野兽。在物质世界里如此可怕，如此正确，如此在劫难逃！廖瓦了解恐惧。

廖瓦从理发馆出来——所有的人都见到他了。从忙于自己渺小的要事的他们全都认识他、看上一眼半眼的就明白、看透、把讥笑藏在脑海里——廖瓦就能猜到，一夜之间他声名远播了。

他错开行人，似乎是在不断地打喷嚏：没完没了地扭脸和用手帕遮挡。

人们的脸令他害怕,因为暴露、赤裸、不加掩饰——不成体统。"有意思,为什么他们把所有最平常的、正常的都遮盖住了:手、脚、屁股,——而暴露了最为露骨和极不体面的——脸!一切——都是反着的……"廖瓦这么想道。还真是的,他受不了在每道目光中看得出来的这种探听的诡诈、轻微的阴险和好奇,——他还不习惯出名,他的低调遭受着折磨。他们所有人昨天全都看见他了,当他——不记得了!被扯断的存在之恐惧摄住了廖瓦。这就是为什么我们需要记住一切,每一步。为了让别人不了解我们的事。为了我们永远能够始终是自己的说法的唯一创造者,自己的唯一见证人和阐释者。为了我们是不被看到的。一次失忆——永远授人以柄。罪犯和罪人——已经不是上帝的奴仆,而是——人的。不显山不露水——这就是梦想,这就是原则!廖瓦仅从一个孩童的、有报复心理表现的经验出发,突然很容易就给自己解释了全人类:它躲躲藏藏地活着。就像在丛林中伪装成树叶的颜色、树皮的表面,就像在沙漠里伪装成沙子的颜色,而在水里——模仿透明性一样,唯一获得和发扬的——是拟态,模拟顺遂、健康、幸福、康健、平静、自信。最不体面的、最要命和无望的——成为显眼的,提供议论的机会,暴露……这时你就会发现,你早就生活在食人文化中而不自知:处于不幸、失败、病痛、不省人事、犯罪中,看得见的人,也就是说不可救药的人,一览无余的人——是世界的战利品,它的粮食。他将在一瞬间就被人群溶解、含化,然后每个人都会继续自己的奔跑,拳头里握着线缕,嘴里留有正在融化的味道、残渣、在奔跑中从失败者那里夺得的生命力的点滴。在人行道上会遗留下破衣烂衫……

只是发现不了自己,自己的——这就是生存原则……廖瓦这么想着。不显山不露水!……

可是廖瓦变得多么显眼啊!明显到不看见他是不可能的……昨天他还躺在地板上锋利的碎片中,他的目光在窗户上刺出一个个的窟窿,地板上杂乱地放着千百张纸页,这些纸页他白白地和平庸地写了一辈子,连鬓胡从他脸上脱落了——他是地球上最显眼的人!他的愤怒,他的激情,他的抗议和自由……

而此刻他是在地板多余的磨损处、在比先前更干净和更完整的玻璃中、在窗户的新鲜的细长条的油灰里被看见的。昨天他是在自己的举动中被看见的——今天开始在言行中被看见。

可见性的恐惧使廖瓦大吃一惊——无遮挡的空间令人害怕。他想起了一个电影：一个人在一望无际的卷心菜田里跑着，而田地被从四面八方扫射着，一棵棵卷心菜在脚下爆炸，——他就那么四下里奔跑，怪模怪样地往上抬着脚，磕磕绊绊，不时跌倒：既不可能跑，也不便倒下……那些棵卷心菜，就像罪恶，均匀、光滑、单一——四面八方全都是，一直到地平线。果实。

而另一部电影的镜头——取自自己的生活——在他脑海里阶段性地突然亮起，而且已经遗忘的片段的凹陷越深、越黑，在它们之间的被记住的镜头就越鲜明。这是他正在和女门卫说话（她回到单位比所有人都早，什么也没发现，可见，第一个排练过得很成功，但是第二个恐惧实际上比第一个大，因而，起码有的已经过关了这种事更加深了对将要面临的事情的期待……此刻她在打瞌睡，干家务累了）……这是他在向戈季赫证明俄罗斯从未在阶级之外存在过……"天才！……"米季沙季耶夫赞叹说。这是布兰科："您干吗默不作声啊，列夫·尼古拉耶维奇！"（但是这里有另一种与同样耻辱的安心混杂在一起的耻辱：布兰科永远不会告密）……而这是廖瓦在热烈地向一个长着一双后安上去的眼睛、不对称的女孩儿证明着什么——关于安娜·卡列尼娜的一绺卷发！……廖瓦难以压抑住体内的号叫——他甚至留心听了听：有没有冲出体外。

单位渐渐活跃起来；人们来了，握了握手，同情廖瓦孤寂的节日：不过，你损失了什么？还是老一套，喝酒-散了，只是日子都去哪儿了？——什么都没损失。有人说他，廖瓦，看上去精神十足哇，还说，节制不只对托尔斯泰一个人有益。

廖瓦在走廊来回走，机智、优雅——走廊的影子，人的影子，梦。突然亮起的、被忘却的黑暗所环绕的画面的现实性要鲜明得多。他在那里继续活着，而今天则委靡不振地为他所梦见。

任何人都没发现任何端倪！

某种几乎像是失望的东西在他心里闪过：他对自己的名声估计过高

了……"老天，人们不善于观察到了何等地步！"他在心里高喊。"而他们也不需要，有什么用？我被对我的秘密的疏忽大意害了，这种疏忽大意突显着罪证的大张旗鼓……就是这样，就是这样，就是的！为什么你们没发现？你们走到窗户跟前：怎么全都抹上了油灰？——新鲜的，看见了吧？没上过油漆的！……不，不关任何人任何事。没有事。我由于自己修复上的粗制滥造，由于没有达到尽善尽美、达到那种仿制品的谨小慎微而烦恼，因为在这种情况下，也可能不管怎么样，如果走运的话，那么一切全都能对上呢……可是并不然！我——用力过猛了……"

回归原位的生活的这种对廖瓦的失误和疏忽大意的漫不经心——很是伤到了他。他最没料到的就是这种转折。生活本身如此疏忽大意，以至廖瓦的这些毛刺在这种共同的疏忽大意连成一体的海洋里实际上成了——多余的努力。

然而这个委靡不振的梦在向噩梦方向发展！更加之在自己无形体的轻盈的位移中，这个梦原是难以捉摸、无法证明的。无法叫醒，醒不过来……空气本身、灰色的光亮本身就内含着莫名其妙地和冷淡地耸肩以及回到与这个梦的享有充分权利的公民们的被打断的谈话的这一轻快动作，不受梦到这个梦的外来者们的吸引……梦本身耸了耸随便粗制滥造的空间之肩；您这是说的什么呀？不明白……您这是怎么了，真的吗？

廖瓦东奔西突，在磨损厉害的地板上滑行，把所有的人轮番领到罪证面前，暗示着，央求着，嘿嘿笑着——没有任何效果！只有尴尬的亲切微笑、有教养和并不中断谈话的交谈者的以防万一的礼貌的讥讽目光：为的是不惹恼怪人，他在我们这儿就是这样的人……——然后走开，回到自己人那里去。廖瓦觉得：他正在发疯。

终于是等来了总结、顶点、渐强、极点、高潮、结局，还有什么？——什么-也-没有；终于出现了那个处于剧变状态的什么-也-没有、小神像、象征：不大的、光光溜溜的、黑亮黑亮的、长圆长圆的、能放进掌心里的……然后它不见了；它在这儿呢！——我们的诗人出现在眼前（或者在一只眼前，这我们没弄清：第二只眼是否是后安上去的？或者是第一只，为什么是第二只？……），摆在我们的诗人面前了，于是他出现了，当面，在这个学院梦的唯一清醒和不打盹的一只眼前——在管行政事务的副所长面前，他就……（行政副所长）。副所长用自己那只安上去的眼睛是否看得见？

于是廖瓦觉得，他看得见。他似乎碰了一下粘在柜子上的小木片：不错，好样的，很仔细；为了油灰而难过——唉，人败坏到什么程度了，完全不想工作！大概还为这等活计索取了一大笔钱——很同情；不过由两半组成的玻璃——早就打算全都换了却怎么也腾不出手……您自己知道的……谢谢；莫非您不知道面具的事？这货我们多的是——无需如此担忧……墨水瓶的事很可笑……不，不，戈季赫什么都没对我说……哪个戈季赫？

副所长面无表情，也许，只是稍做了暗示，要不就没有，——握了手，道了谢，抱了歉，这不就摊上了嘛，您自己也知道……谢谢。现在，列夫·尼古拉耶维奇，您有应得的补假——合法地玩一玩，乐一乐。表扬，重视，夸奖无需上诉，随后就付诸实施。

只是这……等会儿，列夫·尼古拉耶维奇！……哎呀，廖瓦的心快速向底部沉去，但是同时也活了过来，就像最后的希望……廖瓦在这句"您说"里灌注了多少人格尊严，确切地说，他将多少顺从灌注进了自己的人格尊严中！

我们这有一个外国人——您自己知道这些个外国人！——来了……对亚历山大·谢尔盖耶维奇·普希金（一只安上的眼睛，擦辅音"г"），亚·谢，这么说吧……您自己明白的……感兴趣……您是否可以，我坚决地向您推荐，去年您不是没去巴黎吗，但是还会去的，会去的！……您也觉得愉快，我们也有好处。顺便说一下，是个外国名人，美国人……

这是剪刀活儿，剪刀活儿！有人剪辑和粘贴，剪辑和粘贴越来越离奇的立体派粘贴画：咻咻暗笑着用边角料和片段编造着，——而我就往这里再粘贴一个数字，88和一个花哨笔道儿，就完成了！幽默和品位的深渊……满意地搓一搓手儿，走来走去一阵子……哎，真棒！可以说，大功告成。当我们感到，还有什么应该补充加工，有的东西还欠缺时，那是一种什么样的感觉，而现在已经完全准备好了——增一分嫌多，减一分嫌少：夹鼻眼镜里的缝纫机，荒漠里的胸罩，碎米粥里的柯尔特式转轮手枪,以及钢琴上的七个一模一样的胸像……而廖瓦在背景中,胸前戴着一个勉强能看得见的小别针。

就这样,就这样!一切就绪!……廖瓦赞叹生活的艺术精确性。什么–也–没有——于是外国就像是奖赏!——心爱的故乡之永不消失和超越时间令他感到高兴。廖瓦已经在心里写了一篇出色的文章……事实,假定说,是众所周知的,但是角度……观点……多么耀眼的光芒!《从俄罗斯出发的旅行记》——会这么叫。(从波兰到中国)——括号里。这样一本正经、一丝不苟、学院气十足。题词:"……还从未冲出过广袤无垠的俄罗斯。我快活地策马踏进禁河,良驹把我带到了土耳其的岸上。但是这岸已经被占领了:我依旧身处俄罗斯。"为什么说这个——众所周知,却无人言及?——《普希金与外国》——廖瓦想不起有这类文章……

……这就是那位后来写下著名的小品文《我是如何成为海明威的》的美国作家(不是我们这儿把这篇小品文归功于他的那一位)。廖瓦原先读过他的短篇小说并至今没有对它们进行削价处理。面对一个写出你在童年时赞叹不已的作品的人时,如此天真的惊奇胜过了廖瓦的职业经验,而且,并非只有死者能创造优秀的文学,你瞧,比方说,还有这个人,这件事让他深感讶异……

他仔细端详他的面庞,并未看出任何的相像之处。他要是问自己:他期待在什么上面看到这种相似之处呢?——也会回答不上来。而主要的是,这种灰蒙蒙的南方幽默隐藏在哪里?……一张冷漠的、呆滞的、坑洼不平且通红的放荡的脸,什么表情都没有。谁为他滥用了那使得廖瓦不可避免地期待在这张脸上它会反映出某些亮斑的全部光辉?奇怪的家伙。

他们乘着宽敞的黑色"吉姆"①行驶,从车里廖瓦如此清晰、如此新鲜和完全地(由于身边是一个外国人)看到了彼得堡。天哪,天哪!这是怎样的城市啊!……多么冷冰冰光闪闪的一个笑话!难以忍受!但是我属于它……全部。它已经不属于任何人,难道曾经属于过吗?……多少人——而且这都是些什么样的人啊!——企图使它投身于自己,使

---

① 吉姆为缩写词ЗИМ的音译,意为高尔基市莫洛托夫汽车制造厂生产的汽车。——译注

第三部　穷骑士

自己投身于它——也只是扩大了城市与叶甫兰尼之间的深渊，并没有靠近它，只是远离了自己，自己与自己分离……瞧这金晃晃的冷意窜过脊背——彼得堡就是如此。惨淡的银色的天空，尖顶的秋日的金色，深红色的、古老的光泽——用以压住一角以防粗鲁的彼得的轻飘的长条旗飞走的重物。从童年起……是的，正是这样想象彼得的！——就像桥下之水的沉重的暗色。——金色的彼得堡！正是金色的——不是灰色的，不是蔚蓝色的，不是黑色的，也不是银色的——金‐色‐的！……——廖瓦低声说，双眼仔细打量着自己的故乡，眼神白白地奖赏了外国人。

美国人完全不往两旁看——他直视自己的前方，而他那偏短的视线波澜不惊。这真令人受不了：他的脸是面瘫的绝对记录！只因他的妻子才变得稍微活泛一点：一个年轻又漂亮的、眼神活泼的女孩，她一直裹在用卖给外国人的、出自西伯利亚的野兽制成的罕见的毛皮大衣里，还冲着毛吹气。可是，她的儿子已经在牛津毕业了。

还有什么？司机的结实强壮的、用肉雕成的后脑勺和司机旁边长得像年轻的邦达尔丘克①的梳卷发的人。看样子，他不久前才学会微笑，所以在时不时扭头检查着。廖瓦如果试图讲述点什么，每一次都因他的微笑而跑偏，而这时那人就鼓励地点点头。"嗯，总的说来，这是……"——廖瓦于是说，并邀请去电影院，自己则扭过脸去，朝向彼得堡那令人愉快的、不刺眼的、非足赤的金色。

到处都是星期二。在博物馆里星期二是休息日。（员工把它并入了节日之列——他们走运了。）"国际旅行社总社"的这种闭目塞听让廖瓦很吃惊，——但是今日现实的座右铭就是"疏忽大意"，所以廖瓦补充道。就在他们从一个故居博物馆到另一个故居博物馆地这么在城里东奔西走——目的明确地，带着从容不迫的、声音不大的、低沉的说话声，从一个纪念碑到另一个纪念碑——的时候，纪念碑突然变得多了起来，由于速度，它们几乎排成了一列，肩并着肩，还是怎么说来着，窗外的城市是明亮的、广阔的和透明的——被弃的……而这些呈密集队形的纪念碑——出乎意料地多，整个一个城市的居民，铜制的居民——使人目不视物的时代的导盲者，今天牵着廖瓦的手儿引领着走……

---

① 谢·费·邦达尔丘克（1920—1994），苏联和俄罗斯演员、导演。——译注

博物馆是关闭的，廖瓦焦虑不安，因为这种不便，还因为自己不善于发现参与到自己偶像的世界的点，因为无法参与……然而，美国人却丝毫不为所动。他要么是已经永远地惊异于什么东西了，要么是决意不惊奇——廖瓦被这种没反应气疯了……美国人从车里下来，读牌子上的字，长久而面无表情地参观着古堡。小院子里有一个纪念碑：一个小小的普希金站在那儿……美国人不慌不忙地围着他转了一圈，像参观古堡一样。一个不怀好意的小男孩儿拿着塑料的冲锋枪绕着纪念碑横冲直撞——哒-哒-哒-哒，哒-哒-哒-哒！——扫射着外国人；但是美国人连他也像看物品一样仔细打量了一番，——哪怕他的目光热切起来了呢，哪怕假装的呢！……

接着还出现了一个这一天的象征：他们无法找到普希金决斗的地点了（对于廖瓦而言圆圈闭合了——那一次大冷天儿去找爷爷）……廖瓦不时跳下车去问路——人们要么不知道，要么让他们再往前走，要么指点错误的方向。也许最终也能找到——但是廖瓦这会儿自己也不想破坏象征了：就这样吧，也对，就让眼中没有他的人见不到这个神圣的、流淌过他的血的地方吧。他觉得好像是：这块地方只有充满敬意的人、只有品德高尚的人才可见，而对于其他人——它并不存在：立着一个午休关闭了的报亭，再没什么了。廖瓦喜欢这样，他不再表现出执着——他的使命结束了，他们返回了"阿斯托里亚"。

太阳偏西了，于是彼得堡整个变成了金色。它是多么的小而微啊！……它在车窗外多么快速地飞过，一如秋天：刚刚还是岛屿呢——这就已经是伊萨基了……

"而这是，"廖瓦索然无趣而且并不确信地说，"著名的铜骑士，作为原型……"这时廖瓦痛苦地涨红了脸，然后血随着话语迅速地退去："天哪，我在说什么……"

涅瓦河解缆而去。前往珍宝馆，我的朋友……

为祖国奉献……是时候了，我的朋友，是时候了！……我的恐惧活得过……

廖瓦睁开眼睛——活跃的和变了个人似的美国人在周围忙活着。"卷毛儿"亲切地微笑着并赞许地点着头。司机还是那么地不真实和一动不动，像个石膏模型。美国女人给了廖瓦一个什么非凡间之物让他闻，神奇的棱面在她从蓬松的毛皮里探出的手儿上不时地闪闪发亮，像某种年少的、不久前才睡醒的活物。廖瓦突然感受到某种可耻的不洁，这种不洁就连早上认真仔细的洗漱都无济于事——而且，无论怎样的认真仔细都无济于事：不洁是原则上的。

"请原谅，对不起，我……出去一下……溜达溜达……请你们……"廖瓦含糊不清地说道，急切而又笨拙地爬越过美国人。"我随后……对不起……"

"闪！……嗖闪……"①美国人赞叹地说。

……我们这就要放下正在故意吸引眼球地深吸涅瓦河汽油味空气的廖瓦了。廖瓦把手肘支在拦墙上，盯着看自己吐的痰正被小漩涡吞噬。廖瓦觉得，他现在很好，他终于挣脱了。他望着脏乎乎的水，彩虹般五颜六色的油渍圈圈和各种小块儿的垃圾，这垃圾让他有损自尊地觉得很适合他的眼光。他很长时间都没有抬眼看向那块令他如此愉快的、金晃晃的和落了灰尘的、因时间久而磨损了的、冒出暗金色的织线断头的风景壁毯，貌似是挂在对岸晾晒的。而且，彼得堡风景的金色也暂时在对岸通风换气。廖瓦想，要是他一抬眼，完全可能突然落到这般境地：不知是谁麻利地向上一拉绳子，就把风景卷成了一个筒儿。那它后面又会是什么呢？

这就是他反复思量过的那些个念头：今天对他的揭露并非是平白无故的；正是惹了祸事并一丝不苟地自行把一切都吃干舔净的他才被他们所需要；他们甚至宽容地鼓励了他，这里面也没有什么可惊奇的；能够托付的正是这样的人……以自己的力量镇压自身的反抗的奴隶，不仅是有利可图的，而且也是奴隶主引以为荣的奴隶种类；权力正是这样被承认的，它也正是这样维持的。"我不是他们的——这一点他们知道，而另一件事——我是为了他们——这一点我今天也证明了。而如果并不是他们的，而是为了他们——那么他们还能够期望什么样的报偿呢？"这一切他都已经思量过了。

他是这么想的，趁着我们好像坐着渡船从他身边驶离的当口，廖

---

① 音译，应为英文shine，sunshine的俄文发音。——译注

瓦也开始平稳地在我们眼前晃动,在有铜骑士剪影的、褪了色的金色背景上,廖瓦,就像叶甫盖尼一样,仿佛马上就会为我们跳起双人舞,动作优美地表现对帕拉莎(法伊娜)的思念……他是这么想的,趁着我们驶离以及趁着他背后的背景尚未被拉上去的当口:他感觉到(这种感觉也就是他的想法)他回来了。只是从哪儿来以及到哪儿去呢?这一点正是他很想猜到的。但是确信他在这个生命点上已经活过了,已经站立过了,那么——他是在哪儿闲逛了漫长的岁月,沿着这经验的死结移动,用这张又长又重的大渔网获取,用它好像可以捞起海洋,只是空无一物的水太多了?……背上带着这个鼓包,带着这个经验的背囊,他回到了原来的地方,背驼了,衰老了,虚弱了。接下来拿这积得很厚的废物怎么办呢?他可是背后拖着它走过了自己的全部旅程和战争的。累了。记得,他有一次想过要打上一切由之开始的句号,一切在其中中断的句号,——他已经想过了这样的理由……——终究没有想出来。

这不,他就站在这个点上,摇摇摆摆,在背景上变小,而我们在自己的渡船上……在他的眼中摇晃着。

(第三部分完)

附篇
阿喀琉斯与龟
(作者与主人公的关系)

> 他如此煎熬,面对不可避免的意图以及由于自己的犹豫不决而战战兢兢。
>
> 《群魔》,1871

……现实生活本身并没有为小说提供场所。时光已逝,先于我对我周围的现实生活双重性的了解：它由一整块石头造就而成，同时又满是孔洞。时光已逝，先于我了解到孔洞——被填塞得结实无比，先于我厌烦了在我来之前就被封死的孔洞上碰破了额头，——我冲向墙壁，结果毫无阻碍地穿墙而过。唉，如果我知道这个的话，那我会多么神速地就能完成小说呀！现在我裹得严严实实地防范现身（总是存在）在机会周围的穿堂风，并且习惯性地绕过我觉得是实心的身体。这种奇特的舞蹈——围绕着下一部小说。"狂热"，尾声小说……不，不是续集，而是那种长篇小说……怎么表述呢？……其中没有过去——只有当下……就像在出生之前，就像在盖棺之后……

记得，作者曾笑话过想要知道相爱了的主人公们后来怎么样了的老实人，——笑话不了解文学作品的建构规律，不懂得假定性的处理手法，缺乏艺术品位等等——因为在确切标明的结尾后哪还会有后续？建筑物盖好了，修筑到顶儿了，里面住着人……

如今，预感到尾声小说，主人公们何去何从也让作者挂怀起来……比方说，拉斯柯尔尼科夫，在他的伟大的编年史家从他的身体里扒出了他的全部生活并将之在短短的时间片段中挥霍殆尽，使得生活在这样的结论和判决下也无法继续下去之后，如何改观？判决被履行——哪些刨屑和碎渣作者会在尾声中从自己的桌上扫落？您读读随便一个尾声：您都会感觉到创造者厚颜无耻的冷笑：那是幸福的家庭生活吗，是精神的成就吗，——那里什么都可能有。那里是不受管制的现在时，而且作者不是因为一切都说完了才停止写作的，而是因为再往下写力气不够了，无法再往下写了。我们讨论过了，现在时——主人公之死是必然的，因此悲剧结尾在这里特别合适。在我们的非现在时悲剧结尾就不合适。有什么在等待着主人公呢？在他不被承认为死亡的死亡之后？甚至于他死了没有，我们也不知道，因为我们把自己算作是活着的人。

那么如今，这对续集的天真期望让我们觉得有更加深刻的、更加潜在的基础。不过，不大可信会有谁想要与廖瓦一起继续煎熬下去。难受且希望渺茫。因而我们在这里体验到一种对主人公的负疚感，它使我们把小说拖延、再拖延（尾声——第一，第二，第三……）为了赶出一个又一个新的、不能令我们满意的结尾。而我们则一而再、再而三地陷入编年史作家的忧愁，他只是为了谁也不能替他做完、再现那他不完全确信的东西，唯一的办法——除去自身的生活。

真的，值得吗？写手唯一的幸福，为了它，我们认为，一切才被写下来的：与主人公的现在时完全吻合，为的是让自己的使人厌烦的和没有成功的东西消失，——可是就连它也是难以企及的。阿喀琉斯永远都追不上乌龟……我们坚持不住——我们使用引理。

我们在现在时里缓步慢行，在那里每个下一步都是上一步的消失，在这个意义上，每一步都是整条道路的终点。因此，小说的现在时是一些终点的链条，一条过去沿着它甩掉并不存在的未来的线路，一条标示出现实的离散性的线路，我们被这种离散性所洞穿。现在的任何一个点都是过去的终结，但也是现在的终结，因为继续生活下去没有任何的可能性，然而我们活着。本来的意义上，现在根本也不可能有"任何的"一点，现在——自身就是一个点，数学意义上的点，能与之相比的只有尖尖的针刺处，那也不行。

而那道德问题就是在这针刺的尖儿上安身立命，而且如果不是问题，那就是关涉作者和主人公相互关系的特殊情况。人们会对我们说，主人公是非物质的，是幻象，是意识和想象的果实，因此作者面对他不肩负任何面对由血肉构成的活人时的责任。正相反！活人能够反抗，以眼还眼以牙还牙，给我们造成……最终，法律在他一边——因而我在与身体上异于我的人打交道时非常的不自由。主人公则很温顺，他比奴隶更甚，因而对他的态度比起对活人的态度来，在更大的程度上是作者良心的事。这个问题即使不能与历来被认为是道德问题的活体解剖相提并论，也可以与之进行比较。因为如果说，与我们那些在进化的事业阶梯上卡住了的小兄弟们——例如：兔子啦，老鼠啦——的关系问题已经如此尖锐，那么为什么就不能从自身的类似物方面提出它呢？问题的外部形态异常相似。就像在活的和死的之间存在着原则上的质的界线以及对死的材料（一切）能做的事，对活的则不应该做一样，过去和现在的界线同样是性质上的，因而对由于叙事而进入现在时、当时的主人公，就不应该像对待刚刚存在于过去中的主人公那样，那般的残酷无情。在比英国还要好的某个美好的国度，完全可能产生文学人物防作者保护组织。也确实，这一排无言的受难者，被永久地拘禁在狭小的书册之中，这些可怜的、由于没有肉体而疲惫不堪的、永远被自己在典范和等级面前的罪行所震惊的无辜囚徒们引发着真诚的同情。他们尤其引起同情的是，他们的痛苦只部分地是他们自身的痛苦，而在更大的程度上，这是别人的痛苦，这个别人残酷又不公正，而且以自己旁观生活的现实性和物质性而自我愉悦，他就是——作者。主人公对其创作者痛苦的敏感，他们的忍耐和容忍是无可比拟的和绝对的，最为基督徒的。主人公们引起同情，却得不到它。而且他们毫无怨言地背负着他人道义上的、道德的、美学的、公民的、社会的以及其他的什么问题的负荷，作家们将之转嫁到他们无形体的肩上，正如人类同样地将这些问题转嫁到作家们身上一样。并且无可争辩的是，对自己的主人公们作者要求得比处于宽容的生活实际中的自己更多。报复和命运的法则对于他们作用得较之在生活中更为清晰和有效。因为生活——这是一切，而文学毕竟——只是某种东西。

　　只不过过去能够以那种唯一的、已有的方式度过，因而对于过去，我们在主人公面前推卸着自己的责任。现在是未知的和不可分的，因而那种作者的狡猾（我们因之得知，我们的主人公将会怎么样）无论如何不能与公正的情感共存，因为他没有这种情感。不过，有时在作品临近结尾时，主人公开始猜到，是某些与他有关联的恶之力和某人的作者意志之力为他选定了生活的不可避免的艺术细节，主人公开始有些抱怨、反抗，有时（幸福的、充满灵感的时机！）他甚至得以将什么不大的、像任性一样的东西强加给作者……但是，如果得知，这种最高意志的实施不是在上帝那里，而是在某个具体的作者私人手中，他还可能是个庸人——会发疯的；如果得知，某个具体的人与我们做主，在完全不合适的及与再现的事件不符的环境中，用自己的手破坏自己的也破坏我们的生活——会发疯的；如果有人在对待我们时把劫数和命运据为己有并夺取了上帝的权力，——会发疯的。而这是能想象到的最可怕的无权地位——没有信仰上帝的权力。

　　把当下的一种情形假设成未来的一种方案是令人无法忍受的——作者的潇洒自如全都见鬼去了……廖瓦站起身。廖瓦坐下，摘下帽子，接着皱起了眉头——有太阳。地上有一个烟台。廖瓦坐着等时间，它一直不走。他有呼吸、心跳……——所有这一切都是惯性，因为就连老鼠没有空气也有惯性，为了等人取下（来得及）玻璃罩。只有主人公一个人——没有时间地活着，把自己的全部生命都耗费在准备复苏上面：正好死在人们赶来帮忙的时候……

我们从这部小说中受益匪浅——我们领会到，对我们本人而言，最大的恶——就是生活在现成的、已被解释清楚的世界里。这不是我、你、他——生活过。这是生活在跟前、近旁、再一次、n次，但过的不是自己的生活。于是在这里我们触及另一个创作心理的阴暗的问题——权力问题。我们当然不是指表面的、第一的、处于另一个范围的国家政权的层次以及作者在写作进程中与之的相互关系。这里没什么可说的——它存在，这个层次，也存在着它对进程的压力。我们略去探究问题的另一个非常重要的方面——写作者对权力的渴求（荣誉、影响、金钱……）我们要略去的还有一个更为微妙的和更加会让我们感兴趣的方面——对权力的兴趣，恰恰是自由的艺术家对它的某种矛盾的向往：这已经是创作范围的问题了，——这已经是太大的题目，要在这里……我们会把下一部小说献给它。在这里我们只涉及了这个问题的最私人的方面：凌驾于自己主人公们之上的权力。

这一权力的限度、其合法性和公正性、在过程中对这一限度的感觉——我们在第三部分临近结尾处的为难正在于此……我们能够用道德律的孤光灯照亮主人公的死亡，他的垂死挣扎；要说，廖瓦在与布兰科的故事之后怎么样了呢？——其后他已经一去不复返了，这一次终于——死了，因为谁在其中能够外在于灵魂而继续生存呢？……但是周围所有人都活着：作者、读者和永远不会读这个的人。莫非只有廖瓦一个人是一去不复返的？我们心中暗生疑虑，那就是，在黑暗的大厅里的其他人，多少会比在自己的小平台上、当着所有人的面被良心之光所投射的他更安适些。因此我们不再按这个按钮。主人公之死如今只是在理论上令我们感兴趣：在生活中以及——在纸上，有多少是可以牺牲的？又一个主人公在文学的祭坛上被杀死是否并非徒劳无益？这是否并非赎金？

而问题就在于，如果以某种真实性旁观地和哪怕是部分地从内部讲述任何一种生活，那么我们的图景就会是这样的：这个人继续活下去一丁点儿可能也没有。续集！——是可以想见的事情吗？而你活着。即便在文学中一切都可以变为现实：结尾就是结尾。文学以自己的恪守成规补偿着生活的无原则性和粗制滥造。

如果作者在文学中像在生活中一样行事，那么文学会变成什么样——已经很清楚了：文学就不复存在了。它将与生活融为一体，而它被公认是要与之分离的。而在这种，这么说吧，道德的推断中，我们落入结论的那个点上：续集是不可能的。

但是这个我们也来检验一下。在文学中我们也来像在生活中一样敷衍了事地行事，彻底破坏主人公——作者间的距离。我们将允许与主人公对质，并且来品尝一下这个从作者方面来讲是没有原则的会面——的文学味道……

……我们想起那道可疑而无措的目光，害怕用尚未证实的怀疑委屈了自己嫉妒对象的那个嫉妒者的目光，确切的、但失去发声权力的情感的目光，——痛苦的目光，廖瓦在那腐败的（诚然，唯一的）一次投向我们的，当时我们没忍住，于是好奇地去看他了。这道孩子般的目光无法承受，因而作者发窘了，垂下了视线。而且在后续的谈话中作者的眼睛躲躲闪闪，于是令他当时就明白并归入艺术经验之中：一个人的眼睛躲躲闪闪时，他的感觉是什么……（掌握了因果关系的言辞并以自己的这种技能为满足的人会说，目光令人生疑是因为作者的眼睛躲躲闪闪，而我不能同意他的说法。）诚然，那种情势证明我们是对的，那便是应该哪怕只有一次，看看小说中的行动发生在哪种环境之中……当然啦，描写只去过一次的单位①是一种厚颜无耻，但是描写一次也没去过那里

---

① 小说几次更换标题，依次反映着作者的蓄谋程度。"A la recherche du destin perdu"或者"Hooligan's Wake"（《寻找失去的使命》或者《悼念流氓》）……最终，最后一个来了——普希金之家。它毫无争议地会引发责难，但是它——是最终的。我从未去过单位-普希金之家，因此（假设）这里所写的一切——都不是关于它的。但是名字、象征我无法拒绝。在这个——像如今时髦的说法——"引喻"里，我是有过失的，而且无力抗拒它。我只能扩展它：不管是俄罗斯文学，还是彼得堡（列宁格勒），还是俄罗斯，——所有这一切无论如何都是没有其卷毛住户的普希金之家……"Il faut quej' arrange ma maison"（"我需要整理一下我的房子"），普希金临终时说道……也叫这个名字的研究院所——这一序列中的最后一个。——原注

的单位是更大的厚颜无耻……可是为什么上来就是厚颜无耻呢？

然而，一切暂时都与我的描写相符……我撞了三扇门，在打开一扇上面清楚地写着"入口"的门之前。再往后，通往二层的又短又宽的正厅楼梯伸展开去；这就是门卫的桌子；这是女门卫本人，与我描写的有点不一样，带点儿学院派味道，像音乐厅的引座员。但是桌子——正是那一张并且就在同一个地方：米季沙季耶夫在廖瓦躲开了追赶后弄钥匙时，坐在上面抽着烟。楼梯没有亮灯，橡木的、雕花的半明半暗——这是真实的。而上面是否有正厅吊灯，就如同廖瓦没有发现它一样，我同样忘了看。我没有给女门卫留下印象，但廖瓦的名字——留下了。女门卫晃动了一下灰白色的发卷，欠起身子，告诉我分机号，为了准确，还在玻璃下面的表格上找到它，核对了一遍，把电话机推了过来……趁着给我接线的时候，我仔细看了看，有那么一个抽屉，像描写的那样，分毫不差，——它的门没有错位——只不过里面有的不是一个刀型开关，而是消防软管。我可以以随便什么人的名义向廖瓦进行自我介绍——以法伊娜、以米季沙季耶夫……——但是却看中了阿尔宾娜之名，为的是不让廖瓦想到有关我掌握信息的事，不让他意识到我们交谈中的所谓气象干扰。我知道，在提及阿尔宾娜时廖瓦的嗓音会变得兴致缺缺，并且很快会发现自己相对于她的自由和独立，——果然如此。廖瓦没让我等，他轻快而随意地跑下楼梯，而且看来几乎就是我想的那个样子，只是个头要高出许多，发色也更加浅淡，这让我很吃惊。

带着一种特殊的情感，我端详着他的五官……这种情感对我而言无可比拟。除了有一次在梦中，我看见了我自己（不像通常那样以第三者的面目，不是作为梦的主人公——我已经在梦中了，而我–他走了进来……）——这是相当恐怖的，确切地说，应当是恐怖的，因为恐惧被另一种同时出现的、但在这一刻要强烈得多的情感——好奇所压制。这是一种热烈的、性感的好奇，所以我在梦中立马把它定义为女性的（总的说来，在这个梦中，我不知怎么地，很快就意识到，也就是说，带着开启的意识睡的觉，这种女性的好奇本身也不常有）。我很快就对这种罕见的现象和情境的有可能不可重复做出了肯定的评价，此前我从未见过自己，如果不算镜子的映像的话，而它们，正如我立刻就明白的那样，可以不算，也就是说，我第一遭见到自己。我记得，我很清楚地意识到，这一切都是在梦中，还想过，这里是否有个性分裂的最初症状，但是我更为明白地记得，自己对于双貌人的真实性绝对确信无疑，我可以完全信赖这一视觉，以及我现在来得及观察到的一切，因为我所不知道的，那就是会见持续的长度（亦即我是否会突然地醒过来），——我应该像海绵一样地吸取和吸收。正是这种多孔的、遭受干旱的好奇牢牢地控制了我，致使我甚至都没有花力气为了体面而去隐藏它（我记得，这种离奇的想法在梦里一闪而过；正是对自己才会感到害臊并且试图在自己面前遮掩地表现自己）。"那么，我是什么样的？别人看到的我就是这个样子吗？"我嫉妒地端详着自己，像看一个竞争者。第一印象令我满意：我看起来要比我习惯于认为的自己更好些，某种傲慢（我知道，在这种情况下它不是由于自命不凡）让我感到吃惊，但是没有伤及我，——我甚至体验到了对于"我–他"的某种奇异的尊重，也许是由于"我–他"完全没有表露出对于"我–我"的如此炽热的兴趣：他仿佛早已认识我，而只是我对他——并不认识。现在我特别想让他开口说话，我需要听见他的声音。"我–他"在房间里走过来，走过去，仿佛他要找的并非是我，而是另有其人，只是在断定了谁都不在这里之后，才转向了我。"嗯？"他带着讪笑说。"请原谅我这么看着你，但是这是很自然的，"我说。"也许吧，"他说。"在这样的印象之下应该直言不讳——你知道，我第一个念头是什么吗？""什么？"他出于礼貌问道，同时很清楚地知道是什么。"可能爱我吗？也就是说，站在女人的立场上我会爱上你吗？""确信了吗？""总的说来，是的。""你还有什么事想要问我吗？""我甚至都不知道……选什么更要紧的……——我体验到一种奇异的对他的尊重！——那你说，我怎么办？你知道我问的是什么。""是什么？"他说，又是知道是什么。"就是，怎么继续活下去？""就那么着呗，"他有才地回答说。这时他消失了——要么从梦里，要么我醒了，——但是，那种对我身上所发生的、真实的和重要的事件的印象，在现实生活中，很长时间都没有离我而去……

我后退了比一步要多，因为类似的坦白需要真实，而真实——很长。我正是这般仔细端详廖瓦的最初轮廓的,所以如今能够不在描写自己的感觉上浪费笔墨。他用一双大大的、有一点鼓的灰眼睛略嫌长久地看了看我。他脸部的线条缺少个性,尽管他的脸从某一点来看是唯一的,并不流俗,但是——怎么说呢?——它即便是独一的也很典型,而且完全不属于它自己。这些线条可以"专家鉴定式"地被当做端正的和重要的,几乎已经是"有力的",但是在这塑造出来的嘴上和突出的下巴上,有什么东西如此无望和无力地突然急转直下,使得在斯拉夫人脸上暴露出了雅利安人优柔寡断的英勇和暗藏的没有主见——更确切地说,在我的想象中,这恰好是米季沙季耶夫,而非廖瓦。也许,他那怀疑的目光使他与和他完全相反的人有了令人始料不及的相似之处,那么这就是我的过错了,因为怀疑我时他是对的……当我破坏了文学的文体规则,自己作为主人公出现在叙述中时,廖瓦的社会结构便首次发生了动摇,在社会方面他被毁坏了,因而以米季沙季耶夫看待廖瓦的那种目光看待我。而廖瓦不能随意怀疑随便什么人(社会经验——不在他的社会本性之中)——尤其是陌生人……因而他的怀疑尤其痛苦,毫无根据的和未经证实的怀疑让他自己都觉得是一种多疑,而他——怀疑自己多疑。他看我一眼的话,那他连我与法伊娜的关系也会如此这般怀疑的……是的,他无可指责地感受到和起疑了,有什么东西不对头。当然啦!我们之间有过这样的谈话:

作者(多么狡猾!——他知道自己问题的答案……):

我还想问您……我听到很多关于您的作品《三位先知》的议论。您能否让我见识一下手稿?

廖瓦:但是这篇文章很幼稚,过时了,是我的小儿科文章……我变了一个人——您干吗要依据它来评判我呢?在其他作品中,比如《对立的中间地带》《迟到的天才》或者《普希金的"我"》,——都要成熟和有力得多……

作者(贱人!):在哪里能读到这些作品?

廖瓦(恶意地):无处可读。

作者:那么,您也许能给我手稿读一读?

廖瓦(慌乱起来):您看到没,它们甚至都没有打印好,就好像还没完全完工呢——您未必能看懂手写稿……（自信地）：我打印出来就给您。

作者：可是您还是给看看《三位先知》吧。要知道，如果文章当时发表了的话，那么您就无权阻隔读者接触它了，哪怕它是少年之作和不成熟的……

廖瓦（几乎不礼貌地）：要是它发表了，那么其他的就也都发表了。您就能够评判、比较了……

作者（直接挑衅地）：但是其他文章没有完工啊。您又怎么能够发表它们呢？……

廖瓦（恼怒地）：要是以及假如……在 这 种 情 况 下，它们就会完工了！

如果给这样的对话加上我躲躲闪闪的眼睛和廖瓦正确的预感，即我——来者不善，那么我应该是给廖瓦留下了相当不好的印象。假设他知道了，那他就未必会将自己的传记托付于我了。

同时，我们已往博物馆里走过去，就像从阿尔宾娜的笔记中可以明显看出的那样，这个博物馆我也应当加以展示（当然啦！它嘛我是很想检验一下的！）。而博物馆，如果不算在墙和窗户的分布上有些许的混淆的话，和我描写的丝毫不差。里面空无一人。

一道阴影在廖瓦脸上掠过，像习惯性的和隐隐的疼痛，就在廖瓦扫视大厅的时候，……

"喏，总的来说，这就是……"他心情不畅地说，一边模棱两可地用手比划着。"您不需要像游览一样的讲解吧？"

"不用，当然，不用，"我急忙使他确信道。我毕竟还是有点良心的……

"我自己也好久没来了，"廖瓦松了口气，友善地说，立马对"不合情理的"怠慢了我而后悔了。"我离开一小会儿，您自己全都看一看：有什么是您特别感兴趣的——我之后可以讲解一下。请不要忘记登记：我们这儿几乎没有访客，吩咐让记录所有的来宾。"

我刚一放走廖瓦，刚一站到第一个大厅的中央，在心里对比着它和小说，并在页边上对不正确的地方打着对勾……大厅里就发生了某种可以归结为临近早晨作者的想象力已经过度疲劳了的事情,如果这不是(就像上面转述的梦一样)这部小说里唯一的纪实性事实的话。

……大厅里走进了一位全副武装、戴着银光闪闪的头盔的消防员。紧随其后,慌慌张张地跑进来的是引座员——女门卫。"请等一小会儿,我这就叫……"她说,然后紧张得满口奉承话。消防员向她身后探身看了看!"成了——你们括以静来了[①]!"他声音响亮地说,于是大厅里开始一个一个地走进来一些消防员,慌乱、僵硬,并且像螃蟹一样扎煞着膀子,靴子上拖着博物馆便鞋的尸体。大厅挤满了。他们就这么站着,各顾各地站到一个地方,每个人都看起自己面前的东西来,还有天花板。"马上,马上,吼计们,[②]"银色的那个说,他的制服很精致,有别于所有的人,火神("消防队长"——我想起合适的词了),只有他一个人是这样的头盔——其他人是一色的灰绿色的,由某种有臭味的金属制成的……然后进来一位苗条的、极具知性气质的女导游,一张脸睿智又微带嘲讽。唉,好在廖瓦出去了,——这是阿尔宾娜!不然我就落入窘境了。

从她的脸上看得出,这一切是多么的高兴和稀有——博物馆里有人,而且还是这么著名的人。她很乐意地走到中央,并用指示棒在时髦的靴子筒上敲了自己几下,像个女骑手,或者更确切点地说,像个女驯兽员(或者这是她的第一件展品?——消防队员们全都看向她的腿),她感受着投向自身的目光并朝它们凑近些,像是从这寻常的和稳定的温热中取暖一样。"嗯,你们对什么感兴趣呢?"她问道,立刻搞清楚了状况并选中了银色头盔。"全补[③],"他说。她令人愉快地笑笑,带着讥讽的情愿点了点头……不过,多奇怪啊,我想,她就是——阿尔宾娜,而廖瓦——一个命定不祥的情人……谁需要什么?……一切都不对路。"那好吧,"她说,"我们所在的……"她稍微讲了讲这里,这座建筑物里,以前都有什么。"这个应该记住,"我想,却没有记住;然后她说,第一个厅就好像是个概括性的,但是在这里已经出现了某些珍

[①] 原文为"可以"和"进来"的不标准发音。——译注
[②] 原文为"伙计们"的不标准发音。——译注
[③] 原文为"全部"的不标准发音。——译注

贵的遗物,它们首先是与列夫·尼古拉耶维奇·托尔斯泰伯爵有关(她就这么说的——"伯爵"——啊,大胆的女人!……),而这是帕斯捷尔纳克的画,诗人的父亲,画于亚斯纳亚·博利尔纳。她微微停顿了一下,看样子是在全面衡量自己与听众的交流,这时火神猛然抬头,头盔耀眼地一闪,说:"那你们现在明白这里全都是贵重物品,不能在这里用水了吧?"消防队员们一齐活跃起来并满意地鼓噪起来。"这就是对文化珍视态度的顶点!"我想道。"可是这里要用什么来灭火呢?……"我看了一眼阿尔宾娜,明白了,我不懂廖瓦,而且我坠入了情网——多么明亮,多么意味深长!……笑声如此有穿透力地穿过迷人的马脸……然后,控制住自己的笑,她问:"那么我们的参观,就其本身来说,目的是什么呢?"火神涨红了脸,说:"今天我们是教学活动,选择了你们的香木①。"阿尔宾娜令人愉快与他们地道了别,于是我也很快就尾随她而去了,很好地记住了消防队员们的脸,却不是很好地记住了展品。

我感谢了廖瓦并讲了这个盛况让他开心。他很赏识。看来,近期的警觉和怀疑状态令他很厌烦——他很高兴从其中解脱出来,立刻认为自己不公正,而多疑正是自己不好的特点(法伊娜的机械式教育法,她是个不错的特工……)但是就在阴云刚刚从他的脸上溜走,它被打算一吐为快的人那单纯的信赖的光照亮时,——我却开始行礼告别并带着明显的果决离去了。有什么办法呢,我做了自己该做的事,自己的101%,与主人公进入亲密关系不在我的意向之列(这里也有某种作者对已完成的作品的恐惧……)

"我耽搁您了……"这种简单的观察对于他而言则是颇具洞察力的猜测,而且随着他的思想开始自行生存,他的脸变得苍白并且在融化,渐失血肉。"请再过来吧,"他慌乱地补充说,"我,真的,会最终把文章交给打字员……先是《对立的中间地带》。它差不多就绪了。过一周吧?……"

我连忙答应了——他没有信我。

"您这么着急吗?"他惊奇道。"请您等哪怕是一小会儿呢……我

---

① 原文为"项目"的不标准发音。——译注

马上。"

他跑开了，没等我同意。我本想走掉，尴尬变得难以忍受……但是他立刻又折返回来了，气喘吁吁地。

"这里是三页……"我看着他，没有掩饰我的惊奇。"不，这不是我的，"他一笑。"但是您不是对我爷爷的遗产感兴趣嘛，我知道……您过一周来——再还吧……"我有些踌躇起来。

"您不会来吗？"廖瓦猜到了。"不过，我这是干吗呀？……"他摆了摆手或者差不多摆了摆手："不管怎样您拿着吧。可以不还。这是副本。"

我道了谢并彻底着起忙来，把东西挟到腋下，含糊不清地嘟囔一句，当然，我会来的，还说，再见……

"别了，"廖瓦一笑，而我在这笑容里感受到了一丝鄙视。

……我们就是这样过活的，对自己的感觉估计不足和放大别人对自己的感觉，而时间向我们步步紧逼。我们站在对面并应付着我们在近距离看不见的事情。未来我们是近视的，过去——是远视的。噢，请给我订购一幅适合现在视力的眼镜吧！……没有这种眼镜。

因此现在，违背自然之道地把与作者的对质强加给主人公，我们是已经无处可退了：我们的时间彻底一致，我们与他一同生活着，从这个时刻起，在同一个时间里，每个人过自己的生活，而且在我们的、日常的空间里，是平行的——永远不会交叉。因而这短暂的会面——便是分隔。本身来说，任何的会面都是，不管这有多么悲伤……

它早就露出端倪了，它早就发生了……当对称已然建好，而过去在现在的镜子里看到了未来的映像时；当开端重复了结局，并像蝎子一样合拢成一个圆圈，而威胁在希望中成真时；当小说结束，而开始了作者对于张开双臂卧着的、停止了呼吸的尸体为所欲为：任其死于荒谬的不幸事件（由于柜子……）或者用醉酒的规则加以惩罚（报复……）后，再遵循清醒和乐观的传统（现实主义……）令其复活时，——在那个时候就已经——并且从那时起（终究是复活了……），被偶然性和无原则性弄得苦不堪言，于是作者便从自身的生活里偷取了每一个最后的章节，专门利用那些在写作上一章时得以发生的事件来写它。距离缩短了，自身动作的短促变得滑稽。阿克琉斯踩到了龟，在现在时里发出脆响，而从这个时刻起……哪怕不活了都好——如此沉重，唉，郁闷了，作者自身的生活向其身上倾倒得太厚实了！意大利的风景遮挡住了目光。啊，还有什么可说的呢！……

我们立刻就把这页纸交给打字员，于是这——就结束了。

我们静静地坐一会儿，趁着她在打字的时候：她的这种机关枪般的噼啪声——我们最后的安宁。我们精神一振，看向窗外……

……我们将最后一次见到廖瓦，在对面，从楼门口走出来：哇呜，这意味着，这一夜原来他是在那里过的呀！他一副没睡醒的样子。他停了下来，并且有点儿不知所措地发着抖，好像辨别不出他身处何处和要往哪个方向走。望向天空。在天上看到一个天蓝色的小洞……感伤的傻瓜啊，你在笑什么？……我不知道。拍了拍自己的口袋，瑟瑟地拱起了后背。还能有什么呢？哦，点燃了一根烟。吐出一股烟儿。还跺了跺脚。接着——走了！

你好！再见！——我们还可以探出身去叫住说：

"哎，哎！站住！你来……你自己过来！"

就像曾几何时，他想自己叫住法伊娜那样……而我们也叫不住他。我们无法，我们没有……我们给他造成的。

他这是越来越远地往哪里走去了？

我们和他在时间上是同一的——对他的事也就再什么都不知道了。

1971年10月27日（1964年11月）

斯芬克斯[①]

……说了却没听到自己的话。甚至没有立即明白，我已经沉默不语

---

① 出自《上帝是存在的》这一章。莫·普·奥多耶夫采夫最后一次返回《札记》。可以根据勃洛克的诗来确定日期不早于1921年——Л.О.（廖瓦注。——Л.Б.）

了，一切都说完了。而大家也都沉默着。唉，在这片沉默中我向出口走了多么久和多急切呀！

走出来，到了滨河街上——多么新鲜的空气啊！……我的恨意已经不剩分毫了——自由！现如今嘛，似乎是完结了。他们再也不会过分地照顾我了。"跑掉了，卑鄙的家伙！瞧着吧，站住，我明天就收拾你！"当然喽……副教授伊-列夫跟着我溜了出来，一边害怕地四下看着。他又是责备又是数落。"您就不该放弃任何东西……您是知道的，委员会会议将有三人一起出席！……人们就会说，这首先是一座文学的丰碑，传道书——这是世界上第一唯物论者和辩证论者，——他们也就会平息了。他们完全没想把您踩到底的，莫杰斯特·普拉东诺维奇。是您自己……"我尽可能安抚了这颗兔子一样的心灵。我们走到美术学院就告别了。他跑去"把会开完"了。

我从斯芬克斯们身旁下去，到了水边。出奇地安静，涅瓦河在游，而天空中奔跑着彩色的、尖利的云块，正像灰色的彼得堡常有的那样。上面——在奔跑，下面——在奔跑，而我在斯芬克斯之间僵立在寂静和无风之中——有种告别之感……像是在童年时代，当你不知道，火车中的哪一列动了，是你的那列还是对面的那列。或者，也许是瓦西里耶夫岛断开来、漂走了？……既然斯芬克斯们已经都在彼得堡了，那还有什么可惊奇的呢？这对于他们来说一样无所谓；他们会用一样的眼神看着——像看向荒漠那样……也确实：在他们之前荒漠里有没有生长过树林，彼得堡城下是不是沼泽？……奇异的彼得堡——像个梦……仿佛它已然不在。布景……不，这不是对面——这是我的火车在驶离。

我，您看到了吧，对于伊-列夫而言是个谜……我算什么，如果连这两个斯芬克斯都毫无神秘之处！就连彼得堡——也没有！无论是彼得堡，还是普希金城，还是俄罗斯……所有这一切只是由于失去了使命才神秘莫测。联系被扯断了，机密永久丧失了……奥秘就诞生了！文化仅以文物的样子留了下来，破坏成为它们的轮廓。文物注定永生，它不死仅仅是因为一切围绕在它周围的东西都消亡了。在这个意义上，我为我们的文化而感到安心——它已经存在过了。它——不在。作为无意义的东西，即使没有我，它也还会长久地存在下去。人们将会保护它。要么是为了在它之后什么都不存在了，要么是为了无法解释的以防"万一"。伊-列夫会保护的。伊-列夫——这就是谜！

自由主义的疯子！你伤心难过，因为周围的人对文化不够理解，而你正充当着不理解的主要贩卖者。不解——这正是你唯一的文化作用。我得为此亲亲你那宽宽的小额头！天呐，谢天谢地！要知道这是它存在的唯一条件——难以理解。你以为，目标便是表白，而表白便是理解你的证明？……笨蛋。生活的目的——完成使命。被理解或不被理解不在这个意义中，也就是说，正是不被认可——才能避免文化遭受直接的破坏和杀害。在活着时就死去的东西——永久死去了。而庙宇——站立着！它对盛土豆还仍然有用——这就是恩典！生者的伟大绝招。

你坚称俄罗斯文化灭亡了。相反！它刚刚出现。革命没有毁坏过去，它把它留在了自己的身后。一切都灭亡了——正在此刻诞生了伟大的俄罗斯文化，如今已经永久了，因为不会延伸到自己的后续部分去。下一个天才会演变成怎样的含混不清的声音？而就在昨天还以为它刚刚开始……现在它石块一般飞向过去。再过不长时间，连它也会获得传说的味道，像什么水彩壁画上的蛋黄、砖块里的铅、玻璃里的银、香树脂里奴隶的灵魂一样——隐秘！俄罗斯文化对于子孙后代而言将成为同样的斯芬克斯，就像普希金是俄罗斯文化的斯芬克斯一样。死——是生者的荣耀！它是文化和生活之间的界限。它是人的历史的天才-看管员。人民艺术家丹特士从自己的子弹里倒出了普希金。于是，等已经无人可射时，——我们倒出最后一粒子弹作为文物。将会有一百万个院士来破解它——那也破解不了。普希金！你把所有人都骗得好苦！在你之后，所有人都想，——既然你能行，可以的……而这却只有你一个。

还说什么普希金……对勃洛克也弄不懂！还是那个伊-列夫，欣喜若狂地挤眉弄眼、吐沫星子四溅，把他新近写的诗塞给我。

　　普希金！我们跟随你
　　歌唱那秘密的自由！
　　伸把手吧，在坏天气
　　帮我们吧，当沉默地搏斗！

伊-列夫能够理解的只有暗示——就是这么细腻；词语——他不懂。他由于"秘密的自由-坏天气-沉默地搏斗"的发音而面色潮红，把它们理解为被禁止的却又被大声说出来的声音。而这里还有"我们歌唱"——意味着，他也……您看到没，他不是普希金，仅仅是因为堵上了他的嘴……第一，谁都没戳，而第二，你就算把碎布从他嘴里掏出来——出现的也就是个空洞。上帝啊！请宽恕我这可怜的怒火。就是说，这毕竟是诗，既然它们可以如此这般地不被理解，像伊-列夫一样。就是说，这诗还将在伊-列夫的抄本中存在下去。

那就使人觉得，正是现在（勃洛克毕竟是王者，只是把这称为"坏天气"），联系被永久地砍断了。如果说最后一根细线——多么绝望！——是射向额头的子弹。而此刻：后面——深渊，前面——无生，左右——挟持……不过头上的天空——是自由的！他们不会朝它看的，他们活在表面上，因而未必会放过上面的什么东西，所有的缝隙都会用血浇灌……可是我呢，也许，在其他条件下连头都不会抬起来，也就不会发觉，我是自由的。我就会在以自由命名的广场上，在自由地四处乱窜的人群中，朝着所有空旷的方向奔走找寻……

你是王：那就孤家寡人。去走
那自由的智慧引向的自由的路……

要知道，不是"自由之路"，而是道路——是自由的！……去走——自由之路！去走——孤家寡人！去走那条路，它永远是自由的——或者去走自由的路。我是这么理解的，勃洛克指的也是同样的东西，还有普希金……多了去了。理解——可以。装聋作哑——我们富裕得很。它恰恰是为了有时间去——理解。沉默——这也是话语……是时候沉默上一阵了。

不现实——是生活的条件。一切都汇聚在一起并存在于近旁，由于与宣称的不一样的理由。在现实的水平上活着的只有上帝。他也就是现实。一切其他的都在分化、在增加、在减少，倍数——在湮没……诚实地依真正的原因而存在，现如今对于人来讲力所不逮。它取消了他的生活，因为他的生活只是存在于迷误之中。

水平在评判着水平。人们在议论着上帝，普希金研究者——关于普希金。知名度很高的哪方面的专家也不是的专家们——懂得生活……

不需要澄清——无人可诉。词语也失去了用处。连预言都不值得——会实现的……于是最后的词语由于能够自我命名、招来祸患而变成了哑巴。只有当那与它们完全相符的东西隐没时，它们才能够重新意味什么。谁会说，它们足够好，能比自己的意义活得更长久？更何况是——推崇。推崇——是报复，要么为了不诚实，要么为了不确切。这就是"无声的搏斗"。话语应该是什么样的，为了不在错误的使用中磨掉自己的声音？为了使伪义的全部装备与中了魔法的真义并驾齐驱！……但是甚至如果词语被准确地发音并且能够比自身的静默活得更久，直到思想-凤凰复活，那么这是否意味着，要在故纸堆里找到它，总之要开始在它原来的、哪怕是真正的意义上找寻，而并非简单地重新发音？……

注 释

  出于写作的一种习惯,再加上小说《普希金之家》的结尾处所暴露出的与主人公的关系,作者赶紧着手做一份注释,要不然主人公说不定会于1999年(其时他已是列夫·尼古拉耶维奇·奥多耶夫采夫院士了)在推出小说纪念版之际执笔而作的。届时他会让可怜的主人公对作者加以报复:为维护学术尊严,此人便有理有据地揭出作者的老底,让作者的无知暴露无遗。故而作者尽可能地使用一下防卫手段,试图将注释写成戏仿之作,但主人公还是比作者高明……

  作者突然感到,正如古语所云,不胜其烦。本想将作者与主人公的对话拖至20世纪末进行,但如意算盘却落了空。作者看不出自己对完全不相干的注释有多大兴趣,更何况它是按照一种与学术毫不沾边的原则建构起来的……他还是决定着手对一些非专业性的、普普通通的事物(指小说完稿前,即1971年之前)做一份注释。

  作者忽然意识到,将来湮灭在虚空之中的恰恰便是这些普普通通的事物,对此现代作家总是觉着没有宣传的必要,无非就是些物价、各类冠军、流行歌曲什么的。因此从这个角度来看,列夫·尼古拉耶维奇在1999年的注释中来谈论它们,恰恰是合乎情理的。"不过,恐怕他会认为这是有悖于科学精神的(或者干脆就忽略不计了)……"——作者想到。不过,这些事物很快就会把操用外语的读者弄得一头雾水。就民族特点而言,通过译文来接受理解,这已经是一种将来时的接受了。明明是着眼于将来的文本却会骤然过时(包括……方面),这一点在今天看来也是很有意思的。一切事物消失的速度是何等之快!时间一溜而过,就像肥皂滑了出去……一个错误滑到另一个错误。误差滑向谎言。这不仅是时尚的发展,也是一种尝试——拼命试图在记忆里留存点什么——哪怕一丁点儿,以不久前,昨日刚发生的遗忘经历为鉴。

  好生奇怪的经历!一个讲究逻辑的文本挑选注释对象时却是如此任性……扯东扯西的,作者只能对如此鸡零狗碎的生活感到诧异。而一旦你接连再读一遍,画面感就会油然而出,叙事性也随之而来,而且突然间似乎有了逻辑。作者甚至都不想让读者因顾此而影响了阅读小说。此注释可供未看过本小说的人单独阅读,而对曾经看过本小说的人,也算是一种重温。

  目录……

  作者认为,对这份目录只需看上一眼就不会怀疑它的所谓精选原则,对后者的指责时常见诸我们的文学报刊（几乎是我们唯一糟糕的事情……）。完全不需要通晓文学就可以着手阅读这部小说，——仅凭中学的那点知识储备（而我们国家的中等教育是义务教育）便绰绰有余了。对中学教学大纲以外的作品，作者特意未加涉猎（这一点也适用于所提到的其他方面……）。

序幕第1页：……在这份晴朗中……很可能是由特种飞机采取强制性措施的结果……

11月7日（旧历10月25日）通常都是恶劣的天气。扑面而来的湿雪并未给成千上万的游行者增添节日的喜悦，旗子和标语都湿透了。然而，近年来常常发生这种情形，即在游行的时候天气就会稳定下来——天晴气爽，尽管寒风刺骨。这一点在节日期间的报纸上总会被提到，它被赋予了某种意义。据非官方的说法，天气的确是被稳定下来的，而且是从上面——由接到节日专项任务的战斗机加以实施的（见关于天气的注释）。

序幕第2页：……孩子们说的"加斯捷洛"一词就是风的名字……

这个姓起初因洋味十足，最后又因另一点而名声大噪：大家都知道这是一个英雄人物的姓氏，不过并非所有人都清楚他做出了什么贡献，只知道他是一名飞行员。"加斯捷洛"一名有如当时还未读过的《基督山伯爵》的名字，在我这一代人的孩童时期那未曾被污染的记忆壁上涂上了第一抹浪漫色彩。(加斯捷洛·尼古拉·弗兰采维奇<1907–1941>，苏联英雄；他发扬光大了涅斯捷罗夫<参见下列注释"涅斯捷罗夫筋斗">的英勇行为：牺牲于战争爆发后的第五天，他驾驶中弹着火的飞机向德军技术装备纵队俯冲，并与敌人同归于尽。）

序幕第2页：松紧球

集市上常见的便宜玩具，5月1日和11月7日游行期间街上也有卖的，卖主通常为茨冈人。这是一个纸球，用锯屑作填充料，外面系有子午线，带有一根细长的松紧绳：甩出去的球可以自动收回来。过去此类玩具的品种要丰富得多：既有"去吧–去吧"①，也有"美国居民"②，还有"长舌"③，公鸡形透明水果糖以及其他各种诱人的玩意儿。现在则统统简化为小红旗和（飞不起来的）气球，虽然还能见到"松紧球"，但逐年见少。我想，其中确实有主导民营市场的经济原因，然而正当它们起主导作用时，就不再会有人制作这些玩具了。

---

① "去吧–去吧"：橡皮玩具球，经吹气后，其哨管会自动发出"去吧–去吧"的声音。——译注
② "美国居民"：在盛水的玻璃器皿内，水里有玩具人在浮动，水面盖有一层薄膜。——译注
③ "长舌"：吹气玩具，用力一吹，就会伸出一根纸做的"长舌头"，并发出尖啸声。——译注

序幕第2页：涅斯捷罗夫筋斗

涅斯捷罗夫·彼得·尼古拉耶维奇（1887—1914）——俄罗斯伟大的飞行员，1913年完成了叫做"倒飞筋头"的动作。他在空战中首次采用冲撞攻击法时牺牲。

序幕第3页："北方"牌

"劳动人民"爱抽的一种便宜烟卷（过去还有"红星"牌，但已停产）；抽"北方"牌可反映出某种社会特性：便宜，干活或弄脏手时不用从嘴里拿掉，得时不时地吸一下，因为它很容易熄灭，而且还具有特定的代际属性：那代人在战争年代和战前就开始抽了，后来就一直没换口味——这些都使得生产厂家还可以盈利。不过，就连这些烟卷也有类似于"松紧球"的危险——说不定哪一天就像后者那样会消失灭迹，被口香糖、"万宝路"和百事可乐所取代。

序幕第3页：……天气对我们而言尤为重要，并还会发挥自身的独特作用……

至今列宁格勒人还总爱埋怨彼得，说他不应该把自个儿的城市建在沼泽地里。依照他们的看法，除了糟糕的天气，空气中还有某种"腐烂气味"，它很容易诱发感冒（以前人们常说"寒热病"，但这个富有表现力的字眼已被丢到"松紧球"正在滚去的地方了……），不仅如此，耳朵、嗓子、鼻子等慢性疾病在列宁格勒也特别常见。我禁不住要在这里引用一个具有时代风格的例子，尤为重要的是，此例出自于普希金时期：

"圣彼得堡气候的主要特点是变化无常，尽管如此，但毕竟还是有时序更迭的。

春天来得相当晚。5月初时常见到下雪的情形。1834那年，5月18日居然下了一场雪！

夏天很短。温暖宜人的时节很少超过6周；其他的所谓夏日与晚秋的那些日子并无二致。

秋季通常持续时间较长，是彼得堡最令人讨厌的季节，其主要特征包括雾、雨、风，有时还有雪（在气温为零下2至零下6列氏度之间时很快就会消失）。由于白天特别短暂，因此可以说，在10月，11月和12月期间，彼得堡笼罩在一片昏暗之中，尤其是对上层人士而言——他们醒得晚，特别是在11月和12月，他们勉强见到的那抹日光约摸在下午3点便悄然褪去了。"

（《圣彼得堡统计信息》，1836年，内务部附属单位出版）

序幕第2-3页：……革命门洞……传奇巡洋舰……

1819年，卡·伊·罗西开始处理冬宫前面的广场建筑群的收尾工作。他的绝妙技艺体现在拱门的设计上——将几座部委大楼与总司令部联成一体。拱门架设在卢戈瓦压－米利翁纳亚街道（现为赫尔岑街）上，先前这条街道是沿切线紧靠着广场的。罗西断然将街道的最后一截拐了个弯，使其正对着冬宫正面的中心部位，直接通向广场，由此确定了整个建筑群的对称轴。

罗西早就把枪口对准了拉斯特雷利①，尽管事实上满不是那么回事儿，说什么披挂着子弹带的革命水兵穿过总司令部的拱门涌上了皇宫广场，那只不过是爱森斯坦②电影中的镜头后来被赋予了照片文献式的真实性而已；尽管迄今讲解员还在向游客们展示的冬宫的那处缺角也不是"阿芙乐尔"号炮击轰掉的；尽管并未发生过任何冬宫争夺战，其守卫者也不是士官生，而是妇女营；尽管采用新历法不仅抹去了事实，而且还模糊了日期，所以10月革命却成了11月的节日……尽管不曾有过什么攻打和齐射，也不是11月份的事儿……但作者还是看不惯那种小资产阶级的得瑟样儿，照他们的说法：没有的事儿。怎么是没有的事儿！……而这一切又是什么呢？

拿下冬宫是罗西所取得的辉煌成绩。

序幕第4页：……仲马

亚历山大（大仲马）（1802–1870）——法兰西民族的天才人物，在俄罗斯享有盛名。1858年仲马曾来俄罗斯游历，并快笔记下了这次游历——《从巴黎到阿斯特拉罕》。瓦·瓦·罗扎诺夫在《关于俄罗斯思想》一文中写道，对天才而言，只要稍微体验一下，便能描绘出真实的图景。他说的是果戈理，后者就坐了那么一回带篷旅行马车，便写出了《乞乞科夫奇遇记》；还有俾斯麦③，他在俄罗斯学会的不是别的什么东西，而是一下子就抓住了关键词"不要紧"（"不要景"）。亚历山大·仲马可以算入此列，因为正是他将一株"参天的酸果蔓"④赐予了俄罗斯。

序幕第5页：……我们试图这样来写，好让一小片报纸……随便插入小说的任何一个地方……

关于这一点，已有人问过作者，可能还会有人提出类似问题，我在此一并作答：这里没有任何戏讽之意，真的有那么一小片报纸，而且我也没花多少时间就发现了——当时在翻看一堆合订本的趣闻轶事。我是在可以找到它们的地方找见它的（在加里宁格勒州雷巴奇镇——原先在东普鲁士曾叫做罗西滕〈从前的俾斯麦……〉，时间是在1970年8月），于是我就将它另作他用了。作者所遭受的最为严

---

① 拉斯特雷利（1700—1771）：意大利人，在俄罗斯成为了18世纪欧洲最著名的建筑大师之一，为伊丽莎白女皇及其达官显贵们建造了几座巴洛克风格的宫殿，其中最著名的是冬宫和皇村。——译注

② 爱森斯坦（1898—1948）：苏联电影导演，电影艺术理论家，摄制的艺术片有《战舰"波将金"号》（1925）、《十月》（1927）等。——译注

③ 俾斯麦（1815—1898）：公爵，在担任普鲁士王国首相期间（1862–1890）通过一系列铁血战争统一了德意志，并成为德意志帝国的第一任总理。——译注

④ "参天的酸果蔓"：源自从前有个法国人吹牛说见过枝叶参天的酸果蔓树。其实，酸果蔓是一种小灌木，又称"小红莓"。现用此语表示不值一笑的外行话，荒唐的外行话。——译注

353

厉的责难或许就是，他把手头的正反面都有字的一块报纸就这么撕掉了，只是为了用来达到图示表现力的效果。可以假定，这是从《文学报》（其创办者之一就是那位普希金）扯下来的。

正文第2页：……廖瓦受胎于一个"不幸的"年代……

类似的引号能有什么意味呢？作者滴出了什么样的浑浊毒液呢？……作者提请注意的是（哪怕是从表面上稍加关注一下），他不是从主人公的受胎开始叙述的，而是前推20年，他将11月的相对恒风往1917年的线路上驱赶。

第2页：……《在西伯利亚矿坑的深处……》

1949年我们就能背诵这首诗了。现在我会觉得特别兴奋，只要一想到我在那个班上深情地朗诵着诗句：

俄罗斯要从睡梦中苏醒！①

还是在第213男子中学一班学习时，就已埋下了情感与意识严重脱节的种子。情感被抽象化，而成为一种对豪情壮志的自然反应。不过，我们在课间休息时却用自己的方式抵御着这种腐蚀，将诗句篡改为：

在西伯利亚矿坑的深处

蹲着两个乡巴佬和……

但即使在这一版本中，我们也只是明白最后一个字（现在也变为省略号了）……我们并不明白，这里压根儿不是在说什么农夫，而是有特定含义的：乡巴佬指的是犯人（不是黑话）。劳改营里的俚语流传甚广，远非劳改营情况报导所比拟的。我们熟知的此类劳改营俚语还有很多，它们都是从著名的寓言、歌谣和诗句改编而成的，但不一定知道具体出自何处。少先队夏令营毕竟也还是一种"营"。此题材在当下又得以进一步拓展：

请保持住高傲的忍耐……

第4页：……也未读过有关保尔·柯察金和帕夫利克·莫罗佐夫之类的宣传册……

帕夫利克·莫罗佐夫（1918—1932）——少先队英雄，他用自己的方式对塔拉斯·布利巴②进行了报复。关于此人，在学校里所学的英雄事迹为，他向当局告发了自己的父亲，他因此而死于富农之手。莎士比亚式的悲剧在于，亲祖父（父亲的父亲）假借富农之手杀死了他，以免让塔拉斯蒙受耻辱……此题材在当下又得以进一步拓展：

---

① 此句出自普希金的另一首抒情诗《致恰阿达耶夫》。——译注
② 塔拉斯·布利巴：果戈理同名小说的主人公。作品塑造了这位哥萨克英雄形象，歌颂了民族解放斗争和人民爱国主义精神。他在战斗中亲手杀死了背叛投敌的儿子。——译注

墙上挂着一把斧子

和一张粉红色床单……

我和老爸玩着

帕夫利克·莫罗佐夫游戏。

保尔……战胜残疾的英雄在我们这里总是特别受到推崇：失明或失去胳膊的作家、被截去双腿的飞行员……这个话题专门另谈。

第7页：……父亲……宽大的茧绸裤……

约·维·斯大林去世前，裤子的宽度应达40–45厘米，就连35厘米的裤子也是禁止生产的。他去世后不久，就允许缝纫厂生产30厘米的了，但有大学生因穿22厘米的而被开除学籍的。

第7页：《健康》

最受欢迎的苏联刊物之一（创刊于1955年），不折不扣的媚俗样本。它是对那种"解放"的有力证明：什么都可以开始了。可以开始读到堕胎、手淫、甚至——性高潮！所以同年已具备一定条件（中学毕业，初恋）的廖瓦就可以随手翻一翻这份刊物了。

第9页：……眼睛里透出一种叶赛宁式的清纯与绝望……

叶赛宁的诗作在所描写的年代是禁读的，但在劳改营却广为流传。只是到60年代，谢尔盖·叶赛宁才被官方完全恢复了名声，并且其声望与海明威相当。"苏联报刊"亭一开始出售的作家肖像就是他们两位。海明威眉开眼笑，一副著名演员叶菲姆·科佩良[①]的打扮，而叶赛宁则戴着礼帽，叼着烟斗，拿着手杖（美式风格！……），眼睛和嘴角露出天使般的表情。

第10页：……倒是可以营造出某种孩童观看民间戏剧的气氛……

作者也身为其中的那一代作家，也大大得益于他们所谓"战乱中的童年"。这不仅是因为非常可怕的事件成了一个人的最初回忆，还因为他们是最后一拨赶上伟大历史事件的人。革命、国内战争、战时共产主义、新经济政策、集体化、工业化、卫国战争……——最多再加上"重建"，后者也是以领袖的去世而告终的；随后数年的和平、劳动、日常生活便不再具有充满英雄业绩的色彩；战争时期的主脉已被其直接参与者所消耗殆尽，但因支脉本身的发展而继续发挥作用。现在越来越难以找到可以辨认出的昔痕了：小说和剧本中渐渐老去的女主人公已招人生疑，因为她们看上去还那么年轻美貌；越来越难以遇见战争迫使你与其离散的姑娘，也越来越难以重新爱上她；容光焕发的祖母们会有奸情发生，也只限于那些将青春风采

[①] 叶菲姆·科佩良（1912—1975）：苏联人民艺术家（1973），1935年起在列宁格勒大话剧院演出。——译注

延至"老战士之家"的扮演者，因为就连这些演员也属于那代人。此话题的事情给拖了下来，这就意味着有人终究会着手解决生活现状的希望变得遥遥无期。

第11页："莫斯科服装"，"列宁格勒服装"

这是两家大型成衣企业（现在叫做"厂商"）。曼德尔施塔姆有诗云：

我生活在莫斯科服装托拉斯时代。

瞧我身上这件夹克竖着粗毛！

瞧我迈步和说话时有多帅气……

第12页：维亚特金

生于1913年，40年末至50年代初列宁格勒著名幕间丑角演员。他先后通过模仿痞子和阿飞而找到了自己的假面角色（有《神童的妈妈》《泰山》等节目）。出场时几乎不化妆，但服装讲究，总是带着自己的搭档——一条受过专门训练、名叫马纽尼娅的小狗。

第13页："苏联香槟"店

位于涅瓦大街，在花园街与小花园路之间；系著名的"文化小酒馆"，在此可以喝到"棕熊"（加香槟的白兰地<100×100>）。可惜的是，在1970年的那次禁酒运动中被关闭了。

第13页："伏尔加"

高尔基（先前称为莫洛托夫）汽车制造厂生产的苏联小轿车品牌。每出一种新型号都向"奔驰"迈近一步。

第14页：《青春》

文学杂志，创刊于1955年（首任主编为瓦·卡达耶夫），系"解冻"的产物，不过并未彻底暖和过来。这份杂志首度推出了所谓反映青年主题并带有忏悔性质的小说，此类作品以真诚和纯朴的笔调博得好评而声名鹊起（被这份光环所笼罩，即使在今天杂志的发行量也超过了两百万）；发表过阿·库兹涅佐夫（1969年滞留英国不归），阿·格拉季林（1977年去了西方），瓦·阿克肖诺夫（得益于该杂志一举成名，之后发表的第二部作品证明他无愧于这份荣耀）等人的作品。

第22页：……叫做"女资本家"的小炉子……

一种简易的小炉子，可用各种杂物来生火——取暖，烧开水。有圆形的，也有方形的；制作材料可用锻铁、铸铁，甚至放馅饼的烤盘——形状各异，这取决于家庭手工业者的技能和他手头的材料。烟筒直通气窗。无论小炉子还是其名称都出现在燃料（和其他资源）严重匮乏的1918年。当时是用家具和书本来生火的——新词的阶级异己性就是这么产生的。第二次世界大战期间，幸免于难的"女资本家们"也救过不少人命，这一不祥之词的生命也得以延续。

第116页：……将毕巧林称做"当代英雄"……

全俄中央执行委员会1934年做出决议，设立苏联英雄这一称号。除授予作为祖国最高奖励的列宁勋章和金星奖章外，还会获得这一称号："授予某某称号……"似乎破坏了个人感受，带来了语法上的改变：可以不授予自己而授予别人。在地下歌谣中有这样的句子：

最重要的是，为何授予金星英雄称号？

根本就不应该授予……

刚开始，这一称号笼罩着浓烈的理想光环。英雄尚且为数不多，要获得这一称号很不容易。在战后，在斯大林去世后，授予这一称号开始变得随意了。老百姓对这种降低门槛表示不满，授予埃及首脑纳赛尔这一称号引起强烈谴责。不过，引起这种谴责，主要不是由于对该称号的贬低，而是在百姓中流传着一种看法，那就是我们养活所有人，而自己很快就会一无所有，到时候他们再来养活我们……这是对外政策中的民族教训。

第117页：……当我们看到报纸上的标题"时间——生活！"时，就可以肯定地说，写这篇评论的作者暗指的是雷马克，而不是在指《旧约》。

斯大林之死使得铁幕中出现了第一个破洞。这个洞开始渗透，我们大家都有一种决口的感觉。我们观看第一批法国、意大利、波兰电影，我们阅读第一批美国、德国、西班牙书籍。这些书创作并出版于二十、三十年前，这并不重要——它们现在被我们拿到了。"雷马克的'三个战友'是1956年的一种现象，而不是1937年。'迷惘的一代'随着1929年的小说而涌现出来，——那就是我们（仿佛在世界大战之间没有过间歇），就像在学校里给大家讲授的都是同一种文学，所以走出校园之后，我们仍在继续'学习'同样的书本，不约而同地在读雷马克、孚希特万格和海明威。您读过吗？读过吗？——是结识和拉近关系最基本的方法（不用费劲就能发现是否有共同兴趣）。"有一个关于要在朋友生日送礼物的民警们的笑话（"刮胡刀？""他有刮胡刀了。""手表？""他也有手表了。""照相机？"等等。他什么都有。看到宣传标语"书是最好的礼物！""我们就送书吧！"第一个人很高兴，第二个人却绝望地说："书他也已经有了"……），现在这个笑话呈现出另一种意思，不是民警那种：书，指的是卡夫卡、雷马克、海明威、帕斯捷尔纳克的书——是大家寻摸却弄不到的书；"书他也已经有了"——这说明，他弄到了最为紧缺的缺货（大家都稀罕的）。当历史上出现生活潮流，那些赶上这一潮流的人都好像成了一代人（战争年代、赫鲁晓夫时代……），大家都读一本书，并为之激动不已。那就读吧！当历史再次沉寂，不再激流澎湃，人们厌倦了口味选择，一代代人已经不再读书，安于享乐。粮食饥荒变成了书本饥荒：为了"拥有书"而去设法弄到；从前时代的知识分子提炼出来的品位按商品规则而衰减；甚至我们平静的市场也已适应了发行硬书皮的劣质而没有读者的作品，搞个名堂——包括外文书、经典作品，还有文物——这些都成了家具，而不是精神产品。没有什么从破洞里吹进来，我们也没有谁会往那里看一眼——我们拥堵在一起，我们从大厅里力量舞台，透过演员们留出的那个很小的窟窿……

第117页：……不久前，我们看过电影……
参见第117页的注释。

第185页：……"基督、穆罕默德、拿破仑"……
剧作《在底层》中沙金的话——廖瓦在学校里学过，下一章就从那个时候开始讲起。

第119页：……1953年3月5日，大家都知道这是谁的卒日……

斯大林。日期有争议，是官方公布的日期。但大家更在意的是他从官方角度死了，而不是事实上死掉了。三十年——可不是开玩笑！我出生，战争爆发，我上学，我恋爱——这些都在他活着时发生的……他在世时，死了多少人啊！他从来不会知道，他自己也会死。不过，我们现在比那时对他的了解更多了。我们这些待在他的学校里的中学生知道什么呢？知道他夜里不睡觉，在工作：窗前总亮着灯。知道他一天能读五百页（伟大的读者！），而我们上课，连三页纸都掌握不了。知道列宁（尽管很少）犯过错误（什么错误，不详），而他没犯过一次错。知道他参与研制吉斯–110牌汽车，但出于谦虚没有署名（不过，因为汽车被授予斯大林奖金——他自己可不能为自己颁奖啊！……）。也有过问题，仍未解决（在双重意义上）：他到过前线没有？是否懂外语？……当然，到过前线，只不过要保密；当然，懂外语，但不喜欢说而已，只用来读书（就是那五百页）。但他已经不再理发了，不再照相了，不再说话了……当人们1952年在电影纪录片（在二十大会议上）中看到他时，都感到惋惜：已成了小老头了……我的同窗，长着一张粉嫩脸的小男孩，参加了芭蕾舞小组，在课间休息时做着原地转体三百六十度动作，对我信任而热情地低语："马雅可夫斯基是敌人。"（我们学过长诗《弗拉基米尔·伊里奇·列宁》……）"你说什么呢！"我被吓了一跳。"怎么可能！别老躺在臭虫肆虐的褥子里了，书记同志，给你这个！我们请求将全厂集体都纳入艾尔卡普支部！"（至今也不知道重音应该在哪：我的同学将重音放在词尾——"клоповой"……）"这是为什么？"——我没弄明白。"因为，"警惕性高的小伙子低声说道，"当时的书记曾是谁呀？……"

第125页：……按侦查员的说法，就是"黄色金属"……

记录要求的精确性。因为没有送去做专业分析，侦查员不能确定，这是什么材质的戒指——金子的或铜的。无论怎样办案子时，都不能犯下侦查错误……"从被拘捕者（因为还未核查我就是安·格·比托夫本人，这都是依据我个人的表述）处予以没收：裤腰带——1条，眼镜、黄色金属圆盘手表（'万一过后我说这是金表呢？''我看你怎么耍滑头！'）……黄色金属的，钱币006个戈比。""签个字吧！你不认可的地方别签！在写有没收物品的地方签字……"第二天在笔录后面我看到了我签字的复印件。

　　……《简明教程》……

　　《联共（布）党史简明教程》与《约·维·斯大林（传略）》是所有学生的必读书目。信誓旦旦地说（即使这样说不对，也是可以原谅的错误），这些书是斯大林亲自撰写的。为什么不署名呢？……是由于谦虚。封面上可是没有作者的名字啊？难道是他自己撰写个人传记？……不管怎么说吧，他编辑过。的确，封面看起来有点儿古怪：起头是大写的斯大林（СТАЛИН），好像这就是书名，而稍小的字体则是标题，"传略"，——为什么不这样呢：斯大林——作者，下方是书名。

　　第128页：……确保接下来与法伊娜的约会……

　　在从前的称呼不再使用之后，50岁以下的人相互称呼时，改成使用"姑娘""年轻人"。同样的，对于未婚关系也不再使用语义明确的那些说法，而开始使用："交往""约会"……

　　"开始时他们友好交往着，后来开始约会，"一个姑娘对我谈起她的女友时这样讲。我请她给解释一下有什么区别。"你懂的，"姑娘脸红起来。

　　第138页：……目光落到了箱子上……

　　看来，作者藏在什么地方了……

　　第153页：……改革之前……

　　1961年的改革将币值提高到了原来的十倍。"等着看吧，"信心不足的人们说道，"一把草过去值十个戈比，将来还是十个"（现在是十五至二十个戈比）。大家都在按旧币估价，用新币结算。混乱不堪。我的岳父经常出错，但已不是十倍，而是一百倍了：我又受骗了，拿走了一个卢布而不是十个戈比，而这是十个卢布新币……就是这样子。我知道的唯一一个在这种改革中发财的人，是我大学时的3同学，这个3同学是个知识分子气质很浓，同时也很穷的小伙子：他积攒铜板戈比（战后有一种传闻传了很久很真切，说用戈比支付四十卢布的价钱就能得到一台留声机，不过没有人知道到哪儿去办……好吧，就算不是收藏辅币的时机，——似乎有过这样一篇文章……）在改革前夕，他积攒了四麻袋，一下子就增值到原先的十倍（戈比不能兑换）。现在3同学住在加拿大。

　　看来，作者犯了同样的错误（按一百倍），但已无力重新计算一遍了。

第163页：……罗斯托夫（顿河畔）……

还有另外一个罗斯托夫（大罗斯托夫），是一座古老的俄罗斯城市。不知为何大家都知道，有两个罗斯托夫，尽管未必会想到将某个人归到大罗斯托夫。一般情况下，在玩持久的城市名称游戏中，当全部知识储备已穷尽，而还没有决出胜方时，通常就说起以"罗"字开头的城市："罗斯托夫！""已经去过。""我说的是另一个罗斯托夫……"

第177-180页：……（全都是米季沙季耶夫关于犹太人的谈话，谈的是他们那届毕业生谁是犹太人，谁不是）……

根据谈话的实质，作者可以揭示以下内容：无疑确实发生过这种谈话。甚至怀疑，这种谈话并没有全部保持原来的样子。

1964年冬天，临近新年，1965年，作者在莫斯科，在友人那儿读过自己这部长篇小说的一些章节，其中也包括这一章。所有人都很喜欢。在听众当中有一个犹太诗人，名叫奥夫塞·德里兹，他也表示喜欢。是个很漂亮的人！白发，掉了牙，年纪不大……我跟他从此成了朋友，经常见面，过了几年后他有一次对我很信任地说（我们喝酒了）："请照我说的做！……""为了你，奥夫塞，一切照办！""删除！""删除什么？"我一时懵了。"就是那个谈话……""哪个谈话？"（我怎么也猜不到，没想起来。）"就是你读过的那个……""什么时候读的？？""那个时候，还记得吗……""啊……知道你说的哪个啦，但为什么呢？因为我……""你答应过我的。""什么时候？""刚才。""但我为什么要把写出来的东西删除呢？！"我有点儿气愤。"因为我的意思不是……我恰恰相反……""不管怎样，删除！"他坚定地反复说着。"可我……""我有求过你什么事吗？我什么时候不是这样说话的？……删除。""但我……""我可是爱你并信任你的，"他说道，"并且这不是为了我才求你，是为了你好。"我们争执得很热烈，我开始生他的气。他很倔强；我答应再考虑一下，因自己的固执而让他伤心。我们再也未见过面，他很快就死了。这成了他的遗愿，而我没有完成。他当时对我讲："要明白！这有多么血腥！多么血腥！"他讲得如此之好，尽管发不好Л和Р这两个音，而且没有了牙齿……"你没有必要去碰这个……谁都不应该去碰。""这太恐怖啦！"他补充说道，"你想象不到，最好你不要知道……"我说，知道大屠杀的事，知道马伊达内克（波兰城市）等等。他挥了一下手，表示他说的不是这个。"这太恐怖啦……"他拖长了声音又说了一遍。我隐约感觉到了什么，不甚清晰，不明朗，像黑夜一样模糊，我害怕了，声音颤抖着笑了起来。我不清楚他讲的是什么。"或许，能挺过去，或许不能……"他说道，似乎在冒着风险（过了不久他真地死了），并且没有把话说透。"这有多么血腥……没有限度的……你也会没命。并且你没有机会做任何解释，没有机会去纠正……"我没有全部听懂他的话；丢开含糊不清的猜测，——但我信任他。"我再考虑一下，"我说，因固执而让他伤心。

我已经不再喜欢这个谈话（写出来的那个……）或许，我还会将它删……

第185页：……**基督——穆罕默德——拿破仑**……

不应该忘记，米季沙季耶夫是廖瓦的同窗（参见第117页的注释）。

第188页：……（米季沙季耶夫）拿着皮萨列夫书本的那只手……

或许，这并不是皮萨列夫的书……

第193页：……放映难得一见的电影，不知是希区柯克的还是费里尼的……

自由主义的嫩枝、赫鲁晓夫的嫩芽……没有谁能马上就辨认出非民主主义的最高形式表现，这种民主借助自由主义新概念"审查"来体现。应该参加审查活动。为此需要付出努力，甚至还要有激情。开始时接触现代文化的需要迅即演变成了获得威望的纯粹形式：这个我见过，我出席过……就是在那儿，在最早的审查活动中，当着众人的面出现了牛仔裤、绒面革的西装和羊皮大衣：就像是自己窜出来似的。那些拥有这些物品的人脸上有一种特殊的表情，掩饰着自豪感，这种表情从内到外表现得像是自由和理所当然。不知从何处对我们发出的疑问，无论如何都不会让人满意，这种疑问是不道德的，令人憎恶的。为参加审查、弄到牛仔裤而付出的努力等冲破了潜意识的封锁，威望的扣分掩盖了过多的屈辱。在这个意义上，审查大厅就不仅成了品位的发源地和温床，不仅是开拓前景的第一只燕子，也成了短缺物品的实验室——短缺物品这个概念，在今天看来已完全涵盖了此前所有的自由主义的目标。就是这些人是最早参加审查的人，开始撰写介绍导演和电影的文章，而这些电影从来没有对老百姓放映过，开始研究一次也没有翻译过的哲学家著作并组织论文答辩，等等。形成一个圈子之后，他们就将圈子封闭起来，不让别的人分享他们的机会。这种倾向变成了一种特权，让某些人感到舒服。拧紧螺母对大家都有好处。现在书失去了读者，剧院失去了观众，这并不奇怪。书只有能弄到的人才有，而在剧院里坐着的都是能设法进去的人。"观看"电影，如果相信俄语的表达的话，这意思就是电影"无法看到"。自然而然地将艺术家和人民隔离开来的鸿沟是不可改变的，几乎是自然形成的，而最主要的是没有经过流血就形成的。哎，好一个没有经过流血！现在，已经不需要准入证、通行证和禁令了：谁也接触不到什么，谁也不能到任何地方去。但这种顺利建立起来的相互关系应该加以守护，以保证永远不会罩上禁令的影子、镇压的投影，以保证大地之上一直笼罩着意识形态的乌云。否则——演播厅空出来，会涌进新的人群，书籍会落到读者手中。哎呀，这一切都是怎样办成的啊！这可是很自然办成的。并且办成这事的不是他们——而是您，您！我。

第197页：……"ФАЛ，ЛФМ，"廖瓦在盲目地想着……

ФАЛ意为缆绳（海事用语）。由此有了后面这两个词——фалить，фаловать（"邀请……参加"）一词。

第203页：……这种鬈发的人现在见不到了吗？……

鬈发的人运气不好……我父亲从来就不是鬈发，但母亲讲，度蜜月时他突然头发蜷曲过。为了验证，头发是自然蜷曲的还是烫发而成，司法鉴定时会采取一种简易办法——将一根头发放入水中：自然鬈发会变成直的，人工烫的则不会。这只是作者的推测，但可能变少的不是鬈发者，而是幸运者。

第206页：……（第二部分）附篇……

《主人公的职业》这一章需要大量的专门注释。这一章刊发在1976年第7期《文学问题》时，已附有了一部分注释，作者提供给未知的读者作参阅。

第206页：……西方研究普鲁斯特的很多人……

利·雅·金兹保在谈话时引导作者去思考将托尔斯泰与普鲁斯特进行比较的问题。

第192页：……他们是三个人，他们"合伙"出钱……

三人合伙出钱——这种说法在赫鲁晓夫抬高白酒价格之后马上就出现了。还是在那一首歌曲中接着唱到（参见第126页的注释）：

他让我们的伏特加更贵了，

迫使我们三人合伙才能喝。

过去都是两个人合伙喝，一人一个卢布，而作为零头的戈比凑一下就得了。现在用戈比是不行了，得三个人凑，一人一个卢布。也不够花的，三个人才能凑够一个卢布。过去两个人喝一瓶，现在一瓶得三个人喝，但酒并没有少喝，因为开始组织两次三人合伙凑钱。在国外，有一位美国名作家（不知是斯坦贝克，还是考德威尔），写了篇名为《我被当成了海明威》的小说，详尽地描述了这种俄国新风俗。

在《文学问题》上发表时，这种说法在经典作家看来不太礼貌，于是便用"聚到一起"替换下了"合伙凑钱"一词。

第232页：……穷骑士……

作者不打算维护这一双关语的质量，但是要借机陈述一个仓促的观察。战前最后发表陀思妥耶夫斯基的作品是在193（？）年。其他年份他作为极其反动的、资产阶级的、不晓事的、爱诋毁的以及诸如此类的人，其作品根本就没有发表过。最终还是在那人死亡之后（它解脱了多少啊！——整个国家都被这一死亡解脱了，它像新生一样，孕育了三十年……），在1954年（发排是在1953年10月29日）于中断之后首次出版的正是陀思妥耶夫斯基因而成名的《穷人》。《被侮辱与被损害的》——1955年……随后的版本按照时序出版，好像它们是陀思妥耶夫斯基重新写的似的。而最终，到1956年，突然出现了出版作品集的机会，甚至连《群魔》都收进了集子里。始于作家150周年纪念的科学院版，相当快速地重复了已有的东西，然后再次中断在《作家日记》上，仿佛止步于深渊之上。作者并非图书爱好者，但是在他的零散藏书中有一册无价之宝——1954年版的《穷人》，里页上有题词："赠给少先队员塔尼娅，跑跳投三项全能训练营冠军。

营长：……

少先队高级辅导员：……

文化工作者工会。少先队第17营"

第233页：……正如一位诗人说我的那样……

格列勃·果尔波夫斯基的四行诗。

1968年秋我在出版社签了这部长篇小说的合同。（诚然，合同中漏掉了"普希金之"这一违反书刊检查规定的形容语，而只剩下了《家》。）这意味着预付款（1125卢布）。幸福极了的我回到家中。格列勃简直就是脚跟脚地出现了，情绪低落且有所要求。他要给我读会儿诗，而我得去买瓶酒。令我既惊且喜的是，他就是从这四行诗开始读的。尽管诗充满了某种反散文的激情并暗藏攻击，但我却被与预见能力接界的巧合所震撼。长篇小说！……而且恰巧就是《家》。我刨根寻底地追问他——关于我的《家》他第一次听我说起。我对一切都信以为真，亦即认为和自己有关。

……华沙……日本……

作者没有去的第一个国家是日本，1966年……（第二个——波兰，1970年9月，第三个——意大利，1971年10月。）

第243页：……"他……"然后意味深长地敲了敲护栏……

早先，当这直接危及生命时，人们以准确无误的嗅觉，凭气味辨别出告密者，并绕道而行，而如果绕不过去，便把自己封闭起来。训练出了惊人的直觉：什么时候、对谁可以说什么。人可以在一秒钟内切换模式，毫无察觉，几乎感觉不到不便。语言的这一动态的对应关系领域没有得到研究，没有被作为一个现象得到描述。生命的危险一旦解除，以本能的准确无误而运转的这一反应在很多方面就退化了。告发——现如今威胁的也许仅仅是仕途：人可以不出国，留在仕途的阶梯上，最不济就是一撸到底。但是在重商主义的层面本能不起作用，准确猜到的知识缺失，而想象代替不了它们。现如今怀疑有人告自己的密——几乎就是升迁，这是可以故作私密地大声夸耀的事。告密者的存在随处得以显见：电话用枕头盖住，放上矫揉造作的音乐……亲近者成功很可疑：为什么出版他的书，为什么发表他的文章,为什么展出他的作品? ……真的——不为什么。每个人,按照自己的受教育程度和习惯符合逻辑地去思维,就会替政权想,却忘了,它是不想的,而是——存在。变成要么无人可以怀疑,要么怀疑所有人。而有需要的话——抓走。路上您才会想起来,忘了把铅笔从电话号码盘上抽出来了。

第244-245页: ……为什么这发音就那么舒服呢:公-爵……(及后)

米季沙季耶夫抓本质很粗鲁,但准确。我们这里对爵位的尊重基本上是某种儿童的、从大仲马那里读出来的尊重。女孩子们不用提示就玩王子和公主的游戏——天生的王权主义。一切都将这寂寞的童年出乎意料地推向了电影摄影机——在早已知晓的电影的洪流中演员们开始带着感情和趣味扮演反面人物:白人、贵族、军官、伯爵……委员们开始变得越来越常见和普通。在中亚的电影中这一趋势如此赤裸裸,致使类似于"西部片"的纪念影片的洪流不知被谁一针见血地称为"巴斯马奇电影"。

第248页: ……这是老布兰科……

对"布兰科——列宁"的暗示作者坚决否认。它毫无意义。我写作的时候并不知道它的存在,也不认识任何一个布兰科……(但是——当我得知了,我也并没有删掉。)

第255页: ……《十月》和《新世界》……

它们的鲜明对比是自由化时代的主要的文化成就。如果在创建杂志之时它们的刊名是同义词的话,那么如今在先进的头脑中,它们成为了反义词:《十月》是被扭断的过去,而《新世界》是模糊意识到的、但是"向好的"未来。它们二者的存在等同于时代。意味着它在流淌。意味着他——存在着。辩证法的差异最终占了上风,并且给出了成果——新的双头鹰。杂志的敌意燃烧得越炽烈,它们就变得越离不开彼此,并在某种即便是无意识的和不算厚颜的意义上,开始结伴运作,临时合伙。但是,按照一位生物学家的俏皮说法,"没有任何的共生——存在的是相互的寄生"。差别被敌意暗中偷换了,而且实际上,谁会第一个死还是未知数,但是那时第二个也就必死无疑。是,一开始《新世界》被重创了,但是《十月》的胜利也是同样的猝然:没有《新世界》它已经什么都不是了。与《新世界》的斗争对于《十月》来讲是自杀。甚至可能,柯切托夫的自杀就证明了这一点。但是,事实是对照的需要已然耗尽、不再需要故事,还有一个令人伤心的事实——正是"自由派",而非"十月派"对这个熵的发展有着特别的功劳。我对一句话记得很清楚,它已经意味着濒死:"他在两边都发表东西。"它说的不是左派和右派,而说的是——"真正的"作家。如今这些杂志的名字又是同义词了。

这里有一个鳄鱼就此洒下的眼泪:

　　　　我记得两位编辑，时不常
　　　　彼此间对立得非常凶。
　　　　在畅销杂志的空白边上
　　　　公正战斗
在高尚地进行。
　　　　在钢的雷声中
毫无疑迟
　　　　战马小跑着趋近一些……
　　　　一个
　　　　　是无产阶级的率直
　　　　而另一个——
　　　　　　农民的狡黠。
　　　　近旁是他们过早的坟地。
　　　　我整理雪上的玫瑰花。
　　　　说个性——
不是那样一种力，
　　　　我再一次不能赞同它。
　　　　看到诗行——
　　　　　寒意皮肤上落，
　　　　记得目光——
　　　　　连心灵都暖，
　　　　有两位好作家曾经活过，
　　　　在尘世上便意足心满。

……米季沙季耶夫出了一副对子，想要做成"鱼"；廖瓦轮空了……

　　多米诺牌行话。"出一副对子"——玩家有权一次出两张牌，如果他手里有两张合适的对子。"做鱼"——这种牌出了之后，玩家中的任何一个人都不能继续出牌了，他们手里剩下的牌都记负分。"轮空"——不得不放弃一轮出牌。

　　第260页：……还有沙皇他（普希金——安·比注）也喜欢过……

　　1966年在威斯巴登出生了一个男孩亚历山大·冯·林杰连——亚·谢·普希金和多尔格鲁科夫公爵（留里克维奇？）的来孙，亚历山大二世（罗曼诺夫）和尼古拉王子——拿骚的威廉——的玄孙，戈尔吉·尼古拉耶维奇·梅连堡[①]伯爵和冯·科

[①] 戈尔吉·尼古拉耶维奇，作为普希金的孙子和亚历山大二世的女婿，一句俄语不会说，死于1948年。——原注

威尔·德·列尔格斯·圣-米克列斯……的曾孙。

而且，在那里，在德意志联邦共和国还住着他的姑妈安妮·别谢丽，普希金和宪兵首领杜贝尔特的玄孙女，对于她，来自威斯巴登的小男孩也许没有任何一点印象，因为她出身相当低下，尽管在姑妈的身上普希金的血统要多两倍，而在他身上只有1.55125%，但这是将他们结成亲戚的唯一血脉，诚然，如果不算来自娜塔莉娅·尼古拉耶芙娜的同样的百分比的话。

这就是仅娜塔莎，亚历山大·谢尔盖耶维奇的小女儿一个人在宗谱学领域搞出来的这些如此胆大妄为的特征！因为她的第一任丈夫是杜贝尔特的儿子（而这与其说是对宪兵制服的报复性迷恋，不如说是对父亲的藐视，因为她想要嫁给深爱的奥尔洛夫公爵，但他的父亲，继任杜贝尔特的宪兵首领，不允许与普希金女儿的这桩有损身份的婚姻），而第二任——拿骚的王子，与之生的一个女儿她将之嫁给了米·米·罗曼诺夫大公（亚历山大三世因此而暴怒），而给小儿子娶了尤利耶夫斯卡娅，娘家姓多尔格鲁科娃，是亚历山大二世的女儿（源自门第不相当的婚姻）。她最初的激情和委屈非常强烈！她的婚姻，她的子女甚至是孙辈的婚姻都与这第一次的拒绝相关，与父亲的情结相呼应并且将之放大，——它们将普希金与两个①沙皇王朝结成亲戚并且接续了联结诗人、沙皇和警察血脉的传统。

第263页：……他们是七个人，他们——一百个人！……

出自维利米尔·赫列布尼科夫（1885—1922）的诗。地球主席（1918—1922）。

第266页：……与霍华德·法斯特合作写成的……

这个作家填写了苏联40年代末——50年代初对当代美国文学的唯一一张许可证。在美国谁都没有听说过他。那里在这个时段从事写作的尽是些我们都没听说过其存在的作家，包括那一位，他的肖像画（穿着裤衩，在捕鱼）被投射在每一所房子里。（参见第82页注释）。

第268页：……与维克多·纳布托夫不同，亲爱的……弗拉基米尔·纳博科夫是作家……

那个年代，我们这儿什么都是单个的，就连足球解说员都是一个。当时纳布托夫的声音为二亿公民和囚犯中的每一个人所熟知。他的声音与西尼亚夫斯基（不要与作家弄混了……）本人的旗鼓相当，正如同样的，西尼亚夫斯基的声音已经压倒（在和平时期的时候）列维坦的声音，这个人已经没有谁会把他与画家搞混了。

---

① 甚至是与三个，因为她的孙女，——已经是出身两个沙皇王朝血统了，尽管是门第不相当的一脉，——成为了蒙巴顿王子合法妻子。——原注

……廖瓦给娜塔莎讲了托尔斯泰是如何梦见女人胳膊肘的……

一个与《安娜·卡列尼娜》的构思有关的著名故事。不知为什么这正是它与普希金的轻轻一跃（哎呀呀塔吉雅娜！你搞出个什么名堂呀！……）和福楼拜的下毒症状一起构成了对"创作心理"这个题目的众所周知的三部曲。

一绺鬈发（而非胳膊肘！）属于玛·亚·加尔通各，普希金的长女。

第271页：……果戈理的……的感叹在这里很适用……

有意思的是，社会主义现实主义的奠基人马·高尔基在艺术方面，除了长篇小说《母亲》，对新方向毫无奉献。他对它奉献了一系列的口号、自身形象和一系列新的作家行为范例，别无其他。新兴文学首先到列·托尔斯泰和到果戈理（不论多奇怪）那里去找寻艺术发现，论话的作家们，委婉点儿说，是思想上很遥远的。从肖洛霍夫和法捷耶夫开始，所有"场面上"的作家不能不诉诸这个或者那个托尔斯泰语调。而我们的当代经典文学，包括康·西蒙诺夫，甚至连无端地没被提及的流放犯（在自己那作为艺术家的人格中常常是社会主义现实主义的）……都在它的蒸汽牵引下前行。在粉饰得最为光亮的时期，连这种叙事语调也变得太过客观了，在这种情况下，有些人就诉诸果戈理的语调，但是恰恰、也仅仅是其浪漫主义的语调。您一打开古董一样的《金星英雄》，您就会被摇荡在第聂伯河的波浪间："第聂伯河多美啊……"激情！四射的激情！更加强烈……"你以为，我不知道，为什么付给我钱吗？为了激情！……"一位如今第三浪潮的大活动家在法捷耶夫文艺工作者中央之家带着苦涩对我坦承。"那些人也是，"他补充道，"还有这些人。"

第274页：……吹奏乐在放着《多瑙河之波》……

作者对这种音乐感到无力。他在明白他喜欢它之前就喜欢它了，因而，无论如何，不是因为应该喜欢。在外面突然听到的音乐，未经品味和头脑，一下子就融入了血液。但是进行曲——更无条件、更真实一些。它们之后，圆舞曲——已经是甜蜜的方糖和苦涩的萧条。进行曲——这是无话可说的第一乐曲。但是音乐迷的假斯文竟至把古老的进行曲和圆舞曲灌成唱片，为了在完全不适合的室内装饰下听。少将治下的联合军乐队精彩演奏，总指挥——上校。一面上——进行曲，另一面上——圆舞曲。有意思的是：进行曲由上校指挥，而圆舞曲——少将。（电影家协会的秘书们在为拥护现代题材而战时，把它介绍给和他们一样也在争取达到这种状态的导演们，而自己却在把俄罗斯的经典文学搬上银幕……）

第274页：……把白色的小球一抛，就撞到了个黑色的上……

参见序幕第2页注释——涅斯捷罗夫筋斗。

第278页：……制服、蓝色、两颊绯红的跺脚声……

老式的民警制服（蓝色配红色——还是源于革命前的）。1970年（先是在首都）开始换成优雅的外交官式的黑中透灰颜色的制服。总体而言，近些年在次要的警标方面可以观察到很大的进步——外国品牌的特种车、对讲机、皮护腿和手套、头盔、肩章上的星星……——所有这一切都变得更漂亮了，所有这一切都变得更多了。

第279页：……证件-实验-粪便……

20世纪50年代初，哥哥，列宁格勒大学的学生，讲述的一个故事深深地印入了作者尚不成熟的头脑中。它很典型，也极其平庸。大学校长，40岁的数学院士，斯大林奖章获得者，登山运动健将，山地滑雪运动员，除了自己的头衔，还以下面的传说令人神往地震撼了那个年代大学生的饥饿的想象力：貌似他在"香肠"（有轨电车的车厢间的缓冲器）上乘车而行，民警吹起哨子并把他从"香肠"上撤下来，要求他出示证件，他掏出院士证（科学院），说，我在进行科学实验，民警抬手至帽檐下："院士同志，请继续！"不，我反正活久了。

第282页：……米季沙季耶夫右手规则……如果人看起来是臭狗屎，那他就是臭狗屎。……

这些记忆法规则真是折磨人！……不管是右手，还是左手，更别说是"小钻"，作者从来都应付不来。他要么懂得规律，要么记住规则。作者就是现在也不懂这个记忆法，而只知与之相关的痛苦折磨。痛苦这下派上用场了。

第296页：……想象一下，在这个岛上也没有冰山……

这个玩笑不属于作者（他不这么开玩笑），它甚至不属于米季沙季耶夫，他在这种情况下往往把玩笑改成要么伊利夫的，要么彼得罗夫的。

第298页：……这是如何发生的？——这里有一个难以捉摸的转换……（一直到段尾）。

作者的委婉语。作者坚信，任何情节都建立在不符合实际的假设的基础上，否则它就不会闭合并融入生活本身，这生活既没有线索，也没有主题，也没有的命运——结构上什么也没有。这么说吧，像拉斯科尔尼科夫这样的一个人，不可能杀害放高利贷的老太婆（他能杀丽莎维塔，第二个牺牲品在第一个之后是很自然的，但第一个——是不可能的。）陀思妥耶夫斯基面临选择：犯罪或者是惩罚？——跟着情节走或者跟着主人公走。或者就拿主人公来说吧，这个人可能杀害放高利贷的老太婆（他就不会杀害丽莎维塔了），但是这就不会是拉斯科尔尼科夫了，而小说——这是拉斯科尔尼科夫，这是——惩罚。陀思妥耶夫斯基相比情节的真实更偏爱主人公；但是没有情节，就算是建立在虚假的生活假设基础上的情节，主人公是无法进入反应状态的，那种为陀思妥耶夫斯基所必需的力量的反应。陀思妥耶夫斯基在情节上撒了谎并且赢得了小说。

可以找到其他例证。情节假设的溃疡总是摆在明面上，在它们上面疮痂般地增长着浮皮潦草的描绘、遗漏、艺术手法。但是没有它们作品积聚不了力量，不能跃上伟大作品的能级。大作的这种小小的不真实总是令我感到不自在，因此对借助于它所获得的成就是赞叹的，但我却从未敢于在自己这里尝试它。明白这一点让我很难过，而且我把这理解成是自己缺乏力量。但是——我无法克服。

不管这个小说在情节上如何薄弱，但是就连它也被搅进了经受不住真实检验的隐喻性假定：主人公本应被打死在决斗中（温和地说：醉酒的决斗），用一把老式的决斗手枪。当这件事尚在期待之中时（但也只是因为这尚在期待中），一切都进行得很好，而当事到临头之时，一切就变得完全不可能了。文学之汤——必须由斧子煮成（在《罪与罚》中这一点是字面意义上如此），但是会有那么一个瞬间，它被当做头骨来舔舐。然而——不好吃。那就洒下最后的作料，舶来品：手法、魔术、扮鬼脸、作者声音⋯⋯恰巧是那个东西，为了它，一切——永远都是浮皮潦草。

第302页：⋯⋯"二十一点"⋯⋯——依旧是近郊的那种装腔作势⋯⋯

二十一点——一种智力的、心理的赌博游戏，刺激神经（在木板通铺上玩的）。在其中人们往往会连最后一个卢布、最后一条裤子、妻子、性命都会输掉。因此补进一张牌的人不应该以任何方式泄露它的点数。不喜不悲对于一个被狂热冲昏了头脑的人而言是一项太过艰难的任务。因此给自己掀牌要慢慢地，一点儿一点儿地来，就好像对自己也要保密一样，不仅仅是为了不让别人偷看，也是为了制造假象。人们在木板通铺上这么玩，这样的行为在郊区的电气火车上也能见到：要么是乘坐电气火车的人们，他们在某种程度上失去了本阶级的属性并且有机会见识各种各样的事情，要么是车厢里的板铺某种程度上让人想起木板通铺⋯⋯

第308页：⋯⋯瘸腿的词"二部曲"⋯⋯

在我国文学展现越来越广阔"画卷"的时代，所有人都力求去写的并非是简单的大部头叙事长篇小说，而一定要是三部曲。比方说，《霞光》——《到暴风雨中去》——《宁静只是我们的梦》或者《风暴》——《黎明》——《死亡不会来》（第三部长篇小说通常已经是在自由主义时代续写的，那时流行长标题。）后加入到这种地毯编织，尚未来得及走到第三部，或者始于第二部的作家，创生了文学中的这一新的、未完成的三部曲的体裁标志——二部曲。已经是时候因之而获奖了。逐渐变得明朗了——第三部并非必不可少。"二部曲"的概念作为新的、书记体裁实际上已是被确定了的。

第313页：⋯⋯荷马的另一部史诗《奥德赛》也引起我们不小的兴趣⋯⋯

纸页很长（见313页脚注）。就在那里找到的，和那小块报纸（见序幕第4页注释）是同一个地方，但是地址是另外一个（莫斯科，卢斯达维里街，9/11——高尔基文学院宿舍）。

第314页：……工作——承包的……

在缺少竞争和失业的情况下存在着三种基本的薪金形式：计时的，计件的和承包的。最后一种形式作为导致突击工作、贪图私利、破坏劳动保护要求和暗藏资本主义的投机取巧内核的形式，在观念上是不受鼓励的。在极端的情况下（当需要做得又快又好时）才会采用承包酬金。这是对一定的工作量预先指定金额，不考虑时间和劳动力人数。

第315页：……现如今不存在廖瓦所设想的那样的"民众"……

暂时什么都没有发生——一切都变成另外的样子。关于战后在城市的结构中所发生的巨大变化，知识分子是根据无法雇到任何服务人员得知的。而且知识分子刚刚在物质方面稳固些了，那些可以雇用的人也稳固了：搬迁了，安置好了并且不想"低人一等"了。革命性变革的成果就是，谁都不想再服务他人，而社会好像正是建立在这个基础上的。不想再"低人一等"，也就是说彻底失去了工作的愿望。这个过程是漫长和复杂的：脱离土地，逃离乡村，获取城市地位，——其发生是隐蔽的，避开了原住城市居民的眼目。然后他大惊小怪地发现，"找不到服务人员了"。

第318页：……"美妙的、非凡的音乐"……

弗·伊·列宁对路·凡·贝多芬的赞叹，出自阿·马·高尔基的特写。此后无论是《月光》、无论是《热情》都开始与国歌一样地演奏了。

……溺水者……而浮现的……

一个小轮船沿河而行并不时打炮……类似的搜捕描写可以在马·吐温的《哈克贝利·费恩历险记》中找到。

第319页：……"百夫-2"万能胶……

新名称的诞生在个人崇拜时期是一种现象。它一年发生一次，要不然更稀少些。"糖裹酸果蔓果"、"白兰地浸花楸果"、"旅行者"牌自行车、"济斯"牌冰箱或者像这个"百夫-2"万能胶……这不是些物品，而是概念，有目共睹的生活运动。用这种胶粘过一切；曾经打碎的一切东西都被粘上了；我曾经为了粘起来而与把什么东西打碎的诱惑斗争过。胶水被授予过斯大林奖，并且所有人对这一事实都欣然接受了。时间所剩无几了……不，斯大林注定垮台了。这个"百夫-2"的出现就是铃声之一。奇装异服不也是……在小说这里描写的已经是它们的运动。而早在死前就出现了第一批——燕子。什么东西开始出现——判决就在其中。有人告诉我一个历史预兆，说俄罗斯会忍受其执政者的一切行为，直到他胆敢对两样东西下手：俄语和犹太人（《马克思主义与语言学问题》和《医生案》）。在一些情况下预兆是应验的……但是在我看来，"百夫-2"——也是迹象。

……属于我们自己的棕色权利……

作者很难通俗易懂地解释这一色彩。无论如何，它不暗指纳粹主义。但是也不能说，这只是粪便的颜色。

第319页：……"给你这个犹太烟灰缸，"（说的是博物馆的藏品——格里戈罗维奇的墨水瓶）……

演变成追踪狂的反犹太人运动的一个很有意思的方面：人们不再能辨别俄罗斯人！不管是看脸，还是根据姓氏。必得是浅色毛发的、翘鼻子的、有麻子的和姓是以"ов"结尾并有着毫无疑问的父称的粗野的人，才不会对你生疑。他们忘了，俄罗斯人的鼻子是长长的——人们是在把退化当做是民族特征来追求。而且格里戈罗维奇无论如何都不是犹太人。

第320页：……铜人……

再一次，不想陷入对双关语质量的讨论，参阅第253页的注释。

第327页：……副所长用自己那只安上去的眼睛是否看得见？……

作者在文学院宿舍（参见第342页注释）住过一段时间。那么，这间宿舍的舍长（管理主任）是原布特尔监狱的监狱长，因独眼而人送外号库克罗普斯。如今他是那家研究所的副院长（行政部门的）。这并不意味着，作者是在写生，——寻常的巧合，证明的惯例。

第327页：……不，不，戈季赫什么都没对我说……哪个戈季赫？……

如果戈季赫真的是个告密者，那么他最有可能正是向这位副所长告的密（参见第243页注释）。

第328页：……这就是那位……美国作家……

参见第243页注释。

第332页：……双人舞，动作优美地表现对帕拉莎的思念……

这不是赫赫有名的焦急的切乔特卡舞步（帕拉莎——大写字母开头）。帕拉莎（看来是普拉斯科维娅）——还是那同一部长诗《铜骑士》的女主人公。列·莫·格里爱尔根据它写了芭蕾舞曲，与"百夫-2"万能胶（参见第319页注释）一样的那种类型。我认为，其中应该有双人舞。

……还可以参见第163、203、332页注释。

第332页：……费·米·陀思妥耶夫斯基《群魔》题词……

考虑到随便什么样的周年纪念日和有点纪念意义的日子都要庆祝一番的趋势在不断升温，作者就想把自己的小说献给《群魔》出版一百周年。阻止了他的不仅是谦虚，而且还有一点，就是他对伟大的小说有一种尚可改变的、双重的态度。把自己的小说置于《群魔》尾后，仿佛承接着传统和延续着路线，这不仅会有比较的危险，而且也不符合实际（后者——更为重要）。问题是，在一些问题上，什么在什么之前毕竟尚悬而未决：现象抑或其反映，规律抑或其表述，行为抑或思想，行动抑或话语。是的，陀思妥耶夫斯基以天才的绝无仅有的力量，像X射线一样，将甫一出现、尚且微不足道的现象"透射"了个通透。但是微不足道的——就是微不足道的。他是否在第二种意义上也将其透射了？是否表述了恶，无行为能力到永远无法意识到自己的恶？本是一无所有，却变成了现象！天才的描写！这不是评价很高吗？！就是说，我们存在，既然在写关于我们的事情！而且是谁写的呀！而且是怎样写的呀！……魔鬼在他们现身之时，在小说出现之后，已经厉害起来，这是事实。认为天才使未来成熟，而魔鬼即便没有小说也会大行其道，而陀思妥耶夫斯基是在警示，这样的观点很自然（也广为接受）。但是尚无人关注艺术的警示。文学总的说来不是"致用"的。它不是药，也不是非文学的其他的一切。善用它的只有魔鬼自己。对他们而言，一切都适合拿来写进作品里。非建设性的力量总是破坏性的，甚至即便是消极的。没有能力创造任何东西的那种东西，如何才能成为积极有为的呢？只有把他人的创造能量转到自己身上，哪怕是以注意的形态。什么能比伟大的小说吸引更多的注意呢？……魔鬼——既无骄傲，也无敬意，也无更多……他们只存在于别人的意识之中，不这样他们就不存在。不认为他们存在——这是使他们处于自我湮灭的状态。费奥多尔·米哈伊洛维奇没有激发他们吗？……我们现在没有激发吗？

因此，献上小说的事，作者改变主意了。他讲的是别的事。他——讲的是关于关系的成果，而不是关于力量。挖掘力量——这是召唤它们去行动。往哪儿去！……作者没有献上小说，而是接受了在意义重大的日子前完成小说的责任——在魔鬼诞生一百周年前夕。

第334页：……我们使用引理……

阿喀琉斯与龟……我觉得，人们问我时，我当场就能找到这条助定理……结果并不是。我暂时还未找到这样的助定理。不过我想出了什么是助定理：被证明的、只对另一个的、更为重要的真理——定理——有意义的真理。

第334页：……文学人物防作者保护组织……

这样的组织未必比其他的保护（自然、古迹）组织活动能力差很多。文学主人公——也是自然现象和古迹。无论如何,国际研讨会和代表大会的机会是有的,而保护组织除了有高尚的和可敬的理由消遣娱乐,还能做什么呢?

我的一位教师朋友给我讲过,丹尼尔·安德烈耶夫(作家之子)有一本很有分量的书《世界的玫瑰》。这是一幢很大的精神的系统建筑,存在的大厦。写于集中营。写作日期很有意思——1949–1958。也就是说,当时还有个人崇拜,而后是揭露它,就在两个时代迎面走近又分道扬镳的当口,这个人安静地坐在其间,不是在历史时间中,而是在上帝为他提供的时间中,做着自己的事情。那么,他的(按转述的说法)世界是多层次的,并且在每一层都是现实的,而这些层次中的一层住满着(!)文学主人公们。(涉及有关假设的力量问题……针对瓦·弗·费奥多罗夫①,为了建立共同事业的雄伟大厦,需要无条件执行全体死者的复活。)我不知道,列·安德烈耶夫总体上建造出了什么,但是甚至在自己的建筑物的外围,他允许文学主人公们不是生活在某种像在我这里一样的转义中,而是在直接的和真正的意义上生活。从合理的意义中建造不出任何东西。它——寄生虫。(亦可参见第326页注释。)

第337页:……在这个——像如今时髦的说法——"引喻"里,我是有过失的……

这真的成了编辑用语。我常常听到它。它意味着(如我依据用法理解的那样——其注释义、词典义我则从未弄清楚)对同一件事情的各种理解。咱们就说,您想要说并且认为您说了一件事,可是把您给理解成(或者可能理解成)另外的样子了,也许,甚至是相反的意思,不管怎么说吧,不是您想要的那样,等等。您没有暗示,结果变成您暗示了,您也没有想要说什么反对的话,可是结果成了……我想,这个词语的新生命主要的不是所说的东西的可能有的多义性,而是它的双义性以及那个:"有一种看法!……"——然后沉默不语的手指指向天花板,因而,既然我们现在有非常客气的看法,那么,为了不让一个诚实的人因未经证实的怀疑而受辱,尤其是不能使之受到指责,于是就生出了这种便利的编辑部形式——"引喻"这个小词儿。代替不久前直爽的:这个嘛,老兄,不行啊,您这是过分要求,您明不明白,您这是打算在哪儿发表啊?……——经由威胁的过渡性的:您明不明白,您写了什么?!——到和缓的形式:您写的不是那个……您当然不是指这个,我是明白的,您想要说什么,但是要知道很容易就可能把您理解成这个样子……可是您真的并不想这样,您不想吧?……咱们来删去、替换、修改……在这种情况下,常常是作者说的话也是他想要说的,编辑呢也很好地理解了他的意思,而且正是他的意思。

---

① 瓦·弗·尼·费奥多罗夫(1828—1903),俄国空想主义宗教思想家。——译注

为了不显得是空口说白话,我从自己的实际经历中举二三个(像成绩册里说的"2-3分")"纯粹"引喻的例子,当时我真的没认为,我写了什么"不能写的",可结果……比方说,在《出游深访童年之友》(1965)里我飞往勘察加,由于天气不适合飞行而长时间滞留在中间的机场。这个手法对我而言是必需的,为了在不得已的逗留期间来得及把一切都讲完。编辑被吓到了:"这会造成什么结果?'整个国家上空一片漆黑的、不适合飞行的天气'……您这儿就是这么写的!这叫人会怎么理解您呢,说……"然后就开始了如此这般的政治课,对此我是真的没有料到,于是自己也吓到了。"可是我指的只是气象条件,没有任何其他的东西!自然现象……""我相信您,"编辑说。这个句子我们删掉了。

总的来说,讲天气——很危险……我的书没让叫《刮风天的生活》(1967):什么气候?哪儿的天气?风从哪里吹来的?……在中篇小说《轮子》(1971)中我有一段关于周围世界中的竞技激情之现实地位的话。为了查看规模,我拿了份报纸,在里面发现三行,而且还是搞错了的,对占满我的思想和情感的事件的报道。因此事而激愤之后我开始剑走偏锋:可是假如我知道,在其他昙花一现的报道——比如说任命和召回大使——背后有着怎样真实存在的激情、怎样的命运呢?……而天气,我接着感慨道,总的来说是宇宙现象,而关于它怎么能轻描淡写呢?……总之,是一个极其朴实和心平气和的结论。而在这段的结尾跟着一个似乎有些离奇的问题:"您是否知道,最快的摩托车现在正在日本出产,而且就在我们大家都在畏惧中国的时候,这些日本人在礼貌而无声无息地朝哪里赶呢?……"要说这个愚蠢的问题能招来引喻,我愿意提议并准备删掉关于中国的话,因为在我们这里它是不能无端提及的,但是我任何时候、怎么也推测不到,一切会是怎么逆转的……"你这可真棒……剽悍……一语道破……""你说什么呢?"我问,以为是中国。"关于大使你可够刻薄的……算账吗?""饶了我吧,跟谁算账啊?……"我不解道。"跟谁,跟谁……咦呀,装相呢……跟托尔斯吉科夫呗!""哪儿来的什么托尔斯吉科夫啊?……"结果就是这样。正好在与编辑一起工作的那天公布的,原列宁格勒州委第一书记托尔斯吉科夫被任命为驻中国大使。当时真的有很多传闻,说他不知怎么犯了错,激怒了上面,会被撤职。任何人当然都没料到,会去中国……后来就被撤了,而且怎么那么巧,就在《轮子》审订的当日,一天都不晚。他被撤了,但是被撤的还有我关于大使的那一段(当然,还有关于中国的)。我提议只留关于中国的,人家说,皮之不存毛将焉附。我说了,写这一段是在一年多前,那时托尔斯吉科夫还稳稳当当地坐在位子上呢,等这本书印出来(可不是明天,不是吗!),所有人都会忘记去想他的事,而且他本人也将远离……没用!对于引喻来说,特别的一点就是,它正是在审订的时刻起作用,这个时刻离与发表时间相关联的引喻少说也有半年之遥，谁都无法推测它们。

　　作品的标题首当其冲被引喻击中。这就有个例子，已经是与《普希金之家》相关的。在五年的努力之下，一章一章地发表了五章，基本是出自小说的第二部分，我决定把它们集结成一本题为《当代英雄》的书。不管是整个系列还是每一章都附以取自莱蒙托夫作品的题词，以使手法鲜明突出。坚决不行！什么，人们会怎么想，我们时代的英雄就是像您的奥多耶夫采夫这样的吗？争论是无益的。系列被称为《年轻的奥多耶夫采夫》，而且甚至题词也要么是《贝拉》，要么是《毕巧林日记》，但是无论如何就是不能是它们所取自的那部长篇小说。遭禁的成了莱蒙托夫，而非比托夫。纯粹的引喻的例子在第271页和（部分地）第194-197页的注释中给出。

　　……"A la recherche du destin perdu"或者"Hooligan's Wake"……

　　作者不懂法语，而《芬尼根守灵夜》没读过也没看过（不只他一个……）。在这里我借机澄清一下文学影响的一个难以捉摸的问题，对于这个问题从来不需要对自己澄清，为的是不落入无可避免地被猜疑的境地，而被猜疑的事情正是你极力想摆脱的。

　　当然，我很清楚地意识到，模仿——不是简单的重复，成为第二个的人也可能不知道你是在重复，影响即使在空气中也能捕捉到，而不只是从读过的书里，由于无知而再次发明积分学不管怎么说都要轻松一些，而且为此无需有牛顿之才，第一个发现者——这是质，而非登记号。听到钟声的人多了去了，不一定知道它的来处。提及人名、书名的多了，并不是就会被发现的热气灼伤。知道有人夺取了高地，你不会希望跳得过冠军，会把横竿放得低一些。只要知道有人冒险了，去建功立业了，就足以使你独立自主的、成就同样事业的意愿变成第二的。文学，感谢上帝，不是体育也不是科学——它的成就不采取公式和纪录的形式，在文学中同样的情节，由不同的个性发起，也可以有价值，文学中可以在同一时间和在不同的时间独立自主地萌生近似的形式——它们都是珍贵的。但是，即使在文学中，第一的，通常也比与之无关的生为第二的那个厉害得多。至于新形式的诞生和重复，则情况要复杂一些：天才们，通常不发明新的，而是综合为他们所积累起来的东西。马尔林斯基和奥多耶夫斯基在词言方面的发明要比采用他们的发明的普希金、莱蒙托夫和果戈理更多些。我们可以在费·索洛古勃那里找到比勃洛克写的"还早些"的诗。但是《过程》毕竟要比《死亡邀请》更有力；但是，假使纳博科夫"及时读了"卡夫卡而不再着手写《邀请》，那会多么遗憾啊……这一切作者貌似都懂得……拒绝影响会很愚蠢。但是我还是想推掉某些说我直接模仿的指摘，作者已经听到了它们并且希望还会听到。

比较重要的有三：陀思妥耶夫斯基、普鲁斯特和纳博科夫。

普鲁斯特我最容易推掉——他不是俄罗斯人，这个指摘不会令我不安。不排除我在小说开始时，在写《法伊娜》和《阿尔宾娜》时受到过他的影响。这之前一年正好读了他的东西，读了《斯万的爱情》，它令我想起了自身的很多东西，似曾相识，留下了深刻的印象，诸如此类。但是尚在这一阅读之前我就写完了中篇小说《花园》（1963），而且我觉得，在《法伊娜》中更多地正是这种自动影响，我仍然没有远离《花园》。总之，普鲁斯特我不否认，这不会令我不安。

说起陀思妥耶夫斯基来就复杂些了，其影响总的说来不可能否认。但是这里有两个细微的差别。第一个——就是他是最"难以记住的"作家之一，因而动笔前夕不重读是很难直接模仿他的。那个时候离我遍读他的作品已经很久远了。还有第二个——就是陀思妥耶夫斯基的影响——完全不一定就是文学的影响。他尚未过时，在生活本身之中还能遇到他，尤其是在俄罗斯的生活中，而且只有对于主要是根据文学（批评是什么样的）了解生活的人，陀思妥耶夫斯基的烙印就连现存的现实生活也能击中。对现象的描绘还不意味着它从生活中消失（尽管应如此……关于这一点下次再说……）。"陷入"陀思妥耶夫斯基的世界很容易，就是忘掉他并从他的影响下走出来，陷入生活中，陷入个人的经验之中。在我们俄罗斯仍旧是这么想、这么感觉的，就像在陀思妥耶夫斯基那里一样，也许，甚至比他的时代更胜一筹。在这件事上显示出与在《群魔》（参见第364页注释）的社会预言中相同的那种透射力。这样一来，被描写的、但未被他所取消的（而甚至是被肯定的）实现生活本身，不是他本人，可能落入对陀思妥耶夫斯基的"模仿"。这里有一个源自个人经验的典型插曲……在1965年我参加了叶某的追悼亡灵酒宴（毫无正当理由；我与他甚至都不相识，也没去过葬礼……——按陀思妥耶夫斯基的方式，按俄罗斯人的方式……）。这是个名声创纪录地可怕的人，强盗和杀人犯，1949年的魁首。但是即便是在他身上也有什么是不同寻常的（黑色的油漆不够了，这样他本应是黑的……）据说，在生命的最后，他连一行他所培育出来的文学也不能读，进了修道院，只读契诃夫和陀思妥耶夫斯基，他的妻子全身心地投入宗教之中，像修女一样穿黑色的衣服，他只同她交谈（她还能在人群中见到，而他则多年无人见过了）。可见，转变就是这么的大。死了。我去时追悼亡灵的酒宴正酣。聚集在一起的人群，除了一个人之外，有点各色各样和特别：他们讽刺模拟般地很像陀思妥耶夫斯基的主人公们。这里既有斯维德里加依洛夫，也有沙托夫，也有漫画版的斯塔弗罗金，也有韦尔霍文斯基的复制品，还有两三个列比亚德金（这是我此刻这么写——当时不知道为什么我没想到这些类比，也许，正因为相似太过明显；加之从那时起他们中的许多人我都更进一步了解了，而且在每一个场合都单个地进行了确认，而把情景结合在一起还更晚一些……）。喝着酒。韦尔霍文斯基没喝，其他人——喝得很多。讲着话。对于死者是不会说坏话的，因此所有人都在唱赞歌，指出气魄和才华（而且即便是在演说家中也鲜有纯洁无瑕的人），但是后来，不知怎么突然就滑落到深深的"但是"中去了，而且从其中向外爬着爬着，以直接的辱骂结束。而且每个人都是如此。人很多，大多数人只是喝酒，碰杯，大笑，在小吃部来回溜达，毫不掩饰地忘记了逝者，而那些试图使酒宴回到应有的轨道上的人（出于最美好的动机：不管怎么说死亡……），很起劲地骂着死者。但是——喝着和吃着。在生活中，这样的追悼亡灵酒宴无法想象！场面被自己令人恶心的丑恶所笼罩，并且不知怎地很有黏性地不放人离开自己，好像这一切还应该以某种如此这般的情形结束，除了这一切之外，因此最好及时抽身离开，可是却无论如何都不可能。接着——缓和下来了。而且就在我忍不住打算走的时候，而我身后还跟了三个人……就在这时，韦尔霍文斯基发现丢了三十卢布。所有的人等的就是这个——这下可好了！多么文雅至极的各种建议和猜测啊……任何人都不准出去，所有的人挨个搜身。毕竟这是不可能的。异口同声找到了一个牺牲品——它便是一个年纪轻轻的面容姣美的（还很穷的！）姑娘，她是沙托夫领来的，说出的姓名没人听说过。她——否认，并且眼泪汪汪了。他们（积极分子，瞬间成就的明星，五分……）——掏兜儿。讨论技术问题。拖着她走开了。（沙托夫带着一副坚定不移的模范的表情在背后推她，一边谆谆教诲着。）韦尔霍文斯基处于兴高采烈的共青团员式的兴奋之中，他在前面，并且上蹿下跳（他长得本就像更靠后的领导者——奥列格·科舍沃伊）。总而言之，她被隔离到一间专门腾出来的房间里——我没在那里——但什么也没找出来。重又建议翻所有人的兜儿。不记得我是怎么摆脱出来的了，把这一幕叼在嘴上，由于这一经验方面的礼物而发抖：这一幕在我这儿一定会写进某个作品中去的，没跑儿！……而且什么都不需要臆想——就这么囫囵个儿地往小说里，像往沼泽里一样，啪的一声跌下去，就溅起章节来了……好几年我都存着这一章，可就是一直没写出合适的小说来……而且——也没有非写不可的理由。终究是重读了《罪与罚》，读到马尔梅拉多夫的追悼亡灵酒宴，大吃一惊：如出一辙！也像是一种引喻。这不，在急忙描写这个插曲时，连我也忘记了主要的东西、起因者、死亡、死者本人，就像全体参与者在翻兜儿那一刻都忘了一样。这难道不是报复吗——这样的追悼亡灵酒宴！因而唯一可能对他有益的祝酒词由此而来：就是说，受苦了，就是说，不是白白地有了场牢狱之灾，就是说，一小点良心在这个黑洞里发出了微光，既然上帝在生前都来得及在葬礼上，趁灵魂还看得见时，以痛苦和嘲弄的话来施报复……要知道，若谁走了，逃避了惩罚，那他身上就会背上最后的十字架，他就已经没有灵魂可惩罚了，那他根本在这世间就不存在了。而这个叶某，也许，已经到云朵上去与安东·巴雷奇挽手交谈呢，而安东·巴雷奇正这么轻微地数落着他呢……不，陀思妥耶夫斯基的影响也是无论如何都摆脱不了的。

　　而纳博科夫的影响我根本就不想摆脱。但是，考虑到上述和下述所说的一切，恰巧也不得不说：我首次听到这个名字是在1960年，而读他的作品——在1970年12月。我怎么能十年灵巧地避开去读他，我不知道——命运吧。这是好呢，还是不好呢，不过，假若我早点读了纳博科夫，就没有《普希金之家》了，可是代替它的会是什么——想不出来。当我翻开《天赋》①之时，我的小说写到了四分之三，而剩下的，一直到结尾，——都处于片断和草稿状态。我接连读了《天赋》和《死亡邀请》——就堵住了，等我恢复了元气，又过了有半年时间，印象我说不上来——打击吧，然后我开始加工结尾。从这个时刻起，不只是隔空的影响我已经无权否认了，还有直接的，尽管也在力求回到解除我武装的阅读之前已经写出来的东西的轨道上。任何一个拐向纳博科夫的句子，我都努力地驱除了，除了两个，我是专门留下来挨剋的，因为在那些抢先的片段之中它们已经写就了……针对类似的缘由，纳博科夫本人1959年6月25日在《死亡邀请》（1934）的英译本前言中，回忆起这本书俄文版问世时的情形时，这么写道：

　　"被这东西弄得不知所措的侨民批评家们以为，在其中看出了'卡夫卡式的'线索，却不知我不会德语而且对德国文学完全不熟悉，也还没有读过任何一本卡夫卡作品的法语或者英语译本。毫无疑问，在这本书和，比方说，我的较早的（或者较晚的……）短篇小说之间存在着一定的修辞上的联系：但是在它和《城堡》或者《过程》之间没有。在我的文学批判态度理念中，没有'精神亲近'范畴的地位，但是假如我迫不得已要给自己找一个亲近的灵魂，那么我当然就会选择这位伟大的艺术家，而非乔·奥威尔②或者别的插图式思想和政论体轻松读物的流行供应商。附带说一句，我从来都搞不懂，为什么我的任何一本书，不管是哪一本，都令批评家们乱作一团地跑去找或多或少有点名气的人去做不可遏制的比较。最近三十年他们给我挂上了……"

　　而接下来就是一个由二十多个互不相容的名字构成的名单，这些名字包括了五个世纪和如此之多的文学，包括查理·卓别林和出自纳博科夫小说中的一个主人公，作家，职业为……

　　仿照他（这一次神智完全清醒），请读者移步参见第291（375，378）页的注释。

----

①《天赋》是纳博科夫最后一部用俄语写的小说，1937年完成。——译注
② 乔治·奥威尔（1903—1950），英国小说家、新闻记者。代表作有《动物庄园》、《1984》。——译注

还有一点。文学是连续不断的（和非断续的）的过程。因而如果某个环节隐藏了，遗漏了，仿佛脱落了，这不意味着，它不存在，链条断了，——因为没有它不可能有后续。意味着，我们就站在那里，我们缺的那一环之处。意味着，这里就是终点，而不是断崖。为了把下面的（新的）一环穿到链条上，势必重新发现、重建、想出、像居维叶①那样按骨架复原那遗失的一环。在这种情况下，急性子人的重复和发现没有不可避免的那么可怕。纳博科夫不可能不存在于俄罗斯文学之中，哪怕就是因为——他存在。这是摆脱不掉的。他无法被减除掉，甚至就算不知道他的存在。类似的古生物学不可避免地要比其未知的原型弱，则是另外一回事了。纳博科夫是连续不断的俄罗斯文学，仿佛在他走后，它什么事都没发生：命运迫不得已以独一无二的方式摆脱困境，以便为他量身定制地组织超历史性的现象。纳博科夫能够继续我②文学。它没准儿就会是这样的了，它没准儿就会成为这样的了。他接续了它，他关闭了它。那一个。但是无论那一个多么好，散文还将会写下去。在普希金、莱蒙托夫和果戈理的黄金时代之后还在写，差一些，但是——在写。白银时代也走远了，还有青铜时代。但是还有铜的、锡的、木的、马铃薯的、黏土的，最后，以г为首字母的……而所有这一切也都将是文学，在最终综合的、像永恒一样没有终结的时代来临之前。

正如您所见，对自己的作品作者是认真对待的。他充满信心。他仍旧大有可为③。

一些零碎儿
（注释补遗）

"是啊，干点事……"说起来很容易。在1978年，作者至少要年轻12岁。现在

---

① 居维叶（1769—1832），法国动物学家。——译注
② 原文为英文词my。——译注
③ 比方说，这是——122，而瞧这个——123……"自己的101%"。
101% 是超额完成计划的下限，这个超额完成已经使得工薪有了一定的增长。这个数字——101——在决算中如此经常地闪现，不能不引起怀疑。我的一个好友在这件事上稍陷困境。在一篇关于捕鲸船（在那个前宇航时代是很时髦的）的特写中他反映的正是这个他们超额完成计划的百分比。这意味着多少呢：一百零一头鲸鱼或者五十头半——我不知道，但是特写在审查中被令人难堪地撤了下来，因为捕鲸的计划原来只能完成，却无论如何不能超额完成，因为这一杀害的权利受到某个国际协议的限定，因而是无论如何不能超额完成的。"他不懂这一点——101%……"
这最后的注释也是如此。它们如今是101%。——原注已经可以做当时不能做的事了。但在面对长期渴望的这一前景时，作者克制着自己内心获得自由的那种幸福感觉。他恰恰不希望重复过去做过的事。

譬如，继续创作这部小说。

而突然他正巧获得了这种机会。没有纸张、排印的繁琐、对排字工人工作的守护——所有这些问题都袭向作者。不再受书刊检查约束的文本开始依赖工艺技术。文本需要二百克重，或六十公分，为的是能满足印张要求。有时要减去五公分，有时要增添五十克。最后一定是作者感觉的样子，每个词都是最后唯一可选的那个字。

不管怎样（被围困的作者）最好还是增添点什么，而不是去缩减。

这都是1971年的一些零碎儿……

不管这部慢吞吞的小说写得多么仓促，得益于低俗的劳作和崇高的惰性——它被三次动笔并一次完成。三次被扔掉，两次被捕捉到。没戏了，没戏了！

小说写得很仓促——用了三个月和七年。我们写它用了三个月，等来这三个月我们用了七年，在现实生活中寻找机会以来落实这个构思。这是不可能的。我们觉得，不可能实现这个愿望。我们与小说分道扬镳了——因此可以说我们跟它没有什么关系了。

只剩下给它起个名字。

刚开始我们没打算写这部长篇小说，而是想写成一部篇幅不大的短篇小说，名之为《界外球》。不过，它不是取材于运动生涯：里面的故事现在对应着这部长篇小说的第三部分。七年前我们喜欢很短的名称，仅用了三个字母。这类字眼让我们一下子就会想到长篇小说，譬如：《室内靶场》（长篇小说）和《房子》（长篇小说）……

也就是说，刚开始还不是小说，而是《界外球》。

后来这一切都走偏了，变得更为复杂和标准了：

《廖瓦·奥多耶夫采夫的行为》。

《廖瓦·奥多耶夫采夫的名声与行为》。

《廖瓦·奥多耶夫采夫的一生与声誉》。

最终有了这个名称——普希金之家。

一般意义上的普希金之家……

带有"家"这一类字眼的名称——全都很吓人：

牢房

看守所

冰室

白宫

大宅子

精神病院

普希金之家……

名称虽然确定下来了,不过在确定小标题时留下的自由度很大,而这些小标题是可以确定体裁类型的!要知道我的体裁是这样子的:我说是什么体裁就是什么体裁……或者就像我的打字机打出来的那种:体尔裁……

长篇小说—记录

以及长篇小说的记录

以及长篇小说的纲要

以及长篇小说的草稿。

这些已经让任务变得容易些了:可以说,不存在长篇小说,却具备它的特点,特征就呈现在眼前,而我们可以说就是这样理解的,很快就这么定下来了……

之后:长篇小说—供词

以及长篇小说—惩罚

以及长篇小说—谴责

以及长篇小说—吸血鬼

以及长篇小说—胖子

长篇小说类

再往后:语言文学类的长篇小说

长篇小说—博物馆

长篇小说—报纸

长篇小说—珍宝馆—我的—朋友

长篇小说—仿作(经典题材)

长篇小说—对小说的认定

长篇小说—模型

长篇小说—构架

地理空间小说:列宁格勒小说

彼得堡小说

原创:对主人公的回忆

两种说法

流传失真的历史

对一种性格的研究

原地踏步和突破的历史

恢复和顿悟的历史

失真与还原的历史

最后是：关于无限受屈的长篇小说

关于要小流氓行为的长篇小说

用作选择……我在这里提出了如此丰富多样的"体裁"，即便是最终这算不上长篇小说，——如此之多的副标题暗示的内部主题的这种多样性，难道还不足应对这种篇幅的作品吗？

我们想做出巨大让步，招认并解释一切。我们很想装出技艺高超的样子：我们就是这样打算的，就想这样子……我们试图证明这些破坏都是有预谋和故意安排的，我们想出了足够多的形象术语来解释该作品的形式。譬如，燃烧并淌油的蜡烛——可用来解释小说的"沉积形式"。或者用望远镜——套筒型伸缩性，形式之间彼此伸缩，说得粗俗些，就是相互"吐舌头"——但我们不知道，这种情况下将望远镜的哪一头靠近眼睛，靠近谁的眼睛，作者的还是读者的：形象不起作用……或者我们刚愎自用，想涉足建筑领域，想谈谈现代手法，谈谈建筑师故意不去处理的那些地方，譬如，让灌装混凝土的模板碎片留在那儿，让钢筋在那儿翘着——据说，材料会替自己说话……

但不是替我说话！这纯粹是胡说八道。小说是按唯一的形式和唯一的方法写成的：尽我所能，就这样写成的。我想，不可能是另一种样子。所有的散文作品都有必要从偶然写出的句子中溜出去；整个风格都是一种尝试，要从倾斜和坍塌的时代逃脱出去，而不是卡在那里；整部小说都是一种尝试，要从它陷入的困境中挣脱出来，从着手写作时陷入的困境中解脱出来。当作者处理那些天才的小说构想时，这些想法后来只是偶然地出现在散落的句子之中，这种情形经常会发生。但有时候偶尔写出来的第一个句子，作者从来没有想到过，却会一直写下去并越来越明确起来，最终成了一部小说。

还能怎样？还有什么可招认的呢？

有一次，很恶劣的情况，这部小说被写成了诗（幸运的是，更简短）……

（长篇小说《普希金之家》的提纲）

好啊，彼得格勒的建设者！
你等着瞧吧！……

普希金

卑鄙的家伙，逃吧！等着瞧，
明天我会跟你算账！

勃洛克

骏马在悬崖之上，沙皇骑在马上——
它们各就各位……
（立在那儿，确定了和欧洲的汇合点，
守护着涅瓦河富有远见地等待着凝脂——
但我们的牛奶要泡汤！）
他们脚下有蛇怪！上方是天才！
被蛇咬的叶甫盖尼说得含混：
不幸的人让马儿受了惊——
马儿踩踏蛇，也在踩踏着我。
风儿将西装上衣吹鼓着，
雨水从装甲车里淌过——
在牛奶煮开之前，
我们已到了远方：
"伸出一只爪子，就像是活的，
两只守护的狮子立在那儿"，
一只狮子——我的主人公（狮子上的列夫）
上面画着"C"和"W–M"。
就是这样，彼得的队列，

早就应该进棺材了。
"彼得鸟巢的这些幼崽"
在飞来飞去。
生活过得糟透了。
孙子后面是爷爷，老太婆后面是芜菁，
领袖紧紧抓住便帽——
"十二个"！不多不少。
（勃洛克算过——我不再清点了。）
私下里允许他们
用枪托击打表盘。
读出钟表时刻的是话语！
我们觉得新，你们会觉得旧，
我的小说读者……
不过——尚早，尚早，尚早！
我的列夫还在草稿中奔跑，
跟在他后面是一卡车的勤务：
"为了俏皮话中的真理
我们拿猎人去诱捕野兽！"
但我的主人公应该逃走！——
而我们还得继续列队行进……
相对于思想，我们更看重本质，
我们认为血统至关重要
（这种呓语向我们证实
彼得保罗的天气是有害的），
关于彼得和蛇的寓言
我们会抄写得尤其仔细：
雨、风和寒意，
以及周年纪念日——
对于小说的结局
原因就是十足的本质。
这些距离
我们将步行走过，顶风冒雨：

他撕破不平整的画布，
用做作而嘶哑的声音吼叫着，
并，
被旗帜驱赶着，
我们走开，迈着踉跄的步子，
引诱着目标
跟在自己身后……
谁
在过去
抓着我
不放？

....

十二——是个整数，
时间用指针将其抹掉。
1971

如果我们在完成小说之际，能够放眼未来，那么就会发现主人公对作者所产生的不断增强的影响。遗憾的是，这不仅仅是创造力的证明，让形象接近于真实，而且也是不同力量的报复。因为作者对主人公的影响已经终止，反方向的影响会变得更大（任何一个数除以零都会是无穷尽的）。这种观点无疑是针对"主人公—作者"这个问题的，却会超出在小说写作过程中获得的经验范畴。因此，在写完小说一年之后，作者就得披着廖瓦的外衣过三年（我们希望，同一种惩罚不要重复两次……），就待在单凭想象就能实现的那个机构里。

从前是名矿业工程师，现在却成了小说《普希金之家》（一个字都还没有发表过）的作者，1973年春天，在利亚布申斯基私邸参加列宁的星期六义务劳动时，作为高尔基世界文学研究所的研究生，突然意识到自己是列宁赠给高尔基那块地毯的吸尘器……"不存在比生活本身更好的童话！"——作者对此表示钦佩。

之后，作者时不时地会去续写廖瓦没有写完的那些文章，譬如：《对立的中间地带》（参见论文集《小说中的论文》中的《生活的设想》，莫斯科，1986年）或《普希金在国外》（《句法结构》，巴黎，1989年），或将他置于遥远未来的想法（2029年），作者设想的那些可怜的后代（廖瓦的曾孙）需要从我们为他们勾画的未来中走出来（参见《米季沙季耶夫的减法》，莫斯科，1990年）。

译后记

  首先向读者交代一下此书的翻译和出版过程。20世纪80年代后期,《普希金之家》作为"回归文学"一经在苏联发表就引起了国内外文学界的关注,我们南京大学俄语系的文学教师在《新世界》文学杂志上也关注到了这部作品,我们坚信这是一部具有很高文学价值而且可以流传于世的小说,于是我们决定翻译此书。2000年我去莫斯科大学访学之前,草译了其中的第一部。莫斯科大学访学后,我被借调到我国驻俄罗斯大使馆工作两年多,后来也一直无暇顾及此事。一直到去年,该小说被列入"中俄文学互译出版项目·俄罗斯文库",我才把这一小部分译稿翻检出来。

  十分感谢山东师范大学的胡学星和北京大学的刘洪波两位老师,他们分别承担了本书的第二部和第三部的翻译工作。

  这部"俄罗斯后现代主义文学的开山之作"给我们的翻译工作造成较大困扰,由于水平所限,我们对其中一些语句的理解可能并不到位,欢迎读者和专家批评指正。还有一点遗憾的是,我译的第一部是以发表在杂志上的初版为蓝本的,而第二部和第三部则是根据新版译出的。初版与新版略有不同。新版第一部的后半部分注释也未及补译,为此向读者致歉。

王加兴
2016年6月